DIE SCHÖNSTEN BALLADEN

DIE SCHÖNSTEN BALLADEN

Gondrom

Mit über 190 Illustrationen von A. Baur, J. W. Baur, H. Becker, M. v. Beckerath, H. S. Beham, A. Dürer, C. Berteling, E. Bosch, C. Clasen, W. Camphausen, A. Ehrhardt, C. Gehrts, U. Graf, H. Holbein d. J., C. A. Großmann, E. Hübner, P. Jansen, F. Ingemay, A. Kindler, D. N. Maurach, A. Menzel, Th. Mintrop, Th. v. Oer, L. Pietsch, E. N. Neureuther, A. Northen, H. Plüddemann, W. Raabe, A. Rethel, L. Richter, C. Schlesinger, A. Schmitz, C. Schurig, F. Unger, B. Vautier, A. v. Wille u. v. a.

ISBN 3-8112-1455-1

Inhalt

Volksballaden

Das Schloß in Österreich

Es liegt ein Schloß in Österreich,
Das ist gar wohl erbauet
Von Silber und von rotem Gold,
Mit Marmelstein vermauert.

Darinnen liegt ein junger Knab'
Auf seinen Hals gefangen;
Wohl vierzig Klafter unter der Erd'
Bei Nattern und bei Schlangen.

Sein Vater kam von Rosenberg
Wohl vor den Turm gegangen:
„Ach Sohn, ach du mein lieber Sohn,
Wie hart liegst du gefangen!"

„Ach Vater, liebster Vater mein,
So hart lieg' ich gefangen.
Wohl vierzig Klafter unter der Erd'
Bei Nattern und bei Schlangen."

Sein Vater zu dem Herren ging,
Bat um des Sohnes Leben:
„Dreihundert Gulden will ich euch
Wohl für den Knaben geben.“

„Dreihundert Gulden helfen da nicht,
Der Knabe, der muß sterben:
Er trägt eine goldne Kett’ am Hals,
Die bringt ihn um sein Leben.“

„Trägt er eine goldene Kett’ am Hals,
Die hat er nicht gestohlen,
Hat ihm ein zart Jungfräulein verehrt,
Sich mit ihm zu verloben.“

Man bracht’ den Knaben wohl aus dem Turm,
Man gab ihm das Sakramente:
„Hilf, reicher Christ im Himmelsthron,
Es geht mir an mein Ende!“

Man brachte ihn zum Gericht hinaus,
Die Leiter muß er steigen:
„Ach Meister, lieber Meister mein,
Laß mir eine kleine Weile.“

„Eine kleine Weile lass’ ich dir nicht,
Du möchtest mir entrinnen;
Langt mir ein seiden Tüchlein her,
Das ihm seine Augen verbinde!“

„Ach, meine Augen verbind mir nicht,
Ich muß die Welt anschauen,
Ich seh’ sie heut und nimmermehr
Mit meinen schwarzbraunen Augen.“

Sein Vater beim Gerichte stund,
Sein Herz wollt’ ihm zerbrechen:
„Ach Sohn, ach du mein lieber Sohn,
Deinen Tod will ich schon rächen.“

„Ach Vater, liebster Vater mein,
Meinen Tod sollt Ihr nicht rächen!
Meine Seel’ kommt nicht in Höllenpein,
Um Unschuld muß ich sterben.

Es ist nicht um meinen stolzen Leib,
Es ist nicht um meine Ehre;
Es ist mir um mein schönes Lieb,
Die weinet also sehre."

Es stund kaum an den dritten Tag,
Ein Engel kam vom Himmel:
Man sollt' den Leichnam nehmen ab,
Sonst würd' die Stadt versinken.

Es stund kaum an ein halbes Jahr,
Sein Tod der ward gerochen,
Es wurden mehr denn dreihundert Mann
Um des Knaben willen erstochen.

Wer ist's, der uns dies Liedlein sang?
So frei ist es gesungen;
Das haben getan drei Jungfräulein
Zu Wien in Österreiche.

Georg von Frundsberg

Georg von Frundsberg, von großer Stärk',
Ein teurer Held, behielt das Feld;
In Streit und Fehd' den Feind besteht,
In aller Schlacht
Er Gott zulegt die Ehr' und Macht.

Er überwand mit eigner Hand
Venedisch Pracht, der Schweizer Macht,
Französisch Schar legt nieder gar;
Mit großer Schlacht
Den päpst'schen Bund zu Schanden macht.

Der Kaiser Ehr' macht er stets mehr,
Ihr Land und Leut' beschützt allzeit,
Mit großer G'fahr er siegreich war,
Ganz ehrenreich;
Man find't nicht bald, der ihm sei gleich.

Als Karl V. Magdeburg belagerte

Magdenburg ist ein' schöne Stadt,
Ein hochgewehrtes Haus,
Kommen viel fremder Gäste,
Die wöllen uns treiben aus.

Die Gäst' und die uns kommen
Seind Mönch' und Pfaffenknecht,
Hilf, reicher Christ vom Himmel,
Daß wir sie grüßen recht!

Zu Magdenburg auf der Brucken,
Da liegen drei Hündelein,
Sie heulen alle Morgen,
Kein' Spanier lassen sie ein.

Zu Magdenburg auf dem Markte,
Da liegt ein Faß mit Wein,
Will ihn der Kaiser trinken,
Ein Landsknecht muß er sein.

Zu Magdenburg auf der Maure,
Da liegt ein eiserner Mann,
Will ihn der Kaiser g'winnen,
Sein' Spanier müssen dran.

Dem Kaiser wöllen wir geben
Jetzt und zu aller Frist,
Was ihm gebühret eben
Und nit, was Gottes ist.

Zu Magdenburg auf der Maure,
Da seind zwei guldine Schwert',
Und g'winnt sie Herzog Moritz,
Ein's Kurfürsten ist er wert.

Zu Magdenburg auf der Brucken,
Da seind drei Jungfräulein,
Sie machen alle Morgen
Drei schöne Kränzelein:

Das erste gehört dem Kurfürsten,
Das ander' seinem Gemahl,
Das dritt' gehört Graf Albrechten,
Der hat das Best' getan.

Wer ist, der uns dies Liedlein sang,
So wohl gesungen hat?
Das haben getan drei Landsknecht' gut
Zu Magdenburg in der Stadt.

Der Pinzenauer

Nun wöllt ihr hören singen
Jetzund ein neu Gedicht
Von neu geschehnen Dingen,
Wie es ergangen ist?
Viel Büchsen und Kartaunen
Sah man im Felde stehn,
Gen Kufstein an die Mauern
Ließ man sie alle gehn.

Auf jener Seit' des Wassers
Schlug man das Lager an;
Den Büchsen ließ man Gassen,
Daß man an die Mauern kann.
Ein Loch tät man da schießen,
Es erbebet in der Stadt.
Die Bürger tät es verdrießen,
Sie gingen bald zu Rat.

Pinzenauer fürcht' sich wenig
Und gebot bei Leib und Leben,
Daß man dem römischen König
Die Stadt nit soll aufgeben:
„Gäb' man sie dem römischen König,
Es wär' nit wohlgetan;
Er schwur bei allen Heiligen,
Er wöll' uns all' ertränken lan."

Es sprach der Pinzenauer:
„Vor ihm wöllen wir wohl bleiben;
Wir haben ein' starke Mauer,
Den König zu vertreiben."
Er richtet auf seine Schlangen
Und ließ sie alle abgahn,
Wohl eine nach der andern,
Den König zu bestahn.

Da sprach der König mit Listen:
„Und laßt euch wohl der Weil'
Und laßt den Pinzenauer schießen,
Daß wir es nit übereil'n."
Sie richteten sieben Schlangen
Und schossen aufs Schloß hinan;
Pinzenauer hub an zu lachen
Und wischt es mit Besen ab.

„Darum wollen wir ihn nit schelten",
Der römische König sprach,
„Wir wollen's ihm wohl vergelten,
Unser Lachen kommt hernach."
Zwei Büchsen ließ er bringen,
Die waren Gäst' im Land,
Täten auf dem Inn herschwimmen;
Da ging erst das Schießen an.

Die erste Büchse tu ich nennen,
Die heißt *Der Burlabaus*,
Die tät das Schloß zertrennen,
Drang zur andren Seite hinaus.
Die G'wölbe all und Mauern
Stieß sie ein gut Teil ein.
Da sprach der Pinzenauer:
„Nun schlag der Hagel drein!"

Die andre tu ich nennen,
Heißt *Weckauf von Österreich.*
Dieselbe muß man kennen,
Man findet nit ihr gleich.
Die Tore und auch die Pfeiler
Mußten beid' darnieder.
Da sprach der Pinzenauer:
„Nun komm so bald nit wieder!

Denn sollt' die Büchs' oft kommen,
So müßt' es uns übel ergahn.
Ich hätt' ein' Eid geschworen,
Daß die Mauer würd' bestahn.
Mich hat der Teufel betrogen
Und hat die Büchsen geladen,
Hat mir die Mau'r zerschossen,
Das bringt mir großen Schaden."

Zwei Knaben tät er schicken
Zum König Maximilian:
Das Schloß wollt' er aufgeben
Und ziehen leer davon.
Der König sprach mit Verdrießen:
„Nun nehmen wir's nit mehr an;
Hat er das Schloß lassen zerschießen,
Soll er auch die Trümmer han."

Da sprach der Pinzenauer:
„Ich hab' so redlich getan,
Es kann mich keiner schelten,
Ich wär' ein gelübdlos' Mann.
Sollt' ich ein Schloß aufgeben,
Derweil noch keine Not?
Pfui dich der großen Schande;
Wir hatten noch Speis' und Brot!"

Kein Bitt' wollt' ihm nit helfen,
Als man das Schloß gewann,
Da mußt' er es entgelten,
Und half ihm nichts davon.
„Seit ich denn ja muß sterben,
So wolle Gott sein Walten;
Um aller Bayern wegen
Will ich heut' mich tapfer halten.

Er war der allererste,
Den man führt' hinein;
Sein Wammes war geschnüret,
Man bracht' Sankt Johannswein.
„Hab Urlaub, liebe Welte,
Gott gesegen dich, Laub und Gras,
Will niemand darum schelten,
Nun wird mir desto baß!"

Man tät da achtzehn richten,
Die andern ließ man stahn;
Das tät der Herzog von Braunschweig,
Zum König ward er gahn:
„Mein König hochgeboren,
Gebt mir die armen Knecht';
Die Besten hat man geschoren,
Es trauert manch gut Geschlecht."

Da antwort' ihm der König:
„Ich schwor einen heiligen Eid,
Wer mich für einen tät bitten,
Dem würd' ein Backenstreich."
Doch tät er freundlich sehen,
Hub auf seine rechte Hand,
Und schlug dem Herzog von Braunschweig
Heimlich an seine Wang'.

„Niemand hätt's uns abgebeten,
Wie Ihr es habt getan;
So will ich Euch zu Ehren
Euch schenken fünfzehn Mann.
Nit mehr wöllen wir ledig lassen.
Gott helfe ihnen davon." –
Sie dankten Christ vom Himmel,
Daß es ihnen so wohl wöllt' gahn.

Der uns das Lied von neuem sang,
Von neuem gesungen hat,
Er darf sich euch nicht nennen
Von wegen seiner Art. –
Er ist dabeigewesen,
Von Adel ist er gebor'n,
Und wär' er nicht entronnen,
Man hätt' ihn auch geschor'n.

Die Schlacht von Pavia 1525

Herr Görg von Fronsperg,
Herr Görg von Fronsperg,
Der hat die Schlacht vor Pavia gewunnen;
Gewunnen hat er die Schlacht vor Pavia in ei'm Tiergart',
In neunthalb Stunden gewunnen Land und Leut'.

Der König aus Frankreich,
Der König aus Frankreich,
Der hat die Schlacht vor Pavia verloren,
Verloren hat er die Schlacht vor Pavia in ei'm Tiergart',
In neunthalb Stunden verloren Land und Leut'.

„Nun grüß dich Gott, du Königstöchterlein
Im ganzen Frankenreich!
Eurem Vater hab' ich abgewunnen
In neunthalb Stunden Land und Leut'.
Ich hab's gewagt, frisch unverzagt.
Ich hab's gewagt, frisch unverzagt,
Eurem Vater hab' ich abgewunnen
In neunthalb Stunden Land und Leut."

Im Blut mußten wir gahn,
Im Blut mußten wir gahn
Bis über, bis über die Schuch:
Barmherziger Gott, erkenne die Not!
Barmherziger Gott, erkenne die Not!
Wir müssen sonst verderben also.

Lärmen, lärmen, lärmen!
Lärmen, lärmen, lärmen!
Tät uns die Trummel, und die Pfeifen sprechen:
Her, her her! Ihr frommen deutschen Landsknecht' gut!
Laßt uns in die Schlachtordnung stahn,
Laßt uns in die Schlachtordnung stahn,
Bis die Hauptleut' sprechen: „Jetzt wollen wir's greifen an."

Reiter zum Pferd,
Sattel und Zaum!
Der Feind ist vorhanden.

„Es geht wohl gegen die Sommerzeit,
Daß mancher Knecht zu Felde leit';
Ich will euch tapfer lohnen
Mit lauter Doppelkronen.
Gute Paßporten will ich euch geben,
Weil ihr mir habt beschützt mein Land und Leut',
Dazu mein junges Leben."

Franz von Sickingens Tod

Drei Fürsten hond sich eins bedacht,
Hond viel der Landsknecht' zusammenbracht,
Für Landstuhl seind sie zogen
Mit Büchsen und mit Kriegeswalt:
Den Franzen soll man loben, ja loben.

Zu Landstuhl er sich finden ließ,
Das bracht' den Fürsten kein Verdrieß,
Sie huben an zu schießen.
Der Pfalzgraf ihm hofieren ließ:
Darob hätt' Franz Verdrießen, ja Verdrießen.

An einem Freitag es geschach,
Daß man den Löwen treffen sach
Die Mau'r zu Landstuhl erste.
Der Franz mit Trauern dazu sprach:
„Erbarm das Gott der Herre, ja Herre."

Die Fürsten waren wohlgemut,
Sie schossen in das Schloß so gut,
Den Franzen täten's treffen.
Vergossen ward sein edles Blut,
Ich will sein nit vergessen, vergessen.

Und als der Franz geschossen ward,
Behend das Schloß er übergab,
Den Fürsten tät er schreiben;
Für seine Landsknecht' er sie bat,
Er mocht' nicht länger bleiben, ja bleiben.

Die Fürsten kamen in das Schloß
Mit Knechten zu Fuß und auch zu Roß,
Den Franzen täten's finden;
Er red't mit ihnen ohn' Verdroß,
Die Wahrheit will ich singen, ja singen.

Als nun die Red' ein Ende nahm,
Da starb von Stund' der werte Mann.
Das muß doch Gott erbarmen!
Kein besser Krieger ins Land nie kam,
Er hat's gar viel erfahren, erfahren.

Er hat die Landsknecht' all' geliebt,
Hat ihnen gemacht gut Geschirr,
Darum ist er zu loben;
Sein Samen ist noch bei uns hie,
Er bleibt nit ungerochen, ungerochen.

Die Fürsten zogen weiter dann
Gen Trackenfels, also genannt,
Das haben sie verbrennet.
Gott tröst' den Franzen lobesam!
Sein Land wird gar zertrennet, zertrennet.

Also will ich's beleiben lan,
Es möcht' noch kosten manchen Mann,
Ich will nit weitersingen,
Gefällt vielleicht nit jedermann,
Wir müssen bald von hinnen, von hinnen.

Der uns das Liedlein neu's gesang,
Ein Landsknecht ist er's ja genannt,
Er hat es wohl gesungen –
Die Sach' ist ihm gar wohl bekannt,
Von Landstuhl ist er kommen, ja kommen.

Der Sturm auf Münster 1544

Wer hat denn die Rosen all' abgepflückt
Und der Narren Kappen damit geschmückt?
Wer brachte uns so zu Falle?
Wir riefen das Kreuz von dem Himmel doch an,
Wir guten Landsknechte alle.

An einem Montag es geschah,
Daß man den Sturm vor Münster sah
Angehn in scharfen Schauern.
Da blieb so mancher Landsknecht tot,
Zu Münster unter den Mauern.

Der Sturm hielt an eine kurze Zeit,
Bis daß die Metten waren bereit;
Die Metten waren gesungen,
Da schossen wir drei Büchsen los;
Alarm so schlugen die Trommeln.

Die Landsknechte waren in großer Not;
Da blieben wohl dreitausend tot,
In anderthalb Stunden erschlagen.
War das nicht eine große Schar von Volk?
Doch soll drum kein Landsknecht verzagen.

Wir fielen Münster tapferlich an,
Wir litten Schaden so manchen Mann.
Man sah da manch Blut vergießen;
Man sah da manchem frommen Landsknecht
Das Blut auf die Füße fließen.

Wir wichen da in ein wildes Feld,
In die Schanzen barg sich mancher Held,
Einen Schutz sollten sie uns geben.
Wir riefen Maria, Gott's Mutter, an:
„Beschirm uns Leib und Leben!"

Knipperdolling zu seinen Knechten sprach:
„Ihr Bürger, kommt hier auf die Wacht,
Laßt uns das Häuflein anschauen!
Erst waren sie noch dreitausend stark,
Nun hat sie Gott zerhauen!"

Der dieses Liedlein erstmals sang,
Ein freier Landsknecht ist er genannt,
Er hat's sehr wohl gesungen.
Er ist zu Münster beim Tanz gewest,
Dem Reihen ist er entsprungen.

Der Wassermann

Es wollt' ein Wassermann freien gahn,
Von der Burg bis an die See,
Des Königs Tochter aus Engelland,
Die schöne Agnese.

Er ließ eine Brücke mit Gold beschlah'n
Von der Burg bis an die See,
Drauf sollte sie spazieren gahn,
Die schöne Agnese.

Und als sie auf die Brücke kam
Von der Burg bis an die See,
Der Wassermann zog sie hinab,
Die schöne Agnese.

Da unten war sie wohl sieben Jahr',
Von der Burg bis an die See,
Bis sie ihm sieben Söhne gebar,
Die schöne Agnese.

Und als sie bei der Wiege stand,
Von der Burg bis an die See,
Da hört' sie die Glocken in Engelland,
Die schöne Agnese.

„Ach Wassermann, lieber Wassermann,
Von der Burg bis an die See,
Laß doch einmal zur Kirche gahn
Mich arme Agnese."

„Wenn ich dich lasse zur Kirche gahn,
Von der Burg bis an die See,
Du möchtest mir nicht wiederkehrn,
Du schöne Agnese."

„Warum sollt' ich nicht wiederkehrn
Von der Burg bis an die See?
Wer sollte meine sieben Kinder ernährn,
Mir armen Agnese?"

Und als sie auf den Kirchhof kam,
Von der Burg bis an die See,
Da neigt' sich Laub und grünes Gras
Vor der schönen Agnese.

Und als sie in die Kirche kam,
Von der Burg bis an die See,
Da neigt' sich Graf und Edelmann
Vor der schönen Agnese.

Der Vater macht die Bank ihr auf,
Von der Burg bis an die See,
Die Mutter legt das Kissen drauf
Der schönen Agnese.

Sie nahmen sie mit zu Tische,
Von der Burg bis an die See,
Sie trugen ihr Fleisch und Fische,
Der schönen Agnese.

Und da sie den ersten Bissen aß,
Von der Burg bis an die See,
Fiel ihr ein Apfel in den Schoß,
Der schönen Agnese.

„Ach Mutter, liebe Mutter mein,
Von der Burg bis an die See,
Werft mir den Apfel ins Feuer hinein,
Mir armen Agnese."

Und als man den Apfel ins Feuer warf,
Von der Burg bis an die See,
Da stand der wilde Wassermann
Vor der schönen Agnese.

„Agnese, willst du nicht wiederkehrn
Von der Burg bis an die See?
Wer soll denn unsre Kinder ernährn,
Du schöne Agnese?“

„Die Kinder wollen wir teilen,
Von der Burg bis an die See.“ –
„Nehm’ ich mir drei und du dir drei,
Du schöne Agnese.

Das siebente wollen wir teilen gleich,
Von der Burg bis an die See.
Nehm’ ich ein Bein und du ein Bein,
Du schöne Agnese.“

„Und eh ich mir lasse mein Kind zerteiln,
Von der Burg bis an die See,
Viel lieber will ich im Wasser bleib’n,
Ich arme Agnese.“

Landgraf Ludwig der Eiserne

I
Adelstyrannei

Zu Wartburg auf dem Schlosse
Hielt Landgraf Ludwig Haus
Mit seinem Höflingstrosse
Hellauf in Saus und Braus.
Weidwerk und Bankettieren
Behagt dem jungen Herrn;
Die Sorge fürs Regieren,
Die läßt er andern gern.

Da hieß es: „Weh dem Lande,
Der König ist ein Kind!"
Der Zucht und Ordnung Bande
Zerrissen gar geschwind.
Des Herrleins Vögt' und Schößer
Verhöhnten sein Gebot
Und häuften immer größer
Des Volkes Last und Not.

Der Lehenspflicht vergessen,
Jedweden Zwangs beraubt,
Hob trotzig und vermessen
Der Edelmann das Haupt
Und tat, was ihm gelüstet,
In Fehde, Raub und Brand,
Zertreten und verwüstet
Lag rings Thüringens Land.

Da drückten harte Lasten
Den Bauer bis aufs Blut,
Derweil die Ritter praßten
Mit schnödem Übermut.
Den Pflugstier mußt er missen,
Der furcht das Herrenfeld,
Und was er umgerissen,
Wird nicht für ihn bestellt.

Alltäglich von der Frühe,
Bis wann der Abend flammt,
Ist er zur sauern Mühe
Der Fronarbeit verdammt.
Und hat er Roß und Stiere,
Der Arme, nicht zur Hand,
Wird er gleich einem Tiere
Selbst vor den Pflug gespannt.

O grauenhafte Sage!
Wem bräche nicht das Herz!
Sechs Menschen vor der Waage,
Der siebte führt den Sterz!
Und nebenher der Treiber,
Die Geißel in der Faust,
Die auf die nackten Leiber
Zerfleischend niedersaust!

Ha! Bluthund sondergleichen
Und ew'ger Schande wert!
Sprich, kann dich nichts erweichen,
Du Ritter Heinz von Heerd?
Du tust, was selbst der Wilde,
Der Wüste Sohn nicht tut;
Du feuchtest dein Gefilde,
Barbar, mit Frauenblut.

Ein schwaches Weib in Tränen
(Jüngst schied ihr Mann dahin)
Jocht der Tyrann zu denen,
Die seine Furchen ziehn,
Und drängt mit Peitschenschlägen,
Bis sie zusammensinkt,
Und, ihrer Qual erlegen,
Ihr Blut die Erde trinkt.

Ist denn kein Recht im Lande?
Trifft Frevler kein Gericht?
Hat denn der Fürst (o Schande!)
Kein Ohr, kein Augenlicht?
Hört nicht des Volkes Klage?
Sieht nicht des Volkes Not?
Fühlt nicht des Volkes Plage?
Rächt nicht des Volkes Tod? –

Wach auf aus deinem Schlafe,
Du junges Heldenblut!
Der Wolf zerfleischt die Schafe,
Derweil der Schäfer ruht.
Wach auf mit einem Grimme,
Wie sich der Leu erhebt,
Daß vor des Herrschers Stimme
Der Thronvasall erbebt.

II
Der Schmied zu Ruhla

Einst in den schönen Tagen,
Wo Frühlingsjubel schallt,
Ritt Landgraf Ludwig jagen
Tief im Thüringer Wald.
Da scheucht er unverdrossen
Den Hirsch durch Busch und Moor,
Bis von den Jagdgenossen
Er jede Spur verlor.

Durch wüste Waldreviere,
Die nie ein Fuß betrat,
Schlingt er auf müdem Tiere
Den ungewissen Pfad.
Und schon beginnt's zu dämmern,
Schon bricht die Nacht herein,
Da hört er dumpfes Hämmern,
Sieht ferner Funken Schein.

Er folgt der Spur behende,
Der jugendliche Held,
Bis er am Waldesende
Vor einer Schmiede hält.
Da sprüht in Mitternächten
Der Esse Feuerpfuhl,
Da schafft mit seinen Knechten
Der Waffenschmied zu Ruhl.

„Wer seid Ihr?“ ruft der Alte
(Wohl kennt er seinen Mann).
„Ein Fremdling, der dem Walde
Mit deiner Hilf' entrann.

Aus Landgraf Ludwigs Trosse
Ein Weidmann, irr und matt.
Gib mir und meinem Rosse
Herberg und Lagerstatt."

Das Eisen muß man schmieden,
Weil's warm ist, denkt der Greis,
Nie dürfte mehr sich bieten
Solch Stündlein gleicherweis.
O daß mein Fürst jetzt hörte,
Was ihm kein Höfling sagt!
Will's Gott, wird der Betörte
Vom Taumel aufgejagt!

„Ihr dient dem Landsverderber",
Spricht er, „dem tollen Fant,
Dem Roß und Hund und Sperber
Mehr gilt denn Leut und Land? –
Solch Männlein darf nicht hausen
In biedrer Leute Dach:
Geht! In dem Schuppen draußen
Ist euer Schlafgemach.

Wär' ich an seiner Seite
Zu Wartburg auf dem Schloß,
Ich macht ihm Prunkgeschmeide
Für solcher Schranzen Troß!
Halseisen statt der Helme
Dem adligen Gesind,
Handschellen für die Schelme,
Kettlein zum Angebind'!"

Nun rügt er ernst und bitter
Des Hofes Schwelgerei,
Den Frevelmut der Ritter,
Der Vögte Tyrannei,
Gibt treu dem Fürsten Kunde
Von seines Leichtsinns Frucht,
Sagt, wie aus einem Munde
Das arme Volk ihm flucht.

Da flammt wie Wetterleuchten
Des Jünglings Angesicht,
Und Zornestränen feuchten

Sein edles Angesicht.
Bestürmt von Scham und Reue
Wankt er dem Lager zu
Und sucht auf harter Streue
Nur Einsamkeit, nicht Ruh.

Doch unbarmherzig hämmert
An seinem Feuerpfuhl,
Bis daß das Frührot dämmert,
Der Waffenschmied zu Ruhl
Und ruft, daß Frucht ihm trage
Des Fürsten Gegenwart,
Bei jedem Hammerschlage:
„Auf, Landgraf, werde hart!“

Und als auf Bergeszinnen
Sein Gold der Morgen goß,
Besteigt mit tiefem Sinnen
Der junge Fürst sein Roß.
Er drückt die Hand des Alten:
„Hab Dank und Gotteslohn!
Dein Wort soll fürder walten.“
Er sprach's und ritt davon.

III
Der Adelsacker

Zu Wartburg auf der Feste,
Da gab's der Gäste viel,
Doch kamen nicht die Gäste
Zu Festgelag und Spiel.
Des Herrschers finstre Züge
Verscheuchen jeden Scherz,
Und ob verdienter Rüge
Pocht manchem Schelm das Herz.

Der Landgraf tät erkunden,
Die wider Eid und Pflicht
Sein Volk unmenschlich schunden,
Und zog sie vor Gericht.
Er straft die Missetäter
Ohn' Ansehen der Person
Und bannt die Hochverräter
Fortan von seinem Thron.

Des Landes Not zu stillen,
Die tief aufs Herz ihn brennt,
Führt er mit eh'rnem Willen
Nun selbst das Regiment.
Er setzt den trotz'gen Rittern
Die Eisenfaust aufs Aug
Und macht die Vögte zittern
Vor seines Wortes Hauch.

Doch wie dem Dammeshügel
Die Flut entgegenschäumt,
Wie gegen Zaum und Zügel
Das stolze Roß sich bäumt,
Wie aus Geheg und Gitter
Gewild zu brechen droht,
So sträuben Vögt' und Ritter
Sich gegen sein Gebot.

Sie rotten sich zusammen,
Sie rüsten sich zum Streit,
Des Aufruhrs blut'ge Flammen
Entlodern weit und breit.
Da stellt mit wenig Treuen
Der Held zum Kampf sich dar,
Und vor dem Blick des Leuen
Erbebt der Wölfe Schar.

Bei Neuenburg im Tale,
Da schlägt er sie aufs Haupt,
Da wird mit einem Male
Ihr trotz'ger Mut geraubt.
Sie fliehn in wilder Eile,
Gewölk, vom Sturm gescheucht.
Umsonst! – Nach kurzer Weile
Hat sie sein Arm erreicht.

Drauf führt er sie gefangen
Gen Neuburg auf sein Schloß
Und spricht zum todesbangen,
Verräterischen Troß:
„Wohl hätt' ich, euch zu Füßen
Eu'r Haupt zu legen, Macht;
Doch Schuld mit Blut zu büßen
Wird Fürsten oft verdacht.

Wollt ich zur Sühne nehmen
All euer Gut und Recht,
Ich müßte des mich schämen,
Habsüchtig wär's und schlecht.
Doch schenkt ich euch, Verräter,
Großmütig Straf und Schuld,
Ihr freveltet nur frecher,
Hohnlachend meiner Huld.

Wohlan! Ich will nicht minder
Euch strafen nach Gebühr,
Auf Kind und Kindeskinder
Ein Denkmal für und für.
Genau nach euern Werken
Gescheh' euch allzugleich,
Daß männiglich soll merken,
Recht gelt' in meinem Reich."

Er treibt hinaus ins Weite
Den Hochverräterzug
Im Armensünderkleide
Und schirrt ihn vor den Pflug.
Zusammen vier zu vieren
Abwechselnd eingespannt
Durchfurchen sie gleich Stieren
Drei Tage lang das Land.

Er selber auf dem Acker,
Der zornentflammte Held,
Handhabt die Peitsche wacker,
Daß mancher wankt und fällt.
Und flehn sie um Erbarmen
Den strengen Rächer an,
„Ha", ruft er, „ha – den Armen
Hat's auch nicht wohlgetan!"

Drauf nimmt er sie aufs neue
In Eid und Lehenspflicht,
Doch traut er ihrer Treue,
Traut ihren Schwüren nicht.
Er sieht im Finstern schleichen
Verhaltner Rache Wut
Und ist vor ihren Streichen
Alsbald auf seiner Hut.

Er läßt zu sich entbieten
Den Waffenschmied zu Ruhl:
„Ein Wams sollst du mir schmieden
An deinem Feuerpfuhl.
Hast du mein Herz gehärtet,
So härt auch meine Haut,
Daß fest und ungefährdet
Vor Meuchlern mir nicht graut."

Gehüllt in Stahl und Eisen
Vom Scheitel bis zur Zeh,
Wird er fortan geheißen
Ludwig der Eiserne.
Das Feld, wo er die Placker
Des Volks in Staub gelegt,
Heißt heut noch Adelsacker,
Von Mauern rings umhegt.

Agnes Bernauerin

Es reiten drei Herren zu München hinaus,
Sie reiten wohl vor der Bernauerin Haus:
„Bernauerin, bist du da drinnen, ja drinnen?

Bist du darinnen, so tritt du heraus!
Der Herzog ist draußen vor deinem Haus
Mit all seinem Hofgesinde.“

Sobald die Bernauerin die Stimme vernahm,
Ein schneeweißes Hemd zog sie gar bald an,
Wohl vor den Herzog zu treten.

Sobald die Bernauerin vors Tor hinauskam,
Drei Herren gleich die Bernauerin vernahm'n:
„Bernauerin, was willst du machen?

Ei, willst du lassen den Herzog entwegen,
Oder willst du lassen dein jung frisch Leben
Ertränken im Donauwasser?“

„Und eh' ich will lassen mein' Herzog entwegen,
So will ich lassen mein jung frisch Leben
Ertränken im Donauwasser.

Der Herzog ist mein, und ich bin sein,
Sind wir gar treu versprochen."

Bernauerin auf dem Wasser schwamm;
Maria, Mutter Gottes, hat sie gerufen an,
Sollt' ihr aus dieser Not helfen.

„Hilf mir, Maria, aus dem Wasser heraus,
Mein Herzog läßt dir bauen ein neues Gotteshaus,
Von Marmorstein ein' Altar!"

Sobald sie dieses hat gesprochen aus,
Maria, Mutter Gottes, hat geholfen aus,
Und bei dem Leben errettet.

Sobald die Bernauerin auf die Brucken kam,
Drei Henkersknecht' zur Bernauerin kam'n:
„Bernauerin, was willst du machen?

Ei, willst du werden ein Henkersweib,
Oder willst du lassen dein' jungen stolzen Leib
Ertränken im Donauwasser?"

„Und eh' ich will werden ein Henkersweib,
So will ich lassen mein' jungen stolzen Leib
Ertränken im Donauwasser."

Es stund kaum an den dritten Tag,
Dem Herzog kam eine traurige Klag':
Bernauerin ist ertrunken.

„Auf, rufet mir alle Fischer daher,
Sie sollen fischen bis in das schwarze Meer,
Daß sie mein feines Lieb suchen!"

Es kommen gleich alle Fischer daher,
Sie haben gefischt bis in das schwarze Meer,
Bernauerin haben sie gefunden.

Sie legen's dem Herzog wohl auf den Schoß,
Der Herzog wohl viel tausend Tränen vergoß,
Er tät' gar herzlich weinen.

„So rufet mit her fünftausend Mann,
Einen neuen Krieg will ich nun fangen an
Mit meinem Herrn Vater eben!

Und wär' mein Herr Vater mir nicht so lieb,
So ließ ich ihn aufhenken als wie einen Dieb,
Wär' aber mir eine große Schande."

Es stund kaum an den dritten Tag,
Dem Herzog kam eine traurige Klag':
Sein Herr Vater ist gestorben.

„Die mir helfen meinen Herrn Vater begraben,
Rote Mäntel müssen sie haben,
Rot müssen sie sich tragen.

Und die mir helfen mein feines Lieb begraben,
Schwarze Mäntel müssen sie haben
Und schwarz müssen sie sich tragen.

So wollen wir stiften eine ewige Meß'
Daß man der Bernauerin nicht vergeß',
Man wolle für sie beten, ja beten!"

Prinz Eugen

Prinz Eugenius, der edle Ritter,
Wollt' dem Kaiser wied'rum kriegen
Stadt und Festung Belgerad.
Er ließ schlagen eine Brucken,
Daß man kunnt hinüberrucken
Mit der Armee wohl vor die Stadt.

Als die Brucken nun war geschlagen,
Daß man kunnt mit Stuck und Wagen
Frei passieren den Donaufluß,
Bei Semlin schlug man das Lager,
Alle Türken zu verjagen,
Ihn' zum Spott und zum Verdruß.

Am neunundzwanzigsten August soeben
Kam ein Spion bei Sturm und Regen,
Schwur's dem Prinzen und zeigt's ihm an,
Daß die Türken futragieren,
Soviel als man kunnt verspüren,
An die dreimal hunderttausend Mann.

Als Prinz Eugenius dies vernommen,
Ließ er gleich zusammenkommen
Sein Gen'ral und Feldmarschall.
Er tät sie recht instruieren,
Wie man sollt' die Truppen führen,
Und den Feind recht greifen an.

Bei der Parole tät er befehlen,
Daß man sollt' die zwölfe zählen
Bei der Uhr um Mitternacht.
Da sollt' all's zu Pferd aufsitzen,
Mit dem Feinde zu scharmützen,
Was zum Streit nur hätte Kraft.

Alles saß auch gleich zu Pferde,
Jeder griff nach seinem Schwerte,
Ganz still rückt' man aus der Schanz'.
Die Musketier' wie auch die Reiter
Täten alle tapfer streiten;
Es war fürwahr ein schöner Tanz.

„Ihr Konstabler auf der Schanzen,
Spielet auf zu diesem Tanzen
Mit Kartaunen groß und klein,
Mit den großen, mit den kleinen,
Auf die Türken, auf die Heiden,
Daß sie laufen all' davon!"

Prinz Eugenius wohl auf der Rechten
Tät als wie ein Löwe fechten
Als General und Feldmarschall.
Prinz Ludwig ritt auf und nieder:
„Halt' euch brav, ihr deutschen Brüder,
Greift den Feind nur herzhaft an!"

Prinz Ludwig, der mußt' aufgeben
Seinen Geist und junges Leben.
Ward getroffen von dem Blei.
Prinz Eugenius ward sehr betrübet,
Weil er ihn so sehr geliebet,
Ließ ihn bringen nach Peterwardein.

Die Befreiung Wiens

12. September 1683

Ein Falke späht vom Felsennest
So weit, so weit in's Land,
Er späht nach Ost und späht nach West
Hinab, hinauf den Strand.

Der Falke ist Graf Starhemberg
Hoch auf dem Stephansturm,
Doch Türken nur und Türken nur
Sieht nahen er zum Sturm.

Da rief er zorn- und kummervoll:
„Die Not, die klag ich Gott,
Daß man mich so verlassen hat
Dem argen Türk zum Spott.

Nun pflanz ich auf dem Stephansturm
Die heil'ge Kreuzesfahn,
Ihr Sinken klag den Christen all,
Daß wir dem Falle nahn.

Und sinkt die Fahn vom Stephansturm,
Dann stehe Gott uns bei,
Dann decke sie als Leichentuch
Den Starhemberger frei!"

Der Sultan rief dem Starhemberg:
„Bei Allah, hör mein Wort:
Ich werf die Fahn' vom Stephansturm
Und pflanz den Halbmond dort.

Ich mache Wien zur Türkenstadt,
Sankt Stephan zur Moschee;
Ich reiß die Maid aus Mutterarm
Und bring dem Bruder Weh."

Der Sultan und der Starhemberg,
Die sprachen fürder nicht,
Denn mit dem ehrnen Feuermund
Das Feldgeschütz nun spricht.

Ach Stephan, heil'ger Gottesmann,
Sie warfen dich einst tot;
Wie bringen sie nun auch dein Haus
Durch manchen Wurf in Not!

Jetzt ist, o Wien, dein bester Schild
Des Starhembergers Brust;
Wie trifft so gut sein scharfes Schwert,
Wie schwingt er es mit Lust!

Und neben ihm steht Kollonits,
Ein Bischof gotterfüllt,
Deß milde Hand die Schmerzen all
Der wunden Helden stillt.

Die Fahne auf dem Stephansturm
Wohl sechzig Tage stand,
Es hielt sie fest der Starhemberg
Mit seiner treuen Hand.

Die Fahne auf dem Stephansturm,
Die fängt zu wanken an;
Was hilft, ach Gott, *ein* Wundermann,
Wenn hundert Feinde nahn!

Die Fahne auf dem Stephansturm,
Die winkt, die sinkt, die bricht;
„Nun helf uns Gott!" ruft Starhemberg,
„Denn länger halt ich's nicht."

Der Türke ruft in stolzer Lust:
„Allah, der Sieg ist dein!
Gefallen ist die Kaiserstadt!
Der Kaiserthron ist mein!"

Von Hörner- und Trompetenschall
Tönt plötzlich da ein Klang:
„Heil Kollonits! Heil Starhemberg!"
So ruft ein Schlachtgesang.

Es tönt so froh und tönt so hell,
Als ging's zu Tanz und Wein:
Das ist die deutsche Ritterschaft
Von Elbe, Main und Rhein.

Es tönt so stark und tönt so tief,
Als zög der Sturm herbei:
Von Österreich ist's die Heldenkraft,
Von Bayern ist's der Leu.

Es tönt die wilde Meeresflut,
Die hoch sich hebt am Strand:
Sobieski ist's, der Polenfürst,
Ein Held gar wohl bekannt.

Der Türke rauft im Grimm sein Haar,
Von Rachelust entbrannt,
Und mordet die Gefangnen all
Mit kalter Mörderhand.

Nun eilt, ihr Helden, eilt herbei
Zum Kampf so hart und heiß;
Zu retten heut die Christenheit,
Das ist des Kampfes Preis!

Ein Feuer war das Christenheer,
Von heil'gem Mut entbrannt,
So brach es auf die Türken ein,
Ein Blitz, von Gott gesandt.

Der Lotharinger stritt voran,
Die Polen folgten nach,
Doch keiner zählt die Helden all
Von jenem Ehrentag.

Die Türken standen mutig erst,
Dann wichen sie zurück,
Dann brach das Feuer durch sie durch,
Zu Rauch ward da ihr Glück.

Ein weites, weites Leichenfeld
Ward rings das Donautal;
Dort sank in Staub der Türken Stolz,
Dort steht ihr Totenmal.

Bei Pauken- und Trompetenschall
Und Freudenfeuerschein,
So zieht geschmückt das Christenheer
Ins freie Wien nun ein.

Und noch steht auf dem Stephansturm
Das Kreuz der Christenheit,
Zum Zeichen, wie vereinte Kraft
Die Kaiserstadt befreit.

Der Hammerschmiedssohn

Susanne sprang zum Tor hinaus,
Sie sprang wohl in ihres Vaters Haus.

„Ach Vater, gebt mir einen Rat,
Der schwarze Hammerschmied geht mir nach."

„Ach Tochter, ich bin ein alter Mann,
Du nimmst von mir keine Lehr nit an."

Susanna sprang zum Fenster hinaus
Und sprang wohl in ihres Bruders Haus.

„Ach Bruder, gib mir einen Rat,
Der schwarze Hammerschmied geht mir nach."

„Ach Schwester, setz auf deinen Kranz,
Wir gehn nach Straßburg zu dem Tanz."

Und als sie bald nach Straßburg kam'n,
Der schwarze Hammerschmied stand vor ihr da.

Der Hammerschmied zog seinen Beutel heraus
Und gab dem Mädchen die Trau heraus.

Der Bruder zog seinen Degen heraus,
Er stach dem Hammerschmied das Herz heraus.

„Ach Schwester, hab ich recht getan?
Ich habe den Hammerschmied erschlan."

„Ach Bruder, du hast nicht recht getan:
Du hast meinem Kinde den Vater erschlan."

Die Königskinder

Es waren zwei Königskinder,
Die hatten einander so lieb,
Sie konnten zusammen nicht kommen,
Das Wasser war viel zu tief.

„Ach Liebster, kannst du schwimmen,
So schwimm doch herüber zu mir,
Drei Kerzchen will ich anzünden,
Die sollen auch leuchten dir."

Das hört' ein falsches Nönnchen,
Das tät', als wenn es schlief,
Es tat die Kerzlein ausblasen,
Der Jüngling ertrank so tief.

Und als der Jüngling zugrunde ging,
Sie schrie und weinte so sehr,
Sie ging mit weinenden Augen
Wohl vor der Mutter Tür.

„Ach Mutter, herzliebste Mutter,
Mein Kopf tut mir so weh,
Laß mich ein wenig spazieren
Wohl an die tiefe See.“

„Ach Tochter, herzliebste Tochter,
Allein sollst du nicht gehn,
Ruf deinen jüngsten Bruder,
Und der soll mit dir gehn.“

„Ach Mutter, herzliebste Mutter,
Mein Bruder ist noch ein Kind,
Er schießt ja all’ die Vögelein,
Die auf grüner Heide sind.“

„Ach Tochter, herzliebste Tochter,
Allein sollst du nicht gehn,
Weck deine jüngste Schwester,
Und sie soll mit dir gehn.“

„Ach Mutter, herzliebste Mutter,
Meine Schwester ist noch ein Kind,
Sie pflückt ja all’ die Blümelein,
Die auf grüner Heide sind.“

Die Mutter ging zur Kirche,
Die Tochter ging ihren Gang,
Sie ging so lang spazieren,
Bis sie einen Fischer fand.

„Ach Fischer, liebster Fischer,
Willst du verdienen Lohn,
So senk dein Netz ins Wasser,
Fisch mir den Königssohn.“

Er senkte sein Netz ins Wasser
Und nahm sie in den Kahn,
Er fischt’ und fischte so lange,
Bis sie den Königssohn sahn.

Was nahm sie von ihrem Haupte?
Eine goldne Königskron’:
„Sieh da, viel edler Fischer,
Das ist dein verdienter Lohn.“

Was zog sie von ihrem Finger?
Ein Ringlein von Gold so rot:
„Sieh da, du armer Fischer,
Kauf deinen Kindern Brot.“

Sie schloß ihn in die Arme,
Küßt’ ihm den bleichen Mund:
„Ach Mündlein, könntest du sprechen,
So wäre mein Herz gesund.“

Sie schloß ihn an ihr Herze
Und sprang mit ihm ins Meer:
„Gute Nacht, mein Vater und Mutter,
Ihr seht mich nimmermehr.“

Da hörte man Glöcklein läuten,
Da hörte man Jammer und Not.
Hier liegen zwei Königskinder,
Die sind alle beide tot.

Die Nonne

Ich stand auf hohem Berge,
Sah in den tiefen Rhein,
Ein Schifflein sah ich schweben,
Drei Grafen tranken drein.

Der jüngste von den dreien,
Der in dem Schifflein saß,
Bot mir einmal zu trinken
Kühlen Wein aus seinem Glas.

„Was bietst du mir zu trinken,
Was schenkst du mir den Wein?
Ich bin ein armes Mädchen
Und du ein reicher Graf.

Und wenn ich schon nicht reiche bin,
Aller Ehren bin ich voll.
Ins Kloster will ich gehen,
Will werden eine Nonn.“

Was zog er von seinem Finger?
Einen Ring von Gold so rot.
„Nimm hin, du Hübsche, du Feine,
Trag ihn nach meinem Tod."

„Was soll ich mit dem Ringlein tun,
Wenn ich's nicht tragen darf?" –
„Ei, sag, du habst's gefunden
Draußen im grünen Gras."

„Ei, warum sollt' ich lügen?
Stünd' mir gar übel an.
Viel lieber wollt' ich sagen,
Der jung' Graf wär' mein Mann."

Es stund wohl an ein Vierteljahr,
Dem Grafen träumt's gar schwer,
Als ob sein herzallerliebster Schatz
Ins Kloster gangen wär'.

„Steh auf, steh auf, lieber Reitknecht mein,
Sattel mir und dir ein Pferd,
Wir wollen reiten Berg und Tal,
Der Weg ist reitenswert."

Und als er vor das Kloster kam,
Gar leise klopft er an:
„Wo ist die jüngste Nonne,
Die zuletzt ist kommen an?" –

„Es ist ja keine gekommen,
Es kommt auch keine heraus." –
„So will ich das Kloster anzünden,
Das schöne Gotteshaus."

Das Nönnchen kam geschritten,
Schneeweiß war sie gekleid't:
Ihr Haar war abgeschnitten,
Zur Nonne war sie bereit.

Sie bot ihm noch zu trinken,
Zu trinken aus dem Glas;
Das Glas tät' ihm zerspringen,
Zerspringen auch sein Herz.

Mit ihren weißen Händen
Grub sie dem Herrn ein Grab;
Aus ihren schwarzbraunen Augen
Sie ihm das Weihwasser gab.

Mit ihrer schönen Stimme
Sang sie den Grabgesang,
Mit ihrer hellen Zunge
Schlug sie den Glockenklang.

Der listige Jäger und die Riesenmuhme

Es ging ein Jäger aus jagen
So fern all' in den Wald.
Er fand da nichts zu jagen,
Als ein g'bundnen Mann, war alt.

„Jäger", sagte er, „Jäger!
Im Wald, da wandelt ein Weib,
Kommst du ihr ins Gehege,
Das kostet dein jungen Leib."

„Sollt' mir vor einem Weib grausen?
Mir graust vor keinem Mann."
Und eh das Wort nur halb gesagt,
Kam das böse Weib heran.

Sie nahm ihn bei den Armen,
Sein Pferdchen bei dem Zaum,
Und klomm mit ihm den Berg hinan,
Wohl zwanzig Meilen hinauf.

Die Berge waren hohe,
Die Täler rundum so tief.
Da lagen auch zwei erschlagen;
Der dritte hing an dem Spieß.

„Soll ich und muß ich sterben,
Wie ich vor Augen seh',
So mag ich wohl darum klagen,
Daß ein Grieche so untergeht."

„Bist du denn von den Griechen?
Von dannen ist auch mein Mann.
So nenne mir deine Eltern,
Laß hören, ob ich sie kenn'."

„Soll ich meine Eltern nennen,
Wer weiß, ob die Euch bekannt:
Der König von den Griechen,
Das ist mein Vater genannt.

Sein' Hausfrau Margareta,
Das ist die Mutter mein.
Die Namen sollt Ihr wissen,
Und daß es meine Eltern sein."

„Der König von den Griechen,
Das ist so ein gewaltiger Mann;
Sollt Ihr nicht höher wachsen,
Was nützt Euch das Leben dann?"

„Sollt' ich nicht höher wachsen?
Bin kaum erst elf Jahr alt.
Ich hoff' ja noch höher zu wachsen,
Als die Bäume stehn in dem Wald."

„Hofft Ihr noch höher zu wachsen,
Als die Bäume stehn in dem Wald,
So hab ich auch eine Tochter,
Die ist jung und wohlgestalt.

Sie trägt auf ihrem Haupte
Eine Krone von Perlen schön;
Und kämen auch Königinnen,
Könnten nicht vor ihr bestehn.

Sie trägt auf ihren Brüsten
Eine Lilie mit einem Schwert.
Der Teufel in der Hölle
Ist von meiner Tochter verstört."

„Ihr rühmt mir Eure Tochter,
Ich wollt', sie wäre da,
Ich wollt' sie heimlich küssen
Und bieten ihr guten Tag."

„Ich hab ja ein klein Pferdchen,
Läuft schneller denn der Wind,
Das will ich Euch heimlich leihen,
Daß Ihr sie daheime findt."

Der Jäger saß auf dem Pferdchen,
Er ritt so lustig fort.
„Adieu, du schwarze Hure,
Eure Tochter gebt, wem Ihr wollt!"

„Hätt' ich dich in den Klauen,
Wie ich dich hatte zuvor,
Du solltest mir nicht sagen,
Ich wär' eine schwarze Hur'."

Sie nahm da einen Kloben
Und schlug da auf den Baum,
Daß alle Bäume bebten,
Und alle Blätter auch.

Liebesprobe

Es sah eine Linde ins tiefe Tal,
War unten breit und oben schmal,
Worunter zwei Verliebte saßen,
Vor Lieb' ihr Leid vergaßen.

„Feins Liebchen, wir müssen voneinander,
Ich muß noch sieben Jahre wandern.“ –
„Mußt du noch sieben Jahre wandern,
Nehm' ich mir keinen andern.“

Und als nun die sieben Jahre umme waren,
Flocht sie in Seiden ihr Haar;
Sie ging wohl in den Garten,
Ihren Liebsten zu erwarten.

Sie ging wohl unter die Linden,
Ob sie ihren Liebsten möcht' finden.
Sie ging wohl in das grüne Holz,
Da kam ein Reiter geritten stolz.

„Gott grüß dich, Mägdlein feine,
Was machst du hier alleine?
Ist dir dein Vater oder Mutter gram,
Oder hast du heimlich einen Mann?“

„Mein Vater und Mutter sind mir nicht gram,
Ich hab auch heimlich keinen Mann.
Gestern war's drei Wochen über sieben Jahr',
Da mein feins Liebchen ausgewandert war.“

„Gestern bin ich geritten durch eine Stadt,
Da dein feins Liebchen Hochzeit hat'.
Was tust du ihm denn wünschen an,
Daß er seine Treu' nicht gehalten hat?“

„Ich wünsch' ihm soviel gute Zeit,
Soviel wie Sand am Meere breit,
Ich wünsch' ihm soviel Glücke fein,
Soviel wie Stern' am Himmel sein.

Ich wünsch' ihm all das Beste,
Soviel der Baum hat Äste,
Ich wünsch' ihm auch eine gute Nacht,
Weil er mein nimmer hat gedacht.“

Was zog er von seinem Finger?
Ein' Ring von reinem Gold gar fein.
Er warf den Ring in ihren Schoß,
Sie weinte, daß der Ring gar floß.

Was zog er aus seiner Taschen?
Ein Tuch, schneeweiß gewaschen.
„Trockn' ab, trockn' ab dein Äugelein,
Du sollst fürwahr mein eigen sein.

Ich tat dich nur versuchen,
Ob du würd'st schwören oder fluchen;
Hätt'st du einen Fluch oder Schwur getan,
Von Stund' an wär ich geritten davon."

Schwesterlein

„Schwesterlein, Schwesterlein,
Wann gehn wir nach Haus?"
„Morgen, wenn die Hahnen krähn,
Wolln wir nach Hause gehn,
Brüderlein, Brüderlein,
Dann gehn wir nach Haus."

„Schwesterlein, Schwesterlein,
Wann gehn wir nach Haus?"
„Morgen, wenn der Tag anbricht,
Eh end't die Freude nicht,
Brüderlein, Brüderlein,
Der fröhliche Braus."

„Schwesterlein, Schwesterlein,
Wohl ist es Zeit."
„Mein Liebster tanzt mit mir,
Geh ich, tanzt er mit ihr,
Brüderlein, Brüderlein,
Laß du mich heut."

„Schwesterlein, Schwesterlein,
Was bist du blaß?"
„Das macht der Morgenschein
Auf meinen Wängelein,
Brüderlein, Brüderlein,
Die vom Taue naß."

„Schwesterlein, Schwesterlein,
Du wankest so matt?"
„Suche die Kammertür,
Suche mein Bettlein mir,
Brüderlein, es wird fein
Unterm Rasen sein."

Die Zwerge vom Untersberg

Wo Kaiser Barbarossa träumt
Im Berg vor Salzburgs Mauern,
Vernahm, wer abends spät gesäumt,
Ein Klagen und ein Trauern
Der Zwerge vom Untersberge.

Sie litten Mangel an edlem Naß,
Der Wein begann zu fehlen;
Geleert war schon das letzte Faß,
Sie netzten gern die Kehlen,
Die Zwerge vom Untersberge.

Der König seufzt mit seiner Schar,
Tief in den Marmorhallen;
Die Tränen vor den Äuglein klar
Herab zum Barte fallen
Den Zwergen vom Untersberge.

Ein Männlein schluchzt, beleibt und rund,
In Mitte der Bergesgeister;
Ihn zieren Tasch' und Schlüsselbund,
Den alten Kellermeister
Der Zwerge vom Untersberge.

Da tritt der Wächter hurtig ein:
„Ein Fuhrmann fährt im Tale.
Wir geben ihm Geld, er gibt uns Wein!"
Wie sprangen vor Freuden im Saale
Die Zwerge vom Untersberge!

„Der Wein, der Wein muß unser sein!"
Des Königs Aug' blitzt helle.
„Mein Reich für einen Tropfen Wein!
Schafft mir das Faß zur Stelle,
Ihr Zwerge vom Untersberge!"

Der Fuhrmann folgt ihm zitternd nach
Und kam zum Wunderschlosse;
Sie führten ihn ins Speisgemach
Und in den Stall die Rosse,
Die Zwerge vom Untersberge.

Im Hof geschäftig regt es sich
Von tausend winz'gen Händen,
Das große Faß gar säuberlich
Zur Kellertür zu wenden –
Die Zwerge vom Untersberge.

Dann spannten sie die Rosse ein;
„Hier ist Dein Lohn, Geselle!
Dir bleibt das Gold und uns der Wein!"
Er blinkt wie Gold so helle
Den Zwergen vom Untersberge.

Der Fuhrmann lacht: „Ein hübscher Spaß,
Wenn selbst die Geister dürsten!
So gut verkauft ich nie ein Faß
Als heute dem Volk und dem Fürsten
Der Zwerge vom Untersberge!"

Die Peitsche knallt, er zählt sein Gold,
Fährt ab, singt lustige Lieder,
Ruft noch zurück: „O bleibt mir hold,
Dann sehen wir bald uns wieder!" –
Die Zwerge sie jubeln im Berge.

Das jüngste Schwesterlein

Es war ein Markgraf über dem Rhein,
Der hatte drei schöne Töchterlein.
Zwei Töchter früh heiraten weg,
Die dritt' hat ihn ins Grab gelegt.
Dann ging sie singen vor Schwesters Tür:
„Ach, braucht ihr keine Dienstmagd hier?"

„Ei Mädchen, du bist viel zu fein,
Du gehst gern mit den Herrelein." –
„Ach nein, ach nein, das tu ich nicht,
Meine Ehre mir viel lieber ist." –
Sie dingt das Mädchen ein halbes Jahr;
Sie dient bei ihr wohl sieben Jahr'.

Und als die sieben Jahr' umme war'n,
Das Mädchen fing zu kränkeln an.
„Ach Mädchen, wenn du krank willst sein,
So sag, wer deine Eltern sein." –
„Mein Vater war Markgraf über dem Rhein,
Meine Mutter ist Königstöchterlein."

„Ach nein, ach nein! Das glaub' ich nicht,
Daß du meine jüngste Schwester bist." –
„Und wenn du mir's nicht glauben willst,
So geh nur an meine Kiste hin,
Daran wird es geschrieben stehn,
Da kannst du es mit Augen sehn."

Und als sie an die Kiste kam,
Da rannen ihr die Tränen ab:
„Ach bringt mir Weck, ach bringt mir Wein,
Es ist mein jüngstes Schwesterlein." –
„Ich will keinen Weck, ich will keinen Wein,
Will nur ein kleines Särgelein."

Schneiders Höllenfahrt

Es wollt' ein Schneider wandern
Am Montag in der Fruh,
Begegnet ihm der Teufel,
Hat weder Strümpf' noch Schuh':
„He, he du Schneiderg'sell!
Du mußt mit mir in d' Höll',
Du mußt uns Teufel kleiden,
Es gehe wie es wöll."

Sobald der Schneider in d' Höllen kam,
Nahm er seinen Ellenstab,
Er schlug den Teufeln die Buckel voll,
Die Teufel auf und ab.
„He, he du Schneiderg'sell!
Mußt wieder aus der Höll';
Wir brauchen nicht das Messen,
Es gehe wie es wöll."

Nachdem er all' gemessen hatt',
Nahm er sein' lange Scher'
Und stutzt den Teufeln d' Schwänzlein ab,
Sie hüpfen hin und her.
„He, he du Schneiderg'sell!
Pack dich nur aus der Höll'!
Wir brauchen nicht das Stutzen,
Es gehe wie es wöll."

Da zog er's Bügeleisen 'raus
Und warf es in das Feuer,
Er streicht den Teufeln d' Falten aus,
Sie schrieen ungeheuer:
„He, he du Schneiderg'sell!
Geh du nur aus der Höll'!
Wir brauchen nicht das Bügeln,
Es gehe wie es wöll!"

Er nahm den Pfriemen aus dem Sack
Und stach sie in die Köpf',
Er sagt: „Halt still, ich bin schon da,
So setzt man bei uns Knöpf." –
„He, he du Schneiderg'sell!
Geh einmal aus der Höll'!
Wir brauchen keine Kleider,
Es geh' nun wie es wöll."

Drauf nahm er Nadel und Fingerhut
Und fängt zu stechen an,
Er flickt den Teufeln d' Naslöcher zu,
So eng er immer kann.
„He, he du Schneiderg'sell!
Pack dich nur aus der Höll'!
Wir können nimmer riechen,
Es geh' nun wie es wöll."

Darauf fängt er zu schneiden an,
Das Ding hat ziemlich brennt,
Er hat den Teufeln mit Gewalt
Die Ohrlappen aufgetrennt.
„He, he du Schneiderg'sell,
Marschier nur aus der Höll'!
Sonst brauchen wir den Bader,
Es geh' nun wie es wöll."

Nach diesem kam der Luzifer
Und sagt: „Es ist ein Graus,
Kein Teufel hat kein Schwänzerl mehr,
Jagt ihn zur Höll' hinaus!"
„He, he du Schneiderg'sell,
Pack dich nur aus der Höll'!
Wir brauchen keine Kleider,
Es gehe wie es wöll."

Nachdem er nun hat aufgepackt,
Da war ihm erst recht wohl,
Er hüpft und springet unverzagt,
Lacht sich den Buckel voll.
Ging eilends aus der Höll'
Und blieb ein Schneiderg'sell:
Drum holt der Teufel kein' Schneider mehr,
Er stehl' soviel er wöll.

Der Wirtin Töchterlein

Es ritten drei Reiter wohl über den Rhein,
Bei einer Frau Wirtin, da kehrten sie ein.

„Frau Wirtin, ist ihr Mann zu Haus?“
„Ach nein, ist gestern geritten hinaus.“

„Frau Wirtin, hat sie kein Dienstmägdelein?“
„Ich habe ein einziges Töchterlein.“

„Frau Wirtin, wird sie bald schlafen gehn,
So laß sie die Lichter uns brennend stehn.“

„Ich kann ja schlafen gehn, wann ich will,
Ich schicke mein Töchterlein vor mir hin.“

Sie gaben der Wirtin einen süßen Trank,
Daß sie vor Schlaf darniedersank.

Das Kind griff der Mutter wohl an die Füß:
„Ach Mutter, was ist dein Schlaf so süß!"

Es griff seiner Mutter wohl an die Brust:
„Ach, wenn das doch der Vater wußt!"

Es griff seiner Mutter wohl an den Mund:
„Ach Mutter, jetzt ist meine letzte Stund!"

Der erste sprach: „Das Mägdlein ist mein,
Ich hab ihm gegeben ein Ringelein!"

Der andere sprach: „Das Mädchen ist mein,
Ich hab ihm gegeben ein kühl Glas Wein."

Der dritte sprach: „Das Mädchen ist wert,
Daß wir es teilen mit unserem Schwert."

Sie legten es auf einen viereckten Tisch
Und teilten es wie einen Wasserfisch.

Und wo ein Tröpfchen Blut hinsprang,
Da saß ein heiliger Engel und sang.

Und wo der Mörder das Schwert hinlegt,
Da saß ein schwarzer Rabe und kräht.

Das Mädchen kam ins kühle Grab,
Die Mörder die kamen auf das Galgenrad.

Willibald Alexis (Georg Wilhelm Häring) (1798–1871)

Fridericus Rex

Fridericus Rex, unser König und Herr,
Der rief seine Soldaten allesamt ins Gewehr,
Zweihundert Bataillons und an die tausend Schwadronen,
Und jeder Grenadier kriegte sechzig Patronen.

„Ihr verfluchten Kerls", sprach Seine Majestät,
„Daß jeder in der Bataille seinen Mann mir steht!
Sie gönnen mir nicht Schlesien und die Grafschaft Glatz
Und die hundert Millionen in meinem Schatz.

Die Kaiserin hat sich mit den Franzosen alliiert,
Und das Römische Reich gegen mich revoltiert,
Die Russen sind gefallen in Preußen ein;
Auf, laßt uns zeigen, daß wir brave Landeskinder sein!

Meine Generale Schwerin und Feldmarschall von Keith
Und der Generalmajor von Zieten sind allemal bereit;
Potz Mohren, Blitz und Kreuz-Element,
Wer den Fritz und seine Soldaten noch nicht kennt!" –

„Nun adjö, Lowise, wisch ab das Gesicht,
Eine jede Kugel, die trifft ja nicht,
Denn träf' jede Kugel apart ihren Mann,
Wo kriegten die Könige ihre Soldaten dann!"

Die Musketenkugel macht ein kleines Loch,
Die Kanonenkugel ein weit größeres noch;
Die Kugeln sind alle von Eisen und Blei,
Und manche Kugel geht manchem vorbei.

Unsere Artillerie hat ein vortrefflich Kaliber,
Und von den Preußen geht keiner zum Feinde nicht über;
Die Schweden, die haben verflucht schlechtes Geld;
Wer weiß, ob der Öst'reicher besseres hält.

Mit Pomade bezahlt den Franzosen sein König,
Wir kriegen's alle Wochen bei Heller und Pfennig.
Potz Mohren, Blitz und Kreuzsackerment,
Wer kriegt so prompt wie der Preuße sein Traktament!

Fridericus mein König, den der Lorbeerkranz ziert,
Ach hätt'st du nur öfters zu plündern permittiert!
Fridericus Rex, mein König und Held,
Wir schlügen den Teufel für dich aus der Welt.

Ernst Moritz Arndt
(1769–1860)

Der König von Burgund

Es ritt mit stolzem Prangen
Der König von Burgund,
Da kommt ein Knab' gegangen
Und grüßt mit süßem Mund

Und spricht: „Gott grüß dich, König!
Du Schöner von Burgund,
Mach deine Feinde wenig!
Dich stark zu jeder Stund!"

Und spricht: „Gott lenk dir, König,
Zu mir den lieben Sinn!
Der ich an Taten wenig,
Doch groß an Treue bin."

Der König sprach zum Knaben:
„Was willst du in dem Krieg,
Wo Adler nur und Raben
Erfreut der blut'ge Sieg?

Was wagst du, holder Knabe,
An Jahren jung und zart?
Das Feld wird dir zum Grabe,
Der Weg ist dir zu hart.

Geh mit den feinen Füßen
Zurück ins Blumental
Und horche dort dem süßen
Gesang der Nachtigall.

Pfleg mit den feinen Händen
Den blühnden Rebenstock
Und netz des Leines Enden
Für einen Schäferrock."

„O König! Zart von Leibe
Ist meine Jugend wohl;
Doch sie nicht von dir treibe,
Sie fühlt sich Mutes voll.

Wohl Hunderttausend sitzen
So stolz um dich zu Roß,
Viel tausend Schwerter blitzen
Und Köcher voll Geschoß:

Doch von den allen keiner
Ist mehr dir zugetan
Als ich hinfort, dein kleiner
Dir dienender Kumpan;

Doch von den allen keinen
Bekümmert so dein Streit
Als deinen zarten Kleinen,
Der dir den Gruß entbeut."

„O Knabe, deine Rede
Klingt wohl an Tugend reich,
Doch wiss', die harte Fehde
Macht rote Wangen bleich.

Die schönen blauen Augen
Versöhnen keinen Feind,
Denn die, so Schwerter brauchen,
Sind feindlich auch gemeint."

„O Herr, klingt meine Rede
An Mut und Tugend reich,
So wiss', in deiner Fehde
Tut mir's kein Knappe gleich.

Laß sich den Schein entfärben,
Der diese Wangen schmückt;
Ja, laß mich für dich sterben,
So dünk' ich mich beglückt."

„O Knab', soll ich dich nehmen,
So melde, ob du kannst,
Womit zur Zeit der Schemen
Du mir die Sorgen bannst;

Womit im Brand der Sonne
Du mir die Schläfe kühlst,
Und für der Träume Wonne
Mich sanft in Schlummer spielst."

„Herr König, zwar geringe
Ist meiner Gaben Los;
Doch macht zu allem Dinge
Die fromme Liebe groß.

Ich kann die Laute schlagen,
Ich kann das Harfenspiel,
Womit seit manchen Tagen
Ich vielen wohl gefiel;

Auch kann ich lustig singen
Und zwitschern mutig drein
Wie auf den leichten Schwingen
Die Frühlingsvögelein.

Auch kann ich künstlich tanzen
Auf meinen Füßen flink
Durch Schwerter und durch Lanzen
Und in dem Reigenring.

Auch weiß ich Wundermären
Aus alter, grauer Zeit,
Die Sorgen zu betören
Stracks durch Geschwätzigkeit;

Auch richt' ich schnelle Falken
Zum Vogelfange zu,
Und von den Mareschalken
Hast keinen flinkern du."

Der König nimmt den Knaben
Und kleidet ihn in Stahl
Und läßt ihn bei sich traben
In Nacht und Sonnenstrahl.

Sein Schwert muß er ihm tragen,
Ihm zäumen früh sein Roß;
Ist ihm in wenig Tagen
Der liebst' im ganzen Troß.

Beim Mahl muß er ihm singen
Zum goldnen Harfenspiel,
Und oft von alten Dingen
Erzählen lang und viel.

Und wann von seinen Braven
Ein jeder heimwärts geht,
So muß der Knabe schlafen
Zunächst an seinem Bett.

So zieht er als Begleiter
Des Zuges lustig mit. –
Einst warnt das Horn die Streiter
Vor nahem Feindestritt;

Im Glanz der Waffen sprengen
Die Reisigen voran,
Und Heldenherzen drängen
Sich frisch zum Kampf hinan.

Und König Rudolfs Rechte
Stößt manches tapfre Herz
Hinab zur Nacht der Nächte
Im kühnen Lanzenscherz;

Und Mütter müssen weinen,
Und Bräute, jung und hold,
Den Tag, der zu bescheinen
Die Toten aufwärts rollt.

Da faßt ein starker Reiter
Den König mit dem Speer,
Zersprengt den Schild in Scheiter,
Zersplittert seine Wehr;

Trifft ihn mit stolzem Grimme –
Das Feld ist Königsgrab –,
Und ohne Hauch und Stimme
Er fällt vom Roß herab.

Erbleichend hält der Knabe
Und spannet sein Geschoß:
„Nimm letzte Liebesgabe!“
Er schießt den Mann vom Roß;

Wirft dann in heißen Tränen
Sich auf des Königs Leib,
Und offenbart in Tönen
Des Jammers laut das Weib;

Reißt von den goldnen Locken
Des Helmes Decke schnell,
Damit das Blut zu stocken,
Das rinnt vom Panzer hell.

Reißt mit den blut'gen Händen
Des Hemdes weißen Lein,
Die Treue zu vollenden,
Von seines Busens Schrein.

Und sieh! Des Königs Wangen
Färbt neues Lebensrot –
Sein Atem lag gefangen,
Die Kraft war nimmer tot!

Und sieh! Mit frohem Leben
Sieht er des Weibes Trug,
Das Lieb' in Tod und Leben
Für ihn in Schlachten trug.

Und faßt sie gar behende
Und drückt sie an sein Herz
Und ruft: „Hier, Treue, ende
Dein langer, süßer Schmerz!

Und wärst in Bettlerhütten
Die kleinste Magd im Land,
Du bist durch Mut und Sitten
Mit Königsglanz verwandt!“

„Mein König!“ stammelt leise
Das hold verschämte Weib,
„Vergib mir meine Weise!
Mir hinfort gnädig bleib!

Nicht in der Bettlerhütte
Wuchs deine Magd heran;
Wohl aus der Fürsten Mitte
Erköre sie ein Mann.

Mein Vater heißt Graf Walther,
Wohnt im Ardennerwald;
Doch zog mein junges Alter
Der Liebe Allgewalt.

Du weißt, wie ich gedienet,
Wozu bei Tag und Nacht
Sich Liebesmut erkühnet
In wilder Knabentracht."

„Ich weiß es; es soll wissen
Das ganze Männerheer.
Du schläfst auf deinem Kissen
Hinfort nicht einsam mehr.

In deinen süßen Armen,
Du süße Königin,
Laß ewig mich erwarmen
Im frommen Liebessinn.

Die oft mein Roß gezäumet,
Mich oft in Schlummer sang,
Nun bei mir schläft und träumet
All, all ihr Leben lang."

Ballade

Und die Sonne machte den weiten Ritt
Um die Welt,
Und die Sternlein sprachen: „Wir reisen mit
Um die Welt!"
Und die Sonne, sie schalt sie: „Ihr bleibt zu Haus!
Denn ich brenn' euch die goldnen Äuglein aus
Bei dem feurigen Ritt um die Welt."

Und die Sternlein gingen zum lieben Mond
In der Nacht,
Und sie sprachen: „Du, der auf Wolken thront
In der Nacht,
Laß uns wandeln mit dir, denn dein milder Schein,
Er verbrennet uns nimmer die Äugelein."
Und er nahm sie, Gesellen der Nacht.

Nun willkommen, Sternlein und lieber Mond,
In der Nacht!
Ihr verstehet, was still in dem Herzen wohnt
In der Nacht.
Kommt und zündet die himmlischen Lichter an,
Daß ich lustig mitschwärmen und spielen kann
In den freundlichen Spielen der Nacht.

Vaterlandslied

Der Gott, der Eisen wachsen ließ,
Der wollte keine Knechte;
Drum gab er Säbel, Schwert und Spieß
Dem Mann in seine Rechte;
Drum gab er ihm den kühnen Mut,
Den Zorn der freien Rede,
Daß er bestände bis aufs Blut,
Bis in den Tod, die Fehde.

So wollen wir, was Gott gewollt,
Mit rechten Treuen halten,
Und nimmer im Tyrannensold
Die Menschenschädel spalten;
Doch, wer für Tand und Schande ficht,
Den hauen wir zu Scherben,
Der soll im deutschen Lande nicht
Mit deutschen Männern erben.

O Deutschland, heil'ges Vaterland!
O deutsche Lieb und Treue!
Du hohes Land! Du schönes Land!
Dir schwören wir aufs neue:

Dem Buben und dem Knecht die Acht!
Der füttre Krähn und Raben!
So ziehn wir aus zur Hermannschlacht!
Und wollen Rache haben.

Laßt wehen, was nur wehen kann,
Standarten wehn und Fahnen!
Wir wollen heut uns, Mann für Mann,
Zum Heldentode mahnen.
Auf! Fliege, stolzes Siegspanier,
Voran den kühnen Reihen!
Wir siegen oder sterben hier
Den süßen Tod der Freien.

Ferdinand Avenarius
(1856–1923)

Der goldene Tod

Kein Wind im Segel, die See liegt still –
Kein Fisch doch, der sich fangen will!
So ziehen die Netze sie wieder herein
Und murren, schelten und fluchen drein.
Da neben dem Kutter wird's heller und licht
Wie weißliches Haar, wie ein Greisengesicht,
Und ein triefendes Haupt taucht auf aus der Flut:
„Ei, drollige Menschlein, ich mein's mit euch gut –

Ich gönn' euch von meiner Herde ja viel,
Doch heut ist mein Jüngster als Fisch beim Spiel,
Den mußt' ich doch hüten, ich alter Neck,
Drum jagt' ich sie all miteinander weg –
Doch schickt ihr den Jungen mir wieder nach Haus,
So werft nur noch einmal das Fangzeug aus:
Der schönste ist mein Söhnchen klein,
Das übrige mag euer sein!"

Hei, flogen die Netze jetzt wieder in See!
Ho, kaum daß ihr' Lasten sie brachten zur Höh!
Wie lebende Wellen, so fort und fort
Von köstlichen Fischen, so quoll's über Bord.
Und patscht und schnappt und zappelt und springt –
Und bei den Fischern, da tollt's und singt.
Nun plötzlich blitzt es – seht: Es rollt
Ein Fisch an Bord von lauterm Gold!

Eine jede Schuppe ein Goldesstück!
Wie edelsteinen, so funkelt's im Blick!
Die Kiemen sind aus rotem Rubin,
Perlen die Flossen überziehn,
Mit eitel Demanten besetzt, so ruht
Auf seinem Häuptlein ein Krönchen gut,
Und fürnehm wispert's vom Schnäuzlein her:
„Ich bin Prinz Neck, laßt mich ins Meer!"

Den Fang ins Meer? Sie rühren ihn an,
Die Fischer, und tasten und stieren ihn an.
„Laßt mich ins Meer!" Sie hören nicht drauf.
„Laßt mich ins Meer!" Sie lachen nur auf.
Sie wägen das goldene Prinzlein ab,
Sie schätzen's und klauben ihm Münzlein ab –
Wie wiegt das voll, wie gleißt das hold!
Sie denken nichts weiter – sie denken nur Gold.

Und seht: ein Goldschein überfliegt
Jetzt alles, was von Fisch da liegt,
Und wandelt's, daß es klirrt und rollt:
Seht: all die Fische werden Gold!
Sinkt das Schiff von blitzender Last?
„Schaufelt, was die Schaufel faßt!" ...
Wie lustiges Feuerwerk sprüht das umher –
Dann rauscht über alles zusammen das Meer.

Bonaventura
(Karl Friedrich Gottlob Wetzel)
(1779–1819)

Die letzten Worte des Pfarrers zu Drottning auf Seeland

Die müden Glieder neigen sich zur Erde,
Und bald kann ich dies Schweigen nicht mehr brechen;
Es sieht mich an mit flehender Gebärde,
Das stumme Bild, und dringt mich noch zu sprechen:
Warum, o Erde, hatt'st du keinen Mund,
Und warst so träg, die Freveltat zu rächen?
Ihr ew'gen Lichter, die des Himmels Rund,
So weit es reicht, mit stummem Glanz erfüllen,
Ist das Verbrechen auch mit euch im Bund?

Kann nur der Mensch, was er gesehn, enthüllen,
Warum denn konnten mir die Zunge binden
Ein falscher Eidschwur und ein feiger Willen?
Laß mich nicht sterben, Gott, in meinen Sünden,
Nimm diese Last von der gedrückten Seele
Und laß dies Blatt den rechten Leser finden,
Daß es der Zeit, die kommen wird, erzähle,
Was ich gesehn, und nicht in ew'ger Nacht
Ein Grab mit mir die Greueltat verhehle.

Es war in tiefer, dunkler Mitternacht,
Wann kräft'ger der Gedanke sich entzündet;
Als einsam ich beim Wort des Herrn gewacht,
Auf das am nächsten Morgen ich verkündet',
Daß unversehns zwo dräuende Gestalten
(Wie es geschehn, hab ich noch nie ergründet),
Indem ich sinnend sitze, vor mir halten,
Schwarz wie die Nacht und ihre dunkeln Mächte –
Wo wart ihr da, ihr schirmenden Gewalten?

War abgewendet eure heil'ge Rechte,
Dem Frommen eine feste Burg und Mauer
Vor bösem Anlauf und Gefahr der Nächte?
Schon sank ich in des sichern Todes Trauer;
Die Seele wandte sich zum ew'gen Lichte,
Die Glieder aber löste kalter Schauer.
Doch während so das Härtste ich erdichte,
Das äußerste zu dulden schon mich rüste,
Geschah es mir, wie ich wahrhaft berichte.

Es ist ein Ort nicht fern der Meeresküste,
Verwitwet steht der Kirche alt' Gemäuer
In des Gefildes dürrer, sand'ger Wüste,
Seit Gottes Hand an eines Sonntags Feier
Das alte Dorf durch Sturm und Meeresbraus
Bedeckte mit des Sandes dichtem Schleier.
Dahin zu kommen in dem nächt'gen Graus
Befahl der eine: „Willst die Glieder laben,
So folge mir zu spätem Hochzeitsschmaus.

Du kannst das wohl nicht alle Tage haben." –
Der andere sprach: „Nimm dieses Gold und eile;
Wo nicht, so bist du morgen schon begraben."
Indem ich, mich bedenkend, noch verweile,
Werd' mit Gewalt und Dräun ich fortgezogen;
Der Weg ist wohl von einer halben Meile,
Die Sterne standen an des Himmels Bogen,
Sonst war die Nacht von keinem Lichte heiter,
Und fernher tosten dumpf die Meereswogen.

Doch unsres Weges einz'ger sichrer Leiter
War ferner Laut, wie ich ihn nie vernommen;
Denn schnell durchs Dunkel gingen die Begleiter.
Und als wir endlich näher nun gekommen
Dem Ziel der Reise, hielten die Gefährten,
Und mehr und mehr ward mir das Herz beklommen.
Sie sprachen miteinander durch Gebärden;
Drauf gaben sie den Augen eine Hülle,
Wodurch sie nur die innre Nacht vermehrten.

Ich wurde nun in meiner Seele stille
Und wiederholte gläubig stets die Worte
Voll Trost und Kraft: „Herr, es gescheh' dein Wille!"
Und bald gelangt' ich zu dem stillen Orte,
Wohin so oft voll Andacht ich gegangen;
Und auf ein Zeichen öffnet sich die Pforte.
Von andern Händen werd' ich da empfangen;
Obwohl geblendet, kenn' ich alle Schritte
Und weiß, daß zum Altare wir gelangen.

Ich hört' Geräusch, als wären's Menschentritte,
Und leise Laute durch die Stille schweben,
Doch hatt' ich Mut zur Drohung nicht, noch Bitte.
Jetzt aber schien die Ruhe aufzuleben.
Schon war ich meiner Sinne nicht mehr Meister
Und dachte: Nun wird sich's zum Ende geben.
So machten Furcht und Schrecken selbst mich dreister,
Daß ich die Stimme herzhaft so erhoben:
„Seid abgeschiedne ihr, doch gute Geister,

Die Gott den Herrn und Jesum Christum loben,
So sprecht, was treibt euch noch, zurückzukehren
In diese Welt von jener Welt dort oben?
Doch seid ihr nicht aus jenen sel'gen Sphären,
Wer gab euch Macht, euch also zu erfrechen,
Die heil'ge Ruhe dieses Orts zu stören?"
Doch hört ich, kaum war dies vergönnt zu sprechen,
Ein schrecklich Wort mir an das Ohr getragen,
Und stark wie Felsen durch das Herz mir brechen.

Es galt nicht weder Fragen mehr noch Klagen,
Ich konnte meinen Willen nicht mehr regen,
Denn selbst die Kraft des Wollens war zerschlagen.
Die Hülle fällt, und schon steht mir entgegen
Das junge Brautpaar, harrend am Altare,

Und wartend auf den priesterlichen Segen;
Das Mädchen mit dem frischen Kranz im Haare
Zwar schön, doch bleich, als käm' sie aus dem Grab,
Der Jüngling in der ersten Blüt' der Jahre.

Und hinter ihnen weiter noch hinab
Sah ich beim hellen Schimmerglanz der Lichter
Im mittlern Gang ein frisch geöffnet Grab,
Und nah und fern ein Volk, das dicht und dichter
Sich wölkte, als es jemals sonst gewesen.
Es waren eigne, seltsame Gesichter,
Worin man glaubt' ein fernes Land zu lesen;
Doch ihre Herkunft war nicht auszuwittern,
So fremd und unbekannt war Tracht und Wesen.

Und alsbald hör ich durch die Kirche zittern
So Orgelton als sonderbare Klänge,
Dergleichen auch den stärksten Sinn erschüttern.
Und als verstummten Orgel und Gesänge,
An Sprach' und Weise keinen zu vergleichen,
Sah ich zum Altar drängen sich die Menge,
Das Mädchen gegen mich sich freundlich neigen
Mit einem Blick – ich werd' ihn immer schauen –;
Und dieser Blick schien mir ein willig Zeichen.

Darob ergriff ich ohne Furcht und Grauen
Des Mädchens kalte, totenblasse Hand,
Um sie dem schönen Jüngling anzutrauen.
Wie war's, daß ich das Zittern nicht verstand,
Als ihre Hand zu seiner sich gewendet?
Und warum knüpft' ich solch unselig Band?
Kaum war der letzte Segensspruch vollendet
(In griech'scher Zunge, wie man mir befohlen),
So wurden mir die Augen neu verblendet,

Woraus sich Tränen nicht umsonst gestohlen.
So schied mein Blick von der vermählten Braut.
Dann ließen sie ein Kruzifix sich holen,
Auf das ich mußt', mit heller Stimm' und laut,
Ein ewig Schweigen dieser Nacht geloben,
Mit einem Schwur, ob dem mir jetzt noch graut.
Dies war mir noch die härteste der Proben,
Und als auch diesen Zwang ich überstanden,
Ward ich zur Kirche still hinausgeschoben.

Nun frei, löst' ich sogleich mich von den Banden,
So mir die Augen starr und fest umzogen,
Die sich alsbald empor zum Himmel wandten.
Die Sterne standen noch am Himmelsbogen,
Sie sahen auf des alten Dorfes Trümmer,
Und näher brausten laut die Meereswogen,
Und in der Kirche war noch schwacher Flimmer.
Doch bald drauf sah ich's dunkel drinnen werden,
Und es erstarb des Lichtes letzter Schimmer.

So legt', ermüdet von der Nacht Beschwerden,
Kraftlos und schwach, um weiter noch zu wallen,
Ich eine Weile nieder mich zur Erden.
Noch eine Weile, und ich hör ein Schallen:
Es trug der Wind es von der Kirch' herüber;
Es deuchte mir, als wär ein Schuß gefallen.
Darob ergriff mich Schau'r und kaltes Fieber,
In allen Gliedern schien es mich zu packen,
Ich sah noch einmal in die Nacht hinüber,

Dann wandt' ich eilig ihr die flücht'gen Hacken,
Und fliehend schnell durch Dornen, Schilf und Moor,
Als säße Tod und Hölle mir im Nacken,
Kam ich vor meines Hauses offnes Tor.
Dort warf der Schrecken mich gewaltsam nieder,
Doch früh am Morgen riß es mich empor.
Nicht Ruh noch Rast für die zerschlagnen Glieder:
Noch eh' die Sonn' emporstieg an dem Himmel,
Stand ich schon vor der alten Kirche wieder.

Verschwunden war der dunkeln Nacht Gewimmel,
Die Kirche färbte sich mit goldnem Saume.
Es legte sich der Sinne wild Getümmel,
Mir war's, als wacht' ich auf aus einem Traume.
War es des heitern Morgens frische Kühle,
Die alte Still' in diesem heil'gen Raume,
War es der Trost der himmlischen Gefühle,
Die dieser Ort so oft auf mich ergossen
In mancher Leiden schwerer, banger Schwüle?

Mir war die Nacht wie ein Gesicht zerflossen,
Aufs neue war das Herz dem Glauben offen,
Und schon hatt' ich die Kirche aufgeschlossen.
Der erste Punkt, auf den das Aug' getroffen,

Ist jener Ort, wo ich das Grab erblickt:
Ich gehe hin und öffn' es, stark im Hoffen,
So tief ist mir das Zutraun eingedrückt.
Ich öffn' und finde – o ihr ew'gen Wunden!
Ihr ew'gen Dolche, die auf mich gezückt! –

Die bleiche Braut, so ich dem Tod verbunden. –
Warum hat euch, ihr allzutreuen Augen,
Nicht schwarze Nacht auf immer gleich gebunden?
O Herz, woran so viele Qualen saugen,
Was hinderte dich damals, abzusterben?
Ihr Lippen, die noch Lebensatem hauchen,
Was hielt euch ab, euch damals zu entfärben?
O Kräfte, die allmählich mich zerstören,
Was wehrt' euch, damals gleich mich zu verderben?

Und so viel Jahre mußt' ich in mir nähren
Das traurige Geheimnis, das mich quälet,
Und so mir selbst den Weg zu Gott verwehren!
Indes der Tod schon meine Stunden zählet
Und vor mich stellt in jedem Schreckensbild
Die Braut der Nacht, die ich ihm einst vermählet.
O selig jeder, welchem sanft und mild
Aus reinem Sinn und fröhlichem Gewissen
In innrer Brust der Friede Gottes quillt!

Und diesen Frieden mußt' ich lange missen,
O Quell des Heiles, unerschöpfter Born,
Von dem der Gnade reiche Ströme fließen!
Wend' ab von mir den lang getragnen Zorn,
Laß schlafen endlich, laß sich endlich brechen
Die Herzensnot und des Gewissens Dorn.
Dir ziemt es, das Verborgene zu rächen,
Und neigst dich auch des Sünders frommen Bitten;
Laß diese Schrift zur fernern Zukunft sprechen
Und nimm mich auf in deine ew'gen Hütten.

Luise Brachmann (1777–1822)

Kolumbus

„Was willst du, Fernando, so trüb und bleich?
Du bringst mir traurige Mär!“ –
„Ach, edler Feldherr, bereitet euch,
Nicht länger bezähm’ ich das Heer!
Wenn jetzt nicht die Küste sich zeigen will,
So seid ihr ein Opfer der Wut;
Sie fordern laut, wie Sturmgebrüll,
Des Feldherrn heiliges Blut.“

Und eh’ noch dem Ritter das Wort entflohn,
Da drängt schon die Menge sich nach,
Da stürmen die Krieger, die Wütenden, schon
Gleich Wogen ins stille Gemach,
Verzweiflung im wilden, verlöschenden Blick,
Auf bleichen Gesichtern der Tod.
„Verräter! Wo ist nun dein gleißendes Glück?
Jetzt rett uns vom Gipfel der Not!

Du gibst uns nicht Speise, so gib uns denn Blut! –
Blut!" rief das entzügelte Heer. –
Sanft stellte der Große den Felsenmut
Entgegen dem stürmischen Meer.
„Befriedigt mein Blut euch, so nehmt es und lebt!
Doch bis noch ein einziges Mal
Die Sonne dem feurigen Osten entschwebt,
Vergönnt mir den segnenden Strahl.

Beleuchtet der Morgen kein rettend' Gestad,
So biet' ich dem Tode mich gern,
Bis dahin verfolgt noch den mutigen Pfad
Und trauet der Hilfe des Herrn!"
Die Würde des Helden, sein ruhiger Blick,
Besiegte noch einmal die Wut.
Sie wichen vom Haupte des Führers zurück
Und schonten sein heiliges Blut.

„Wohlan denn! Es sei noch! Doch hebt sich der Strahl
Und zeigt uns kein rettendes Land,
So siehst du die Sonne zum letzten Mal!
So zittre der strafenden Hand!"
Geschlossen war also der eiserne Bund;
Die Schrecklichen wichen zurück. –
Es tue der leuchtende Morgen nun kund
Des duldenden Helden Geschick!

Die Sonne sank, der Tag entwich;
Des Helden Brust ward schwer;
Der Kiel durchrauschte schauerlich
Das weite, wüste Meer.
Die Sterne zogen still herauf,
Doch ach, kein Hoffnungsstern!
Und von des Schiffes ödem Lauf
Blieb Land und Rettung fern. –

Vom Trost des süßen Schlafs verbannt,
Die Brust voll Gram, durchwacht,
Nach Westen blickend unverwandt,
Der Held die dunkle Nacht.
„Nach Westen, o nach Westen hin
Beflügle dich, mein Kiel!
Dich grüßt noch sterbend Herz und Sinn,
Du meiner Sehnsucht Ziel!

Doch mild, o Gott, von Himmelshöhn
Blick auf dein Volk herab,
Laß nicht sie trostlos untergehn
Im wüsten Flutengrab!“
Es sprach's der Held, von Mitleid weich; –
Da horch! Welch eil'ger Tritt?
„Noch einmal, Fernando, so trüb und bleich!
Was bringt dein bebender Schritt?“

„Ach, edler Feldherr, es ist geschehn!
Jetzt hebt sich der östliche Strahl.“ –
„Sei ruhig, mein Lieber, von himmlischen Höhn
Entwand sich der leuchtende Strahl.
Es waltet die Allmacht von Pol zu Pol;
Mir lenkt sie zum Tode die Bahn.“ –
„Leb wohl dann, mein Feldherr! Leb ewig wohl!
Ich höre die Schrecklichen nahn!“

Und eh' noch dem Ritter das Wort entflohn,
Da drängte die Menge sich nach;
Da stürmten die Krieger, die Wütenden, schon
Gleich Wogen ins stille Gemach.
„Ich weiß, was ihr fordert, und bin bereit;
Ja, werft mich ins schäumende Meer;
Doch wisset, das rettende Ziel ist nicht weit;
Gott schütze dich, irrendes Heer!“

Dumpf klirrten die Schwerter, ein wüstes Geschrei
Erfüllte mit Grausen die Luft;
Der Edle bereitet sich still und frei
Zum Weg in die flutende Gruft.
Zerrissen war jedes geheiligte Band;
Schon sah sich zum schwindelnden Rand
Der treffliche Führer gerissen; – Und: „Land!
Land!“ rief es und donnert es, „Land!“

Ein glänzender Streifen, mit Purpur gemalt,
Erschien dem beflügelten Blick;
Vom Golde der steigenden Sonne bestrahlt
Erhob sich das winkende Glück.
Was kaum noch geahnet der zagende Sinn,
Was mutvoll der Große gedacht; –
Sie stürzten zu Füßen des Herrlichen hin
Und priesen die göttliche Macht.

Bertolt Brecht
(1898–1956)

Ballade von den Seeräubern

Von Branntwein toll und Finsternissen!
Von unerhörten Güssen naß!
Vom Frost eisweißer Nacht zerrissen!
Im Mastkorb, von Gesichten blaß!
Von Sonne nackt gebrannt und krank!
(Die hatten sie im Winter lieb)
Aus Hunger, Fieber und Gestank
Sang alles, was noch übrig blieb:
O Himmel, strahlender Azur!
Enormer Wind, die Segel bläh!
Laßt Wind und Himmel fahren! Nur
Laßt uns um Sankt Marie die See!

Kein Weizenfeld mit milden Winden
Selbst keine Schenke mit Musik
Kein Tanz mit Weibern und Absinthen
Kein Kartenspiel hielt sie zurück.
Sie hatten vor dem Knall das Zanken
Vor Mitternacht die Weiber satt:
Sie lieben nur verfaulte Planken
Ihr Schiff, das keine Heimat hat.
O Himmel, strahlender Azur!
Enormer Wind, die Segel bläh!
Laßt Wind und Himmel fahren! Nur
Laßt uns um Sankt Marie die See!

Mit seinen Ratten, seinen Löchern
Mit seiner Pest, mit Haut und Haar
Sie fluchten wüst darauf beim Bechern
Und liebten es, so wie es war.
Sie knoten sich mit ihren Haaren
Im Sturm in seinem Mastwerk fest:
Sie würden nur zum Himmel fahren
Wenn man dort Schiffe fahren läßt.
O Himmel, strahlender Azur!
Enormer Wind, die Segel bläh!
Laßt Wind und Himmel fahren! Nur
Laßt uns um Sankt Marie die See!

Sie häufen Seide, schöne Steine
Und Gold in ihr verfaultes Holz
Sie sind auf die geraubten Weine
In ihren wüsten Mägen stolz.
Um dürren Leib riecht toter Dschunken
Seide glühbunt nach Prozession
Doch sie zerstechen sich betrunken
Im Zank um einen Lampion.
O Himmel, strahlender Azur!
Enormer Wind, die Segel bläh!
Laßt Wind und Himmel fahren! Nur
Laßt uns um Sankt Marie die See!

Sie morden kalt und ohne Hassen
Was ihnen in die Zähne springt
Sie würgen Gurgeln so gelassen
Wie man ein Tau ins Mastwerk schlingt.
Sie trinken Sprit bei Leichenwachen
Nachts torkeln trunken sie in See
Und die, die übrig bleiben, lachen
Und winken mit der kleinen Zeh:
O Himmel, strahlender Azur!
Enormer Wind, die Segel bläh!
Laßt Wind und Himmel fahren! Nur
Laßt uns um Sankt Marie die See!

Vor violetten Horizonten
Still unter bleichem Mond im Eis
Bei schwarzer Nacht in Frühjahrsmonden
Wo keiner von dem andern weiß
Sie lauern wolfgleich in den Sparren

Und treiben funkeläugig Mord
Und singen um nicht zu erstarren
Wie Kinder, trommelnd im Abort:
O Himmel, strahlender Azur!
Enormer Wind, die Segel bläh!
Laßt Wind und Himmel fahren! Nur
Laßt uns um Sankt Marie die See!

Sie tragen ihren Bauch zum Fressen
Auf fremde Schiffe wie nach Haus
Und strecken selig im Vergessen
Ihn auf die fremden Frauen aus.
Sie leben schön wie noble Tiere
Im weichen Wind, im trunknen Blau!
Und oft besteigen sieben Stiere
Eine geraubte fremde Frau.
O Himmel, strahlender Azur!
Enormer Wind, die Segel bläh!
Laßt Wind und Himmel fahren! Nur
Laßt uns um Sankt Marie die See!

Wenn man viel Tanz in müden Beinen
Und Sprit in satten Bäuchen hat
Mag Mond und zugleich Sonne scheinen:
Man hat Gesang und Messer satt.
Die hellen Sternennächte schaukeln
Sie mit Musik in süße Ruh
Und mit geblähten Segeln gaukeln
Sie unbekannten Meeren zu.
O Himmel, strahlender Azur!
Enormer Wind, die Segel bläh!
Laßt Wind und Himmel fahren! Nur
Laßt uns um Sankt Marie die See!

Doch eines Abends im Aprile
Der keine Sterne für sie hat
Hat sie das Meer in aller Stille
Auf einmal plötzlich selber satt.
Der große Himmel, den sie lieben
Hüllt still in Rauch die Sternensicht
Und die geliebten Winde schieben
Die Wolken in das milde Licht.
O Himmel, strahlender Azur!
Enormer Wind, die Segel bläh!

Laßt Wind und Himmel fahren! Nur
Laßt uns um Sankt Marie die See!

Der leichte Wind des Mittags fächelt
Sie anfangs spielend in die Nacht
Und der Azur des Abends lächelt
Noch einmal über schwarzem Schacht.
Sie fühlen noch, wie voll Erbarmen
Das Meer mit ihnen heute wacht
Dann nimmt der Wind sie in die Arme
Und tötet sie vor Mitternacht.
O Himmel, strahlender Azur!
Enormer Wind, die Segel bläh!
Laßt Wind und Himmel fahren! Nur
Laßt uns um Sankt Marie die See!

Noch einmal schmeißt die letzte Welle
Zum Himmel das verfluchte Schiff
Und da, in ihrer letzten Helle
Erkennen sie das große Riff.
Und ganz zuletzt in höchsten Masten
War es, weil Sturm so gar laut schrie
Als ob sie, die zur Hölle rasten,
Noch einmal sangen, laut wie nie:
O Himmel, strahlender Azur!
Enormer Wind, die Segel bläh!
Laßt Wind und Himmel fahren! Nur
Laßt uns um Sankt Marie die See!

Clemens Brentano (1778–1842)

Die Gottesmauer

Drauß' bei Schleswig vor der Pforte
Wohnen armer Leute viel.
Ach, des Feindes wilder Horde
Werden sie das erste Ziel.
Waffenstillstand ist gekündet,
Dänen ziehen ab zur Nacht.
Russen, Schweden sind verbündet,
Brechen her mit wilder Macht.
Drauß' bei Schleswig, weit vor allen,
Steht ein Häuslein ausgesetzt.

Drauß' bei Schleswig in der Hütte
Singt ein frommes Mütterlein:
„Herr, in deinen Schoß ich schütte
Alle meine Angst und Pein."
Doch ihr Enkel ohn' Vertrauen,
Zwanzigjährig, neuster Zeit,
Will nicht auf den Herren bauen,
Meint, der liebe Gott wohnt weit.
Drauß' bei Schleswig in der Hütte
Singt ein frommes Mütterlein.

„Eine Mauer um uns baue",
Singt das fromme Mütterlein,
„Daß dem Feinde vor uns graue,
Hüll' in deine Burg uns ein." –
„Mutter", spricht der Weltgesinnte,
„Eine Mauer uns ums Haus
Kriegt unmöglich so geschwinde
Euer lieber Gott heraus." –
„Eine Mauer um uns baue",
Singt das fromme Mütterlein.

Rings in alle Hütten brechen
Schwed und Russe mit Geschrei,
Lärmen, fluchen, drängen, zechen,
Doch dies Haus ziehn sie vorbei.
Und der Enkel spricht in Sorgen:
„Mutter, uns verrät das Lied“,
Aber sieh, das Heer von Morgen
Bis zur Nacht vorüberzieht.
„Eine Mauer um uns baue“,
Singt das fromme Mütterlein.

Und am Abend tobt der Winter,
An das Fenster stürmt der Nord.
„Schließt den Laden, liebe Kinder.“
Spricht die Alte und singt fort.
Aber mit den Flocken fliegen
Vier Kosakenpulke an.
Rings in allen Hütten liegen
Sechzig, auch wohl achtzig Mann.
„Eine Mauer um uns baue“,
Singt das fromme Mütterlein.

Bange Nacht voll Kriegsgetöse;
Wie es wiehert, brüllet, schwirrt,
Kantschuhiebe, Kolbenstöße,
Weh! des Nachbarn Fenster klirrt.
Hurra, Stupai, Boschka, Kurwa,
Schnaps und Branntwein, Rum und Rack,
Schreit und flucht und plackt die Turba,
Erst am Morgen zieht der Pack.
„Eine Mauer um uns baue“,
Singt das fromme Mütterlein.

„Eine Mauer um uns baue“,
Singt sie fort die ganze Nacht;
Morgens wird es still: „O schaue,
Enkel, was der Nachbar macht.“
Auf nach innen geht die Türe,
Nimmer käm er sonst hinaus:
Daß er Gottes Allmacht spüre,
Lag der Schnee wohl mannshoch drauß’.
„Eine Mauer um uns baue“,
Sang das fromme Mütterlein.

„Ja der Herr kann Mauern bauen,
Liebe, fromme Mutter, komm,
Gottes Mauer anzuschauen!“
Rief der Enkel und ward fromm.
Achtzehnhundertvierzehn war es,
Als der Herr die Mauer baut’,
In der fünften Nacht des Jahres.
Selig, wer dem Herrn vertraut!
„Eine Mauer um uns baue“,
Sang das fromme Mütterlein.

Gottfried August Bürger
(1747–1794)

Lenore

Lenore fuhr ums Morgenrot
Empor aus schweren Träumen:
„Bist untreu, Wilhelm, oder tot?
Wie lange willst du säumen?“ –
Er war mit König Friedrichs Macht
Gezogen in die Prager Schlacht
Und hatte nicht geschrieben,
Ob er gesund geblieben.

Der König und die Kaiserin,
Des langen Haders müde,
Erweichten ihren harten Sinn
Und machten endlich Friede;
Und jedes Heer, mit Sing und Sang,
Mit Paukenschlag und Kling und Klang,
Geschmückt mit grünen Reisern,
Zog heim zu seinen Häusern.

Und überall, allüberall,
Auf Wegen und auf Stegen,
Zog alt und jung dem Jubelschall
Der Kommenden entgegen.
„Gottlob!“ rief Kind und Gattin laut,
„Willkommen!“ manche frohe Braut.
Ach! Aber für Lenoren
War Gruß und Kuß verloren.

Sie frug den Zug wohl auf und ab
Und frug nach allen Namen;
Doch keiner war, der Kundschaft gab,
Von allen, so da kamen.
Als nun das Heer vorüber war,
Zerraufte sie ihr Rabenhaar
Und warf sich hin zur Erde
Mit wütiger Gebärde.

Die Mutter lief wohl hin zu ihr:
„Ach, daß sich Gott erbarme!
Du trautes Kind, was ist mit dir?“
Und schloß sie in die Arme. –
„O Mutter, Mutter! Hin ist hin!
Nun fahre Welt und alles hin!
Bei Gott ist kein Erbarmen.
O weh, o weh mir Armen!“ –

„Hilf, Gott, hilf! Sieh uns gnädig an!
Kind, bet ein Vaterunser!
Was Gott tut, das ist wohlgetan.
Gott, Gott erbarmt sich unser!“ –
„O Mutter, Mutter! Eitler Wahn!
Gott hat an mir nicht wohlgetan.
Was half, was half mein Beten?
Nun ist's nicht mehr vonnöten.“ –

„Hilf, Gott, hilf! Wer den Vater kennt,
Der weiß, er hilft den Kindern.
Das hochgelobte Sakrament
Wird deinen Jammer lindern.“ –
„O Mutter, Mutter! Was mich brennt,
Das lindert mir kein Sakrament!
Kein Sakrament mag Leben
Den Toten wiedergeben.“ –

„Hör, Kind! Wie, wenn der falsche Mann
Im fernen Ungarlande
Sich seines Glaubens abgetan
Zum neuen Ehebande?
Laß fahren, Kind, sein Herz dahin!
Er hat es nimmermehr Gewinn!
Wann Seel' und Leib sich trennen,
Wird ihn sein Meineid brennen.“ –

„O Mutter, Mutter! Hin ist hin!
Verloren ist verloren;
Der Tod, der Tod ist mein Gewinn!
O wär' ich nie geboren!
Lisch aus, mein Licht, auf ewig aus!
Stirb hin, stirb hin in Nacht und Graus!
Bei Gott ist kein Erbarmen.
O weh, o weh mir Armen!“ –

„Hilf, Gott, hilf! Geh nicht ins Gericht
Mit deinem armen Kinde!
Sie weiß nicht, was die Zunge spricht.
Behalt ihr nicht die Sünde!
Ach Kind, vergiß dein irdisch Leid,
Und denk an Gott und Seligkeit!
So wird doch deiner Seelen
Der Bräutigam nicht fehlen." –

„O Mutter! Was ist Seligkeit?
O Mutter! Was ist Hölle?
Bei ihm, bei ihm ist Seligkeit,
Und ohne Wilhelm Hölle!
Lisch aus, mein Licht, auf ewig aus!
Stirb hin, stirb hin in Nacht und Graus!
Ohn' ihn mag ich auf Erden,
Mag dort nicht selig werden." –

So wütete Verzweifelung
Ihr in Gehirn und Adern.
Sie fuhr mit Gottes Vorsehung
Vermessen fort zu hadern;
Zerschlug den Busen und zerrang
Die Hand bis Sonnenuntergang,
Bis auf am Himmelsbogen
Die goldnen Sterne zogen.

Und außen, horch! ging's trapp, trapp, trapp,
Als wie von Rosses Hufen;
Und klirrend stieg ein Reiter ab
An des Geländers Stufen;
Und horch und horch! den Pfortenring
Ganz lose, leise klinglingling!
Dann kamen durch die Pforte
Vernehmlich diese Worte:

„Holla, Holla! Tu auf, mein Kind!
Schläfst, Liebchen, oder wachst du?
Wie bist noch gegen mich gesinnt?
Und weinest oder lachst du?" –
„Ach, Wilhelm, du? ... So spät bei Nacht? ...
Geweinet hab ich und gewacht;
Ach, großes Leid erlitten!
Wo kommst du hergeritten?" –

„Wir satteln nur um Mitternacht.
Weit ritt ich her von Böhmen.
Ich habe spät mich aufgemacht
Und will dich mit mir nehmen.“ –
„Ach Wilhelm, erst herein geschwind!
Den Hagedorn durchsaust der Wind
Herein, in meinen Armen,
Herzliebster, zu erwarmen!“ –

„Laß sausen durch den Hagedorn,
Laß sausen, Kind, laß sausen!
Der Rappe scharrt; es klirrt der Sporn.
Ich darf allhier nicht hausen.
Komm, schürze, spring und schwinge dich
Auf meinen Rappen hinter mich!
Muß heut noch hundert Meilen
Mit dir ins Brautbett eilen.“

„Ach! Wolltest hundert Meilen noch
Mich heut ins Brautbett tragen?
Und horch! Es brummt die Glocke noch,
Die elf schon angeschlagen.“ –
„Sieh hin, sieh her! Der Mond scheint hell.
Wir und die Toten reiten schnell.
Ich bringe dich, zur Wette,
Noch heut ins Hochzeitsbette.“ –

„Sag an, wo ist dein Kämmerlein?
Wo? Wie dein Hochzeitsbettchen?“ –
„Weit, weit von hier! . . . Still, kühl und klein! . . .
Sechs Bretter und zwei Brettchen!“ –
„Hat's Raum für mich?“ – „Für dich und mich!
Komm, schürze, spring und schwinge dich!
Die Hochzeitsgäste hoffen;
Die Kammer steht uns offen.“ –

Schön Liebchen schürzte, sprang und schwang
Sich auf das Roß behende;
Wohl um den trauten Reiter schlang
Sie ihre Lilienhände;
Und hurre, hurre, hopp, hopp, hopp!
Ging's fort in sausendem Galopp,
Daß Roß und Reiter schnoben,
Und Kies und Funken stoben.

Zur rechten und zur linken Hand,
Vorbei vor ihren Blicken,
Wie flogen Anger, Heid' und Land,
Wie donnerten die Brücken! –
„Graut Liebchen auch? ... Der Mond scheint hell!
Hurra! Die Toten reiten schnell!
Graut Liebchen auch vor Toten?" –
„Ach nein! ... Doch laß die Toten!" –

Was klang dort für Gesang und Klang?
Was flatterten die Raben?
Horch, Glockenklang! Horch, Totensang:
„Laßt uns den Leib begraben!"
Und näher zog ein Leichenzug,
Der Sarg und Totenbahre trug.
Das Lied war zu vergleichen
Dem Unkenruf in Teichen.

„Nach Mitternacht begrabt den Leib
Mit Klang und Sang und Klage!
Jetzt führ' ich heim mein junges Weib;
Mit, mit zum Brautgelage! –
Komm, Küster, hier! Komm mit dem Chor
Und gurgle mir das Brautlied vor!
Komm, Pfaff', und sprich den Segen,
Eh' wir zu Bett uns legen!" –

Still Klang und Sang ... Die Bahre schwand ...
Gehorsam seinem Rufen
Kam's, hurre, hurre! nachgerannt,
Hart hinter's Rappen Hufen.
Und immer weiter, hopp, hopp, hopp!
Ging's fort in sausendem Galopp,
Daß Roß und Reiter schnoben,
Und Kies und Funken stoben.

Wie flogen rechts, wie flogen links
Gebirge, Bäum' und Hecken!
Wie flogen links, und rechts, und links
Die Dörfer, Städt' und Flecken! –
„Graut Liebchen auch? . . . Der Mond scheint hell!
Hurra! Die Toten reiten schnell!
Graut Liebchen auch vor Toten?" –
„Ach! Laß sie ruhn, die Toten!" –

Sieh da! Sieh da! Am Hochgericht
Tanzt' um des Rades Spindel,
Halb sichtbarlich bei Mondenlicht,
Ein luftiges Gesindel. –
„Sasa! Gesindel, hier! Komm hier!
Gesindel, komm und folge mir!
Tanz uns den Hochzeitsreigen,
Wann wir zu Bette steigen!" –

Und das Gesindel, husch, husch, husch!
Kam hinten nachgeprasselt,
Wie Wirbelwind am Haselbusch
Durch dürre Blätter rasselt.
Und weiter, weiter, hopp, hopp, hopp!
Ging's fort in sausendem Galopp,
Daß Roß und Reiter schnoben,
Und Kies und Funken stoben.

Wie flog, was rund der Mond beschien,
Wie flog es in die Ferne!
Wie flogen oben über hin
Der Himmel und die Sterne! –
„Graut Liebchen auch? . . . Der Mond scheint hell!
Hurra! Die Toten reiten schnell!
Graut Liebchen auch vor Toten?" –
„O weh! Laß ruhn die Toten!" –

„Rapp'! Rapp'! Mich dünkt, der Hahn schon ruft.
Bald wird der Sand verrinnen . . .
Rapp'! Rapp'! Ich wittre Morgenluft . . .
Rapp'! Tummle dich von hinnen!
Vollbracht, vollbracht ist unser Lauf!
Das Hochzeitsbette tut sich auf!
Die Toten reiten schnelle!
Wir sind, wir sind zur Stelle." –

Rasch auf ein eisern Gittertor
Ging's mit verhängtem Zügel.
Mit schwanker Gert' ein Schlag davor
Zersprengte Schloß und Riegel.
Die Flügel flogen klirrend auf,
Und über Gräber ging der Lauf.
Es blinkten Leichensteine
Rundum im Mondenscheine.

Ha sieh! Ha sieh! Im Augenblick –
Huhu! Ein gräßlich Wunder!
Des Reiters Koller, Stück für Stück,
Fiel ab wie mürber Zunder.
Zum Schädel, ohne Zopf und Schopf,
Zum nackten Schädel ward sein Kopf;
Sein Körper zum Gerippe
Mit Stundenglas und Hippe.

Hoch bäumte sich, wild schnob der Rapp'
Und sprühte Feuerfunken;
Und hui war's unter ihr hinab
Verschwunden und versunken.
Geheul! Geheul aus hoher Luft,
Gewinsel kam aus tiefer Gruft.
Lenorens Herz, mit Beben,
Rang zwischen Tod und Leben.

Nun tanzten wohl beim Mondenglanz
Rundum herum im Kreise
Die Geister einen Kettentanz
Und heulten diese Weise:
„Geduld! Geduld! Wenn's Herz auch bricht!
Mit Gott im Himmel hadre nicht!
Des Leibes bist du ledig;
Gott sei der Seele gnädig!"

Der Kaiser und der Abt

Ich will euch erzählen ein Märchen, gar schnurrig:
Es war mal ein Kaiser, der Kaiser war kurrig
Auch war mal ein Abt, ein gar stattlicher Herr;
Nur schade! Sein Schäfer war klüger als er.

Dem Kaiser ward's sauer in Hitz' und in Kälte:
Oft schlief er bepanzert im Kriegesgezelte;
Oft hatt' er kaum Wasser zu Schwarzbrot und Wurst;
Und öfter noch litt er gar Hunger und Durst.

Das Pfäfflein, das wußte sich besser zu hegen
Und weidlich am Tisch und im Bette zu pflegen.
Wie Vollmond glänzte sein feistes Gesicht.
Drei Männer umspannten den Schmerbauch ihm nicht.

Drob suchte der Kaiser am Pfäfflein oft Hader..
Einst ritt er mit reisigem Kriegsgeschwader
In brennender Hitze des Sommers vorbei.
Das Pfäfflein spazierte vor seiner Abtei.

Ha, dachte der Kaiser, zur glücklichen Stunde!
Und grüßte das Pfäfflein mit höhnischem Munde:
„Knecht Gottes, wie geht's dir? Mir deucht wohl ganz recht,
Das Beten und Fasten bekomme nicht schlecht.

Doch deucht mir daneben, euch plage viel Weile.
Ihr dankt mir's wohl, wenn ich euch Arbeit erteile.
Man rühmet, ihr wäret der pfiffigste Mann,
Ihr hörtet das Gräschen fast wachsen, sagt man.

So geb' ich denn eueren zwei tüchtigen Backen
Zur Kurzweil drei artige Nüsse zu knacken.
Drei Monde von nun an bestimm' ich zur Zeit.
Dann will ich auf diese drei Fragen Bescheid.

Zum ersten: Wann hoch ich, im fürstlichen Rate,
Zu Throne mich zeige im Kaiser-Ornate;
Dann sollt ihr mir sagen, ein treuer Wardein,
Wie viel ich wohl wert bis zum Heller mag sein?

Zum zweiten sollt ihr mir berechnen und sagen,
Wie bald ich zu Rosse die Welt mag umjagen?
Um keine Minute zu wenig und viel!
Ich weiß, der Bescheid darauf ist euch nur Spiel.

Zum dritten noch sollst du, o Preis der Prälaten,
Aufs Härchen mir meine Gedanken erraten.
Die will ich dann treulich bekennen; allein
Es soll auch kein Titelchen Wahres dran sein.

Und könnt ihr mir diese drei Fragen nicht lösen,
So seid ihr die längste Zeit Abt hier gewesen;
So laß ich euch führen zu Esel durchs Land
Verkehrt, statt des Zaumes – den Schwanz in der Hand." –

Drauf trabte der Kaiser mit Lachen von hinnen.
Das Pfäfflein zerriß und zerspliß sich mit Sinnen.
Kein armer Verbrecher fühlt mehr Schwulität,
Der vor hochnotpeinlichem Halsgericht steht.

Er schickte nach ein, zwei, drei, vier Un'versitäten,
Er fragte bei ein, zwei, drei, vier Fakultäten,
Er zahlte Gebühren und Sportuln vollauf;
Doch löste kein Doktor die Fragen ihm auf.

Schnell wuchsen bei herzlichem Zagen und Pochen
Die Stunden zu Tagen, die Tage zu Wochen,
Die Wochen zu Monden; schon kam der Termin!
Ihm ward's vor den Augen bald gelb und bald grün.

Nun sucht er, ein bleicher, hohlwangiger Werther,
In Wäldern und Feldern die einsamsten Örter.
Da traf ihn, auf selten betretener Bahn,
Hans Bendix, sein Schäfer, am Felsenhang an.

„Herr Abt", sprach Hans Bendix, „was mögt ihr euch grämen?
Ihr schwindet ja wahrlich dahin wie ein Schemen.
Maria und Joseph! Wie schnurrt ihr ein!
Mein Sixchen! Es muß euch was angetan sein." –

„Ach, guter Hans Bendix, so muß sich's wohl schicken.
Der Kaiser will gern mir am Zeuge was flicken
Und hat mir drei Nüss' auf die Zähne gepackt,
Die schwerlich Beelzebub selber wohl knackt.

Zum ersten: Wann hoch er, im fürstlichen Rate,
Zu Throne sich zeiget im Kaiser-Ornate.
Dann soll ich ihm sagen, ein treuer Wardein,
Wie viel er wohl wert bis zum Heller mag sein?

Zum zweiten soll ich ihm berechnen und sagen,
Wie bald er zu Rosse die Welt mag umjagen.
Um keine Minute zu wenig und viel!
Er meint, der Bescheid darauf wäre nur Spiel.

Zum dritten, ich ärmster von allen Prälaten,
Soll ich ihm gar seine Gedanken erraten!
Die will er mir treulich bekennen; allein
Es soll auch kein Titelchen Wahres dran sein.

Und kann ich ihm diese drei Fragen nicht lösen,
So bin ich die längste Zeit Abt hier gewesen;
So läßt er mich führen zu Esel durchs Land
Verkehrt, statt des Zaumes den Schwanz in der Hand." –

„Nichts weiter?" erwidert Hans Bendix mit Lachen.
„Herr, gebt Euch zufrieden! Das will ich schon machen.
Nur borgt mir Euer Käppchen, Euer Kreuzchen und Kleid;
So will ich schon geben den rechten Bescheid.

Versteh' ich gleich nichts von lateinischen Brocken,
So weiß ich den Hund doch vom Ofen zu locken.
Was ihr euch, Gelehrte, für Geld nicht erwerbt,
Das hab ich von meiner Frau Mutter geerbt."

Da sprang wie ein Böcklein der Abt vor Behagen.
Mit Käppchen und Kreuzchen, mit Mantel und Kragen,
Ward stattlich Hans Bendix zum Abte geschmückt
Und hurtig zum Kaiser nach Hofe geschickt.

Hier thronte der Kaiser im fürstlichen Rate,
Hoch prangt' er, mit Zepter und Kron' im Ornate:
„Nun sagt mir, Herr Abt, als ein treuer Wardein,
Wie viel ich itzt wert bis zum Heller mag sein?" –

„Für dreißig Reichsgulden ward Christus verschachert;
Drum gäb' ich, so sehr ihr auch pochet und prachert,
Für euch keinen Deut mehr als zwanzig und neun,
Denn *einen* müßt ihr doch wohl minder wert sein.“ –

„Hum“, sagte der Kaiser, „der Grund läßt sich hören
Und mag den durchlauchtigsten Stolz wohl bekehren.
Nie hätt' ich, bei meiner hochfürstlichen Ehr'!
Geglaubet, daß so spottwohlfeil ich wär'.

Nun aber sollst du mir berechnen und sagen:
Wie bald ich zu Rosse die Welt mag umjagen?
Um keine Minute zu wenig und viel!
Ist dir der Bescheid darauf auch nur ein Spiel?“ –

„Herr, wenn mit der Sonn' ihr früh sattelt und reitet
Und stets sie in einerlei Tempo begleitet,
So setz' ich mein Kreuz und mein Käppchen daran,
In zweimal zwölf Stunden ist alles getan.“ –

„Ha“, lachte der Kaiser, „vortrefflicher Haber!
Ihr füttert die Pferde mit *Wenn* und mit *Aber.*
Der Mann, der das Wenn und das Aber erdacht,
Hat sicher aus Häckerling Gold schon gemacht.

Nun aber zum dritten, nun nimm dich zusammen!
Sonst muß ich dich dennoch zum Esel verdammen.
Was denk' ich, das falsch ist? Das bringe heraus!
Nur bleib mir mit Wenn und mit Aber zu Haus!“ –

„Ihr denket, ich sei der Herr Abt von Sankt Gallen.“ –
„Ganz recht! Und das kann von der Wahrheit nicht fallen.“ –
„Sein Diener, Herr Kaiser! Euch trüget euer Sinn:
Denn wißt, daß ich Bendix, sein Schäfer, nur bin!“ –

„Was Henker! Du bist nicht der Abt von St. Gallen?“
Rief hurtig, als wär er vom Himmel gefallen,
Der Kaiser mit frohem Erstaunen darein;
„Wohlan denn, so sollst du von nun an es sein!

Ich will dich belehnen mit Ring und mit Stabe.
Dein Vorfahr besteige den Esel und trabe!
Und lerne fortan erst quid juris verstehn!
Denn wenn man will ernten, so muß man auch sän.“

„Mit Gunsten, Herr Kaiser! Das laßt nur hübsch bleiben!
Ich kann ja nicht lesen, noch rechnen und schreiben;
Auch weiß ich kein sterbendes Wörtchen Latein.
Was Hänschen versäumet, holt Hans nicht mehr ein.“

„Ach, guter Hans Bendix, das ist ja recht schade!
Erbitte demnach dir ein' andere Gnade!
Sehr hat mich ergötzet dein lustiger Schwank;
Drum soll dich auch wieder ergötzen mein Dank.“

„Herr Kaiser, groß hab ich so eben nichts nötig:
Doch seid Ihr im Ernst mir zu Gnaden erbötig,
So will ich mir bitten zum ehrlichen Lohn,
Für meinen hochwürdigen Herren Pardon.“

„Ha bravo! Du trägst, wie ich merke, Geselle,
Das Herz, wie den Kopf, auf der richtigen Stelle.
Drum sei der Pardon ihm in Gnaden gewährt,
Und obendrein dir ein Panisbrief beschert:

Wir lassen dem Abt von St. Gallen entbieten:
Hans Bendix soll ihm nicht die Schafe mehr hüten.
Der Abt soll sein pflegen, nach unserm Gebot,
Umsonst, bis an seinen sanftseligen Tod.“

Die Weiber von Weinsberg

Wer sagt mir an, wo Weinsberg liegt?
Soll sein ein wackeres Städtchen,
Soll haben, fromm und klug gewiegt,
Viel Weiberchen und Mädchen.
Kommt mir einmal das Freien ein,
So werd' ich eins aus Weinsberg frein.

Einstmal der Kaiser Konrad war
Dem guten Städtlein böse
Und rückt' heran mit Kriegesschar
Und Reisigengetöse,
Umlagert' es mit Roß und Mann
Und schoß und rannte drauf und dran.

Und als das Städtlein widerstand,
Trotz allen seinen Nöten,
Da ließ er, hoch von Grimm entbrannt,
Den Herold 'neintrompeten:
„Ihr Schurken, komm' ich nein, so wißt,
Soll hängen, was die Wand bepißt!"

Drob, als er den Avis also
Hineintrompeten lassen,
Gab's lautes Zetermordio
Zu Hauf und auf den Gassen.
Das Brot war teuer in der Stadt;
Doch teurer noch war guter Rat.

„O weh, mir armen Korydon!
O weh mir!" – Die Pastores
Schrien: „Kyrie eleison!
Wir gehn, wir gehn kapores!
O weh, mir armen Korydon!
Es juckt mir an der Kehle schon."

Doch wann's Matthäi am letzten ist,
Trotz Raten, Tun und Beten,
So rettet oft noch Weiberlist
Aus Ängsten und aus Nöten.
Denn Pfaffentrug und Weiberlist
Gehn über alles, wie ihr wißt.

Ein junges Weibchen Lobesan,
Seit gestern erst getrauet,
Gibt einen klugen Einfall an,
Der alles Volk erbauet;
Den ihr, sofern ihr anders wollt,
Belachen und beklatschen sollt.

Zur Zeit der stillen Mitternacht
Die schönste Ambassade
Von Weibern sich ins Lager macht
Und bettelt dort um Gnade.
Sie bettelt sanft, sie bettelt süß,
Erhält doch aber nichts als dies:

Die Weiber sollten Abzug han
Mit ihren besten Schätzen;
Was übrig bliebe, wollte man
Zerhauen und zerfetzen. –
Mit der Kapitulation
Schleicht die Gesandtschaft trüb davon.

Drauf, als der Morgen bricht hervor,
Gebt Achtung! Was geschiehet?
Es öffnet sich das nächste Tor,
Und jedes Weibchen ziehet,
Mit ihrem Männchen schwer im Sack,
So wahr ich lebe – huckepack.

Manch Hofschranz suchte zwar sofort
Das Kniffchen zu vereiteln;
Doch Konrad sprach: „Ein Kaiserwort
Soll man nicht drehn noch deuteln. –
Ha bravo!“ rief er, „bravo so!
Meint’ unsre Frau es auch nur so!“

Er gab Pardon und ein Bankett,
Den Schönen zu Gefallen.
Da ward gegeigt, da ward trompet’t,
Und durchgetanzt mit allen –
Wie mit der Burgemeisterin,
So mit der Besenbinderin.

Ei, sagt mir doch, wo Weinsberg liegt?
Ist gar ein wackres Städtchen;
Hat, treu und fromm und klug gewiegt,
Viel Weiberchen und Mädchen.
Ich muß, kommt mir das Freien ein,
Fürwahr! Muß eins aus Weinsberg frein.

Der wilde Jäger

Der Wild- und Rheingraf stieß ins Horn:
„Hallo, hallo zu Fuß und Roß!"
Sein Hengst erhob sich wiehernd vorn;
Laut rasselnd stürzt' ihm nach der Troß;
Laut klifft' und klafft' es, frei vom Koppel,
Durch Korn und Dorn, durch Heid' und Stoppel.

Vom Strahl der Sonntagsfrühe war
Des hohen Domes Kuppel blank.
Zum Hochamt rufte dumpf und klar
Der Glocken ernster Feierklang.
Fern tönten lieblich die Gesänge
Der andachtsvollen Christenmenge.

Rischrasch, quer übern Kreuzweg ging's,
Mit Horridoh und Hussasa.
Sieh da! Sieh da, kam rechts und links
Ein Reiter hier, ein Reiter da!
Des rechten Roß war Silbersblinken,
Ein Feuerfarbner trug den linken.

Wer waren Reiter links und rechts?
Ich ahnt' es wohl, doch weiß ich's nicht.
Lichthehr erschien der Reiter rechts,
Mit mildem Frühlingsangesicht.
Groß , dunkelgelb der linke Ritter
Schoß Blitz vom Aug' wie Ungewitter.

„Willkommen hier, zu rechter Frist,
Willkommen zu der edeln Jagd!
Auf Erden und im Himmel ist
Kein Spiel, das lieblicher behagt." –
Er rief's, schlug laut sich an die Hüfte
Und schwang den Hut hoch in die Lüfte.

„Schlecht stimmet deines Hornes Klang",
Sprach der zur rechten, sanften Muts,
„Zu Feierglock' und Chorgesang.
Kehr um! Erjagst dir heut nichts Guts.
Laß dich den guten Engel warnen
Und nicht vom Bösen dich umgarnen!" –

„Jagt zu, jagt zu, mein edler Herr!“
Fiel rasch der linke Ritter drein.
„Was Glockenklang? Was Chorgeplärr?
Die Jagdlust mag euch baß erfreun!
Laßt mich, was fürstlich ist, euch lehren,
Und euch von jenem nicht betören!“ –

„Ha! Wohl gesprochen, linker Mann!
Du bist ein Held nach meinem Sinn.
Wer nicht des Waidwerks pflegen kann,
Der scher’ ans Paternoster hin!
Mag’s, frommer Narr, dich baß verdrießen,
So will ich meine Lust doch büßen!“

Und hurre, hurre, vorwärts ging’s,
Feldein und -aus, bergab und -an.
Stets ritten Reiter rechts und links
Zu beiden Seiten nebenan.
Auf sprang ein weißer Hirsch von ferne
Mit sechzehnzackigem Gehörne.

Und lauter stieß der Graf ins Horn;
Und rascher flog’s zu Fuß und Roß;
Und sieh! Bald hinten und bald vorn
Stürzt’ einer tot dahin vom Troß.
„Laß stürzen! Laß zur Hölle stürzen!
Das darf nicht Fürstenlust verwürzen.“

Das Wild duckt sich ins Ährenfeld
Und hofft da sichern Aufenthalt.
Sieh da! Ein armer Landmann stellt
Sich dar in kläglicher Gestalt.
„Erbarmen, lieber Herr, Erbarmen!
Verschont den sauern Schweiß des Armen!“

Der rechte Ritter sprengt heran
Und warnt den Grafen sanft und gut.
Doch baß hetzt ihn der linke Mann
Zu schadenfrohem Frevelmut.
Der Graf verschmäht des rechten Warnen
Und läßt vom linken sich umgarnen.

„Hinweg, du Hund!“ schnaubt fürchterlich
Der Graf den armen Pflüger an.
„Sonst hetz ich selbst, beim Teufel, dich.
Hallo, Gesellen, drauf und dran!
Zum Zeichen, daß ich wahr geschworen,
Knallt ihm die Peitschen um die Ohren!“

Gesagt, getan! Der Wildgraf schwang
Sich übern Hagen rasch voran,
Und hinterher, bei Knall und Klang,
Der Troß mit Hund und Roß und Mann;
Und Hund und Mann und Roß zerstampfte
Die Halme, daß der Acker dampfte.

Vom nahen Lärm emporgescheucht,
Feldein und -aus, bergab und -an
Gesprengt, verfolgt, doch unerreicht,
Ereilt das Wild des Angers Plan;
Und mischt sich, da verschont zu werden,
Schlau mitten zwischen zahme Herden.

Doch hin und her, durch Flur und Wald,
Und her und hin, durch Wald und Flur,
Verfolgen und erwittern bald
die raschen Hunde seine Spur.
Der Hirt, voll Angst für seine Herde,
Wirft vor dem Grafen sich zur Erde.

„Erbarmen, Herr, Erbarmen! Laßt
Mein armes, stilles Vieh in Ruh!
Bedenket, lieber Herr, hier grast
So mancher armen Witwe Kuh.
Ihr ein und alles spart der Armen!
Erbarmen, lieber Herr, Erbarmen!“

Der rechte Ritter sprengt heran
Und warnt den Grafen sanft und gut.
Doch baß hetzt ihn der linke Mann
Zu schadenfrohem Frevelmut.
Der Graf verschmäht des rechten Warnen
Und läßt vom linken sich umgarnen.

„Verwegner Hund, der du mir wehrst!
Ha, daß du deiner besten Kuh
Selbst um- und angewachsen wärst,
Und jede Vettel noch dazu!
So sollt' es baß mein Herz ergötzen
Euch stracks ins Himmelreich zu hetzen.

Hallo, Gesellen, drauf und dran!
Jo! Doho! Hussasa!“ –
Und jeder Hund fiel wütend an,
Was er zunächst vor sich ersah.
Bluttriefend sank der Hirt zur Erde,
Bluttriefend Stück für Stück die Herde.

Dem Mordgewühl entrafft sich kaum
Das Wild mit immer schwächerm Lauf.
Mit Blut besprengt, bedeckt mit Schaum,
Nimmt jetzt des Waldes Nacht es auf.
Tief birgt sich's in des Waldes Mitte,
In eines Klausners Gotteshütte.

Rasch ohne Rast mit Peitschenknall,
Mit Horridoh und Hussasa,
Und Kliff und Klaff und Hörnerschall,
Verfolgt's der wilde Schwarm auch da.
Entgegen tritt mit sanfter Bitte
Der fromme Klausner vor die Hütte.

„Laß ab, laß ab von dieser Spur!
Entweihe Gottes Freistatt nicht!
Zum Himmel ächzt die Kreatur
Und heischt von Gott dein Strafgericht.
Zum letzten Male laß dich warnen,
Sonst wird Verderben dich umgarnen!“

Der rechte sprengt besorgt heran
Und warnt den Grafen sanft und gut.
Doch baß hetzt ihn der linke Mann
Zu schadenfrohem Frevelmut.
Und wehe! Trotz des rechten Warnen
Läßt er vom linken sich umgarnen!

„Verderben hin, Verderben her!
Das“, ruft er, „macht mir wenig Graus.
Und wenn's im dritten Himmel wär',
So acht' ich's keine Fledermaus.
Mag's Gott und dich, du Narr, verdrießen,
So will ich meine Lust doch büßen!“

Er schwingt die Peitsche, stößt ins Horn:
„Hallo, Gesellen, drauf und dran!“
Hui! Schwinden Mann und Hütte vorn,
Und hinten schwinden Roß und Mann;
Und Knall und Schall und Jagdgebrülle
Verschlingt auf einmal Totenstille.

Erschrocken blickt der Graf umher;
Er stößt ins Horn, es tönet nicht;
Er ruft und hört sich selbst nicht mehr;
Der Schwung der Peitsche sauset nicht.
Er spornt sein Roß in beide Seiten
Und kann nicht vor- und rückwärts reiten.

Drauf wird es düster um ihn her,
Und immer düstrer, wie ein Grab.
Dumpf rauscht es, wie ein fernes Meer.
Hoch über seinem Haupt herab
Ruft furchtbar, mit Gewittergrimme,
Dies Urteil eine Donnerstimme:

„Du Wütrich teuflischer Natur,
Frech gegen Gott und Mensch und Tier!
Das ach und weh der Kreatur
Und deine Missetat an ihr
Hat laut dich vor Gericht gefodert,
Wo hoch der Rache Fackel lodert.

Fleuch, Unhold, fleuch, und werde jetzt,
Von nun an bis in Ewigkeit,
Von Höll' und Teufel selbst gehetzt!
Zum Schreck der Fürsten jederzeit,
Die, um verruchter Lust zu fronen,
Nicht Schöpfer noch Geschöpf verschonen!“ –

Ein schwefelgelber Wetterschein
Umzieht hierauf des Waldes Laub.
Angst rieselt ihm durch Mark und Bein;
Ihm wird so schwül, so dumpf und taub!
Entgegen weht ihm kaltes Grausen,
Dem Nacken folgt Gewittersausen.

Das Grausen weht, das Wetter saust,
Und aus der Erd' empor, huhu!
Fährt eine schwarze Riesenfaust;
Sie spannt sich auf, sie krallt sich zu;
Hui! Will sie ihn beim Wirbel packen;
Hui! Steht sein Angesicht im Nacken.

Es flimmt und flammt rund um ihn her,
Mit grüner, blauer, roter Glut;
Es wallt um ihn ein Feuermeer;
Darinnen wimmelt Höllenbrut.
Jäh fahren tausend Höllenhunde,
Laut angehetzt, empor vom Schlunde.

Er rafft sich auf durch Wald und Feld,
Und flieht, laut heulend weh und ach.
Doch durch die ganze weite Welt
Rauscht bellend ihm die Hölle nach,
Bei Tag tief durch der Erde Klüfte,
Um Mitternacht hoch durch die Lüfte.

Im Nacken bleibt sein Antlitz stehn,
So rasch die Flucht ihn vorwärts reißt.
Er muß die Ungeheuer sehn,
Laut angehetzt vom bösen Geist,
Muß sehn das Knirschen und das Jappen
Der Rachen, welche nach ihm schnappen. –

Das ist des wilden Heeres Jagd,
Die bis zum jüngsten Tage währt,
Und oft dem Wüstling noch bei Nacht
In Schreck und Graus vorüberfährt.
Das könnte, müßt' er sonst nicht schweigen,
Wohl manches Jägers Mund bezeugen.

Das Lied vom braven Mann

Hoch klingt das Lied vom braven Mann,
Wie Orgelton und Glockenklang.
Wer hohes Muts sich rühmen kann,
Den lohnt nicht Gold, den lohnt Gesang.
Gottlob! Daß ich singen und preisen kann,
Zu singen und preisen den braven Mann.

Der Tauwind kam vom Mittagsmeer,
Und schnob durch Welschland, trüb und feucht.
Die Wolken flogen vor ihm her,
Wie wann der Wolf die Herde scheucht.
Er fegte die Felder, zerbrach den Forst;
Auf Seen und Strömen das Grundeis borst.

Am Hochgebirge schmolz der Schnee;
Der Sturz von tausend Wassern scholl;
Das Wiesental begrub ein See;
Des Landes Heerstrom wuchs und schwoll.
Hoch rollten die Wogen, entlang ihr Gleis,
Und rollten gewaltige Felsen Eis.

Auf Pfeilern und auf Bogen schwer,
Aus Quaderstein von unten auf,
Lag eine Brücke drüber her;
Und mitten stand ein Häuschen drauf.
Hier wohnte der Zöllner mit Weib und Kind. –
„O Zöllner, o Zöllner! Entfleuch geschwind!“

Es dröhnt’ und dröhnte dumpf heran;
Laut heulten Sturm und Wog’ ums Haus.
Der Zöllner sprang zum Dach hinan
Und blickt’ in den Tumult hinaus. –
„Barmherziger Himmel! Erbarme dich!
Verloren! Verloren! Wer rettet mich?“ –

Die Schollen rollten, Schuß auf Schuß,
Von beiden Ufern, hier und dort,
Von beiden Ufern riß der Fluß
Die Pfeiler samt den Bogen fort.
Der bebende Zöllner, mit Weib und Kind,
Er heulte noch lauter als Strom und Wind.

Die Schollen rollten, Stoß auf Stoß,
An beiden Enden, hier und dort,
Zerborsten und zertrümmert, schoß
Ein Pfeiler nach dem andern fort.
Bald nahte der Mitte der Umsturz sich. –
„Barmherziger Himmel! Erbarme dich!“ –

Hoch auf dem fernen Ufer stand
Ein Schwarm von Gaffern, groß und klein;
Und jeder schrie und rang die Hand,
Doch mochte niemand Retter sein.
Der bebende Zöllner, mit Weib und Kind,
Durchheulte nach Rettung den Strom und Wind. –

Wann klingst du, Lied vom braven Mann,
Wie Orgelton und Glockenklang?
Wohlan! So nenn ihn, nenn ihn dann!
Wann nennst du ihn, mein schönster Sang?
Bald nahet der Mitte der Umsturz sich.
O braver Mann! Braver Mann, zeige dich!

Rasch galoppiert' ein Graf hervor,
Auf hohem Roß ein edler Graf.
Was hielt des Grafen Hand empor?
Ein Beutel war es, voll und straff. –
„Zweihundert Pistolen sind zugesagt
Dem, welcher die Rettung der Armen wagt."

Wer ist der Brave? Ist's der Graf?
Sag an, mein braver Sang, sag an!
Der Graf, beim höchsten Gott war brav!
Doch weiß ich einen bravern Mann. –
O braver Mann! Braver Mann, zeige dich!
Schon naht das Verderben sich fürchterlich. –

Und immer höher schwoll die Flut;
Und immer lauter schnob der Wind;
Und immer tiefer sank der Mut. –
O Retter! Retter! Komm geschwind! –
Stets Pfeiler bei Pfeiler zerborst und brach.
Laut krachten und stürzten die Bogen nach.

„Hallo! Hallo! Frisch auf gewagt!"
Hoch hielt der Graf den Preis empor.
Ein jeder hört's, doch jeder zagt,
Aus Tausenden tritt keiner vor.
Vergebens durchheulte mit Weib und Kind
Der Zöllner nach Rettung den Strom und Wind.

Sieh, schlecht und recht ein Bauersmann
Am Wanderstabe schritt daher,
Mit grobem Kittel angetan,
An Wuchs und Antlitz hoch und hehr.
Er hörte den Grafen, vernahm sein Wort
Und schaute das nahe Verderben dort.

Und kühn in Gottes Namen, sprang
Er in den nächsten Fischerkahn;
Trotz Wirbel, Sturm und Wogendrang
Kam der Erretter glücklich an.
Doch wehe! Der Nachen war allzu klein,
Der Retter von allen zugleich zu sein.

Und dreimal zwang er seinen Kahn
Trotz Wirbel, Sturm und Wogendrang;
Und dreimal kam er glücklich an,
Bis ihm die Rettung ganz gelang.
Kaum kamen die letzten in sichern Port,
So rollte das letzte Getrümmer fort. –

Wer ist, wer ist der brave Mann?
Sag an, sag an, mein braver Sang!
Der Bauer wagt' ein Leben dran;
Doch tat er's wohl um Goldesklang?
Denn spendete nimmer der Graf sein Gut,
So wagte der Bauer vielleicht kein Blut. –

„Hier“, rief der Graf, „mein wackerer Freund!
Hier ist dein Preis, Komm her, nimm hin!“
Sag an, war das nicht brav gemeint? –
Bei Gott! Der Graf trug hohen Sinn.
Doch höher und himmlischer, wahrlich, schlug
Das Herz, das der Bauer im Kittel trug.

„Mein Leben ist für Gold nicht feil.
Arm bin ich zwar, doch ess' ich satt.
Dem Zöllner werd' euer Gold zuteil,
Der Hab und Gut verloren hat!“
So rief er, mit herzlichem Biederton,
Und wandte den Rücken und ging davon. –

Hoch klingst du, Lied vom braven Mann,
Wie Orgelton und Glockenklang!
Wer solches Muts sich rühmen kann,
Den lohnt kein Gold, den lohnt Gesang.
Gottlob! Daß ich singen und preisen kann:
Unsterblich zu preisen den braven Mann.

Des Pfarrers Tochter von Taubenhayn

Im Garten des Pfarrers von Taubenhayn
Geht's irre bei Nacht in der Laube.
Da flüstert und stöhnt's so ängstiglich;
Da rasselt, da flattert und sträubet es sich,
Wie gegen den Falken die Taube.

Es schleicht ein Flämmchen am Unkenteich,
Das flimmert und flammert so traurig.
Da ist ein Plätzchen, da wächst kein Gras;
Das wird vom Tau und vom Regen nicht naß;
Da wehen die Lüftchen so schaurig. –

Des Pfarrers Tochter von Taubenhayn
War schuldlos wie ein Täubchen.
Das Mädel war jung, war lieblich und fein,
Viel ritten der Freier nach Taubenhayn
Und wünschten Rosetten zum Weibchen.

Von drüben herüber, von drüben herab,
Doch jenseits des Baches vom Hügel,
Blinkt stattlich ein Schloß auf das Dörfchen im Tal,
Die Mauern wie Silber, die Dächer wie Stahl,
Die Fenster wie brennende Spiegel.

Da trieb es der Junker von Falkenstein
In Hüll' und in Füll' und in Freude.
Dem Jüngferchen lacht' in die Augen das Schloß,
Ihr lacht' in das Herzchen der Junker zu Roß
Im funkelnden Jägergeschmeide. –

Er schrieb ihr ein Briefchen auf Seidenpapier,
Umrändelt mit goldenen Kanten.
Er schickt' ihr sein Bildnis, so lachend und hold,
Versteckt in ein Herzchen von Perlen und Gold;
Dabei war ein Ring mit Demanten.

„Laß du sie nur reiten und fahren und gehn,
Laß du sie sich werben zuschanden!
Rosettchen, dir ist wohl was Bessers beschert.
Ich achte des stattlichen Ritters dich wert,
Beliehen mit Leuten und Landen.

Ich hab ein gut Wörtchen zu kosen mit dir;
Das muß ich dir heimlich vertrauen,
Drauf hätt' ich gern heimlich erwünschten Bescheid,
Lieb' Mädel, um Mitternacht bin ich nicht weit;
Sei wacker und laß dir nicht grauen!

Heut Mitternacht horch auf den Wachtelgesang
Im Weizenfeld hinter dem Garten.
Ein Nachtigallmännchen wird locken die Braut
Mit lieblichem, tief aufflötendem Laut;
Sei wacker und laß mich nicht warten!"

Er kam in Mantel und Kappe vermummt,
Er kam um die Mitternachtsstunde.
Er schlich, umgürtet mit Waffen und Wehr,
So leise, so lose wie Nebel einher,
Und stillte mit Brocken die Hunde.

Er schlug der Wachtel hell gellenden Schlag
Im Weizenfeld hinter dem Garten.
Dann lockte das Nachtigallmännchen die Braut
Mit lieblichem, tief aufflötendem Laut,
Und Röschen, ach, ließ ihn nicht warten. –

Er wußte sein Wörtchen so traulich und süß
Ins Ohr und ins Herz ihr zu girren;
Ach, liebender Glaube ist willig und zahm!
Er sparte kein Locken, die schüchterne Scham
Zu seinem Gelüste zu kirren.

Er schwur sich bei allem, was heilig und hehr,
Auf ewig zu ihrem Getreuen.
Und als sie sich sträubte, und als er sie zog,
Vermaß er sich teuer, vermaß er sich hoch:
„Lieb' Mädel, es soll dich nicht reuen!"

Er zog sie zur Laube, so düster und still,
Von blühenden Bohnen umduftet.
Da pocht' ihr das Herzchen, da schwoll ihr die Brust;
Da wurde vom glühenden Hauche der Lust
Die Unschuld zu Tode vergiftet. –

Bald, als auf duftendem Bohnenbeet
Die rötlichen Blumen verblühten,
Da wurde dem Mädel so übel und weh;
Da bleichten die rosigen Wangen zu Schnee;
Die funkelnden Augen verglühten.

Und als die Schote nun allgemach
Sich dehnt' in die Breit' und die Länge;
Als Erdbeer' und Kirsche sich rötet und schwoll;
Da wurde dem Mädel das Brüstchen zu voll,
Das seidene Röckchen zu enge.

Und als die Sichel zu Felde ging,
Hub's an sich zu regen und strecken.
Und als der Herbstwind über die Flur
Und über die Stoppeln des Hafers fuhr,
Da konnte sie's nicht mehr verstecken.

Der Vater, ein harter und zorniger Mann,
Schalt laut die arme Rosette:
„Hast du dir erbuhlt für die Wiege das Kind,
So hebe dich mir aus den Augen geschwind
Und schaff auch den Mann dir ins Bette.“

Er schlang ihr fliegendes Haar um die Faust;
Er hieb sie mit knotigem Riemen.
Er hieb, das schallte so schrecklich und laut!
Er hieb ihr die samtene Lilienhaut
Voll schwellender blutiger Striemen.

Er stieß sie hinaus in der finstern Nacht
Bei eisigem Regen und Winden.
Sie klomm an dornigen Felsen empor
Und tappte sich fort bis an Falkensteins Tor,
Dem Liebsten ihr Leid zu verkünden. –

„O weh mir, daß du mich zur Mutter gemacht,
Bevor du mich machtest zum Weibe!
Sieh her! Sieh her! Mit Jammer und Hohn
Trag' ich dafür nun den schmerzlichen Lohn
An meinem zerschlagenen Leibe!“

Sie warf sich ihm bitterlich schluchzend ans Herz;
Sie bat, sie beschwor ihn mit Zähren:
„O mach es nun gut, was du übel gemacht,
Bist du es, der so mich in Schande gebracht,
So bring auch mich wieder zu Ehren!“ –

„Arm' Närrchen“, versetzt' er, „das tut mir ja leid!
Wir wollen's am Alten schon rächen.
Erst gib dich zufrieden und harre bei mir!
Ich will dich schon hegen und pflegen allhier.
Dann wollen wir's ferner besprechen.“ –

„Ach, hier ist kein Säumen, kein Pflegen noch Ruh'n!
Das bringt mich nicht wieder zu Ehren.
Hast du einst treulich geschworen der Braut,
So laß auch an Gottes Altare nun laut
Vor Priester und Zeugen es hören!“ –

„Ho! Närrin, so hab ich es nimmer gemeint!
Wie kann ich zum Weibe dich nehmen?
Ich bin ja entsprossen aus adligem Blut.
Nur Gleiches zu Gleichem gesellet sich gut;
Sonst müßte mein Stamm sich ja schämen.

Lieb' Närrchen, ich halte dir's, wie ich's gemeint:
Mein Liebchen sollst immerdar bleiben.
Und wenn dir mein wackerer Jäger gefällt,
So lass' ich's mir kosten ein gutes Stück Geld.
Dann können wir's ferner noch treiben." –

„Daß Gott dich, du schändlicher, bübischer Mann,
Daß Gott dich zur Hölle verdamme!
Entehr' ich als Gattin dein adliges Blut,
Warum denn, o Bösewicht, war ich einst gut
Für deine unehrliche Flamme?

So geh denn und nimm dir ein adliges Weib!
Das Blättchen soll schrecklich sich wenden!
Gott siehet und höret und richtet uns recht.
So müsse dereinst dein niedrigster Knecht
Das adlige Bette dir schänden!

Dann fühle, Verräter, dann fühle, wie's tut,
An Ehr' und an Glück zu verzweifeln!
Dann stoß an die Mauer die schändliche Stirn
Und jag' eine Kugel dir fluchend durchs Hirn,
Dann, Teufel, dann fahre zu Teufeln!" –

Sie riß sich zusammen, sie raffte sich auf,
Sie rannte verzweifelnd von hinnen,
Mit blutigen Füßen, durch Distel und Dorn,
Durch Moor und Geröhricht, vor Jammer und Zorn
Zerrüttet an allen fünf Sinnen.

„Wohin nun, wohin, o barmherziger Gott,
Wohin nun auf Erden mich wenden?"
Sie rannte, verzweifelnd an Ehr' und an Glück,
Und kam in den Garten der Heimat zurück,
Ihr klägliches Leben zu enden.

Sie taumelt', an Händen und Füßen klamm,
Sie kroch zur unseligen Laube;
Und jäh durchzuckte sie Weh auf Weh,
Auf ärmlichem Lager, bestreuet mit Schnee,
Von Reisig und rasselndem Laube.

Es wand ihr ein Knäbchen sich weinend vom Schoß,
Bei wildem, unsäglichem Schmerze.
Und als das Knäblein geboren war,
Da riß sie die silberne Nadel vom Haar
Und stieß sie dem Knaben ins Herze.

Erst als sie vollendet die blutige Tat,
Mußt', ach, ihr Wahnsinn sich enden.
Kalt wehten Entsetzen und Grausen sie an.
„O Jesu, mein Heiland, was hab ich getan?"
Sie wand sich den Bast von den Händen.

Sie kratzte mit blutigen Nägeln ein Grab
Am schilfigen Unkengestade.
„Da ruh du, mein Armes, da ruh nun in Gott,
Geborgen auf immer vor Elend und Spott!
Mich hacken die Raben vom Rade." –

Das ist das Flämmchen am Unkenteich;
Das flimmert und flammert so traurig.
Das ist das Plätzchen, da wächst kein Gras;
Das wird vom Tau und vom Regen nicht naß,
Da wehen die Lüftchen so schaurig!

Hoch hinter dem Garten vom Rabenstein,
Hoch über dem Steine vom Rad,
Blickt hohl und düster ein Schädel herab,
Das ist ihr Schädel, der blicket aufs Grab,
Drei Spannen lang an dem Gestade.

Allnächtlich herunter vom Rabenstein,
Allnächtlich herunter vom Rade
Huscht bleich und molkicht ein Schattengesicht,
Will löschen das Flämmchen und kann es doch nicht,
Und wimmert am Unkengestade.

Adelbert von Chamisso (1781–1838)

Das Riesenspielzeug

Burg Niedeck ist im Elsaß, der Sage wohlbekannt,
Die Höhe, wo vor Zeiten die Burg der Riesen stand.
Sie selbst ist nun verfallen, die Stätte wüst und leer;
Du fragest nach den Riesen, du findest sie nicht mehr.

Einst kam das Riesenfräulein aus jener Burg hervor,
Erging sich sonder Wartung und spielend vor dem Tor
Und stieg hinab den Abhang bis in das Tal hinein,
Neugierig, zu erkunden, wie's unten möchte sein.

Mit wen'gen raschen Schritten durchkreuzte sie den Wald,
Erreichte gegen Haslach das Land der Menschen bald,
Und Städte dort und Dörfer und das bestellte Feld
Erschienen ihren Augen gar eine fremde Welt.

Wie jetzt zu ihren Füßen sie spähend niederschaut,
Bemerkt sie einen Bauer, der seinen Acker baut.
Es kriecht das kleine Wesen einher so sonderbar,
Es glitzert in der Sonne der Pflug so blank und klar.

„Ei! Artig Spielding!" ruft sie, „das nehm' ich mit nach Haus."
Sie kniet nieder, breitet behend ihr Tüchlein aus
Und feget mit den Händen, was da sich alles regt,
Zu Haufen in das Tüchlein, das sie zusammenschlägt;

Und eilt mit freud'gen Sprüngen – man weiß, wie Kinder sind –
Zur Burg hinan und suchet den Vater auf geschwind:
„Ei Vater, lieber Vater, ein Spielding wunderschön!
So Allerliebstes sah ich noch nie auf unsern Höhn."

Der Alte saß am Tische und trank den kühlen Wein,
Er schaut sie an behaglich, er fragt das Töchterlein:
„Was Zappeliges bringst du in deinem Tuch herbei?
Du hüpfest ja vor Freuden; laß sehen, was es sei."

Sie breitet aus das Tüchlein und fängt behutsam an,
Den Bauern aufzustellen, den Pflug und das Gespann.
Wie alles auf dem Tische sie zierlich aufgebaut,
So klatscht sie in die Hände und springt und jubelt laut.

Der Alte wird gar ernsthaft und wiegt sein Haupt und spricht:
„Was hast du angerichtet? Das ist kein Spielzeug nicht!
Wo du es hergenommen, da trag es wieder hin,
Der Bauer ist kein Spielzeug, was kommt dir in den Sinn!

Sollst gleich und ohne Murren erfüllen mein Gebot;
Denn wäre nicht der Bauer, so hättest du kein Brot.
Es sprießt der Stamm der Riesen aus Bauernmark hervor,
Der Bauer ist kein Spielzeug, da sei uns Gott davor!" –

Burg Niedeck ist im Elsaß, der Sage wohlbekannt,
Die Höhe, wo vor Zeiten die Burg der Riesen stand.
Sie selbst ist nun verfallen, die Stätte wüst und leer;
Und fragst du nach den Riesen, du findest sie nicht mehr.

Aus der „Ruine“

„Beschirmt mich vor den kalten Regenschauern,
Seid gastlich, Trümmer ihr der alten Zeit;
Wo klafft ein Spalt, wo kann ich unterkauern?“
Ein Riß im Mauerwerke, nur so breit,
Daß mich hindurchzupressen kaum gelang,
Gewährte vor dem Sturm mir Sicherheit.
Der führte mich in einen schmalen Gang,
In dem vorschreitend bei des Brandes Helle
Ich tief und tiefer in das Innre drang.
Hier eine Tür, ich hielt auf deren Schwelle,
Den düstern Ort betrachtend, zu erfahren,
Ob das ein Grab sei, ob die Burgkapelle,
Denn Bilder, halbverstümmelt, Waffen waren
Rings aufgestellt, zerstreut auch hin und wieder,
Verschüttet und verstaubt von vielen Jahren.
Ich lagerte zur Ruhe meine Glieder
Auf Schutt gestreckt, das Haupt auf einen Stein,
Doch mied der Schlaf die müden Augenlider.
Es wirkten jene Bilder auf mich ein,
An denen ich mit stieren Blicken hing;
Der Brand verglimmend warf den letzten Schein;
Und nun die Nacht, die tiefste, mich umfing –
Vermag ich mein Entsetzen da zu schildern
Beim Anblick dessen, was nun vor sich ging!
Ein bleicher Schein entströmte jenen Bildern,
Ich sah sie in der Finsternis sich regen,
Sie wurden laut, sie huben an zu wildern.
Und dumpf erscholl's: „Auf! Aus dem Schlaf, ihr Trägen!“
Ein Herrscher war es, der das Wort gesprochen,
Die Hand versucht er an das Schwert zu legen;
Das war von Holz gewesen und zerbrochen;
Nach seiner Krone griff er – goldesbar,
Ein altes, morsches Holz, vom Wurm zerstochen.
Dem Rufe stellte bald sich eine Schar,
In Holz gewappnet halb und halb in Eisen,
Die nicht geheuer anzuschauen war.
Und ihm zur Rechten sah ich einen Greisen,
Der schwach und zornig, geistlich angetan,
Verdrossen schien, ihm Ehrfurcht zu erweisen.
Er musterte die Seinen Mann für Mann,

Dann naht er seltsam lächelnd sich dem Alten,
Zu dem er leise flüsternd so begann:
„Schwach worden bist du, mußt an mir dich halten
Und ich an dir, es ist nicht Hadernszeit;
Bedecke mich mit deines Mantels Falten.“
Und zu den Mannen: „Seid zum Kampf bereit;
Ihr habt noch Eisen, gut! Ich muß euch loben;
Altar und Thron! Das ist ein guter Streit.
Nun gilt’s, einander Eintracht zu geloben:
Durch euch, für euch! Ihr wißt, ich weiß es nun;
Ich weiß, ihr wißt auch, was sie schwatzen oben.
Sie wollen, Abgestandnes müsse ruhn:
Ihr aber seid noch ein bewehrter Haufen,
Und nächtlich werdet ihr das Eure tun.
Sie sagen, unsre Zeit sei abgelaufen,
Nun sei es Tag; doch, seht! Es ist ja Nacht,
Und mögen sie’s mit anderm Worte taufen!
Das Licht –! Es ist zum Lachen! Lacht doch, lacht!“
Und wie er selbst darüber wollte lachen,
Hat doch das Licht ihn stumm und starr gemacht.
Der Blitz ergoß, der grause Feuerdrachen,
Durch einen Spalt der Wölbung Lichtesgarben,
Und hell erklang des Donners zürnend Krachen.
Die Bilder, die zu Holz und Stein erstarben,
Erwachten spät und zögernd nur zum Leben,
Bis wiederum die Sprache sie erwarben.
Da sah ich jenen Priester sich erheben;
Der nahm das Wort und schüttelte sein Haupt:
„Der Himmel hat ein Zeichen euch gegeben!
Er hat, daß ihr’s mit Augen seht, erlaubt,
Wie Untergang er euren Feinden drohe;
Ihr aber lobt die Finsternis und glaubt!
Und weil ich euch die Deutung gab, die frohe,
Und klärlich ihr erkannt des Herrn Gefallen,
Der zu euch sprach in seines Zornes Lohe:
So laßt vor ihm uns auf die Knie fallen,
Lobpreisend ihn mit unsern schwachen Zungen,
Laßt *Te deum laudamus* laut erschallen.“
So wurde denn der Lobgesang gesungen,
Mißtönig, unerhört! Mir mußte deuchten,
Als hielte Fieberwahn mich fest umschlungen.
Ich sah die zweifelhaften Wesen leuchten
Mit bleichem Schimmer, der ich spähend lag;
So schimmert, morsches, faules Holz im Feuchten.

Die Zeit verstrich, die nimmer ruhen mag,
Durch jenen Spalt drang ein ein schwacher Strahl,
Verkündigend den neugebornen Tag.
Und bei dem Schein erblaßten allzumal
Die Wundersamen, ihr Gesang verhallte,
Es schwieg bald der, bald jener aus der Zahl.
Ein Angstgeschrei des Oberherrn erschallte:
„Hilf, Priester, du! Es tagt! Es darf nicht tagen!
Den Mantel her! Verhänge du die Spalte!
Besteige den Altar, ich will dich tragen,
Dich halten; das Entsetzen quillt von dort
Und drohet unsre Herrschaft zu zerschlagen!“
Wohl tat der Priester nach des Fürsten Wort,
Doch wollte nicht der alte Mantel frommen,
Es wuchs die Tageshelle fort und fort.
Er aber bebte heftig angstbeklommen
Und sank zuletzt erstarrt zu den Erstarrten,
Denn allen war des Lebens Schein genommen.
Und in der Dämmerung, der lang erharrten,
Sah ich von Holz und Stein die Bilder nur,
Die halbverstümmelten, in Schutt verscharrten.
Beim Priester lag am Pfeiler die Figur
Des Oberherrn, der nächtlich wüste Graus
Zerronnen und verschollen ohne Spur.
Da lacht ich ob dem tollen Traum mich aus,
Und von des Fürsten Krone mir zum Mal
Brach ich ein Stück und nahm es mit nach Haus.
Ich stieg zu Tag; im heitern Morgenstrahl
Erglühten rings des Schneegebirges Zinnen,
Und schon ergoß das Licht sich in das Tal.
Anbetend fühlt ich meine Zähren rinnen.

Treue Liebe

Es schallten muntre Lieder
Hell durch den Fichtenwald.
Es kam ein muntrer Reiter
Zum Försterhause bald.

„Frau Muhme, guten Morgen,
Wo bleibt die Liebste mein?“ –
„Sie lieget, krank zum Sterben,
Im obern Kämmerlein.“

Er stieg in bittern Tränen
Die Treppe wohl hinauf,
Er hemmte vor der Türe
Der Liebsten seinen Lauf.

„Herein, herein, Geliebter,
Zu schmerzlichem Besuch!
Die heim du holen wolltest,
Deckt bald das Leichentuch.

Sie schläft in engem Sarge,
Drauf liegt der Myrtenkranz;
Du wirst nicht heim sie führen,
Nicht bei Gesang und Tanz.

Sie werden fort mich tragen
Und tief mich scharren ein,
Du wirst mir Tränen weinen
Und eine andre frein.“ –

„Die du mich nie betrübet,
Du meine Zier und Lust,
Wie hast du jetzt geschnitten
Mir scharf in meine Brust!“

Drauf sahen zueinander
Die beiden ernst und mild,
Verschlungen ihre Hände,
Ein schönes, bleiches Bild.

Da schied sie sanft hinüber,
Er aber zog zur Stund'
Das Ringlein sich vom Finger
Und steckt's in ihren Mund.

Ob er geweinet habe,
Als solches ist geschehn? –
Ich selber floß in Tränen,
Ich hab es nicht gesehn.

Es gräbt der Totengräber
Ein Grab und noch ein Grab:
Er kommt an ihre Seite,
Der ihr das Ringlein gab.

Mateo Falcone, der Korse

Von wessen Rufe hört man widerhallen,
Die her zu diesen Höhen führt, die Schlucht
Von Porto Vecchio? Flintenschüsse fallen.

Die Gelben sind's, die Jäger, und es sucht
Vor ihnen her den Buschwald zu erreichen
Ein schwer Verwundeter in scheuer Flucht.

Aus dem Gehöfte will ein Kind sich schleichen,
Zu spähen, was bedeute solcher Ton;
Es siehet vor sich stehn den Blut'gen, Bleichen.

„Du bist, ich kenne dich, Falcones Sohn;
Ich bin Sampiero; hilf mir, feines Kind,
Verstecke mich, die Gelben nahen schon." –

„Ich bin allein, die beiden Eltern sind
Hinausgegangen." – „Schnell denn und verschlagen:
Wohin verkriech ich mich? Sag an, geschwind." –

„Was aber wird dazu der Vater sagen?" –
„Der Vater sagt, du habest recht getan;
Und du zum Dank sollst diese Münze tragen."

Die Münze nahm der Knabe willig an.
Ein Haufen Heu, der sich im Hofe fand,
Verbarg den blutigen, zerlumpten Mann.

Dann ging das Kind, des Blutes Spur im Sand
Austretend, nach dem äußern Tor besonnen,
Wovor schon lärmend der Verfolger stand.

Es war der Vetter Gamba. – „Wo entronnen,
Sprich, Vetter Fortunato, ist der Wicht,
Dem wir die Fährte hierher abgewonnen?" –

„Ich schlief." – „Ein Lügner, der vom Schlafe spricht!
Dich hat zu wecken mein Gewehr geknallt." –
„Noch knallt es wie des Vaters Büchse nicht." –

„Antworte, Bursche, wie die Frage schallt;
Und führst du solche Reden mir zum Hohne,
So schlepp ich dich nach Corte mit Gewalt.“ –

„Versuch es nur, mein Vater heißt Falcone.“ –
„Ich aber werde deinem Vater sagen,
Daß er mit Schlägen dir die Lüge lohne.“ –

„Ob er es tut, das möchte sich noch fragen.“ –
„Wo ist dein Vater? Sprich!“ – „Ich bin allein,
Im Buschwald wird er sein, ein Wild zu jagen.“

Und Gamba zu den Untergeb’nen sein:
„Hier führt, ich traf ihn gut, die Spur des Blutes;
Durchsucht das Haus, er wird zu finden sein.“

Ein Jäger drauf: „So ihr es wollt, so tut es;
Doch solltet ihr’s erwägen, Adjutant,
Uns bringt Falcones Feindschaft nimmer Gutes.“

Er aber stand unschlüssig, abgewandt,
Und stach ins Heu, nachlässig, in Gedanken,
Wie einer, der das Rechte nicht erkannt.

Der Knab indessen spielte mit dem blanken
Gehenke seiner Uhr, und schob gelinde
Ihn vom Versteck zurück des armen Kranken.

Und wieder freundlich sprach er zu dem Kinde:
„Du spielst mit meiner Uhr und hast noch keine;
Die hatt ich dir bestimmt zum Angebinde.“ –

„In meinem zwölften Jahr bekomm ich eine.“ –
„Bist zehn erst alt; betrachte diese nur.“
Und blinkend hielt er sie im Sonnenscheine.

Gar argen Glanzes funkelte die Uhr;
Das zierliche Gehäus so blank und klar,
Die Nadeln Gold, das Zifferblatt Lasur. –

„Wo steckt Sampiero?“ – „Wird dein Wort auch wahr?“ –
Dem Knaben schwur er zu mit teurem Eide,
Daß sie der schnöde Preis des Blutes war.

Des Knaben Rechte hob nach dem Geschmeide
Sich langsam zitternd; niederwärts sich neigend
Berührt es sie; ihm brannt das Eingeweide.

Da hob sich auch die Linke, rückwärts zeigend,
Und gab den Schützling dem Verfolger bloß;
Geschlossen war der Kauf, der arge, schweigend.

Da ließ der Adjutant die Kette los;
Das Kind, vom köstlichen Besitz befangen,
Vergaß sich selbst und des Verratnen Los.

Und Gamba ließ hervor den Flüchtling langen,
Der blickte stumm verächtlich auf den Knaben
Und gab dem Jäger willig sich gefangen.

„Ihr müßt, Freund Gamba, schon die Güte haben,
Schafft eine Bahre her, ich kann nicht gehen;
Verblutet hab ich mich, im Heu vergraben.

Ihr seid ein Schütz, man muß es euch gestehen;
's ist aus mit mir; ihr habt mich gut gefaßt,
Doch habt ihr auch, was ich vermag, gesehen."

Und menschlich sorgte man und freundlich fast
Für einen, den man doch als tapfer pries
Und, wo es galt, als Gegner nur gehaßt.

Die Münze reicht ihm Fortunat, er stieß
Zurück den Knaben, welcher voller Scham
Entwich und jenen Taler fallen ließ.

Falcone jetzt mit seinem Weibe kam
Vom Walde her; um sein Gehöfte sah
Er Jäger schwärmen, was ihn Wunder nahm.

Schußfertig, kühn, vorsichtig naht er da
Und hieß das Weib der zweiten Büchse pflegen,
Wie's Brauch ist, wenn der Schütz dem Feinde nah.

Ihn kennend ging ihm Gamba schnell entgegen.
„Verkennt den Freund nicht!" Langsam stieg der Lauf
Der Büchse, die im Anschlag schon gelegen. –

„Wir hatten, Vetter, einen weiten Lauf,
Der Tag war heiß, wir haben ihn erjagt,
Doch gingen auch der unsern zwei darauf;

Ich meine den Sampiero.“ – „Was ihr sagt!
Sampiero, der die Ziege mir geraubt,
Vom Hunger freilich wohl, und scharf geplagt.“ –

„Er hat gefochten, wie es keiner glaubt;
Wir haben ihn, und danken's Fortunato,
Der uns geliefert sein geächtet Haupt.“

Der Vater rief entrüstet: „Fortunato?“
Die Mutter sank zusammen wie gebrochen,
Und wiederholte schaurig: „Fortunato?“ –

„Er hatte dort sich in das Heu verkrochen,
Der Vetter zeigt ihn an; man soll's erfahren,
Und ihm und euch wird hohes Lob gesprochen.“ –

Sie traten an das Haus; die Jäger waren
Geschäftig und bemühet um den Alten,
Die Bahre wohl mit Mänteln zu verwahren.

Und wie zu seinem Ohr die Schritte schallten,
Und er sich umgesehen, wer genaht,
Da konnt er nicht zu lachen sich enthalten;

Ein Lachen, gar entsetzlich in der Tat.
Das Haus anspeiend schrie er: „Lug und Trug!
In diesen Mauern hauset der Verrat!“

Erbleichend, zitternd hört's Falcone, schlug
Vors Haupt sich die geballte Faust, und stumm
Verharrt er, bis man fort den Alten trug.

Es sah sich Gamba grüßend nach ihm um;
Er merkt es nicht, er ließ die Truppe ziehen,
Er starrte zu dem Knaben taub und stumm.

Es will vor ihm das Kind erzitternd knien,
Er schreit es an: „Dein erstes Stück war gut!
Zurück von mir!“ Es hat nicht Kraft zu fliehen.

Und zu der Frau gewandt: „Ist der mein Blut?“ –
„Ich bin dein Weib“ – und ihre bleichen Wangen
Erglühen schnell von wundersamer Glut.

„Und ein Verräter!“ Ihre Blicke hangen
An ihrem Kinde, sie erspäht die Uhr:
„Von wem hast dieses Kleinod du empfangen?“

„Vom Vetter Gamba.“ Heftig an der Schnur
Sie reißend, schleudert und zerschellt Falcone
An einem Stein der Tat verhaßte Spur.

Dann starrt er vor sich hin, und scharrt, wie ohne
Gedanken, mit dem Kolben in den Sand,
Und rafft sich endlich auf und ruft dem Sohne:

„Mir nach!“ Das Kind gehorcht. Er selbst, zur Hand
Sein trautes Feuerrohr, nimmt durch die Heide
Den Richtpfad nach dem nächsten Waldesrand.

Ihn hält die Mutter schreckhaft an dem Kleide:
„Dein Sohn, dein einzger Sohn, den Gott dir gab,
Den mit Gelübden wir erflehten beide!“

Und er: „Ich bin sein Vater, drum laß ab!“
Da küsset sie verzweiflungsvoll den Kleinen
Und schaut ihm nach bis in den Wald hinab.

Dann geht sie, vor das Heil’genbild der reinen
Gebenedeiten Mutter sich allein
Zu werfen, und zu beten und zu weinen.

Falcone hält im Wald am schwarzen Stein,
Versucht den Boden und erwählt die Stätte;
Hier ist die Erde leicht, hier wird es sein.

„Knie nieder, Fortunato, knie und bete.“
Der Knabe kniet und winselt: „Vater, Vater!
Du willst mich töten?“ Und der Vater: „Bete!“

Und weinend, schluchzend stammelt er das Pater;
Mit fester Stimme spricht der Vater: „Amen!“
Und weiter stammelt er das Ave Mater.

„Bist du nun fertig?“ – „Von den Klosterdamen
Erlernt ich noch die Litanei soeben.“ –
„Sehr lang ist die; jedoch, in Gottes Namen!“

Er hat gebetet. – „Vater, laß mich leben,
O töte mich noch nicht!“ – „Bist du am Schluß?“ –
„Vergib mir –“ – „Gott, der möge dir vergeben!“

Die Hände streckt er aus – da fällt der Schuß.
Vom Leichnam wendet sich der Vater ab,
Und heimwärts schreitend wanket nicht sein Fuß.

Sein Aug ist dürr, mit seines Alters Stab
Sein Herz gebrochen. Also holt der Mann
Den Spaten, um zu graben dort das Grab.

Die Mutter stürzt beim Schuß entsetzt heran,
Sie stürmet händeringend auf ihn ein:
„Mein Kind! Mein Blut! Was hast du nun getan?“ –

„Gerechtigkeit. – – Er liegt am schwarzen Stein.
Ich lass' ihm Messen lesen, der als Christ
Gestorben ist, und also mußt es sein.

Sobald du aber selbst gefaßter bist,
Verkünde unserm Tochtermann Renzone,
Daß meine wohlerwogne Meinung ist,
Daß künftig er mit uns mein Haus bewohne.“

Der alte Müller

Es wütet der Sturm mit entsetzlicher Macht,
Die Windmühl' schwankt, das Gebälk erkracht.
Hilf, Himmel, erbarme dich unser!

Der Meister ist nicht, der alte, zur Hand;
Er steht an der Felswand schwindligem Rand.
Hilf, Himmel, erbarme dich unser!

Da steht er allein, mit dem Winde vertraut,
Und spricht mit den Lüften vernehmlich und laut.
Hilf, Himmel, erbarme dich unser!

Er schüttelt im Sturme sein weißes Haar,
Und was er da spricht, klingt sonderbar.
Hilf, Himmel, erbarme dich unser!

„Willkommen, willkommen, großmächtiger Wind!
Was bringst du mir Neues, verkünd es geschwind!" –
Hilf, Himmel, erbarme dich unser!

„Du hast mich gewiegt, du hast mich genährt,
Du hast mich geliebt, du hast mich gelehrt." –
Hilf, Himmel, erbarme dich unser!

„Du hast mir die Worte wohl hinterbracht,
Die Worte der Weisheit, von Toren verlacht." –
Hilf, Himmel, erbarme dich unser!

„Ihr Toren, ihr Toren, die faßtet ihr nicht,
Die faßte der Wind auf, der gab mir Bericht." –
Hilf, Himmel, erbarme dich unser!

„Das Wort wird Tat, das Kind wird Mann,
Der Wind wird Sturm, wer zweifelt daran?" –
Hilf, Himmel, erbarme dich unser!

„Willkommen, willkommen, großmächtiger Wind!
Und was du auch bringest, vollend es geschwind." –
Hilf, Himmel, erbarme dich unser!

„Das Maß ist voll, die Zeit ist aus;
Jetzt kommt das Gericht in Zerstörung und Graus." –
Hilf, Himmel, erbarme dich unser!

Ein Wirbelwind faßt den Alten zumal
Und schleudert zerschmettert ihn tief in das Tal.
Hilf, Himmel, erbarme dich unser!

Zerschellt ist der Mühle zerbrechlicher Bau,
Und Wogen von Sand bedecken die Au.
Hilf, Himmel, erbarme dich unser!

Salas y Gomez

Salas y Gomez raget aus den Fluten
Des stillen Meers, ein Felsen kahl und bloß,
Verbrannt von scheitelrechter Sonne Gluten,

Ein Steingestell ohn alles Gras und Moos,
Das sich das Volk der Vögel auserkor
Zur Ruhstatt im bewegten Meeresschoß.

So stieg vor unsern Blicken sie empor,
Als auf dem Rurik*): „Land im Westen! Land!"
Der Ruf vom Mastkorb drang zu unserm Ohr.

Als uns die Klippe nah vor Augen stand,
Gewahrten wir der Meeresvögel Scharen
Und ihre Brüteplätze längs dem Strand.

Da frischer Nahrung wir bedürftig waren,
So ward beschlossen, den Versuch zu wagen,
In zweien Booten an das Land zu fahren.

Es ward dabeizusein mir angetragen.
Das Schrecknis, das der Ort mir offenbart,
Ich werd es jetzt mit schlichten Worten sagen.

** Name des Schiffes, auf dem der Dichter in den Jahren 1815 bis 1818 die Reise um die Welt machte.*

Wir legten bei, bestiegen wohlbewahrt
Die ausgesetzten Boote, stießen ab,
Und längs der Brandung rudernd ging die Fahrt.

Wo unterm Wind das Ufer Schutz uns gab,
Ward angelegt bei einer Felsengruppe;
Wir setzten auf das Trockne unsern Stab.

Und eine rechts, und links die andre Truppe,
Verteilten sich den Strand entlang die Mannen;
Ich aber stieg hinan die Felsenkuppe.

Vor meinen Füßen wichen kaum von dannen
Die Vögel, welche die Gefahr nicht kannten,
Und mit gestreckten Hälsen sich besannen.

Der Gipfel war erreicht, die Sohlen brannten
Mir auf dem heißen Schieferstein, indessen
Die Blicke den Gesichtskreis rings umspannten.

Und wie die Wüstenei sie erst ermessen
Und wieder erdwärts sich gesenket haben,
Läßt eines alles andre mich vergessen.

Es hat die Hand des Menschen eingegraben
Das Siegel seines Geistes in den Stein,
Worauf ich steh, – Schriftzeichen sind's, Buchstaben.

Der Kreuze fünf mal zehn in gleichen Reihn.
Es will mich dünken, daß sie lang bestehen,
Doch muß die flücht'ge Schrift hier jünger sein.

Und nicht zu lesen! – Deutlich noch zu sehen
Der Tritte Spur, die sie verlöschet fast,
Es scheint ein Pfad darüber hin zu gehen.

Und dort am Abhang war ein Ort der Rast,
Dort nahm er Nahrung ein, dort Eierschalen!
Wer war, wer ist der grausen Wildnis Gast?

Und spähend, lauschend schritt ich auf dem kahlen
Gesims einher zum andern Felsenhaupte,
Das zugewendet liegt den Morgenstrahlen.

Und wie ich, der ich ganz mich einsam glaubte,
Erklomm die letzte von den Schieferstiegen,
Die mir die Ansicht von dem Abhang raubte:

Da sah ich einen Greisen vor mir liegen,
Wohl hundert Jahre, möcht ich schätzen, alt,
Dess' Züge, schien es, wie im Tode schwiegen.

Nackt, langgestreckt die riesige Gestalt,
Von Bart und Haupthaar abwärts zu den Lenden,
Den hagern Leib mit Silberglanz umwallt;

Das Haupt getragen von des Felsen Wänden,
Im starren Antlitz Ruh, die breite Brust
Bedeckt mit übers Kreuz gelegten Händen.

Und wie entsetzt, mit schauerlicher Lust,
Ich unverwandt das große Bild betrachte,
Entflossen mir die Tränen unbewußt.

Als endlich, wie aus Starrkrampf, ich erwachte,
Entbot ich zu der Stelle die Gefährten,
Die bald mein lauter Ruf zusammenbrachte.

Sie lärmend herwärts ihre Schritte kehrten,
Und stellten, bald verstummend, sich zum Kreis,
Die fromm die Feier solchen Anblicks ehrten.

Und seht, noch reget sich, noch atmet leis,
Noch schlägt die müden Augen auf und hebt
Das Haupt empor der wundersame Greis.

Er schaut uns zweifelnd, staunend an, bestrebt
Sich noch zu sprechen mit erstorbnem Munde, –
Umsonst! Er sinkt zurück, er hat gelebt.

Es sprach der Arzt, bemüh'nd in dieser Stunde
Sich um den Leichnam noch: „Es ist vorbei!"
Wir aber standen betend in der Runde.

Es lagen da der Schiefertafeln drei
Mit eingeritzter Schrift: Mir ward zuteile
Der Nachlaß von dem Sohn der Wüstenei.

Und wie ich bei den Schriften mich verweile,
Die rein in span'scher Zunge sind geschrieben,
Gebot ein Schuß vom Schiffe her uns Eile.

Ein zweiter Schuß und bald ein dritter trieben
Von dannen uns mit Hast zu unsern Booten;
Wie er dort lag, ist liegen er geblieben.

Es dient der Stein, worauf er litt, dem Toten
Zur Ruhestätte wie zum Monumente,
Und Friede sei dir, Schmerzenssohn, entboten!

Die Hülle gibst du hin dem Elemente!
Allnächtlich strahlend über dir entzünden
Des Kreuzes Sterne sich am Firmamente,
Und, was du littest, wird dein Lied verkünden.

Mit der Myrte geschmückt und dem Brautgeschmeid',
Des Wärters Tochter, die rosige Maid,
Tritt ein in den Zwinger des Löwen; er liegt
Der Herrin zu Füßen, vor der er sich schmiegt.

Der Gewaltige, wild und unbändig zuvor,
Schaut fromm und verständig zur Herrin empor;
Die Jungfrau, zart und wonnereich,
Liebstreichelt ihn sanft und weinet zugleich:

„Wir waren in Tagen, die nicht mehr sind,
Gar treue Gespielen wie Kind und Kind,
Und hatten uns lieb und hatten uns gern;
Die Tage der Kindheit, sie liegen uns fern.

Du schütteltest machtvoll, eh' wir's geglaubt,
Dein mähnenumwogtes königlich Haupt.
Ich wuchs heran, du siehst es, ich bin
Das Kind nicht mehr mit kindischem Sinn.

O wär' ich das Kind noch und bliebe bei dir,
Mein starkes, getreues, mein redliches Tier;
Ich aber muß folgen, sie taten's mir an,
Hinaus in die Fremde dem fremden Mann.

Es fiel ihm ein, daß schön ich sei,
Ich wurde gefreiet, es ist nun vorbei. –
Den Kranz im Haare, mein guter Gesell,
Und nicht vor Tränen die Blicke mehr hell.

Verstehst du mich ganz? Schaust grimmig dazu;
Ich bin ja gefaßt, sei ruhig auch du;
Dort seh ich ihn kommen, dem folgen ich muß,
So geb ich denn, Freund, dir den letzten Kuß!"

Und wie ihn die Lippe des Mädchens berührt,
Da hat man den Zwinger erzittern gespürt;
Und wie er am Gitter den Jüngling erschaut,
Erfaßt Entsetzen die bangende Braut.

Er stellt an die Tür sich des Zwingers zur Wacht,
Er schwinget den Schweif, er brüllet mit Macht;
Sie, flehend, gebietend und drohend, begehrt
Hinaus; er im Zorn den Ausgang wehrt.

Und draußen erhebt sich verworren Geschrei,
Der Jüngling ruft: „Bringt Waffen herbei;
Ich schieß ihn nieder, ich treff' ihn gut!"
Auf brüllt der Gereizte, schäumend vor Wut.

Die Unselige wagt's, sich der Türe zu nahn,
Da fällt er verwandelt die Herrin an;
Die schöne Gestalt, ein gräßlicher Raub,
Liegt blutig, zerrissen, entstellt in dem Staub.

Und wie er vergossen das teure Blut,
Er legt sich zur Leiche mit finsterem Mut,
Er liegt so versunken in Trauer und Schmerz,
Bis tödlich die Kugel ihn trifft in das Herz.

Das Burgfräulein von Windeck

Halt an den schnaubenden Rappen,
Verblendeter Rittersmann!
Gen Windeck fleucht, dich verlockend,
Der luftige Hirsch hinan.

Und vor den mächtigen Türmen
Vom äußern verfallenen Tor
Durchschweifte sein Auge die Trümmer,
Worunter das Wild sich verlor.

Da war es so einsam und stille,
Es brannte die Sonne so heiß,
Er trocknete tiefaufatmend
Von seiner Stirne den Schweiß.

„Wer brächte des köstlichen Weines
Mir nur ein Trinkhorn voll,
Den hier der verschüttete Keller
Verborgen noch hegen soll?"

Kaum war das Wort beflügelt
Von seinen Lippen entflohn,
So bog um die Efeumauer
Die sorgende Schaffnerin schon,

Die zarte, die herrliche Jungfrau,
In blendend weißem Gewand,
Den Schlüsselbund im Gürtel,
Das Trinkhorn hoch in der Hand.

Er schlürfte mit gierigem Munde
Den würzig köstlichen Wein,
Er schlürfte verzehrende Flammen
In seinen Busen hinein.

Des Auges klare Tiefe!
Der Locken flüssiges Gold! –
Es falten seine Hände
Sich flehend um Minnesold.

Sie sah ihn an mitleidig
Und ernst und wunderbar,
Und war so schnell verschwunden,
Wie schnell sie erschienen war.

Er hat seit dieser Stunde,
An Windecks Trümmer gebannt,
Nicht Ruh, nicht Rast gefunden,
Und keine Hoffnung gekannt.

Er schlich in wachem Traume,
Gespenstig, siech und bleich,
Zu sterben nicht vermögend
Und keinem Lebendigen gleich.

Sie sagen: sie sei ihm zum andern
Erschienen nach langer Zeit,
Und hab ihn geküßt auf die Lippen
Und so ihn vom Leben befreit.

Der Waldmann

Der Wandrer eilt das Tal hinauf,
Er steigert fast den Schritt zum Lauf,
Der Pfad ist steil, die Nacht bricht ein,
Die Sonne sinkt in blut'gem Schein,
Die Nebel ziehn um den Drachenstein.

Und wie er halb das Dorf erreicht,
Ein seltsam Bild vorüberschleicht,
Gespenstisch fast, unheimlicher Gast –
Drückt ihn annoch des Lebens Last?
Gewährt das Grab ihm keine Rast?

„Ihr friedlichen Leute, was zaget ihr
Und kreuziget euch und zittert schier?
Ob mir das Haar zu Berge steigt,
Ich sag's dir an, wenn alles schweigt:
Es hat der Waldmann sich gezeigt."

„Der Waldmann?" – „Ja. Du wirst nicht bleich,
Du bist hier fremd, ich dacht' es gleich;
Ich bin ein achtzigjähr'ger Mann
Und war ein Kind, als sich's entspann;
Ich bin's, der Kunde geben kann.

Die Drachenburg stand dazumal
Stolz funkelnd noch im Sonnenstrahl;
Da lebte der Graf in Herrlichkeit;
Bei ihm, bewundert weit und breit,
Das junge Fräulein Adelheid.

Der Schreiber Waldmann, höflicher Art,
Trübsinnig, blaß und hochgelahrt,
Erfreute sich der Gunst des Herrn;
Er sah das Fräulein nur zu gern,
Und der Versucher blieb nicht fern.

Zu reden wie er, kein andrer verstund;
Er webte fein mit falschem Mund
Das Netz, womit er sie umschlang;
Er sprach von Lieb', er sprach von Rang,
Von freier Wahl und hartem Zwang;

Von Gott und Christo nebenbei
Und Sündenhaftes allerlei;
So hat er sie bestürmt, geplagt,
Gequält, umgarnt, sei's Gott geklagt,
Bis sie ihm Liebe zugesagt.

Spät ward's dem Vater hinterbracht;
Sein Zorn, sein Mitleid sind erwacht,
Sein Kind Erbarmen bei ihm fand,
Der falsche Schreiber ward verbannt
Bei Leibesstrafe von Burg und Land.

Schön Adelheid in Tränen zerfloß,
Der Waldmann aber irrt' um das Schloß;
Er kannt' nicht Ruh', er wußt' nicht Rat,
Er wütete, brütete früh und spat
Und sann auf schauerliche Tat.

Er sandt' ihr heimlich einen Brief,
Wovor es kalt sie überlief:
‚Zusammen sterben!' hieß es darin,
‚Getrennt zu leben bringt keinen Gewinn,
Nach einem Dolchstoß steht mein Sinn.

Du schleichst zu Nacht aus des Schlosses Raum
Und stellst dich ein beim Kästenbaum;
Bestellt das Brautbett findest du,
Das Bett zur langen, langen Ruh',
Am Morgen deckt dein Vater uns zu.'

Und wie in schwerem Fiebertraum
Zog's sie zu Nacht nach dem Kästenbaum.
Ob da sie selbst den Tod begehrt,
Ob widerstrebt, ob sich gewehrt –
Die Nacht verbirgt's, kein Mensch es erfährt.

Der Tag, wie er im Osten ergraut,
Hat erst das blut'ge Werk geschaut:
Er hat in der Geliebten Brust,
Die Liebe nur atmet und süße Lust,
Den Dolchstoß sicher zu führen gewußt.

Wie aber sie sank in seinen Arm,
Ihr Blut verspritzte so rot und warm,
Da merkt' er erst, wie das Sterben tut,
Da ward er feig, da sank sein Mut,
Da dünkt' es ihn zu leben gut.

Er hat die Leiche hingestreckt
Und ist entflohn und hat sich versteckt.
Es ward das Schrecknis offenbar,
Wie kaum die Arme verblichen war –
Der Vater zerraufte sein greises Haar.

Er hat dem Mörder grausig geflucht,
Dem Tod zu entkommen, der drohend ihn sucht;
Er hat das Grab der Tochter bestellt,
Er hat sich bald zu derselben gesellt. –
Sein Stamm verdorrt, die Burg zerfällt.

Der Waldmann dort bei den Gräbern haust,
Beim Kästenbaum, wann der Sturm erbraust,
Gespenstisch fast, unheimlicher Gast. –
Drückt ihn annoch des Lebens Last?
Gewährt das Grab ihm keine Rast?

Man weiß es nicht; doch wann er steigt
Hinab zu Tal, im Dorfe sich zeigt,
So folgt ihm Unheil auf dem Fuß;
Verderben bringt sein ferner Gruß,
Und wen er anhaucht, sterben muß."

Böser Markt

Einer kam vom Königsmahle,
In den Park sich zu bewegen,
Aus dem Busch mit einem Male
Trat ein andrer ihm entgegen;
Zwischen Rock und Kamisole
Griff der schnell, und die Pistole
Setzt er jenem auf die Brust.

„Leise, leise, muß ich bitten;
Was wir hier für Handel treiben,
Mag vom unberufnen Dritten
Füglich unbelauschet bleiben.
Wollt Ihr Uhren nebst Gehenken
Wohl verkaufen, nicht verschenken?
Nehmt drei Batzen Ihr dafür?“

„Mit Vergnügen!“ – „Nimmer richtig
Ist die Dorfuhr noch gegangen;
Tut der Küster auch so wichtig,
Weiß er's doch nicht anzufangen.
Jeder weiß in unsern Tagen,
Was die Glocke hat geschlagen!
Gottlob! Nun erfahr ich's auch.

Sagt mir ferner: Könnt Ihr missen,
Was da blinkt an Euern Fingern?
Meine Hausfrau, sollt Ihr wissen,
Ist gar arg nach solchen Dingern;
Solche Ringe, solche Sterne,
Wie Ihr da habt, kauf ich gerne.
Nehmt drei Batzen Ihr dafür?“ –

„Mit Vergnügen!“ – „Habt Ihr künftig
Mehr zu handeln, laßt mich holen;
Edel seid Ihr und vernünftig,
Und ich lob Euch unverhohlen.
Gleich mich dankbar Euch zu zeigen,
Lass' ich jede Rücksicht schweigen
Und verkauf Euch, was Ihr wollt.

Seht den Ring da, den ich habe,
Nur von Messing, schlecht, unscheinsam,
Aber meiner Liebsten Gabe.
Ach, sie starb und ließ mich einsam!
Nicht um einen Goldeshaufen!
Aber Ihr, wollt Ihr ihn kaufen,
Gebt mir zehn Dukaten nur."

„Mit Vergnügen!" – „Ei! Was seh ich?!
Schöner Beutel, goldgeschwollen,
Du gefällst mir, das gesteh ich.
Die Pistole für den vollen!
Sie ist von dem besten Meister,
Kuchenreuter, glaub ich, heißt er,
Nehmt sie für den Beutel hin!"

„Mit Vergnügen! – Nun, Geselle,
Ist die Reih an mich gekommen!
Her den Beutel auf der Stelle!
Her, was du mir abgenommen!
Gib mir das Geraubte wieder,
Gleich! Ich schieße sonst dich nieder,
Wie man einen Hund erschießt!"

„Schießt nur, schießt nur! Wahrlich, Schaden
Wärt Ihr fähig anzurichten,
Wäre nur das Ding geladen.
Ihr gefallt mir so mitnichten.
Unfein dürft ich wohl Euch schelten:
Abgeschloßne Händel gelten,
Merkt es Euch, und gute Nacht!"

Ihn verlachend unumwunden,
Langgebeint, mit leichten Sätzen,
War er in dem Busch verschwunden
Mit den eingetauschten Schätzen.
Jener, mit dem Kuchenreuter
In der Hand, sah nicht gescheiter
Aus, als Augenblicks zuvor.

Abdallah*

Abdallah liegt behaglich am Quell der Wüste und ruht,
Es weiden um ihn die Kamele, die achtzig, sein ganzes Gut;
Er hat mit Kaufmannswaren Balsora glücklich erreicht,
Bagdad zurückzugewinnen, wird ledig die Reise ihm leicht.

Da kommt zur selben Quelle zu Fuß, am Wanderstab,
Ein Derwisch ihm entgegen den Weg von Bagdad herab.
Sie grüßen einander, sie setzen beisammen sich zum Mahl,
Und loben den Trunk der Quelle, und loben Allah zumal.

Sie haben um ihre Reise teilnehmend einander befragt,
Was jeder verlangt zu wissen, willfähig einander gesagt,
Sie haben einander erzählet von dem und jenem Ort,
Da spricht zuletzt der Derwisch ein gar bedächtig Wort:

„Ich weiß in dieser Gegend, und kenne wohl den Platz,
Und könnte dahin dich führen, den unermeßlichsten Schatz.
Man möchte daraus belasten mit Gold und Edelgestein
Wohl achtzig, wohl tausend Kamele, es würde zu merken nicht sein."

Abdallah lauscht betroffen, ihn blendet des Goldes Glanz,
Es rieselt ihm kalt durch die Adern, und Gier erfüllt ihn ganz:
„Mein Bruder, hör, mein Bruder, o führe dahin mich gleich!
Dir kann der Schatz nicht nützen, du machst mich glücklich und reich.

Laß dort mit Gold uns beladen die achtzig Kamele mein,
Nur achtzig Kameleslasten, es wird zu merken nicht sein.
Und dir, mein Bruder, verheiß ich, zu deines Dienstes Sold
Das beste von allen, das stärkste, mit seiner Last von Gold."

* *Aus Tausendundeiner Nacht*

Darauf der Derwisch: „Mein Bruder, ich hab es anders gemeint,
Dir vierzig Kamele, mir vierzig, das ist, was billig mir scheint;
Den Wert der vierzig Tiere empfängst du millionenfach;
Und hätt' ich geschwiegen, mein Bruder, o denke, mein Bruder, doch nach."

„Wohlan, wohlan, mein Bruder, laß gleich uns ziehen dahin,
Wir teilen gleich die Kamele, wir teilen gleich den Gewinn."
Er sprach's, doch taten ihm heimlich die vierzig Lasten leid,
Dem Geiz in seinem Herzen gesellte sich der Neid.

Und so erhoben die beiden vom Lager sich ohne Verzug,
Abdallah treibt die Kamele, der Derwisch leitet den Zug.
Sie kommen zu den Hügeln; dort öffnet, eng und schmal,
Sich eine Schlucht zum Eingang in ein geräumig Tal.

Schroff, überhangend umschließet die Felswand rings den Raum,
Noch drang in diese Wildnis des Menschen Fuß wohl kaum.
Sie halten; bei den Tieren Abdallah sich verweilt,
Der sie, der Last gewärtig, in zwei Gefolge verteilt.

Indessen häuft der Derwisch am Fuß der Felsenwand
Verdorrtes Gras und Reisig und steckt den Haufen in Brand;
Er wirft, so wie die Flamme sich prasselnd erhebt, hinein
Mit seltsamem Tun und Reden viel kräftige Spezerein.

In Wirbeln wallt der Rauch auf, verfinsternd schier den Tag,
Die Erde bebt, es dröhnet ein starker Donnerschlag,
Die Finsternis entweichet, der Tag bricht neu hervor,
Es zeigt sich in dem Felsen ein weitgeöffnet Tor.

Es führt in prächtige Hallen, wie nimmer ein Aug sie geschaut,
Aus Edelgestein und Metallen von Geistern der Tiefen erbaut,
Es tragen goldne Pilaster ein hohes Gewölb von Kristall,
Hellfunkelnde Karfunkeln verbreiten Licht überall.

Es lieget zwischen den goldnen Pilastern, unerhört,
Das Gold hoch aufgespeichert, dess' Glanz den Menschen betört,
Es wechseln mit den Haufen des Goldes, die Hallen entlang,
Demanten, Smaragden, Rubinen, dazwischen nur schmal der Gang.

Abdallah schaut's betroffen, ihn blendet des Goldes Glanz,
Es rieselt ihm kalt durch die Adern und Gier erfüllt ihn ganz.
Sie schreiten zum Werke; der Derwisch hat klug sich Demanten erwählt,
Abdallah wühlet im Golde, im Golde, das nur ihn beseelt.

Doch bald begreift er den Irrtum und wechselt die Last und tauscht
Für Edelgestein und Demanten das Gold, dess' Glanz ihn berauscht;
Und was er fortzutragen die Kraft hat, minder ihn freut,
Als, was er liegen muß lassen, ihn heimlich wurmt und reut.

Geladen sind die Kamele schier über ihre Kraft,
Abdallah sieht mit Staunen, was ferner der Derwisch schafft.
Der geht den Gang zu Ende und öffnet eine Truh,
Und nimmt daraus ein Büchschen, und schlägt den Deckel zu.

Es ist von schlichtem Holze und was darin verwahrt,
Gleich wertlos, scheint nur Salbe, womit man salbt den Bart;
Er hat es prüfend betrachtet, das war das rechte Geschmeid,
Er steckt es wohlgefällig in sein gefaltet Kleid.

Drauf schreiten hinaus die beiden, und draußen auf dem Plan
Vollbringt der Derwisch die Bräuche, wie er's beim Eintritt getan;
Der Schatz verschließt sich donnernd, ein jeder übernimmt
Die Hälfte der Kamele, die ihm das Los bestimmt.

Sie brechen auf und wallen zum Quell der Wüste vereint,
Wo sich die Straßen trennen, die jeder zu nehmen meint.
Dort scheiden sie und geben einander den Bruderkuß;
Abdallah erzeigt sich erkenntlich mit tönender Worte Erguß.

Doch, wie er abwärts treibet, schwillt Neid in seiner Brust,
Des andern vierzig Lasten, die dünken ihn eigner Verlust:
Ein Derwisch, solche Schätze, die eignen Kamele! – Das kränkt,
Und was bedarf der Schätze, wer nur an Allah denkt?

„Mein Bruder, hör, mein Bruder!" – So folgt er seiner Spur –
„Nicht um den eignen Vorteil, ich denk an deinen nur:
Du weißt nicht, welche Sorgen und weißt nicht, welche Last
Du, Guter, an vierzig Kamelen dir aufgebürdet hast.

Noch kennst du nicht die Tücke, die in den Tieren wohnt;
O glaub es mir, der Mühen von Jugend auf gewohnt:
Versuch ich's wohl mit achtzig, dir wird's mit vierzig zu schwer,
Du führst vielleicht noch dreißig, doch vierzig nimmermehr."

Darauf der Derwisch: „Ich glaube, daß recht du haben magst,
Schon dacht ich bei mir selber, was du, mein Bruder, mir sagst.
Nimm, wie dein Herz begehret, von diesen Kamelen noch zehn,
Du sollst von deinem Bruder nicht unbefriedigt gehn."

Abdallah dankt und scheidet und denkt in seiner Gier:
Und wenn ich zwanzig begehrte, der Tor, er gäbe sie mir.
Er kehrt zurück im Laufe, es muß versuchet sein,
Er ruft, ihn hört der Derwisch und harret gelassen sein.

„Mein Bruder, hör, mein Bruder, o traue meinem Wort,
Du kommst, unkundig der Wartung, mit dreißig Kamelen nicht fort;
Die widerspenstigen Tiere sind störriger, denn du denkst,
Du machst es dir bequemer, wenn du mir zehn noch schenkst."

Darauf der Derwisch: „Ich glaube, daß recht du haben magst,
Schon dacht ich bei mir selber, was du, mein Bruder, mir sagst.
Nimm, wie dein Herz begehret, von diesen Kamelen noch zehn,
Du sollst von deinem Bruder nicht unbefriedigt gehn."

Und wie so leicht gewähret, was kaum er sich gedacht,
Da ist in seinem Herzen erst recht die Gier erwacht;
Er hört nicht auf, er fordert, wohl ohne sich zu scheun,
Noch zehen von den zwanzig und von den zehen neun.

Das eine nur, das letzte, dem Derwisch übrigbleibt,
Noch dies ihm abzufordern des Herzens Gier ihn treibt;
Er wirft sich ihm zu Füßen, umfasset seine Knie:
„Du wirst nicht nein mir sagen, noch sagtest du nein mir nie."

„So nimm das Tier, mein Bruder, wonach dein Herz begehrt,
Es ist, daß trauernd du scheidest von deinem Bruder, nicht wert.
Sei fromm und weis im Reichtum, und beuge vor Allah dein Haupt,
Der, wie er Schätze spendet, auch Schätze wieder raubt."

Abdallah dankt und scheidet und denkt in seinem Sinn:
Wie mochte der Tor verscherzen so leicht den reichen Gewinn?
Da fällt ihm ein das Büchschen: das ist das rechte Geschmeid,
Wie barg er's wohlgefällig in sein gefaltet Kleid!

Er kehrt zurück: „Mein Bruder, mein Bruder! Auf ein Wort,
Was nimmst du doch das Büchschen, das schlechte, mit dir noch fort?
Was soll dem frommen Derwisch der weltlich eitle Tand?" –
„So nimm es", spricht der Derwisch und legt es in seine Hand.

Ein freudiges Erschrecken den Zitternden befällt,
Wie er auch noch das Büchschen, das rätselhafte, hält;
Er spricht kaum dankend weiter: „So lehre mich nun auch,
Was hat denn diese Salbe für einen besondern Gebrauch?"

Der Derwisch: „Groß ist Allah, die Salbe wunderbar.
Bestreichst du dein linkes Auge damit, durchschauest du klar
Die Schätze, die schlummernden alle, die unter der Erde sind;
Bestreichst du dein rechtes Auge, so wirst du auf beiden blind.“

Und selber zu versuchen die Tugend, die er kennt,
Der wunderbaren Salbe, Abdallah nun entbrennt:
„Mein Bruder, hör, mein Bruder, du machst es besser, traun!
Bestreiche mein Auge, das linke, und laß die Schätze mich schaun!“

Willfährig tut’s der Derwisch, da schaut er unterwärts
Das Gold in Kammern und Adern, das gleißende, schimmernde Erz;
Demanten, Smaragden, Rubinen, Metall und Edelgestein,
Sie schlummern unten und leuchten mit seltsam lockendem Schein.

Er schaut's und starrt betroffen, ihn blendet des Goldes Glanz,
Es rieselt ihm kalt durch die Adern und Gier erfüllt ihn ganz.
Er denkt: Würd auch bestrichen mein rechtes Auge zugleich,
Vielleicht besäß ich die Schätze und würd unermeßlich reich.

„Mein Bruder, hör, mein Bruder, zum letzten Mal mich an,
Bestreiche mein rechtes Auge, wie du das linke getan;
Noch diese meine Bitte, die letzte, gewähre du mir!
Dann scheiden unsere Wege, und Allah sei mit dir!"

Darauf der Derwisch: „Mein Bruder, nur Wahrheit sprach mein Mund,
Ich machte dir die Kräfte von deiner Salbe kund.
Ich will, nach allem Guten, das ich dir schon erwies,
Die strafende Hand nicht werden, die dich ins Elend stieß."

Nun hält er fest am Glauben und brennt vor Ungeduld,
Den Neid, die Schuld des Herzens, gibt er dem Derwisch schuld;
Daß dieser so sich weigert, das ist für ihn der Sporn,
Der Gier in seinem Herzen gesellet sich der Zorn.

Er spricht mit höhnischem Lachen: „Du hältst mich für ein Kind;
Was sehend auf einem Auge, macht nicht auf dem andern mich blind.
Bestreiche mein rechtes Auge, wie du das linke getan,
Und wisse, daß, falls du mich reizest, Gewalt ich brauchen kann!"

Und wie er noch der Drohung die Tat hinzugefügt,
Da hat der Derwisch endlich stillschweigend ihm genügt;
Er nimmt zur Hand die Salbe, sein rechtes Aug er bestreicht –
Die Nacht ist angebrochen, die keinem Morgen weicht.

„O Derwisch, arger Derwisch, du doch die Wahrheit sprachst!
Nun heile, Kenntnisreicher, was selber du verbrachst!"
„Ich habe nichts verbrochen, dir ward, was du gewollt,
Du stehst in Allahs Händen, der alle Schulden zollt."

Er fleht und schreit vergebens und wälzet sich im Staub,
Der Derwisch, abgewendet, bleibt seinen Klagen taub;
Der sammelt die achtzig Kamele und gen Balsora treibt,
Derweil Abdallah verzweifelnd am Quell der Wüste verbleibt.

Die nicht er schaut, die Sonne, vollendet ihren Lauf,
Sie ging am andern Morgen, am dritten wieder auf,
Noch lag er da verschmachtend; ein Kaufmann endlich kam,
Der nach Bagdad aus Mitleid den blinden Bettler nahm.

Matthias Claudius (1740–1815)

Die Geschichte von Goliath und David in Reime bracht

War einst ein Riese Goliath,
Gar ein gefährlich Mann!
Er hatte Tressen auf dem Hut
Mit einem Klunker dran,
Und einen Rock von Drap d'argent
Und alles so nach advenant.

An seinen Schnurrbart sah man nur
Mit Gräsen und mit Graus,
Und dabei sah er von Natur
Pur wie der – – aus!
Sein Sarras war, man glaubt es kaum,
So groß schier als ein Weberbaum.

Er hatte Knochen wie ein Gaul,
Und eine freche Stirn,
Und ein entsetzlich großes Maul
Und nur ein kleines Hirn;
Gab jedem einen Rippenstoß
Und flunkerte und prahlte groß.

So kam er alle Tage her
Und sprach Israel Hohn.
„Wer ist der Mann? Wer wagt's mit mir?
Sei Vater oder Sohn,
Er komme her, der Lumpenhund,
Ich box'n nieder auf den Grund."

Da kam in seinem Schäferrock
Ein Jüngling zart und fein;
Er hatte nichts als seinen Stock,
Als Schleuder und den Stein,
Und sprach: „Du hast viel Stolz und Wehr,
Ich komm im Namen Gottes her."

Und damit schleudert' er auf ihn,
Und traf die Stirne gar;
Da fiel der große Esel hin,
So lang und dick er war.
Und David haut' in guter Ruh
Ihm nun den Kopf noch ab dazu.

Trau nicht auf deinen Tressenhut,
Noch auf den Klunker dran!
Ein großes Maul es auch nicht tut:
Das lern vom langen Mann;
Und von dem kleinen lerne wohl:
Wie man mit Ehren fechten soll.

Kriegslied

’s ist Krieg! ’s ist Krieg! O Gottes Engel wehre
Und rede Du darein!
’s ist leider Krieg – und ich begehre
Nicht schuld daran zu sein!

Was sollt ich machen, wenn im Schlaf mit Grämen
Und blutig, bleich und blaß
Die Geister der Erschlagnen zu mir kämen
Und vor mir weinten, was?

Wenn wackre Männer, die sich Ehre suchten,
Verstümmelt und halb tot
Im Staub sich vor mir wälzten und mir fluchten
In ihrer Todesnot?

Wenn tausend, tausend Väter, Mütter, Bräute,
So glücklich vor dem Krieg,
Nun alle elend, alle arme Leute,
Wehklagten über mich?

Wenn Hunger, böse Seuch und ihre Nöten
Freund, Freund und Feind ins Grab
Versammleten und mir zu Ehren krähten
Von einer Leich herab?

Was hülf mir Kron und Land und Gold und Ehre?
Die könnten mich nicht freun!
's ist leider Krieg – und ich begehre
Nicht schuld daran zu sein!

Felix Dahn
(1834–1912)

*Falk von Stauf**

Den Nacken gesenkt, die Zügel verhängt,
Durch die Nacht kommt der rasende Reiter gesprengt.
Längst ließ er die Straße, verlor er den Pfad,
Nach Süden, nach Süden nur pfeilgerad!
Über der Heiden endlos Weiß,
Über der Bäche krachendes Eis,
Über die Schluchten von mürbem Schnee,
Über den spiegelglatten See,
Hinab die Halden, hinan die Hügel
Trägt ihn das Roß wie Adlerflügel:
Die Dornen reißen im heißen Hetzen
Vom flatternden weißen Mantel Fetzen!
Schon gewann er den dichten Wald von Podol,
Zu seinen Häupten lacht es hohl: –
Das sind in den Föhrenwipfeln die Eulen.
Doch näher und immer näher heulen
Die Wölfe zur Rechten, die Wölfe zur Linken;
Dem Rappen wollen die Knie sinken,
Es schnaubt, es zittert das edle Tier.

„Greif, Freund Greif, nicht bange dir!
Halt aus, halt aus! Es gilt viel mehr
Als unser Leben: Es gilt die Ehr!
Laß sie nur kommen, die Hunde, die feigen,
Ich will ihnen schwäbisches Eisen zeigen."

Und er klopft ihm den Hals – ausgreift das Roß –
Ganz nah schon rennt der heulende Troß:
Zur Linken, zur Rechten sieht er sie jagen,
Doch den Ansprung will keiner wagen.

* *Aus der „Mette von Marienburg"*

Herr Stauf zieht jetzt sein breites Messer,
Er schwingt's im Mondlicht – das scheucht sie besser.
Aber die eine, die Wölfin, die magre,
Die graue, die große, die hungrige, hagre,
Reißt endlich hin die lechzende Gier:
Sie springt auf den Bug dem schnaubenden Tier:
Da fährt durch die Gurgel ihr scharfer Stahl,
Und die Sterbende schleudert Herr Falk zur Erde –
Und sofort sie zerfleischen die andern zumal
Und lassen vom Reiter und seinem Pferde. –
Der weiße Mantel ward blutig rot:
„Vorbei, Freund Greif, die Wolfesnot!" –

Aus dem Tann in das Freie jagt der Stauf; –
Was stutzt der Rappe? Was hält ihn auf?
Vor ihnen welch Gurgeln! Der Mond tritt grell
Aus dunklem Gewölk, er leuchtet hell!
Und ringsum kracht's und knistert und dröhnt:
Die Nogat ist's, die im Eisgang stöhnt!

Im Strahl des Monds, weiß, grün und grau,
Wogt Wasser und Eis – welch grimme Schau!
Bald Fluten schwarz wie Todesnacht,
Bald Eisgezack kristallner Pracht;
Es rauscht, es knirscht, es zieht, es kracht –
Falk spornt das Roß, doch der treue Greif,
Er sperrt sich todesbang und steif:
Die Vorderfüße vorgestemmt,
Den Hinterbug zurückgehemmt,
Die Mähne weht kopfüber wirr –
So starrt er in das Eisgeklirr,
In die dunkle Flut, in den kalten Wind: –

„Greif aus, mein Greif, geschwind, geschwind!
Schwimm durch, schwimm durch! Es gilt viel mehr
Als unser Leben: Es gilt die Ehr!
Nun spring und schwimm, es muß, es muß!"
Und in den eisigen, grollenden Fluß
Setzt der Rappe mit edlem Schwung:
Er springt und watet und schreitet und klimmt
Ans Ufer, ans steile, mit sichrem Sprung!

Da grüßet schon – das ist kein Stern! –
Das Licht Marienburgs von fern,
Das rote Licht vom Remterturm! –

Doch vor der Burg, wie ein ringelnder Wurm,
Was kauert und schleicht und lauert dort?

„Halt, Reiter, gib das Losungswort!"
So ruft's in zischelndem Slawenton.

„Der Teufel ist's, du Wolfessohn,
Der Teufel kommt euch holen,
Ihr gottverfluchten Polen!"

So ruft Herr Falk und jagt vorbei.
Da hallt ein halbverhaltner Schrei:
„Nach, nach, mit allen Rossen!
Mit sausenden Geschossen,
Doch leis, daß von der Zinne
Man unser nicht wird inne!"

Und hinter dem keuchenden, schäumenden Rappen
Die kleinen polnischen Hufe klappen,
Und verrät der Mond den weißmantligen Reiter,
Dann schwirren die Pfeile. Weit und weiter
Schon jagt er voraus – noch einmal ein Schwarm
Von Geschossen auf Schulter und Rücken und Arm.
Da hält er auch schon vor dem Nogattor:
Tot stürzt das Roß, aus dem Sattel empor
Der Reiter springt, und mit letzter Kraft
Schlägt er ans Tor das Schwert mit Macht,
Ein-, zweimal, drei – und geisterhaft
Anschlägt die Glocke Mitternacht.

Er ruft: „Verrat! Auf, auf!
Euch Brüder warnt der Stauf,
Laßt jetzt Gebet und Metten,
Das Leben gilt's zu retten!
Verrat erschließt das Nogattor
Beim letzten Schlag der Mitternacht –
Sechstausend Polen stehn davor –
Ich kann nicht mehr – – es ist vollbracht!"
Ein lauter Hornruf scholl vom Wall,
Rings Fackeln, Waffen überall;
Bald brachen wie Gewitter
Hervor die deutschen Ritter.
Die Polen flohn mit Eilen –
Doch tot, mit sieben Pfeilen,
Hob man den Warner auf,
Den Schwaben Falk von Stauf! –

Gotenzug

Gebt Raum, ihr Völker, unserm Schritt,
Wir sind die letzten Goten;
Wir führen keine Schätze mit:
Wir tragen einen Toten.

Mit Schild an Schild und Speer an Speer
Wir zieh'n nach allen Winden,
Bis wir im fernen grauen Meer
Die Insel Thule finden.

Das soll der Treue Insel sein,
Dort gilt noch Eid und Ehre:
Dort senken wir den König ein
Im Sarg der Eichenspeere.

Wir kommen her, gebt Raum dem Schritt,
Aus Romas falschen Toren;
Wir tragen nur den König mit,
Die Krone ging verloren.

Gotentreue

Erschlagen lag mit seinem Heer
Der König der Goten, Theodemer.

Die Hunnen jauchzten auf blut'ger Wal;
Die Geier stießen herab zu Tal.

Der Mond schien hell, der Wind pfiff kalt,
Die Wölfe heulten im Föhrenwald.

Drei Männer ritten durchs Heidegefild,
Den Helm zerschroten, zerhackt den Schild.

Der erste über dem Sattel quer
Trug seines Königs zerbrochenen Speer.

Der zweite des Königs Kronhelm trug,
Den mittendurch ein Schlachtbeil schlug.

Der dritte barg mit treuem Arm
Ein verhüllt Geheimnis im Mantel warm.

So kamen sie an die Donau tief,
Und der erste hielt mit dem Roß und rief:

„Ein zerhauner Helm – ein zerspellter Speer –
Vom Reiche der Goten blieb nicht mehr!“

Und der zweite sprach: „In die Wellen dort
Versenkt den traurigen Gotenhort!

Dann springen wir nach von dem Uferrand –
Was säumest du, Vater Hildebrand?“

„Und tragt ihr des Königs Wappen und Speer: –
Ihr treuen Gesellen – ich habe mehr!“

Auf schlug er seinen Mantel weich:
„Hier trag ich der Goten Hort und Reich!

Und habt ihr gerettet Speer und Kron’, –
Ich habe gerettet des Königs Sohn!

Erwache, mein Knabe, ich grüße dich,
Du König der Goten, Jung Dieterich!“

König Richard und Sir Hugh

„Nun zieh ich ins gelobte Land,
Der heil’ge Christ hat Not,
Jetzt helf ich ihm mit meiner Hand,
Der mir oft Hilfe bot.
Und dir, Sir Hugh, empfehl ich all
Mein Volk und was es hat,
Schloß Dover, meines Reiches Wall,
Und London, meine Stadt.

Ich kenne dich von edlem Mut,
Ich weiß, treu wahrest du
Noch treuer als dein höchstes Gut
Mein Königsrecht, Sir Hugh.
Mein Vetter Frankreich ist ein Schelm,
Mein Bruder John dazu:
Sei du Altenglands Schild und Helm
An meiner Statt, Sir Hugh.“

Der König Richard sprachs und stieg
An Bord mit seinem Heer,
In seinen Fahnen flog der Sieg
Und Schreck zog vor ihm her;
Vorauf dem Kreuzheer stritt der Held,
Und hell erklang wie Erz
Durch Christenland und Heidenwelt
Der Name: Löwenherz!

Sir Hugh indes des Rechtes pflag
Und hielt das Reich in acht:
Dem Staat gehört der laute Tag,
Der Lieb die stille Nacht.
Denn einst, als er zu angeln ging
Am Severn, blau und breit,
Sir Hugh als süße Beute fing
Die allerschönste Maid.

Das war das junge Fischerkind,
Nicht sechzehn Winter alt.
Ihr golden Haar so seidenlind,
So wonnig die Gestalt,
In grüner Einsamkeit erblüht,
Gleichwie die Wasserros',
Die an dem Rand des Severn glüht,
Von Schilf versteckt und Moos.

Manch goldnen Abend fuhren sie,
Wann süß der Hänfling sang,
Wohl Mund an Mund und Knie an Knie
Den stillen Strom entlang;
Das Ruder ruht – sie treiben leis
Vorauf der wilde Schwan –
Und Blüten streuet rot und weiß
Der Maiwind in den Kahn.

Seit Monden ruht der flinke Kahn,
Umsonst der Vogel schlägt,
Kein Liebespaar auf blauer Bahn
Der stille Severn trägt:
Sir Hugh zog aus mit Mann und Roß
Für König Richards Thron,
Denn Frankreich griff nach Doverschloß,
Nach London griff Prinz John.

Und manchen Tag stand er im Feld,
Es wuchs und wuchs der Feind,
Schon vor dem Tor von London hält
Er seine Macht vereint.
Und morgen will in blut'ger Schlacht
Sir Hugh die Stadt befreln,
Da stürzt ins Zelt bei tiefer Nacht
Sein treuster Knapp herein:

„Du bist betrogen! Folge mir
Nach Haus, Sir Hugh, nach Haus!
Du kämpfst für König Richard hier,
Vieltreuer Mann, den Strauß:
Und König Richard ist zurück
Und stiehlt dir wie ein Dieb
Im Wald von Glostershire dein Glück
und herzt und kost dein Lieb.

Sie sitzt auf seinem Schoß in Ruh,
Er küßt ihren roten Mund,
Ich habs gesehen – ich schwör dirs zu –
Zur Rache fort, zur Stund!“
Wohl ward des Ritters Wange bleich,
Doch griff er zum Panier:
„Wohlauf! Zur Schlacht für Kron’ und Reich!
Und dann – nach Glostershire!“

Am Severn vor dem Grafenschloß
Saß König Löwenherz,
Von seinen bärt’gen Lippen floß
Manch frohgemuter Scherz.
Im Rosenbusche saß das Paar,
Wein perlet im Pokal,
Er spielt mit ihrem weichen Haar,
Mit ihren Fingern schmal.

Da stürmt Sir Hugh herein zum Hag –
Die Maid ward rot und fahl,
Verbunden seine Linke lag,
Die Rechte schwang den Stahl.
Und vor dem König erst mit Zucht
Ins Knie sinkt der Baron:
„Das Heer von Frankreich nahm die Flucht,
Geschlagen ist Prinz John.

Frei Dover, deines Reiches Wall,
Frei London, deine Stadt,
Und deines Rechtes überall
Wahrt ich an deiner Statt;
Ich war Altenglands Schild und Helm“ –
Da sprang er auf im Schmerz –
„Doch du, Herr König, bist ein Schelm
Und nicht ein Löwenherz!

Und schlug der Feind mich blutig wund
Für dich und für dein Recht,
Mein Zorn ist heil, mein Grimm gesund,
Auf, König, zum Gefecht!
Und bist du gleich der Heiden Schreck
Und Englands Majestät:
Nicht lebend kommst du mir vom Fleck –
Richard Plantagenet!“

Der König Richard sah ihn an
Und sprach in hellem Ton:
„Gott segne dich, du tapfrer Mann,
Gott segne dich, mein Sohn!
Wohl kannt ich dich, du herzlich Blut:
Gott weiß, treu wahrtest du
Und höher als dein höchstes Gut
Mein Königsrecht, Sir Hugh.

Sir Hugh, ich bin kein falscher Dieb,
Liebkos ich diese Maid,
Denn meine Tochter ist dein Lieb,
Die Frucht vielsüßer Zeit;
Auch ich fing einst am Severnfluß
Ein holdes Fischerkind: –
Dein Aug war hell, und süß dein Kuß,
Du arme Rosalind!

Ob lang das Moos dein Grab umgrünt,
Heut schauest du in Huld,
Wie endlich reich dein Richard sühnt
Die alte Liebesschuld;
Das beste, was ich geben kann,
Soll unsres Kindes sein:
Ich geb ihr den getreusten Mann,
Der in ganz England mein!“

Annette Elisabeth Freiin von Droste-Hülshoff (1797–1848)

Der Graf von Thal

Das war der Graf von Thal,
So ritt an der Felsenwand;
Das war sein ehlich Gemahl,
Die hinter dem Steine stand.

Sie schaut' im Sonnenstrahl
Hinunter den linden Hang.
„Wo bleibt der Graf von Thal?
Ich hört ihn doch reiten entlang!

Ob das ein Hufschlag ist?
Vielleicht ein Hufschlag fern?
Ich weiß doch wohl ohne List,
Ich hab gehört meinen Herrn!"

Sie bog zurück den Zweig.
„Bin blind ich oder auch taub?"
Sie blinzelt in das Gesträuch
Und horcht' auf das rauschende Laub.

Öd wars, im Hohlweg leer,
Einsam im rispelnden Wald;
Doch überm Weiher, am Wehr,
Da fand sie den Grafen bald.

In seinen Schatten sie trat.
Er und seine Gesellen,
Die flüstern und halten Rat.
Viel lauter rieseln die Wellen.

Sie starrten über das Land,
Genau sie spähten, genau,
Sahn jedes Zweiglein am Strand,
Doch nicht am Wehre die Frau.

Zur Erde blickte der Graf,
So sprach der Graf von Thal:
„Seit dreizehn Jahren den Schlaf
Rachlose Schmach mir stahl.

War das ein Seufzer lind?
Gesellen, wer hats gehört?"
Sprach Kurt: „Es ist nur der Wind,
Der über das Schilfblatt fährt." – –

„So schwör ich beim höchsten Gut,
Und wärs mein ehlich Weib,
Und wärs meines Bruders Blut,
Viel minder mein eigner Leib:

Nichts soll mir wenden den Sinn,
Daß ich die Rache ihm spar;
Der Freche soll werden inn',
Zins tragen auch dreizehn Jahr.

Bei Gott! Das war ein Gestöhn!"
Sie schossen die Blicke in Hast.
Sprach Kurt: „Es ist der Föhn,
Der macht seufzen den Tannenast." –

„Und ist sein Aug auch blind,
Und ist sein Haar auch grau,
Und mein Weib seiner Schwester Kind –"
Hier tat einen Schrei die Frau.

Wie Wetterfahnen schnell
Die dreie wendeten sich.
„Zurück, zurück, mein Gesell!
Dieses Weibes Richter bin ich.

Hast du gelauscht, Allgund?
Du schweigst, du blickst zur Erd?
Das bringt dir bittre Stund!
Allgund, was hast du gehört?" –

„Ich lausch deines Rosses Klang,
Ich späh deiner Augen Schein,
So kam ich hinab den Hang.
Nun tue, was not mag sein.“ –

„O Frau!“ sprach Jakob Port,
„Da habt Ihr schlimmes Spiel!
Grad sprach der Herr ein Wort,
Das sich vermaß gar viel.“

Sprach Kurt: „Ich sag es rund,
Viel lieber den Wolf im Stall,
Als eines Weibes Mund
Zum Hüter in solchem Fall.«

Da sah der Graf sie an,
Zu einem und zu zwein;
Drauf sprach zur Fraue der Mann:
„Wohl weiß ich, du bist mein.

Als du gefangen lagst
Um mich ein ganzes Jahr
Und keine Silbe sprachst:
Da ward deine Treue mir klar.

So schwöre mir denn sogleich:
Sei's wenig oder auch viel,
Was du vernahmst am Teich,
Dir sei's wie Rauch und Spiel.

Als seie nichts geschehn,
So muß ich völlig meinen;
Darf dich nicht weinen sehn,
Darfst mir nicht bleich erscheinen.

Denk nach, denk nach, Allgund!
Was zu verheißen not.
Die Wahrheit spricht dein Mund,
Ich weiß, und brächt es Tod.“

Und konnte sie sich besinnen,
Verheißen hätte sie's nie;
So war sie halb von Sinnen,
Sie schwur und wußte nicht wie.

Und als das Morgengrau
In die Kemnate sich stahl,
Da hatte die werte Frau
Geseufzt schon manches Mal;

Manch Mal gerungen die Hand,
Ganz heimlich wie ein Dieb;
Rot war ihrer Augen Rand,
Todblaß ihr Antlitz lieb.

Drei Tage kredenzt sie den Wein
Und saß beim Mahle drei Tag,
Drei Nächte in steter Pein
In der Waldkapelle sie lag.

Wenn er die Wacht besorgt,
Der Torwart sieht sie gehn,
Im Walde steht und horcht
Der Wilddieb dem Gestöhn.

Am vierten Abend sie saß
An ihres Herren Seit,
Sie dreht' die Spindel, er las,
Dann sahn sie auf, alle beid.

„Allgund, bleich ist dein Mund!“
„Herr, ’s macht der Lampe Schein.“
„Deine Augen sind rot, Allgund!“
„’s drang Rauch vom Herde hinein.

Auch macht mirs schlimmen Mut,
Daß heut vor fünfzehn Jahren
Ich sah meines Vaters Blut;
Gott mag die Seele wahren!

Lang ruht die Mutter im Dom,
Sind wen’ge mir verwandt,
Ein’ Muhm noch und ein Ohm:
Sonst ist mir keins bekannt.“

Starr sah der Graf sie an:
„Es steht dem Weibe fest,
Daß um den ehlichen Mann
Sie Ohm und Vater läßt.“

„Ja, Herr! So muß es sein.
Ich gäb um Euch die zweie
Und mich noch obendrein,
Wenns sein müßt, ohne Reue.

Doch daß nun dieser Tag
Nicht gleich den andern sei,
Lest, wenn ich bitten mag,
Ein Sprüchlein oder zwei.“

Mit einem Blicke er maß
Der nächsten Sprüche einen;
„Mein ist die Rach“, er las;
Das will ihm seltsam scheinen.

Doch wie so fest der Mann
Auf Frau und Bibel blickt,
Die saß so still und spann,
Dort war kein Blatt geknickt.

Um ihren schönen Leib
Den Arm er düster schlang:
„So nimm die Laute, Weib,
Sing mir einen lustgen Sang!“ –

„O Herr! Mags Euch behagen,
Ich sing ein Liedlein wert,
Das erst vor wenig Tagen
Mich ein Minstrel gelehrt.

Der kam so matt und bleich,
Wollt nur ein wenig ruhn
Und sprach: Im oberen Reich
Singt man nichts anderes nun.“

Und als die Fraue klar
Darauf das heilige Buch
Bot ihrem Gatten dar,
Es auf von selber schlug.

Drauf, wie ein Schrei verhallt,
Es durch die Kammer klingt,
Als ihre Finger kalt
Sie an die Saiten bringt:

„Johann! Johann! Was dachtest du
An jenem Tag,
Als du erschlugst deine eigne Ruh
Mit einem Schlag?
Verderbtest auch mit dir zugleich
Deine drei Gesellen;
O, sieh nun ihre Glieder bleich
Am Monde schwellen!

Weh dir, was dachtest du, Johann,
Zu jener Stund?
Nun läuft von dir verlornem Mann
Durchs Reich die Kund!
Ob dich verbergen mag der Wald,
Dich wirds ereilen;
Horch nur, die Vögel singens bald,
Die Wölf es heulen!

O weh! Das hast du nicht gedacht,
Johann! Johann!
Als du die Rache wahr gemacht
Am alten Mann.
Und wehe! Nimmer wird der Fluch
Mit dir begraben.
Dir, der den Ohm und Herrn erschlug,
Johann von Schwaben!“

Aufrecht die Fraue bleich
Vor ihrem Gatten stand,
Der nimmt die Laute gleich,
Er schlägt sie an die Wand.

Und als der Schall verklang,
Da hört man noch zuletzt,
Wie er die Hall entlang
Den zorngen Fußtritt setzt.

Von heut am siebenten Tag
Das war eine schwere Stund,
Als am Balkone lag
Auf ihren Knien Allgund.

Laut waren des Herzens Schläge:
„O Herr! Erbarme dich mein,
Und bracht ich Böses zuwege,
Mein sei die Buß allein.«

Dann beugt sie tief hinab,
Sie horcht und horcht und lauscht:
Vom Wehre tost es herab,
Vom Forste drunten es rauscht.

War das ein Fußtritt? Nein!
Der Hirsch setzt über die Kluft.
Sollt ein Signal das sein?
Doch nein, der Auerhahn ruft.

„O mein Erlöser, mein Hort!
Ich bin mit Sünde beschwert,
Sei gnädig und nimm mich fort,
Eh heim mein Gatte gekehrt!

Ach, wen der Böse umgarnt,
Dem alle Kraft er bricht!
Doch hab ich ja nur gewarnt,
Verraten, verraten ja nicht!

Weh! Das sind Rossestritte.“
Sie sah sie fliegen durchs Tal
Mit wildem grimmigen Ritte,
Sie sah auch ihren Gemahl.

Sie sah ihn dräuen, genau,
Sie sah ihn ballen die Hand;
Da sanken die Knie der Frau,
Da rollte sie über den Rand.

Und als, zum Schlimmen entschlossen,
Der Graf sprengt' in das Tor,
Kam Blut entgegen geflossen,
Drang unterm Gitter hervor.

Und als er die Hände sah falten
Sein Weib in letzter Not,
Da konnt er den Zorn nicht halten,
Bleich ward sein Gesicht so rot.

„Weib, das den Tod sich erkor!"
„'s war nicht mein Wille", sie sprach,
Noch eben bracht sie's hervor.
„Weib, das seine Schwüre brach!"

Wie Abendlüfte verwehen,
Noch einmal haucht' sie ihn an:
„Es mußt eine Sünd geschehen –
Ich hab sie für dich getan!"

Die Vergeltung

I

Der Kapitän steht an der Spiere,
Das Fernrohr in gebräunter Hand,
Dem schwarzgelockten Passagiere
Hat er den Rücken zugewandt.
Nach einem Wolkenstreif in Sinnen
Die beiden wie zwei Pfeiler stehn,
Der Fremde spricht: „Was braut da drinnen?" –
„Der Teufel", brummt der Kapitän.

Da hebt von morschen Balkens Trümmer
Ein Kranker seine feuchte Stirn,
Des Äthers Blau, der See Geflimmer,
Ach, alles quält sein fiebernd Hirn!
Er läßt die Blicke, schwer und düster,
Entlang dem harten Pfuhle gehn,
Die eingegrabnen Worte liest er:
„Batavia. Fünfhundertzehn."

Die Wolke steigt, zur Mittagsstunde
Das Schiff ächzt auf der Wellen Höhn,
Gezisch, Geheul aus wüstem Grunde,
Die Bohlen weichen mit Gestöhn.
„Jesus, Maria! Wir sind verloren!"
Vom Mast geschleudert der Matros,
Ein dumpfer Krach in aller Ohren,
Und langsam löst der Bau sich los.

Noch liegt der Kranke am Verdecke,
Um seinen Balken festgeklemmt,
Da kommt die Flut, und eine Strecke
Wird er ins wüste Meer geschwemmt.
Was nicht geläng der Kräfte Sporne,
Das leistet ihm der starre Krampf,
Und wie ein Narwal mit dem Horne
Schießt fort er durch der Wellen Dampf.

Wie lange so? – Er weiß es nimmer,
Dann trifft ein Strahl des Auges Ball,
Und langsam schwimmt er mit der Trümmer
Auf ödem glitzernden Kristall.
Das Schiff – die Mannschaft? – Sie versanken.
Doch nein, dort auf der Wasserbahn,
Dort sieht den Passagier er schwanken
In einer Kiste morschem Kahn.

Armsel'ge Lade! Sie wird sinken,
Er strengt die heis're Stimme an:
„Nur grade, Freund, du drückst zur Linken!"
Und immer näher schwankt's heran,
Und immer näher treibt die Trümmer,
Wie ein verwehtes Möwennest.
„Courage!" ruft der kranke Schwimmer,
„Mich dünkt, ich sehe Land im West!"

Nun rühren sich der Fähren Ende,
Er sieht des fremden Auges Blitz.
Da plötzlich fühlt er starke Hände,
Fühlt wütend sich gezerrt vom Sitz.
„Barmherzigkeit, ich kann nicht kämpfen!"
Er klammert dort, er klemmt sich hier.
Ein heis'rer Schrei, den Wellen dämpfen –
Am Balken schwimmt der Passagier.

Dann hat er kräftig sich geschwungen
Und schaukelt durch das öde Blau,
Er sieht das Land wie Dämmerungen
Enttauchen und zergehn in Grau.
Noch lange ist er so geschwommen,
Umflattert von der Möwe Schrei,
Dann hat ein Schiff ihn aufgenommen.
Viktoria, nun ist er frei!

II

Drei kurze Monde sind verronnen,
Und die Fregatte liegt am Strand,
Wo mittags sich die Robben sonnen.
Und Burschen klettern übern Rand,
Den Mädchen ist's ein Abenteuer,
Es zu erschaun vom fernen Riff,
Denn noch zerstört ist nicht geheuer
Das greuliche Korsarenschiff.

Und vor der Stadt, da ist ein Waten,
Ein Wühlen durch das Kiesgeschrill,
Da die verrufenen Piraten
Ein jeder sterben sehen will.
Aus Strandgebälken, morsch, zertrümmert,
Hat man den Galgen, dicht am Meer,
In wüster Eile aufgezimmert.
Dort dräut er von der Düne her!

Welch ein Getümmel an den Schranken! –
„Da kommt der Frei – der Hessel jetzt –
Da bringen sie den schwarzen Franken,
Der hat geleugnet bis zuletzt.“ –
„Schiffbrüchig sei er hergeschwommen“,
Höhnt eine Alte: „Ei, wie kühn!
Doch keiner sprach zu seinem Frommen,
Die ganze Bande gegen ihn.“

Der Passagier, am Galgen stehend,
Hohläugig, mit zerbrochnem Mut,
Zu jedem Räuber flüstert flehend:
„Was tat dir mein unschuldig Blut?
Barmherzigkeit! – So muß ich sterben
Durch des Gesindels Lügenwort!
Oh, mög' die Seele euch verderben!“
Da zieht ihn schon der Scherge fort.

Er sieht die Menge wogend spalten –
Er hört das Summen im Gewühl –
Nun weiß er, daß des Himmels Walten
Nur seiner Pfaffen Gaukelspiel!
Und als er in des Hohnes Stolze
Will starren nach den Ätherhöhn,
Da liest er an des Galgens Holze:
„Batavia. Fünfhundertzehn.“

Gastrecht

Einst vor dem Thron Mütassims, des Kalifen,
Beschwert mit Fesseln ein Verbrecher stand,
Dem, als vom Trunk betäubt die Wächter schliefen,
Des Herrschers eigne Hand den Dolch entwand.
Nur dunkel war die Tat dem Volk bekannt;
Man flüsterte von nahen Blutes Sünden,
Von Freveln, die der Fürst nicht mög' ergründen.

Schwer traf die läss'gen Söldner das Gericht.
Wie sie es traf, die Sage kündets nicht.
Nur dieses sagt sie, daß an jenem Tag
Ein schauernd Schweigen über Bagdad lag,
Und daß, als man zum Spruch den Sünder führte,
Im weiten Saal sich keine Wimper rührte;
Und daß Mütassims Blick, zum Grund gewandt,
Die Blumen aus dem Teppich schier gebrannt.

Am Throne stand ein Becher mit Scherbet;
Den Gaum des Fürsten dörrten düstre Gluten,
Er fühlte seine Menschlichkeit verbluten
Am Stahle der bedräuten Majestät.
Wer gibt ihm seiner Nächte Schlaf zurück?
Wer seinen Mut zum Schaffen wie zum Lieben?
Wer das Vertrauen auf sein altes Glück?
Dies alles stand in seinem Blick geschrieben.
Weh! Weh! Wenn er die Wimper heben wird!

Der Frevler zittert, daß die Fessel klirrt.
Als noch der Lohn ihm wässerte den Mund;
Ein kecker Fuchs! Und jetzt, ein feiger Hund,
Würd' er sich doppelten Verrats nicht schämen!
Doch sieht er deutlich, keiner will ihn nehmen,
Schaut zähneknirschend nur zum Fürsten auf.

Die Wimper zuckt: – Da drängt ein Schrei sich auf
Und wie im Strauch die kranke Schlange pfeift,
An innerm Krampfe will der Sklav' ersticken:
O Allah, wird er sich dem Pfahl entrücken?
Und stürmisch der Kalif zum Becher greift,
Hält mit den eignen Händen den Scherbet
Ihm an die Lippen, bis der Krampf vergeht.

Die Farbe kehrt, der Sklave atmet tief,
Sein Auge, irr zuerst, dann fest und kühn,
Läßt lang er auf des Thrones Stufen glühn.
Dann spricht er ernst: „Lang lebe der Kalif!
Auf ihn hat sich Suleimans Geist gesenkt,
Ob er auch in gerechten Zornes Flamme
Zum Marterpfahle einen Gast verdamme,
Den aus dem eignen Becher er getränkt!"

Da ward Mütassim bleich vor innrer Qual;
Zittern sieht ihn sein Hof zum erstenmal.
Dann plötzlich ward sein Antlitz sonnenhell,
Und hochgetragnen Hauptes rief er: „Schnell,
Die Fesseln ihm gelöst, ihr Sklaven! Frei
Entwandl' er, nur von seiner Schuld gedrückt!"

Doch zu dem Thron tritt der Wesir gebückt,
Spricht: „Fürst der Gläubigen, was soll geschehn,
Wenn er zum zweitenmal den Dolch gezückt?" –
„Allah kherim! Das, was geschrieben ist
Im Buch des Lebens, drin nur Allah liest!
Allein auf keinem Blatte kann es stehn,
Daß der Verbrecher keine Gnade fand,
Den der Kalif getränkt mit eigner Hand!"

Die beschränkte Frau

Ein Krämer hatte eine Frau,
Die war ihm schier zu sanft und milde,
Ihr Haar zu licht, ihr Aug zu blau,
Zu gleich ihr Blick dem Mondenschilde;
Wenn er sie sah so still und sacht
Im Hause gleiten wie ein Schemen,
Dann faßt' es ihn wie böse Macht,
Er mußte sich zusammennehmen.

Vor allem macht' ihm Überdruß
Ein Wort, das sie an alles knüpfte,
Das freilich in der Rede Fluß
Gedankenlos dem Mund entschlüpfte:
„In Gottes Namen", sprach sie dann,
Wenn schwere Prüfungsstunden kamen;
Und wenn zu Weine ging ihr Mann,
Dann sprach sie auch: „In Gottes Namen!"

Das schien ihm lächerlich und dumm,
Mitunter frevelhaft vermessen.
Oft schalt er – und sie weinte drum,
Und hat es immer doch vergessen.
Gewöhnung war es früher Zeit
Und klösterlich verlebter Jugend!
So war es keine Sündlichkeit
Und war auch eben keine Tugend.

Ein Sprichwort sagt: Wem gar nichts fehlt,
Den ärgert an der Wand die Fliege;
So hat dies Wort ihn mehr gequält,
Als andre Hinterlist und Lüge.
Und sprach sie sanft: „Es paßte schlecht!"
Durch Demut seinen Groll zu zähmen,
So schwur er, übel oder recht,
Werd es ihn ärgern und beschämen.

Ein Blütenhag war seine Lust.
Einst sah die Frau ihn sinnend stehen
Und, ganz versunken, unbewußt,
So Zweig an Zweig vom Strauche drehen.
„In Gottes Namen", rief sie, „Mann,
Du ruinierst den ganzen Hagen!"
Der Gatte sah sie grimmig an,
Fürwahr, fast hätt er sie geschlagen.

Doch wer das Unglück sucht und Reu,
Dem werden sie entgegeneilen;
Der Handel ist ein zart Gebäu
Und ruht gar sehr auf fremden Säulen.
Ein Freund falliert, ein Schuldner flieht,
Ein Gläub'ger will sich nicht gedulden,
Und eh ein halbes Jahr verzieht,
Weiß unser Krämer sich in Schulden.

Die Gattin hat ihn oft gesehn
Gedankenvoll im Sande waten,
Am Kontobuche seufzend stehn
Und hat ihn endlich auch erraten.
Sie öffnet heimlich ihren Schrein,
Langt aus verborgner Fächer Grube,
Dann, leise wie der Mondenschein,
Schlüpft sie in ihres Mannes Stube.

Der saß, die schwere Stirn gestützt,
Und rauchte fort am kalten Rohre:
„Karl!" drang ein scheues Flüstern jetzt,
Und wieder „Karl!" zu seinem Ohre.
Sie stand vor ihm, wie Blut so rot,
Als gält es eine Schuld gestehen.
„Karl", sprach sie, „wenn uns Unheil droht,
Ist's denn unmöglich, ihm entgehen?"

Drauf reicht sie aus der Schürze dar
Ein Säckchen, stramm und schwer zu tragen,
Drin alles, was sie achtzehn Jahr
Erspart am eigenen Behagen.
Er sah sie an mit raschem Blick.
Und zählte, zählte nun aufs neue,
Dann sprach er seufzend: „Mein Geschick
Ist zu verwirrt – dies langt wie Spreue!“

Sie bot ein Blatt – und wandt sich um,
Erzitternd, glüh gleich der Granate;
Es war ihr kleines Eigentum,
Das Erbteil einer frommen Pate.
„Nein“, sprach der Mann, „das soll nicht sein!“
Und klopfte freundlich ihre Wangen.
Dann warf er einen Blick hinein –
Und sagte dumpf: „Schier möcht es langen!“

Nun nahm sie aus der Schürze Grund
All ihre armen Herrlichkeiten,
Teelöffelchen, Dukaten rund,
Was ihr geschenkt von Kindeszeiten.
Sie gab es mit so freud'gem Zug! –
Doch war's, als ob ihr Mund sich regte,
Als sie zuletzt aufs Kontobuch
Der sel'gen Mutter Trauring legte.

„Fast langt es“, sprach gerührt der Mann,
„Und dennoch kann es schmählich enden;
Willst du dein Leben dann fortan,
Geplündert, fristen mit den Händen?“
Sie sah ihn an – nur Liebe weiß
An liebem Blicke so zu hangen –
„In Gottes Namen!“ sprach sie leis. –
Und weinend hielt er sie umfangen.

Kurt von Spiegel

O, frommer Prälat, was ließest so hoch
Des Marschalks frevlen Mut du steigen!
War's seine Gestalt, deren Adel dich trog,
Sein flatternder Witz unter Bechern und Reigen?
O, frommer Bischof, wie war dir zu Mut,
Als rauchend am Anger unschuldiges Blut
Verklagte, verklagte dein zögerndes Schweigen!

Am Wewelsberge schallt Wald-Hurra,
Des Rosses Flanke schäumt über den Bügel,
Es keucht der Hirsch, und dem Edelwild nah,
Ein flüchtiger Dogge, keucht Kurt von Spiegel;
Von Turmes Fahne begierig horcht
Der arme Tüncher, und unbesorgt
Hält in der Hand er den bröckelnden Ziegel.

Da, horch! Halali! Das Treiben ist aus,
Des Hirsches einzige Träne vergossen,
Ein Hörnerstoß durch das waldige Haus
Vereint zum Geweide die zott'gen Genossen,
Und bald aus der nickenden Zweige Geleit
Die Treiber so stumm, die Ritter so breit
Ziehn langsam daher mit den stöhnenden Rossen.

Der Spiegel spornt sein rauchendes Tier,
„Verfluchte Kanaille, du hast mich bestohlen!"
Da sieht er, hoch an des Turmes Zimier,
Den armen Tüncher auf schwankenden Bohlen.
„Ha", murrt er, „heute nicht Beute noch Schuß,
Nie kam ich zurück noch mit solchem Verdruß,
Ich möchte mir drüben den Spatzen wohl holen!"

Der Tüncher sieht, wie er blinzelt empor,
Und will nach dem ärmlichen Hütlein greifen,
Da sieht er drunten visieren das Rohr,
Da hört er den Knall und die Kugel noch pfeifen;
Getroffen, getroffen! – Er schaukelt, er dreht,
Mit Ziegel und Bohle und Handwerksgerät
Kollert er nieder zum rasigen Streifen.

Als träf' ihn selber das Todesgeschoß,
So zuckt der Prälat, seine Augen blitzen,
„Marschalk!" stöhnt er, die Stirne wird naß,
Am schwellenden Halse zittern die Spitzen,
Dann fährt auf die Wange ein glühendes Rot,
Und „Marschalk!" ruft er, „das bringt dir den Tod!
Greift ihn, greift ihn, meine Treiber und Schützen!"

Doch lächelnd der Spiegel vom Hengste schaut,
Er lächelt umher auf die bleichen Vasallen:
„Mein gnädigster Herr, nicht zu laut, nicht zu laut,
Eu'r Dräuen möchte im Winde verhallen!"
Dann wendet er rasch, im sausenden Lauf
Durchs Tor und die donnernde Brücke hinauf.
Zu spät, zu spät sind die Gitter gefallen! –

Im Dome zu Paderborn ist verhallt
Das Sterbegeläute des alten Prälaten,
Und wieder im Dom hat Kapitels Gewalt
Den neuen Beherrscher gewählt und beraten.
Stumm fährt das Gebirg und die Felder hinein
Der neue Bischof zur Wewelsburg ein,
Geleitet von summenden Volkskomitaten.

Und als nun über die Brücke er rollt
Und sieht die massigen Türme sich strecken,
Wie ihm im Busen es zittert und grollt!
An seiner Inful – o brandiger Flecken!
Des Spiegels Blut in dem Ahnenbaum hell!
Leis seufzet er auf, dann murmelt er schnell:
„Herr Truchseß, laßt unsere Tafel nun decken!"

Es kreisen die Becher beim Böllergeknall,
Die stattlichen Ritter, die artigen Damen,
Sich schleudernd des Witzes anmutigen Ball,
Fast von der Stirne die Falten ihm nahmen!
Da, horch: Im Flure ein Schreiten in Eil';
Es knarren die Türen, es steht eine Säul',
Der Spiegel, der blutige Marschalk, im Rahmen!

Der Bischof schaut wie ein Laken so bleich –
Im weiten Saal keines Odems Verhallen –
Ans Auge schlägt er die Rechte sogleich,
Und langsam läßt er zur Seite sie fallen.
Dann seufzet er hohl und düster und schwer:
„Kurt! – Kurt von Spiegel, wie kommst du daher! –
Greift ihn, ergreift ihn, ihr meine Vasallen!"

Kein Sünderglöckchen geläutet ward,
Kein Schandgerüst sah man zimmern und ragen.
Doch sieben Schüsse, die knatterten hart,
Und eine Messe hörte man sagen.
Der Bischof schaut auf den blutigen Stein,
Dann murmelt er sacht ins Breve hinein:
„Es ist doch schwer, eine Inful zu tragen!"

Der Tod des Erzbischofs Engelbert von Köln

I

Der Anger dampft, es kocht die Ruhr,
Im scharfen Ost die Halme pfeifen,
Da trabt es sachte durch die Flur,
Da taucht es auf wie Nebelstreifen,
Da nieder rauscht es in den Fluß,
Und stemmend gen der Wellen Guß
Es fliegt der Bug, die Hufe greifen.

Ein Schnauben noch, ein Satz, und frei
Das Roß schwingt seine nassen Flanken,
Und wieder eins, und wieder zwei,
Bis fünfundzwanzig stehn wie Schranken:
Voran, voran durch Heid und Wald,
Und wo sich wüst das Dickicht ballt,
Da brechen knisternd sie die Ranken.

Am Eichenstamm, im Überwind,
Um einen Ast den Arm geschlungen,
Der Isenburger steht und sinnt
Und naget an Erinnerungen.
Ob er vernimmt, was durchs Gezweig
Ihm Rinkerad, der Ritter bleich,
Raunt leise wie mit Vögelzungen?

„Graf", flüstert es, „Graf, haltet dicht,
Mich dünkt, als woll es Euch betören;
Bei Christi Blute, laßt uns nicht
Heim wie gepeitschte Hunde kehren!
Wer hat gefesselt Eure Hand,
Den freien Stegreif Euch verrannt?"
Der Isenburg scheint nicht zu hören.

„Graf", flüstert es, „wer war der Mann,
Dem zu dem Kreuz die Rose paßte?
Wer machte Euren Schwäher dann
In seinem eignen Land zum Gaste?
Und, Graf, wer höhnte Euer Recht,
Wer stempelt' Euch zum Pfaffenknecht?" –
Der Isenburg biegt an dem Aste.

„Und wer, wer hat Euch zuerkannt,
Im härnen Sünderhemd zu stehen,
Die Schandekerz in Eurer Hand,
Und alte Vetteln anzuflehen
Um Kyrie und Litanei?!" –
Da krachend bricht der Ast entzwei
Und wirbelt in des Sturmes Wehen.

Spricht Isenburg: „Mein guter Fant,
Und meinst du denn, ich sei begraben?
O, laß mich nur in meiner Hand –
Doch ruhig, still, ich höre traben!"
Sie stehen lauschend, vorgebeugt:
Durch das Gezweig der Helmbusch steigt
Und flattert drüber gleich dem Raben.

II

Wie dämmerschaurig ist der Wald
An neblichten Novembertagen,
Wie wunderlich die Wildnis hallt
Von Astgestöhn und Windesklagen!
„Horch, Knabe, war das Waffenklang?“ –
„Nein, gnäd'ger Herr! Ein Vogel sang,
Von Sturmesflügeln hergetragen.“

Fort trabt der mächtige Prälat,
Der kühne Erzbischof von Köllen,
Er, den der Kaiser sich zum Rat
Und Reichsverweser mochte stellen,
Die ehrne Hand der Klerisei –
Zwei Edelknaben, Reis'ger zwei
Und doch drei Äbte als Gesellen.

Gelassen trabt er fort, im Traum
Von eines Wunderdomes Schöne,
Auf seines Rosses Hals den Zaum,
Er streicht ihm sanft die dichte Mähne.
Die Windesodem senkt und schwellt;
Es schaudert, wenn ein Tropfen fällt
Von Ast und Laub, des Nebels Träne.

Schon schwindelnd steigt das Kirchenschiff;
Schon bilden sich die krausen Zacken –
Da, horch, ein Pfiff und hui, ein Griff,
Ein Helmbusch hier, ein Arm im Nacken!
Wie Schwarzwildrudel bricht's heran,
Die Äbte fliehn wie Spreu, und dann
Mit Reisigen sich Reis'ge packen.

Ha, schnöder Strauß! Zwei gegen zehn!
Doch hat der Fürst sich losgerungen,
Er peitscht sein Tier, und mit Gestöhn
Hat's übern Hohlweg sich geschwungen;
Die Gerte pfeift – „Weh, Rinkerad!“ –
Vom Rosse gleitet der Prälat
Und ist ins Dickicht dann gedrungen.

„Hussa, hussa, erschlagt den Hund,
Den stolzen Hund!“ Und eine Meute
Fährt's in den Wald, es schließt ein Rund,
Dann vor- und rückwärts und zur Seite;
Die Zweige krachen – ha, es naht –
Am Buchenstamm steht der Prälat
Wie ein gestellter Eber heute.

Er blickt verzweifelnd auf sein Schwert,
Er löst die kurze breite Klinge,
Dann prüfend untern Mantel fährt
Die Linke nach dem Panzerringe;
Und nun wohlan, er ist bereit,
Ja, männlich focht der Priester heut,
Sein Streich war eine Flammenschwinge.

Das schwirrt und klingelt durch den Wald,
Die Blätter stäuben von den Eichen,
Und über Arm und Schädel bald
Blutrote Rinnen tröpfeln, schleichen;
Entwaffnet der Prälat noch ringt,
Der starke Mann, da zischend dringt
Ein falscher Dolch ihm in die Weichen.

Ruft Isenburg: „Es ist genug,
Es ist zuviel!“ Und greift die Zügel;
Noch sah er, wie ein Knecht ihn schlug,
Und riß den Wicht am Haar vom Bügel.
„Es ist zuviel, hinweg, geschwind!“
Fort sind sie, und ein Wirbelwind
Fegt ihnen nach wie Eulenflügel. –

Des Sturmes Odem ist verrauscht,
Die Tropfen glänzen an dem Laube,
Und über Bluteslachen lauscht
Aus hohem Loch des Spechtes Haube;
Was knistert nieder von der Höh
Und schleppt sich wie ein krankes Reh?
Ach, armer Knabe, wunde Taube!

„Mein gnädiger, mein lieber Herr,
So mußten dich die Mörder packen?
Mein frommer, o mein Heiliger!"
Das Tüchlein zerrt er sich vom Nacken,
Er drückt es auf die Wunde dort,
Und hier und drüben, immerfort,
Ach, Wund an Wund und blutge Zacken!

„Ho, holla ho!" – Dann beugt er sich
Und späht, ob noch der Odem rege;
War's nicht, als wenn ein Seufzer schlich,
Als wenn ein Finger sich bewege?
„Ho, holla ho!" – „Holla, hoho!"
Schallt's wiederum, des war er froh:
„'s sind unsre Reiter allewege!"

III

Zu Köln am Rheine kniet ein Weib
Am Rabensteine unterm Rade,
Und überm Rade liegt ein Leib,
An dem sich weiden Kräh und Made;
Zerbrochen ist sein Wappenschild,
Mit Trümmern seine Burg gefüllt,
Die Seele steht bei Gottes Gnade.

Den Leib des Fürsten hüllt der Rauch
Von Ampeln und von Weihrauchschwelen –
Um seinen qualmt der Moderhauch,
Und Hagel peitscht der Rippen Höhlen;
Im Dome steigt ein Trauerchor,
Und ein Tedeum stieg empor
Bei seiner Qual aus tausend Kehlen.

Und wenn das Rad der Bürger sieht,
Dann läßt er rasch sein Rößlein traben,
Doch eine bleiche Frau, die kniet
Und scheucht mit ihrem Tuch die Raben:
Um sie mied er die Schlinge nicht.
Er war ihr Held, er war ihr Licht –
Und, ach! der Vater ihrer Knaben!

Karl Egon Ebert
(1801–1882)

Schwerting der Sachsenherzog

Der Schwerting, Sachsenherzog, der saß beim Festesmahl,
Da schäumten Weine perlend in eisernem Pokal,
Da rauchten Speisen köstlich in eisernem Geschirr,
Da war von Eisenpanzern ein wild und rauh Geklirr.

Der Dänenkönig Frotho genüber Schwerting saß,
Mit staunender Gebärde die Eisenketten maß,
So diesem niederhingen von Hals und Brust und Hand,
Und dann die Eisenspangen am schwarzen Trau'rgewand.

„Sagt an, was soll das deuten? Herr Bruder, gebt mir kund,
Warum ihr mich geladen zu solcher Tafelrund?
Als ich herabgezogen aus meinem Dänenland,
Da hofft ich euch zu finden im güldenen Gewand."

„Herr König, Gold dem Freien und Eisen für den Knecht:
Das ist der Sachsen Sitte, und so allein ist's recht!
Ihr habt in Eisenbande der Sachsen Arm gezwängt;
Wär eure Kette gülden, sie wäre längst gesprengt.

Doch mein ich, gibt's noch Mittel, zu lösen solches Erz;
Ein biedrer Sinn und Glaube, ein hoch und mutig Herz –
Das muß den Arm befreien, gefesselt hundertfach,
Das muß den Eidschwur lösen und tilgen niedre Schmach!"

Als so der Fürst gesprochen, da traten in den Saal
Zwölf schwarze Sachsenritter, mit Fackeln allzumal,
Die harrten stumm und ruhig auf Schwertings leises Wort,
Und sprangen dann in Eile, die Brände schwingend, fort.

Nicht lang, da scholl von unten zu Herrn und Gastes Ohr
Ein Knistern und ein Prasseln von Feuerswut empor,
Nicht lang, da ward's im Saale gar schwül und sonnenheiß,
Und: „'s ist die Stund gekommen!" sprach dumpf der ganze Kreis.

Der König will entfliehen, der Herzog hält ihn stark:
„Halt! Steh und laß erproben dein ritterliches Mark!
Hält es dem rauhen Krieger, der unten prasselt, stand,
Dein sei die Sachsenkrone, dein sei das Sachsenland!"

Und heißer, immer heißer wird's in der weiten Hall,
Und lauter, immer lauter erdröhnt der Balken Fall,
Und heller, immer heller wird rings der rote Schein,
Die Türe sinkt in Trümmer, die Lohe schießt herein.

Da knien betend nieder die wackern Rittersleut:
„Herr, sei der Seele gnädig, die selber sich befreit!"
Der Herzog doch sieht ruhig der Flamme Windeslauf,
Der König sinkt zu Boden; er reißt ihn wütend auf.

„Schau hin, du stolzer Sieger! Erzittre, feiges Herz!
So löst man Eisenbande, so schmilzt dein mächtig Erz!"
Er ruft's, und ihn erfasset der Flammen wild Gesaus,
Und nieder stürzen alle, und nieder stürzt das Haus.

Joseph von Eichendorff
(1788–1857)

Die Waldfrauen

Und wo noch kein Wandrer gegangen,
Hoch über Jäger und Roß,
Die Felsen im Abendrot hangen
Als wie ein Wolkenschloß.

Dort zwischen den Zinnen und Spitzen,
Von wilden Nelken umblüht,
Die schönen Waldfrauen sitzen
Und singen im Wind ihr Lied.

Der Jäger schaut nach dem Schlosse:
„Die droben, das ist meine Lieb'!" –
Er sprang vom scheuenden Rosse,
Weiß keiner, wo er blieb.

Italien

Von kühnen Wunderbildern
Ein großer Trümmerhauf,
In reizendem Verwildern
Ein blühnder Garten drauf;

Versunknes Reich zu Füßen,
Vom Himmel fern und nah,
Aus anderm Reich ein Grüßen –
Das ist Italia!

Wenn Frühlingslüfte wehen
Hold übern grünen Plan,
Ein leises Auferstehen
Hebt in den Tälern an.

Da will sich's unten rühren
Im stillen Göttergrab,
Der Mensch kann's schauernd spüren
Tief in die Brust hinab.

Verwirrend in den Bäumen
Gehn Stimmen hin und her,
Ein sehnsuchtsvolles Träumen
Weht übers blaue Meer.

Und unterm duftgen Schleier,
So oft der Lenz erwacht,
Webt in geheimer Feier
Die alte Zaubermacht.

Frau Venus hört das Locken,
Der Vögel heitern Chor,
Und richtet froh erschrocken
Aus Blumen sich empor.

Sie sucht die alten Stellen,
Das luftge Säulenhaus,
Schaut lächelnd in die Wellen
Der Frühlingsluft hinaus.

Doch öd sind nun die Stellen,
Stumm liegt ihr Säulenhaus,
Gras wächst da auf den Schwellen,
Der Wind zieht ein und aus.

Wo sind nun die Gespielen?
Diana schläft im Wald,
Neptunus ruht im kühlen
Meerschloß, das einsam hallt.

Zuweilen nur Sirenen
Noch tauchen aus dem Grund
Und tun in irren Tönen
Die tiefe Wehmut kund.

Sie selbst muß sinnend stehen
So bleich im Frühlingsschein,
Die Augen untergehen,
Der schöne Leib wird Stein.

Denn über Land und Wogen
Erscheint, so still und mild,
Hoch auf dem Regenbogen
Ein andres Frauenbild.

Ein Kindlein in den Armen
Die Wunderbare hält,
Und himmlisches Erbarmen
Durchdringt die ganze Welt.

Da in den lichten Räumen
Erwacht das Menschenkind
Und schüttelt böses Träumen
Von seinem Haupt geschwind.

Und wie die Lerche singend
Aus schwülen Zaubers Kluft
Erhebt die Seele ringend
Sich in die Morgenluft.

Die deutsche Jungfrau

Es stand ein Fräulein auf dem Schloß,
Erschlagen war im Streit ihr Roß,
Schnob wie ein See die finst're Nacht,
Wollt überschrein die wilde Schlacht.

Im Tal die Brüder lagen tot,
Es brannt die Burg so blutigrot,
In Lohen stand sie auf der Wand,
Hielt hoch die Fahne in der Hand.

Da kam ein röm'scher Rittersmann,
Der ritt keck an die Burg hinan,
Es blitzt sein Helm gar mannigfach,
Der schöne Ritter also sprach:

„Jungfrau, komm in die Arme mein!
Sollst deines Siegers Herrin sein!
Will bau'n dir einen Palast schön,
In prächt'gen Kleidern sollst du gehn.

Es tun deine Augen mir Gewalt,
Kann nicht mehr fort aus diesem Wald;
Aus wilder Flammen Spiel und Graus
Trag ich mir meine Braut nach Haus!"

Der Ritter ließ sein weißes Roß,
Stieg durch den Brand hinauf ins Schloß,
Viel Knecht ihm waren da zur Hand,
Zu holen das Fräulein von der Wand.

Das Fräulein stieß die Knecht hinab,
Den Liebsten auch ins heiße Grab,
Sie selber dann in die Flamme sprang,
Über ihnen die Burg zusammen sank.

Die Hochzeitsnacht

Nachts durch die stille Runde
Rauschte des Rheines Lauf,
Ein Schifflein zog im Grunde,
Ein Ritter stand darauf.

Die Blicke irre schweifen
Von seines Schiffes Rand.
Ein blutigroter Streifen
Sich um das Haupt ihm wand.

Der sprach: „Da oben stehet
Ein Schlößlein überm Rhein,
Die an dem Fenster stehet:
Das ist die Liebste mein.

Sie hat mir Treu versprochen,
Bis ich gekommen sei,
Sie hat die Treu gebrochen,
Und alles ist vorbei."

Viel Hochzeitleute drehen
Sich oben laut und bunt,
Sie bleibet einsam stehen
Und lauschet in den Grund.

Und wie sie tanzen munter,
Und Schiff und Schiffer schwand,
Stieg sie vom Schloß herunter,
Bis sie im Garten stand.

Die Spielleut musizierten,
Sie sann gar mancherlei,
Die Töne sie so rührten,
Als müßt das Herz entzwei.

Da trat ihr Bräutgam süße
Zu ihr aus stiller Nacht,
So freundlich er sie grüßte,
Daß ihr das Herze lacht.

Er sprach: „Was willst du weinen,
Weil alle fröhlich sein?
Die Stern so helle scheinen,
So lustig geht der Rhein.

Das Kränzlein in den Haaren
Steht dir so wunderfein,
Wir wollen etwas fahren
Hinunter auf dem Rhein."

Zum Kahn folgt' sie behende,
Setzt' sich ganz vorne hin,
Er setzt' sich an das Ende
Und ließ das Schifflein ziehn.

Sie sprach: „Die Töne kommen
Verworren durch den Wind,
Die Fenster sind verglommen,
Wir fahren so geschwind.

Was sind das für so lange
Gebirge weit und breit?
Mir wird auf einmal bange
In dieser Einsamkeit!

Und fremde Leute stehen
Auf mancher Felsenwand,
Und stehen still und sehen
So schwindlig übern Rand." –

Der Bräutgam schien so traurig
Und sprach kein einzig Wort,
Schaut' in die Wellen schaurig
Und rudert' immerfort.

Sie sprach: „Schon seh ich Streifen
So rot im Morgen stehn,
Und Stimmen hör ich schweifen,
Vom Ufer Hähne krähn.

Du siehst so still und wilde,
So bleich wird dein Gesicht,
Mir graut vor deinem Bilde –
Du bist mein Bräutgam nicht!" –

Da stand er auf – das Sausen
Hielt an in Flut und Wald –
Es rührt mit Lust und Grausen
Das Herz ihr die Gestalt.

Und wie mit steinern'n Armen
Hob er sie auf voll Lust,
Drückt ihren schönen, warmen
Leib an die eis'ge Brust. –

Licht wurden Wald und Höhen,
Der Morgen schien blutrot,
Das Schifflein sah man gehen,
Die schöne Braut drin tot.

Die Räuberbrüder

„Vorüber ist der blut'ge Strauß;
Hier ist's so still, nun ruh dich aus."

„Vom Tal herüber kommt die Luft.
Horch, hörst du nichts? Die Mutter ruft."

„Die Mutter ist ja lange tot;
Eine Glocke klingt durchs Morgenrot."

„Lieb Mutter, hab nicht solches Leid,
Mein wildes Leben mich gereut." –

„Was sinkst du auf die Knie ins Gras?
Deine Augen dunkeln, du wirst so blaß." –

Es war von Blut der Grund so rot,
Der Räuber lag im Grase tot

Da küßt der Bruder den bleichen Mund:
„Dich liebt ich recht aus Herzensgrund."

Vom Fels dann schoß er noch einmal
Und warf die Büchse tief ins Tal.

Drauf schritt er durch den Wald zur Stadt:
„Ihr Herrn, ich bin des Lebens satt.

Hier ist mein Haupt, nun richtet bald,
Zum Bruder legt mich in den Wald."

Die stille Gemeinde

Von Bretagnes Hügeln, die das Meer
Blühend hell umsäumen,
Schaute ein Kirchlein trostreich her
Zwischen uralten Bäumen.

Das Kornfeld und die Wälder weit
Rauschten im Sonntagsglanze,
Doch keine Glocken klangen heut
Vom grünen Felsenkranze.

Denn auf des Kirchhofs schatt'gem Grund
Die Jakobiner saßen,
Ihre Pferde alle Blumen bunt
Von den Grabeshügeln fraßen.

Sie hatten am Kreuz auf stiller Höh'
Feldflasch' und Säbel hangen,
Derweil sie, statt des Kyrie,
Die Marseillaise sangen.

Ihr Hauptmann aber lehnt' am Baum,
Todmüde von schweren Wunden,
Und schaute wie im Fiebertraum
Nach dem tiefschwülen Grunde.

Er sprach verwirrt: „Da drüben stand
Des Vaters Schloß am Weiher,
Ich selbst steckt's an; das war ein Brand,
Der Freiheit Freudenfeuer.

Ich seh' ihn noch, wie durch den Sturm
Zwischen den feur'gen Zungen
Mein stolzer Vater da vom Turm
Sein Banner hat geschwungen.

Und als es war entlaubt vom Brand,
Die Fahn' im Wind zerflogen –
Den Schaft als Kreuz nun in der Hand,
Teilt' er die Flammenwogen.

Er sah so wunderbar auf mich,
Ich konnt' ihn nicht ermorden. –
Da sank die Burg, er wandte sich
Und ist ein Pfaff geworden.

Seitdem hör' ich in Träumen schwer
Von ferne Glocken gehen
Und seh' in rotem Feuermeer
Ein Kreuz allnächtlich stehen.

Es sollen keine Glocken gehn,
Die Nächte zu verstören,
Kein Kreuz soll mehr auf Erden stehn,
Um Narren zu betören!

Und dieses Kirchlein hier bewacht,
Sie sollen nicht Messe singen,
Wir reißen's nieder über Nacht,
Licht sei, wohin wir dringen!" –

Und als die Nacht schritt leis daher,
Der Hauptmann stand am Strande,
So still im Wald, so still das Meer,
Nur die Wachen riefen im Lande.

Im Wind die Glock' von selbst anschlug,
Da wollt' ein Hauch sich heben
Wie unsichtbarer Engel Flug,
Die übers Wasser schweben.

Nun sieht er auch im Meere fern
Ein Lichtlein hell entglommen;
Er dacht', wie ist der schöne Stern
Dort in die Flut gekommen?

Am Ufer aber, durch die Nacht,
In allen Felsenspalten
Regt sich's und schlüpft es leis und sacht,
Viel dunkle, schwanke Gestalten.

Nur manchmal von den Buchten her
Schallt Ruderschlag von weitem,
Auf Barken lautlos in das Meer
Sie nach dem Stern hin gleiten.

Der wächst und breitet sich im Nah'n
Und streift mit Glanz die Wellen,
Es ist ein kleiner Fischerkahn,
Den Fackeln mild erhellen.

Und einsam auf des Schiffleins Rand
Ein Greis kommt hergezogen
In wunderbarem Meßgewand
Als wie der Hirt' der Wogen.

Die Barken eine weite Rund'
Dort um den Hirten machen,
Der laut nun überm Meeresgrund
Den Segen spricht im Nachen.

Da schwieg der Wind und rauscht' das Meer
So wunderbare Weise,
Und auf den Knien lag ringsher
Die stille Gemeinde im Kreise.

Und als er das Kreuz hob in die Luft,
Hoch zwischen die Fackeln trat er –
Den Hauptmann schaudert's im Herzensgrund –
Es war sein alter Vater.

Da taumelt' er und sank ins Gras,
Betend im stillen Grunde,
Und wie Felsenquellen im Frühling brach
Sein Herzblut aus allen Wunden.

Und als die Gesellen kommen zum Strand,
Einen toten Mann sie finden. –
Voll Gram sie sprengen fort durchs Land,
Als jagt' sie der Tod in den Winden.

Die stürzten sich in den Krieg so weit,
Sie sind verweht und zerstoben,
Das Kirchlein aber steht noch heut
Unter den Linden droben.

Letzte Heimkehr

Der Wintermorgen glänzt so klar,
Ein Wandrer kommt von ferne.
Ihn schüttelt Frost, es starrt sein Haar
Ihm log die schöne Ferne.
Nun endlich will er rasten hier;
Er klopft an seines Vaters Tür.

Doch tot sind, die sonst aufgetan,
Verwandelt Hof und Habe,
Und fremde Leute sehn ihn an,
Als käm er aus dem Grabe.
Ihn schauert tief im Herzensgrund,
Ins Feld eilt er zur selben Stund.

Da sang kein Vöglein weit und breit.
Er lehnt an einem Baume,
Der schöne Garten lag verschneit,
Es war ihm wie im Traume;
Und wie die Morgenglocke klingt,
Im stillen Feld er niedersinkt.

Und als er aufsteht vom Gebet,
Nicht weiß, wohin sich wenden,
Ein schöner Jüngling bei ihm steht,
Faßt mild ihn bei den Händen:
„Komm mit, sollst ruhn nach kurzem Gang!"
Er folgt, ihn rührt der Stimme Klang.

Nun durch die Bergeseinsamkeit
Sie wie zum Himmel steigen;
Kein Glockenklang mehr reicht so weit,
Sie sehn in ödem Schweigen
Die Länder hinter sich verblühn,
Schon Sterne durch die Wipfel glühn.

Der Führer jetzt die Fackel sacht
Erhebt und schweigend schreitet;
Bei ihrem Schein die stille Nacht
Gleich wie ein Dom sich weitet,
Wo unsichtbare Hände baun. –
Den Wandrer faßt ein heimlich Graun.

Er sprach: „Was bringt der Wind herauf
So fremden Laut getragen,
Als hört ich ferner Ströme Lauf,
Dazwischen Glocken schlagen?" –
„Das ist des Nachtgesanges Wehn;
Sie loben Gott in stillen Höhn."

Der Wandrer drauf: „Ich kann nicht mehr –
Ist's Morgen, der so blendet?
Was leuchten dort für Länder her?"
Sein Freund die Fackel wendet:
„Nun ruh zum letzten Male aus;
Wenn du erwachst, sind wir zu Haus!"

Die verlorene Braut

Vater und Kind gestorben
Ruhten im Grabe tief,
Die Mutter hatt' erworben
Seitdem ein ander Lieb.

Da droben auf dem Schlosse,
Da schallt das Hochzeitsfest,
Da lachts und wiehern Rosse,
Durchs Grün ziehn bunte Gäst.

Die Braut schaut' ins Gefilde
Noch einmal vom Altan,
Es sah so ernst und milde
Sie da der Abend an.

Rings waren schon verdunkelt
Die Täler und der Rhein,
In ihrem Brautschmuck funkelt'
Nur noch der Abendschein.

Sie hörte Glocken gehen
Im weiten, tiefen Tal,
Es bracht der Lüfte Wehen
Fern übern Wald den Schall.

Sie dacht: „O falscher Abend!
Wen das bedeuten mag?
Wen läuten sie zu Grabe
An meinem Hochzeitstag?"

Sie hört' im Garten rauschen
Die Brunnen immerdar,
Und durch der Wälder Rauschen
Ein Singen wunderbar.

Sie sprach: „Wie wirres Klingen
Kommt durch die Einsamkeit,
Das Lied wohl hört' ich singen
In alter, schöner Zeit."

Es klang, als wollt sie's rufen
Und grüßen tausendmal –
So stieg sie von den Stufen,
So kühle rauscht' das Tal.

So zwischen Weingehängen
Stieg sinnend sie ins Land
Hinunter zu den Klängen,
Bis sie im Walde stand.

Dort ging sie, wie in Träumen,
Im weiten, stillen Rund,
Das Lied klang in den Bäumen,
Von Quellen rauscht' der Grund. –

Derweil von Mund zu Munde
Durchs Haus, erst heimlich sacht,
Und lauter geht die Kunde:
„Die Braut irrt in der Nacht!"

Der Bräutgam tät erbleichen,
Er hört im Tal das Lied,
Ein dunkelrotes Zeichen
Ihm von der Stirne glüht.

Und Tanz und Jubel enden,
Er und die Gäst im Saal,
Windlichter in den Händen,
Sich stürzen in das Tal.

Da schweifen rote Scheine,
Schall nun und Rosseshuf,
Es hallen die Gesteine
Rings von verworrnem Ruf.

Doch einsam irrt die Fraue
Im Walde schön und bleich,
Die Nacht hat tiefes Grauen,
Das ist von Sternen so reich.

Und als sie war gelanget
Zum allerstillsten Grund,
Ein Kind am Felsenhange
Dort freundlich lächelnd stund.

Das trug in seinen Locken
Einen weißen Rosenkranz,
Sie schaut' es an erschrocken
Beim irren Mondesglanz.

„Solch Augen hat das meine,
Ach meines bist du nicht,
Das ruht ja unterm Steine,
Den niemand mehr zerbricht.

Ich weiß nicht, was mir grauset,
Blick nicht so fremd auf mich!
Ich wollt, ich wär zu Hause." –
„Nach Hause führ ich dich."

Sie gehn nun miteinander,
So trübe weht der Wind,
Die Fraue sprach im Wandern:
„Ich weiß nicht, wo wir sind.

Wen tragen sie beim Scheine
Der Fackeln durch die Schluft?
O Gott, der stürzt' vom Steine
Sich tot in dieser Kluft!"

Das Kind sagt: „Den sie tragen,
Dein Bräutgam heute war,
Er hat meinen Vater erschlagen,
's ist diese Stund ein Jahr.

Wir alle müssens büßen,
Bald wird es besser sein,
Der Vater läßt dich grüßen,
Mein liebes Mütterlein."

Ihr schauerts durch die Glieder:
„Du bist mein totes Kind!
Wie funkeln die Sterne nieder,
Jetzt weiß ich, wo wir sind." –

Da löst' sie Kranz und Spangen,
Und über ihr Angesicht
Perlen und Tränen rannen,
Man unterschied sie nicht.

Und über die Schultern nieder
Rollten die Locken sacht,
Verdunkelnd Augen und Glieder
Wie eine prächtige Nacht.

Ums Kind den Arm geschlagen,
Sank sie ins Gras hinein –
Dort hatten sie erschlagen
Den Vater im Gestein.

Die Hochzeitsgäste riefen
Im Walde auf und ab,
Die Gründe alle schliefen,
Nur Echo Antwort gab.

Und als sich leis erhoben
Der erste Morgenduft,
Hörten die Hirten droben
Ein Singen in stiller Luft.

Otto Ernst
(Otto Ernst Schmidt)
(1862–1926)

Nis Randers

Krachen und Heulen und berstende Nacht,
Dunkel und Flammen in rasender Jagd –
Ein Schrei durch die Brandung!
Und brennt der Himmel, so sieht man's gut:

Ein Wrack auf der Sandbank! Noch wiegt es die Flut!
Gleich holt sich's der Abgrund.

Nis Randers lugt – und ohne Hast
Spricht er: „Da hängt noch ein Mann im Mast!
Wir müssen ihn holen."

Da faßt ihn die Mutter: „Du steigst mir nicht ein!
Dich will ich behalten, du bliebst mir allein,
Ich will's, deine Mutter!

Dein Vater ging unter und Momme, mein Sohn;
Drei Jahre verschollen ist Uwe schon,
Mein Uwe, mein Uwe!"

Nis tritt auf die Brücke. Die Mutter ihm nach!
Er weist nach dem Wrack und spricht gemach:
„Und s e i n e Mutter?"

Nun springt er ins Boot und mit ihm noch sechs:
Hohes, hartes Friesengewächs!
Schon sausen die Ruder.

Boot oben, Boot unten, ein Höllentanz!
Nun muß es zerschmettern! – Nein: es blieb ganz! –
Wie lange? Wie lange?

Mit feurigen Geißeln peitscht das Meer
Die menschenfressenden Rosse daher;
Sie schnauben und schäumen.

Wie hechelnde Hast sie zusammenzwingt!
Eins auf den Rücken des andern springt
Mit stampfenden Hufen!

Drei Wetter zusammen! Nun brennt die Welt!
Was da? – Ein Boot, das landwärts hält ...
Sie sind es! Sie kommen! –

Und Auge und Ohr ins Dunkel gespannt ...
Still – ruft da nicht einer? – Er schreit's durch die Hand!
„Sagt Mutter, 's ist Uwe!"

Timm Clasen

Am Fischerewer träumt ein Licht
Und nickt, als ob's im Traume spricht
Mit seinem Widerschein – der blinkt
Aus stiller Flut – und blinkt und winkt –
Hoo, Timm Clasen, heut gibt's einen Fang!

Timm Clasen aber sinnt anderm nach.
Was glitscht im Mondschein her gemach?
Ei, Jan Frerk – der kommt mir in'n Griff.
Ein dumpfer Ruf – ein leiser Pfiff –
Hoo, Timm Clasen, das gibt einen Fang!

Jan Frerk, der küßte Trin Antjes Mund –
Die Krebse sollen dich fressen, du Hund!
Und er ruft ihn an und keucht und zischt,
Herüber, hinüber fliegt Gall' und Gischt,
Hoo, Timm Clasen, nun gibt's einen Fang!

Timm langt aus – und da kentert das Boot;
Jan grapst an den Planken in Todesnot;
Timms Ruder krachend niederschlug:
Da – der hat für diesmal genug.
Hoo, Timm Clasen, das gab einen Fang! –

Timm Clasen, wie wird der Fluß nun still,
Und der Mond tut, als ob er reden will. –
Timm lichtet den Anker und schwimmt stromab
Mit der Ebbe und läßt das Netz hinab –
Hoo, Timm Clasen, nun gibt's einen Fang!

Teufel, wie schwer – oha! Er zieht;
Er bringt es herauf – und starrt – und sieht –
Timm Clasen, wie scheint der Mond heut rot!
Da glotzt Jan Frerk; Jan Frerk ist tot –
Hoo, Timm Clasen, das gab einen Fang!

Und das Netz fiel klatschend! Vom Uferrohr
Ein schwarzer Vogel stieg steil empor
Und schoß ins Land. Übern Birkenschlag
Starrt mit einem Auge der Tag –
Hoo, Timm Clasen, das gibt einen Fang!

Theodor Fontane
(1819–1898)

Archibald Douglas

Ich hab es getragen sieben Jahr,
Und ich kann es nicht tragen mehr!
Wo immer die Welt am schönsten war,
Da war sie öd und leer.

Ich will hintreten vor sein Gesicht
In dieser Knechtsgestalt,
Er kann meine Bitte versagen nicht,
Ich bin ja worden alt.

Und trüg er noch den alten Groll,
Frisch wie am ersten Tag,
So komme, was da kommen soll,
Und komme, was da mag."

Graf Douglas sprichts. Am Weg ein Stein
Lud ihn zu harter Ruh,
Er sah in Wald und Feld hinein,
Die Augen fielen ihm zu.

Er trug einen Harnisch rostig und schwer,
Darüber ein Pilgerkleid. –
Da horch! – Vom Waldrand scholl es her
Wie von Hörnern und Jagdgeleit.

Und Kies und Staub aufwirbelte dicht,
Her jagte Meut und Mann.
Und ehe der Graf sich aufgericht,
Waren Roß und Reiter heran.

König Jakob saß auf hohem Roß,
Graf Douglas grüßte tief;
Dem König das Blut in die Wange schoß,
Der Douglas aber rief:

„König Jakob, schaue mich gnädig an
Und höre mich in Geduld,
Was meine Brüder dir angetan,
Es war nicht meine Schuld.

Denk nicht an den alten Douglasneid,
Der trotzig dich bekriegt,
Denk lieber an deine Kinderzeit,
Wo ich dich auf den Knien gewiegt.

Denk lieber zurück an Stirling-Schloß,
Wo ich Spielzeug dir geschnitzt,
Dich gehoben auf deines Vaters Roß
Und Pfeile dir zugespitzt.

Denk lieber zurück an Linlithgow,
An den See und den Vogelherd,
Wo ich dich fischen und jagen froh
Und schwimmen und springen gelehrt.

O denk an alles was einstens war,
Und sänftige deinen Sinn,
Ich hab es gebüßet sieben Jahr,
Daß ich ein Douglas bin."

„Ich seh dich nicht, Graf Archibald,
Ich hör deine Stimme nicht,
Mir ist, als ob ein Rauschen im Wald
Von alten Zeiten spricht.

Mir klingt das Rauschen süß und traut,
Ich lausch ihm immer noch,
Dazwischen aber klingt es laut:
Er ist ein Douglas doch.

Ich sehe dich nicht, ich höre dich nicht,
Das ist alles, was ich kann –
Ein Douglas vor meinem Angesicht
Wär ein verlorner Mann."

König Jakob gab seinem Roß den Sporn,
Bergan ging jetzt sein Ritt,
Graf Douglas faßte den Zügel vorn
Und hielt mit dem Könige Schritt.

Der Weg war steil, und die Sonne stach,
Und sein Panzerhemd war schwer,
Doch ob er schier zusammenbrach,
Er lief doch nebenher.

„König Jakob, ich war dein Seneschall,
Ich will es nicht fürder sein,
Ich will nur warten dein Roß im Stall
Und ihm schütten die Körner ein.

Ich will ihm selber machen die Streu
Und es tränken mit eigner Hand,
Nur laß mich atmen wieder aufs neu
Die Luft im Vaterland!

Und willst du nicht, so hab einen Mut,
Und ich will es danken dir,
Und zieh' dein Schwert und triff mich gut
Und laß mich sterben hier."

König Jakob sprang herab vom Pferd,
Hell leuchtete sein Gesicht,
Aus der Scheide zog er sein breites Schwert,
Aber fallen ließ er es nicht.

„Nimms hin, nimms hin und trag es neu
Und bewache mir meine Ruh!
Der ist in tiefster Seele treu,
Wer die Heimat liebt wie du.

Zu Roß, wir reiten nach Linlithgow,
Und du reitest an meiner Seit,
Da wollen wir fischen und jagen froh,
Als wie in alter Zeit."

John Maynard

John Maynard!
„Wer ist John Maynard?“
„John Maynard war unser Steuermann,
Aus hielt er, bis er das Ufer gewann,
Er hat uns gerettet, er trägt die Kron,
Er starb für uns, unsre Liebe sein Lohn.
John Maynard.“

Die „Schwalbe“ fliegt über den Eriesee,
Gischt schäumt um den Bug wie Flocken von Schnee;
Von Detroit fliegt sie nach Buffalo –
Die Herzen aber sind frei und froh,
Und die Passagiere mit Kindern und Fraun
Im Dämmerlicht schon das Ufer schaun,
Und plaudernd an John Maynard heran
Tritt alles: „Wie weit noch, Steuermann?“
Der schaut nach vorn und schaut in die Rund:
„Noch dreißig Minuten . . . Halbe Stund.“

Alle Herzen sind froh, alle Herzen sind frei –
Da klingts aus dem Schiffsraum her wie Schrei,
„Feuer!“ war es, was da klang,
Ein Qualm aus Kajüt und Luke drang,
Ein Qualm, dann Flammen lichterloh,
Und noch zwanzig Minuten bis Buffalo.

Und die Passagiere, buntgemengt,
Am Bugspriet stehn sie zusammengedrängt,
Am Bugspriet vorn ist noch Luft und Licht,
Am Steuer aber lagert sichs dicht,
Und ein Jammern wird laut: „Wo sind wir? Wo?"
Und noch fünfzehn Minuten bis Buffalo. –

Der Zugwind wächst, doch die Qualmwolke steht,
Der Kapitän nach dem Steuer späht,
Er sieht nicht mehr seinen Steuermann,
Aber durchs Sprachrohr fragt er an:
„Noch da, John Maynard?"
„Ja, Herr. Ich bin."
„Auf den Strand! In die Brandung!"
„Ich halte drauf hin."
Und das Schiffsvolk jubelt: „Halt aus! Hallo!"
Und noch zehn Minuten bis Buffalo. –

„Noch da, John Maynard?" Und Antwort schallts
Mit ersterbender Stimme: „Ja, Herr, ich halts!"
Und in die Brandung, was Klippe, was Stein,
Jagt er die „Schwalbe" mitten hinein.
Soll Rettung kommen, so kommt sie nur so.
Rettung: Der Strand von Buffalo!

Das Schiff geborsten. Das Feuer verschwelt.
Gerettet alle. Nur einer fehlt!
Alle Glocken gehn; ihre Töne schwelln
Himmelan aus Kirchen und Kapelln,
Ein Klingen und Läuten, sonst schweigt die Stadt,
Ein Dienst nur, den sie heute hat:
Zehntausend folgen oder mehr,
Und kein Aug im Zuge, das tränenleer.

Sie lassen den Sarg in Blumen hinab,
Mit Blumen schließen sie das Grab,
Und mit goldner Schrift in den Marmorstein
Schreibt die Stadt ihren Dankspruch ein:
„Hier ruht John Maynard! In Qualm und Brand
Hielt er das Steuer fest in der Hand,
Er hat uns gerettet, er trägt die Kron,
Er starb für uns, unsre Liebe sein Lohn.
John Maynard."

Schloß Eger

Lärmend, im Schloß zu Eger,
Über dem Ungarwein,
Sitzen die Würdenträger
Herzogs Wallenstein:
Tertschka, des Feldherrn Schwager,
Illo und Kinsky dazu,
Ihre Heimat das Lager,
Und die Schlacht ihre Ruh.

Lustig flackern die Kerzen;
Aber der Tertschka spricht:
„Ist mir's Nacht im Herzen
Oder vorm Gesicht?
Diese Lichter leuchten
Wie in dunkler Gruft,
Und die Wände, die feuchten,
Hauchen Grabesluft."

Feurig funkelt der Unger;
Aber der Kinsky spricht:
„Draußen bei Frost und Hunger
Schüttelte so mich's nicht,
Hielte lieber bei Lützen
Wieder in Qualm und Rauch;
Wolle Gott uns schützen,
Oder – der Teufel auch."

Illo nur, Herz wie Kehle
Hält er bei Laune sich,
Dicht ist seine Seele
Gegen Hieb und Stich,
Trägt ein Büffelkoller
Wie sein Körper traun,
Lustiger und toller
War er nie zu schaun.

Und vom Trunke heiser
Ruft er jetzt und lacht:
„Das erst ist der Kaiser,
Wer den Kaiser macht;
Eid und Treue brechen,
Taten wir's allein?
Hoch der König der Tschechen,
Herzog Wallenstein!"

Burg- und Schloßbewohner
Ruhen . . . Da sieh, in Stahl,
Butlersche Dragoner
Dringen in den Saal;
Butler selbst, im Helme,
Tritt an den Illo: „Sprich,
Seid ihr Schurken und Schelme
Oder gut kaiserlich?!"

Hei, da fahren die Klingen
Wie von selber heraus,
Von dem Pfeifen und Schwingen
Löschen die Lichter aus;
Weiter geht es im Dunkeln,
Nein, im Dunkeln nicht:
Ihrer Augen Funkeln
Gibt das rechte Licht.

Licht und Fackel kommen,
Geben düstren Schein:
Ineinander verschwommen
Blinken Blut und Wein;
Überall im Saale
Leichen in buntem Gemisch,
Stumm, vor seinem Mahle,
Sitzt der Tod am Tisch.

Tertschka fällt; daneben
Kinsky mit Fluch und Schwur;
Mehr um Tod wie Leben
Ficht selbst Illo nur,
Schlägt blindhin in Scherben
Schädel und Flaschen jetzt,
Wie ein Eber im Sterben
Noch die Hauer wetzt.

Butler aber, wie Wetter,
Donnert jetzt: „Laßt sie ruhn!
Das sind erst die Blätter –
An die Wurzel nun."
Bald in Schlosses Ferne
Hört man's krachen und schrein –
Schau nicht in die Sterne,
Rette dich, Wallenstein!

Lied des James Monmouth

Es zieht sich eine blutige Spur
Durch unser Haus von alters,
Meine Mutter war seine Buhle nur,
Die schöne Lucy Walters.

Am Abend war's, leis wogte das Korn,
Sie küßten sich unter der Linde,
Eine Lerche klang und ein Jägerhorn, –
Ich bin ein Kind der Sünde.

Meine Mutter hat mir oft erzählt
Von jenes Abends Sonne,
Ihre Lippen sprachen: „Ich habe gefehlt!"
Ihre Augen lachten vor Wonne.

Ein Kind der Sünde, ein Stuartkind,
Es blitzt wie Beil von weiten,
Den Weg, den alle geschritten sind,
Ich werd ihn auch beschreiten.

Das Leben geliebt und die Krone geküßt
Und den Frauen das Herz gegeben,
Und den letzten Kuß auf das schwarze Gerüst,
Das ist ein Stuartleben.

Gorm Grymme

König Gorm herrscht über Dänemark,
Er herrscht die dreißig Jahr,
Sein Sinn ist fest, seine Hand ist stark,
Weiß worden ist nur sein Haar.
Weiß worden sind nur seine buschigen Brau'n,
Die machten manchen stumm,
In Grimme liebt er drein zu schaun –
Gorm Grymme heißt er drum.

Und die Jarls kamen zum Feste des Jul,
Gorm Grymme sitzt im Saal,
Und neben ihm sitzt, auf beinernem Stuhl,
Thyra Danebod, sein Gemahl;
Sie reichen einander still die Hand
Und blicken sich an zugleich,
Ein Lächeln in beider Auge stand –
Gorm Grymme, was macht dich so weich?

Den Saal hinunter, in offener Hall',
Da fliegt es wie Locken im Wind,
Jung-Harald spielt mit dem Federball,
Jung-Harald, ihr einziges Kind;
Sein Wuchs ist schlank, blond ist sein Haar,
Blau-golden ist sein Kleid,
Jung-Harald ist heut fünfzehn Jahr,
Und sie lieben ihn allbeid'.

Sie lieben ihn beid'; eine Ahnung bang
Kommt über die Königin,
Gorm Grymme aber den Saal entlang
Auf Jung-Harald deutet er hin,
Und er hebt sich zum Sprechen – sein Mantel rot
Gleitet nieder auf den Grund:
„Wer je mir spräche, er ist tot!
Der müßte sterben zur Stund'."

Und Monde gehn. Es schmolz der Schnee,
Der Sommer kam zu Gast,
Dreihundert Schiffe fahren in See,
Jung-Harald steht am Mast,
Er steht am Mast, er singt ein Lied,
Bis sich's im Winde brach,
Das letzte Segel, es schwand, es schied –
Gorm Grymme schaut ihm nach.

Und wieder Monde. Grau-Herbstestag
Liegt über Sund und Meer,
Drei Schiffe mit mattem Ruderschlag
Rudern heimwärts drüber her;
Schwarz hängen die Wimpel; auf Brömsebro-Moor
Jung-Harald liegt im Blut –
Wer bringt die Kunde vor Königs Ohr?
K e i n e r hat den Mut.

Thyra Danebod schreitet hinab an den Strand,
Sie hatte die Segel gesehn;
Sie spricht: „Und bangt sich euer Mund,
Ich meld' ihm, was geschehn“;
Ab legt sie ihr rotes Korallengeschmeid'
Und die Gemme von Opal,
Sie kleidet sich in ein schwarzes Kleid
Und tritt in Hall' und Saal.

In Hall' und Saal. An Pfeiler und Wand
Goldteppiche ziehen sich hin,
Schwarze Teppiche nun mit eigener Hand
Hängt darüber die Königin,
Und sie zündet zwölf Kerzen, ihr flackernd Licht,
Es gab einen trüben Schein,
Und sie legt ein Gewebe, schwarz und dicht,
Auf den Stuhl von Elfenbein.

Ein tritt Gorm Grymme. Es zittert sein Gang,
er schreitet wie im Traum.
Er starrt die schwarze Hall' entlang,
Die Lichter, er sieht sie kaum,
Er spricht: „Es weht eine Schwüle hier,
Ich will an Meer und Strand,
Reich meinen rotgoldenen Mantel mir
Und reiche mir deine Hand.“

Sie gab ihm nur einen Mantel dicht,
Der war nicht golden, nicht rot,
Gorm Grymme sprach: „Was niemand spricht,
ich sprech' es: Er ist tot.“
Er setzte sich nieder, wo er stand,
Ein Windstoß fuhr durchs Haus,
Die Königin hielt des Königs Hand,
Die Lichter loschen aus.

Herr von Ribbeck auf Ribbeck im Havelland

Herr von Ribbeck auf Ribbeck im Havelland,
Ein Birnbaum in seinem Garten stand,
Und kam die goldene Herbsteszeit
Und die Birnen leuchteten weit und breit,
Da stopfte, wenns Mittag vom Turme scholl,
Der von Ribbeck sich beide Taschen voll,
Und kam in Pantinen ein Junge daher,
So rief er: „Junge, wiste ne Beer?"
Und kam ein Mädel, so rief er: „Lütt Dirn,
Kumm man röwer, ick hebb ne Birn."

So ging es viel Jahre, bis lobesam
Der von Ribbeck auf Ribbeck zu sterben kam.
Er fühlte sein Ende. 's war Herbsteszeit,
Wieder lachten die Birnen weit und breit,
Da sagte von Ribbeck: „Ich scheide nun ab.
Legt mir eine Birne mit ins Grab."
Und drei Tage drauf, aus dem Doppeldachhaus,
Trugen von Ribbeck sie hinaus,
Alle Bauern und Büdner mit Feiergesicht
Sangen „Jesus meine Zuversicht",
Und die Kinder klagten, das Herze schwer:
„He is dod nu. Wer giwt uns nu ne Beer?"

So klagten die Kinder. Das war nicht recht,
Ach, sie kannten den alten Ribbeck schlecht,
Der neue freilich, der knausert und spart,
Hält Park und Birnbaum strenge verwahrt.
Aber der alte, vorahnend schon
Und voll Mißtrauen gegen den eigenen Sohn,
Der wußte genau, was damals er tat,
Als um eine Birn ins Grab er bat,
Und im dritten Jahr, aus dem stillen Haus
Ein Birnbaumsprößling sproßt heraus.

Und die Jahre gehen wohl auf und ab,
Längst wölbt sich ein Birnbaum über dem Grab,
Und in der goldenen Herbsteszeit
Leuchtets wieder weit und breit.
Und kommt ein Jung übern Kirchhof her,
So flüsterts im Baume: „Wiste ne Beer?“
Und kommt ein Mädel, so flüsterts: „Lütt Dirn,
Kumm man röwer, ick gew di ne Birn.“

So spendet Segen noch immer die Hand
Des von Ribbeck auf Ribbeck im Havelland.

Barbara Allen

Es war im Herbst, im bunten Herbst,
Wenn die rotgelben Blätter fallen,
Da wurde John Graham vor Liebe krank,
Vor Liebe zu Barbara Allen.

Seine Läufer liefen hinab in die Stadt
Und suchten, bis sie gefunden:
„Ach, unser Herr ist krank nach dir,
Komm, Lady, mach ihn gesunden.“

Die Lady schritt zum Schloß hinan,
Schritt über die marmornen Stufen,
Sie trat ans Bett, sie sah ihn an:
„John Graham, du ließest mich rufen."

„Ich ließ dich rufen, ich bin im Herbst,
Und die rotgelben Blätter fallen,
Hast du kein letztes Wort für mich?
Ich sterbe, Barbara Allen."

„John Graham, ich hab ein letztes Wort,
Du warst mein all und eines;
Du teiltest Pfänder und Bänder aus,
Mir aber gönntest du keines.

John Graham, und ob du mich lieben magst,
Ich weiß, ich hatte dich lieber,
Ich sah nach dir, du lachtest mich an
Und gingest lächelnd vorüber.

Wir haben gewechselt, ich und du,
Die Sprossen der Liebesleiter,
Du bist nun unten, du hast es gewollt,
Ich aber bin oben und heiter."

Sie ging zurück. Eine Meil oder zwei,
Da hörte sie Glocken schallen;
Sie sprach: „Die Glocken klingen für ihn,
Für ihn und für – Barbara Allen.

Liebe Mutter, mach ein Bett für mich,
Unter Weiden und Eschen geborgen;
John Graham ist heute gestorben um mich,
Und ich sterbe um ihn morgen."

Der alte Zieten

Joachim Hans von Zieten,
Husarengeneral,
Dem Feind die Stirne bieten,
Er tats wohl hundertmal;
Sie habens all erfahren,
Wie er die Pelze wusch,
Mit seinen Leibhusaren,
Der Zieten aus dem Busch.

Hei, wie den Feind sie bläuten
Bei Hennersdorf und Prag,
Bei Liegnitz und bei Leuthen,
Und weiter Schlag auf Schlag;
Bei Torgau, Tag der Ehre,
Ritt selbst der Fritz nach Haus,
Doch Zieten sprach: „Ich kehre
Erst noch mein Schlachtfeld aus."

Sie kamen nie alleine,
Der Zieten und der Fritz,
Der Donner war der eine,
Der andre war der Blitz;
Es wies sich keiner träge,
Drum schlugs auch immer ein,
Ob warm', ob kalte Schläge,
Sie pflegten gut zu sein. –

Der Friede war geschlossen.
Doch Krieges Lust und Qual,
Die alten Schlachtgenossen
Durchlebtens noch einmal;
Wie Marschall Daun gezaudert,
Und Fritz und Zieten nie,
Es ward jetzt durchgeplaudert
Bei Tisch, in Sanssouci.

Einst mocht es ihm nicht schmecken,
Und sieh, der Zieten schlief;
Ein Höfling wollt ihn wecken,
Der König aber rief:
„Laßt schlafen mir den Alten,
Er hat in mancher Nacht
Für uns sich wach gehalten,
Der hat genug gewacht." –

Und als die Zeit erfüllet
Des alten Helden war,
Lag einst, schlicht eingehüllet,
Hans Zieten, der Husar:
Wie selber er genommen
Die Feinde stets im Husch,
So war der Tod gekommen,
Wie Zieten aus dem Busch.

Der 6. November 1632

Schwedische Sage

Schwedische Heide, Novembertag,
Der Nebel grau am Boden lag,
Hin über das Steinfeld von Dalarn
Holpert, stolpert ein Räderkarrn.

Ein Räderkarrn, beladen mit Korn;
Lorns Atterdag zieht an der Deichsel vorn,
Niels Rudbeck schiebt. Sie zwingens nicht,
Das Gestrüpp wird dichter; Niels aber spricht:

„Buschginster wächst hier über den Steg,
Wir gehn in die Irr, wir missen den Weg,
Wir haben links und rechts vertauscht –
Hörst du, wie der Dal-Elf rauscht?«

„Das ist nicht der Dal-Elf, der Dal-Elf ist weit,
Es rauscht nicht vor uns und nicht zur Seit,
Es lärmt in Lüften, es klingt wie Trab,
Wie Reiter wogt es auf und ab.

Es ist wie Schlacht, die herwärts dringt,
Wie Kirchenlied es dazwischen klingt,
Ich hör in der Rosse wieherndem Trott:
Eine feste Burg ist unser Gott!"

Und kaum gesprochen, da Lärmen und Schrein,
In tiefen Geschwadern bricht es herein,
Es brausen und dröhnen Luft und Erd,
Vorauf ein Reiter auf weißem Pferd.

Signale, Schüsse, Rossegestampf,
Der Nebel wird schwarz wie Pulverdampf,
Wie wilde Jagd, so fliegt es vorbei –
Zitternd ducken sich die zwei.

Nun ist es vorüber ... Da wieder mit Macht
Rückwärts wogt die Reiterschlacht,
Und wieder dröhnt und donnert die Erd,
Und wieder vorauf das weiße Pferd.

Wie ein Lichtstreif durch den Nebel es blitzt,
Kein Reiter mehr im Sattel sitzt,
Das fliehende Tier, es dampft und raucht,
Sein Weiß ist tief in Rot getaucht.

Der Sattel blutig, blutig die Mähn,
Ganz Schweden hat das Roß gesehn –
Auf dem Felde von Lützen am selben Tag
Gustav Adolf in seinem Blute lag.

Ferdinand Freiligrath
(1810–1876)

Der Mohrenfürst

I

Sein Heer durchwogte das Palmental,
Er wand um die Locken den Purpurschal,
Er hing um die Schultern die Löwenhaut;
Kriegerisch klirrte der Becken Laut.

Wie Termiten wogte der wilde Schwarm;
Den goldumreiften, den schwarzen Arm
Schlang er um die Geliebte fest:
„Schmücke dich, Mädchen, zum Siegesfest!

Sieh, glänzende Perlen bring' ich dir dar!
Sie flicht durch dein krauses schwarzes Haar!
Wo Persias Meerflut Korallen umzischt,
Da haben sie triefende Taucher gefischt.

Sieh Federn vom Strauße! Laß sie dich schmücken!
Weiß auf dein Antlitz, das dunkle, nicken!
Schmücke das Zelt, bereite das Mahl!
Fülle, bekränze den Siegespokal!"

Aus dem schimmernden weißen Zelte hervor
Tritt der schlachtgerüstete, fürstliche Mohr –
So tritt aus schimmernder Wolken Tor
Der Mond, der verfinsterte, dunkle, hervor.

Da grüßt ihn jubelnd der Seinen Ruf,
Da grüßt ihn stampfend der Rosse Huf,
Ihm rollt der Neger treues Blut,
Und des Nigers rätselhafte Flut.

„So führ uns zum Siege, so führ uns zur Schlacht!" –
Sie stritten vom Morgen bis tief in die Nacht.
Des Elefanten gehöhlter Zahn
Feuerte schmetternd die Kämpfer an.

Es fleucht der Leu, es fliehn die Schlangen
Vor dem Rasseln der Trommel, mit Schädeln behangen.
Hoch weht die Fahne, verkündend Tod;
Das Gelb der Wüste färbt sich rot. –

So tobt der Kampf im Palmental. –
Sie aber bereitet daheim das Mahl;
Sie füllt den Becher mit Palmensaft,
Umwindet mit Blumen der Zeltstäbe Schaft.

Mit Perlen, die Persias Flut gebar,
Durchflicht sie das krause, das schwarze Haar,
Schmückt die Stirne mit wallenden Federn und
Den Hals und die Arme mit Muscheln bunt.

Sie setzt sich vor des Geliebten Zelt;
Sie lauscht, wie ferne das Kriegshorn gellt.
Der Mittag brennt, und die Sonne sticht;
Die Kränze welken, sie achtet's nicht.

Die Sonne sinkt, und der Abend siegt;
Der Nachttau rauscht, und der Glühwurm fliegt.
Aus dem lauen Strom blickt das Krokodil,
Als ob es der Kühle genießen will.

Es regt sich der Leu und brüllt nach Raub,
Elefantenrudel durchrauschen das Laub;
Die Giraffe sucht des Lagers Ruh',
Augen und Blumen schließen sich zu.

Ihr Busen schwillt vor Angst empor;
Da naht ein flüchtiger, blutender Mohr:
„Verloren die Hoffnung! Verloren die Schlacht!
Dein Buhle gefangen, gen Westen gebracht!

Ans Meer – den blanken Menschen verkauft!"
Da stürzt sie zur Erde; das Haar zerrauft,
Die Perlen zerdrückt sie mit zitternder Hand,
Birgt die glühende Wange im glühenden Sand.

II

Auf der Messe, da zieht es, da stürmt es hinan
Zum Zirkus, zum glatten, geebneten Plan.
Es schmettern Trompeten, das Becken klingt,
Dumpf wirbelt die Trommel, Bajazzo springt.

Herbei, herbei! – Das tobt und drängt;
Die Reiter fliegen; die Bahn durchsprengt
Der Türkenrapp' und der Britenfuchs,
Die Weiber zeigen den üppigen Wuchs.

Und an der Reitbahn verschleiertem Tor
Steht ernst ein krausgelockter Mohr;
Die türkische Trommel schlägt er laut,
Auf der Trommel liegt eine Löwenhaut.

Er sieht nicht der Reiter zierlichen Schwung,
Er sieht nicht der Rosse gewagten Sprung.
Mit starrem, trock'nem Auge schaut
Der Mohr auf die zottige Löwenhaut.

Er denkt an den fernen, fernen Niger,
Und daß er gejagt den Löwen und Tiger;
Und daß er geschwungen im Kampfe das Schwert,
Und daß er nimmer zum Lager gekehrt;

Und daß *sie* Blumen für ihn gepflückt,
Und daß *sie* das Haar mit Perlen geschmückt –
Sein Auge ward naß; mit dumpfem Klang
Schlug er das Fell, daß es rasselnd zersprang.

Prinz Eugen, der edle Ritter

Zelte, Posten, Werda-Rufer!
Lust'ge Nacht am Donauufer!
Pferde stehn im Kreis umher
Angebunden an den Pflöcken;
An den engen Sattelböcken
Hangen Karabiner schwer.

Um das Feuer auf der Erde,
Vor den Hufen seiner Pferde
Liegt das östreichsche Pikett.
Auf dem Mantel liegt ein jeder,
Von den Tschakos weht die Feder,
Leutnant würfelt und Kornett.

Neben seinem müden Schecken
Ruht auf einer wollnen Decken
Der Trompeter ganz allein:
„Laßt die Knöchel, laßt die Karten!
Kaiserliche Feldstandarten
Wird ein Reiterlied erfreun!

Vor acht Tagen die Affäre
Hab ich, zu Nutz' dem ganzen Heere,
In gehör'gen Reim gebracht;
Selber auch gesetzt die Noten.
Drum, ihr Weißen und ihr Roten!
Merket auf und gebet acht!"

Und er singt die neue Weise
Einmal, zweimal, dreimal leise
Denen Reitersleuten vor;
Und wie er zum letzten Male
Endet, bricht mit einem Male
Los der volle, kräft'ge Chor!

„Prinz Eugen, der edle Ritter!"
Hei, das klang wie Ungewitter
Weit ins Türkenlager hin.
Der Trompeter tät den Schnurrbart streichen,
Und sich auf die Seite schleichen
Zu der Marketenderin.

Nebo

Auf Jordans grünen Borden,
Da weilte Jakobs Samen,
Da feierten die Horden,
Die von Mizraim kamen,
Da lagerten die Scharen,
Da hielt der Heerzug Rast,
Seit langen, langen Jahren
Der sandigen Wüste Gast.

Da legten ihre Stecken
Die Wandrer aus den Händen
Und spreizten weiche Decken,
Entgürtend ihre Lenden.
Und auf den Decken reinlich,
Da lagen buntgeschart
Die Männer, schlank und bräunlich,
Mit schwarzgelocktem Bart.

Da waren ihre Hütten
Von Leinen aufgestellt,
Und in der Zelte Mitten
Hob sich des Stiftes Zelt.
Da schützten grüne Sträuche
Sie vor der Glut der Sonnen:
Da füllten sie die Schläuche
Am kühlen Wasserbronnen.

Da salbten sie die Leiber,
Die staubigen, mit Öle;
Da striegelten die Treiber
Die dampfenden Kamele;
Da ruhte wiederkäuend
Im Grase Herd' an Herde;
Da flogen wild und scheuend
Die langgeschweiften Pferde.

Da freuten sich die Müden
Und hoben fromm die Hände,
Daß ihnen bald beschieden
Der langen Wallfahrt Ende;
Da schärften sie die Schneide
Des Schwerts mit kräft'ger Hand,
Zu kämpfen um grüne Weide
In ihrer Väter Land,

Das ihrer schien zu warten
Am andern Bord des Flusses,
Ein lachender Gottesgarten,
Ein Land des Überflusses.
Auf ihren Wüstenzügen
Sahn sie es oft im Geist;
Jetzt sehn sie's vor sich liegen
Das Land, wo Milch und Honig fleußt.

Im Tal ruhn die Nomaden
Und jauchzen: „Kanaan!" –
Ihr Haupt auf steilen Pfaden
Klimmt das Gebirg hinan.
Schneeweiße Locken fließen
Auf seine Schultern dicht;
Zwei goldne Strahlen schießen
Aus Mosis Haupte licht.

Und wie er nun die Höhe,
Die schauende, erreicht
Und, daß er alles sehe,
Sich zitternd vorwärts beugt:
Da glänzen ihm die Auen
Von tausend Freuden voll,
Die er nur sehnend schauen,
Doch nicht betreten soll.

Da dehnen sich die Flächen,
Wo Korn und Traube reift;
Da ist mit weißen Bächen
Das grüne Land gestreift;
Da schwärmen Bienenkörbe,
Da wiehert Pfluggespann;
Da funkelt Judas Erbe
Von Berseba gen Dan.

„Ich habe dich gesehen,
Jetzt ist der Tod mir recht!
Säuselnd, mit leisem Wehen,
Herr, hole deinen Knecht!"
Da naht auf lichter Wolke
Der Herr des Berges Rücken,
Dem müden Pilgervolke
Den Führer zu entrücken. –

Auf einem Berge sterben,
Wohl muß das köstlich sein,
Wo sich die Wolken färben
Im Morgensonnenschein.
Tief unten der Welt Gewimmel,
Forst, Flur und Stromeslauf,
Und oben tut der Himmel
Die goldnen Pforten auf.

Der Inchap-Felsen

Die Luft und die Welle regungslos,
Rast hielten Fahrzeug und Matros'.
Die Segel keines Lüftchens Spiel,
Steif in den Wassern lag der Kiel.

Der Inchap-Felsen ohne Schaum,
Die See bedeckt ihn, hörbar kaum,
So leis ihre Schwellung und ihr Fall,
Sie weckte nicht der Glocke Schall.

Es war der Abt von Aberbrothok,
Der auf den Felsen stellte die Glock;
Sie schwamm auf einer Tonne wohl;
Und warnt im Sturme dumpf und hohl.

Und barg die Flut des Felsen Kron',
Dann hörten die Schiffer den Warneton.
Sie wußten: Der Fels ist, wo die Glock,
Und priesen den Abt von Aberbrothok.

Die Sonne strahlt in Herrlichkeit,
Und alles Ding war fröhlich heut.
Die Möwe schrie und netzte die Brust,
Und ihr Geschrei war eitel Lust.

Von ferne des Felsens Tonne schien
Ein schwärzrer Fleck im Meeresgrün;
Sir Ralph, der Räuber, beschritt sein Deck
Und warf sein Aug auf den schwärzern Fleck.

Er fühlte des Lenzes erheiternde Macht,
Er pfiff, er sang, ob all der Pracht,
Die Freude spannt ihm das Herze weit,
Doch des Räubers Freude war Gottlosigkeit.

Die narbige Stirne zog er kraus:
„Ihr Burschen, setzt die Jolle aus,
Und rudert mich bis an die Glock;
Ich spiel einen Streich dem Aberbrothok!"

Und nieder schwebte das Boot am Schiff,
Sie ruderten bis an das Riff;
Sir Ralph lehnt aus dem Boot sich frei
Und schnitt die Glocke von der Boi'.

Die Glocke sank mit gurgelndem Schall,
Aufperlt und platzt ein Blasenschwall;
Sprach Sir Ralph: „Wer wieder vertraut der Glock,
Nicht preist er den Abt von Aberbrothok!"

Sir Ralph, der Räuber, segelte fort,
Er schweift durchs Meer von Port zu Port,
Und reich durch Beute nun geworden,
Wandt er den Kiel nach Schottlands Norden.

Da braut ein Nebel trüb und dicht,
Sie sehn die Sonne selber nicht,
Der Wind blies frisch den ganzen Tag,
Am Abend legt er sich gemach.

Der Räuber nimmt auf Deck seinen Stand,
So finster ist's, sie sehn kein Land;
Spricht Sir Ralph: „Bald wird es helle sein,
Der Mond geht auf, ihr seht den Schein."

Spricht ein andrer: „Hörst du der Brandung Ton?
Mich dünkt, wir sind am Ufer schon." –
„Wo wir sind, ich kann es nicht beschwören,
Doch wollt ich, wir könnten die Glocke hören."

Sie hören nichts, hoch geht das Meer,
Sie treiben ohne Wind einher,
Bis mit trümmerndem Stoß aufstößt das Schiff:
„O Gott, es ist das Inchap-Riff!"

Um Sir Ralph, den Räuber, steht es schlimm,
Er verflucht sich selbst in seinem Grimm;
Die Wellen stürzen herein mit Wut,
Das Schiff geht unter in der Flut.

Und als er mit dem Tode ringt,
Da hört er ein Tönen, das schrecklich klingt:
Als würde vom Teufel unter den Wogen
Die Inchap-Glocke für ihn gezogen.

Der Tod des Führers

Von den Segeln tropft der Nebel,
Auf den Buchten zieht der Duft.
Zündet die Latern am Maste!
Grau das Wasser, grau die Luft.
Totenwetter! – Zieht die Hüte!
Mit den Kindern kommt und Fraun!
Betet! Denn in der Kajüte
Sollt ihr einen Toten schaun!“

Und die deutschen Ackersleute
Schreiten dem aus Boston nach,
Treten mit gesenktem Haupte
In das niedre Schiffsgemach.
Die nach einer neuen Heimat
Ferne steuern über's Meer,
Sehn im Totenhemd den Alten,
Der sie führte bis hierher;

Der aus leichten Tannenbrettern
Zimmerte den Hüttenkahn,
Der vom Neckar sie zum Rheine
Trug, vom Rhein zum Ozean;
Der, ein Greis, sich schweren Herzens
Losriß vom ererbten Grund;
Der da sagte: „Laßt uns ziehen!
Laßt uns schließen einen Bund!“

Der da sprach: „Brecht auf nach Abend!
Abendwärts glüht Morgenrot!
Dorten laßt uns Hütten bauen,
Wo die Freiheit hält das Lot!
Dort laßt unsern Schweiß uns säen,
Wo kein totes Korn er liegt!
Dort laßt uns die Scholle wenden,
Wo die Garben holt, wer pflügt!

Lasset unsern Herd uns tragen
In die Wälder tief hinein!
Lasset mich in den Savannen
Euren Patriarchen sein!
Laßt uns leben wie die Hirten
In dem alten Testament!
Unsres Weges Feuersäule
Sei das Licht, das ewig brennt!

Dieses Lichtes Schein vertrau ich,
Seine Führung führt uns recht!
Selig in den Enkeln schau ich
Ein erstandenes Geschlecht!
Sieh – ach, diesen Gliedern gönnte
Noch die Heimat wohl ein Grab!
Um der Kinder willen greif ich
Hoffend noch zu Gurt und Stab.

Auf darum, und folgt aus Gosen
Der Vorangegang'nen Spur!"
Ach, er schauete, gleich Mosen,
Kanaan von ferne nur.
Auf dem Meer ist er gestorben,
Er und seine Wünsche ruhn;
Der Erfüllung und der Täuschung
Ist er gleich enthoben nun!

Ratlos die verlaßne Schar jetzt,
Die den Greis bestatten will.
Scheu verbergen sich die Kinder,
Ihre Mütter weinen still.
Und die Männer schaun beklommen
Nach den fernen Uferhöhn,
Wo sie fürder diesen Frommen
Nicht mehr bei sich wandeln sehn.

„Von den Segeln tropft der Nebel,
Auf den Buchten zieht der Duft!
Betet! Laßt die Seile fahren!
Gebt ihn seiner nassen Gruft!"
Tränen fließen, Wellen rauschen,
Grellen Schrei's die Möwe fliegt;
In der See ruht, der die Erde
Fünfzig Jahre lang gepflügt.

Emanuel Geibel
(1815–1884)

Der Knabe ritt hinaus ins Feld:
„Ade, Herzliebste mein!
Wenn wiederum das Frührot glänzt,
Dann will ich bei dir sein.“ –
Er ritt und sang aus voller Brust
Wohl in den frischen Morgen
Ein Lied von Lieb’ und Lust.

Und als er kam zum grünen Wald,
Wo rot die Röslein stehn,
Da stellt sich grüßend vor sein Roß
Die Waldfrau wunderschön;
Wie Mondlicht war ihr Aug’ so hold,
Ihre Wangen wie zwei Rosen,
Ihr Haar wie Morgengold.

„Halt an, halt an, du schöner Knab’,
Wo reitst denn du hinaus?
Zäum ab dein schlankes Roß und bleib
Im grünen Blätterhaus.
Im Lindenwipfel rauscht die Luft,
Da läßt sich’s kosen und küssen,
Waldblümlein geben Duft.“

Der Knabe sprach: „Laß ab von mir,
Mir ziemt nicht Rast noch Ruh',
Ich hab daheim ein süßes Lieb,
So hold und schön wie du.
Da wolln wir tanzen und springen,
Und Hochzeit soll es sein."

„Und hast du daheim ein süßes Lieb,
So hold und schön wie ich,
So soll es nimmer dich umfahn,
Soll weinen bitterlich."
Die Waldfrau sprach's und schwang das Band,
Das sie im Haar getragen,
Mit ihrer schneeweißen Hand.

Da bäumte des Knaben weißes Roß
Und warf ihn auf den Grund,
In hellen Bächen floß sein Blut,
Er wurde bleich zur Stund'.
Waldvöglein mit dem Ringlein rot
Sang: „Leide, Leide, Leide!"
Wohl um des Knaben Tod.

Und als des Morgens der Buhle nicht kam
Zu seines Liebchens Haus,
Da ward dem Mädchen gar so bang,
Es ging zum Wald hinaus.
Die Blümlein blickten traurig all',
Die Vöglein auf den Zweigen
Sangen mit leisem Schall.

Und als sie kam zum Lindenbaum,
Wo rot die Röslein stehn,
Da fand sie unter den Röslein rot
Den Knaben bleich und schön.
Sie beugte wohl zum Buhlen sich
Und küßt' ihn auf die Lippen
Und weinte bitterlich.

Die Goldgräber

Sie waren gezogen über das Meer,
Nach Glück und Gold stand ihr Begehr,
Drei wilde Gesellen, vom Wetter gebräunt,
Und kannten sich wohl und waren sich freund.

Sie hatten gegraben Tag und Nacht
Am Fluß die Grube, im Berg den Schacht;
In Sonnengluten und Regenbraus,
Bei Durst und Hunger hielten sie aus.

Und endlich, endlich, nach Monden voll Schweiß,
Da sahn aus der Tiefe sie winken den Preis,
Da glüht' es sie an durch das Dunkel so hold
Mit Blicken der Schlange, das feurige Gold.

Sie brachen es los aus dem finsteren Raum,
Und als sie's faßten, sie huben es kaum,
Und als sie's wogen, sie jauchzten zugleich:
„Nun sind wir geborgen, nun sind wir reich!"

Sie lachten und kreischten mit jubelndem Schall,
Sie tanzten im Kreis um das blanke Metall,
Und hätte der Stolz nicht bezähmt ihr Gelüst,
Sie hätten's mit brünstiger Lippe geküßt.

Sprach Tom, der Jäger: „Nun laßt uns ruhn!
Zeit ist's, auf das Mühsal uns gütlich zu tun.
Geh, Sam, und hol uns Speisen und Wein.
Ein lustiges Fest muß gefeiert sein."

Wie trunken schlenderte Sam dahin
Zum Flecken hinab mit verzaubertem Sinn;
Sein Haupt umnebelnd umschlichen ihn sacht
Gedanken, wie er sie nimmer gedacht.

Die anderen saßen am Bergeshang,
Sie prüften das Erz, und es blitzt' und es klang.
Sprach Will, der Rote: „Das Gold ist fein;
Nur schade, daß wir es teilen zu drein!"

„Du meinst?“ – „Je nun, ich meine nur so,
Zwei würden des Schatzes besser froh“ –
„Doch wenn?“ – „Wenn was?“ – „Nun, nehmen wir an,
Sam wäre nicht da . . . “ – „Ja, freilich, dann – dann – “

Sie schwiegen lang; die Sonne glomm
Und gleißt’ um das Gold; da murmelte Tom:
„Siehst du die Schlucht da unten?“ – „Warum?“ –
„Ihr Schatten ist tief, und die Bäume sind stumm.“

„Versteh ich dich recht?“ – „Was fragst du noch viel!
Wir dachten es beide und führen’s ans Ziel.
Ein tüchtiger Stoß und ein Grab im Gestein,
So ist es getan, und wir teilen allein.“

Sie schwiegen aufs neu. Es verglühte der Tag,
Wie Blut auf dem Golde das Spätrot lag;
Da kam er zurück, ihr junger Genoß,
Von bleicher Stirne der Schweiß ihm floß.

„Nur her mit dem Korb und dem bauchigen Krug!“
Und sie aßen und tranken mit tiefem Zug.
„Hei, lustig, Bruder! Dein Wein ist stark.
Er rollt wie Feuer durch Bein und Mark.

Komm, tu uns Bescheid!“ – „Ich trank schon vorher;
Jetzt sind vom Schlafe die Augen mir schwer.
Ich streck ins Geklüft mich.“ – „Nun, gute Ruh!
Und nimm den Stoß und den dazu!“

Sie trafen ihn mit den Messern gut;
Er schwankt’ und glitt im rauchenden Blut.
Noch einmal hub er sein blaß Gesicht:
„Herr Gott im Himmel, du hältst Gericht!

Wohl um des Goldes erschluget ihr mich;
Weh euch! Ihr seid verloren, wie ich.
Auch ich, ich wollte den Schatz allein,
Und mischt euch tödliches Gift in den Wein!“

Bothwell

Wie bebte Königin Marie,
Als durchs geheime Pförtlein spat
Mit ungebognem Haupt und Knie
In ihr Gemach Graf Bothwell trat!

Ihr schön Gesicht war leichenweiß;
Sie zuckt' und sah ihn fragend an;
Er wischte von der Stirn den Schweiß
Und sagte dumpf: „Es ist getan.

Es ist getan, dein süßer Mund
War nicht für Buben solcher Art;
Heut abend um die achte Stund
Hielt Heinrich Darnley Himmelfahrt." –

Sie schrie empor: „Verzeih mir Gott!
Nimm all mein Gold, nimm hin und flieh!"
Da lacht' er laut in grimmem Spott:
„Was soll mir Gold für Blut, Marie?

Ich liebe dich, und wenn ich mich
Der Höll' ergab zu dieser Frist,
So wars um dich, allein um dich,
Weil du der schönste Teufel bist.

Die Hand, die einen König schlug,
Greift auch nach einer Königin."
Er riefs, und, Graun in jedem Zug,
Starr wie ein Wachsbild sank sie hin.

Er hub sie auf: sie fühlt' es nicht,
Daß ihr ins Fleisch sein Stahlhemd schnitt;
Ihr lockig Haupthaar wallte dicht
Um seine Schulter, wie er schritt.

Er stieß den Ring an ihre Hand,
Er schwang sie vor sich fest aufs Roß
Und jagt' ins wetterschwüle Land
Hinaus mit ihr gen Dunbar-Schloß.

Schwarz war die Nacht, als wäre rings
Erloschen jeder Stern des Heils;
Nur manchmal in den Wolken gings
Gleichwie das Blitzen eines Beils.

Franz Karl Ginzkey (1871–1963)

Abraham a Sancta Clara

Ein Mann, der mehr uns gab als nahm
(Wie schwer ist solcher Kunst Bestand),
Das war Herr Pater Abraham,
Auch Bruder Fabelhans genannt.
Die Seelen flatterten ihm zu
Wie Motten, die ein Licht befällt.
Es gellte in des Bürgers Ruh
Sein „Hui der Welt! Und Pfui der Welt!
Wie sündhaft schwankt der Zeiten Lauf!
Auf, auf, ihr Christen, auf!“

Man sagt, als er geboren ward,
Begann er jämmerlich zu schrei'n.
Hingegen soll vergnügter Art
Und lachend er gestorben sein.
Ihn hat Herr Kaiser Leopold
Zum Prediger bei Hof ernannt,
Dieweil ihm Volk und Adel hold
Und weit sein Witz berühmt im Land.
Von seinen Späßen frech und froh,
Erzähl ich einen, der war so:

Im Schloß zu Ebreichsdorf geschahs,
Dort saß Herr Abraham zu Gast.
Es klang Burgunder Glas an Glas,
Kaum trug der Tisch des Bratens Last.
So zwischen Fraß und Völlerei
Geschahs, daß eine Sehnsucht kam
Nach einem Mann, der geistlich sei
Und fromm wie Pater Abraham.
Und man erbat von ihm als Gunst
Ein Pröblein seiner Kanzelkunst.

Er sprach: „Ihr wünschet mich herbei,
So sei das Wort euch nicht versagt.
Der Arzt auch spendet Arzenei,
Wenn irgendwo ein Siecher klagt.
Euch alle, die ihr hier vereint,
Bezwing ich mit des Wortes Macht,
Auf daß ihr mir zu Rechten weint,
Hingegen ihr zur Linken lacht!"
Da staunten all die Gäste rings:
Wir weinen rechts? Ihr lachet links?

Und nun begann er also stark
zu predigen von Not und Tod,
Daß all den Gästen fror das Mark
Vorm Zorn des Gottes Zebaoth.
Es schlug an sünd'ger Seelen Tor
Ingrimmig seiner Rede Wucht,
Als reuig Bächlein brach hervor
Der Tränen ungestüme Flucht.
„O mea culpa", klang es weh
Und bang „peccavi, domine!"

Er ließ für eine Spanne Zeit
Die Lichter löschen rund im Saal.
Dann scholl es durch die Dunkelheit:
„Nun spendet Licht zum andernmal!"
Und sieh – bei Kerzenflackerschein
Prophetisch auf dem Tische stand
Der Pater, mitten obendrein
Den Stuhl vor sich als Kanzelwand.
Nach rechts sah nun sein Angesicht.
Nach links sah – ei, das sagt man nicht.

Indessen schwoll, wie sonderbar,
Gelächter hinter ihm herfür.
Es war der Lauscher andre Schar,
Die dort sich drängte Tür an Tür.
O seht – an seiner Kutte hing
Ein Fuchsschwanz, buschig, wonniglich,
Der baumelnd auf und nieder ging
Und lieblich predigte für sich!
Je donnernder der Pater stritt,
Je froher sprang das Schwänzlein mit.

Dies ist die Kunde, wie es kam,
Daß dort geweint ward, hier gelacht.
Mich dünkt, nie hat Herr Abraham
So gute Predigt je vollbracht.
Zwiefache Predigt hielt er so,
Uralter Seligkeit gewiß,
Daß unzertrennlich ernst und froh
Und eins sind Licht und Finsternis.
Es war wohl eines Schalks Gewinn,
Doch trug es auch verborgnen Sinn!

Joseph von Görres
(1776–1848)

Der Todesengel

Auf dem Throne saß der hohe Herrscher in dem Geisterreich,
Salomon, der Weitberühmte, dem an Weisheit niemand gleich.
Mit ihm sprach der Todesengel, von dem Herrn herabgesandt,
Daß dem König er verkünde, was beschlossen Gottes Hand.

Als der finstre Todesengel von dem Fürsten Abschied nahm,
Da gewahrte er den Kanzler, der zu raten eben kam.
Einen Blick des größten Staunens warf der Engel, eh er ging,
Auf den greisen, alten Kanzler, daß er an zu zittern fing.

„Was soll mir der Blick bedeuten?" rief der Alte bang und bleich,
„Will der Engel mich entführen in sein finstres Totenreich?
Hab ich treulich dir gedienet, weiser, großer Salomon,
Gib das schnellste deiner Rosse, hoher Herrscher, mir zum Lohn!

Nimmer läßt der Blick mich ruhen! Oh, mein König, laß mich ziehn!
Auf dem schnellsten deiner Rosse laß dem Engel mich entfliehn!"
„Was du bittest", sprach der König, „sei von Herzen dir verliehn;
Doch dem gottverhängten Lose wirst du nie, mein Sohn, entfliehn!"

Auf des Morgens schnellstem Rosse flog wie Wind der bange Greis
Über Berge, Meere, Länder, nach der Erde fernstem Kreis.
Viele, viele tausend Meilen war mit ihm das Tier gerannt,
Als es müd bei einem Steine abends in der Wüste stand.

Da ergriff ein Schreck den Alten, daß das Leben ihm entschwand,
Als er einsam auf dem Steine schon den Engel sitzend fand.
Sterbend sprach er zu dem Engel: „Eh du führest mich zur Ruh,
Sprich, warum du mir am Morgen warfst den Blick des Staunens zu!"

„Wunderbarlich", rief der Engel, „sind, o Herr, die Wege dein!
Einsam hieß er mich erwarten abends dich auf diesem Stein.
Heute sah ich noch am Morgen staunend dich bei Salomon,
Sieh, da bist du noch vor Abend zur bestimmten Stelle schon!

Staunend traut' ich nicht den Augen, weil ich's möglich nie gedacht,
Daß so viele tausend Meilen würd' ein schwacher Greis gebracht!" –
Also sprach der Todesengel; sterbend sank der Alte hin,
Der so fern herbeigeritten, um dem Tode zu entfliehn.

Johann Wolfgang von Goethe (1749–1832)

Der Zauberlehrling

Hat der alte Hexenmeister
Sich doch einmal wegbegeben!
Und nun sollen seine Geister
Auch nach meinem Willen leben.
Seine Wort' und Werke
Merkt' ich und den Brauch,
Und mit Geistesstärke
Tu ich Wunder auch.
Walle! walle
Manche Strecke,
Daß zum Zwecke
Wasser fließe
Und mit reichem, vollem Schwalle
Zu dem Bade sich ergieße.

Und nun komm, du alter Besen!
Nimm die schlechten Lumpenhüllen;
Bist schon lange Knecht gewesen;
Nun erfülle meinen Willen!
Auf zwei Beinen stehe,
Oben sei ein Kopf,
Eile nun und gehe
Mit dem Wassertopf!
Walle! walle
Manche Strecke,
Daß zum Zwecke
Wasser fließe
Und mit reichem, vollem Schwalle
Zu dem Bade sich ergieße.

Seht, er läuft zum Ufer nieder;
Wahrlich! Ist schon an dem Flusse,
Und mit Blitzesschnelle wieder
Ist er hier mit raschem Gusse.
Schon zum zweiten Male!
Wie das Becken schwillt!
Wie sich jede Schale
Voll mit Wasser füllt!
Stehe! stehe!
Denn wir haben
Deiner Gaben
Vollgemessen! –
Ach, ich merk' es! Wehe! wehe!
Hab ich doch das Wort vergessen!

Ach! Das Wort, worauf am Ende
Er das wird, was er gewesen.
Ach, er läuft und bringt behende!
Wärst du doch der alte Besen!
Immer neue Güsse
Bringt er schnell herein,
Ach! Und hundert Flüsse
Stürzen auf mich ein.
Nein, nicht länger
Kann ich's lassen;
Will ihn fassen.
Das ist Tücke!
Ach! Nun wird mir immer bänger!
Welche Miene! Welche Blicke!

O du Ausgeburt der Hölle!
Soll das ganze Haus ersaufen?
Seh' ich über jede Schwelle
Doch schon Wasserströme laufen.
Ein verruchter Besen,
Der nicht hören will!
Stock, der du gewesen,
Steh doch wieder still!
Willst's am Ende
Gar nicht lassen?
Will dich fassen,
Will dich halten,
Und das alte Holz behende
Mit dem scharfen Beile spalten.

Seht, da kommt er schleppend wieder!
Wie ich mich nur auf dich werfe,
Gleich, o Kobold, liegst du nieder;
Krachend trifft die glatte Schärfe.
Wahrlich! Brav getroffen!
Seht, er ist entzwei!
Und nun kann ich hoffen,
Und ich atme frei!
Wehe! wehe!
Beide Teile
Stehn in Eile
Schon als Knechte
Völlig fertig in die Höhe!
Helft mir, ach! Ihr hohen Mächte!

Und sie laufen! Naß und nässer
Wird's im Saal und auf den Stufen.
Welch entsetzliches Gewässer!
Herr und Meister, hör mich rufen! –
Ach, da kommt der Meister!
Herr, die Not ist groß!
Die ich rief, die Geister,
Werd' ich nun nicht los. –
„In die Ecke,
Besen! Besen!
Seid's gewesen.
Denn als Geister
Ruft euch nur zu seinem Zwecke
Erst hervor der alte Meister."

Der Gott und die Bajadere

Mahadöh, der Herr der Erde,
Kommt herab zum sechstenmal,
Daß er unsersgleichen werde,
Mitzufühlen Freud' und Qual.
Er bequemt sich, hier zu wohnen,
Läßt sich alles selbst geschehn.
Soll er strafen oder schonen,
Muß er Menschen menschlich sehn.
Und hat er die Stadt sich als Wandrer betrachtet,
Die Großen belauert, auf Kleine geachtet;
Verläßt er sie abends, um weiterzugehn.

Als er nun hinausgegangen,
Wo die letzten Häuser sind,
Sieht er, mit gemalten Wangen,
Ein verlornes schönes Kind.
„Grüß dich, Jungfrau!" – „Dank der Ehre!
Wart, ich komme gleich hinaus." –
„Und wer bist du?" – „Bajadere,
Und dies ist der Liebe Haus."
Sie rührt sich, die Zimbeln zum Tanze zu schlagen;
Sie weiß sich so lieblich im Kreise zu tragen,
Sie neigt sich und biegt sich und reicht ihm den Strauß.

Schmeichelnd zieht sie ihn zur Schwelle,
Lebhaft ihn ins Haus hinein.
„Schöner Fremdling, lampenhelle
Soll sogleich die Hütte sein.
Bist du müd', ich will dich laben,
Lindern deiner Füße Schmerz.
Was du willst, das sollst du haben:
Ruhe, Freuden oder Scherz."
Sie lindert geschäftig geheuchelte Leiden.
Der Göttliche lächelt; er siehet mit Freuden
Durch tiefes Verderben ein menschliches Herz.

Und er fordert Sklavendienste,
Immer heitrer wird sie nur,
Und des Mädchens frühe Künste
Werden nach und nach Natur.
Und so stellet auf die Blüte
Bald und bald die Frucht sich ein;

Ist Gehorsam im Gemüte,
Wird nicht fern die Liebe sein.
Aber, sie schärfer und schärfer zu prüfen,
Wählet der Kenner der Höhen und Tiefen
Lust und Entsetzen und grimmige Pein.

Und er küßt die bunten Wangen,
Und sie fühlt der Liebe Qual,
Und das Mädchen steht gefangen,
Und sie weint zum erstenmal;
Sinkt zu seinen Füßen nieder,
Nicht um Wollust noch Gewinst,
Ach! Und die gelenken Glieder,
Sie versagen allen Dienst.
Und so zu des Lagers vergnüglicher Feier
Bereiten den dunklen behaglichen Schleier
Die nächtlichen Stunden, das schöne Gespinst.

Spät entschlummert unter Scherzen,
Früh erwacht nach kurzer Rast,
Findet sie an ihrem Herzen
Tot den vielgeliebten Gast.
Schreiend stürzt sie auf ihn nieder;
Aber nicht erweckt sie ihn,
Und man trägt die starren Glieder
Bald zur Flammengrube hin.
Sie höret die Priester, die Totengesänge,
Sie raset und rennet und teilet die Menge.
„Wer bist du? Was drängt zu der Grube dich hin?“

Bei der Bahre stürzt sie nieder,
Ihr Geschrei durchdringt die Luft:
„Meinen Gatten will ich wieder!
Und ich such’ ihn in der Gruft.
Soll zu Asche mir zerfallen
Dieser Glieder Götterpracht?
Mein! Er war es, mein vor allen!
Ach, nur eine süße Nacht!“
Es singen die Priester: „Wir tragen die Alten,
Nach langem Ermatten und spätem Erkalten,
Wir tragen die Jugend, noch eh’ sie’s gedacht.

Höre deiner Priester Lehre:
Dieser war dein Gatte nicht.
Lebst du doch als Bajadere,

Und so hast du keine Pflicht.
Nur dem Körper folgt der Schatten
In das stille Totenreich;
Nur die Gattin folgt dem Gatten:
Das ist Pflicht und Ruhm zugleich.
Ertöne, Drommete, zu heiliger Klage!
O nehmet, ihr Götter! Die Zierde der Tage,
O nehmet den Jüngling in Flammen zu euch!“

So der Chor, der ohn' Erbarmen
Mehret ihres Herzens Not;
Und mit ausgestreckten Armen
Springt sie in den heißen Tod.
Doch der Götterjüngling hebet
Aus der Flamme sich empor,

Und in seinen Armen schwebet
Die Geliebte mit hervor.
Es freut sich die Gottheit der reuigen Sünder;
Unsterbliche heben verlorene Kinder
Mit feurigen Armen zum Himmel empor.

Wechselgesang in der Walpurgisnacht

In die Traum- und Zaubersphäre
Sind wir, scheint es, eingegangen.
Führ uns gut und mach dir Ehre,
Daß wir vorwärts bald gelangen
In den weiten, öden Räumen!

Seh die Bäume hinter Bäumen,
Wie sie schnell vorüberrücken,
Und die Klippen, die sich bücken,
Und die langen Felsennasen,
Wie sie schnarchen, wie sie blasen!

Durch die Steine, durch den Rasen
Eilet Bach und Bächlein nieder.
Hör ich Rauschen? Hör ich Lieder?
Hör ich holde Liebesklage,
Stimmen jener Himmelstage?
Was wir hoffen, was wir lieben!
Und das Echo, wie die Sage
Alter Zeiten, hallet wider.

Uhu! Schuhu! Tönt es näher,
Kauz und Kiebitz und der Häher,
Sind sie alle wach geblieben?
Sind das Molche durchs Gesträuche?
Lange Beine, dicke Bäuche!
Und die Wurzeln, wie die Schlangen,
Winden sich aus Fels und Sande,
Strecken wunderliche Bande,
Uns zu schrecken, uns zu fangen;

Aus belebten derben Masern
Strecken sie Polypenfasern
Nach dem Wandrer. Und die Mäuse
Tausendfärbig, scharenweise,
Durch das Moos und durch die Heide!
Und die Funkenwürmer fliegen
Mit gedrängten Schwärmezügen
Zum verwirrenden Geleite.

Aber sag mir, ob wir stehen
Oder ob wir weitergehen?
Alles, alles scheint zu drehen,
Fels und Bäume, die Gesichter
Schneiden, und die irren Lichter,
Die sich mehren, die sich blähen.

Der Sänger

„Was hör' ich draußen vor dem Tor,
Was auf der Brücke schallen?
Laß den Gesang vor unserm Ohr
Im Saale widerhallen!"
Der König sprach's, der Page lief;
Der Knabe kam, der König rief:
„Laßt mir herein den Alten!"

„Gegrüßt seid mir, edle Herrn,
Gegrüßt ihr, schöne Damen!
Welch reicher Himmel! Stern bei Stern!
Wer kennet ihre Namen?
Im Saal voll Pracht und Herrlichkeit
Schließt, Augen, euch; hier ist nicht Zeit,
Sich staunend zu ergötzen."

Der Sänger drückt' die Augen ein
Und schlug in vollen Tönen;
Die Ritter schauten mutig drein
Und in den Schoß die Schönen.
Der König, dem das Lied gefiel,
Ließ ihm, zum Lohne für sein Spiel,
Eine goldne Kette bringen.

„Die goldne Kette gib mir nicht,
Die Kette gib den Rittern,
Vor deren kühnem Angesicht
Der Feinde Lanzen splittern.
Gib sie dem Kanzler, den du hast,
Und laß ihn noch die goldne Last
Zu andern Lasten tragen.

Ich singe, wie der Vogel singt,
Der in den Zweigen wohnet;
Das Lied, das aus der Kehle dringt,
Ist Lohn, der reichlich lohnet.
Doch darf ich bitten, bitt' ich eins:
Laß mir den besten Becher Weins
In purem Golde reichen."

Er setzt' ihn an, er trank ihn aus:
„O Trank voll süßer Labe!
O dreimal hochbeglücktes Haus,
Wo das ist kleine Gabe!
Ergeht's euch wohl, so denkt an mich,
Und danket Gott so warm, als ich
Für diesen Trunk euch danke."

Der Fischer

Das Wasser rauscht', das Wasser schwoll,
Ein Fischer saß daran,
Sah nach der Angel ruhevoll,
Kühl bis ans Herz hinan.
Und wie er sitzt und wie er lauscht,
Teilt sich die Flut empor;
Aus dem bewegten Wasser rauscht
Ein feuchtes Weib hervor.

Sie sang zu ihm, sie sprach zu ihm:
„Was lockst du meine Brut
Mit Menschenwitz und Menschenlist
Hinauf in Todesglut?
Ach, wüßtest du, wie's Fischlein ist
So wohlig auf dem Grund,
Du stiegst herunter, wie du bist,
Und würdest erst gesund.

Labt sich die liebe Sonne nicht,
Der Mond sich nicht im Meer?
Kehrt wellenatmend ihr Gesicht
Nicht doppelt schöner her?
Lockt dich der tiefe Himmel nicht,
Das feuchtverklärte Blau?
Lockt dich dein eigen Angesicht
Nicht her in ew'gen Tau?“

Das Wasser rauscht', das Wasser schwoll,
Netzt' ihm den nackten Fuß;
Sein Herz wuchs ihm so sehnsuchtsvoll
Wie bei der Liebsten Gruß.
Sie sprach zu ihm, sie sang zu ihm;
Da war's um ihn geschehn:
Halb zog sie ihn, halb sank er hin,
Und ward nicht mehr gesehn.

Der getreue Eckart

„O wären wir weiter, o wär' ich zu Haus!
Sie kommen, da kommt schon der nächtliche Graus –
Sie sind's, die unholdigen Schwestern.
Sie streifen heran und sie finden uns hier,
Sie trinken das mühsam geholte, das Bier,
Und lassen nur leer uns die Krüge."

So sprechen die Kinder und drücken sich schnell;
Da zeigt sich vor ihnen ein alter Gesell:
„Nur stille, Kind! Kinderlein, stille!
Die Hulden, sie kommen von durstiger Jagd,
Und laßt ihr sie trinken, wie's jeder behagt,
Dann sind sie euch hold, die Unholden."

Gesagt, so geschehn! Und da naht sich der Graus
Und siehet so grau und so schattenhaft aus,
Doch schlürft es und schlampft es aufs beste.
Das Bier ist verschwunden, die Krüge sind leer;
Nun saust und braust es, das wütige Heer,
Ins weite Getal und Gebirge.

Die Kinderlein ängstlich gen Hause so schnell,
Gesellt sich zu ihnen der fromme Gesell:
„Ihr Püppchen, nur seid mir nicht traurig!" –
„Wir kriegen nun Schelten und Streich' bis aufs Blut." –
„Nein, keineswegs, alles geht herrlich und gut,
Nur schweiget und horchet wie Mäuslein.

Und der es euch anrät und der es befiehlt,
Er ist es, der gern mit den Kindelein spielt,
Der alte Getreue, der Eckart.
Vom Wundermann hat man euch immer erzählt;
Nur hat die Bestätigung jedem gefehlt,
Die habt ihr nun köstlich in Händen."

Sie kommen nach Hause, sie setzen den Krug
Ein jedes den Eltern bescheiden genug
Und harren der Schläg' und der Schelten.
Doch siehe, man kostet: „Ein herrliches Bier!"
Man trinkt in die Runde schon dreimal und vier
Und noch nimmt der Krug nicht ein Ende.

Das Wunder es dauert zum morgenden Tag;
Doch fraget wer immer zu fragen vermag:
„Wie ist's mit den Krügen ergangen?"
Die Mäuslein, sie lächeln, im Stillen ergetzt;
Sie stammeln und stottern und schwatzen zuletzt,
Und gleich sind vertrocknet die Krüge.

Und wenn euch, ihr Kinder, mit treuem Gesicht
Ein Vater, ein Lehrer, ein Aldermann spricht,
So horchet und folget ihm pünktlich!
Und liegt auch das Zünglein in peinlicher Hut,
Verplaudern ist schädlich, verschweigen ist gut;
Dann füllt sich das Bier in den Krügen.

Vor Gericht

Von wem ich es habe, das sag ich euch nicht,
Das Kind in meinem Leib. –
„Pfui!" speit ihr aus:
„Die Hure da!" –
Bin doch ein ehrlich Weib.

Mit wem ich mich traute, das sag ich euch nicht,
Mein Schatz ist lieb und gut,
Trägt er eine goldene Kett am Hals,
Trägt er einen strohernen Hut.

Soll Spott und Hohn getragen sein,
Trag ich allein den Hohn.
Ich kenn ihn wohl, er kennt mich wohl,
Und Gott weiß auch davon.

Herr Pfarrer und Herr Amtmann ihr,
Ich bitte, laßt mich in Ruh!
Es ist mein Kind, es bleibt mein Kind,
Ihr gebt mir ja nichts dazu.

Die Braut von Korinth

Nach Korinthus von Athen gezogen
Kam ein Jüngling, dort noch unbekannt.
Einen Bürger hofft' er sich gewogen;
Beide Väter waren gastverwandt,
Hatten frühe schon
Töchterchen und Sohn
Braut und Bräutigam voraus genannt.

Aber wird er auch willkommen scheinen,
Wenn er teuer nicht die Gunst erkauft?
Er ist noch ein Heide mit den Seinen,
Und sie sind schon Christen und getauft.
Keimt ein Glaube neu,
Wird oft Lieb' und Treu'
Wie ein böses Unkraut ausgerauft.

Und schon lag das ganze Haus im Stillen,
Vater, Töchter, nur die Mutter wacht;
Sie empfängt den Gast mit bestem Willen,
Gleich ins Prunkgemach wird er gebracht.
Wein und Essen prangt,
Eh' er es verlangt:
So versorgend wünscht sie gute Nacht.

Aber bei dem wohlbestellten Essen
Wird die Lust der Speise nicht erregt;
Müdigkeit läßt Speis' und Trank vergessen,
Daß er angekleidet sich aufs Bette legt;
Und er schlummert fast,
Als ein seltner Gast
Sich zur offnen Tür hereinbewegt.

Denn er sieht, bei seiner Lampe Schimmer
Tritt, mit weißem Schleier und Gewand,
Sittsam still ein Mädchen in das Zimmer,
Um die Stirn ein schwarz- und goldnes Band.
Wie sie ihn erblickt,
Hebt sie, die erschrickt,
Mit Erstaunen eine weiße Hand.

„Bin ich", rief sie aus, „so fremd im Hause,
Daß ich von dem Gaste nichts vernahm?
Ach, so hält man mich in meiner Klause!
Und nun überfällt mich hier die Scham.
Ruhe nur so fort
Auf dem Lager dort,
Und ich gehe schnell, so wie ich kam."

„Bleibe, schönes Mädchen!" ruft der Knabe,
Rafft von seinem Lager sich geschwind:
„Hier ist Ceres', hier ist Bacchus' Gabe;
Und du bringst den Amor, liebes Kind!
Bist vor Schrecken blaß!
Liebe, komm und laß,
Laß uns sehn, wie froh die Götter sind."

„Ferne bleib, o Jüngling! Bleibe stehen;
Ich gehöre nicht den Freuden an.
Schon der letzte Schritt ist, ach! geschehen
Durch der guten Mutter kranken Wahn,
Die genesend schwur:
Jugend und Natur
Sei dem Himmel künftig untertan.

Und der alten Götter bunt' Gewimmel
Hat sogleich das stille Haus geleert.
Unsichtbar wird einer nur im Himmel
Und ein Heiland wird am Kreuz verehrt;
Opfer fallen hier,
Weder Lamm noch Stier,
Aber Menschenopfer unerhört."

Und er fragt und wäget alle Worte,
Deren keines seinem Geist entgeht.
Ist es möglich, daß am stillen Orte
Die geliebte Braut hier vor mir steht?
„Sei die meine nur!
Unsrer Väter Schwur
Hat vom Himmel Segen uns erfleht."

„Mich erhältst du nicht, du gute Seele!
Meiner zweiten Schwester gönnt man dich.
Wenn ich mich in stiller Klause quäle,
Ach! In ihren Armen denk an mich,
Die an dich nur denkt,
Die sich liebend kränkt;
In die Erde bald verbirgt sie sich."

„Nein! Bei dieser Flamme sei's geschworen,
Gütig zeigt sie Hymen uns voraus,
Bist der Freude nicht und mir verloren,
Kommst mit mir in meines Vaters Haus.
Liebchen, bleibe hier!
Feire gleich mit mir
Unerwartet unsern Hochzeitsschmaus."

Und schon wechseln sie der Treue Zeichen;
Golden reicht sie ihm die Kette dar,
Und er will ihr eine Schale reichen,
Silbern, künstlich, wie nicht eine war.
„Die ist nicht für mich;
Doch ich bitte dich,
Eine Locke gib von deinem Haar."

Eben schlug die dumpfe Geisterstunde,
Und nun schien es ihr erst wohl zu sein.
Gierig schlürfte sie mit blassem Munde
Nun den dunkel blutgefärbten Wein;
Doch vom Weizenbrot,
Das er freundlich bot,
Nahm sie nicht den kleinsten Bissen ein.

Und dem Jüngling reichte sie die Schale,
Der, wie sie, nun hastig lüstern trank.
Liebe fordert er beim stillen Mahle;
Ach, sein armes Herz war liebeskrank.
Doch sie widersteht,
Wie er immer fleht,
Bis er weinend auf das Bette sank.

Und sie kommt und wirft sich zu ihm nieder;
„Ach, wie ungern seh ich dich gequält!
Aber, ach! Berührst du meine Glieder,
Fühlst du schaudernd, was ich dir verhehlt.
Wie der Schnee so weiß,
Aber kalt wie Eis,
Ist das Liebchen, das du dir erwählt."

Heftig faßt er sie mit starken Armen,
Von der Liebe Jugendkraft durchmannt:
„Hoffe doch bei mir noch zu erwarmen,
Wärst du selbst mir aus dem Grab gesandt!"
Wechselhauch und Kuß!
Liebesüberfluß!
„Brennst du nicht und fühlest mich entbrannt?"

Liebe schließet fester sie zusammen,
Tränen mischen sich in ihre Lust;
Gierig saugt sie seines Mundes Flammen,
Eins ist nur im andern sich bewußt.
Seine Liebeswut
Wärmt ihr starres Blut,
Doch es schlägt kein Herz in ihrer Brust.

Unterdessen schleichet auf dem Gange
Häuslich spät die Mutter noch vorbei,
Horchet an der Tür und horchet lange,
Welch ein sonderbarer Ton es sei.
Klag- und Wonnelaut
Bräutigams und Braut
Und des Liebesstammelns Raserei.

Unbeweglich bleibt sie an der Türe,
Weil sie erst sich überzeugen muß,
Und sie hört die höchsten Liebesschwüre,
Lieb und Schmeichelworte, mit Verdruß. –
„Still! – Der Hahn erwacht!" –
„Aber morgen nacht
Bist du wieder da?" – Und Kuß auf Kuß.

Länger hält die Mutter nicht das Zürnen,
Öffnet das bekannte Schloß geschwind:
„Gibt es hier im Hause solche Dirnen,
Die dem Fremden gleich zu Willen sind?“ –
So zur Tür hinein
Bei der Lampe Schein
Sieht sie – Gott! Sie sieht ihr eigen Kind.

Und der Jüngling will im ersten Schrecken
Mit des Mädchens eignem Schleierflor,
Mit dem Teppich die Geliebte decken;
Doch sie windet gleich sich selbst hervor.
Wie mit Geists Gewalt
Hebet die Gestalt
Lang und langsam sich im Bett empor.

„Mutter! Mutter!“ spricht sie hohle Worte:
„So mißgönnt ihr mir die schöne Nacht!
Ihr vertreibt mich von dem warmen Orte;
Bin ich zur Verzweiflung nur erwacht?
Ist's euch nicht genug,
Daß ins Leichentuch,
Daß ihr früh mich in das Grab gebracht?

Aber aus der schwerbedeckten Enge
Treibet mich ein eigenes Gericht.
Eurer Priester summende Gesänge
Und ihr Segen haben kein Gewicht.
Salz und Wasser kühlt
Nicht, wo Jugend fühlt;
Ach! Die Erde kühlt die Liebe nicht.

Dieser Jüngling war mir erst versprochen,
Als noch Venus' heitrer Tempel stand.
Mutter, habt ihr doch das Wort gebrochen,
Weil ein fremd', ein falsch' Gelübd' euch band!
Doch kein Gott erhört,
Wenn die Mutter schwört,
Zu versagen ihrer Tochter Hand.

Aus dem Grabe werd ich ausgetrieben,
Noch zu suchen das vermißte Gut,
Noch den schon verlornen Mann zu lieben
Und zu saugen seines Herzens Blut.
Ist's um den geschehn,
Muß nach andern gehn,
Und das junge Volk erliegt der Wut.

Schöner Jüngling! Kannst nicht länger leben;
Du versiechest nun an diesem Ort.
Meine Kette hab ich dir gegeben;
Deine Locke nehm' ich mit mir fort.
Sieh sie an genau!
Morgen bist du grau,
Und nur braun erscheinst du wieder dort.

Höre, Mutter, nun die letzte Bitte:
Einen Scheiterhaufen schichte du;
Öffne meine bange kleine Hütte,
Bring in Flammen Liebende zur Ruh!
Wenn der Funke sprüht,
Wenn die Asche glüht,
Eilen wir den alten Göttern zu.“

Der König in Thule

Es war ein König in Thule,
Gar treu bis an das Grab,
Dem sterbend seine Buhle
Einen goldnen Becher gab.

Es ging ihm nichts darüber,
Er leert' ihn jeden Schmaus;
Die Augen gingen ihm über,
So oft er trank daraus.

Und als er kam zu sterben,
Zählt' er seine Städt' im Reich,
Gönnt' alles seinem Erben,
Den Becher nicht zugleich.

Er saß beim Königsmahle,
Die Ritter um ihn her,
Auf hohem Vätersaale
Dort auf dem Schloß am Meer.

Dort stand der alte Zecher,
Trank letzte Lebensglut,
Und warf den heil'gen Becher
Hinunter in die Flut.

Er sah ihn stürzen, trinken
Und sinken tief ins Meer.
Die Augen täten ihm sinken;
Trank nie einen Tropfen mehr.

Erlkönig

Wer reitet so spät durch Nacht und Wind?
Es ist der Vater mit seinem Kind;
Er hat den Knaben wohl in dem Arm,
Er faßt ihn sicher, er hält ihn warm.

„Mein Sohn, was birgst du so bang dein Gesicht?“ –
„Siehst, Vater, du den Erlkönig nicht?
Den Erlenkönig mit Kron’ und Schweif?“ –
„Mein Sohn, es ist ein Nebelstreif.“ –

„Du liebes Kind, komm, geh mit mir!
Gar schöne Spiele spiel’ ich mit dir;
Manch’ bunte Blumen sind an dem Strand,
Meine Mutter hat manch gülden Gewand.“ –

„Mein Vater, mein Vater, und hörest du nicht,
Was Erlenkönig mir leise verspricht?“ –
„Sei ruhig, bleibe ruhig, mein Kind;
In dürren Blättern säuselt der Wind.“ –

„Willst, feiner Knabe, du mit mir gehn?
Meine Töchter sollen dich warten schön;
Meine Töchter führen den nächtlichen Reihn
Und wiegen und tanzen und singen dich ein.“ –

„Mein Vater, mein Vater, und siehst du nicht dort
Erlkönigs Töchter am düstern Ort?“ –
„Mein Sohn, mein Sohn, ich seh’ es genau,
Es scheinen die alten Weiden so grau.“ –

„Ich liebe dich, mich reizt deine schöne Gestalt;
Und bist du nicht willig, so brauch’ ich Gewalt.“ –
„Mein Vater, mein Vater, jetzt faßt er mich an!
Erlkönig hat mir ein Leids getan!“ –

Dem Vater grauset’s, er reitet geschwind,
Er hält in den Armen das ächzende Kind,
Erreicht den Hof mit Müh’ und Not;
In seinen Armen das Kind war tot.

Ballade vom vertriebenen und zurückkehrenden Grafen

„Herein, o du Guter! Du Alter, herein!
Hier unten im Saale, da sind wir allein,
Wir wollen die Pforte verschließen.
Die Mutter, sie betet, der Vater im Hain
Ist gangen die Wölfe zu schießen.
O sing uns ein Märchen, o sing es uns oft,
Daß ich und der Bruder es lerne;
Wir haben schon längst einen Sänger gehofft,
Die Kinder, sie hören es gerne.“

„Im nächtlichen Schrecken, im feindlichen Graus,
Verläßt er das hohe, das herrliche Haus,
Die Schätze, die hat er vergraben.
Der Graf nun so eilig zum Pförtchen hinaus,
Was mag er im Arme denn haben?
Was birgt er unter dem Mantel geschwind?
Was trägt er so rasch in die Ferne?
Ein Töchterlein ist es, da schläft nun das Kind.“ –
Die Kinder, sie hören es gerne.

„Nun hellt sich der Morgen, die Welt ist so weit,
In Tälern und Wäldern die Wohnung bereit,
In Dörfern erquickt man den Sänger.
So schreitet und heischt er undenkliche Zeit,
Der Bart wächst ihm länger und länger.
Doch wächst in dem Arme das liebliche Kind
Wie unter dem glücklichsten Sterne,
Geschützt in dem Mantel vor Regen und Wind.“ –
Die Kinder, sie hören es gerne.

„Und immer sind weiter die Jahre gerückt,
Der Mantel entfärbt sich, der Mantel zerstückt,
Er könnte sie länger nicht fassen.
Der Vater, er schaut sie, wie ist er beglückt!
Er kann sich für Freude nicht lassen;
So schön und so edel erscheint sie zugleich,
Entsprossen aus tüchtigem Kerne,
Wie macht sie den Vater, den teuern, so reich!“ –
Die Kinder, sie hören es gerne.

„Da reitet ein fürstlicher Ritter heran,
Sie recket die Hand aus, der Gabe zu nahn,
Almosen will er nicht geben.
Er fasset das Händchen so kräftiglich an:
‚Die will ich', so ruft er, ‚aufs Leben!'
‚Erkennst du', erwidert der Alte, ‚den Schatz,
Erhebst du zur Fürstin sie gerne;
Sie sei dir verlobet auf grünendem Platz.'" –
Die Kinder, sie hören es gerne.

„Sie segnet der Priester am heiligen Ort,
Mit Lust und mit Unlust nun ziehet sie fort,
Sie möchte vom Vater nicht scheiden.
Der Alte wandelt nun hier und bald dort,
Er träget in Freuden sein Leiden.
So hab ich mir Jahre die Tochter gedacht,
Die Enkelin wohl in der Ferne;
Sie segn' ich bei Tage, sie segn' ich bei Nacht." –
Die Kinder, sie hören es gerne.

Er segnet die Kinder; da poltert's am Tor,
„Der Vater, da ist er!" Sie springen hervor,
Sie können den Alten nicht bergen. –
„Was lockst du die Kinder? Du Bettler, du Tor!
Ergreift ihn, ihr eisernen Schergen!
Zum tiefsten Verließ den Verwegenen fort!" –
Die Mutter vernimmt's in der Ferne.
Sie eilet, sie bittet mit schmeichelndem Wort –
Die Kinder, sie hören es gerne.

Die Schergen, sie lassen den Würdigen stehn,
Und Mutter und Kinder, sie bitten so schön;
Der fürstliche Stolze verbeißet
Die grimmige Wut; ihn entrüstet das Flehn,
Bis endlich sein Schweigen zerreißet.
„Du niedrige Brut! Du vom Bettlergeschlecht!
Verfinsterung fürstlicher Sterne!
Ihr bringt mir Verderben! Geschieht mir doch recht!“ –
Die Kinder, sie hören's nicht gerne.

Noch stehet der Alte mit herrlichem Blick;
Die eisernen Schergen, sie treten zurück,
Es wächst nur das Toben und Wüten.
„Schon lange verflucht' ich mein ehliches Glück,
Das sind nun die Früchte der Blüten!
Man leugnete stets, und man leugnet mit Recht,
Daß je sich der Adel erlerne.
Die Bettlerin zeugte mir Bettlergeschlecht.“ –
Die Kinder, sie hören's nicht gerne.

„Und wenn euch der Gatte, der Vater verstößt,
Die heiligsten Bande verwegentlich löst,
So kommt zu dem Vater, dem Ahnen!
Der Bettler vermag, so ergraut und entblößt,
Euch herrliche Wege zu bahnen.
Die Burg, die ist meine! Du hast sie geraubt,
Mich trieb dein Geschlecht in die Ferne;
Wohl bin ich mit köstlichen Siegeln beglaubt!“ –
Die Kinder, sie hören es gerne.

„Rechtmäßiger König, er kehret zurück,
Den Treuen verleiht er entwendetes Glück,
Ich löse die Siegel der Schätze!“
So rufet der Alte mit freundlichem Blick:
„Euch künd' ich die milden Gesetze.
Erhole dich, Sohn! Es entwickelt sich gut,
Heut einen sich selige Sterne.
Die Fürstin, sie zeugte dir fürstliches Blut.“ –
Die Kinder, sie hören es gerne.

Die wandelnde Glocke

Es war ein Kind, das wollte nie
Zur Kirche sich bequemen;
Und sonntags fand es stets ein Wie,
Den Weg ins Feld zu nehmen.

Die Mutter sprach: „Die Glocke tönt,
Und so ist dir's befohlen,
Und hast du dich nicht hingewöhnt,
Sie kommt und wird dich holen!"

Das Kind, es denkt: Die Glocke hängt
Da droben auf dem Stuhle.
Schon hat's den Weg ins Feld gelenkt,
Als lief es aus der Schule.

Die Glocke, Glocke tönt nicht mehr,
Die Mutter hat gefackelt.
Doch – welch ein Schrecken! – hinterher
Die Glocke kommt gewackelt.

Sie wackelt schnell, man glaubt es kaum;
Das arme Kind im Schrecken
Es läuft, es kommt, als wie im Traum;
Die Glocke wird es decken.

Doch nimmt es richtig seinen Husch,
Und mit gewandter Schnelle
Eilt es durch Anger, Feld und Busch
Zur Kirche, zur Kapelle.

Und jeden Sonn- und Feiertag
Gedenkt es an den Schaden,
Läßt durch den ersten Glockenschlag,
Nicht in Person sich laden.

Ritter Curts Brautfahrt

Mit des Bräutigams Behagen
Schwingt sich Ritter Curt aufs Roß;
Zu der Trauung soll's ihn tragen,
Auf der edlen Liebsten Schloß;
Als am öden Felsenorte
Drohend sich ein Gegner naht;
Ohne Zögern, ohne Worte,
Schreiten sie zu rascher Tat.

Lange schwankt des Kampfes Welle,
Bis sich Curt im Siege freut;
Er entfernt sich von der Stelle,
Überwinder und gebläut.
Aber was er bald gewahret
In des Busches Zitterschein:
Mit dem Säugling still gepaaret
Schleicht ein Liebchen durch den Hain.

Und sie winkt ihn auf das Plätzchen:
„Lieber Herr, nicht so geschwind!
Habt ihr nichts für euer Schätzchen,
Habt ihr nichts für euer Kind?" –
Ihn durchglühet süße Flamme,
Daß er nicht vorbei begehrt,
Und er findet nun die Amme,
Wie die Jungfrau, liebenswert.

Doch er hört die Diener blasen,
Denket nun der hohen Braut;
Und nun wird auf seinen Straßen
Jahresfest und Markt so laut,
Und er wählet in den Buden
Manches Pfand zu Lieb' und Huld –
Aber ach! Da kommen Juden
Mit dem Schein vertagter Schuld.

Und nun halten die Gerichte
Den behenden Ritter auf.
O verteufelte Geschichte,
Heldenhafter Lebenslauf!
Soll ich heute mich gedulden?
Die Verlegenheit ist groß.
Widersacher, Weiber, Schulden,
Ach! Kein Ritter wird sie los.

Der Edelknabe und die Müllerin

Edelknabe:
„Wohin? Wohin?
Schöne Müllerin!
Wie heißt du?“

Müllerin:
„Liese.“

Edelknabe:
„Wohin denn? Wohin,
Mit dem Rechen in der Hand?“

Müllerin:
„Auf des Vaters Land,
Auf des Vaters Wiese.“

Edelknabe:
„Und gehst so allein?“

Müllerin:
„Das Heu soll herein,
Das bedeutet der Rechen;
Und im Garten daran
Fangen die Birnen zu reifen an,
Die will ich brechen."

Edelknabe:
„Ist nicht eine stille Laube dabei?"

Müllerin:
„Sogar ihrer zwei,
An beiden Ecken."

Edelknabe:
„Ich komme dir nach,
Und am heißen Mittag
Wollen wir uns drein verstecken.
Nicht wahr, im grünen vertraulichen Haus . . ."

Müllerin:
„Das gäbe Geschichten."

Edelknabe:
„Ruhst du in meinen Armen aus?"

Müllerin:
„Mitnichten!
Denn wer die artige Müllerin küßt,
Auf der Stelle verraten ist.
Euer schönes dunkles Kleid
Tät mir leid
So weiß zu färben.
Gleich und gleich! So allein ist's recht!
Darauf will ich leben und sterben.
Ich liebe mir den Müllerknecht;
An dem ist nichts zu verderben."

Der Müllerin Verrat

Woher der Freund so früh und schnelle,
Da kaum der Tag im Osten graut?
Hat er sich in der Waldkapelle,
So kalt und frisch es ist, erbaut?
Es starret ihm der Bach entgegen;
Mag er mit Willen barfuß gehn?
Was flucht er seinen Morgensegen
Durch die beschneiten, wilden Höhn?

Ach, wohl! Er kommt vom warmen Bette,
Wo er sich andern Spaß versprach;
Und wenn er nicht den Mantel hätte,
Wie schrecklich wäre seine Schmach!
Es hat ihn jener Schalk betrogen
Und ihm den Bündel abgepackt;
Der arme Freund ist ausgezogen,
Und fast wie Adam bloß und nackt.

Warum auch schlich er diese Wege
Nach einem solchen Äpfelpaar,
Das freilich schön im Mühlgehege
So wie im Paradiese war.
Er wird den Scherz nicht leicht erneuen;
Er drückte schnell sich aus dem Haus
Und bricht auf einmal nun im Freien
In bittre, laute Klagen aus:

„Ich las in ihren Feuerblicken
Nicht eine Silbe von Verrat;
Sie schien mit mir sich zu entzücken
Und sann auf solche schwarze Tat!
Konnt' ich in ihren Armen träumen,
Wie heuchlerisch der Busen schlug?
Sie hieß den holden Amor säumen,
Und günstig war er uns genug.

Sich meiner Liebe zu erfreuen!
Der Nacht, die nie ein Ende nahm!
Und erst die Mutter anzuschreien,
Nun eben, als der Morgen kam!
Da drang ein Dutzend Anverwandten
Herein, ein wahrer Menschenstrom;
Da kamen Vettern, guckten Tanten,
Es kam ein Bruder und ein Ohm.

Das war ein Toben, war ein Wüten!
Ein jeder schien ein andres Tier.
Sie forderten des Mädchens Blüten
Mit schrecklichem Geschrei von mir. –
Was dringt ihr alle wie von Sinnen
Auf den unschuld'gen Jüngling ein?
Denn solche Schätze zu gewinnen,
Da muß man viel behender sein.

Weiß Amor seinem schönen Spiele
Doch immer zeitig nachzugehn –
Er läßt fürwahr nicht in der Mühle
Die Blumen sechzehn Jahre stehn. –
Sie raubten nun das Kleiderbündel
Und wollten auch den Mantel noch.
Wie nur soviel verflucht' Gesindel
Im engen Hause sich verkroch!

Nun sprang ich auf und tobt' und fluchte,
Gewiß, durch alle durchzugehn.
Ich sah noch einmal die Verruchte,
Und ach! Sie war noch immer schön.
Sie alle wichen meinem Grimme;
Da flog noch manches wilde Wort;
Da macht' ich mich mit Donnerstimme
Noch endlich aus der Höhle fort.

Man soll euch Mädchen auf dem Lande,
Wie Mädchen aus den Städten, fliehn.
So lasset doch den Fraun von Stande
Die Lust, die Diener auszuziehn!
Doch seid ihr auch von den Geübten
Und kennt ihr keine zarte Pflicht,
So ändert immer die Geliebten,
Doch sie verraten müßt ihr nicht."

So singt er in der Winterstunde,
Wo nicht ein armes Hälmchen grünt.
Ich lache seiner tiefen Wunde,
Denn wirklich ist sie wohlverdient.
So geh' es jedem, der am Tage
Sein edles Liebchen frech betrügt,
Und nachts, mit allzukühner Wage,
Zu Amors falscher Mühle kriecht.

Der Müllerin Reue

Jüngling:

„Nur fort, du braune Hexe, fort!
Aus meinem gereinigten Hause,
Daß ich dich, nach dem ernsten Wort,
Nicht zause!
Was singst du hier für Heuchelei
Von Lieb' und stiller Mädchentreu?
Wer mag das Märchen hören!"

Zigeunerin:

„Ich singe von des Mädchens Reu
Und langem, heißem Sehnen;
Denn Leichtsinn wandelte sich in Treu
Und Tränen.
Sie fürchtet der Mutter Drohn nicht mehr,
Sie fürchtet des Bruders Faust nicht so sehr,
Als den Haß des herzlich Geliebten."

Jüngling:

„Von Eigennutz sing und von Verrat,
Von Mord und diebischem Rauben;
Man wird dir jede falsche Tat
Wohl glauben.
Wenn sie Beute verteilt, Gewand und Gut,
Schlimmer als je ihr Zigeuner tut,
Das sind gewohnte Geschichten."

Zigeunerin:

„Ach weh! Ach weh! Was hab ich getan!
Was hilft mir nun das Lauschen!
Ich hör' an meine Kammer heran
Ihn rauschen.
Da klopfte mir hoch das Herz, ich dacht':
O hättest du doch die Liebesnacht
Der Mutter nicht verraten!"

Jüngling:

„Ach, leider trat ich auch einst hinein,
Und ging verführt im Stillen:
Ach Süßchen! Laß mich zu dir ein
Mit Willen!
Doch gleich entstand ein Lärm und Geschrei;
Es rannten die tollen Verwandten herbei.
Noch siedet das Blut mir im Leibe."

Zigeunerin:

„Kommt nun dieselbige Stunde zurück,
Wie still mich's kränket und schmerzet!
Ich habe das nahe, das einzige Glück
Verscherzet.
Ich armes Mädchen, ich war zu jung!
Es war mein Bruder verrucht genung,
So schlecht an dem Liebsten zu handeln."

Der Dichter:

So ging das schwarze Weib in das Haus,
In den Hof, zur springenden Quelle;
Sie wusch sich heftig die Augen aus,
Und helle
Ward Aug' und Gesicht, und weiß und klar
Stellt sich die schöne Müllerin dar
Dem erstaunt-erzürnten Knaben.

Müllerin:

„Ich fürchte fürwahr dein erzürnt Gesicht,
Du Süßer, Schöner und Trauter,
Und Schläg' und Messerstiche nicht;
Nur lauter
Sag' ich von Schmerz und Liebe dir
Und will zu deinen Füßen hier
Nun leben oder auch sterben."

Jüngling:

„O Neigung, sage, wie hast du so tief
Im Herzen dich verstecket?
Wer hat dich, die verborgen schlief,
Gewecket?
Ach Liebe, du wohl unsterblich bist!
Nicht kann Verrat und hämische List
Dein göttlich Leben töten."

Müllerin:

„Liebst du mich noch so hoch und sehr,
Wie du mir sonst geschworen,
So ist uns beiden auch nichts mehr
Verloren.
Nimm hin das vielgeliebte Weib!
Den jungen, unberührten Leib,
Es ist nun alles dein eigen!"

Beide:

„Nun, Sonne, gehe hinab und hinauf!
Ihr Sterne, leuchtet und dunkelt!
Es geht ein Liebesgestirn mir auf
Und funkelt.
So lange die Quelle springt und rinnt,
So lange bleiben wir gleichgesinnt,
Eins an des andern Herzen."

Johanna Sebus

Der Damm zerreißt, das Feld erbraust,
Die Fluten spülen, die Fläche saust.

„Ich trage dich, Mutter, durch die Flut,
Noch reicht sie nicht hoch, ich wate gut.“ –
„Auch uns bedenke, bedrängt wie wir sind,
Die Hausgenossin, drei arme Kind!
Die schwache Frau! . . . Du gehst davon!“ –
Sie trägt die Mutter durchs Wasser schon.
„Zum Bühle da rettet euch! Harret derweil;
Gleich kehr’ ich zurück, uns allen ist Heil.
Zum Bühl ist’s noch trocken und wenige Schritt;
Doch nehmt auch mir meine Ziege mit!“

Der Damm zerschmilzt, das Feld erbraust,
Die Fluten wühlen, die Fläche saust.

Sie setzt die Mutter auf sichres Land;
Schön Suschen, gleich wieder zur Flut gewandt.
„Wohin? Wohin? Die Breite schwoll;
Des Wassers ist hüben und drüben voll.
Verwegen ins Tiefe willst du hinein!“ –
„Sie sollen und müssen gerettet sein!“

Der Damm verschwindet, die Welle braust,
Eine Meereswoge, sie schwankt und saust.

Schön Suschen schreitet gewohnten Steg,
Umströmt auch gleitet sie nicht vom Weg,
Erreicht den Bühl und die Nachbarin;
Doch der und den Kindern kein Gewinn!

Der Damm verschwand, ein Meer erbraust's,
Den kleinen Hügel im Kreis umsaust's.

Da gähnet und wirbelt der schäumende Schlund
Und ziehet die Frau mit den Kindern zu Grund;
Das Horn der Ziege faßt das ein',
So sollten sie alle verloren sein!
Schön Suschen steht noch strack und gut:
Wer rettet das junge, das edelste Blut?
Schön Suschen steht noch wie ein Stern;
Doch alle Werber sind alle fern.
Rings um sie her ist Wasserbahn,
Kein Schifflein schwimmet zu ihr heran.
Noch einmal blickt sie zum Himmel hinauf,
Da nehmen die schmeichelnden Fluten sie auf.

Kein Damm, kein Feld! Nur hier und dort
Bezeichnet ein Baum, ein Turm den Ort.

Bedeckt ist alles mit Wasserschwall;
Doch Suschens Bild schwebt überall. –
Das Wasser sinkt, das Land erscheint,
Und überall wird schön Suschen beweint. –
Und dem sei, wer's nicht singt und sagt,
Im Leben und Tod nicht nachgefragt!

Der Totentanz

Der Türmer, der schaut zu Mitten der Nacht
Hinab auf die Gräber in Lage;
Der Mond, der hat alles ins Helle gebracht;
Der Kirchhof, er liegt wie am Tage.
Da regt sich ein Grab, und ein anderes dann:
Sie kommen hervor, ein Weib da, ein Mann,
In weißen und schleppenden Hemden.

Da reckt nun, es will sich ergetzen sogleich,
Die Knöchel zur Runde, zum Kranze,
So arm und so jung, und so alt und so reich;
Doch hindern die Schleppen am Tanze.
Und weil hier die Scham nun nicht weiter gebeut,
Sie schütteln sich alle; da liegen zerstreut
Die Hemdelein über den Hügeln.

Nun hebt sich der Schenkel, nun wackelt das Bein,
Gebärden da gibt es vertrackte;
Dann klippert's und klappert's mitunter hinein,
Als schlüg' man die Hölzlein zum Takte.
Das kommt nun dem Türmer so lächerlich vor;
Da raunt ihm der Schalk, der Versucher, ins Ohr:
Geh! Hole dir einen der Laken!

Getan wie gedacht! Und er flüchtet sich schnell
Nun hinter geheiligte Türen.
Der Mond, und noch immer er scheinet so hell
Zum Tanz, den sie schauderlich führen.
Doch endlich verlieret sich dieser und der,
Schleicht eins nach dem andern gekleidet einher,
Und husch! Ist es unter dem Rasen.

Nur einer, der trippelt und stolpert zuletzt
Und tappet und grapst an den Grüften;
Doch hat kein Geselle so schwer ihn verletzt;
Er wittert das Tuch in den Lüften.
Er rüttelt die Turmtür, sie schlägt ihn zurück,
Geziert und gesegnet, dem Türmer zum Glück,
Sie blinkt von metallenen Kreuzen.

Das Hemd muß er haben, da rastet er nicht,
Da gilt auch kein langes Besinnen;
Den gotischen Zierat ergreift nun der Wicht
Und klettert von Zinne zu Zinnen.
Nun ist's um den armen, den Türmer, getan!
Es ruckt sich von Schnörkel zu Schnörkel hinan,
Langbeinigen Spinnen vergleichbar.

Der Türmer erbleichet, der Türmer erbebt,
Gern gäb er ihn wieder, den Laken.
Da häkelt – jetzt hat er am längsten gelebt –
Den Zipfel ein eiserner Zacken.
Schon trübet der Mond sich verschwindenden Scheins,
Die Glocke, sie donnert ein mächtiges Eins,
Und unten zerschellt das Gerippe.

Hochzeitlied

Wir singen und sagen vom Grafen so gern,
Der hier in dem Schlosse gehauset,
Da, wo ihr den Enkel des seligen Herrn,
Den heute vermählten, beschmauset.
Nun hatte sich jener im heiligen Krieg
Zu Ehren gestritten durch mannigen Sieg,
Und als er zu Hause vom Rösselein stieg,
Da fand er sein Schlösselein oben,
Doch Diener und Habe zerstoben.

„Da bist du nun, Gräflein, da bist du zu Haus,
Das Heimische findest du schlimmer!
Zum Fenster, da ziehen die Winde hinaus,
Sie kommen durch alle die Zimmer.
Was wäre zu tun in der herbstlichen Nacht?
So hab ich doch manche noch schlimmer vollbracht,
Der Morgen hat alles wohl besser gemacht.
Drum rasch bei der mondlichen Helle
Ins Bett, in das Stroh, ins Gestelle!"

Und als er im willigen Schlummer so lag,
Bewegt es sich unter dem Bette.
„Die Ratte, die raschle so lange sie mag!
Ja, wenn sie ein Bröselein hätte!“
Doch siehe! Da stehet ein winziger Wicht,
Ein Zwerglein so zierlich mit Ampellicht,
Mit Rednergebärden und Sprechergewicht,
Zum Fuß des ermüdeten Grafen,
Der, schläft er nicht, möcht' er doch schlafen.

„Wir haben uns Feste hier oben erlaubt,
Seitdem du die Zimmer verlassen,
Und weil wir dich weit in der Ferne geglaubt,
So dachten wir eben zu prassen.
Und wenn du vergönnest und wenn dir nicht graut,
So schmausen die Zwerge, behaglich und laut,
Zu Ehren der reichen, der niedlichen Braut.“ –
Der Graf im Behagen des Traumes:
„Bedienet euch immer des Raumes!“

Da kommen drei Reiter, sie reiten hervor,
Die unter dem Bette gehalten;
Dann folget ein singender, klingender Chor
Possierlicher kleiner Gestalten;
Und Wagen auf Wagen mit allem Gerät,
Daß einem so Hören und Sehen vergeht,
Wie's nur in den Schlössern der Könige steht;
Zuletzt auf vergoldetem Wagen
Die Braut und die Gäste getragen.

So rennet nun alles in vollem Galopp
Und kürt sich im Saale sein Plätzchen;
Zum Drehen und Walzen und lustigen Hopp
Erkieset sich jeder ein Schätzchen.
Da pfeift es und geigt es und klinget und klirrt,
Da ringelt's und schleift es und rauschet und wirrt,
Da wispert's und knistert's und flüstert's und schwirrt.
Das Gräflein, es blicket hinüber,
Es dünkt ihn, als läg' er im Fieber.

Nun tappelt's und rappelt's und klappert's im Saal
Von Bänken und Stühlen und Tischen,
Da will nun ein jeder am festlichen Mahl
Sich neben dem Liebchen erfrischen.
Sie tragen die Würste, die Schinken so klein
Und Braten und Fisch und Geflügel herein;
Es kreiset beständig der köstliche Wein;
Das toset und koset so lange,
Verschwindet zuletzt mit Gesange.

Und sollen wir singen, was weiter geschehn,
So schweige das Toben und Tosen.
Denn was er, so artig, im kleinen gesehn,
Erfuhr er, genoß er im großen.
Trompeten und klingender, singender Schall,
Und Wagen und Reiter und bräutlicher Schwall,
Sie kommen und zeigen und neigen sich all,
Unzählige, selige Leute.
So ging es und geht es noch heute.

Franz Grillparzer
(1791–1872)

1848

Wohlan! Werft um, reißt ein! Macht euch nur laut!
Verkennt der Gottheit stillgeschäftgen Finger,
Und all, woran Jahrhunderte gebaut,
Erklärt es als der Willkür Sklavenzwinger.

Das schönste Werk der Weisheit und der Kraft,
Daß sie die Roheit, schwer genug, gebändigt,
Hebts auf! Entlaßt den Pöbel seiner Haft,
Erklärt der Bildung Werk als schon beendigt.

Macht alles gleich! Hüllt in dasselbe Kleid
Der Menschheit urerschaffne nackte Blöße,
Bis alles ärmlich, wie ihr selber seid,
Und euer Maß die vorbestimmte Größe.

Nicht was ihr habt, nein das nur, was euch fehlt,
Empfahl euch in des Pöbels hohe Gnaden,
Der trunken damals, als er euch gewählt,
Und taumelnd noch von seinen Barrikaden.

„Allein die Bildung sei jetzt allgemein" –
Als wäre Bildung eine fertge Größe,
Die man, wie ins Gefäß den firnen Wein,
Ein Totes in ein Unlebendges gösse!

Wie du die Bildung aufnimmst, sie erfaßt,
Das macht den fremden Geist in dir lebendig,
Das bunte Wissen es vermehrt die Last,
Ein Tor ist, wer gelehrt und nicht verständig.

Wollt ihr auf festen Grund das Neue baun,
Soll Welt und Mitwelt euchs mit Danke lohnen,
Denn eurer Klugheit wollen wir vertraun –
Mit eurer Weisheit mögt ihr uns verschonen.

Herman Grimm
(1828–1901)

Die Tochter des Langobardenkönigs

Zu den Mauern von Pavia, in die letzte seiner Städte
Eilt der Langobardenkönig, daß er seine Krone rette.

Denn es stieg von dem Gebirge Karl mit mächt'gen Frankenheeren,
Und es zitterte Italien unter den zerstampften Ähren.

Vor der Stadt schlug er das Lager, daß er seinen Feind vernichte,
Aus den Trümmern seiner Feste einen Grabstein ihm errichte.

Auf den Mauern von Pavia stand die Königsmaid und schaute;
Weh dir, Langobardenkönig, der sein Glück auf Mauern baute!

Schaute nach dem hohen König in der Mitte stolzer Franken,
Schaute nach den blonden Haaren, die auf seine Schultern sanken.

Zu der Armbrust griff das Mädchen, legt' den Bolzen auf, den runden,
Der von einem dünnen Streifen Pergamentes war umwunden:

– „König Karl, laß ab vergebens unsre Feste zu berennen,
Würdest sie in langen Jahren nimmermehr bezwingen können.

Gar zu hoch sind ihre Mauern, ihre Tore fest verriegelt –
Sprich, was gibst du, wenn die Liebe ein Geheimnis dir entsiegelt?

Mancher Königssohn begehrte Thron und Bett mit mir zu teilen;
Wisse, daß die Königstochter Antwort harrt von deinen Pfeilen." –

Und der König Karl erwidert, dieses waren seine Worte,
Die am raschen Pfeile standen: „Mädchen, öffne mir die Pforte!"

Andern Tages in der Frühe bei des Morgensterns Erblassen
Flatterten die fränkschen Fahnen in Pavias breiten Gassen.

König Karl vor allen ragend in den blonden Ringelhaaren
Dringt hinauf zur Burg des Königs mit den wohlberittnen Scharen.

Und von ihrem hohen Erker sah das Mädchen zitternd nieder,
Da erblickt sie Karl, den König, und es schaudern ihr die Glieder.

Zu ihm nieder muß sie eilen, brennend, daß sie ihn erreiche,
Stürmt sie in das Kriegsgedränge über ihres Vaters Leiche.

Wie des Frankenkönigs Augen leuchten, wie das Schwert er faßte,
Und mit funkensprüh'nden Schlägen Bahn sich brach zu dem Palaste!

Als er stolzen Sinn's umhersah auf des Schlosses letzten Stufen,
Blutete die Königstochter unter seiner Rosse Hufen.

Julius Grosse (1828–1902)

Romanze

Horch, horch, was singen die Wellen am Strand?
Es waren drei Jäger im Oberland,
Die wollten fischen und jagen
In ihren jungen Tagen.

Sie kamen an einen Wald so grau,
Da saß eine wilde, uralte Frau,
Die kämmte die weißen Locken,
Das Herz tät ihnen stocken.

„Vor tausend Jahren, da war ich schön,
Da jagt ich die Hirsche auf Bergeshöhn.
Kein König zog vorüber,
Er küßte mich viel lieber.

Mein Haar ward grau, und mein Haupt ward schwer,
Mag heute keiner mich küssen mehr.
Wollt ihr das Alter nicht ehren?
Ich will euch Sitte lehren!"

Drei Haare sie riß aus dem greisen Schopf,
Die wirbelt sie lachend über den Kopf;
Drei schöne Mädchen alsbalde
Hinschwebten über dem Walde.

Die Jäger standen und staunten sehr,
Dann stürmten sie nach mit Waff' und Wehr,
Das flüchtige Wild zu fangen –
Sind alle verloren gegangen.

Anastasius Grün (Anton Alexander Graf von Auersperg) (1806–1876)

Der alte Komödiant

Der Vorhang rauscht und fliegt empor,
Ein alter Gaukler tritt hervor,
Mit Flitter sattsam ausstaffiert,
Sein ehrlich Antlitz rot beschmiert.

Du alter Mann mit weißem Haar,
Wie dauerst du mich im Herzen gar,
Der du vom Grabe gaukelnd springst,
Damit du vom Pöbel ein Lächeln zwingst!

Ein Lächeln über ein greises Haar
Und über die nahe Totenbahr'!
Dies eines Lebens höchster Preis –
Des deinen, armer, armer Greis!

Des Greises Hirn ist schwach und alt,
Der Liebsten selbst vergißt er bald,
Du aber zwängst mit Müh' und Pein
Noch eitlen Floskelkram hinein.

Des Greises Arm ist abgespannt,
Man sieht nur noch die müde Hand
Zum Segen für Kind und Enkel erhöht
Und fromm gefaltet zum Gebet.

Doch deine Hand schlägt fort und fort
Den tollen Takt zu wüstem Wort,
Und all die Mühe, armer Mann,
Damit der Pöbel lachen kann!

Und schmerzt dich auch dein morsch Gebein,
Ei was, 's ist längst ja nimmer dein!
Du magst wohl weinen, alter Mann,
Wenn nur die Menge lachen kann! –

Der Greis sich in den Lehnstuhl setzt,
Ei, wie das seine Glieder letzt.
„Der macht sich's auch bequem fürwahr!"
So murmelt's spöttisch durch die Schar.

Mit leisem, abgebrochnem Ton
Beginnt er mühsam seinen Sermon.
„Der hält nun auch kein Schlagwort mehr!"
So zürnt es strafend ringsumher.

Der Greis lallt nur manch tonlos Wort,
Die Stimme bebt, es will nicht fort;
Noch ist sein Spruch nicht ganz heraus,
Da schweigt er, als ging sein Atem aus.

Das Glöcklein schallt, der Vorhang sinkt –
Wer ahnt's, daß ein Totenglöcklein klingt?
Die Menge trommelt und pfeift dabei,
Wer ahnt's, daß ein Leichenlied dies sei?

Der Alte lehnt im Stuhle tot,
Doch Leben heuchelt der Schminke Rot,
Die auf dem Antlitz blaß und kalt
Wie eine große Lüge prahlt.

Sie blieb auf des Alten Angesicht
Wie eine Grabschrift, die da spricht,
Daß alles Lug und Trug und Dunst,
Sein Leben, Treiben, seine Kunst!

Sein Wald, gemalt auf Leinwand grün,
Rauscht über sein Grab nicht klagend hin.
Es ist sein ölgetränkter Mond
Um Tote zu weinen nicht gewohnt.

Die Kunstgenossen umstehn den Greis,
Und einer spricht zu seinem Preis:
„Heil ihm, denn, traun, ein Held ist der,
Der auf dem Schlachtfeld fiel wie er!"

Ein Gauklerdirnlein als Muse gar
Legt dann dem Greis ins Silberhaar
Den grünpapiernen Lorbeerkranz,
Vom vielen Gebrauch zerknittert ganz.

Zwei Männer sind sein Leichenzug,
Die sind den Sarg zu tragen genug;
Und als sie ihn zu Grabe gebracht,
Hat niemand geweint und niemand gelacht.

Deutscher Brauch

Zur Gruft sank Kaiser Friedrich, Gott geb ihm sanfte Ruh!
Max faßt sein gülden Szepter; ei, Sonnenaar, Glück zu!
Zu Worms nun hielt er Reichstag; auf! Fürstenschar, herbei,
Zu raten und zu fördern, daß Recht und Licht gedeih!

Einst in dem dumpfen Ratsaal sprang Max empor in Hast,
Der Staub der Pergamente nahm ihm den Odem fast,
Die spitzen klugen Reden, die machten toll ihn schier,
Da rief er seinem Narren: „Freund Kunze, komm mit mir!"

Den Treuen liebt er vor allen, wohl einem Gärtner gleich,
Der jeden Baum mit Liebe pflegt in dem Gartenreich,
Doch einen sich erkoren, in dessen Schattenhut
Nach schwüler Tagesmüh er am liebsten abends ruht.

Es wallten nun die beiden die Straßen ein und aus,
Dort auf dem großen Marktplatz sahn sie ein stattlich Haus.
Da rief der Kunz: „Mein König, schließt Eure Augen schnell!
Denn, traun, schon las manch einer sich blind an dieser Stell..

Französisch ist's; Ihr wißt ja, wie's Frankreichs Söhne treiben,
Die anders schreiben als sprechen, und anders lesen als schreiben,
Und anders sprechen als denken, und anders setzen als singen,
Die groß in allem Kleinen und klein in großen Dingen."

Ein Rittersmann aus Frankreich wohnt in dem stolzen Haus,
Sein Wappenschild, hellglänzend, hängt hoch zur Pfort heraus;
Mit Schnörkelzügen zierlich, in blankem Goldesschein
Schrieb rings ums bunte Wappen er diese Worte ein:

„Erst Gott zum Gruß, wer's lieset! – Auf, Deutscher, kühn und wert!
Hier harrt ein Schild des deinen, wenn kampfesfroh dein Schwert,
Und magst du mich bezwingen nach Ritterbrauch und Recht,
Will ich mich dir verdingen als letzter Rüdenknecht."

Stumm schritt der König fürder; doch an des Ritters Schild
Hängt bald ein Edelknabe der Habsburg Wappenbild;
Und mit dem Frührot harrte auf sand'gem Kampfesplan
Der König gegenüber dem fränkschen Rittersmann.

Und höher stieg die Sonne; der Franzmann lag im Sand,
Das Siegsschwert, hell und leuchtend, ragt hoch in Maxens Hand.
„So schlägt ein deutscher Ritter!“ Er sprach’s und stand verklärt,
Wie Sankt Michael der Sieger mit seinem Flammenschwert.

„Ihr habt Euch mir ergeben als letzter Rüdenknecht,
Wohlan! Ihr sollt erfahren nun meines Amtes Recht!“
Sein Schwert nun schwang er dreimal: „Steht auf, mein Ritter wert!
So schlägt ein deutscher König – seid brav wie Euer Schwert!“

Singt’s allem Land, ihr Sänger, des Fürsten Tat und Wort,
Neigt euer Schwert, ihr Ritter, vor eures Kreises Hort,
Bekränzt des Siegers Schläfe, ihr schönsten deutschen Fraun,
Jauchzt auf, ihr deutschen Herzen, in allen deutschen Gaun! –

Viel saft’ge Trauben schwellen ringsher um Worms am Rhein,
„Milch unsrer lieben Frauen“, so heißt dort jener Wein;
Saugt jene Milch, ihr Greise, sie macht euch wieder zum Kind,
O Herr, gib unserm Lande viel Milch so süß und lind!

Aus Goldgefäßen quoll sie an Maxens Abendtisch,
Gleichwie aus goldnen Eutern, so labend, klar und frisch.
Wie zecht an Maxens Seite der fränksche Rittersmann!
Wie wärmend da der Glühborn durch Kunzens Kehle rann!

Der Franzmann hob den Becher, begeistert flammt sein Blut:
„Heil Max dir, edler Deutscher, so bieder und so gut!“
„Hoho!“ rief Kunz halb grimmig, „jetzt bindet mit mir an,
Wer auf dies Wohl herzinn’ger und besser trinken kann!“

Wie Schilder klangen die Becher zusammen jetzt mit Macht,
Die Blicke blitzten genüber, wie Lanzen in der Schlacht.
Wer Sieger blieb im Wettkampf? Wohl kam es nie ans Licht;
Frug man am Morgen die beiden, sie wußten’s selber nicht.

Wilhelm Hauff
(1802–1827)

Soldatenliebe

Steh ich in finstrer Mitternacht
So einsam auf der fernen Wacht,
So denk ich an mein fernes Lieb,
Ob mir's auch treu und hold verblieb?

Als ich zur Fahne fortgemüßt,
Hat sie so herzlich mich geküßt,
Mit Bändern meinen Hut geschmückt,
Und weinend mich ans Herz gedrückt!

Sie liebt mich noch, sie ist mir gut,
Drum bin ich froh und wohlgemut;
Mein Herz schlägt warm in kalter Nacht,
Wenn es ans treue Lieb gedacht.

Jetzt bei der Lampe mildem Schein
Gehst du wohl in dein Kämmerlein,
Und schickst dein Nachtgebet zum Herrn
Auch für den Liebsten in der Fern!

Doch wenn du traurig bist und weinst,
Mich von Gefahr umrungen meinst,
Sei ruhig, bin in Gottes Hut,
Er liebt ein treu Soldatenblut.

Die Glocke schlägt, bald naht die Rund,
Und löst mich ab zu dieser Stund;
Schlaf wohl im stillen Kämmerlein
Und denk in deinen Träumen mein!

Friedrich Hebbel (1813–1863)

Der Heideknabe

Der Knabe träumt, man schicke ihn fort
Mit dreißig Talern zum Heideort,
Er ward drum erschlagen am Wege
Und war doch nicht langsam und träge.

Noch liegt er im Angstschweiß, da rüttelt ihn
Sein Meister und heißt ihm, sich anzuziehn,
Und legt ihm das Geld auf die Decke,
Und fragt ihn, warum er erschrecke.

„Ach Meister, mein Meister, sie schlagen mich tot,
Die Sonne, sie ist ja wie Blut so rot!“ –
„Sie ist es für dich nicht alleine,
Drum schnell, sonst mach' ich dir Beine!“

„Ach Meister, mein Meister, so sprachst du schon,
Das war das Gesicht, der Blick, der Ton,
Gleich greifst du –“ *zum Stock*, will er sagen;
Er sagt's nicht, er wird schon geschlagen.

„Ach Meister, mein Meister, ich geh', ich geh',
Bring meiner Mutter das letzte Ade!
Und sucht sie nach allen vier Winden,
Am Weidenbaum bin ich zu finden!“

Hinaus aus der Stadt! Und da dehnt sie sich,
Die Heide, nebelnd, gespenstiglich!
Die Winde darüber sausend –
„Ach, wär hier *ein* Schritt wie tausend!“

Und alles so still, und alles so stumm,
Man sieht sich umsonst nach Lebendigem um;
Nur hungrige Vögel schießen
Aus Wolken, um Würmer zu spießen.

Er kommt ans einsame Hirtenhaus,
Der alte Hirt' schaut eben heraus;
Des Knaben Angst ist gestiegen,
Am Wege bleibt er noch liegen.

„Ach Hirte, du bist ja von frommer Art,
Vier gute Groschen hab ich erspart,
Gib deinen Knecht mir zur Seite,
Daß er bis zum Dorf mich begleite.

Ich will sie ihm geben, er trinke dafür
Am nächsten Sonntag ein gutes Bier.
Dies Geld hier, ich trag' es mit Beben,
Man nahm mir im Traum drum das Leben!"

Der Hirt', der winkte dem langen Knecht,
Er schnitt sich eben den Stecken zurecht,
Jetzt trat er hervor – wie graute
Dem Knaben, als er ihn schaute!

„Ach Meister Hirte, ach nein, ach nein,
Es ist doch besser, ich geh allein!" –
Der Lange spricht grinsend zum Alten:
„Er will die vier Groschen behalten."

„Da sind die vier Groschen!" Er wirft sie hin
Und eilt hinweg mit verstörtem Sinn.
Schon kann er die Weide erblicken,
Da klopft ihn der Knecht in den Rücken.

„Du hältst es nicht aus, du gehst zu geschwind,
Ei, Eile mit Weile, du bist ja noch Kind;
Auch muß das Geld dich beschweren,
Wer kann dir das Ausruhn verwehren?

Komm, setz dich unter den Weidenbaum,
Und dort erzähl mir den häßlichen Traum.
Ich träumte – Gott soll mich verdammen,
Trifft's nicht mit deinem zusammen!"

Er faßt den Knaben wohl bei der Hand,
Der leistet auch nimmermehr Widerstand;
Die Blätter flüstern so schaurig,
Das Wässerlein rieselt so traurig!

„Nun sprich, du träumtest?" – „Es kam ein Mann" –
„War ich das? Sieh mich doch näher an,
Ich denke, du hast mich gesehen!
Nun weiter, wie ist es geschehen?"

„Er zog ein Messer!" – „War das wie dies?" –
„Ach ja, ach ja!" – „Er zog's" – „Und stieß" –
„Er stieß dir's wohl so durch die Kehle?
Was hilft es auch, daß ich dich quäle!"

Und fragt ihr, wie's weiter gekommen sei?
So fragt zwei Vögel, die saßen dabei.
Der Rabe verweilte gar heiter,
Die Taube konnte nicht weiter!

Der Rabe erzählt, was der Böse noch tat,
Und auch, wie's der Henker gerochen hat;
Die Taube erzählt, wie der Knabe
Geweint und gebetet habe.

Schön-Hedwig

Im Kreise der Vasallen sitzt
Der Ritter, jung und kühn;
Sein dunkles Feuerauge blitzt,
Als wollt er ziehn zum Kampfe,
Und seine Wangen glühn.

Ein zartes Mägdlein tritt heran
Und füllt ihm den Pokal.
Zurück mit Lächeln tritt sie dann,
Da fällt auf ihre Stirne
Der klarste Morgenstrahl.

Der Ritter aber faßt sie schnell
Bei ihrer weißen Hand.
Ihr blaues Auge, frisch und hell,
Sie schlägt es erst zu Boden,
Dann hebt sie's unverwandt.

„Schön-Hedwig, die du vor mir stehst,
Drei Dinge sag mir frei:
Woher du kommst, wohin du gehst,
Warum du stets mir folgest;
Das sind der Dinge drei!"

„Woher ich komm? Ich komm von Gott,
So hat man mir gesagt,
Als ich, verfolgt von Hohn und Spott,
Nach Vater und nach Mutter
Mit Tränen einst gefragt.

Wohin ich geh? Nichts treibt mich fort,
Die Welt ist gar zu weit.
Was tauscht ich eitel Ort um Ort?
Sie ist ja allenthalben
Voll Lust und Herrlichkeit.

Warum ich folg, wohin du winkst?
Ei, sprich, wie könnt ich ruhn?
Ich schenk den Wein dir, den du trinkst,
Ich bat dich drum auf Knien
Und möcht es ewig tun!"

„So frage ich, du blondes Kind,
Noch um ein Viertes dich;
Dies Letzte sag mir an geschwind,
Dann frag ich dich nicht weiter,
Sag, Mägdlein, liebst du mich?"

Im Anfang steht sie starr und stumm,
Dann schaut sie langsam sich
Im Kreis der ernsten Gäste um,
Und faltet ihre Hände
Und spricht: „Ich liebe dich!

Nun aber weiß ich auch, wohin
Ich gehen muß von hier;
Wohl ist's mir klar in meinem Sinn:
Nachdem ich dies gestanden,
Ziemt nur der Schleier mir!"

„Und wenn du sagst, du kommst von Gott,
So fühl ich, das ist wahr!
Drum führ ich auch, trotz Hohn und Spott,
Als seine liebste Tochter
Noch heut dich zum Altar.

Ihr edlen Herrn, ich lud verblümt
Zu einem Fest euch ein;
Ihr Ritter, stolz und hochgerühmt,
So folgt mir zur Kapelle,
Es soll mein schönstes sein."

Situation

„O könnt ich doch wachen, mir ist so bang!
Es ist mir wie nie noch mein Leben lang!" –
Die Augen, die fallen ihr zu.

Und vor ihr Bette, den Dolch in der Hand,
Tritt einer, der längst vor der Tür schon stand –
„Du Düst'rer, was willst denn du?"

Er schaut sie an, ihr wird's so heiß,
Sie trocknet im Schlaf von der Stirn den Schweiß,
Dann lächelt sie wieder in Ruh'.

Er hebt den Dolch, nun ist's zu End' –
Sie zittert, sie betet, sie faltet die Händ',
Und schläft doch immer noch zu.

Wie's betet, das Kind, und schläft zugleich,
Das trifft ihn ins Herz, er wendet sich bleich:
„Ich komm' nicht wieder! Schlaf zu!"

Das Kind am Brunnen

Frau Amme, Frau Amme, das Kind ist erwacht!
Doch die liegt ruhig im Schlafe.
Die Vöglein zwitschern, die Sonne lacht,
Am Hügel weiden die Schafe.

Frau Amme, Frau Amme, das Kind steht auf,
Es wagt sich weiter und weiter!
Hinab zum Brunnen nimmt es den Lauf,
Da stehen Blumen und Kräuter.

Frau Amme, Frau Amme, der Brunnen ist tief!
Sie schläft, als läge sie drinnen.
Das Kind läuft schnell, wie es nie noch lief,
Die Blumen lockens von hinnen.

Nun steht es am Brunnen, nun ist es am Ziel,
Nun pflückt es die Blumen sich munter;
Doch bald ermüdet das reizende Spiel,
Da schauts in die Tiefe hinunter.

Und unten erblickt es ein holdes Gesicht,
Mit Augen so hell und so süße,
Es ist sein eignes, das weiß es noch nicht;
Viel stumme, freundliche Grüße.

Das Kindlein winkt, der Schatten geschwind
Winkt aus der Tiefe ihm wieder,
„Herauf, herauf!“ So meints das Kind,
Der Schatten: „Hernieder, hernieder!“

Schon beugt es sich über den Brunnenrand –
Frau Amme, du schläfst noch immer?
Da fallen die Blumen ihm aus der Hand
Und trüben den lockenden Schimmer.

Verschwunden ist sie, die süße Gestalt,
Verschluckt von der hüpfenden Welle.
Das Kind durchschauerts fremd und kalt.
Und schnell enteilt es der Stelle.

Mitternacht

’s ist Mitternacht!
Der eine schläft, der andre wacht.
Er schaut beim blauen Mondenlicht
Dem Schläfer still ins Angesicht;
Drin tut ein böser Traum sich kund,
Wie seltsam zuckt er mit dem Mund!
’s ist Mitternacht!
Der eine schläft, der andre wacht.

’s ist Mitternacht!
Der eine schläft, der andre wacht.
„So sah der Freund noch nimmer aus,
Er greift zum Dolch, es macht mir Graus,
Er stößt, er lacht – du triffst ja mich!
Erwache doch, ich rüttle dich!“
’s ist Mitternacht!
Der andre ist nur halb erwacht!

’s ist Mitternacht!
Der andre ist nur halb erwacht!
Er stiert, er ruft: „So lebst du noch,
Verruchter, und ich traf dich doch?
So nimm noch den! Hei! Der war gut!
Warm spritzt mir ins Gesicht dein Blut!“
’s ist Mitternacht!
Nun schlafen beide, keiner wacht.

’s ist Mitternacht!
Sie schlafen beide, keiner wacht!
Du wüste Eul im Eibenbaum,
Du krächztest ihn in diesen Traum,
Nun fängt die häm’sche Dohle an,
Ob sie ihn nicht erwecken kann.
’s ist Mitternacht!
Gott gebe, daß er nie erwacht!

Heinrich Heine
(1797–1856)

Schelm von Bergen

Im Schloß zu Düsseldorf am Rhein
Wird Mummenschanz gehalten;
Da flimmern die Kerzen, da rauscht die Musik,
Da tanzen die bunten Gestalten.

Da tanzt die schöne Herzogin,
Sie lacht laut auf beständig;
Ihr Tänzer ist ein schlanker Fant,
Gar höfisch und behendig.

Er trägt eine Maske von schwarzem Samt,
Daraus gar freudig blicket
Ein Auge wie ein blanker Dolch,
Halb aus der Scheide gezücket.

Es jubelt die Fastnachtsgeckenschar,
Wenn jene vorüberwalzen.
Der Drickes und die Marizzebill
Grüßen mit Schnarren und Schnalzen.

Und die Trompeten schmettern drein,
Der närrische Brummbaß brummet,
Bis endlich der Tanz ein Ende nimmt,
Und die Musik verstummet.

„Durchlauchtigste Frau, gebt Urlaub mir,
Ich muß nach Hause gehen –"
Die Herzogin lacht: „Ich laß dich nicht fort,
Bevor ich dein Antlitz gesehen."

„Durchlauchtigste Frau, gebt Urlaub mir,
Mein Anblick bringt Schrecken und Grauen –"
Die Herzogin lacht: „Ich fürchte mich nicht,
Ich will dein Antlitz schauen."

„Durchlauchtigste Frau, gebt Urlaub mir,
Der Nacht und dem Tode gehör' ich –"
Die Herzogin lacht: „Ich lasse dich nicht,
Dein Antlitz zu schauen begehr' ich."

Wohl sträubt sich der Mann mit finsterm Wort,
Das Weib nicht zähmen kunnt er;
Sie riß zuletzt ihm mit Gewalt
Die Maske vom Antlitz herunter.

„Das ist der Scharfrichter von Bergen!" so schreit
Entsetzt die Menge im Saale
Und weichet scheusam – die Herzogin
Stürzt fort zu ihrem Gemahle.

Der Herzog ist klug, er tilgte die Schmach
Der Gattin auf der Stelle.
Er zog sein blankes Schwert und sprach:
„Knie vor mir nieder, Geselle!

Mit diesem Schwertschlag mach ich dich
Jetzt ehrlich und ritterzünftig,
Und weil du ein Schelm, so nenne dich
Herr Schelm von Bergen künftig."

So ward der Henker ein Edelmann
Und Ahnherr der Schelme von Bergen.
Ein stolzes Geschlecht! Es blühte am Rhein.
Jetzt schläft es in steinernen Särgen.

Belsatzar

Die Mitternacht zog näher schon;
In stummer Ruh lag Babylon.

Nur oben in des Königs Schloß,
Da flackert's, da lärmt des Königs Troß.

Dort oben in dem Königssaal
Belsatzar hielt sein Königsmahl.

Die Knechte saßen in schimmernden Reihn,
Und leerten die Becher mit funkelndem Wein.

Es klirrten die Becher, es jauchzten die Knecht;
So klang es dem störrigen Könige recht.

Des Königs Wangen leuchten Glut;
Im Wein erwuchs ihm kecker Mut.

Und blindlings reißt der Mut ihn fort;
Und er lästert die Gottheit mit sündigem Wort.

Und er brüstet sich frech und lästert wild;
Die Knechteschar ihm Beifall brüllt.

Der König rief mit stolzem Blick;
Der Diener eilt und kehrt zurück.

Er trug viel gülden Gerät auf dem Haupt,
Das war aus dem Tempel Jehovahs geraubt.

Und der König ergriff mit frevler Hand
Einen heiligen Becher, gefüllt bis zum Rand.

Und er leert ihn hastig bis auf den Grund
Und rufet laut mit schäumendem Mund:

„Jehovah! Dir künd ich auf ewig Hohn –
Ich bin der König von Babylon!“

Doch kaum das grause Wort verklang,
Dem König ward's heimlich im Busen bang.

Das gellende Lachen verstummte zumal;
Es wurde leichenstill im Saal.

Und sieh! Und sieh! An weißer Wand,
Da kam's hervor wie Menschenhand,

Und schrieb und schrieb an weißer Wand
Buchstaben von Feuer und schrieb und schwand.

Der König stieren Blicks da saß,
Mit schlotternden Knien und totenblaß.

Die Knechteschar saß kalt durchgraut,
Und saß gar still, gab keinen Laut.

Die Magier kamen, doch keiner verstand
Zu deuten die Flammenschrift an der Wand.

Belsatzar ward aber in selbiger Nacht
Von seinen Knechten umgebracht.

Lorelei

Ich weiß nicht, was soll es bedeuten,
Daß ich so traurig bin;
Ein Märchen aus alten Zeiten,
Das kommt mir nicht aus dem Sinn.

Die Luft ist kühl und es dunkelt,
Und ruhig fließt der Rhein;
Der Gipfel des Berges funkelt
Im Abendsonnenschein.

Die schönste Jungfrau sitzet
Dort oben wunderbar.
Ihr goldnes Geschmeide blitzet,
Sie kämmt ihr goldnes Haar.

Sie kämmt es mit goldnem Kamme
Und singt ein Lied dabei;
Das hat eine wundersame,
Gewaltige Melodei.

Den Schiffer im kleinen Schiffe
Ergreift es mit wildem Weh;
Er schaut nicht die Felsenriffe,
Er schaut nur hinauf in die Höh.

Ich glaube, die Wellen verschlingen
Am Ende Schiffer und Kahn;
Und das hat mit ihrem Singen
Die Lorelei getan.

Ritter Olaf

I

Vor dem Dome stehn zwei Männer,
Tragen beide rote Röcke,
Und der eine ist der König,
Und der Henker ist der andre.

Und zum Henker spricht der König:
„Am Gesang der Pfaffen merk' ich,
Daß vollendet schon die Trauung –
Halt bereit dein gutes Richtbeil."

Glockenklang und Orgelrauschen,
Und das Volk strömt aus der Kirche;
Bunter Festzug, in der Mitte
Die geschmückten Neuvermählten.

Leichenblaß und bang und traurig
Schaut die schöne Königstochter;
Keck und heiter schaut Herr Olaf,
Und sein roter Mund, der lächelt.

Und mit lächelnd rotem Munde
Spricht er zu dem finstern König:
„Guten Morgen, Schwiegervater,
Heut ist dir mein Haupt verfallen.

Sterben soll ich heut – oh, laß mich
Nur bis Mitternacht noch leben,
Daß ich meine Hochzeit fei're
Mit Bankett und Fackeltänzen.

Laß mich leben, laß mich leben,
Bis geleert der letzte Becher,
Bis der letzte Tanz getanzt ist –
Laß bis Mitternacht mich leben!"

Und zum Henker spricht der König:
„Unserm Eidam sei gefristet
Bis um Mitternacht sein Leben –
Halt bereit dein gutes Richtbeil."

II

Herr Olaf sitzt beim Hochzeitsschmaus,
Er trinkt den letzten Becher aus.
An seine Schulter lehnt
Sein Weib und stöhnt –
Der Henker steht vor der Türe.

Der Reigen beginnt, und Herr Olaf erfaßt
Sein junges Weib, und mit wilder Hast
Sie tanzen, bei Fackelglanz,
Den letzten Tanz –
Der Henker steht vor der Türe.

Die Geigen geben so lustigen Klang,
Die Flöten seufzen so traurig und bang!
Wer die beiden tanzen sieht,
Dem erbebt das Gemüt –
Der Henker steht vor der Türe.

Und wie sie tanzen im dröhnenden Saal,
Herr Olaf flüstert zu seinem Gemahl:
„Du weißt nicht, wie lieb ich dich hab –
So kalt ist das Grab –"
Der Henker steht vor der Türe.

III

Herr Olaf, es ist Mitternacht,
Dein Leben ist verflossen!
Du hattest eines Fürstenkinds
In freier Lust genossen.

Die Mönche murmeln das Totengebet,
Der Mann im roten Rocke,
Er steht mit seinem blanken Beil
Schon vor dem schwarzen Blocke.

Herr Olaf steigt in den Hof hinab,
Da blinken viel Schwerter und Lichter.
Es lächelt des Ritters roter Mund,
Mit lächelndem Munde spricht er:

„Ich segne die Sonne, ich segne den Mond,
Und die Stern', die am Himmel schweifen.
Ich segne auch die Vögelein,
Die in den Lüften pfeifen.

Ich segne das Meer, ich segne das Land
Und die Blumen auf der Aue.
Ich segne die Veilchen, sie sind so sanft
Wie die Augen meiner Fraue.

Ihr Veilchenaugen meiner Frau,
Durch euch verlier' ich mein Leben!
Ich segne auch den Holunderbaum,
Wo du dich mir ergeben."

Schlachtfeld bei Hastings

Der Abt von Waltham seufzte tief,
Als er die Kunde vernommen,
Daß König Harold elendiglich
Bei Hastings umgekommen.

Zwei Mönche, Asgod und Ailrik genannt,
Die schickt' er aus als Boten,
Sie sollten suchen die Leiche Harolds
Bei Hastings unter den Toten.

Die Mönche gingen traurig fort
Und kehrten traurig zurücke:
„Hochwürdiger Vater, die Welt ist uns gram,
Wir sind verlassen vom Glücke.

Gefallen ist der beßre Mann,
Es siegte der Bankert, der schlechte,
Gewappnete Diebe verteilen das Land
Und machen den Freiling zum Knechte.

Der lausigste Lump aus der Normandie
Wird Lord auf der Insel der Briten;
Ich sah einen Schneider aus Bayeux, er kam
Mit goldnen Sporen geritten.

Weh' dem, der jetzt ein Sachse ist!
Ihr Sachsenheilige droben
Im Himmelreich, nehmt euch in acht,
Ihr seid der Schmach nicht enthoben.

Jetzt wissen wir, was bedeutet hat
Der große Komet, der heuer
Blutrot am nächtlichen Himmel ritt
Auf einem Besen von Feuer.

Bei Hastings in Erfüllung ging
Des Unsterns böses Zeichen,
Wir waren auf dem Schlachtfeld dort
Und suchten unter den Leichen.

Wir suchten hin, wir suchten her,
Bis alle Hoffnung verschwunden –
Den Leichnam des toten Königs Harold,
Wir haben ihn nicht gefunden.“

Asgod und Ailrik sprachen also;
Der Abt rang jammernd die Hände,
Versank in tiefe Nachdenklichkeit
Und sprach mit Seufzen am Ende:

„Zu Grendelfield am Bardenstein,
Just in des Waldes Mitte,
Da wohnet Edith Schwanenhals
In einer dürft'gen Hütte.

Man hieß sie Edith Schwanenhals,
Weil wie der Hals der Schwäne
Ihr Nacken war; der König Harold,
Er liebte die junge Schöne.

Er hat sie geliebt, geküßt und geherzt,
Und endlich verlassen, vergessen.
Die Zeit verfließt; wohl sechzehn Jahr'
Verflossen unterdessen.

Begebt euch, Brüder, zu diesem Weib,
Und laßt sie mit euch gehen
Zurück nach Hastings; der Blick des Weibs
Wird dort den König erspähen.

Nach Waltham-Abtei hierher alsdann
Sollt ihr die Leiche bringen,
Damit wir christlich bestatten den Leib
Und für die Seele singen.“

Um Mitternacht gelangten schon
Die Boten zur Hütte im Walde:
„Erwache, Edith Schwanenhals,
Und folge uns alsbalde!

Der Herzog der Normannen hat
Den Sieg davongetragen,
Und auf dem Feld bei Hastings liegt
Der König Harold erschlagen.

Komm mit nach Hastings, wir suchen dort
Den Leichnam unter den Toten
Und bringen ihn nach Waltham-Abtei,
Wie uns der Abt geboten.“

Kein Wort sprach Edith Schwanenhals,
Sie schürzte sich geschwinde
Und folgte den Mönchen; ihr greisendes Haar,
Das flatterte wild im Winde.

Es folgte barfuß das arme Weib
Durch Sümpfe und Baumgestrüppe.
Bei Tagesanbruch gewahrten sie schon
Zu Hastings die kreidige Klippe.

Der Nebel, der das Schlachtfeld bedeckt
Als wie ein weißes Leilich,
Zerfloß allmählich; es flatterten auf
Die Dohlen und krächzten abscheulich.

Viel tausend Leichen lagen dort
Erbärmlich auf blutiger Erde,
Nackt, ausgeplündert, verstümmelt, zerfleischt,
Daneben die Äser der Pferde.

Es watete Edith Schwanenhals
Im Blute mit nackten Füßen;
Wie Pfeile aus ihrem stieren Aug'
Die forschenden Blicke schießen.

Sie suchte hin, sie suchte her,
Oft mußte sie mühsam verscheuchen
Die fraßbegierige Rabenschar;
Die Mönche hinter ihr keuchen.

Sie suchte schon den ganzen Tag,
Es ward schon Abend – plötzlich
Bricht aus der Brust des armen Weibs
Ein geller Schrei, entsetzlich.

Gefunden hat Edith Schwanenhals
Des toten Königs Leiche.
Sie sprach kein Wort, sie weinte nicht,
Sie küßte das Antlitz, das bleiche.

Sie küßte die Stirne, sie küßte den Mund,
Sie hielt ihn fest umschlossen;
Sie küßte auf des Königs Brust
Die Wunde blutumflossen.

Auf seiner Schulter erblickt sie auch –
Und sie bedeckt sie mit Küssen –
Drei kleine Narben, Denkmäler der Lust,
Die sie einst hineingebissen.

Die Mönche konnten mittlerweil'
Baumstämme zusammenfugen;
Das war die Bahre, worauf sie alsdann
Den toten König trugen.

Sie trugen ihn nach Waltham-Abtei,
Daß man ihn dort begrübe;
Es folgte Edith Schwanenhals
Der Leiche ihrer Liebe.

Sie sang die Totenlitanein
In kindisch frommer Weise;
Das klang so schauerlich in der Nacht –
Die Mönche beteten leise. –

Die Grenadiere

Nach Frankreich zogen zwei Grenadier',
Die waren in Rußland gefangen.
Und als sie kamen ins deutsche Quartier,
Sie ließen die Köpfe hangen.

Da hörten sie beide die traurige Mär,
Daß Frankreich verloren gegangen,
Besiegt und zerschlagen das große Heer –
Und der Kaiser, der Kaiser gefangen.

Da weinten zusammen die Grenadier'
Wohl ob der kläglichen Kunde.
Der eine sprach: „Wie weh wird mir,
Wie brennt meine alte Wunde!"

Der andere sprach: „Das Lied ist aus,
Auch ich möcht' mit dir sterben,
Doch hab ich Weib und Kind zu Haus,
Die ohne mich verderben."

„Was schert mich Weib, was schert mich Kind,
Ich trage weit beßres Verlangen;
Laß sie betteln gehn, wenn sie hungrig sind –
Mein Kaiser, mein Kaiser gefangen!

Gewähr mir, Bruder, eine Bitt':
Wenn ich jetzt sterben werde,
So nimm meine Leiche nach Frankreich mit,
Begrab mich in Frankreichs Erde.

Das Ehrenkreuz am roten Band
Sollst du aufs Herz mir legen;
Die Flinte gib mir in die Hand
Und gürt mir um den Degen.

So will ich liegen und horchen still,
Wie eine Schildwach, im Grabe,
Bis einst ich höre Kanonengebrüll
Und wiehernder Rosse Getrabe.

Dann reitet mein Kaiser wohl über mein Grab,
Viel Schwerter klirren und blitzen;
Dann steig' ich gewaffnet hervor aus dem Grab –
Den Kaiser, den Kaiser zu schützen!"

Der Mohrenkönig

Ins Exil der Alpuxarren
Zog der junge Mohrenkönig;
Schweigsam und das Herz voll Kummer
Ritt er an des Zuges Spitze.

Hinter ihm auf hohen Zeltern
Oder auch in güldnen Sänften
Saßen seines Hauses Frauen;
Schwarze Mägde trägt das Maultier.

Hundert treue Diener folgen
Auf arabisch edlen Rappen;
Stolze Gäule, doch die Reiter
Hängen schlottrig in den Sätteln.

Keine Zimbel, keine Pauke,
Kein Gesangeslaut ertönte;
Nur des Maultiers Silberglöckchen
Wimmern schmerzlich in der Stille.

Auf der Höhe, wo der Blick
Ins Duerotal hinabschweift,
Und die Zinnen von Granada
Sichtbar sind zum letzten Male,

Dorten stieg vom Pferd der König
Und betrachtete die Stadt,
Die im Abendlichte glänzte,
Wie geschmückt mit Gold und Purpur.

Aber, Allah! Welch ein Anblick!
Statt des vielgeliebten Halbmonds
Prangen Spaniens Kreuz und Fahnen
Auf den Türmen der Alhambra.

Ach, bei diesem Anblick brachen
Aus des Königs Brust die Seufzer,
Tränen überströmten plötzlich
Wie ein Sturzbach seine Wangen.

Düster von dem hohen Zelter
Schaut herab des Königs Mutter,
Schaut auf ihres Sohnes Jammer,
Und sie schalt ihn stolz und bitter.

„Boabdil el Chico", sprach sie,
„Wie ein Weib beweinst du jetzo
Jene Stadt, die du nicht wußtest
Zu verteid'gen wie ein Mann."

Als des Königs liebste Kebsin
Solche harte Rede hörte,
Stürzte sie aus ihrer Sänfte
Und umhalste den Gebieter.

„Boabdil el Chico", sprach sie,
„Tröste dich, mein Heißgeliebter,
Aus dem Abgrund deines Elends
Blüht hervor ein schöner Lorbeer.

Nicht allein der Triumphator,
Nicht allein der sieggekrönte
Günstling jener blinden Göttin,
Auch der blut'ge Sohn des Unglücks,

Auch der heldenmüt'ge Kämpfer,
Der dem ungeheuren Schicksal
Unterlag, wird ewig leben
In der Menschen Angedenken." –

„Berg des letzten Mohrenseufzers"
Heißt bis auf den heut'gen Tag
Jene Höhe, wo der König
Sah zum letztenmal Granada.

Lieblich hat die Zeit erfüllet
Seiner Liebsten Prophezeiung,
Und des Mohrenkönigs Name
Ward verherrlicht und gefeiert.

Nimmer wird sein Ruhm verhallen,
Ehe nicht die letzte Saite
Schnarrend losspringt von der letzten
Andalusischen Gitarre.

Die Wallfahrt nach Kevlaar

I.

Am Fenster stand die Mutter,
Im Bette lag der Sohn.
„Willst du nicht aufstehn, Wilhelm,
Zu schaun die Prozession?" –

„Ich bin so krank, o Mutter,
Daß ich nicht hör' und seh';
Ich denk' an das tote Gretchen,
Da tut das Herz mir weh." –

„Steh auf, wir wollen nach Kevlaar,
Nimm Buch und Rosenkranz;
Die Mutter Gottes heilt dir
Dein krankes Herze ganz."

Es flattern die Kirchenfahnen,
Es singt im Kirchenton;
Das ist zu Köllen am Rheine,
Da geht die Prozession.

Die Mutter folgt der Menge,
Den Sohn, den führet sie,
Sie singen beide im Chore:
„Gelobt seist du, Marie!"

II.

Die Mutter Gottes zu Kevlaar
Trägt heut ihr bestes Kleid;
Heut hat sie viel zu schaffen,
Es kommen viel kranke Leut'.

Die kranken Leute bringen
Ihr dar als Opferspend'
Aus Wachs gebildete Glieder,
Viel wächserne Füß' und Händ'.

Und wer eine Wachshand opfert,
Dem heilt an der Hand die Wund',
Und wer einen Wachsfuß opfert,
Dem wird der Fuß gesund.

Nach Kevlaar ging mancher auf Krücken,
Der jetzo tanzt auf dem Seil',
Gar mancher spielt jetzt die Bratsche,
Dem dort kein Finger war heil.

Die Mutter nahm ein Wachslicht
Und bildete draus ein Herz.
„Bring das der Mutter Gottes,
Dann heilt sie deinen Schmerz."

Der Sohn nahm seufzend das Wachsherz,
Ging seufzend zum Heiligenbild;
Die Träne quillt aus dem Auge,
Das Wort aus dem Herzen quillt:

„Du Hochgebenedeite,
Du reine Gottesmagd,
Du Königin des Himmels,
Dir sei mein Leid geklagt!

Ich wohnte mit meiner Mutter
Zu Köllen in der Stadt,
Der Stadt, die viele hundert
Kapellen und Kirchen hat.

Und neben uns wohnte Gretchen,
Doch ist sie tot jetzund –
Marie, dir bring ich ein Wachsherz,
Heil du meine Herzenswund'.

Heil du mein krankes Herze,
Ich will auch spät und früh
Inbrünstiglich beten und singen:
Gelobt seist du, Marie!"

III

Der kranke Sohn und die Mutter,
Die schliefen im Kämmerlein;
Da kam die Mutter Gottes
Ganz leise geschritten herein.

Sie beugte sich über den Kranken
Und legte ihre Hand
Ganz leise auf sein Herze,
Und lächelte mild und schwand.

Die Mutter schaut alles im Traume
Und hat noch mehr geschaut;
Sie erwachte aus dem Schlummer,
Die Hunde bellten so laut.

Da lag dahingestrecket
Ihr Sohn, und der war tot;
Es spielt auf den bleichen Wangen
Das lichte Morgenrot.

Die Mutter faltet' die Hände,
Ihr war, sie wußte nicht wie;
Andächtig sang sie leise:
„Gelobt seist du, Marie!"

Johann Gottfried Herder (1744–1803)

Erlkönigs Tochter

Herr Oluf reitet spät und weit,
Zu bieten auf seine Hochzeitsleut'.

Da tanzen die Elfen auf grünem Land,
Erlkönigs Tochter reicht ihm die Hand.

„Willkommen, Herr Oluf! Was eilst von hier?
Tritt hier in den Reihen und tanz mit mir."

„Ich darf nicht tanzen, nicht tanzen ich mag,
Frühmorgen ist mein Hochzeitstag."

„Hör an, Herr Oluf, willst tanzen mit mir,
Zwei güldene Sporen schenk' ich dir.

Ein Hemd von Seide so weiß und fein,
Meine Mutter bleicht's mit Mondenschein."

„Ich darf nicht tanzen, nicht tanzen ich mag,
Frühmorgen ist mein Hochzeitstag."

„Hör an, Herr Oluf, willst tanzen mit mir,
Einen Haufen Goldes schenk' ich dir."

„Einen Haufen Goldes nähm' ich wohl;
Doch tanzen ich nicht darf noch soll."

„Und willst, Herr Oluf, nicht tanzen mit mir,
Soll Seuch' und Krankheit folgen dir."

Sie tät einen Schlag ihm auf sein Herz,
Noch nimmer fühlt' er solchen Schmerz.

Sie hob ihn bleichend auf sein Pferd:
„Reit heim nun zu deinem Fräulein wert."

Und als er kam vor des Hauses Tür,
Seine Mutter zitternd stand dafür.

„Hör an, mein Sohn, sag an mir gleich,
Wie ist deine Farbe blaß und bleich?“

„Und sollt' sie nicht sein blaß und bleich,
Ich traf in Erlenkönigs Reich.“

„Hör an, mein Sohn, so lieb und traut,
Was soll ich nun sagen deiner Braut?“

„Sagt ihr, ich sei im Wald zur Stund',
Zu proben da mein Pferd und Hund.“

Frühmorgens und als es Tag kaum war,
Da kam die Braut mit der Hochzeitsschar.

Sie schenkten Met, sie schenkten Wein:
„Wo ist Herr Oluf, der Bräutigam mein?“

„Herr Oluf, er ritt in' Wald zur Stund',
Er probt allda sein Pferd und Hund.“

Die Braut hob auf den Scharlach rot,
Da lag Herr Oluf, und er war tot.

Der Schiffer

Der König sitzt in Dumferlingsschloß,
Er trinkt blutroten Wein:
„O, wo treff' ich ein'n Segler an,
Dies Schiff zu segeln mein?“

Auf und sprach ein alter Ritter,
Saß rechts an Königs Knie:
„Sir Patrik Spence ist der beste Segler
Im ganzen Land allhie.“

Der König schrieb ein'n breiten Brief,
Versiegelt ihn mit seiner Hand
Und sandt ihn an Sir Patrik Spence,
Der wohnt am Meeresstrand.

Die erste Zeil' Sir Patrik las,
Laut Lachen schlug er auf!
Die zweite Zeil' Sir Patrik las,
Eine Trän' ihm folgte drauf.

„O wer, wer hat mir das getan,
Hat weh getan mir sehr;
Mich auszusenden in dieser Zeit,
Zu segeln auf dem Meer?

Macht fort, macht fort, mein wack're Leut,
Unser gut Schiff segelt morgen!“ –
„O sprecht nicht so, mein lieber Herr,
Da sind wir sehr in Sorgen.

Gestern abend sah ich den neuen Mond,
Ein Hof war um ihn her;
Ich fürcht, ich fürcht, mein lieber Herr,
Ein Sturm uns wartet schwer.“

O edle Schotten, sie wußten lang
Zu wahr'n ihre Korkholzschuh;
Doch lang überall das Spiel gespielt,
Schwammen ihre Hüte dazu.

O lang, lang mögen ihre Frauen sitzen,
Den Fächer in ihrer Hand,
Eh je sie sehn Sir Patrik Spence
Ansegeln an das Land.

O lang, lang mögen ihre Frauen stehn,
Den Goldkamm in dem Haar,
Und warten ihrer lieben Herrn,
Sie sehn sie nimmer gar.

Dort über, hinüber nach Aberdour,
Tief fünfzig Faden im Meer,
Da liegt der gute Sir Patrik Spence,
Sein' Edlen um ihn her.

Edward

„Dein Schwert, wie ist's von Blut so rot?
Edward, Edward!
Dein Schwert, wie ist's von Blut so rot,
Und gehst so traurig her? – Oh!"
„Oh, ich hab geschlagen meinen Geier tot,
Mutter, Mutter!
Oh, ich hab geschlagen meinen Geier tot,
Und keinen hab ich wie er! – Oh!"

„Dein's Geiers Blut ist nicht so rot,
Edward, Edward!
Dein's Geiers Blut ist nicht so rot,
Mein Sohn, bekenn mir frei – Oh!"
„Oh, ich hab geschlagen mein Rotroß tot;
Mutter, Mutter!
Oh, ich hab geschlagen mein Rotroß tot;
Und 's war so stolz und treu – Oh!"

„Dein Roß war alt, und hast's nicht not,
Edward, Edward!
Dein Roß war alt, und hast's nicht not.
Dich drückt ein andrer Schmerz – Oh!"
„Oh, ich hab geschlagen meinen Vater tot,
Mutter, Mutter!
Oh, ich hab geschlagen meinen Vater tot,
Und weh, weh ist mein Herz – Oh!"

„Und was für Buße willst du nun tun?
Edward, Edward!
Und was für Buße willst du nun tun?
Mein Sohn, bekenn mir mehr – Oh!“
„Auf Erden soll mein Fuß nicht ruhn,
Mutter, Mutter!
Auf Erden soll mein Fuß nicht ruhn,
Will gehn fern übers Meer – Oh!“

„Und was soll werden dein Hof und Hall’?
Edward, Edward!
Und was soll werden dein Hof und Hall’?
So herrlich sonst und schön – Oh!“
„Ich laß es stehn, bis es sink’ und fall’,
Mutter, Mutter!
Ich laß es stehn, bis es sink’ und fall’
Mag nie es wieder sehn. – Oh!“

„Und was soll werden dein Weib und Kind?
Edward, Edward!
Und was soll werden dein Weib und Kind,
Wenn du gehst übers Meer? – Oh!“
„Die Welt ist groß, laß sie betteln darin,
Mutter, Mutter!
Die Welt ist groß, laß sie betteln darin,
Ich seh’ sie nimmermehr – Oh!“

„Und was willst du lassen deiner Mutter teu’r?
Edward, Edward!
Und was willst du lassen deiner Mutter teu’r?
Mein Sohn, das sage mir! – Oh!“
„Fluch will ich Euch lassen und höllisch Feu’r,
Mutter, Mutter!
Fluch will ich Euch lassen und höllisch Feu’r,
Denn Ihr, Ihr rietet’s mir! – Oh!“

Das Mädchen am Ufer

Die See war wild im Heulen,
Der Sturm, er stöhnt' mit Müh,
Da saß das Mädchen weinend,
Am harten Fels saß sie,
Weit über Meeres Brüllen
Warf Seufzer sie und Blick,
Nicht konnt's ihr Seufzer stillen,
Der matt ihr kam zurück.

„Ein Jahr nun hin und drüber,
Ein Jahr voll bitterm Weh!
O, warum gingst du, Lieber,
Und trautest dich der See?
Hör auf, hör auf zu toben,
O Sturm, und gönn ihm Ruh!
Hier in der Brust das Toben,
Ach, wütet mehr als du.

Der Kaufmann schätzegierig,
Verzweifelnd flucht er dir;
Was ist verlieren Schätze
Zu dem, was ich verlier?
Und würfst du ihn auf Küsten
Von Gold und Demant schwer;
Ein' Reichre kann er finden,
Ein' Treure nimmermehr."

So seufzend, weinend lag sie,
Erharrend, ihn zu sehn;
In jeden Sturm floß Seufzen
In jede Wog eine Trän',
Als schnell auf weißen Wellen
Ein blasser Leichnam schwamm,
Tot sank auf ihn das Mädchen,
Er war – ihr Bräutigam.

Hans Hopfen
(1835–1904)

Die Sendlinger Bauernschlacht

Nun wollen wir aber heben an,
Von einer Christnacht melden,
Aus den Bergen ziehn gen München heran
Fünftausend männliche Helden.
Der Gemsbart und der Spielhahnschweif
Sind drohend gerückt nach vorne,
An ihren Bärten klirrt der Reif,
Ihr Auge glüht vor Zorne;
Sie schwenken die Sense, die Keule, das Schwert,
Fünfhundert sind mit Büchsen bewehrt,
Und wie die Schneelahn wächst die Schar
Von den Bergen rollend im Monde klar.
Ein Fähnlein himmelblau und weiß
Trägt vor dem Zug ein riesiger Greis;
Das ist der stärkste Mann des Lands,
Der Schmied von Kochel, der Meier Hans;
Von seinen Söhnen sieben
Ist keiner zu Haus geblieben.

„O Kurfürst Max Emanuel,
Wir müssen's bitter klagen,
Daß du für Habsburg Leib und Seel
So oft zu Markt getragen!
Du Belgradstürmer, du Mohrentod,
Du mußtest ins Elend wandern
Und brichst französisch Gnadenbrot
Zu Brüssel jetzt in Flandern.
Es irrt dein Weib auf der Landesflucht,
Deine Waisen weinen in Feindes Zucht,
Gebrandschatzt darben die reichen Gaun,
Man sengt die Fluren, man schändet die Fraun,
Man rädert die Männer um leisen Verdacht,
Man reißt die Söhne vom Stroh zu Nacht,
Sie nach Ungarn zu trommeln ins heiße Blei –
Das Maß ist voll, es birst entzwei;

Drum lieber bayrisch sterben,
Als kaiserlich verderben!

Auch hat die Münchener Bürgerschaft
Uns einen Brief geschrieben,
Daß sie mit ungebrochner Kraft
In Treue fest geblieben.
Wenn wir den roten Isarturm
Nach Mitternacht berennten,
Erhöben drinnen sich zum Sturm
Die Bürger und Studenten.
Denn wie den letzten, teuersten Schatz
Vergruben sie am geheimsten Platz,
Was ihnen geblieben an Waffen und Wehr.
Sie sprechen am Tage sich nimmermehr,
Doch tief in den Kellern bei Fackelbrand
Reicht sich die ganze Stadt die Hand;
Allnächtens zieht von Haus zu Haus
Ein unterirdisches Gebraus,
Ein: Lieber bayrisch sterben,
Als kaiserlich verderben!

Wir klopfen ans Tor, nun laßt uns ein!" –
Da geht von den Wällen ein Blitzen
Und feurigen Tod zum Willkommen spein
Gutkaiserliche Haubitzen;
Und Straßen auf und Straßen ab
Musketen und Granaten –
Wer hat die Landsleut an das Grab,
An Österreich verraten?
Der Pfleger von Starnberg war der Wicht!
Mein Lied nenn seinen Namen nicht,
Verdammnis und Vergessenheit
Begrab ihn heut und allezeit,
Sein Kleid sei gelb, sein Haar sei rot,
Sein Stammbaum des Ischariot! –
In Tränen flucht die Bürgerschaft,
Ihr blieb keine Klinge, kein Rohr, kein Schaft;
Sie ward in wenig Stunden
Entwaffnet und gebunden.

„Doch spie die Höll aus dem roten Turm:
Der Landsturm von den Bergen,
Er nimmt die Münchner Stadt mit Sturm
Trotz Kaiser Josephi Schergen!"

Die Brücke dröhnt, die Nacht wird hell,
Hie Wirbeln, Schreien, Knallen,
Vom „Hurra Max Emanuel!"
Die Gassen widerhallen.
Schon rief der Feldmarschall von Wendt:
„Die Sache nimmt ein schlechtes End;
Wo bleibt des Kriechbaum Reiterei?
Ich rief sie doch im Flug herbei!"
Da rasselten über den Brückenkopf
Mit rotem Mantel und doppeltem Zopf
Die fremden Schwadronen die Kreuz und die Quer,
Von den Wällen schlugen die Bomben schwer,
Die Landsleut in der Mitten,
Die haben viel hart gestritten.

Sie flohen über die Heide breit,
Durch tiefverschneite Fluren,
Im Rücken und an jeder Seit
Kroaten und Panduren.
Dort sind wohl ihrer tausend und meh
Unter Rosseshufe gesunken
Und haben den blutigen Weihnachtsschnee
Als Wegzehrung getrunken.
Ein Friedhof steht am Hügelrand,
Den erklommen die Bauern mit Knie und Hand,
Auf dem Glatteis ringend im Einzelkampf
Unter Kolbenstößen im Pulverdampf,
Bis von dem Rest der treuen Schar
Der steile Hof erklettert war.
Da stieß in ein verschneites Grab
Der greise Schmied den Fahnenstab:
„Hie lieber bayrisch sterben,
Als kaiserlich verderben!"

Heiß kochte der Schnee, die Nacht war lang,
Durchs Knattern der Musketen
Zog sich's wie Orgel- und Glockenklang,
Wie fernher wanderndes Beten.
Und ein Bauer ein weißes Tuch aufband,
Er tat's an der Sense schwenken,
Er mußte des Jammers im bergigen Land,
Der Witwen und Waisen gedenken.
– „Von der Zugspitz bis zum Wendelstein
Nur Sturmgeläut und Feuerschein,

Derweil zwischen Hufschlag, Schnee und Blei
Wir fruchtlos fallen vor Hahnenschrei.
Wir haben's verspielt ohne Nutz und Lohn,
Drum, feindlicher Obrist, gib uns Pardon,
Daß die Dreihundert, die wir noch sind,
Heimziehen dürfen zu Weib und Kind –"
Drauf ist unter Blitz und Knallen
Der Sprecher vom Stein gefallen.

Da schlossen ums brennende Gotteshaus
Die Landsleut eine Kette
Und knallten und schrien in die Welt hinaus
Eine furchtbare Weihnachtsmette.
Als der Hahn im Dorfe zu krähen begann,
War all ihr Blei verschossen,
Sie hingen würgend Mann an Mann
Auf den schäumenden Ungarrossen;
Und als an die Glocken der Frühwind fuhr,
Da stand von den Bauern ein einziger nur,
Das war der stärkste Mann des Lands,
Der Schmied von Kochel, der Meier Hans;
Mit einer Keule von Eisenguß
Drosch er sie nieder zu Pferd und Fuß,
Doch als die Sonne zur Erde sah,
Seine sieben Söhne lagen da
Ums Fähnlein, das zerfetzte;
Der Vater war der letzte.

Nun tröst euch Gott im Himmelreich,
Ihr abgeschiednen Seelen!
Es wird von solchem Bauernstreich
Noch Kindeskind erzählen.
Wohl manch ein Mann, wohl manch ein Held
Geht um in deutschen Weisen,
Wir wollen den, der Treue hält,
Vor allen andern preisen,
Der trotz Verrat und Hochgericht
Von seinem Wort kein Jota bricht.
Jetzt aber sagt, wo kehren wir ein?
Ich denk, heut soll's in Sendling sein.
Vorbei am Friedhof führt die Straß,
Da grüßen wir unters verschneite Gras:
„Hie lieber bayrisch sterben,
Als kaiserlich verderben!"

Ricarda Huch
(1864–1947)

Saul

Wie unterm Sternenheer der Morgenstern,
So unter Menschen strahlte Saul im Glück
Und Kraft und Tugend; er gefiel dem Herrn.
Doch ungebändigt, blindlings schreitet das Geschick.

Kein Auge sieht es; aber der Prophet,
Samuel, erkannte schaudernd seinen Gang,
Zum König tritt er: „Saul, sprich ein Gebet,
Du bist verworfen! Sei um deine Seele bang.“

– „Ist nicht von Rosen nachts mein Bett umkränzt?
Entsproßten Früchte süß nicht dem Verein,
Wie rot im Laube die Granate glänzt,
Wie voll am Rebenstocke schwillt der edle Wein?

Mich liebt mein Volk, und führ ich es zur Schlacht,
So jauchzt es: Unser König zieht voran,
Wie tags in Wolken und im Feur bei Nacht
Jehova gnädig durch die Wüste einst getan!“ –

– „An deines Bettes Rosen nagt der Wurm!
Die Früchte fallen ab! Glänzt auch dein Haus
Wie eine Sonne, – horch, schon rauscht der Sturm
Und löscht die strahlende wie eine Fackel aus!“ –

Der König lächelt, doch ihm graut geheim.
Wie rott ich aus des Unheils Samenkorn?
Schon aber bricht hervor der junge Keim.
Der zarte Stiel verdichtet sich zum scharfen Dorn.

Doch wähnt er noch, er hemme seinen Trieb.
Zu dem Propheten, den das Grab verschlang,
Hebt er die Stimme: „Gib mir Antwort, gib,
Samuel! Und höre meines Rufes Erdenklang:

Die Tochter, die ich liebe, folgt dem Feind,
Mein liebstes Kind, mein Stolz, mein junger Sohn
Hat sich in heilger Freundschaft ihm geeint.
Schwermut, die dunkelfarbige, teilt meinen Thron.

Noch einmal komm aus der Verbannung Land,
Samuel! Wann bricht mein Stern aus Wolken vor?
Wann reckt der Herr mir gnädig seine Hand
Und teilt die Wetterwolken, die er herbeschwor?"

„Ich komme. Staub und Erde ist mein Kleid,
Die sternenlose Nacht mein kaltes Haus.
Was rufst du mich? Vergebens ist dein Streit.
Dein Morgenrot ist hin, dein goldner Tag ist aus.

Und ständen Babels Völker wie ein Wall
Um dich, sie wehrten nicht dein Schicksal ab.
Es naht und naht, es bringt dich jäh zu Fall
Und zieht dich und dein Haus in das gegrabne Grab." –

Er sinkt. Und unaufhaltsam naht und naht
Schon jener Engel, dessen strenge Hand
Der Menschen Arme lenkt zu blinder Tat
Und ihre Seelen hält an unsichtbarem Band.

„Und doch entflieh ich dir, betrüg ich dich!"
Der König rufts. „Sieh her, dein Sieg ist faul!"
Er stürzt sich in sein Schwert. – „Erkennst du mich?"
Raunt ihm der Engel zu und lächelt. – So starb Saul.

Gottfried Keller
(1819–1890)

Der Narr des Grafen von Zimmern

Was rollt so zierlich, klingt so lieb
Treppauf und -ab im Schloß?
Das ist des Grafen Zeitvertreib
Und stündlicher Genoß:
Sein Narr, annoch ein halbes Kind
Und rosiges Gesellchen,
So leicht und luftig wie der Wind,
Und trägt den Kopf voll Schellchen.

Noch ohne Arg, wie ohne Bart,
An Possen reich genug,
Ist doch der Fant von guter Art
Und in der Torheit klug;
Und was vergecken und verdrehn
Die zappeligen Hände,
Gerät ihm oft wie aus Versehn
Zuletzt zum guten Ende.

Der Graf mit seinem Hofgesind
Weilt in der Burgkapell,
Da ist, wie schon das Amt beginnt,
Kein Ministrant zur Stell.
Rasch nimmt der Pfaff den Narrn beim Ohr
Und zieht ihn zum Altare;
Der Knabe sieht sich fleißig vor,
Daß er nach Bräuchen fahre.

Und gut, als wär ers längst gewohnt,
Bedient er den Kaplan;
Doch wanns die Müh am besten lohnt,
Bricht oft der Unstern an;
Denn als die heilge Hostia
Vom Priester wird erhoben,
O Schreck! So ist kein Glöcklein da,
Den süßen Gott zu loben!

Ein Weilchen bleibt es totenstill,
Erbleichend lauscht der Graf,
Der gleich ein Unheil ahnen will,
Das ihn vom Himmel traf,
Doch schon hat sich der Narr bedacht,
Den Handel zu versöhnen;
Die Kappe schüttelt er mit Macht,
Daß alle Glöcklein tönen!

Da strahlt von dem Ziborium
Ein goldnes Leuchten aus;
Es glänzt und duftet um und um
Im kleinen Gotteshaus,
Wie wenn des Himmels Majestät
In frischen Veilchen läge:
Der Herr, der durch die Wandlung geht,
Er lächelt auf dem Wege!

Im Meer

Der Himmel hängt wie Blei so schwer
Dicht auf dem wildempörten Meer;
Ein englisch Segel, fast die Quer,
Schießt wie ein Pfeil darüber her.

Ein Messer, so das Meer sich schliff,
Da starrt ein scharfes Felsenriff
Und schlitzt das Engelländerschiff;
Das Meer tut einen guten Griff.

Viel tausend Bibeln sind die Fracht,
Die sinken in die Wassernacht;
Schon hat in blanker Schuppentracht
Das Seevolk sich herbeigemacht.

Da wimmelt es von Lurch und Fisch,
Sie sitzen am Korallentisch,
Her schießt der Leviathan risch
Was ist das für ein Flederwisch.

Die Seeschlang als die Königin
Kommt auch und blättert her und hin,
Sie putzt die Brill und liest darin
Verkehrt und findet keinen Sinn.

Sie ziehn den Steuermann empor
Und halten ihm die Bibel vor;
Doch der zu schweigen sich verschwor –
Das Meer durchbraust sein taubes Ohr.

Justinus Kerner
(1786–1862)

Zu Wartburg unterm Lindenbaum
Der junge Landgraf lag im Traum:
Es sangen Nachtigallen,
Der Mond zog durch den Himmel blau,
Der Landgraf sah die zärt'ste Frau
Über ferne Berge wallen.

Die Sonne kam, der Graf erwacht;
Ein Wanderer, zog er Tag und Nacht,
Den treuen Leu zur Seite. –
Zu Ungarn unter einer Lind'
Sanct Elsbeth schlief, das fromme Kind;
Der Leue wollt' nicht weiter.

Geflohen aus dem Königssaal
War sie, ein Kind, ins stille Tal,
Mit Blumen aufgeblühet.
Der König sandte weit umher,
Sein Kind, das fand er nimmermehr,
So sehr er sich bemühet.

Der Mond zog durch den Himmel blau,
Der Graf erkannt' die zart' Jungfrau,
Es sangen Nachtigallen;
Der Leue auf den Rücken zahm
Gar gern die heil'ge Jungfrau nahm,
Sie zogen über Berg' und Tale.

Sie zogen in das deutsche Land,
Die Jungfrau trug ein weiß Gewand,
Trug Blümlein weiß im Haare;
Sie schlief nur unter grüner Lind',
Sie liebte recht als wie ein Kind
Blumen und Steinlein klare.

Der Landgraf ritt nie auf die Jagd,
Bevor er sie, die süße Magd,
Gütlich in' Arm geschlossen;
Der Landgraf kehrte nie nach Haus,
Bevor er einen seltnen Strauß
Dem seltnen Kind gebrochen.

Doch nie von ihrem Stand er sagt,
Er hieß sie nur „die stille Magd,
Das Kind im weißen Kleide."
Er ließ sie unter der Linde grün
Bei andern schlichten Blumen blühn,
Eine Lilie auf der Heide.

Bald sie, die Magd im weißen Kleid,
Erregte der Hoffrauen Neid,
Die stolz einhergeschritten.
Herr Walther, Schenk von Varila,
Sprach, als er einst dem Grafen nah
Im stillen Wald geritten:

„Traut lieber Herr! So Ihr nicht grollt,
Bescheidentlich ich fragen wollt',
Ob Elsbeth hier verbleibe?
Still trägt die Magd manch herbes Leid,
Schwer drückt sie Eurer Schwester Neid,
Sie hassen all die Weiber."

Der Landgraf drauf in hohem Mut
Sprach: „Siehst du in der Abendglut
Golden die Burgen ragen?
Und bleiben Gold sie bis in' Grund,
Ich lass' sie stehen all' zur Stund,
Eh' ich der Magd entsage."

Da glänzt es auf der Wartburg fern
Wie durch die Lind' der Abendstern,
Sie sahen's purpurn wallen.
Die Wolken zogen freudig schnell,
Die Burgen standen wunderhell,
Drommeten hört' man schallen.

Sie sprengten durch den dunkeln Wald,
Auf Wartburg kamen sie gar bald,
Wohl unter die grüne Linde.
Licht stand in Kron' und Purpurgewand
Bei Rittern aus dem Ungarland
Elsbeth, das Königskinde.

Der König jüngst gestorben war;
Zwölf Edle von der Ritterschar,
Die zogen in die Weite.
Zu Wartburg unter grüner Lind',
Da fanden sie ihr Königskind,
Den goldnen Leu zur Seite.

Sie hatten ihr ins gelbe Haar
Gesetzt zu Blumen die Krone klar,
Die Jungfrau ließ sich's gefallen.
Die Krone warf einen lichten Strahl
Zum Himmel, über Berg und Tal,
Es sangen Nachtigallen.

Der Mond auch trat aus blauer Fern',
Des Leuen Aug' war als ein Stern,
Glutrot die Haar' ihm schienen.
Der Landgraf zog sein glänzend Schwert,
Er schwur bei Sonne, Mond und Erd',
Ewig der Frau zu dienen.

Dann einen Spiegel, treu und rein,
Auszog er aus dem Busen sein:
„Er kömmt vom heil'gen Lande.
Gegraben ist ins Elfenbein
Die Marter des Erlösers mein,
Nimm ihn zum ew'gen Pfande!"

Kaiser Rudolphs Ritt zum Grabe

Auf der Burg zu Germersheim,
Stark am Geist, am Leibe schwach,
Sitzt der greise Kaiser Rudolph,
Spielend das gewohnte Schach.

Und er spricht: „Ihr guten Meister
Ärzte, sagt mir ohne Zagen,
Wann aus dem zerbrochnen Leib
Wird der Geist zu Gott getragen?“

Und die Meister sprechen: „Herr!
Wohl noch heut erscheint die Stunde.“
Freundlich lächelnd spricht der Greis:
„Meister, Dank für diese Kunde!“

„Auf nach Speyer! Auf nach Speyer!“
Ruft er, als das Spiel geendet,
„Wo so mancher deutsche Held
Liegt begraben, sei’s vollendet!

Blast die Hörner! Bringt das Roß,
Das mich oft zur Schlacht getragen!“
Zaudernd stehn die Diener all,
Doch er ruft: „Folgt ohne Zagen!“

Und das Schlachtroß wird gebracht.
„Nicht zum Kampf, zum ew'gen Frieden",
Spricht er, „trage, treuer Freund,
Jetzt den Herrn, den Lebensmüden!"

Weinend steht der Diener Schar,
Als der Greis auf hohem Rosse,
Rechts und links ein Kapellan,
Zieht, halb Leich, aus seinem Schlosse.

Trauernd neigt des Schlosses Lind
Vor ihm ihre Äste nieder,
Vögel, die in ihrer Hut,
Singen wehmutsvolle Lieder.

Mancher eilt des Wegs daher,
Der gehört die bange Sage,
Sieht des Helden sterbend Bild
Und bricht aus in laute Klage.

Aber nur von Himmelslust
Spricht der Greis mit jenen zweien;
Lächelnd blickt sein Angesicht,
Als ritt er zur Lust im Maien.

Von dem hohen Dom zu Speyer
Hört man dumpf die Glocken schallen;
Ritter, Bürger, zarte Fraun
Weinend ihm entgegenwallen.

In den hohen Kaisersaal
Ist er rasch noch eingetreten;
Sitzend dort auf goldnem Stuhl,
Hört man für das Volk ihn beten.

„Reichet mir den heil'gen Leib!"
Spricht er dann mit bleichem Munde.
Drauf verjüngt sich sein Gesicht
Um die mitternächt'ge Stunde.

Da auf einmal wird der Saal
Hell von überird'schem Lichte,
Und entschlummert sitzt der Held,
Himmelsruh im Angesichte.

Glocken dürfen's nicht verkünden,
Boten nicht zur Leiche bieten,
Alle Herzen längs des Rheins
Fühlen, daß der Held verschieden.

Nach dem Dome strömt das Volk,
Schwarz, unzähligen Gewimmels;
Der empfing des Helden Leib,
Seinen Geist der Dom des Himmels.

Der reichste Fürst

Preisend mit viel schönen Reden
Ihrer Länder Wert und Zahl,
Saßen viele deutsche Fürsten
Einst zu Worms im Kaisersaal.

Herrlich, sprach der Fürst von Sachsen,
Ist mein Land und seine Macht,
Silber hegen seine Berge
Wohl in manchem tiefen Schacht.

Seht mein Land in üppger Fülle,
Sprach der Kurfürst von dem Rhein,
Goldne Saaten in den Tälern,
Auf den Bergen edlen Wein!

Große Städte, reiche Klöster,
Ludwig, Herr zu Bayern, sprach,
Schaffen, daß mein Land dem euren
Wohl nicht steht an Schätzen nach.

Eberhard, der mit dem Barte,
Württembergs geliebter Herr,
Sprach: Mein Land hat kleine Städte,
Trägt nicht Berge silberschwer;

Doch ein Kleinod hält's verborgen:
Daß in Wäldern, noch so groß,
Ich mein Haupt kann kühnlich legen
Jedem Untertan in Schoß.

Und es rief der Herr von Sachsen,
Der von Bayern, der vom Rhein:
Graf im Bart: *Ihr* seid der Reichste,
Euer Land trägt Edelstein!

Heinrich von Kleist
(1777–1811)

An Wilhelmine

Nicht aus des Herzens bloßem Wunsche keimt
Des Glückes schöne Götterpflanze auf.
Der Mensch soll mit der Mühe Pflugschar sich
Des Schicksals harten Boden öffnen, soll
Des Glückes Erntetag sich selbst bereiten,
Und Taten in die offnen Furchen streun.

Er soll mit Etwas den Genuß erkaufen,
Wärs auch mit des Genusses Sehnsucht nur.

Nicht zu dem Schiffer schwimmet aus der Ferne
Des Indiers goldner Überfluß heran,
Er muß auf ungewissen Brettern sich
Dem trügerischen Meere anvertraun.
Er muß der Sandbank hohe Fläche meiden,
Der Klippe spitzgeschliffnen Dolch umgehn,
Sich mühsam durch der Meere Strudel winden,
Mit Stürmen kämpfen, sich mit Wogen schlagen,
Bis ihn der Küste sichrer Port empfängt.

Auch zu der Liebe schwimmt nicht stets das Glück,
Wie zu dem Kaufmann nicht der Indus schwimmt.
Sie muß sich ruhig, in des Lebens Schiff,
Des Schicksals wildem Meere anvertraun,
Dem Wind des Zufalls seine Segel öffnen,
Es an der Hoffnung Steuerruder lenken,
Und, stürmt es, vor der Treue Anker gehn.
Sie muß des Wankelmutes Sandbank meiden,
Geschickt des Mißtrauns spitzen Fels umgehn,
Und mit des Schicksals wilden Wogen kämpfen,
Bis in des Glückes sichern Port sie läuft.

Johannes Knottnerus
(1824–1898)

Weltherrscher in West und Ost

Als Kaiser Karl zu Aachen saß,
Zu Pfingsten Hof zu halten,
Da kamen Gäste ferne her,
Gar seltsame Gestalten.

Mit weitem, wallendem Gewand,
Mit schwarzem Aug und Bart,
Mit Schwertern wie die Sicheln krumm,
Mit Sitten fremder Art.

Viel Sklaven folgten reich geschmückt
Den stattlichen Gesandten,
Hoch ragten aus dem bunten Zug
Zween mächt'ge Elefanten.

Und wiehernd bog den schlanken Hals
Manch feingegliedert Roß,
Am Scharlachzügel fromm geführt
Vom schwarzen Dienertroß.

Auch brachten schöne Knaben dar
In silbernen Geschirren
Gewürze aus dem Morgenland
Wie Balsam, Weihrauch, Myrrhen.

Doch aller Schätze Köstlichstes
Ein alter Diener trug –
Ein Wunderwerk, die Wasseruhr,
Die jede Stunde schlug.

Und als man sie zum Kaiser führt
Sie neigen sich zur Erden,
Die Arme auf der Brust gekreuzt
Ehrfürchtig an Gebärden.

Und als den Boden dreimal sie
Geküßt mit dem Gesicht,
Da stehn sie vor des Kaisers Stuhl
Ihr Ältester aber spricht:

„O Sultan, deiner Taten Ruhm
Er ist mit hundert Zungen
Vom Okzident zum Orient
Bis Bagdad hin erklungen;

Drum beut dir Harun al Raschid
Im fernen Morgenland,
Der große Fürst der Gläubigen,
Durch uns die Bruderhand.

Er bittet, daß von dir zu ihm
Ein Friedensbund besteht,
Weil Allahs Hand im Westen dich
Im Osten ihn erhöht."

Da neigte Karl in Hulden sich
Und gab mit vollen Händen
Den Gästen reichlich Botensold,
Dem Sultan Gegenspenden.

So reichten über Land und Meer
Zwei Helden sich die Hand,
So huldigte der reiche Ost
Dem fernen Abendland.

Theodor Körner
(1791–1813)

Harras, der kühne Springer

Noch harrte im heimlichen Dämmerlicht
Die Welt dem Morgen entgegen,
Noch erwachte die Erde vom Schlummer nicht,
Da begann sich's im Tale zu regen;
Und es klingt herauf wie Stimmengewirr,
Wie flüchtiger Hufschlag und Waffengeklirr.
Und tief aus dem Wald zum Gefechte
Sprengt ein Fähnlein gewappneter Knechte.

Und vorbei mit wildem Ruf fliegt der Troß,
Wie Brausen des Sturms und Gewitter,
Und voran auf feurig schnaubendem Roß
Fliegt Harras, der mutige Ritter.
Sie jagen, als gält' es den Kampf um die Welt,
Auf heimlichen Wegen durch Flur und Feld,
Den Gegner noch heut zu erreichen,
Und die feindliche Burg zu besteigen.

So stürmen sie fort in des Waldes Nacht
durch den fröhlich aufglühenden Morgen,
Doch mit ihm ist auch das Verderben erwacht,
Es lauert nicht länger verborgen;
Denn plötzlich bricht aus dem Hinterhalt
Der Feind mit doppelt stärk'rer Gewalt,
Das Hüfthorn ruft furchtbar zum Streite,
Die Schwerter entfliegen der Scheide.

Wie der Wald dumpf donnernd widererklingt
Von ihren gewaltigen Streichen!
Die Schwerter klirren, der Helmbusch winkt,
Und die schnaubenden Rosse steigen.
Aus tausend Wunden strömt schon das Blut,
Sie achten's nicht in des Kampfes Glut,
Und keiner will sich ergeben,
Denn Freiheit gilt's oder Leben.

Doch dem Häuflein des Ritters wankt endlich die Kraft,
Der Übermacht muß es erliegen;
Das Schwert hat die meisten hinweggerafft,
Die Feinde, die mächtigen, siegen.
Unbezwingbar nur, eine Felsenburg,
Kämpft Harras noch und schlägt sich durch.
Und sein Roß trägt den mutigen Streiter
Durch die Schwerter der feindlichen Reiter.

Und er jagt zurück in des Waldes Nacht,
Jagt irrend durch Flur und Gehege,
Denn flüchtig hat er des Weges nicht acht,
Er verfehlt die kundigen Stege.
Da hört er die Feinde hinter sich drein,
Da lenkt er tief in den Forst hinein,
Und zwischen den Zweigen wird's helle,
Und er sprengt zur lichteren Stelle.

Da hält er auf steiler Felsenwand,
Hört unten die Wogen brausen;
Er steht an des Zschopautals schwindelndem Rand
Und blickt hinunter mit Grausen.
Und drüben auf waldigen Bergeshöhn
Sieht er seine schimmernde Feste stehn;
Sie blickt ihm freundlich entgegen,
Und sein Herz pocht in lauteren Schlägen.

Ihm ist's, als wenn's ihn hinüberrief,
Doch es fehlen ihm schwingende Flügel,
Und der Abgrund, wohl fünfzig Klafter tief,
Schreckt das Roß, und es schäumt in den Zügel.
Und mit Schaudern denkt er's und blickt hinab,
Und vor sich und hinter sich sieht er sein Grab;
Er hört, wie von allen Seiten
Ihn die feindlichen Scharen umreiten.

Noch sinnt er, ob Tod aus Feindeshand,
Ob Tod in den Wogen er wähle,
Dann sprengt er vor an die Felsenwand
Und befiehlt dem Herrn seine Seele.
Und näher schon hört er der Feinde Troß,
Aber scheu vor dem Abgrunde bäumt sich das Roß;
Doch er spornt's, daß die Fersen bluten,
Und er setzt hinab in die Fluten. –

Und der kühne, gräßliche Sprung gelingt;
Ihn beschützen höh're Gewalten.
Wenn auch das Roß zerschmettert versinkt,
Der Ritter ist wohlerhalten.
Und er teilt die Wogen mit kräftiger Hand,
Und die Seinen stehn an des Ufers Rand
Und begrüßen freudig den Schwimmer. –
Gott verläßt den Mutigen nimmer.

Lützows wilde Jagd

Was glänzt dort vom Walde im Sonnenschein?
Hörs näher und näher brausen.
Es zieht sich herunter in düsteren Reihn,
Und gellende Hörner schallen darein
Und erfüllen die Seele mit Grausen.
Und wenn ihr die schwarzen Gesellen fragt:
Das ist Lützows wilde verwegene Jagd.

Was zieht dort rasch durch den finstern Wald
Und streift von Bergen zu Bergen?
Es legt sich in nächtlichen Hinterhalt;
Das Hurra jauchzt, und die Büchse knallt,
Es fallen die fränkischen Schergen.
Und wenn ihr die schwarzen Jäger fragt:
Das ist Lützows wilde verwegene Jagd.

Die wilde Jagd und die deutsche Jagd
Auf Henkersblut und Tyrannen! –
Drum, die ihr uns liebt, nicht geweint und geklagt!
Das Land ist ja frei, und der Morgen tagt,
Wenn wirs auch nur sterbend gewannen!
Und von Enkeln zu Enkeln seis nachgesagt:
Das war Lützows wilde verwegene Jagd.

August Kopisch
(1799–1853)

Die Heinzelmännchen

Wie war zu Köln es doch vordem
Mit Heinzelmännchen so bequem!
Denn, war man faul – man legte sich
Hin auf die Bank und pflegte sich.
Da kamen bei Nacht,
Eh man's gedacht,
Die Männlein und schwärmten
Und klappten und lärmten
Und rupften
Und zupften,
Und hüpften und trabten
Und putzten und schabten.
Und eh ein Faulpelz noch erwacht,
War all sein Tagewerk bereits gemacht.

Die Zimmerleute streckten sich
Hin auf die Spän und reckten sich.
Indessen kam die Geisterschar
Und sah, was da zu zimmern war.
Nahm Meißel und Beil
Und die Säg' in Eil';
Sie sägten und stachen
Und hieben und brachen,
Berappten
Und kappten,
Visierten wie Falken
Und setzten die Balken.
Eh sich's der Zimmermann versah . . .
Klapp, stand das ganze Haus schon fertig da.

Beim Bäckermeister war nicht Not:
Die Heinzelmännchen backten Brot.
Die faulen Burschen legten sich,
Die Heinzelmännchen regten sich –
Und ächzten daher
Mit den Säcken schwer!
Und kneteten tüchtig
Und wogen es richtig
Und hoben
Und schoben
Und fegten und backten
Und klopften und hackten.
Die Burschen schnarchten noch im Chor:
Da rückte schon das Brot, das neue, vor!

Beim Fleischer ging es just so zu:
Gesell und Bursche lag in Ruh.
Indessen kamen die Männlein her
Und hackten das Schwein in die Kreuz und Quer.
Das ging so geschwind
Wie die Mühl im Wind!
Die klappten mit Beilen,
Die schnitzten an Speilen,
Die spülten,
Die wühlten
Und mengten und mischten
Und stopften und wischten.
Tat der Gesell die Augen auf –
Wapp! Hing die Wurst da schon im Ausverkauf!

Beim Schenken war es so: Es trank
Der Küfer, bis er niedersank,
Am hohlen Fasse schlief er ein,
Die Männlein sorgten um den Wein
Und schwefelten fein
Alle Fässer ein
Und rollten und hoben
Mit Winden und Kloben
Und schwenkten
Und senkten
Und gossen und panschten
Und mengten und manschten.
Und eh der Küfer noch erwacht
War schon der Wein geschönt und fein gemacht.

Einst hatt' ein Schneider große Pein:
Der Staatsrock sollte fertig sein;
Warf hin das Zeug und legte sich
Hin auf das Ohr und pflegte sich.
Da schlüpften sie frisch
In den Schneidertisch;
Und schnitten und rückten
Und nähten und stickten
Und faßten
Und paßten
Und strichen und guckten
Und zupften und ruckten,
Und eh mein Schneiderlein erwacht,
War Bürgermeisters Rock bereits gemacht.

Neugierig war des Schneiders Weib,
Und macht sich diesen Zeitvertreib:
Streut Erbsen hin in nächster Nacht.
Die Heinzelmännchen kommen sacht;
Eins fährt nun aus,
Schlägt hin im Haus,
Die gleiten von Stufen
Und plumpen in Kufen,
Die fallen
Mit Schallen,
Die lärmen und schreien
Und vermaledeien!
Sie springt hinunter auf den Schall
Mit Licht: Husch husch husch husch! –
Verschwinden all!

Oh weh! Nun sind sie alle fort
Und keines ist mehr hier am Ort!
Man kann nicht mehr wie sonsten ruhn,
Man muß nun alles selber tun!
Ein jeder muß fein
Selbst fleißig sein
Und kratzen und schaben
Und rennen und traben
Und schniegeln
Und bügeln
Und klopfen und hacken
Und kochen und backen.
Ach, daß es noch wie damals wär!
Doch kommt die schöne Zeit
nicht wieder her!

Gelimer

Wo ist dein Reich, o Gelimer,
Das große Vandalenreich?
Dein Heer, es irrt zerstreut umher:
Wo fliehst du hin so bleich?

Und als er zu den Marusiern kam,
Die hatten nicht Brot, nicht Wein:
Wie man die Ähren vom Felde nahm,
So mußten sie Speise sein!

Auf einem Berge wohnet er:
Da war an Wasser Not;
Auch nahete der Griechen Heer
Und drohte rings mit Tod.

Und einen Boten sandt er hin
Zum Feind, als nah er kam,
Und bat um eine Laute für ihn,
Um ein Brot und einen Schwamm.

Pharas, des Heeres Hüter, fragt:
„Sonst sprach er nichts dabei?
Er soll sie haben, aber sagt:
Wozu will er die drei?"

„Das Brot will essen Gelimer,
Weil keines er gesehn,
Seitdem mit wunden Füßen er
In die Berge mußte gehn.

Den Schwamm mit Wasser will er dann,
Zu waschen die Augen sein,
Es kam schon lange kein Wasser dazu,
Als seine Tränen allein.

Die Laute soll ein Trost ihm sein
In dieser schweren Zeit,
Drauf will er spielen und singen darein
Ein Lied von seinem Leid!"

Psaumis und Puras

Wer zuerst gefaßt den Enterhaken,
Wer zuerst in Mehons Schiff gesprungen,
Wer allein ihn in den Grund geschmettert,
Jeder weiß es hier im Volk von Maina!
„Komm nur, Psaumis, komm und nimm mir, nimm mir
All die Waffen Mehons! Nimm den Säbel,
Gürt ihn um dir! Nimm die bunte Flinte,
Nimm das ganze Schiff mir, nimm es, nimm es,
Nimm's und trag es deinem Weib ins Haus hin!
Nimm ganz Maina, wirf es in den Schoß ihr!
Ruhig werd ich zuschaun, ungereget,
Ungeregt wie jener Turm der Klippe!
Doch es wird dereinst sich Puras rächen.
Nicht wie schwache Kinder, nein, wie Puras!"

Puras spricht's und wirft die Heldenwaffen,
Die von Gold und Prachtjuwelen schimmern,
Zu den Füßen Psaumis'; der entgegnet:
„Schmähend vor die Füße wirfst du, Puras,
Mir die Waffen, die mit Blut erkämpften,
Die geteilt ich wollte? Wisse, Puras,
So beschmähte Schenkung nimmt kein Psaumis!
Liegen mögen sie am Strand und faulen,
Faulen samt dem Schiff, das wir erbeutet!
Geh und droh mir! All dein Drohen ist mir
Jene Welle, die vom Stein herabtrieft!
Aber wahr vor mir dich! Psaumis' Feindschaft
Wird im heilen Leib das Herz dir treffen!"

Psaumis spricht es. Trauernd rings umdrängt ihn
Mainas Volk; die Krieger und die Greise
Mühn umsonst sich ab, den Haß zu sühnen.
Auseinander trennen sich die Führer,
Scheiden ihre Krieger, ihre Schiffer,
Und, die Beute dort am Ufer lassend,
Wild die Locken schüttelnd, wandeln jetzt sie –
Der am Strand hin, der im Myrtenwalde.
Keiner denkt der Seinen, jeder sinnt nur,
Wie er Leid auf Leid am höchsten türme,
Wie den andern er am tiefsten kränke.

Nur gefolgt von zweien seiner Krieger,
Um den Klippenrand hin wandelt Puras;
Fliegt sein Blick hinauf zur Felsentreppe,
Wo aus uneinnehmbar hoher Grotte
Psaumis' junge Gattin niedersteiget;
Niedersteigt sie, allen Streit zu sühnen.
Aber Puras rufet die Gefährten,
Läßt sie rauben, und, hinabgetragen
In ein Boot sie schleppen, springt hinein dann:
„Schnell hinüber", ruft er, „schnell hinüber
Zu der Reede, zu dem Sklavenkäufer!
Schwinden wird vor Gram der stolze Psaumis,
Hört er, wie sein Weib als Sklavin dienet!"
Schreien vor Entsetzen will die Schöne;
Doch man hält den Dolch ihr dicht ans Auge,
Bis sie stumm wird, gleich dem Bild von Marmor.
Leicht beschwingt von schnellen Ruderschlägen,
Teilt der Kiel die purpurblaue Meerflut.

Als zum Sklavenkäufer sie gelanget,
Nimmt ihr Puras vom Gesicht den Schleier,
Bietet sie zum Kauf für neunzig Goldstück.
„Nicht zu tadeln ist sie", spricht der Fremde,
„ nicht zu tadeln; doch von Psaumis kauft ich
Eben eine Schön're für die Hälfte!"
Da erzitterten die Knie Puras':
„Laß sie schaun, die du gekauft von Psaumis!"
„Schau! Sie liegt am Boden hier, in Ohnmacht,
Bleich von Schrecken; doch sie rötet bald sich,
Wie das Blatt der jungen Frühlingsrose!"
Als nun Puras hinschaut, füllt sein Auge
Schwarzes Dunkel, und das Herz erstarrt ihm,
Wie er seine Gattin schaut, als Sklavin!
Wo die Seele Puras' war, wer sagt es?
Aber zu sich selber sprach die Seele:
„Wahrlich, Psaumis trifft im heilen Leibe
Dir das Herz, wie er vorhin gedrohet!"

Als die Seele Puras' nun zurückkam,
Blickt er auf, als sänn er einen Anschlag, –
Spricht zum Fremden: „Schön ist die Gekaufte,
Schön; doch die ich bringe dir, nicht minder!
Nimm sie für den Preis, den du geboten! –
Mir nicht, – gib das Geld dort meinen Leuten!"

Als nun Psaumis' Gattin so verkauft war
Und entwandert in das Schiff als Sklavin,
Rufet Puras: „Nun, du Sklavenkäufer!
Auf die Segel! Flieg in alle Winde,
Daß von Maina dich kein Schiff erreiche!" –
Staunend hört der Fremde diese Drohung.
Aber Puras jaget nach dem Ufer,
Mit beschwingtem Ruder nach dem Ufer,
Wo bereits die Kunde sich verbreitet
Von des Psaumis Tat und der von Puras. –

Als er nun ans Land springt jähen Sprunges,
Ihm entgegen kommt ihm, tritt ihm Psaumis.
Staunend voreinander stehn sie, starren
Aug in Aug sich an. Gedenkend beide,
Wie sie sich vordem nur Holdes taten,
Wie sie jetzt das Bitterste getan sich,
Starren lange sie; bis beider Augen
Sich mit Tränen füllen, bis sie weinen,
Bis sie sinken Herz an Herz! – Da drängt sich
Freudig rings herzu das Volk von Maina.
Aber Puras hebt das Haupt und rufet:
„Auf nun! Psaumis! Auf, ihr meine Freunde!
Auf! Zu Schiff! Der Fremde spannt die Segel:
Zeigen wir ihm schnell ein Schiff von Maina!"

Ha, wie rührt sich alles nun am Strande,
Auf dem Schiff, im Tauwerk, auf den Masten,
Auf den Rahen! Alle Segel fliegen,
Und im Winde schwebt das Schiff, wie Schwalben
Nur der Wogen weiße Spitzen rührt es,
Tragend Psaumis und den kühnen Puras!
Bald erjagen sie des Fremden Fahrzeug,
Rufen schnell hinüber durch das Sprachrohr:
„Nimm das Geld zurück, das du gezahlet!
Gib heraus die Frauen, gib heraus sie!"
Doch der Überkühne, nicht mit Worten,
Mit Kanonen donnert er die Antwort. –
Ha, wie jagt da das Mainotenschiff ihm
Dicht hinan mit gleichen wilden Donnern!
Es verwickelt sich mit jenes Schnabel!
Mutig wehrt der Feind sich; doch sein Schiff ist
Bald erklettert und zu Grund geschmettert;
Überallhin treiben seine Planken!

Heimwärts mit den Weibern ziehn die Sieger.
Jubellaut empfängt am hohen Strand sie.
Und ein Feuer schüren sie am Strande,
Mächtig, übergroß und überprächtig;
Puras selbst und Psaumis tragen Brände,
Zu verbrennen jene Feindeswaffen,
Mehons Waffen, die den Streit erreget!

Das Wunder im Kornfeld

Der Knecht reitet hinten, der Ritter vorn,
Rings um sie woget das blühende Korn ...
Und wie Herr Attich herniederschaut,
Da liegt im Weg ein lieblich Kind,
Von Blumen umwölbt, sie sind betaut,
Und mit den Locken spielt der Wind.

Da ruft er dem Knecht: „Heb auf das Kind!"
Absteigt der Knecht und langt geschwind:
„O, welch ein Wunder! – Kommt daher!
Denn ich allein erheb es nicht."
Absteigt der Ritter, es ist zu schwer:
Sie heben es alle beide nicht!

„Komm, Schäfer!" – Sie erheben's nicht! –
„Komm, Bauer!" – Sie erheben's nicht!
Sie riefen jeden, der da war,
Und jeder hilft: – Sie heben's nicht!
Sie stehn umher, die ganze Schar
Ruft: „Welch ein Wunder, wir heben's nicht!"

Und das holdselige Kind beginnt:
„Laßt ruhen mich in Sonn und Wind:
Ihr werdet haben ein fruchtbar Jahr,
Daß keine Scheuer den Segen faßt:
Die Reben tropfen vom Moste klar,
Die Bäume brechen von ihrer Last!

Hoch wächst das Gras vom Morgentau,
Von Zwillingskälbern hüpft die Au;
Von Milch wird jede Gölte naß,
Hat jeder Arme genug im Land;
Auf lange füllt sich jedes Faß!"
So sang das Kind da – und verschwand.

Lamissios Kampf mit der Amazonenkönigin

Die Langobarden zogen vom Wurgondaland,
Sie strebten durch die Wälder zum schönen Isterstrand.
Erreicht war die Ostra, da wehrten den Übergang
Die Schildjungfrauen den wirbelreichen Strom entlang.

Lamissio bohrte das Auge in die schimmernden Reih'n,
Zu schauen ihre Königin; da kam ein lichter Schein:
Viel schöner als sein Traumbild durchging sie die herrliche Schar,
Die, von den Rossen gesprungen, ein Schmuck der grünen Ufer war.

„Laßt uns hinüber!" rief da König Agelmund:
„Denn, wenn wir darum kämpfen, wird manches Haupt euch wund."
Da sprach die schöne Königin: „Kommt her und kämpft!
Hier ward schon manchem Helden der kecke Feuermut gedämpft.

Doch wollt ihr Blut sparen, schickt einen Mann daher,
Mit mir im Strom zu kämpfen, mit Schwert oder Speer.
Besiegt er mich, so stehe frei der Übergang!"
Sie rief's, indem sie kühn sich ins wilde Wirbelwasser schwang.

Schon schwimmend rief sie weiter: „Und sieg ich selbst, so kehrt!"
„Es gilt!" sprach der König: „Den Spruch halt ich wert.
Wer der jungen Kämpen will den Kampf besteh'n?" –
Da sah man den Lamissio vor fliegen mehr als geh'n.

Hell in Waffen strahlend sprang er in die Flut.
Zu kämpfen mit der Königin, zu prüfen Mut an Mut.
Da schlugen sie, im Schwimmen, Schwert an Schwert,
Daß Funken ins Wasser fielen: Sie waren beid' einander wert.

Lamissio hätte gerne noch lebend sie gefah'n
Und sich zum Weib genommen; sie war so wohlgetan;
Doch wehrte sich die Königin und führte Schlag auf Schlag,
Der Strom entführte beide hinab, wo eine Sandbank lag.

Da standen sie empor nun und troffen Flut und Blut,
Hei, wie dort auf dem Sande entbrannte der Schönen Wut!
Der Held vermied zu schlagen: Nach Minne rang sein Sinn;
Da fielen wie Hagel auf Hagel die Schläge der schönen Königin.

Er rief ihr zu im Kampfe: „Du bist zum Kampf zu fein,
Du solltest Friede geben und meine Königin sein!
Was sollen wir uns schlagen wund auf dem gelben Sand?
Laß uns vereint erobern das golderfüllte Donauland!“

Sie sprach: „Ich hab verschworen zu werden Mannes Weib,
Nun ficht! – Und laß uns schauen, wes Seele verläßt den Leib!“
Da schlug sie, doch entgegen warf wieder er den Schild
Und warb von neuem um Liebe; sie aber sprach unmild:

„Geh, wirb um meine Muhme Kunigunde von Kynast!
Dort reite um die Mauer, ob mehr des Glücks du hast,
Als fünfzig andre Helden, die sie dem Tod geweiht
Für ihres Vaters Seele in seiner Totenschar Geleit!“ –

Der Kämpe sprach: „Ich werbe um deine Muhme nicht;
Von dir nur träumt' ich immer!“ – Sie aber sprach: „Nun ficht!
Und spare deiner Worte!“ – Er wieder sprach geschwind:
„Um dich zu werben, komm' ich!“ – Sie aber schlug das in den Wind.

Von neuem sprach der Hehre: „Du bist im Streit so kühn:
Von deiner Augen Blitzen will mein Herz verglühn!
Wie soll ich mit dir fechten, bezwingt dein Zauber mich?“ –
Die schöne Frau entgegnet: „Vor meinen Streichen schirme dich!“

Da schrie ihm nach vom Ufer der Langobarden Drang:
„Was zögerst du, Lamissio? Wir harren auf Übergang!
Soll eine Frau hier hemmen unsrer Völker Zug?
Wir finden der schönen Frauen in allen Landen noch genug!“

Dreimal nun kämpft er, dreimal hemmt Sehnen ihn,
Das schöne Weib zu minnen. – Als wiederum sie schrien,
Tanzt er den Waffenreigen, bis er die Schöne faßt
Und hochgeschwungen hinträgt die panzerschwere Minnelast.

Da sandten vom andern Ufer die Jungfrau'n wilden Schrei,
Daß sich die Trotzendschöne von seinem Arm befrei'!
Und, eh er von der Sandbank die ringende Beute trug,
War sie den ringenden Armen entschlüpft und stand und droht' und schlug!

Sie schlug ihm vom Helm die Krone, daß die Jungfrau'n schrien:
„Gewonnen! Ihr Langobarden müßt zurückeziehn!“ –
Lamissio aber weilte nachsinnend, was er tu'. –
Da riefen die Langobarden ihm wilde Zornesreden zu.

Die trafen ihn wie Pfeile! Da ward sein Herz zu Stahl,
Nicht mehr der Minne denkend schlug er Strahl auf Strahl
Aus der Königin Helme, aus ihrem hallenden Schild.
Wohl flehte sie nun mit Blicken, er aber war nun ihr unmild.

Sie blickte so bange, weil Minne nun sie bezwang,
Als gleich den Wettern des Himmels sein Schwertgewitter klang.
Ihr Schild fiel zerhauen, ihr Helm zerschmettert brach
Und flog vom Haupt zu Boden: Sie aber sank seufzend nach.

Wie die gefällte Tanne lag sie im Sand und schwieg;
Da schrien die Langobarden mit hellem Rufe: „Sieg!"
Doch von dem andern Ufer erscholl ein Klagelaut,
Als die kühnen Jungfrau'n der Allerkühnsten Fall geschaut.

Da zitterte Lamissio Mark, Bein und Herz.
Wieder entbrannt' er in Liebe: Ihr Blick war Schmerz!
Nicht empfand sie die Wunde, nein, nur der Minne Leid;
Nah war nun, den sie liebte, und doch entführt sie Tod so weit!

Ruhm hatte längst ihm ihr strahlend Bild gebracht,
Oft seinen Traum erfüllet mit ihrer Schönheit Macht;
Weshalb zum Kampf er eilte und liebend mit ihr rang,
Bis seines Volkes Ruf ihn zum herben Widerschlage zwang.

Wie wunderbar doch Minne in Menschenseelen ist,
Daß sie empfangne Wunden verzeiht und vergißt,
Und die sie selbst geschlagen, ihr wehe tun allein!
So langte die Königin sterbend nach seines Helmes blut'gem Schein.

Lamissio hub und küßte, die schon des Todes Braut,
Küssend gebroch'nen Auges, liebend nach ihm schaut.
„O weh!" sprach der Starke und schlug sich an die Brust:
„Nun ist dahin die Hehre, des lichten Sonnenscheines Lust!"

Indem kam geschwommen der Langobarden Heer,
Zu Fuß und zu Roß auch die Jungfrau'n daher;
Vertrauend kamen in Tränen sie die Tote zu schau'n:
Bleich, entseelt ruhte die schönste aller Jungfrau'n.

Sie flehten um die Leiche, die Bitte ward gewährt:
Sie huben sie auf ein heil'ges silberweißes Pferd
Und führten sie zum Strande, schwimmend nebenhin.
Vom Schau'n der schönen Jungfrau'n entbrannte rasch der Krieger Sinn.

Nachstürmend ihnen rief mancher Held:
„Auf! Raube jeder, die ihm gefällt!“ –
Der König aber wehrte: „Haltet den Vertrag
Und ehrt die Göttin Ostra, die uns ferner schirmen mag!“

Da zogen sie gelass'ner am Ufer hinauf
Und warfen Sühnungszweige in der Strömung Lauf;
Denn Blut war geflossen in der heil'gen Ostra Flut,
Und Götter sind mächtig zu strafen kecken Frevelmut.

Die Sonne ging zu Golde; aus Tag ward Nacht;
Am Berge lagert das Heer sich, Lamissio aber wacht,
Blickt zwiefach wund zu Tale, wo man die Königin trägt
Und ihr zum Leichenbrande im Schein der Fackeln Tannen schlägt.

Er hört die Klaggesänge heraufschallen hehr,
Allein im Herzen klagt er noch viel mehr:
Er sehnte nach wildrem Kampf sich in großer Männerschlacht
Und nicht vergebens; gewalt'ger erschien der, als der Held gedacht.

Karl Arnold Kortum
(1745–1824)

Wie Hieronymus zum Kandidaten examiniert ward und wie es ihm dabei erging

Der Herr Inspektor machte den Anfang,
Hustete viermal mit starkem Klang,
Schnäuzte und räusperte auch viermal sich
Und fragte, indem er den Bauch strich:

„Ich, als zeitlicher pro tempore Inspektor,
Und der hiesigen Geistlichkeit Direktor,
Frage Sie: Quid sit Episcopus?“
Alsbald antworte Hieronymus:

„Ein Bischof ist, wie ich denke,
Ein sehr angenehmes Getränke
Aus rotem Wein, Zucker und Pomeranzensaft
Und wärmet und stärket mit großer Kraft.“

Über diese Antwort des Kandidaten Jobses
Geschah allgemeines Schütteln des Kopfes,
Der Inspektor sprach zuerst, hem! Hem!
Drauf die andern, secundum ordinem.

Nun hub der Assessor an zu fragen:
„Herr Hieronymus! Tun Sie mir sagen,
Wer die Apostel gewesen sind?“
Hieronymus antwortete geschwind:

„Apostel nennet man große Krüge,
Darin gehet Wein und Bier zur Gnüge,
Auf den Dörfern und sonst beim Schmaus
Trinken die durstigen Burschen daraus.“

Über diese Antwort des Kandidaten Jobses
Geschah allgemeines Schütteln des Kopfes,
Der Inspektor sprach zuerst, hem! Hem!
Drauf die andern, secundum ordinem.

Nun traf die Reihe den Herrn Krager,
Und er sprach: „Herr Kandidat! Sag er,
Wer war der heilige Augustin?“
Hieronymus antwortete kühn:

„Ich habe nie gehört oder gelesen,
Daß ein anderer Augustin gewesen,
Als der Universitätspedell Augustin,
Er zitierte mich oft zum Prorektor hin.“

Über diese Antwort des Kandidaten Jobses
Geschah allgemeines Schütteln des Kopfes,
Der Inspektor sprach zuerst, hem! Hem!
Drauf die andern, secundum ordinem.

Nun folgte Herr Krisch ohn Verweilen
Und fragte: „Aus wie vielen Teilen
Muß eine gute Predigt bestehn,
Wenn nach Regeln sie sollte geschehn?“

Hieronymus, nachdem er sich eine Weile
Bedacht, sprach: „Die Predigt hat zwei Teile,
Den einen Teil niemand verstehen kann,
Den andern Teil aber verstehet man.“

Über diese Antwort des Kandidaten Jobses
Geschah allgemeines Schütteln des Kopfes,
Der Inspektor sprach zuerst, hem! Hem!
Drauf die andern, secundum ordinem.

Nun kam auch an den Herrn Schreier,
Den Hieronymus zu fragen die Reihe,
Er fragte also: „Wie mancherlei
Die Gattung der Engel eigentlich sei?“

Hieronymus tat die Antwort geben:
„Er kenne zwar nicht alle Engel eben.
Doch wär ihm ein blauer Engel bekannt
Auf dem Schild an der Schenke, zum Engel genannt.

Über diese Antwort des Kandidaten Jobses
Geschah allgemeines Schütteln des Kopfes,
Der Inspektor sprach zuerst, hem! Hem!
Drauf die andern, secundum ordinem.

Nun folgte Herr Keffer, der geistliche Herre.
Seine Frage schien zu beantworten sehr schwere.
Sie betraf der Manichäer Ketzerei,
Und was ihr Glaube gewesen sei?

Antwort: „Ja, diese einfältigen Teufel
Glaubten, ich würde sie ohne Zweifel
Vor meiner Abreise bezahlen noch,
Ich habe sie aber geprellet doch."

Über diese Antwort des Kandidaten Jobses
Geschah allgemeines Schütteln des Kopfes,
Der Inspektor sprach zuerst, hem! Hem!
Drauf die andern, secundum ordinem.

Als nun die Prüfung zu Ende gekommen,
Hat Hieronymus einen Abtritt genommen,
Damit man die Sache nach Kirchenrecht
In reife Überlegung nehmen möcht:

„Ob es mit gutem Gewissen zu raten,
Daß man in die Klasse der Kandidaten
Des heiligen Ministerii den
Hieronymum aufnehmen könn."

Es ging also an ein Votieren,
Doch ohne vieles Disputieren
Ward man einig alsobald:
„Es könne zwar dermal und solchergestalt

Herr Hieronymus es gar nicht verlangen,
Den Kandidatenorden zu empfangen,
Jedoch aus besonderer Konsideration
Wolle man stille schweigen davon."

Es hat auch wirklich in vielen Jahren
Kein Fremder davon etwas erfahren,
Sondern jedermann hielt früh und spat
Den Hieronymus für einen Kandidat.

Nikolaus Lenau (Nikolaus Niembsch, Edler von Strehlenau) (1802–1850)

Die drei Indianer

Mächtig zürnt der Himmel im Gewitter,
Schmettert manche Rieseneich' in Splitter,
Übertönt des Niagara Stimme;
Und mit seiner Blitze Flammenruten
Peitscht er schneller die beschäumten Fluten,
Daß sie stürzen mit empörtem Grimme.

Indianer stehn am lauten Strande,
Lauschen nach dem wilden Wogenbrande,
Nach des Waldes bangem Sterbegestöhne;
Greis der eine, mit ergrautem Haare,
Aufrecht überragend seine Jahre,
Die zwei andern seine starken Söhne.

Seine Söhne jetzt der Greis betrachtet,
Und sein Blick sich dunkler jetzt umnachtet
Als die Wolken, die den Himmel schwärzen,
Und sein Aug' versendet wild're Blitze
Als das Wetter durch die Wolkenritze,
Und er spricht aus tief empörtem Herzen:

„Fluch den Weißen! Ihren letzten Spuren!
Jeder Welle Fluch, worauf sie fuhren,
Die, einst Bettler, unsern Strand erklettert!
Fluch dem Windhauch, dienstbar ihrem Schiffe!
Hundert Flüche jedem Felsenriffe,
Das sie nicht hat in den Grund geschmettert!

Täglich übers Meer in wilder Eile
Fliegen ihre Schiffe; gift'ge Pfeile
Treffen unsre Küste mit Verderben.
Nichts hat uns die Räuberbrut gelassen
Als im Herzen tödlich bittres Hassen:
Kommt, ihr Kinder, kommt, wir wollen sterben!"

Also sprach der Alte, und sie schneiden
Ihren Nachen von des Ufers Weiden,
Drauf sie nach des Stromes Mitte ringen;
Und nun werfen sie weithin die Ruder —
Armverschlungen Vater, Sohn und Bruder
Stimmen an, ihr Sterbelied zu singen.

Laut ununterbrochne Donner krachen,
Blitze flattern um den Todesnachen,
Ihn umtaumeln Möwen, sturmesmunter;
Und die Männer kommen, festentschlossen,
Singend schon dem Falle zugeschossen,
Stürzen jetzt den Katarakt hinunter.

Johannes Ziska

Ragend steht der blinde Führer
Ziska dort auf seinem Wagen,
Mit der Donnerstimme herrschend,
Wie die heiße Schlacht zu schlagen.

Steht ein Hauptmann ihm zur Linken
Und ein andrer ihm zur Rechten,
Schildern ihm den Ort getreulich,
Wo es gilt, den Kampf zu fechten.

Lager, Zahl und Zug der Feinde
Melden sie, daß er befehle;
Alles schaut er klar im Strahle
Seiner lichten Feldherrnseele.

In den Tagen, eh der Pfeilschuß
Ihm geraubt das Augenlicht,
Blickt er scharf dem Vaterlande
Ins geliebte Angesicht;

All die Wälder, Ström und Buchten,
Talgewind und Bergesrücken
Eilt er damals dem Gedächtnis
Unauslöschlich einzudrücken.

Und der Genius der Rache
Weiß im Finstern zu erspähen
Jedes Grundstück, wo am besten
Feindesleichen hinzusäen.

Dunkelt auch um Ziskas Körper
Tiefe schimmerlose Nacht,
Gängelt er doch mit dem Geiste
Leicht sein wildes Kind, die Schlacht.

Hüben lenkt die Nacht des Leibes,
Drüben Geistesnacht die Krieger;
Noch in keiner Schlacht bezwungen,
Bleibt auch heute Ziska Sieger.

Ha, wie lauscht dem Kampf der Blinde!
Er erkennt im Sturm der Luft
Jede Waffe an der Stimme,
Wie herbei den Tod sie ruft.

Wildharmonisch seinem Ohre
Rauscht das Ringen zweier Heere,
Waffen, Schlachtruf, Ziskas Leiblied,
Und im Hinsturz Mann und Mähre.

Freudig hört er, wie die Knechte
Sigismunds hinüberfahren,
All die sächsischen Geschwader
Samt den ungar'schen Husaren.

Und dem wilden, blinden Ziska
Geht im Heldenrausch der Ohren
Doch die klare Feldherrnruhe
Seines Geistes nie verloren.

Die Werbung

Rings im Kreise lauscht die Menge
Bärtiger Magyaren froh;
Aus dem Kreise rauschen Klänge.
Was ergreifen die mich so? –
Tiefgebräunt vom Sonnenbrande,
Rotgeglüht von Weinesglut,
Spielt da die Zigeunerbande
Und empört das Heldenblut.

„Laß die Geige wilder singen!
Wilder schlag' das Zimbal du!"
Ruft der Werber, und es klingen
Seine Sporen hell dazu.
Der Zigeuner hört's, und voller
Wölkt sein Mund der Pfeife Dampf;

Lauter immer, immer toller
Braust der Instrumente Kampf,
Braust die alte Heldenweise,
Die vor Zeiten wohl mit Macht
Frische Knaben, welke Greise
Hinzog in die Türkenschlacht.

Wie des Werbers Augen glühn!
Und wie all die Säbelnarben,
Ehrenröslein, purpurfarben,
Ihm auf Wang und Stirne blühn!
Klirrend glänzt das Schwert in Funken,
Das sich oft im Blute wusch;

Auf dem Tschako, freudetrunken,
Taumelt ihm der Federbusch.
Aus der bunten Menge ragen
Einen Jüngling, stark und hoch,
Sieht der Werber mit Behagen:
„Wärest du ein Reiter doch!"

Ruft er aus mit lichtren Augen;
„Solcher Wuchs und solche Kraft
Würden dem Husaren taugen;
Komm und trinke Brüderschaft!"
Und es schwingt der Freudigrasche
Jenem zu die volle Flasche.

Doch der Jüngling hört es schweigend,
In die Schatten der Gedanken,
Die ihn bang und süß umranken,
Still sein schönes Antlitz neigend.
Ihn bewegt das edle Sehnen,
Wie der Ahn ein Held zu sein;

Doch berieseln warme Tränen
Seiner Wangen Rosenschein
Außer denen, die da rauschen
In Musik, in Werberswort,
Scheint er Klängen noch zu lauschen,
Hergeweht aus fernem Ort.

„Komm zurück in meine Arme!"
Fleht sein Mütterlein so bang;
Und die Braut in ihrem Harme
Fleht: „O säume nimmer lang!"
Und er sieht das Hüttchen trauern,
Das ihn hegte mit den Seinen;

Hört davor die Linde schauern
Und den Bach vorüberweinen. –
Pochst du lauter nach den Bahnen
Kühner Taten, junges Herz?
Oder zieht das süße Mahnen
Dich der Liebe heimatwärts?

Also steht er unentschlossen,
Während dort Geworbne schon
Ziehn ins Feld auf flinken Rossen,
Lustig mit Trompetenton.
„Komm in unsre Reiterscharen!"
Fällt der Werber jubelnd ein –

„Schönes Leben des Husaren!
Das ist Leben, das allein!" –
Jünglings Augen flammen heller,
Seine Pulse jagen schneller. – –
Plötzlich zeigt sich jetzt im Kreise
Eine finstere Gestalt,

Tiefen Ernstes, schreitet leise,
Und beim Werber macht sie Halt.
Und sie flüstert ihm so dringend
Ein geheimes Wort ins Ohr,
Daß er, hoch den Säbel schwingend,
Wie begeistert loht empor.

Und der Dämon schwebt zur Bande,
Facht den Eifer der Musik
Mächtig an zum stärksten Brande
Mit Geraun und Geisterblick.
Aus des Basses Sturmgewittern,
Mit unendlich süßem Sehnen,

Mit der Stimmen weichem Zittern
Singen Geigen, Grabsirenen.
Und der Finstre schwebt enteilend
Durch der Lauscher dichte Reihe,
Nur am Jüngling noch verweilend,
Wie mit einem Blick der Weihe. –

Bald im ungestümen Werben
Wird der Liebe Klagelaut,
Wird das Bild der Heimat sterben!
Arme Mutter! Arme Braut! –
In des Jünglings letztes Wanken
Bricht des Werbers rauhes Zanken,

Lacht des Werbers bitt'rer Hohn:
„Bist wohl auch kein Heldensohn!
Bist kein echter Ungarjunge!
Feiges Herz, so fahre hin!"
Seht, er stürzt mit raschem Sprunge –
Zorn und Scham der Wange Glühn –

Hin zum Werber, von der Rechten
Schallt der Handschlag in den Lüften,
Und er gürtet, kühn zum Fechten,
Schnell das Schwert sich um die Hüften. –
Wie beim Sonnenuntergange.
Hier und dort am Saatgefild

Still waldeinwärts schleicht das Wild,
Also von der Ungarn Wange
Flüchtet in den Bart hinab
Still die scheue Männerzähre.
Ahnen sie des Jünglings Ehre?
Ahnen sie sein frühes Grab?

Der Postillion

Lieblich war die Maiennacht,
Silberwölklein flogen,
Ob der holden Frühlingspracht
Freudig hingezogen.

Schlummernd lagen Wies und Hain,
Jeder Pfad verlassen;
Niemand als der Mondenschein
Wachte auf der Straßen.

Leise nur das Lüftchen sprach,
Und es zog gelinder
Durch das stille Schlafgemach
All der Frühlingskinder.

Heimlich nur das Bächlein schlich,
Denn der Blüten Träume
Dufteten gar wonniglich
Durch die stillen Räume.

Rauher war mein Postillion,
Ließ die Geißel knallen,
Über Berg und Tal davon
Frisch sein Horn erschallen.

Und von flinken Rossen vier
Scholl der Hufe Schlagen,
Die durchs blühende Revier
Trabten mit Behagen.

Wald und Flur im schnellen Zug
Kaum gegrüßt — gemieden;
Und vorbei wie Traumesflug
Schwand der Dörfer Frieden.

Mitten in dem Maienglück
Lag ein Kirchhof innen,
Der den raschen Wanderblick
Hielt zu ernstem Sinnen.

Hingelehnt an Bergesrand
War die bleiche Mauer,
Und das Kreuzbild Gottes stand
Hoch, in stummer Trauer.

Schwager ritt auf seiner Bahn
Stiller jetzt und trüber,
Und die Rosse hielt er an,
Sah zum Kreuz hinüber:

„Halten muß hier Roß und Rad!
Mag's Euch nicht gefährden;
Drüben liegt mein Kamerad
In der kühlen Erden.

Ein gar herzlieber Gesell!
Herr, 's ist ewig schade!
Keiner blies das Horn so hell
Wie mein Kamerade!

Hier ich immer halten muß,
Dem dort unterm Rasen
Zum getreuen Brudergruß
Sein Leiblied zu blasen!"

Und dem Kirchhof sandt er zu
Frohe Wandersänge,
Daß es in die Grabesruh
Seinem Bruder dränge.

Und des Hornes heller Ton
Klang vom Berge wieder,
Ob der tote Postillion
Stimmt in seine Lieder. –

Weiter ging's durch Feld und Hag
Mit verhängtem Zügel;
Lang mir noch im Ohre lag
Jener Klang vom Hügel.

Die Heideschenke

Ich zog durchs weite Ungarland;
Mein Herz fand seine Freude,
Als Dorf und Busch und Baum verschwand
Auf einer stillen Heide.

Die Heide war so still, so leer,
Am Abendhimmel zogen
Die Wolken hin, gewitterschwer,
Und leise Blitze flogen.

Da hört ich in der Ferne was,
In dunkler, meilenweiter;
Ich legte 's Ohr ans knappe Gras,
Mir war, als kämen Reiter.

Und als sie kamen näherwärts,
Begann der Grund zu zittern,
Stets bänger, wie ein zages Herz
Vor nahenden Gewittern.

Hertobte nun ein Pferdehauf,
Von Hirten angetrieben
Zu rastlos wildem Sturmeslauf
Mit lauten Geißelhieben.

Der Rappe peitscht den Grund geschwind
Zurück mit starken Hufen,
Wirft aus dem Wege sich den Wind,
Hört nicht sein scheltend Rufen.

Gezwungen ist in strenge Haft
Des Wildfangs tolles Jagen,
Denn klammernd herrscht des Reiters Kraft,
Um seinen Bauch geschlagen.

Sie flogen hin, woher mit Macht
Das Wetter kam gedrungen;
Verschwanden – ob die Wolkennacht
Mit einmal sie verschlungen.

Doch meint ich nun und immer noch
Zu hören und zu sehen
Der Hufe donnerndes Gepoch,
Der Mähnen schwarzes Wehen.

Die Wolken schienen Rosse mir,
Die eilend sich vermengten,
Des Himmels hallendes Revier
Im Donnerlauf durchsprengten;

Der Sturm ein wackrer Rosseknecht,
Sein muntres Liedel singend,
Daß sich die Herde tummle recht,
Des Blitzes Geißel schwingend.

Schon rannten sich die Rosse heiß,
Matt ward der Hufe Klopfen,
Und auf die Heide sank ihr Schweiß
In schweren Regentropfen.

Nun brach die Dämmerung herein,
Mir winkt von fernen Hügeln
Herüber weißer Wände Schein,
Die Schritte zu beflügeln.

Es schwieg der Sturm, das Wetter schwand;
Froh, daß es fortgezogen,
Sprang übers ganze Heideland
Der junge Regenbogen.

Die Hügel nahten allgemach;
Die Sonne wies im Sinken
Mir noch von Rohr das braune Dach,
Ließ hell die Fenster blinken.

Am Giebel tanzte wie berauscht
Des Weines grüner Zeiger,
Und als ich freudig hingelauscht,
Hört ich Gesang und Geiger.

Bald kehrt ich ein und setzte mich
Allein mit meinem Kruge;
An mir vorüber drehte sich
Der Tanz in raschem Fluge.

Die Dirnen waren frisch und jung
Und hatten schlanke Leiber,
Gar flink im Drehen, leicht im Sprung,
Die Burschen – waren Räuber.

Die Hände klatschten, und im Takt
Hell klirrt des Spornes Eisen;
Das Lied frohlocket, und es klagt
Schwermütig kühne Weisen.

Ein Räuber singt: „Wir sind so frei,
So selig, meine Brüder!“
Am Jubeln seines Munds vorbei
Schleicht eine Träne nieder.

Der Hauptmann sitzt, auf seinen Arm
Das braune Antlitz senkend,
Er scheint entrückt dem lauten Schwarm,
Wie an sein Schicksal denkend.

Das Feuer seiner Augen bricht
Hindurch die finstern Brauen,
Wie nachts im Wald der Flamme Licht
Durch Büsche ist zu schauen.

Wächst aber Sang und Sporngeklirr
Nun kühner den Genossen,
Seh ich das leere Weingeschirr
Ihn kräftig niederstoßen.

Ein Mädel sitzt an seiner Seit,
Scheint ihn als Kind zu ehren
Und gerne hier die Fröhlichkeit
Des Tanzes zu entbehren.

Auf ihren Reizen ruht sein Blick
Mit innigem Behagen,
Zugleich auf seines Kinds Geschick
Mit heimlichem Beklagen.

Stets wilder in die Seelen geigt
Nun die Zigeunerbande,
Der Freude süßes Rasen steigt
Laut auf zum höchsten Brande.

Und selbst des Hauptmanns Angesicht
Hat Freude überkommen; –
Da dacht ich an das Hochgericht
Und ging hinaus beklommen.

Die Heide war so still, so leer,
Am Himmel nur war Leben;
Ich sah der Sterne strahlend Heer,
Des Mondes Völle schweben.

Der Hauptmann auch entschlich dem Haus;
Mit wachsamer Gebärde
Rings horcht er in die Nacht hinaus,
Dann horcht er in die Erde,

Ob er nicht höre schon den Tritt
Ereilender Gefahren,
Ob leise nicht der Grund verriet
Ansprengende Husaren.

Er hörte nichts, da blieb er stehn,
Um in die hellen Sterne,
Um in den hellen Mond zu sehn,
Als möcht er sagen gerne:

„O Mond im weißen Unschuldskleid!
Ihr Sterne dort unzählig!
In eurer stillen Sicherheit,
Wie wandert ihr so selig!“

Er lauschte wieder – und er sprang
Und rief hinein zum Hause,
Und seiner Stimme Macht verschlang
Urplötzlich das Gebrause.

Und eh das Herz mir dreimal schlug,
So saßen sie zu Pferde,
Und auf und davon im schnellen Flug,
Daß rings erbebte die Erde.

Doch die Zigeuner blieben hier,
Die feurigen Gesellen,
Und spielten alte Lieder mir
Rakoczys, des Rebellen.

Detlev von Liliencron (1844–1909)

Pidder Lüng

Der Amtmann von Tondern, Henning Pogwisch,
Schlägt mit der Faust auf den Eichentisch:
„Heut fahr ich selbst hinüber nach Sylt,
Und hol mir mit eigner Hand Zins und Gült.
Und kann ich die Abgaben der Fischer nicht fassen,
Sollen sie Nasen und Ohren lassen,
Und ich höhn ihrem Wort:
Lewwer duad üs Slaav!"

Im Schiff vorn der Ritter, panzerbewehrt,
Stützt sich finster auf sein langes Schwert.
Hinter ihm, von der hohen Geistlichkeit,
Steht Jürgen, der Priester, beflissen, bereit.
Er reibt sich die Hände, er bückt den Nacken:
„Der Obrigkeit helf ich, die Frevler zu packen,
In den Pfuhl das Wort:
Lewwer duad üs Slaav!"

Gen Hörnum hat die Prunkbarke den Schnabel gewetzt,
Ihr folgen die Ewer, kriegsvolkbesetzt.
Und es knirschen die Kiele auf den Sand,
Und der Ritter, der Priester springen ans Land,
Und waffenrasselnd hinter den beiden
Entreißen die Söldner die Klingen den Scheiden.
Nun gilt es, Friesen:
Lewwer duad üs Slaav.

Die Knechte umzingeln das erste Haus.
Pidder Lüng schaut verwundert zum Fenster heraus.
Der Ritter, der Priester treten allein
Über die ärmliche Schwelle hinein.
Des langen Peters starkzählige Sippe
Sitzt grad an der kargen Mittagskrippe.
Jetzt zeige dich, Pidder:
Lewwer duad üs Slaav.

Der Ritter verneigt sich mit hämischem Hohn,
Der Priester will anheben seinen Sermon.
Der Ritter nimmt spöttisch den Helm vom Haupt
Und verbeugt sich noch einmal: „Ihr erlaubt,
Daß wir euch stören bei euerm Essen,
Bringt hurtig den Zehnten, den ihr vergessen,
Und euer Spruch ist ein Dreck:
Lewwer duad üs Slaav."

Da reckt sich Pidder, steht wie ein Baum:
„Henning Pogwisch, halt deine Reden im Zaum!
Wir waren der Steuern von jeher frei,
Und ob du sie wünschst, ist uns einerlei.
Zieh ab mit deinen Hungergesellen,
Hörst du meine Hunde bellen?
Und das Wort bleibt stehn:
Lewwer duad üs Slaav!"

„Bettelpack", fährt ihn der Amtmann an,
Und die Stirnader schwillt dem geschienten Mann,
„Du frißt deinen Grünkohl nicht eher auf,
Als bis dein Geld hier liegt zuhauf."
Der Priester zischelt von Trotzkopf und Bücken
Und verkriecht sich hinter des Eisernen Rücken.
O Wort, geh nicht unter:
Lewwer duad üs Slaav!

Pidder Lüng starrt wie wirrsinnig den Amtmann an,
Immer heftiger in Wut gerät der Tyrann,
Und er speit in den dampfenden Kohl hinein:
„Nun geh an deinen Trog, du Schwein!"
Und er will, um die peinliche Stunde zu enden,
Zu seinen Leuten nach draußen sich wenden.
Dumpf dröhnt's von drinnen:
„Lewwer duad üs Slaav!"

Einen einzigen Sprung hat Pidder getan,
Er schleppt an den Napf den Amtmann heran
Und taucht ihm den Kopf ein und läßt ihn nicht frei,
Bis der Ritter erstickt ist im glühheißen Brei.
Die Fäuste dann lassend vom furchtbaren Gittern,
Brüllt er, die Türen und Wände zittern,
Das stolzeste Wort:
„Lewwer duad üs Slaav!"

Der Priester liegt ohnmächtig ihm am Fuß,
Die Häscher stürmen mit höllischem Gruß,
Durchbohren den Fischer und zerren ihn fort,
In den Dünen, im Dorf rasen Messer und Mord;
Pidder Lüng doch, ehe sie ganz ihn verderben,
Ruft noch einmal im Leben, im Sterben
Sein Herrenwort:
„Lewwer duad üs Slaav!"

Es lebe der Kaiser

Es war die Zeit um Sonnenuntergang,
Ich kam vom linken Flügel hergejagt.
Granaten heulten, heiß im Mörderdrang,
Hol euch die Pest, wohin ihr immer schlagt.
Ich flog indessen, das war nichts gewagt,
Unter sich kreuzendem Geschoß inmitten.
Rechts reden unsre Rohre, ungefragt,
Links wollen feindliche sich das verbitten.
Gezänk und Anspucken, ich bin hindurchgeritten.

Plötzlich erkenn ich einen Johanniter
Am roten Kreuz auf seiner weißen Binde.
Wo kommst du her, du schneidiger Samariter,
Was trieb dich, daß ich hier im Kampf dich finde?
Er aber riß vom Haupt den Hut geschwinde
Und schwang ihn viel, den seltnen Lüftekreiser,
Und schwang ihn hoch im schwachen Abendwinde
Und rief, vom Reiten angestrengt und heiser:
Gestern ward unser greiser, großer König Kaiser.

Und zum Salute donnern die Batterien
Den Kaisergruß, wie niemals er gebracht.
Zweihundertfünfzig heiße Munde schrien
Den Gruß hinaus mit aller Atemmacht.
Scheu schielt aus gelbgesäumter Wolkennacht
Zum erstenmal die weiße Wintersonne,
Und schwefelfarben leuchtete die Schlacht
Bis auf die fernst marschierende Kolonne –
Daß hoch mein jung Soldatenherze schlug in Wonne.

Tot lag vor mir ein Garde mobile du Nord,
Es scharrt mein Fuchs und blies ihm in die Haare.
Da klang ein Ton herüber an mein Ohr,
Den Höllenlärm durchstieß der Ton, der klare.
Nüchtern, nicht wie die schmetternde Fanfare,
Klang her das Horn von jenen Musketieren.
Daß dir, mein Vaterland, es Gott bewahre,
Das Infanterie-Signal zum Avancieren.
Dann bist du sicher vor Franzosen und Baschkiren.

Zum Sturm, zum Sturm! Die Hörner schreien! Drauf!
Es sprang mein Degen zischend aus dem Gatter.
Und rechts und links, wo nur ein Flintenlauf,
Ich riß ihn mit ins feindliche Geknatte.
Lerman, Lerman! Durch Blut, Gewehrgeschnatter,
Durch Schutt und Qualm! Schon fliehn die Kugelspritzen.
Der Wolf brach ein, und matter wird und matter
Der Widerstand, wo seine Zähne blitzen.
Und Siegesband umflattert unsre Fahnenspitzen!

Die Kapelle zum finstern Stern
Missunde bei Schleswig, 7. August 1250

„König Erich, die Faust auf den Widerrist!
Laß tanzen den Hengst im Grase.
Vergiß den alten Bruderzwist,
Wir trinken aus einem Glase.“

Herzog Abel schrieb das. König Erich ritt ein
Und lag im Bruderarme.
Viel Jauchzen der Ritter im Abendschein;
Lauge Gudmundson schwieg im Schwarme.

Am Morgen früh weckt Hornstoß und Tusch,
Zu hetzen Wolf und Elche.
Die Brüder zusammen im Haidebusch,
Sie trinken auss einem Kelche.

Der Herzog allein. Zur Seite nur
Ritter Lauge mit Speer und Pfeilen.
„Sprich, Lauge, wo blieb Wieb Stures Spur,
Wem hilft sie die Freuden teilen?“

Der König allein. Zur Seite nur
Ritter Lauge mit Speer und Pfeilen.
„König Erich, wo blieb Wieb Stures Spur,
Wem hilft sie das Leben teilen?“

Erich Plogpenning zischt. Den Stachel sticht
Er dem Rothengst in die Weichen,
„Bei Sankt Jürgen, ich weiß es nicht“,
Und sucht die Jagd zu erreichen.

Am Abend Humpen-aus, Zinken und Tanz,
Beim Brettspiel König und Knappen.
Der Mond flicht draußen den alten Kranz
Um Lauben und steinerne Wappen.

Der Herzog allein. Zur Seite nur
Ritter Lauge im Wams von Seiden.
„Sprich, Lauge, wo blieb Wieb Stures Spur,
Wen küßt sie von euch beiden?“

„Vom Trinken ist dir die Stirne heiß,
König Erich, die Luft ist trocken.
Mein Segel wiegt unten, scharlach und weiß;
Steig ein und kühle die Locken."

Schloßknechte spannen den Baldachin.
Vom Söller winkt der Bruder.
Der König schläft auf dem Hermelin,
Und leise tauchen die Ruder.

Verworren Getön vom Prunkgelag,
Der Wachen und Stundenrufer.
Da schießt mit gleichem Einfallschlag
Ein zweites Boot vom Ufer.

„Halt, halt, König Erich!" ... Fackeln im Wind
Flackern um schwarze Figuren.
„Wo blieb Wieb Sture, gib Antwort, geschwind,
Gib Antwort, wo blieb Wieb Sturen?"

„Bei Sankt Jürgen, ich riß sie dir Hund vom Leib",
Schreit der König, die Lippen beben.
„Bei Sankt Jürgen, sie war mir Zeitvertreib
Zwei Wochen von meinem Leben."

Der Ritter ringt ihm den Dolch vom Gehenk
Und treibt ihn dem König ins Herze.
Das rote Blut tropft ins wüste Gemeng.
Stumm leuchtet oben die Kerze.

Wo Lauge durchstach den erlauchten Herrn,
Am Ufer steht die Kapelle,
Da steht die Kapelle zum finstern Stern,
Unheimlich klatscht dort die Welle.

Herzog Abel schwor beim Himmel weit
Und der reinen Magd im Dome,
Und ließ dem Mörder wenig Zeit;
Den zupft der Fisch im Strome.

Herzog Abel schob nichts auf die lange Bank,
In Oeskilde ließ er sich krönen.
In die Königsburg ritt er frech und frank,
Drommeten und Trummen dröhnen.

Hermann Lingg
(1820–1905)

Der Friede

Festtäglich scholl von den Türmen das Erz,
Der Donner von den Wällen;
Wer's hörte, fühlte von Freud und Schmerz
Den Blick in Tränen quellen.
Tedeum bei der Orgeln Klang
Rief am Altar die eine,
Nun danket alle Gott, lobsang
Die neue Kirchengemeine.

Nach dreißigjährigem Krieg war ja
Der Friede, der Friede geschlossen!
Zu Münster aber, wie rollten da
Die goldenen Staatskarossen!
Zu Münster, in der uralten Stadt,
Da ward der Friede beschworen,
Der Deutschlands Größe gekostet hat.
Das Volk stund vor den Toren.

Das Volk stund vor dem goldenen Saal
Und sah die Gesandten von Schweden.
Sie saßen und tranken beim üppigen Mahl
Und hielten französische Reden.
Sie schnitten in Stücke den Apfel des Reichs,
Sie nahmen sich prächtige Bissen
Und speisten vergnüglich die Hechte des Teichs –
Vom Volke wollt niemand was wissen.

Das Volk der dreißigjährigen Not
Sah durch die Fensterscheiben
Als Friedensquittung und Drangebot
Den Großen sich verschreiben.
Da schlug es wild die Tore zu
Und ward sodann vergessen,
Und alsbald war die Totenruh
Dem Riesen angemessen.

Das Volk, von Krieg und Jammer müd,
Sang nimmer zur Krönung in Aachen
Das alte, gewaltige Heldenlied,
Man sprach jetzt andre Sprachen.
Vorüberschlich sich Tag um Tag,
Provinzen gingen verloren,
Im Sterbebett der Kaiser lag,
Das Volk stund vor den Toren.

Der schwarze Tod

Erzittre Welt, ich bin die Pest,
Ich komm in alle Lande
Und richte mir ein großes Fest;
Mein Blick ist Fieber, feuerfest
Und schwarz ist mein Gewande.

Ich komme von Ägyptenland
In roten Nebelschleiern,
Am Nilusstrand im gelben Sand
Entsog ich Gift dem Wüstenbrand
Und Gift aus Dracheneiern.

Talein und -aus, bergauf und -ab
Ich mäh zur öden Heide
Die Welt mit meinem Wanderstab,
Ich setz vor jedes Haus ein Grab
Und eine Trauerweide.

Ich bin der große Völkertod,
Ich bin das große Sterben,
Es geht vor mir die Wassersnot,
Ich bringe mit das teure Brot,
Den Krieg tu ich beerben.

Es hilft euch nichts, wie weit ihr floht,
Mein sausend Roß geht weiter,
Ich bin der schnelle schwarze Tod,
Ich überhol das schnellste Boot
Und auch den schnellsten Reiter.

Dem Kaufmann trägt man mich ins Haus
Zugleich mit seiner Ware;
Er freut sich hoch, er lacht beim Schmaus,
Ich steig aus seinem Schatz heraus
Und streck ihn auf die Bahre.

Mir ist auf hohem Felsvorsprung
Kein Schloß zu hoch, ich komme;
Mir ist kein junges Blut zu jung,
Kein Leib ist mir gesund genung,
Mir ist kein Herz zu fromme.

Wem ich nur schau ins Aug hinein,
Der mag kein Licht mehr sehen;
Wem ich gesegnet Brot und Wein,
Den hungert nur nach Staub allein,
Den durstet's, heimzugehen.

Im Osten starb der große Chan,
Auf Indiens Zimmetinseln
Starb Negerfürst und Muselmann,
Man hört auch nachts in Ispahan
Beim Aas die Hunde winseln.

Byzanz war eine schöne Stadt,
Und blühend lag Venedig,
Nun liegt das Volk wie welkes Blatt,
Und wer das Laub zu sammeln hat,
Wird auch der Mühe ledig.

An Nordlands letztem Felsenriff
In einen kleinen Hafen
Warf ich ein ausgestorbnes Schiff,
Und alles, was mein Hauch ergriff,
Das mußte schlafen, schlafen.

Sie liegen in der Stadt umher,
Ob Tag und Monde schwinden;
Es zählt kein Mensch die Stunden mehr,
Nach Jahren wird man öd und leer
Die Stadt der Toten finden.

Normannenzug

Im Nordland auf dem Felsenhügel
Glänzt hell im Mond der tiefe Schnee.
Da ruft ein Aar und schwingt die Flügel:
„Wo seid ihr Könige der See?
Seid ihr zum Speerkampf nach den Sunden,
Verhalten euch am Strande Wunden,
Seid ihr den Wolf zu jagen aus?
Wo mögen eure Schwerter glänzen?
Wo lacht zu euren Siegestänzen
Beim Ruderschlag das Meergebraus?"

Kein Feind hat Wunden uns geschlagen,
Wir sind nicht aus, den grauen Wolf
Aus seinen Schluchten aufzujagen,
Wir segeln nicht im Dänengolf;
Nach Süden riefen uns die Wellen,
Der Morgen glüht, die Segel schwellen
Im frischen Hauch der blauen Flut.
Wie purpurn glänzt der Schiffe Brüstung,
Die Sonne blitzt in unsrer Rüstung,
In unsern Herzen blitzt der Mut.

Der Seewind spielt in unsern Locken,
Bald ruft, daß unsre Schiffe nahn,
Am Ufer rings mit Sturmesglocken
Von Schloß zu Schloß der Kastellan,
Bald bebt mit ihrem hohen Dome
Die Stadt, die sich am Tajostrome,
Die an Biskayas Bucht sich sonnt;
Bald flieh'n die Flaggen der Korsaren
Und jene mit Venedigs Waren
Von Malta bis zum Hellespont.

Zu Boden schmettern wir die Krieger,
Die unsrer Landung widerstehn;
Die schönste Dame gibt dem Sieger
Gebiet und Herz und Burg zu Leh'n.
Kredenzend Wein im Goldpokale
Erscheint sie bei dem Hochzeitmahle
Auf dem Balkon vor ihrem Gast;
Dann schallen Jubel und Trompeten,
Dann gibt es Jagden, Spiele, Feten
Und Tänze, bis die Nacht erblaßt.

O schöne Damen, schlanke Lilien,
Vor euch wir beugen unser Knie,
Wir sind die Fürsten von Sizilien,
Wir sind die Herrn der Normandie;
Vor unsern guten Speeren sanken
Die Sarazenen und die Franken,
Wir sind die Könige der See.
Im Norden auf dem Grab der Hünen,
Auf unsrer Väter Grab, der Kühnen,
Glänzt hell im Mond der tiefe Schnee.

Hermann Löns (1866–1914)

Protokoll

Ich heiße Friedrich Wilhelm Schläger,
Nicht vorbestraft, bin vierzig alt,
Verehelicht, ich stand als Jäger
In Bückeburg und bin bestallt
Seit sieben Jahren über Echter,
Aubruch, Kirchlohe, Hellenstein
Als Jagdaufseher von dem Pächter,
Dem adeligen Jagdverein.

Ich merkte es seit ein'gen Wochen;
Es war nicht sauber im Revier.
Hier war ein Rehbock aufgebrochen,
Dort fehlte eine Ricke mir;
Pfingstsonntag wurden zwei Gescheide
Auf einmal mir ins Haus gebracht,
Von alten Ricken, alle beide
Enthielten eine reife Tracht.

Am dritten Juli bei halb viere
Stand ich am Kösterbruche an,
Dem besten Wechsel im Reviere,
Da kam von Meyers Busch ein Mann;
Die Mütze trug er im Gesichte
Und unterm Arme das Gewehr,
Er pirschte von der Zwillingsfichte
sich langsam vor der Wiese her.

Dort äste bei der Vorflutbrücke
Vertraut seit einer Stunde sich
Mit ihrem Kitze eine Ricke.
Auf diese zu der Wilddieb schlich;
Ich sah, wie er sich fertigmachte
Und langsam vortrat aus dem Wald,
Und ehe daß es drüben krachte,
Ging ich in Anschlag und schrie: „Halt!"

So wie ich rief, da riß er Funken;
Der Hagel schlug um mich herum.
Da nahm aufs Korn ich den Halunken
Und machte auch den Finger krumm.
Ich sah im Feuer ihn roullieren,
Den Knall er nicht vernommen hat;
Er tat nicht Hand noch Fuß mehr rühren,
Es saß die Kugel Mitte Blatt.

Der Langobarde

Es flogen drei Schwäne über die Heide,
Drei silberne Schwäne und keiner mehr;
Sie kamen von Morgen und Abend und Mittnacht,
Aber von Mittag kam keiner her.

Ihr Silbergefieder trug rote Rosen
Vom Abendrot in die Nacht hinein;
Wie Sterne schimmerten ihre Schnäbel,
Wie goldene Sterne mit hellem Schein.

Sie sangen drei Lieder über die Heide,
Drei alte Lieder, süß und schwer;
Drei Lieder von Liebe und Mühe und Frieden,
Drei liebe Lieder und keines mehr.

Er stand am Tore und sah in die Heide
Und hatte wieder das fremde Gesicht;
Seine Augen flogen hinunter zum Süden,
Und was sie sahen, er kannte es nicht.

Er sah das Meer und die weißen Städte
Und schwarzes Volk gering und gemein;
Er sah es unter dem Schwerte sich ducken,
Und das Schwert war rot und das Schwert war sein.

Er sah seine Faust das Zepter halten,
Die Faust, gewohnt des Pfluges Sterz,
Heiß quoll es ihm in die blauen Augen,
Unruhig schlug sein junges Herz.

Es kam ein Adler von Mittag geflogen,
Ein goldener Adler und keiner mehr;
Seine Schwingen zerschnitten die Abendwolken,
Sein Schlachtgesang fuhr vor ihm her.

Es schlugen Flammen aus seinen Augen,
Flammen, wie Rubinen so rot;
Seine Krallen schleuderten helle Blitze,
Jeder von ihnen war der Tod.

Es klang sein Mordschrei über die Heide,
Der heiße Schrei, der Schrei voll Mut;
Drei süße Schwanenlieder verstummten,
Zum gelben Sand floß rotes Blut.

Er lag ohne Schlaf auf seinem Lager,
Sein Herz war matt, seine Seele krank;
Das Morgenrot stieg über die Heide,
Ein Adlerruf aus der Ferne klang.

Er riß das Schwert vom Hirschhornhaken
Und gürtete sich mit hastiger Hand;
Es rief sein Horn in die Nebelheide,
Laut klang es über das stille Land.

Im Frühlicht blitzten die blanken Speere,
Der Adler flog vor dem Volke her;
Ein Siegeslustlied sang er den Männern,
Die silbernen Schwäne sangen nicht mehr.

Max Mell
(1882–1971)

Die Schönwetterhexe

Irgendwo im Lauf hat sie gelacht,
Und es glänzt von ihren blanken Augen!
Und der Jüngling läßt sein schönes Liebchen,
Hat sich nach der Hexe aufgemacht.

Und ihm dünkt, daß er die Fährte fand;
Hier im Wald dies ist ihr goldner Fußtritt,
Dort die Blume trägt die Zauberbotschaft,
Denn durchleuchtet ist des Kelches Wand!

Schleicht er vor, so gängelt ihn ein Falter,
Morgenfrisch wie er noch keinen sah,
Sonnendisteln nisten längs des Weges,
Eine jede ist ein strahlend Ja!

Fort! Ihr nach! Da jauchzt er hingerissen:
Eine Felsenbühne öffnet ihm
Ihre prangenden Kulissen,
Und er geht durch sie mit Ungestüm.

Rieseln einmal Steinchen durch die Stille,
Ihre flinke Sohle hats getan!
Dort im Winkel ihre schneegewobne Hülle!
Und die Hexe schritt ihm nackt voran!

Und ihm tobt das Herz. Ich faß dich droben!
Doch beklommen tritt er und allein
In ein Blau, das furchtbar ferngehoben,
Und nur Moos umdorrt den Gipfelstein.

Schmelz von Wangen, Schmelz der schönsten Glieder
An die ungeheure Welt verteilt –
Wohin jetzt? Und bange späht er nieder,
Ahnend, daß ihm nichts die Sehnsucht heilt.

Starrt, wie blendend von den Gipfelgrenzen
Bis zum tiefen See der Abend quillt,
Und er weiß nicht, flog sie in sein Glänzen
Oder sank sie in sein Spiegelbild.

Conrad Ferdinand Meyer
(1825–1898)

König Etzels Schwert

Der Kaiser spricht zu Ritter Hug:
„Du hast für mich dein Schwert verspellt;
Des Eisens ist bei mir genug,
Geh, wähl' dir eins, das dir gefällt!"

Hug schreitet durch den Waffensaal,
Wo stets der graue Schaffner sitzt.
„Der Kaiser gibt mir freie Wahl
Aus allem, was da hangt und blitzt!"

Er prüft und wägt. Von ihrem Ort
Langt er die Schwerter mannigfalt –
„Sprich, wessen ist das große dort,
Gewaltig, heidnisch, ungestalt?“

„Des Würgers Etzel!“ flüstert scheu
Der Graue, der es hält in Hut.
„Des Hunnenkönigs! Meiner Treu,
So lechzt und dürstet es nach Blut!“

„Laß ruhn. Es hat genug gewürgt!
Die tote Wut erwecke nicht!“
„Gib her! Dem ist der Sieg verbürgt,
Der mit dem Schwert des Hunnen ficht!“

Und wieder sprengt er in den Kampf.
„Du hast dich lange nicht geletzt,
Schwert Etzels, an des Blutes Dampf;
Drum freue dich und trinke jetzt!“

Er schwingt es weit, er mäht und mäht,
Und Etzels Schwert, es schwelgt und trinkt,
Bis müd die Sonne niedergeht
Und hinter rote Wolken sinkt.

Als längst er schon im Mondlicht braust,
Wird ihm der Arm vom Schlagen matt.
Er fragt das Schwert in seiner Faust:
„Schwert Etzels, bist du noch nicht satt?

Laß ab! Heut ist genug getan!“
Doch weh, es weiß von keiner Rast,
Es hebt ein neues Morden an
Und trifft und frißt, was es erfaßt.

„Laß ab!“ Es zuckt in grauser Lust,
Der Ritter stürzt mit seinem Pferd,
Und jubelnd sticht ihn durch die Brust
Des Hunnen unersättlich Schwert.

Die Füße im Feuer

Wild zuckt der Blitz. In fahlem Lichte steht ein Turm.
Der Donner rollt. Ein Reiter kämpft mit seinem Roß,
Springt ab und pocht ans Tor und lärmt. Sein Mantel saust
Im Wind. Er hält den scheuen Fuchs am Zügel fest.
Ein schmales Gitterfenster schimmert goldenhell,
Und knarrend öffnet jetzt das Tor ein Edelmann.

„Ich bin ein Knecht des Königs, als Kurier geschickt
Nach Nimes. Herbergt mich! Ihr kennt des Königs Rock!"
„Es stürmt. Mein Gast bist du. Dein Kleid, was kümmert's mich?
Tritt ein und wärme dich! Ich sorge für dein Tier!"
Der Reiter tritt in einen dunkeln Ahnensaal,
Von eines weiten Herdes Feuer schwach erhellt,
Und je nach seines Flackerns launenhaftem Licht
Droht hier ein Hugenott im Harnisch, dort ein Weib,
Ein stolzes Edelweib aus braunem Ahnenbild.
Der Reiter wirft sich in den Sessel vor dem Herd
Und starrt in den lebend'gen Brand. Er brütet, gafft . . .
Leis sträubt sich ihm das Haar. Er kennt den Herd, den Saal . . .
Die Flamme zischt. Zwei Füße zucken in der Glut.

Den Abendtisch bestellt die greise Schaffnerin
Mit Linnen blendend weiß. Das Edelmägdlein hilft.
Ein Knabe trug den Krug mit Wein. Der Kinder Blick
Hangt schreckensstarr am Gast und hangt am Herd entsetzt . . .
Die Flamme zischt. Zwei Füße zucken in der Glut.

„Verdammt! Dasselbe Wappen! Dieser selbe Saal!
Drei Jahre sind's . . . Auf einer Hugenottenjagd . . .
Ein fein, halsstarrig Weib . . . ‚Wo steckt der Junker? Sprich!'
Sie schweigt. ‚Bekenn!' Sie schweigt.‚Gib ihn heraus!' Sie schweigt.
Ich werde wild. Der Stolz! Ich zerre das Geschöpf . . .
Die nackten Füße pack ich ihr und strecke sie
Tief mitten in die Glut. ‚Gib ihn heraus!' Sie schweigt . . .
Sie windet sich . . . Sahst du das Wappen nicht am Tor?
Wer hieß dich hier zu Gaste gehen, dummer Narr?
Hat er nur einen Tropfen Bluts, erwürgt er dich."
Eintritt der Edelmann. „Du träumst! Zu Tische, Gast."

Da sitzen sie. Die drei in ihrer schwarzen Tracht
Und er. Doch keins der Kinder spricht das Tischgebet.
Ihn starren sie mit aufgerißnen Augen an.
Den Becher füllt und übergießt er, stürzt den Trunk,
Springt auf: „Herr, gebet jetzt mir meine Lagerstatt!
Müd bin ich wie ein Hund!“ Ein Diener leuchtet ihm,
Doch auf der Schwelle wirft er einen Blick zurück
Und sieht den Knaben flüstern in des Vaters Ohr . . .
Dem Diener folgt er taumelnd in das Turmgemach.

Fest riegelt er die Tür. Er prüft Pistol und Schwert.
Gell pfeift der Sturm. Die Diele bebt. Die Decke stöhnt.
Die Treppe kracht. Dröhnt hier ein Tritt? Schleicht dort ein Schritt?

Ihn täuscht das Ohr. Vorüberwandelt Mitternacht.
Auf seinen Lidern lastet Blei, und schlummernd sinkt
Er auf das Lager. Draußen plätschert Regenflut.

Er träumt. „Gesteh!“ Sie schweigt. „Gib ihn heraus!“ Sie schweigt.
Er zerrt das Weib. Zwei Füße zucken in der Glut.
Aufsprüht und zischt ein Feuermeer, das ihn verschlingt . . .
„Erwach! Du solltest längst von hinnen sein! Es tagt!“
Durch die Tapetentür in das Gemach gelangt,
Vor seinem Lager steht des Schlosses Herr – ergraut,
Dem gestern dunkelbraun sich noch gekraust das Haar.

Sie reiten durch den Wald. Kein Lüftchen regt sich heut.
Zersplittert liegen Ästetrümmer quer im Pfad.
Die frühsten Vöglein zwitschern, halb im Traume noch.
Friedsel’ge Wolken schwimmen durch die klare Luft,
Als kehrten Engel heim von einer nächt’gen Wacht.
Die dunklen Schollen atmen kräft’gen Erdgeruch.
Die Ebne öffnet sich. Im Felde geht ein Pflug.
Der Reiter lauert aus den Augenwinkeln: „Herr,
Ihr seid ein kluger Mann und voll Besonnenheit
Und wißt, daß ich dem größten König eigen bin.
Lebt wohl. Auf Nimmerwiedersehn!“ Der andre spricht:
„Du sagst’s! Dem größten König eigen! Heute ward
Sein Dienst mir schwer . . . Gemordet hast du teuflisch mir
Mein Weib! Und lebst! . . . Mein ist die Rache, redet Gott.“

La Blanche Nef

„Herr König, ich bin Steffens Kind,
Der den Erobrer einst geführt!
Es ist ein Lehn, daß mein Gesind,
Mein Schiff allein den König führt!

Voraus den schnellsten Seglern fliegt
Mein Boot, La Blanche Nef genannt,
Es weiß, wo sichre Tiefe liegt,
Es furcht das Meer, es kennt den Strand!"

„Nicht mich, doch meinen besten Hort,
Vier Königskinder, führest du
– Sie knospen, weil mein Leben dorrt –
Die junge Normandie dazu!

Gelobe mir dein himmlisch Teil,
Gelobe mir dein männlich Wort:
Du bringst an Leib und Seele heil
Die Kinder mir nach England dort!"

„Ich schwöre dir mein himmlisch Teil,
Ich schwöre dir mein männlich Wort:
An Leib und Seele bring ich heil
Die Kinder dir nach England dort!"

Des Schiffers geller Pfiff erscholl,
In See das Boot des Königs stach –
Ein Korb von frischen Blumen voll,
Glitt Blanche Nef, la Belle, nach.

So leichtbeschwingt wie nie zuvor
Durchfurchte Blanche Nef die See
Mit ihrem kräftgen Knabenflor
Und Mägdlein schlank wie Hirsch und Reh.

Die Königskinder hell und zart,
Erhöht inmitten saßen sie,
Ringsum gepaart in Zucht und Art
Das Edelblut der Normandie.

Vier Stimmen sangen frisch und schön
Und hundertstimmig scholl der Chor,
Es zog das junge Lustgetön
Die Nixen aus der Flut empor.

„Ich warne junge Herrlichkeit
Und dich, normännisch Edelblut,
Das Singen schafft der Nixe Leid,
Dem freudelosen Kind der Flut!«

„Und schaffen dem Gezücht wir Leid
Und quälen wir das Halbgeschlecht
Und reizen wir der Nixe Neid,
Das, Steffen, ist uns eben recht!“

Gemach verlosch das Abendrot,
Des Tages Gluten schliefen ein,
Ausbreitet über Meer und Boot
Der Mond den bleichen Geisterschein.

Die See ist wunderlich erregt.
Was wandert um des Kieles Lauf?
Von Armen wird die Flut bewegt,
Beglänzte Nacken tauchen auf.

Der Steffen ernst am Steuer stand:
„Das Meer ist klar . . . doch droht Gefahr . . .“
Er deutet mit gestreckter Hand:
„Da naht sie schon, die Nixenschar!“

Umklammert hält den schrägen Mast
Ein blanker Leib als Schiffsfigur,
Daß Blanche Nef, von Graun erfaßt,
In wilder Flucht von dannen fuhr.

„Ich warne junge Herrlichkeit,
Vergeßt die Nachtgebete nicht!“
„Ei, Steffen, Kind der alten Zeit,
Süß herzt es sich im Mondenlicht . . .“

Es klimmt und überklimmt das Bord,
Es läßt sich nieder aus den Taun,
Es kichert wie ein freches Wort,
Es schaudert wie ein lüstern Graun . . .

Es reizt, es quält, es schlüpft, es schmiegt
Sich zwischen Edelknecht und Maid.
Bis sich das Paar in Armen liegt
Zu früher Lust, zu Tod und Leid . . .

Dem Steffen steigt das Haar. Er starrt
Auf ein gespenstig Bacchanal:
Die Königskinder hell und zart,
Verblühen all im Mondenstrahl.

„Verloren geht mein himmlisch Teil,
Gebrochen ist mein männlich Wort:
Nicht bring an Leib und Seele heil
Die Kinder ich nach England dort!

Stirb, Blanche Nef! Bevor es tagt!
Im Wasser weiß ich hier ein Riff ..."
Er dreht das Steuer stracks und jagt
Der Klippe zu das Sündenschiff.

Der König lauscht zurück: „Das scholl
Wie Sterbeschrei!" Klar ist der Sund.
Ein Korb, von welken Blumen voll,
Sinkt Blanche Nef zum Meeresgrund.

Die Karyatide

Im Hof des Louvre trägt ein Weib
Die Zinne mit dem Marmorhaupt,
Mit einem allerliebsten Haupt.
Als Meister Goujon sie geformt,
In feinen Linien, überschlank,
Und stehend auf dem Baugerüst
Die letzte Locke meißelte,
Erschoß den Meister hinterrücks
(Am Tag des Sankt Barthélemy)
Ein überzeugter Katholik.

Vorstürzend überflutet er
Den feinen Busen ganz mit Blut.
Dann sank er rücklings in den Hof.
Die Marmormagd entschlummerte
Und schlief dreihundert Jahre lang,
Ein Feuerschein erwärmte sie
(Am Tag, da die Kommune focht).
Sie gähnt' und blickte rings sich um:
„Wo bin ich denn? In welcher Stadt?
Sie morden sich. Es ist Paris."

Agnes Miegel
(1879–1964)

Die Nibelungen

In der dunkelnden Halle saßen sie,
Sie saßen geschart um die Flammen,
Hagen Tronje zur Linken, sein Schwert auf dem Knie,
Die Könige saßen zusammen.

Schön Kriemhild kauerte nah der Glut.
Von ihren schmalen Händen
Zuckte der Schein wie Gold und Blut
Und sprang hinauf an den Wänden.

König Gunter sprach: „Mein Herz geht schwer,
Hör ich den Ostwind klagen!
Spielmann, lang deine Fiedel her,
Sing uns von frohen Tagen!"

Aufflog ein jubelnder Bogenstrich
Und flatterte an den Balken,
Herr Volker sang: „Einst zähmte ich
Einen edelen Falken . . ."

Die blonde Kriemhild blickte auf
Und sprach mit Tränen und leise:
„Spielmann, hör mit dem Liede auf,
Sing eine andre Weise!"

Die braune Fiedel raunte alsbald
Träumend und ganz versonnen,
Herr Volker sang: „Im Odenwald
Da fließt ein kühler Bronnen . . ."

Die blonde Kriemhild wandte sich
Und sprach mit Tränen und bange:
„Mein Herz schlägt laut und fürchtet sich
Und bebt bei deinem Sange . . .“

Anhub die Fiedel zum drittenmal
Aufweinend in Gram und Leide,
Herrn Volkers Stimme sang im Saal,
Wie ein Vogel auf nächtiger Heide:

„Es glimmt empor aus ewiger Nacht
Heißer als alle Feuersglut,
Gelb wie das Aug der Zwergenbrut,
Das gierig seinen Glanz bewacht, –
O weh der Lust, die mich gezeugt!

Wie Brunft nach Brunft im Forste schreit,
Wie nach der Lohe lechzt die Glut,
So treibt die Gier nach Menschenblut
Ans Licht den Hort der Dunkelheit, –
O weh dem Schoß, der mich gebar!

Es ruft den Neid, es weckt den Mord,
Stört auf die Drachen Trug und List,
Hetzt Rachsucht, die die Rache frißt, –
Und immer röter glüht der Hort, –
O weh der Brust, die mich gesäugt!

Es treibt und schwimmt im Purpurquell,
Es trinkt den Quell und lechzt nach mehr,
Es braust und schäumt, die Flut steigt schnell,
Breit wie die Donau strömt es her, –
O weh der Lieb, die lieb mir war!

Es schäumt und braust, atmet und steigt,
Schon brandets draußen an die Tür,
Es klopft und pocht, der Riegel weicht,
Nun flutets heiß und rot herfür, –
Weh über mich, weh über euch!“

Jäh bei dem letzten Bogenstrich
Sprangen die Saiten und schrien,
Hagen von Tronje neigte sich
Und wiegte sein Schwert auf den Knien.

Die Könige saßen bleich und verstört,
Doch die schöne Kriemhild lachte,
Sie sprach: „Nie hab ich ein Lied gehört,
Das mich lustiger machte!“

Sie kniete nieder und schürte die Glut.
Von ihren schmalen Händen
Zuckte der Schein wie Gold und Blut
Und sprang hinauf an den Wänden.

Carl Borromäus von Miltitz
(1780–1845)

Volkssage

Ging einst ein Bote über Land
Bei nächt'ger Sterne Funkeln,
Es war sein Weg ihm wohlbekannt,
Er hat den sichern Stab zur Hand,
Und graut ihm nicht im Dunkeln.

Frisch naht er sich dem finstern Wald
Und schreitet rasch im Düstern,
Wo keines Sängers Weise schallt,
Wo einsam nur sein Fußtritt hallt,
Und leis' die Wipfel flüstern.

Da glaubt er, nah am schilf'gen Moor
'nen Wandrer zu erblicken.
Er steht, er horcht, er spitzt das Ohr –
Da tritt er hinterm Baum hervor,
Winkt mit vertrautem Nicken.

„Grüß dich!", so ruft's ihm freundlich zu,
„Laß dir vor mir nicht grauen!
Bin auch ein Bote so wie du,
Früh auf, früh auf, spät erst zur Ruh'
Stets unterwegs zu schauen." –

„Bist du ein Bote so wie ich,
Und soll mir nun nicht grauen,
So sag mir an, wer sendet dich?
Wie heißt dein Ort, dein Name? Sprich,
Dann will ich dir vertrauen."

Der Fremde drauf: „Ich bin gesandt
Von dem, den alle kennen,
Die Heimat mein heißt *Ruheland,*
Mein Name klingt: *Aus Gottes Hand* –
So magst du auch mich nennen."

Der Bote denkt: Gar wundersam
Klang wohl, was ich vernommen,
Doch was von seinen Lippen kam,
War christlich, wie sein eigner Nam',
Mag wohl der Seele frommen!

Sie gehen schweigend ihren Gang,
Bis sich die Wege teilen.
Dem Boten wird so ahnungsbang,
Als jetzt der Fremde spricht: „Entlang
Des Bachs dort muß ich eilen.

Allein mein Werk ist bald verricht',
Wo ich bin, gilt kein Säumen.
Auch du, mein Bote, zaudre nicht,
Vollbring die aufgetragne Pflicht,
Dann darfst du ruhn und träumen!"

Und leise wandelnd, gleitend schier,
Wie West ob Blumenbeeten,
Sieht dort aus niedrer Hüttentür
Und aus Palastes Pforten hier
Der Bot' ihn ruhlos treten.

Und als nun wiederkommt die Nacht,
Schon tief die Schatten sinken,
Der Bote all sein Werk vollbracht
Und heimwärts schon sich aufgemacht,
Sieht er den Fremden winken.

„Da bist du ja, du treues Blut,
Nun darf ich mich entdecken;
Du tust dein Werk in frommem Mut,
Dafür erschein' ich mild und gut
Dir heut – darfst nicht erschrecken.

Sieh mir ins Auge! Kennst du mich?
Ich bin der Freund der Müden.
Nach Tageshitze kühl' ich dich
Mit leisem Fittich sänftiglich,
Weh' dich in Schlaf und Frieden!"

Da leuchtet's auf wie Morgenrot;
Der Bote, voll Verlangen,
Ruft laut: „Du Erdenlust und -not,
Leb' wohl!" – Sinkt nieder und ist tot!
Doch lächeln Mund und Wangen.

Eduard Mörike
(1804–1875)

Romanze vom Feuerreiter

Sehet ihr am Fensterlein
Dort die rote Mütze wieder?
Nicht geheuer muß es sein,
Denn er geht schon auf und nieder.
Und – auf einmal welch Gewühle
Bei der Brücke, nach dem Feld!
Horch! Das Feuerglöcklein gellt:
Hinterm Berg,
Hinterm Berg
Brennt es in der Mühle!

Schaut! Da sprengt er wütend schier
Durch das Tor, der Feuerreiter,
Auf dem rippendürren Tier
Als auf einer Feuerleiter!
Querfeldein! Durch Qualm und Schwüle
Rennt er schon und ist am Ort!
Drüben schallt es fort und fort:
„Hinterm Berg,
Hinterm Berg
Brennt es in der Mühle!“

Der so oft den roten Hahn
Meilenweit von fern gerochen,
Mit des heil'gen Kreuzes Span
Freventlich die Glut besprochen –
Weh! Dir grinst vom Dachgestühle
Dort der Feind im Höllenschein.
Gnade Gott der Seele dein. –
Hinterm Berg,
Hinterm Berg
Rast er in der Mühle!

Keine Stunde hielt es an,
Bis die Mühle barst in Trümmer,
Doch den wilden Reitersmann
Sah man von der Stunde nimmer.
Volk und Wagen im Gewühle
Kehren heim von all dem Graus;
Auch das Glöcklein klinget aus:
Hinterm Berg,
Hinterm Berg
Brennt's! –

Nach der Zeit ein Müller fand
Ein Gerippe samt der Mützen
Aufrecht an der Kellerwand
Auf der beinern' Mähre sitzen:
Feuerreiter, wie so kühle
Reitest du in deinem Grab! –
Husch! Da fällt's in Asche ab.
Ruhe wohl
Ruhe wohl
Drunten in der Mühle!

Schön-Rohtraut

Wie heißt König Ringangs Töchterlein?
Rohtraut, Schön-Rohtraut.
Was tut sie denn den ganzen Tag,
Da sie wohl nicht spinnen und nähen mag?
Tut fischen und jagen.
O daß ich doch ihr Jäger wär'!
Fischen und Jagen freute mich sehr.
– Schweig stille, mein Herze!

Und über eine kleine Weil',
Rohtraut, Schön-Rohtraut,
So dient der Knab' auf Ringangs Schloß
In Jägertracht und hat ein Roß,
Mit Rohtraut zu jagen.
O daß ich doch ein Königssohn wär'!
Rohtraut, Schön-Rohtraut lieb' ich so sehr.
– Schweig stille, mein Herze!

Einstmals sie ruhten am Eichenbaum,
Da lacht Schön-Rohtraut:
„Was siehst mich an so wunniglich?
Wenn du das Herz hast, küsse mich!"
Ach! Erschrak der Knabe!
Doch denket er: Mir ists vergunnt,
Und küsset Schön-Rohtraut auf den Mund.
– Schweig stille, mein Herze!

Darauf sie ritten schweigend heim,
Rohtraut, Schön-Rohtraut;
Es jauchzt der Knab' in seinem Sinn:
Und würd'st du heute Kaiserin,
Mich sollt's nicht kränken!
Ihr tausend Blätter im Walde wißt,
Ich hab Schön-Rohtrauts Mund geküßt!
– Schweig stille, mein Herze!

Die Geister am Mummelsee

Vom Berge was kommt dort um Mitternacht spät
Mit Fackeln so prächtig herunter?
Ob das wohl zum Tanze, zum Feste noch geht?
Mir klingen die Lieder so munter.
O nein!
So sage, was mag es wohl sein?

Das, was du da siehest, ist Totengeleit,
Und was du da hörest, sind Klagen.
Dem König, dem Zauberer, gilt es zu Leid,
Sie bringen ihn wieder getragen.
O weh!
So sind es die Geister vom See!

Sie schweben herunter ins Mummelseetal –
Sie haben den See schon betreten –
Sie rühren und netzen den Fuß nicht einmal –
Sie schwirren in leisen Gebeten –
O schau,
Am Sarge die glänzende Frau!

Jetzt öffnet der See das grünspiegelnde Tor;
Gib acht, nun tauchen sie nieder!
Es schwankt eine lebende Treppe hervor,
Und – drunten schon summen die Lieder.
Hörst du?
Sie singen ihn unten zur Ruh.

Die Wasser, wie lieblich sie brennen und glühn!
Sie spielen in grünendem Feuer;
Es geistern die Nebel am Ufer dahin,
Zum Meere verzieht sich der Weiher –
Nur still!
Ob dort sich nichts rühren will?

Es zuckt in der Mitten – o Himmel! Ach hilf!
Nun kommen sie wieder, sie kommen!
Es orgelt im Rohr und es klirret im Schilf;
Nur hurtig, die Flucht nur genommen!
Davon!
Sie wittern, sie haschen mich schon!

Julius Mosen (1803–1867)

Heinrich der Löwe

Im Dom zu Braunschweig ruhet
Der alte Welfe aus,
Heinrich der Löwe ruhet
Nach manchem harten Strauß.

Es liegt auf Heinrichs Grabe,
Gleichwie auf einem Schild,
Ein treuer Totenwächter –
Des Löwen ehern Bild.

Der Löwe konnt' nicht weichen
Von seines Herzogs Seit',
Von ihm, der aus den Krallen
Des Lindwurms ihn befreit.

Sie zogen miteinander
Durch Syriens öden Sand,
Sie zogen miteinander
Nach Braunschweig in das Land.

Wo auch der Welfe wandelt,
Der Löwe ziehet mit,
Zieht mit ihm wie sein Schatten
Auf jedem Tritt und Schritt.

Doch als des Herzogs Auge
In Todesnöten brach,
Der Löwe still und traurig
Bei seinem Freunde lag.

Vergebens fing den Löwen
Man in den Käfig ein;
Er brach die Eisenstäbe:
Beim Herren mußt er sein.

Beim Herzog ruht der Löwe,
Hält jeden andern fern,
Doch nach drei Tagen fand man
Tot ihn beim toten Herrn.

Drum mit des Herzogs Namen
Geht stolz, Jahrhundert' lang,
Der Löwe wie beim Leben
Noch immer seinen Gang.

Hofers Tod

Zu Mantua in Banden
Der treue Hofer war.
In Mantua zum Tode
Führt' ihn der Feinde Schar.
Es blutete der Brüder Herz,
Ganz Deutschland, ach, in Schmach und Schmerz,
Mit ihm das Land Tirol.

Die Hände auf dem Rücken,
Andreas Hofer ging
Mit ruhig festen Schritten,
Ihm schien der Tod gering;
Der Tod, den er so manches Mal
Vom Iselberg geschickt ins Tal
Im heil'gen Land Tirol.

Doch als aus Kerkergittern
Im festen Mantua
Die treuen Waffenbrüder
Die Händ er strecken sah,
Da rief er laut: „Gott sei mit euch,
Mit dem verratnen Deutschen Reich
Und mit dem Land Tirol!"

Dem Tambour will der Wirbel
Nicht unterm Schlägel vor,
Als nun Andreas Hofer
Schritt durch das finstre Tor;
Der Sandwirt, noch in Banden frei,
Dort stand er fest auf der Bastei,
Der Mann vom Land Tirol.

Dort soll er niederknien.
Er sprach: „Das tu ich nit!
Will sterben, wie ich stehe,
Will sterben, wie ich stritt!
So wie ich steh auf dieser Schanz,
Es leb mein guter Kaiser Franz,
Mit ihm sein Land Tirol!"

Und von der Hand die Binde
Nimmt ihm der Korporal.
Andreas Hofer betet
Allhier zum letzten Mal;
Dann ruft er: „Nun, so trefft mich recht!
Gebt Feuer! – Ach, wie schießt ihr schlecht!
Ade, mein Land Tirol!"

Der Trompeter an der Katzbach

An der Katzbach hingestrecket,
Der Brust entströmt das Blut,
Von Wunden ganz bedecket
Der Trompeter sterbend ruht.

Brennt auch die Todeswunde,
Doch sterben kann er nicht,
Bis neue Siegeskunde
Zu seinen Ohren bricht.

Und wie er schmerzlich ringet
In Todesängsten bang,
Zu ihm herüber dringet
Ein wohlbekannter Klang.

Das hebt ihn von der Erde,
Er streckt sich starr und wild –
Dort sitzt er auf dem Pferde
Als wie ein steinern Bild.

Und die Trompete schmettert, –
Fest hält sie seine Hand –
Und wie ein Donner wettert
Viktoria in das Land.

Viktoria – so klang es,
Viktoria – überall,
Viktoria – so drang es
Hervor mit Donnerschall.

Doch als es ausgeklungen,
Die Trompete setzt er ab –
Das Herz ist ihm zersprungen,
Vom Roß stürzt er herab.

Um ihn herum im Kreise
Hielt's ganze Regiment,
Der Feldmarschall sprach leise:
„Das heißt ein selig End!"

Heinrich von Mühler
(1813–1874)

Otto I. und Heinrich

Zu Quedlinburg im Dome ertönet Glockenklang,
Der Orgel Stimmen brausen zum ernsten Chorgesang;
Es sitzt der Kaiser drinnen mit seiner Ritter Macht,
Voll Andacht zu begehen die heil'ge Weihenacht.

Hoch ragt er in dem Kreise, von männlicher Gestalt,
Das Auge scharf wie Blitze, von goldnem Haar umwallt;
Man hat ihn nicht zum Scherze den Löwen nur genannt,
Schon mancher hat empfunden die löwenstarke Hand.

Wohl ist auch jetzt vom Siege er wieder heimgekehrt,
Doch nicht des Reiches Feinden hat mächtig er gewehrt,
Es ist der eigne Bruder, den seine Waffe schlug,
Der dreimal der Empörung blutrotes Banner trug.

Jetzt schweift er durch die Lande, geächtet, flüchtig, hin,
Das will dem edeln Kaiser gar schmerzlich in den Sinn;
Er hat die schlimme Fehde oft bitter schon beweint:
„O, Heinrich, du mein Bruder, was bist du mir so feind!"

Zu Quedlinburg vom Dome ertönt die Mitternacht,
Vom Priester wird das Opfer der Messe dargebracht;
Es beugen sich die Knie, es beugt sich jedes Herz,
Gebet in heil'ger Stunde steigt brünstig himmelwärts.

Da öffnen sich die Pforten, es tritt ein Mann herein,
Es hüllt die starken Glieder ein Büßerhemde ein,
Er schreitet auf den Kaiser, er wirft sich vor ihm hin,
Die Knie er ihm umfasset mit tiefgebeugtem Sinn.

„O Bruder! Meine Fehle, sie lasten schwer auf mir!
Hier liege ich zu Füßen, Verzeihung flehend, dir;
Was ich mit Blut gesündigt, die Gnade macht es rein,
Vergib, o strenger Kaiser, vergib, du Bruder mein!“

Doch strenge blickt der Kaiser den sünd’gen Bruder an:
„Zweimal hab ich vergeben, nicht fürdermehr fortan!
Die Acht ist ausgesprochen, das Leben dir geraubt,
Nach dreier Tage Wechsel, da fällt dein schuldig Haupt!“

Bleich werden rings die Fürsten, der Herzog Heinrich bleich,
Und Stille herrscht im Kreise, gleichwie im Totenreich,
Man hätte mögen hören jetzt wohl ein fallend Laub,
Denn keiner wagt zu wehren dem Löwen seinen Raub.

Da hat sich ernst zum Kaiser der fromme Abt gewandt,
Das ew'ge Buch der Bücher, das hält er in der Hand.
Er liest mit lautem Munde der heil'gen Worte Klang,
Daß es in aller Herzen wie Gottes Stimme drang:

„Und Petrus sprach zum Herren: Nicht so? Genügt ich hab,
Wenn ich dem sünd'gen Bruder schon siebenmal vergab.
Doch Jesus ihm antwortet: Nicht siebenmal vergib,
Nein siebenzigmal sieben, das ist dem Vater lieb!"

Da schmilzt des Kaisers Strenge in Tränen unbewußt,
Er hebt ihn auf, den Bruder, er drückt ihn an die Brust;
Ein lauter Ruf der Freude ist jubelnd rings erwacht –
Nie schöner ward begangen die heil'ge Weihenacht.

König Karl am Meer

Der König stand am Fenster und schaute auf die See:
„Was seh ich dort, ein Weißes, da oben auf der Höh?"
„Das ist die weiße Möwe, die auf dem Meere schwebt,
Sich mit den Wellen senket und schaukelnd wieder hebt."

„Bei Gott, die Zeichen kenn ich! Es ist ein Wikingschiff,
Das scheut nicht Sturm und Wellen, das schreckt kein Klippenriff;
Die Männer, die es führen, dürsten nach Sturm und Streit –
Herr König, greift zum Schwerte, zu fechten gibts noch heut!"

Sie legen an das Ufer, Normannen, stolz Geschlecht,
Seekön'ge auf den Wogen, Schlachtkön'ge im Gefecht;
Sie springen von dem Schiffe, die Schwerter in der Hand,
„Heisa, nun sollst du zinsen, du reiches Frankenland!"

Es saß der arme Fischer an seinem Netz und spann.
Sie bringen vor ihren Führer ihn als gefangnen Mann:
„Sag an, wie heißt die Küste? Was für ein Schloß liegt dort?
Wer ist sein Herr? Dein Leben bürg uns, daß wahr dein Wort!"

„Ihr Herren, schont mich Alten, ich bin ein schwacher Greis,
Gern will ich euch verkünden, so viel ich immer weiß,
Dies ist der Seine Mündung, ihr steht auf Frankreichs Grund,
Und in dem Schlosse droben wohnt König Karl zur Stund."

„Der König Karl?" – Wie Blitze läuft um das Wort im Rund.
„Der König Karl?" – Sie zagen, verstummt ist jeder Mund.
„Der König Karl? – Da möchte erblühn uns wenig Heil,
Da gibts nur Stahl und Eisen, nicht Gold und Silber zuteil."

Sie steigen wieder zu Schiffe, sie drehn die Segel geschwind –
Viel lieber wollen sie kämpfen mit Wellen und Wetter und Wind,
Der Name hat ihnen den besten Mut gefällt,
Wer möchte auch bestehen den alten Frankenheld?

Der König hats vernommen, da wird ihm trüb zu Sinn,
Er schaute fragend vom Meere zu seinem Sohne hin,
Der stand in der Halle und drehte den Rosenkranz in der Hand
Da sah er nieder und seufzte: „Mein armes, armes Land!"

Wilhelm Müller
(1794–1827)

Der Glockenguß zu Breslau

War einst ein Glockengießer
Zu Breslau in der Stadt,
Ein ehrenwerter Meister,
Gewandt in Rat und Tat.

Er hatte schon gegossen
Viel Glocken gelb und weiß
Für Kirchen und Kapellen
Zu Gottes Lob und Preis.

Und seine Glocken klangen
So voll, so hell, so rein –
Er goß auch Lieb' und Glauben
Mit in die Form hinein.

Doch aller Glocken Krone,
Die er gegossen hat,
Das ist die Sünderglocke
Zu Breslau in der Stadt.

Im Magdalenenturme,
Da hängt das Meisterstück;
Rief schon manch starres Herze
Zu seinem Gott zurück.

Wie hat der gute Meister
So treu das Werk bedacht!
Wie hat er seine Hände
Gerührt bei Tag und Nacht!

Und als die Stunde kommen,
Daß alles fertig war,
Die Form ist eingemauert,
Die Speise gut und gar,

Da ruft er seinen Buben
Zur Feuerwacht herein:
„Ich lass' auf kurze Weile
Beim Kessel dich allein;

Will mich mit einem Trunke
Noch stärken zu dem Guß;
Das gibt der zähen Speise
Erst einen vollen Fluß.

Doch hüte dich und rühre
Den Hahn mir nimmer an,
Sonst wär' es um dein Leben,
Fürwitziger, getan!"

Der Bube steht am Kessel,
Schaut in die Glut hinein:
Das wogt und wallt und wirbelt
Und will entfesselt sein –

Und zischt ihm in die Ohren
Und zuckt ihm durch den Sinn
Und zieht an allen Fingern
Ihn nach dem Hahne hin.

Er fühlt ihn in den Händen,
Er hat ihn umgedreht,
Da wird ihm angst und bange,
Er weiß nicht, was er tät –

Und läuft hinaus zum Meister,
Die Schuld ihm zu gestehn,
Will seine Knie umfassen
Und ihn um Gnade flehn.

Doch wie der nur vernommen
Des Knaben erstes Wort,
Da reißt die kluge Rechte
Der jähe Zorn ihm fort.

Er stößt sein scharfes Messer
Dem Buben in die Brust,
Dann stürzt er nach dem Kessel,
Sein selber nicht bewußt.

Vielleicht, daß er noch retten,
Den Strom noch hemmen kann –
Doch sieh, der Guß ist fertig,
Es fehlt kein Tropfen dran.

Da eilt er, abzuräumen,
Und sieht, und will's nicht sehn,
Ganz ohne Fleck und Makel
Die Glocke vor sich stehn.

Der Knabe liegt am Boden,
Er schaut sein Werk nicht mehr.
Ach, Meister, wilder Meister,
Du stießest gar zu sehr!

Er stellt sich dem Gerichte,
Er klagt sich selber an;
Es tut den Richtern wehe
Wohl um den wackern Mann.

Doch kann ihn keiner retten,
Und Blut will wieder Blut –
Er hört sein Todesurteil
Mit ungebeugtem Mut.

Und als der Tag gekommen,
Daß man ihn führt hinaus,
Da wird ihm angeboten
Der letzte Gnadenschmaus.

„Ich dank' euch", spricht der Meister,
„Ihr Herren lieb und wert,
Doch eine ander Gnade
Mein Herz von euch begehrt:

Laßt mich nur einmal hören
Der neuen Glocke Klang!
Ich hab sie ja bereitet,
Möcht' wissen, ob's gelang."

Die Bitte ward gewähret,
Sie schien den Herrn gering,
Die Glocke ward geläutet,
Als er zum Tode ging.

Der Meister hört sie klingen
So voll, so hell, so rein;
Die Augen gehn ihm über,
Es muß vor Freude sein.

Und seine Blicke leuchten,
Als wären sie verklärt:
Er hatt' in ihrem Klange
Wohl mehr als Klang gehört.

Hat auch geneigt den Nacken
Zum Streich voll Zuversicht;
Und was der Tod versprochen,
Das bricht das Leben nicht.

Das ist der Glocken Krone,
Die er gegossen hat,
Die Magdalenenglocke
Zu Breslau in der Stadt.

Die ward zur Sünderglocke
Seit jenem Tag geweiht. –
Weiß nicht, ob's anders worden
In dieser neuen Zeit.

Alexander Ypsilanti auf Munkacs

Alexander Ypsilanti saß in Munkacs' hohem Turm;
An den morschen Fenstergittern rüttelte der wilde Sturm,
Schwarze Wolkenzüge flogen über Mond und Sterne hin –
Und der Griechenfürst – er seufzte: „Ach, daß ich gefangen bin!"
An des Mittags Horizonte hing sein Auge unverwandt:
„Läg ich doch in deiner Erde, mein geliebtes Vaterland!"
Und er öffnete das Fenster, sah ins öde Land hinein;
Krähen schwärmten in den Gründen, Adler um das Felsgestein.
Wieder fing er an zu seufzen: „Bringt mir keiner Botschaft her
Aus dem Lande meiner Väter?" – Und die Wimper ward ihm schwer –
War's von Tränen, war's vom Schlummer? – Und sein Haupt sank in die Hand.
Seht, sein Antlitz wird so helle; träumt er von dem Vaterland?
Also saß er, und zum Schläfer trat ein schlichter Heldenmann,
Sah mit freudig ernstem Blicke lange den Betrübten an:
„Alexander Ypsilanti, sei gegrüßt und fasse Mut!
In dem engen Felsenpasse, wo geflossen ist mein Blut,
Wo in einem Grab die Asche von dreihundert Spartern liegt,
Haben über die Barbaren freie Griechen heut gesiegt.
Diese Botschaft dir zu bringen ward mein Geist herabgesandt.
Alexander Ypsilanti, frei wird Hellas' heil'ges Land!"
Da erwacht der Fürst vom Schlummer, ruft entzückt: „Leonidas!"
Und er fühlt, von Freudentränen sind ihm Aug und Wangen naß.
Horch, es rauscht ob seinem Haupte, und ein Königsadler fliegt
Aus dem Fenster, und die Schwingen in dem Mondenstrahl er wiegt.

Wolfgang Müller (von Königswinter) (1816–1873)

Wilhelm von Holland

„O wollte der Himmel nur blauen, die Erde nur blühn!
Ich ritt in die Heiden rot, in die Wälder grün,
Ich gäbe dem blumigen Frühling ein einsam Geleit,
Und fände die Hütte und fände die rosige Maid."

Leis sprach Herr Wilhelm von Holland das heimliche Wort,
Er zog nach Köln im eisigen Winter fort,
Es glänzten um ihn die Ritter, es lärmte der Troß;
Er ritt still träumend dazwischen auf prächtigem Roß.

Bald grüßte die heilige Stadt am brausenden Fluß,
Drin klingen die Glocken, dem Fürsten ein freundlicher Gruß;
Er zieht in die wogenden Straßen durch's dunkle Tor,
Laut jauchzet das Volk: kaum klingt es dem Träumer ins Ohr.

Und freudig empfängt ihn der warme, glänzende Saal,
Kronleuchter schimmern, gespiegelt vieltausendmal,
Stolz rauscht die Musik durch des Raumes üppigen Glanz,
Und ringsum windet und bindet sich reizend der Tanz.

Es blühet und glühet der Mädchen holdselige Schar,
Im Reigen umringt und umschlingt ihn manch liebliches Paar.
Sie kommen und gehen, lächelnd im kosigen Spiel,
Sie singen der Lieder, sie bringen der Blumen ihm viel.

Die Ritter nahn in der Waffen blinkendem Strahl,
Sie heben kredenzend den schäumenden, goldnen Pokal,
Sie preisen und rühmen; doch ihm ist alles zur Last,
Er spricht erinnerungssüchtig, der fürstliche Gast:

„O wollte der Himmel nur blauen, die Erde nur blühn!
Ich ritt in die Heiden rot, in die Wälder grün,
Ich gäbe dem blumigen Frühling ein einsam Geleit." –
Da spricht ihm ins Wort ein Greis: „Der Lenz ist nicht weit."

Albertus Magnus ist es, er faßt ihm die Hand,
Tief glühet sein Blick, weiß wallet ihm Haar und Gewand,
Er will durch wechselnder Bilder zaubrische Lust
Befreien des Fürsten gedankenverdüsterte Brust.

So zieht er den Kreis, so spricht er ein flüsterndes Wort,
Er schlägt mit dem Stab: da wandelt sich plötzlich der Ort,
Ein Blühen hebt an, der Frühling feiert sein Fest,
Hoch blauet der Himmel, warm treibet die Wolken der West.

Aus zackigen Bergen ergießt sich der Ströme Lauf,
Die Bronnen rauschen aus Felsen kühlig herauf,
Bunt grünen Wälder und Wiesen und Fluren umher,
Es lieget das Land ein jubelndes Frühlingsmeer.

Dazwischen erhebt sich der Städte betürmte Pracht,
Mit Bannern halten die Burgen auf Bergen Wacht,
Die fliegenden Reiter blinken im Sonnenstrahl,
Die Herdenglocken ertönen im duftigen Tal.

Still zieht durch den klingenden Frühling der fürstliche Held,
Ihn grüßt in den Lüften der Vogel, die Blume im Feld,
Er zieht nach der Heide und schwindet im Waldesraum;
Da fliehet das Bild und des Lenzes goldener Traum.

Und wieder umrauscht ihn im Saal die glänzende Pracht,
Er hat nicht der Schar, nicht des mächtigen Zauberers acht,
Denn Tänze, Musik und Menschen sind ihm zur Last,
Er bleibt traumselig und spricht, der fürstliche Gast:

„Wohl mochte der Himmel blauen, die Erde blühn,
Ich ritt in die Heiden rot, in die Wälder grün,
Ich gab dem blumigen Frühling ein einsam Geleit;
Doch fehlte die Hütte, es fehlte die rosige Maid."

Wikher

Fern von des Rheines Heimatstrand
Zog ins gelobte heilige Land
Mit Gottfried Bouillon schlecht und recht
Wikher, ein deutscher Lanzenknecht.

Durch Palästinas Berg und Tale
Ward's manchem heiß im Sonnenstrahle.
Die Rüstung, die der Recke trug,
Drückt ihn und seinen Gaul genug;
Da dacht er an den grünen Rhein
Und seinen kühlen goldnen Wein.
Und wie er dachte, wie er träumte,
Kam's, daß er hinter dem Zuge säumte.
Er sprach: „Die Hitze drückt zu sehr,
Zur Nachtzeit hol ich ein das Heer."
Und legte sich in die hohle Heide,
Das Pferd erlabt sich auf der Weide.
Doch will ihn kaum der Schlaf umhüllen,
Da störet ihn ein furchtbar Brüllen,

Und sieh, es stürzt ein mächtig Tier
Aufs Rößlein aus dem Waldrevier.
Der wackre Deutsche war nicht faul,
Er liebte seinen treuen Gaul,
War gleich bereit, mit Schild und Schwert
Zu kämpfen für das gute Pferd.
Kaum sieht das Tier den kecken Mann,
Läßt es das Roß und fällt ihn an.

Da sieht er wehn die langen Mähnen,
Dazwischen den weiten Rachen gähnen;
Die Augen blitzen wie Feuer hell,
Der Leib ist stark, die Füße schnell;
Es springt an den Schild mit der Krallentatze.
„Ei", rief der Knecht, „verfluchte Katze!"
Und rüstig spaltet er sogleich
Des Tieres Haupt mit einem Streich.
Voll Schmerzen brüllt's zum letzten Mal,
Und röchelnd stürzt es dann zu Tal.
Der Deutsche sieht's mit kaltem Blut,
Da scheint der Pelz ihm gar so gut,
Er trennt ihn sauber mit dem Schwert
Und legt ihn hinten auf das Pferd.
Der Abend kam indes heran,
Und weiter zog der deutsche Mann.
So kam er in ein Dorf geritten,

Da liefen die Leute aus den Hütten
Und staunten an die zottige Haut,
Riefen ihm zu und jubelten laut,
Sagten, nun wäre die Gegend frei,
Er hab erlegt den großen Leu.
Als er die Männer höret sagen,
Daß er der Tiere König erschlagen,
Von dessen Mut und wilder Stärke
Man ihm erzählt viel Wunderwerke,
Da wendet sich der Knecht fürbaß,
Der längst den harten Strauß vergaß,
Besieht die Haut sich für und für:
„Eine gelbe Katze schien es mir.
Längst hätt ich gern den Leu gesehn,
Nun ist's mir schier im Traum geschehn,
Daß ich gar einen hab erschlagen!" –
Und ritt voran mit gutem Behagen.

Nächtliche Erscheinung zu Speyer

„Wach auf!" erklingt's in des Schiffers Traum,
„Wach auf, du Wächter am Strome!"
Und über ihm rauschet der Lindenbaum,
Und zwölfe schlägt es vom Dome.
Groß vor ihm steht einer im dunkeln Gewand,
Der Schiffer bringt ihn hinunter zum Strand,
Halb schlafend, halb wachend, wie trunken.

Und während er träge löset den Kahn,
Beginnt es um ihn zu leben,
Viel riesige, hohe Gestalten nahn,
Er sieht sie nicht schreiten, nur schweben;
Es tönet kein Wort, es rauschet kein Kleid,
Wie Nebel durchziehn sie die Dunkelheit;
So steigen sie all in den Nachen.

Er sieht sie mit Staunen, mit Schrecken an,
Stößt schweigend und fürchtend vom Lande;
Kaum braucht er zu rudern, es flieget der Kahn,
Bald sind sie am andern Strande.
„Wir kommen zurück, da findst du den Lohn."
Gleich Wolken verschwinden im Felde sie schon,
Fern scheinen ihm Waffen zu klirren.

Er aber rudert sinnend zurück
Durch der Nacht ernstfriedliche Feier,
Wo sich die Heimat hebet dem Blick,
Das dunkeltürmige Speyer,
Sitzt wach bis zum Morgen am Lindenbaum,
Und war es Wahrheit und war es ein Traum,
Er hüllet es tief in den Busen.

Und sieh, es ruft ihn die vierte Nacht
Als Wächter wieder zum Strome;
Wohl hält er schlaflos heute die Wacht,
Da schlägt es zwölfe vom Dome.
„Hol über!" ruft es vom andern Strand,
„Hol über!" Da stößt er den Kahn vom Land
In stiller banger Erwartung.

Und wieder ist es die düstere Schar,
Die schwebend den Nachen besteiget;
Der Kahn zieht wieder so wunderbar,
Doch jeder der Dunkeln schweiget,
Und als sie gelandet zu Speyer am Strand,
Gibt jeder den Lohn ihm behend in die Hand;
Er aber harret und staunet.

Denn unter den Mänteln blinken voll Schein
Viel Schwerter und Panzer und Schilde,
Goldkronen und funkelndes Edelgestein
Und Seiden- und Samtgebilde;
Dann aber umhüllt sie wieder das Kleid,
Wie Nebel durchfliehn sie die Dunkelheit
Und schwinden am mächtigen Dome.

Doch wachend bleibt er am Lindenbaum
Mit sinnendem, tiefem Gemüte;
Ja, Wahrheit war es, es war kein Traum,
Als blendend der Morgen erglühte;
Er hält in den Händen das lohnende Geld,
Drauf glühen aus alter Zeit und Welt
Viel stolze Kaiserbilder.

Wohl sah er manchen Tag sie an
In forschenden stillen Gedanken;
Da riefen sie drüben um einen Kahn;
Das waren die flüchtigen Franken:
Geschlagen war die Leipziger Schlacht,
Das Vaterland frei von des Fremdlings Macht;
Der Schiffer verstand die Erscheinung.

Und löstet ihr, Kaiser, die Grabesnacht
Und die ewigen Todesbande,
Und halft in der wilden, dreitägigen Schlacht
Dem geängsteten Vaterlande:
Steigt oft noch auf und haltet es frei
Von Sünden und Schmach und Tyrannei!
Denn es tut not des Wachens.

Börries von Münchhausen (1874–1945)

Die Glocke von Hadamar

„Wir wollen dies Jahr die Felder am Rhein
Mit heißen Sicheln mähn,
Wie Sensen soll der Flammenschein
Über die Ernten gehn.

Gott gnade der Burg und gnade der Stadt,
Die meiner Faust widerspricht, –
Du hältst wohl auf die Kanone am Rad,
Aber Tilly – hältst du nicht!"

Und der Brabanter sprang vom Pferd,
Eisenumschlossen ganz
Hell klirrend schlug an Koller und Schwert
Der eiserne Rosenkranz.

Da stiegen die Wogen des Reiterkriegs,
Da prasselten Hieb und Schuß,
Und von dem Blute des Reitersiegs
Ward rot der blaue Fluß.

Was silberne Glocke gewesen einst,
Klingelt als Geld durchs Land,
Und wer die Messe gelesen einst,
Bettelt am Straßenrand. –

Zu Walmarod der Reichsbaron
Die Zugbrück zog er herauf:
„'s ist nicht für meine Religion,
Die gäb ich gern in Kauf,

’s ist nicht für meine Baronie,
Für Thron nicht und Altar,
Ich kämpfe nur für dich, Sophie,
Sophie, und für dein Haar!

Für jedes Haar und für jeden Kuß
Einen Schwerthieb schlag ich dafür,
Bis ich Tillys Herz zwischen diesem Fuß
Und der alten Erde spür!

Geliebte, nun tauche den roten Mund
In den roten rheinischen Wein,
Wir läuten mit klingendem Gläserrund,
Wir läuten die Litanein!“ –

„Im Namen des Sohnes der Marie,
Des Jesusknaben von Prag,
Ich will die Burg, und ich nehme sie
Vor Sankt Gertraudentag!

Nie lag ich so lange im Hinterhalt
Und nie so lang auf der Laur,
Niemals im ganzen Westerwald
Und im Walde von Montabaur.

Ich schwörs: Wenn ich fange das girrende Paar:
Sein Haupt vorm Beile sinkt,
Wenn drüben vom Kloster in Hadamar
Der Ton der Mette klingt!“ –

Der Söldner mit Schienen die Schenkel umschloß
Und prüfte des Flambergs Glanz,
Und in die Musketenkugeln goß
Er Perlen vom Rosenkranz.

Und sie klommen empor trotz Pfeil und Tod
Im scheidenden Abendlicht,
Und sie fingen den Herren von Walmarod,
Das Weib aber – fingen sie nicht!

Durch den schweigenden Wald den verschwiegenen Pfad
Hinfloh sie aus Schande und Schlacht,
Und es säte der Hengst die Funkensaat
In die dunkele Furche der Nacht.

Zu Hadamar die alte Abtei
Träumte im Mondenlicht,
Sie schlich an der Türe des Pförtners vorbei,
Den Klopfer hob sie nicht.

Es klomm die Stufen zum Glockenturm
Empor die schöne Sophie,
Wohl atmete droben der Frühlingssturm,
Viel stürmischer atmete sie.

Und um den Klöppel der Glocke schlang
Sie die runden Arme fest,
Und hielt den schwankenden Glockenstrang
Zwischen ihre Schenkel gepreßt. –

Es zog der Mönch zur Mette das Seil,
Die Glocke war heut tot, –
Er riß zum zweiten am Glockenseil,
Da ward es blutig rot.

Anschlug er den Klöppel zum drittenmal,
Da klang ein Schrei so schrill,
Ein Schrei voll wild verzweifelnder Qual,
Dann ward es totenstill.

Und nur die große Glocke hallt
Von Hadamar-Abtei
Zitternd über den Westerwald
Ihren letzten Sterbeschrei.

Und als er klang in Walmarod,
Ins Knie sank der Baron:
„Erbarm dich, Herr, um meinen Tod
Durch Christum deinen Sohn!"

Jekaterinas Bestechung

Noch einmal von dem öden Sande
Der Gegenwart entführ ich euch
In die verlornen bunten Lande
Voll Märchen-Blumen und Gesträuch.
Hört, was bei Huschi mir der Hirte
Aus Kaiser Peters Zeit erzählt,
Als er den Zweig der grauen Myrte
Zum Schäferstecken abgeschält:

Der Trommelruf des großen Zaren,
Durchs ewge Rußland rauschend, rief
Zum Türkenkriege die Bojaren, –
Wie dröhnten seine Trommeln tief!
Und aus den unermeßnen Weiten
Drängt sichs in Horden zur Gefahr,
Und Asiens heiße Völker reiten
Stromgleich zusammen, Schar um Schar.

Da poltern der Tungusen Hufe,
Grauüberstaubt vom Marsche längst,
Da treibt mit quäkend gellem Rufe
Der Kamtschadale seinen Hengst,
Da strafft der Finne die Gamasche,
Fischhautgenäht, am Schenkel auf,
Da schaukelt die Melonenflasche
An des Kirgisen Sattelknauf!

Da flattert von des Urotschonen
Durchnähter Wange buntes Garn,
Und der Kasak streift die Patronen,
Daß sie an seinem Kittel schnarrn,
Und da: Bei schneidenden Fanfaren
Wiegt im Galopp den schlanken Leib,
Sattel an Sattel mit dem Zaren,
Des Weißen Zaren blondes Weib!

Das Weib trug prunkend her der Brüste
Ganz wundervollen Überfluß,
Die weiße Rose, die sie küßte,
Ward rot vor Scham bei ihrem Kuß.

Sie griff nach ihres Schimmels Schweife
Und riß ihn toll und lachte viel,
Vom Riemen taumelte die Pfeife
Auf ihrer Schenkel Sehnenspiel. –

Am Pruth hinlagert, ungeheuer
Breit ausgeschwellt, die fremde Pracht,
Zehntausend grelle Lagerfeuer
Ängstigen die Karpaten-Nacht.
Und doch: Wie viele auch der Sporen
Blutübertropfte Spur vereint, –
Schon morgen sind sie all verloren,
Denn sechsfach stärker ist der Feind. –

O Weibes-Schönheit, süße Flamme,
Die Leben spendet und zerstört,
Die, gleich dem Meer und Meeres-Schlamme,
In Reinheit und in Schmutz verkehrt,
Du süße Milch, die alle saugen,
Und die aus blanken Hügeln fließt,
Darüber aus dem Quell der Augen
Die bittre Träne sich ergießt!

Im Zelte hockt der Sultan auf dem Kissen
Und denkt der reifen Frucht, die morgen fällt,
Da bauscht der Vorhang und wird aufgerissen,
Des Zaren schöne Liebste tritt ins Zelt:
„Ich weiß, du duckst mein ganzes Volk zu Grabe,
Wenn du es willst, mit deiner Fäuste Druck.
Drum bring ich alles, was ich an mir habe,
Denn ich weiß auch: Der Groß-Herr liebt den Schmuck!“

Der Haare Spangen löst sie ab als Spenden,
Da stürzt herab die blondverwirrte Flut
Und schäumt kaskadengleich an schmale Lenden, –
Wie sie das Perlenmieder von sich tut,
Da trägt sie wundervoll die starren Brüste,
Als ob des Zaren mächtigster Bojar
Die goldenen Äpfel beider Reiche müßte
Im Krönungszuge tragen zum Altar.

Sie schlüpft aus den türkisbesetzten Schuhen
Und steht auf weichen Sohlen zögernd da, –
Wie köstlich ihre rosigen Zehen ruhen
Tiefeingesenkt im blauen Bochara!

Dann rauschen des Gewands Smaragden nieder,
Und aus den Falten steigt sie, blond und bloß,
Dehnt seidenblank den Samt der jungen Glieder:
„Gibst du für das, was ich dir gab, uns los?“

Die Worte tropfen einzeln in die Stille,
In die sich kurz ein heisrer Atem flicht, –
Faßt denn des Auges durstige Pupille
So weißer Schönheit ungebrochnes Licht!
Wenn sie aus blanken Hügeln selig fließt,
Darein doch aus der Großen Mutter Augen
Ach, Weibes-Schönheit, süß wie Milch zu saugen,
Die salzge Träne ewig sich ergießt! –

Von seines Kissens rotem Saffiane
Tastet der Sultan, zitternd, fieberhaft,
Und des Propheten grüne Seidenfahne
Kreischt abgerissen vom entweihten Schaft:
„Da, nimm! Und in die heilige Standarte
Hülle das Heilige, das ich geschaut!
Du setztest so viel auf die eine Karte,
Daß mir vor – mir und deiner Kühnheit graut!

Geh heim und rühm dich mit dem grünen Kleide!
Den Groß-Herrn selbst bestachst du heute nacht,
Denn wisse: Ohne diese Fahnen-Seide
Geht nie ein Moslem in die Russenschlacht!“ –
Jekaterina ging. Als die Gewehre
Tauperlen tropften, morgenlichtumgraut,
Da lösten voneinander sich die Heere,
Lautlos wie Eis, das auseinandertaut.

Theobald von Oer
(1807–1885)

Die Glocken zu Speyer

Zu Speyer im letzten Häuselein,
Da liegt ein Greis in Todespein,
Sein Kleid ist schlecht, sein Lager hart,
Viel Tränen rinnen in seinen Bart.

Es hilft ihm keiner in seiner Not,
Es hilft ihm nur der bittre Tod!
Und als der Tod ans Herze kam,
Da tönt's auf einmal wundersam.

Die Kaiserglocke, die lange verstummt,
Von selber dumpf und langsam summt,
Und alle Glocken, groß und klein,
Mit vollem Klange fallen ein.

Da heißt's in Speyer weit und breit:
„Der Kaiser ist gestorben heut!
Der Kaiser starb, der Kaiser starb!
Weiß keiner, wo der Kaiser starb?“

Zu Speyer, der alten Kaiserstadt,
Da liegt auf goldner Lagerstatt
Mit mattem Aug' und matter Hand
Der Kaiser Heinrich, der Fünfte genannt.

Die Diener laufen hin und her,
Der Kaiser röchelt tief und schwer; –
Und als der Tod ans Herze kam,
Da tönt's auf einmal wundersam.

Die kleine Glocke, die lange verstummt,
Die Armesünderglocke, summt;
Und keine Glocke stimmet ein,
Sie summet fort und fort allein.

Da heißt's in Speyer und weit und breit:
„Wer wird denn wohl gerichtet heut?
Wer mag der arme Sünder sein?
Sag an, wo ist der Rabenstein?“

Das weiße Sachsenroß

Es jagt der Sturm im grünen Wald,
Er reitet und zwängt der Eichen Wucht,
Die alte Weser muß ihre Wellen
Vor Zorn und Angst am Fels zerschellen,
Und vom Gebirg und aus der Schlucht
Des Donners Siegesrufen hallt.

Ein fränkscher Mann, gar müd und still,
Verlassen irrt im fremden Land;
Die Glieder brechen ihm fast zusammen,
Doch löscht ihm nichts des Auges Flammen.
Da steht ein Hüttlein an dem Strand: –
„Hallo, ein Fremder Obdach will!“

Ein Sachse, hoch mit stolzem Blick,
Sieht lang und fremd den Franken an:
„Kommst du, um Gastfreundschaft zu bitten,
So bist du sicher in Sachsenhütten.“
Da trat den Herd der Franke an,
Er nahm den Becher und gab ihn zurück.

Sie sitzen erst am heil’gen Herd,
Sie sehen schweigend einander an,
Und stumm bewundert immer wieder
Ein jeder des andern Heldenglieder;
Da hebt zuletzt der Franke an:
„Bei Gott, wir sind einander wert!

Wenn solcher viel’ das Sachsenland
Zum Kampf ob unsern König stellt,
So möchte Karol bitter klagen,
Daß Sachs’ und Frank’ noch Schlachten schlagen.“
Da führt der Sachse ihn an der Hand
Hinaus aufs regengrüne Feld.

Ein weißes Roß, gar stark und schön,
Sprang auf der freien Weide frei.
„O laß das schöne Roß uns fangen!“
So sprach der Franke mit Verlangen.
„Gefangen hat's noch keiner gesehn,
Doch auf mein Locken kommt es frei.“

Und wie er es gerufen mild,
Da kommt es lustig wiehernd nah
Und bäumt die schlanken Vorderfüße
Und bringet seine besten Grüße.
Da sprach der Sachse: „Siehe da,
Das ist des Sachsenvolkes Bild!“

Der Franke reichet ihm die Hand:
„Das war ein Wort zu seiner Zeit,
Du sollst von fränkscher Großmut hören,
Dem Kampf der Völker will ich wehren.
Du, denke dieser Stunde heut,
Ich bin der König Karl genannt.“

Der Sachse reichet ihm die Hand:
„Hast fränksche Großmut du genannt,
So lern auch Sachsentreue kennen.
Ich will dir deinen Gastfreund nennen,
Herr Karl, du bist in mächt'ger Hand,
Ich bin der Wittekind genannt.“

Da rief Herr Karl: „Ja, treu und frei!
Das edle Roß, das ist dein Bild!
Nun soll der goldne Friede tagen,
Du sollst die Herzogskrone tragen,
Das weiße Roß, das führ im Schild,
Für ewig sei es treu und frei.“

Caroline Pichler (1769–1843)

Philippine Welserin

„Horch, die Turmuhr hat geschlagen,
Und er naht, der Augenblick!
Darf ich hier zu bleiben wagen?
Zieh ich furchtsam mich zurück?
Tiefer noch den Pfeil zu drücken
In die schwer verletzte Brust,
Sollt' ich fliehn aus seinen Blicken,
Fliehn, als wär' ich schuldbewußt?

Und was hab ich denn begangen?
Jugend, Schönheit, Edelsinn
Ziehn in schüchternem Verlangen
Meine Seele zu ihm hin.
Ach, er ist so mild, so freundlich,
Ist so tapfer, ist so schön!
War es möglich, kalt und feindlich
Solchem Reiz zu widerstehn?

Ja, ich weiß, ich darf nicht hoffen,
Mich betört kein eitler Wahn,
Mein Geschick liegt vor mir offen,
Eine dornenvolle Bahn.
Tollkühn zu dem Kaisersohne
Hob sich mein verwegner Blick;
Und der Glanz der Fürstenkrone
Schrecket strafend mich zurück.

Doch was ist dort für Bewegung?
Wie das Volk zusammenströmt!
Alles scheint in froher Regung.
Guter Gott! Er ist's! Er kömmt!
Herrlich ragt er aus der Menge,
Die er freundlich nickend grüßt,
Aus dem flutenden Gedränge,
Das sein Berberroß umfließt!"

Und schon hat er sie erspähet
Hinter der Gardinen Flor!
Zu dem Fenster, wo sie stehet,
Fliegt ein heißer Blick empor;
Denn die keinen Rang erkennet,
Liebe zieht ihn zu ihr hin,
Und der Sohn des Kaisers brennet
Für die schöne Welserin.

Täglich zieht er nun vorüber,
Täglich wird die süße Qual,
Seines Busens Schmerz, ihm lieber,
Täglich wächst der Hoffnung Strahl.
Und schon wagt er zu gestehen,
Was die Seel' ihm glühend füllt,
Zitternd höret sie sein Flehen,
Denn sie schreckt der Zukunft Bild.

Und sie mahnt ihn seines Ranges,
Seines Vaters, seiner Pflicht;
Doch voll heißen Liebesdranges
Achtet er ihr Warnen nicht,
Weiß sie bald zu überzeugen,
Daß sein Glück in ihr nur lebt,
Ihren strengen Sinn zu beugen,
Der ihm zagend widerstrebt.

Kann sie wohl sein Glück zerstören,
Ungerührt von seinem Flehn,
Ihn von Leid und Gram verzehren,
Diese Blicke welken sehn?
Zwischen Lieben, Zweifeln, Scheuen,
Reicht sie ihm besiegt die Hand,
Und des Priesters Segen weihet
Das geheimnisvolle Band.

Philippine! Philippine!
Rasch ist dieser Schritt getan.
Doch es naht die ernste Sühne,
Es zerstiebt der schöne Wahn.
Denn der Kaiser hat vernommen,
Was ihr trevelnd hier gewagt.
Und sein Zorn ist rasch entglommen,
Hat euch schwer und streng verklagt.

„Ja, ihr habt den Weg gefunden,
Wo ihr meine Macht verhöhnt;
Denn was Priesters Hand gebunden,
Wird von Menschen nicht getrennt.
Doch dies sei euch laut verkündigt:
Die mich tief gekränkt, die schwer
Sich an meiner Huld versündigt,
Sehn mein Antlitz nimmermehr!“

Wie ein Blitz aus heitern Lüften
Trifft die Liebenden dies Wort,
Ihre Freuden zu vergiften,
Tönt's in ihren Herzen fort.
Mischt ein düsteres Geleite,
Sich in jeden frohen Reihn,
Läßt an Philippines Seite
Ferdinand nicht glücklich sein.

Kummervoll sieht sie ihn trauern,
Es zerreißt ihr liebend' Herz.
„Nein, die Qual soll nicht mehr dauern,
Nein, ich ende diesen Schmerz!
Hab ich, Teurer, dich betrogen
Um des Vatersegens Glück
Was die Liebe dir entzogen,
Bringt die Liebe dir zurück!"

Im entschlossenen Gemüte
Reift ein Anschlag, klug und kühn.
Wohl kennt sie des Kaisers Güte,
Und zu dieser will sie fliehn.
Unerkannt soll er sie sehen,
Und wenn sie ihr Leid geklagt,
Ihr die Milde zugestehen,
Die er keinem noch versagt.

An den Ort, wo jetzt er thronet,
Zieht sie hin, zum fernen Prag,
Wo ihr nie ein Freund gewohnet,
Wo sie niemand kennen mag.
Als bedrängte Fremde stehet
Sie vor ihres Kaisers Blick,
Die um Schutz und Hilf' ihn flehet,
Von ihm hofft ihr Lebensglück.

Und sein Blick ruht mit Vergnügen
auf der lieblichen Gestalt,
Auf den engelsmilden Zügen,
Wo sich Zucht und Güte malt.
Mit geheimer, zarter Regung
Fühlt er sich zu ihr geneigt,
Hört mit inniger Bewegung,
Welch ein Schmerz die Holde beugt.

Freundlich läßt er sich erzählen,
Wie ein Ritter sie geliebt,
Wie das stille Glück der Seelen
Jetzt des Vaters Härte trübt,
Dessen Zorn ihr Bund entflammet,
Der die Schnur zwar nie gekannt,
Doch sie mit dem Sohn verdammet
Und sie ewig von sich bannt.

„Wahrlich, das soll nicht geschehen!"
Ruft der Kaiser. „Fasset Mut!
Laßt euch vor dem Vater sehen,
Glaubt mir, dann wird alles gut." –
„Ach, wie dürft' ich dieses wagen?
Mich verbannt sein strenger Spruch.
In der Ferne muß ich tragen
Meinen Schmerz und seinen Fluch."

„Nun, so will ich mit ihm sprechen,
Nennt mir ihn; und seinen Sinn,
Wär' er noch so eisern, brechen,
Traun! So wahr ich Kaiser bin!" –
„Wollt Ihr das? Ihr wollt verzeihen?"
Ruft sie, stürzet vor ihm hin:
„Oh, laßt euch dies Wort nicht reuen,
Denn ich bin die Welserin!"

Staunend tritt der Fürst zurücke.
Unmut, Mitleid, Zweifel, Lust,
Kämpfen in dem Augenblicke
Heftig in des Kaisers Brust.
Soll er – darf er sie verstoßen,
Die sich zitternd an ihn schmiegt,
Die, in Tränenström' ergossen,
Schluchzend ihm zu Füßen liegt?

Muß er nicht des Worts gedenken,
Das den raschen Zorn ihm band?
Kann er wohl dem Sohn verdenken,
Was er selbst beinah empfand?
Nein! Er kann nicht widerstreben,
Enden muß er ihren Harm.
„Komm!" ruft er, „dir sei vergeben!
Komm in deines Vaters Arm!

Ja, ihr habt mich überlistet,
Schlau begegnet meinem Droh'n.
Doch ich zürne nicht; ihr büßtet
Eure Schuld durch Reue schon.
Was geschehn ist, sei vergeben,
Himmelslust liegt im Verzeihn!
Laßt das neue, schöne Leben
Uns der Lieb' und Eintracht weihn!"

August Graf von Platen
(1796–1835)

Das Grab im Busento

Nächtlich am Busento lispeln, bei Cosenza, dumpfe Lieder,
Aus den Wassern schallt es Antwort, und in Wirbeln klingt es wider!

Und den Fluß hinauf, hinunter, ziehn die Schatten tapfrer Goten,
Die den Alarich beweinen, ihres Volkes besten Toten.

Allzufrüh und fern der Heimat mußten hier sie ihn begraben,
Während noch die Jugendlocken seine Schulter blond umgaben.

Und am Ufer des Busento reihten sie sich um die Wette;
Um die Strömung abzuleiten, gruben sie ein frisches Bette.

In der wogenleeren Höhlung wühlten sie empor die Erde,
Senkten tief hinein den Leichnam, mit der Rüstung auf dem Pferde.

Deckten dann mit Erde wieder ihn und seine stolze Habe,
Daß die hohen Stromgewächse wüchsen aus dem Heldengrabe.

Abgelenkt zum zweiten Male, ward der Fluß herbeigezogen;
Mächtig in ihr altes Bette schäumten die Busentowogen.

Und es sang ein Chor von Männern: „Schlaf in deinen Heldenehren!
Keines Römers schnöde Habsucht soll dir je das Grab versehren!"

Sangen's, und die Lobgesänge tönten fort im Gotenheere;
Wälze sie, Busentowelle, wälze sie von Meer zu Meere!

Klaglied Kaiser Ottos III.

O Erde, nimm den Müden,
Den Lebensmüden auf,
Der hier im fernen Süden
Beschließt den Pilgerlauf!
Schon steh ich an der Grenze,
Die Leib und Seele teilt,
Und meine zwanzig Lenze
Sind rasch dahingeeilt.

Voll unerfüllter Träume,
Verwaist, in Gram versenkt,
Entfallen mir die Zäume,
Die dieses Reich gelenkt.
Ein andrer mag es zügeln
Mit Händen minder schlaff,
Von diesen sieben Hügeln
Bis an des Nordens Haff.

Doch selbst im Seelenreiche
Harrt meiner noch die Schmach;
Es folgt der blassen Leiche
Begangner Frevel nach:
Vergebens mit Gebeten
Beschwör ich diesen Bann,
Und mir entgegen treten
Crescentius und Johann!

Doch nein! Die Stolzen beugte
Mein reuemütig Flehn;
Ihn, welcher mich erzeugte,
Ihn werd ich wiedersehn!
Nach welchem ich als Knabe
So oft vergebens frug,
An seinem frühen Grabe
Hab ich geweint genug.

Des deutschen Volks Berater
Umwandeln Gottes Thron;
Mir winkt der Ältervater
Mit seinem großen Sohn.
Und während voll von Milde
Die frommen Hände legt
Mir auf das Haupt Mathilde,
Steht Heinrich tief bewegt.

Nun fühl ich erst, wie eitel
Des Glücks Geschenke sind,
Wiewohl ich auf dem Scheitel
Schon Kronen trug als Kind!
Was je mir schien gewichtig,
Zerstiebt wie ein Atom;
O Welt, du bist so nichtig,
Du bist so klein, o Rom!

O Rom, wo meine Blüten
Verwelkt, wie dürres Laub,
Dir ziemt es nicht, zu hüten
Den kaiserlichen Staub!
Die mir die Treue brachen,
Zerbrächen mein Gebein;
Beim großen Karl in Aachen
Will ich bestattet sein.

Die echten Palmen wehen
Nur dort um sein Panier;
Ihn hab ich liegen sehen
In seiner Kaiserzier.
Was durfte mich verführen,
Zu öffnen seinen Sarg,
Den Lorbeer anzurühren,
Der seine Schläfe barg?

O Freunde, laßt das Klagen,
Mir aber gebt Entsatz,
Und macht dem Leichenwagen
Mit euren Waffen Platz!
Bedeckt das Grab mit Rosen,
Das ich so früh gewann
Und legt den tatenlosen
Zum tatenreichsten Mann!

Nacht ist's, und Stürme sausen für und für –
„Hispanische Mönche, schließt mir auf die Tür!

Laßt hier mich ruhn, bis Glockenton mich weckt,
Der zum Gebet euch in die Kirche schreckt!

Bereitet mir, was euer Haus vermag,
Ein Ordenskleid und einen Sarkophag!

Gönnt mir die kleine Zelle, weiht mich ein;
Mehr als die Hälfte dieser Welt war mein.

Das Haupt, das nun der Schere sich bequemt,
Mit mancher Krone ward's bediademt.

Die Schulter, die der Kutte nun sich bückt,
Hat kaiserlicher Hermelin geschmückt.

Nun bin ich vor dem Tod den Toten gleich
Und fall' in Trümmer, wie das alte Reich."

Harmosan

Schon war gesunken in den Staub der Sassaniden alter Thron,
Es plündert Mosleminenhand das schätzereiche Ktesiphon:
Schon langt am Oxus Omar an nach manchem durchgekämpften Tag,
Wo Chosrus Enkel Jesdegerd auf Leichen eine Leiche lag.

Und als die Beute mustern ging Medinas Fürst auf weitem Plan,
Ward ein Satrap vor ihn geführt, er hieß mit Namen Harmosan,
Der letzte, der im Hochgebirg dem kühnen Feind sich widersetzt:
Doch ach, die sonst so tapfre Hand trug eine schwere Kette jetzt!

Und Omar blickt ihn finster an und spricht: „Erkennst du nun, wie sehr,
Vergeblich ist vor unserm Gott der Götzendiener Gegenwehr?"
Und Harmosan erwidert ihm: „In deinen Händen ist die Macht;
Wer einem Sieger widerspricht, der widerspricht mit Unbedacht.

Nur eine Bitte wag ich noch, abwägend dein Geschick und meins:
Drei Tage focht ich ohne Trunk, laß reichen einen Becher Weins!"
Und auf des Feldherrn leisen Wink steht ihm sogleich ein Trunk bereit;
Doch Harmosan befürchtet Gift und zaudert eine kleine Zeit.

„Was zagst du?" ruft der Sarazen. „Nie täuscht ein Moslem seinen Gast,
Nicht eher sollst du sterben, Freund, als bis du dies getrunken hast!"
Da greift der Perser nach dem Glas, und statt zu trinken, schleudert hart
Zu Boden er's auf einen Stein mit rascher Geistesgegenwart.

Und Omars Mannen stürzen schon mit blankem Schwert auf ihn heran,
Zu strafen ob der Hinterlist den allzu schlauen Harmosan;
Doch wehrt der Feldherr ihnen ab und spricht sodann: „Er lebe fort!
Wenn was auf Erden heilig ist, so ist es eines Helden Wort."

Luca Signorelli

Die Abendstille kam herbei,
Der Meister folgt dem allgemeinen Triebe;
Verlassend seine Staffelei,
Blickt er das Bild noch einmal an mit Liebe.

Da pocht es voll Tumult am Haus,
Und ehe Luca fähig ist zu fragen,
ruft einer seiner Schüler aus:
„Dein einziger Sohn, o Meister, ist erschlagen!

In holder Blüte sank dahin
Der schönste Jüngling, den die Welt erblickte –
Es war die Schönheit sein Ruin,
Die oft in Liebeshändel ihn verstrickte.

Vor eines Nebenbuhlers Kraft
Sank er zu Boden, fast in unsrer Mitte;
Ihn trägt bereits die Brüderschaft
Zur Totenkirche, wie es heischt die Sitte.“

Und Luca spricht: „O mein Geschick!
So lebt’ ich denn, so strebt’ ich denn vergebens?
Zunichte macht ein Augenblick
Die ganze Folge meines reichen Lebens!

Was half es, daß in Farb' und Licht
Als Meister ich Cortonas Volk entzückte,
Mit meinem jüngsten Weltgericht
Orvietos hohe Tempelhallen schmückte?

Nicht Ruhm und nicht der Menschen Gunst
Beschützte mich, und nicht des Geistes Feuer;
Nun ruf' ich erst, geliebte Kunst,
Nun ruf' ich dich, du warst mir nie so teuer!"

Er spricht's, und seinen Schmerz verrät
Kein andres Wort. Rasch eilt er zur Kapelle,
Indem er noch das Malgerät
Den Schülern reicht, und diese folgen schnelle.

Zur Kirche tritt der Greis hinein,
Wo seine Bilder ihm entgegentreten,
Und bei der ewigen Lampe Schein
Sieht er den Sohn, um den die Mönche beten.

Nicht klagt er oder stöhnt und schreit,
Kein Seufzer wird zum leeren Spiel des Windes;
Er setzt sich hin und konterfeit
Den schönen Leib des vielgeliebten Kindes.

Und als er ihn so Zug für Zug
Gebildet, spricht er gegen seine Knaben:
„Der Morgen graut, es ist genug,
Die Priester mögen meinen Sohn begraben."

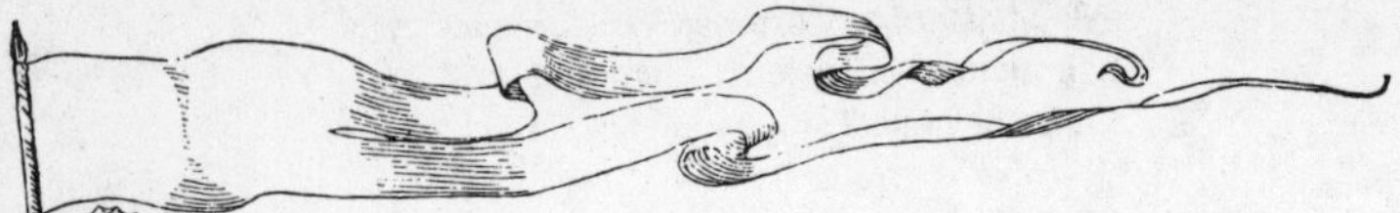

Gambacorti und Gualandi

Als Alfons, der mächtige König,
Seine Scharen ausgeschickt,
Anzufeinden jene weise
Florentinische Republik
Die verwaltet wohlbedächtig
Cosimo von Medici
Hatte Gerhard Gambacorti
Tief im Schoß des Apennins
Als ein Lehn der Florentiner
Eine Herrschaft im Besitz.

Durch Verschwägerung war verknüpft er
Jenem großen Albizi,
Welcher aus Florenz vertrieben
Nach dem heiligen Grabe ging,
Bis zuletzt er, heimgewandert,
Seltner Schicksalslaune Spiel,
An dem Hochzeitstag der Tochter
War gestorben im Exil.

Dess' gedenkt nun Gambacorti,
Der Verrat und Tücke spinnt,
Als ein Feind der Mediceer
Abgeneigt der Republik,
Welcher gleichwohl seinen Sohn er
Hat als Geisel überschickt,
Sicherheit ihr einzuflößen,
Die bereits Verrat umstrickt.
Als vor seinem Schloß Corzano,
Wo den kleinen Hof er hielt,
Mit dem Feldhauptmann des Königs
Nun des Königs Heer erschien,
Läßt die Brücke Gambacorti
Nieder, tritt entgegen ihm,
Dem die Burg er für den König
Tückisch überliefern will.
Ihn umgeben seine Ritter,
Männer, vielgewandt im Krieg;
Unter ihnen war Gualandi,
Dem der Hochverrat mißfiel.
Der ergreift den Gambacorti,
Über die Brücke stößt er ihn;
Diese wird auf sein Verlangen
Aufgezogen augenblicks,
Während aufgepflanzt die freie
Florentinische Fahne wird,
Während innerhalb die Mannschaft
Ruft: „Es lebe die Republik!"
Gambacorti steht verlassen
Außerhalb, im Angesicht
Seiner nun verlornen Feste,
Die Gualandi treu verficht.
Nach Neapel muß er wandern,
Mit dem Feinde muß er ziehn;
Doch es schickt den Sohn zurück ihm
Großgesinnt die Republik.

Robert Prutz
(1816–1872)

Der Räuber und das Kruzifix

Auf dem öden Scheidewege, hinterm hohen Kruzifixe,
Mit dem Säbel in dem Gurte, in der Hand die gute Büchse,
Steht der Räuber, stumm und lauernd, und des Auges dunklen Strahl
Läßt er rasch wie einen Falken abwärts fliegen in das Tal.
Denn den Kaufmann will er fangen, der aus weit entleg'nen Ländern
Heut zurückkehrt zu den Seinen, reich an Gold und Prachtgewändern.
Und was mühsam er erworben auf der Wand'rung nah und fern,
An dem Räuber, dem gewalt'gen, find't es plötzlich seinen Herrn.
Abend wird's, die Sterne flimmern; mit dem Säbel und der Büchse,
Stumm und lauernd steht der Räuber hinterm hohen Kruzifixe.

Horch! Da tönt's wie Engelsstimmen! Leise Seufzer, laute Klagen
Kommen hell wie Abendglocken durch die stille Nacht getragen;
Süß, mit ungewohnten Tönen, stiehlt Gebet sich in sein Ohr,
Und er steht und lauscht verwundert hinterm Kruzifix hervor.
Alle sind's, des Kaufmanns Kinder, in der Jugend Blütejahren,
Braunen Auges frische Knaben, Mägdelein mit blonden Haaren;
Dicht beim Räuber, vor dem Kreuze beugen betend sie das Knie,
Für die Rückkehr des geliebten, ihres Vaters, flehen sie:
„Oh, du Schirmvogt der Verlass'nen, Hort und Pflege du der Waisen,
Laß den Vater, unsern teuern, ungefährdet heimwärts reisen!
Den du freundlich schon geführt hast durch die Wüste und das Meer,
Breit auch nun die holden Arme wie zwei Flüglein um ihn her,
Daß kein Sturm den Pfad zerwühle, daß kein Irrlicht ihn umschwirrt,
Daß sein gutes Roß nicht strauchle, nicht sein Fuß vom Wege irrt,
Daß kein Räuber, stumm und lauernd, in der Waldschlucht ihn entdeckt,
Kein Verrat den Heimgekehrten an der Schwelle niederstreckt!"

Also flehten sie; der Räuber hört es hinterm Kruzifixe,
Schnallte fester noch den Säbel, spannte schärfer noch die Büchse.
Und der Jüngste, sich bekreuzend, hub noch einmal an zu lallen:
„Lieber Herr, ich weiß, die Amme sagt es mir, du hilfst uns allen,
Jeden Hauch vernimmst du droben! Freundlich wie das Sonnenlicht
Über alle, Gut und Böse, neigest du dein Angesicht!
Gib den Räubern, den gewalt'gen, die da schwärmen auf den Wegen,
Gib ein Haus, darin zu wohnen, einen Vater, sie zu pflegen,
Warme Kleider, blanke Schuhe, Wein und Speise mancherlei,
Daß sie nicht zu rauben brauchen und der Vater sicher sei!
Wüßt ich, wo ein Räuber wäre, ging ich zu ihm ohne Beben,
Dieses Kettchen hier am Halse, diesen Ring wollt ich ihm geben,
Meinen Pelz, den scharlachroten, dieses Mützchen auch dazu,
Nimm dir alles, lieber Räuber, nur den Vater schone du!"

Und der Räuber hört den Knaben hinterm hohen Kruzifixe,
Nach dem Säbel faßt er schweigend, schweigend faßt er nach der Büchse.
Da von ferne hört er's nahen, Rosse schnauben, Räder knarren,
Mühsam aus des Tales Grunde schwankt herauf der hohe Karren,
Und den Säbel zieht der Räuber, richtet langsam stumm die Büchse,
Und so steht er, lauscht und zielet hinterm hohen Kruzifixe.
Niederknien noch die Kinder: „Herr, um unsres Vaters Leben
Laß, o laß die holden Arme wie zween Flügel ihn umschweben,
Daß sein gutes Roß nicht strauchle, nicht sein Fuß vom Wege irrt,
Daß die Kugel nicht des Räubers mörderisch sein Haupt umschwirrt!"
Und der Vater kommt gefahren, ungefährdet, wie sie flehen,
Drückt die Kinder an den Busen, und kein Räuber ward gesehen!
Nur den blanken Säbel fand man, nur die scharfgeladne Büchse;
Beide waren ihm entsunken hinterm hohen Kruzifixe.

Heinrich von Reder (1824–1909)

Der alte Grenadier (1812)

In einer offnen Scheune
Auf Rußlands Schnee und Eis,
Da lagen ihrer neune
Am Feuer dicht im Kreis.

Das war ein bunter Haufen
Von jeder Waffentracht,
Wie sie dem Tod entlaufen
Aus Moskaus Flammennacht.

Sie zogen aus dem Dache
Strohhalme klein und groß,
Wen heute Nacht die Wache
Zu halten trifft das Los.

Dem jüngsten unter allen,
Noch schwarz vom Pulverqualm,
War zu das Los gefallen,
Der allerkleinste Halm.

Ob wund auch, war die Ehre
Im Herzen unversehrt,
Er griff zu dem Gewehre
Und wankt' vom Feuerherd.

Da hob sich auf vom Boden
Ein alter Grenadier,
Hat ihm die Hand geboten:
„Für dich, Kam'rad; bleib hier!"

Und rasch ist er geschritten
Hinaus zum Scheunentor
Und hat für ihn gelitten,
Bis er im Schnee erfror.

Beim Tagesgrauen jagten
Kosaken wild heran;
Sie machten halt und wagten
Dem Posten nicht zu nahn.

Der stand an einer Mauer
So unbesorgt und still,
Daß Furcht und banger Schauer
Ihr Herz beschleichen will.

Die Steppenreiter verschwanden
Im duft'gen Morgenrot,
Als sie voll Schreck erkannten,
Daß Schildwach hielt der Tod.

Robert Reinick (1805–1852)

Mondwanderung
(Die Monduhr)

Der Förster ging zu Fest und Schmaus;
Der Wildschütz zieht in den Wald hinaus.

Es schläft sein Weib mit dem Kind allein,
Es scheint der Mond ins Kämmerlein.

Und wie er scheint auf die weiße Wand,
Da faßt das Kind der Mutter Hand:

„Ach, Mutter, wie bleibt der Vater so lang,
Mir wird so weh, mir wird so bang!"

„Kind, sieh nicht in den Mondenschein,
Schließ deine Augen, schlaf doch ein."

Der Mondschein zieht die Wand entlang,
Er schimmert auf der Büchse blank

„Ach, Mutter! Und hörst den Schuß du nicht?
Das war des Vaters Büchse nicht!" –

„Kind, sieh nicht in den Mondenschein,
Das war ein Traum, schlaf ruhig ein."

Der Mond scheint tief ins Kämmerlein
Auf des Vaters Bild mit blassem Schein.

„Herr Jesus Christus im Himmelreich!
O Mutter, der Vater ist totenbleich!"

Und wie die Mutter vom Schlummer erwacht,
Da haben sie tot ihn heimgebracht.

Rainer Maria Rilke (1875–1926)

Aus dem Dreißigjährigen Kriege
Kohlenskizzen in Callots Manier

1. Krieg

Finster ist die Welt geworden, –
Darum Dörfer rasch entloht!
Und die Welt ist grau; – drum rot
Färbt sie durch das Morden!

Bauer! Bittest um dein Leben?
Nimm dirs! Aber bei uns bleib!
Herrgott hat dir Ochs und Weib
Nur für uns gegeben.

Laß den Teufel Felder pflügen;
Sieh, wir haben stets genug!
Vorwärts – einen Werbetrunk
Aus den vollen Krügen!

2. Alea Jacta est

„. . . Tod oder Sold!"
Und jetzt die Trommel schnell
Her. Auf das Trommelfell
Würfel gerollt.

So wird dem Lohn,
Der unsre Streiche sucht.
Sieh, der Baum, reiche Frucht
Trägt er doch schon!

Solltest schon längst
Hängen dran, Kamerad!
Drum ists nicht jammerschad,
Wenn du dann hängst!

3. Kriegsknechts-Sang

Lag auf einer Trommel nackt,
Kaum zwei Spannen lang,
Und der rauhe Trommeltakt
War mein Wiegensang.

Wild zu wettern taugte ich
Damals schon im Zorn,
Meine Milch, die saugte ich
Aus dem Pulverhorn.

Damals taufte jeden gut
Der Korp'ral; beim Schopf
Nahm er ihn, goß Schwedenblut
Heiß ihm übern Kopf.

4. Kriegsknechts-Rang

Bei uns gibts nicht Edelinge,
Die was gelten durch ihr Blut,
Jedes Rang ist jedes Klinge,
Und sein Wappen ist der Mut.

Wer nur immer kühn sein Schwert zog,
Hält den Schild von Schande rein,
Wer noch gestern unterm Heer zog,
Herzog kann er morgen sein.

5. Beim Kloster

Was gibts? – Eine Klosterpforte? –
Ei, potz Blitz!
Eine Tür von dieser Sorte
Renn ich ohne viele Worte
Ein mit meiner Nasenspitz!

Auf das Tor ein fester Stempel . . .
Pfaffe, komm!
Jetzt heraus mit deinem Krempel,
Paar Monstranzen zum Exempel
Und paar Kelche: Wir sind fromm.
Laß jetzt dein: Peccavi, pater . . .
Leucht zum Wein
Uns mit deiner Nase, Frater,
Dorten kannst du uns ein Rater
Und ein „Seelensorger" sein!

6. Ballade

Gestern zogen wilde Horden
Durch das Dörfchen hin mit Morden,
Und ein Mädchen sinnt jetzt still:
Ist der Liebste untreu worden,
Weil er heut nicht kommen will? –
Draußen schrien die Dohlen.

Mädchen ging mit bleicher Wange
Durch das Haus. – Sie harrte lange,
Und des Nachts floh sie der Schlaf.
Und sie schlich hinaus zum Hange,
Wo sie stets den Teuren traf.
Ängstlich schrien die Dohlen.

Und die Nacht war schwarz, die schwüle,
Fern nur brannte ein Mühle . . .
Weinend wählt die matte Maid
Sich gar weiches Kraut zum Pfühle
Und entschlief in lauter Leid.
Schrieen noch die Dohlen?

Spät erwacht sie. Nebel grauten
Rings – soweit die Augen schauten . . .
Weh! – Was sie ein Kraut geglaubt,
Ist das Haar an ihres Trauten
Blutigem, zerschelltem Haupt. –
Schrecklich schrien die Dohlen.

7. Der Fenstersturz

„Naht Verrat mit leisem Schritte,
Ungerächt, bei der Madonna,
Bleibt er nicht! Nach alter Sitte
Zu den Fenstern!" schrie Colonna.

„Schont den Popel! Doch die andern,
Jeder eine feige Natter,
Aus den Fenstern laßt sie wandern!
Mitleid? – Werft ihn mit, den Platter!"

Bange hangt am Fensterstocke
Martinitz noch. – Da Geröchel:
Turn schwingt seine Degenglocke
Und zerschmettert ihm die Knöchel.

Und zum nächsten: „Sag, wie heißt er,
Böhmens Herr? Du sollst mirs deuten!"
„Graf von Turn!" – „Der Bürgermeister
Lasse alle Glocken läuten!" –

8. Gold

„Dein Wams, Geliebter, ist voll Gold.
Wo hast das Gold du her?"
„Da schaust du, Kind, das ist mein Sold,
Kein Obrist hat wohl mehr!"

„Nein, das ist gutes, rotes Gold,
Das kann dein Sold nicht sein!"
„Beim Spielen war das Glück mir hold,
Und da ward alles mein!"

„Ist wirklich alles dein – das Gold,
Gesteh, – und ists kein Trug?" –
„Nun, Würfel haben mir gerollt,
Und jetzt laß es genug!"

„Und gibst du mir auch von dem Gold?"
„Das weißt du!" – „Nein, du Schelm,
Just auf der Stelle, sieh, ich wollt,
Du füllst mir deinen Helm!"

„Es sei!" – „Wie's durch die Finger bebt,
Der Glanz gefällt mir gut! –
. . . Schau, was dir da am Finger klebt,
Kam das vom Golde? – Blut!" – . . .

9. Szene

„Du kniest am Markstein, Alter, sprich! –
Das ist kein Heilgenbild!"
„Kein Bild? – Ich bet. – Es faßte mich
Das Schicksal gar so wild."

„Hast du kein Haus, hast du kein Land,
Das deiner Hände braucht?"
„Das Land zerstampft, das Haus verbrannt,
Sieh hin – gewiß – es raucht."

„Was bauts nicht wieder auf dein Sohn
Und hilft dir aus der Not?"
„Mein Sohn zog in den Krieg davon,
Jetzt ist er sicher tot." –

„Was streicht dir deines Haares Schnee
Der Tochter Hand nicht, weich?" –
„Der bracht ein Troßbub Schand und Weh,
Da sprang sie in den Teich." –

„So sieh mir ins Gesicht! – Und brach
Das Herz dir auch vor Graus ..."
„Ich kann nicht, Herr, ein Kriegsknecht stach
Mir beide Augen aus."

10. Feuerlilie

Winters, als die Äste krachten,
Keine Bäche konnten frieren,
Weil die Fluten Blutes ihren
Pulsschlag immer neu entfachten.

Als die Zeit kam, da die Blume
Aufwacht und der Vogel flötet,
Sprang die Lilie selbst gerötet
Aus der todgedüngten Krume.

11. Beim Friedland

Heimgekehrt von Schlacht und Schlag
Freut sich Obrist und Gemeiner;
Denn jetzt hält der Wallensteiner
Wieder seinen Hof zu Prag.

Just ließ frei den Turn er ziehn;
Das war so von seinen Trümpfen
Einer. – Drauf ward Nasenrümpfen
Mode . . . dort bei Hof zu Wien.

Laßt sie zetern. Friedlands Heer
Muß nicht darben und nicht dürsten, –
Und aus Knechten macht er Fürsten,
Unser Herzog. – Wer kann mehr?

12. Frieden

Prag gebar die Mißgestalt
Dieses Krieges, der voll Tücke
Hauste. – Auf der Karlsbrücke
Starb er, dreißig Jahre alt.

Endlich riß das Eisenstück
Nur dem Acker eine Schramme,
Und vom Kirchturm schlug die Flamme
In den trauten Herd zurück.

Friedrich Rückert (1788–1866)

Barbarossa im Kyffhäuser

Der alte Barbarossa,
Der Kaiser Friederich,
Im unterird'schen Schlosse
Verzaubert hält er sich.

Er ist niemals gestorben,
Er lebt darin noch jetzt;
Er hat im Schloß verborgen
Zum Schlaf sich hingesetzt.

Er hat hinabgenommen
Des Reiches Herrlichkeit
Und wird einst wiederkommen
Mit ihr zu seiner Zeit.

Der Thron ist elfenbeinern,
Auf dem der Kaiser sitzt,
Der Tisch ist marmelsteinern,
Auf den sein Kinn er stützt.

Sein Bart ist nicht von Flachsen,
Ist lichte Feuersglut,
Ist durch den Tisch gewachsen,
Auf dem sein Haupt ausruht.

Er nickt als wie im Traume,
Sein Aug' halboffen zwinkt,
Und je nach langem Raume
Er einem Knaben winkt.

Er spricht im Traum zum Knaben:
„Geh vor das Schloß, o Zwerg!
Und schau, ob noch die Raben
Herfliegen um den Berg.

Und wenn die alten Raben
Noch fliegen immerdar,
So muß ich auch noch schlafen,
Verzaubert, hundert Jahr'." –

Die beiden Fuhrleute

An dem Hohlweg droben,
Wo die zwei Steine stehn,
Nicht ohne Gott zu loben
Sollt ihr vorübergehn.

Nicht ohne Gott zu loben
Und zu danken dafür,
Daß ohne Zornes Toben
Ihr wandelt in Gebühr;

Auf daß ihr nicht noch heute
So fahret in der Nacht,
Wie die beiden Fuhrleute,
Die dort sich umgebracht.

Jeder der beiden Brüder
Hatt' seinen eignen Lauf:
Der eine fährt hernieder,
Der andre fährt hinauf.

Der eine fuhr hernieder,
Der andre fuhr hinauf;
In der Mitte die Brüder
Hemmten einander im Lauf.

Sie konnten sich aus nicht weichen,
Der Hohlweg war zu eng;
Sie wollten es aus nicht gleichen
Als nur durch Handgemeng'.

Erst mengte jeder das Futter
Vorm Karren seinem Roß,
Eh' er dem Sohn seiner Mutter
Begegnet als Kampfgenoß.

Gegen den andern schwenkte
Jeder zugleich den Karst,
Und das Unglück es lenkte,
Daß jedem das Haupt zerbarst.

Sie lagen tot und vergaßen
Zusammen Groll und Fracht,
Und ihre Rosse fraßen
Verträglich die ganze Nacht.

Nie war ihnen beschieden
So lange Ruh' in der Nacht,
Als da den blutigen Frieden
Ihre Treiber gemacht.

Die goldne Hochzeit

„Brechet auf den Felsenschacht,
Der geruht hat lang;
Zieht hervor aus seiner Nacht
Goldnen Überschwang!
Sprenget auf den Grubengang,
Daß die Wunderpracht,
Die er längst in sich verschlang,
Sei ans Licht gebracht!

Höret ihr, wie auf den Höh'n
Zither spielt der Geist,
Wie uns lockend sein Getön
Hier zur Bergwand weist?
Rühret Arm und Waffen dreist,
Wühlet mit Gedröhn,
Bis der Fund, den er verheißt,
Da liegt goldenschön!"

Und die Schar der Knappen bringt
Sonder Zeitverlust
Schaufel, Karst und Hack und schwingt
Sie mit Macht und Lust,
Bis ihr Fleiß den tauben Wust
Des Gesteins bezwingt
Und entgegen Erzgekrust
Ihren Streichen springt.

Aber aus dem offnen Spalt,
Was man sich verspricht,
Zieht man jetzt den Reichgehalt
Schweren Goldes nicht;
Staunend aus der Nacht ans Licht
Zieht man die Gestalt
Eines Jünglings, von Gesicht
Schön, doch todeskalt.

Und da liegt er, jung und zart
Wie ein Lilienreis;
Ihn bewundernd, steht geschart
Rings ein weiter Kreis.
Recht als ob zu Gottes Preis
Er sei aufbewahrt,
Liegt er da, geschmückt mit Fleiß
Wie nach Bräut'gams Art.

Gold ist seiner Schuhe Rand,
Goldstoff wunderklar
Wirkt sein schlichtes Leibgewand
Ihm zum Festaltar;
Golden schlingt der Ringe Paar
Sich um jede Hand,
Und um sein schon goldnes Haar
Spielt ein goldnes Band.

Kann die Erd im stillen Raum,
Wo sie Wunder tut,
Wandeln so in goldnen Traum
Staub, Gebein und Blut?
Selbst der Strauß, der ihm geruht
An des Busens Saum,
Blüht verwandelt wohlbehut
Dort als goldner Baum.

Wer sagt an, wie lang es mag
Sein, daß er verscholl?
Schlaget eure Chronik nach,
Die es wissen soll!
Seht, da steht: „Im Berggeroll
Heut ein Knapp erlag." –
Heut? Ja, fünfzig Jahre voll
Zählt's bis heut zum Tag.

Niemand mehr, der ihn gekannt,
Der befreund't ihm war,
Dem er Bruder war genannt
Oder Liebster gar?
Hätt umsonst ihn wunderbar
Uns der Geist gesandt?
Halt, hier stellt sich eines dar,
Dem er ist verwandt.

Durch den Strom der Menge bricht,
Die mit Staunen weicht,
Eine Greisin; stört sie nicht,
Wie sie näherschleicht!
Die, wie sie den Platz erreicht,
Tränend ihr Gesicht
Zu dem Jüngling niederneigt,
Dann es hebt und spricht:

„Nein! Ob schweigen auch der Mund
Eurer Bücher mag,
Eine treue Todeskund
Ist ihm blieben nach;
Treu wie er bewahret lag
In des Felsen Schlund,
Lag er auch bis diesen Tag
Mir in Herzens Grund.

Die ihr mich von Haupt und Haar
Zitternd und ergraut
Sehet, heut vor fünfzig Jahr
War ich eine Braut.
Er hier, den ihr vor mir schaut
Liegen goldenklar,
Sollt als Bräut'gam mir vertraut
Werden am Altar.

Wartend stand das Brautgemach
Auf den Bräutigam,
Als mit ihm die Bergschlucht brach,
Ihn hinunter nahm.
Nicht einmal zu Ohren kam
Mir sein letztes Ach,
Statt des Bräut'gams kam der Gram
Zu mir tausendfach.

Fünfundzwanzig Jahr ist viel,
Wer sie zählt wie ich;
Langsam zählt ich, bis zum Ziel
Fünfundzwanzig schlich.
Als das Haar schon silberlich
Um die Stirne fiel,
Fand die Silberhochzeit mich
Ohne Tanz und Spiel.

Fünfundzwanzig noch einmal
Gingen mir vorbei,
Daß ich heut, gebückt und kahl,
Goldhochzeit'rin sei.
Welche Wunderzauberei
Bringt an Tages Strahl
Mir zur Goldhochzeit herbei
Golden den Gemahl?

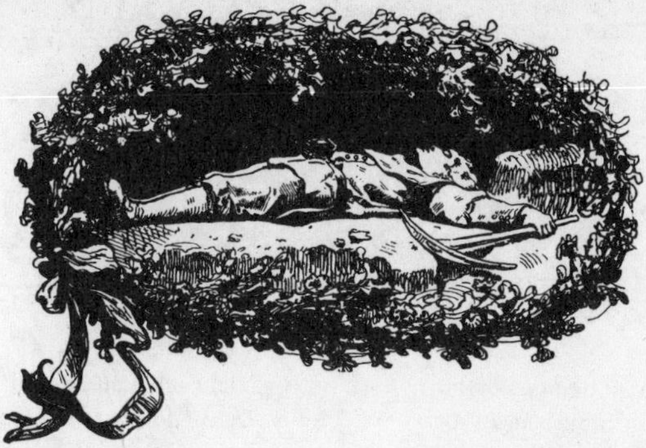

Aber weh, darf ich mich nahn
Dir mit Liebkosung?
Du bist schimmernd angetan,
Golden, schön und jung.
Barg dich Grabes Dämmerung
Vor der Zeiten Zahn?
Doch mich traf Verwitterung
Auf des Lebens Bahn.

Himmelmächte, deren Schluß
Aus des Todes Reich
Ihn zu hochzeitlichem Gruß
Sendet schimmerreich,
Ach, was hilft's, wenn todesbleich
Ich ihm bleiben muß,
Braut dem Bräutigam nicht gleich
Wird im Liebeskuß!"

Also ruft sie, schweigt und bückt
Sich dem Jüngling nah,
Auf die frische Lippe drückt
Sie die welke, ha!
Eh sie weiß, wie ihr geschah,
Hat es sie durchzückt,
Schön verwandelt steht sie da,
Jugendlich geschmückt.

Leuchtend wie ihr Junggesell,
Selbst ein Jungfraunbild,
Steht sie da, ihr Aug ein Quell,
Der von Feuer quillt.
Ihrer Wange Rose schwillt;
Und der Locken Well,
Weil's der goldnen Hochzeit gilt,
Wallet goldenhell.

Also steht sie dort und hebt
Sanft den Blick auf ihn,
Und ein täuschend Lächeln webt
Flüchtig über ihn;
Wie sie so sieht lächeln ihn,
Schrickt sie auf und bebt,
Ihre Leiche sinkt auf ihn,
Ihre Seel entschwebt.

Die bewegte Meng umkreist
Still das ruh'nde Paar,
Das, an Jahren hochergreist,
Jung gestorben war.
Fern herüber hell und klar
Zither spielt der Geist
Über der erstaunten Schar,
Die sein Wunder preist.

Im Wald ist voll bemooster,
Zertrümmerter Stein' ein Platz;
Dort stand das alte Kloster,
Dort liegt der vermauerte Schatz.

Auszog aus Morgenlanden
Ein Ritter wohlgemut,
Und zu des Abtes Handen
Stellt' er sein Geld und Gut.

„Bewahre meine Habe,
Vermaure meinen Schatz;
Und kehr ich heim vom Grabe,
So zeige mir den Platz."

Der Abt war wohl ein Schlauer,
Er nahm das Gut in Empfang,
Und baut davon die Mauer
Ums Kloster hoch und lang.

Und als es lang gedauert,
Nach Haus der Ritter kehrt.
„Wo ist mein Schatz?" – „Vermauert,
Wie du es hast begehrt.

Nicht schlecht hab ich gehandelt,
Dem Kloster zum Gedeihn;
Jedes Goldstück ist verwandelt
In einen Quaderstein." –

Der fromme Ritter fluchet,
Die Mauer reißt er um,
Sein klingendes Gold er suchet
Und findet die Steine stumm.

Er glaubt nicht an den Wandel,
Er reißt das Kloster ein;
Da sah den guten Handel
Der Abt doch schlecht gedeihn.

Wie Käuzlein aus den Trümmern
Flogen die Mönchlein fort,
Aber zu Tode kümmern
Mußte der Abt sich dort.

O Ritter vom Heiligen Grabe,
Was nun beginnest du?
Er zog am Bettelstabe
Wieder dem Grabe zu.

Er ist nicht wiedergekommen
Bis auf den heutigen Tag;
Und niemand hat vernommen,
Wo einst sein Schlößlein lag.

Aber vom Kloster blieben
Die Kunden wohl im Land,
In alter Schrift geschrieben,
Die man nicht recht verstand.

Nun gehn Schatzgräber graben
Am alten Klosterplatz,
Doch nie gehoben haben
Sie den vermauerten Schatz.

Es spielt im Abendschimmer
Durchs Moos ein rötlicher Schein;
Aber verwandelt nimmer
Wird in Gold das Gestein.

In seiner Nebelkutte
Sitzt um die Mitternacht
Der Abt auf dem Klosterschutte,
Wo er den Schatz bewacht,

Bis vom Heiligen Grabe
Der Ritter wiederkehrt,
Die anvertraute Habe
Vom falschen Hüter begehrt:

Wenn mit dem Pilgerstabe,
Der das Grab hat berührt,
Er wiederkehrt vom Grabe,
Und fordert, was ihm gebührt.

Wenn mit dem heiligen Stabe
Er berührt das Gestein,
Dann wird es, so krächzt ein Rabe,
In Gold verwandelt sein.

Bestrafte Ungenügsamkeit

Es war das Kloster Grabow im Lande Usedom,
Das nährte Gott vor Zeiten aus seiner Gnade Strom.
Sie hätten sich sollen begnügen!

Es schwammen an der Küste, daß es die Nahrung sei
Den Mönchen in dem Kloster, jährlich zwei Fische herbei.
Sie hätten sich sollen begnügen!

Zwei Störe, groß, gewaltig; dabei war das Gesetz,
Daß jährlich sie den einen fingen davon im Netz.
Sie hätten sich sollen begnügen!

Der andre schwamm von dannen, bis auf das andre Jahr,
Da brachte er einen neuen Gesellen mit sich dar.
Sie hätten sich sollen begnügen!

Da fingen wieder einen sie sich für ihren Tisch;
Sie fingen regelmäßig Jahr aus Jahr ein den Fisch.
Sie hätten sich sollen begnügen!

Einst kamen zwei so große in einem Jahr herbei!
Schwer ward die Wahl den Mönchen, welcher zu fangen sei?
Sie hätten sich sollen begnügen!

Sie fingen alle beide; den Lohn man da erwarb,
Daß sich das ganze Kloster den Magen dran verdarb.
Sie hätten sich sollen begnügen!

Der Schaden war der kleinste, der größte kam nachher;
Es kam nun gar zum Kloster kein Fisch geschwommen mehr.
Sie hätten sich sollen begnügen!

Sie hat so lange gnädig gespeiset Gottes Huld;
Daß sie nun dess' sind ledig, ist ihre eigne Schuld.
Sie hätten sich sollen begnügen!

Adolf Friedrich Graf von Schack (1815–1894)

Das Bahrrecht

„Nun geht, Graf Otto! Zum drittenmal
Erduldetet Ihr die Folterqual
Und habt sie, wie keiner, bestanden.
Wohlan denn! Reinigt Euch ganz vom Verdacht,
Als hättet den Ohm Ihr umgebracht
Aus Gier nach Schätzen und Landen!
Drei Stunden harret mit festem Mut
Allein an der Bahre, darauf er ruht;
Entquillt den Wunden alsdann kein Blut,
So lösen wir Euch aus den Banden."

Drauf Otto: „Ich scheue die Probe nicht;
Kommt, daß ich allen wie Sonnenlicht
So klar meine Unschuld mache!"
Er spricht's; ihn führen die Schöffen den Gang
Zur Totenkammer schweigend entlang,
Durch die Tür einläßt ihn die Wache.
Davor wird wieder gewälzt der Stein
Und der Graf bei flimmerndem Lampenschein
Bleibt mit des Herzogs Leiche allein
Im schwarzbehängten Gemache.

Da liegt der Greis, der einst ihn erzog
Und mild des verwaisten Knappen pflog,
Da liegt er vor ihm auf der Bahre,
Sein Antlitz, drauf einst Liebe wie Haß
So mächtig geflammt, nun welk und blaß,
Umflossen von weißem Haare.
Graf Otto steht in Sinnen versenkt;
Nicht mehr, wie schwer ihn der Tote gekränkt,
Als er sein Kind ihm versagt, nun denkt
Er nur an die glücklichen Jahre;

Denkt, wie er zuerst mit Schwert und Schild
Zur Seite des Ohms auf Schlachtgefild
Gesprengt durch das Waffengeblitze;
Und wie, als er selber im Kampfe verzagt,
Sein eigenes Leben der Herzog gewagt,
Damit er den Knappen beschütze.
Er denkt es; ihm deckt die Augen ein Flor,
Blut, glaubt er, quill' aus den Wunden hervor
Das, Gottes Rache heischend, empor
Zur Wölbung der Kammer spritze.

Noch steht in stummem Starren der Graf,
Da ist ihm, als säh er vom Todesschlaf
Den Greis sich langsam erheben,
Als schlag er die Augenlider zurück
Und schau ihn an mit dem alten Blick,
Nur finsterer als im Leben.
Graf Otto taumelt zurück mit Graun,
Er wankt, doch kann er hinweg nicht schaun,
Kalt auf die Stirne fühlt er es taun
Und den Boden unter sich beben.

An der Bahre liegt er dahingestreckt,
Als Stimmenruf aus dem Starren ihn weckt;
Schon sind verronnen die Stunden.
Die Richter treten in das Gemach
Und forschen nach Sitte des Bahrrechts nach,
Ob Blut entquollen den Wunden.
Sie rufen: „Glückauf! Kein Tropfen floß!
Glückauf, Graf Otto, besteigt Euer Roß,
In Frieden kehrt heim nach Windeckschloß!
Unschuldig seid Ihr befunden."

Wohl hört der Verklagte der Richter Wort,
Stumm aber liegt er fort und fort
Zu des schweigenden Klägers Füßen;
Glückwünschend strömen die Diener herbei:
„Was zögert Ihr, Herr? Ihr seid nun frei!"
Doch achtet er nicht ihr Grüßen.
Auf springt er und ruft, aus dem Brüten erwacht:
„Ich habe den Oheim umgebracht
Und heische das eine, noch diese Nacht
Die Strafe des Mordes zu büßen!"

Joseph Victor von Scheffel (1826–1886)

Dörpertanzreigen

Den Finken des Waldes die Nachtigall ruft:
„Von Geigenstrich schallt es goldrein durch die Luft,
Ihr Zwitsch'rer, ihr Schreier, nun spart den Diskant,
Der Heini von Steier ist wieder im Land!"

Flickschuster im Gaden schwingt's Käpplein und spricht:
„Der Himmel in Gnaden vergißt unser nicht,
Sohlleder wird teuer, Bundschuh platzt am Rand,
Der Heini von Steier ist wieder im Land."

Schon schwirren zur Linde, berückt und entzückt
Die lieblichen Kinde mit Kränzen geschmückt:
„Wo säumen die Freier? Manch Herz steht in Brand . . .
Der Heini von Steier ist wieder im Land."

Und wer schürzt mit Schmunzeln den Rock sich zum Sprung?
Großmutter in Runzeln, auch sie wird heut jung,
Sie stelzt wie ein Reiher dürrbeinig im Sand . . .
Der Heini von Steier ist wieder im Land!

Der Hirt läßt die Herde, der Wirt läßt den Krug,
Der Knecht läßt die Pferde, der Bauer den Pflug,
Der Vogt und der Maier kommt scheltend gerannt:
„Der Heini von Steier ist wieder im Land!"

Der aber hebt schweigend die Fiedel zur Brust,
Halb brütend, halb geigend – des Volks unbewußt.
Leis knisternd strömt Feuer um Saiten und Hand . . .
Der Heini von Steier ist wieder im Land!

. . . Im Gärtlein der Nonnen auf blumiger Höh
Lehnt eine am Bronnen und weint in den Klee:
„O Gürtel und Schleier . . . o schwarzes Gewand . . .
Der Heini von Steier ist wieder im Land!"

Gottlob Ferdinand Maximilian von Schenkendorf (1783–1817)

Hofer

Als der Sandwirt von Passeier
Innsbruck hat mit Sturm genommen,
Die Studenten ihm zur Feier
Mit den Geigen mittags kommen,
Laufen alle aus der Lehre,
Ihm ein Lebehoch zu bringen,
Wollen ihm zu seiner Ehre
Seine Heldentaten singen.

Doch der Held gebietet Stille,
Spricht dann ernst: „Legt hin die Geigen!
Ernst ist Gottes Kriegeswille,
Wir sind all' dem Tode eigen.
Ich ließ nicht um eitle Spiele
Weib und Kind in Tränen liegen.
Weil ich nach dem Himmel ziele,
Kann ich ird'schen Feind besiegen.

Kniet bei euren Rosenkränzen,
Dies sind mir die liebsten Geigen;
Wenn die Augen betend glänzen,
Wird sich Gott der Herr drin zeigen.
Betet leise für mich Armen,
Betet laut für euren Kaiser,
Dies ist mir das liebste Carmen:
Gott schütz edle Fürstenhäuser!

Ich hab keine Zeit zum Beten,
Sagt dem Herrn der Welt, wie's stehe,
Wieviel Leichen wir hier säten
In dem Tal und auf der Höhe,
Wie wir hungern, wie wir wachen,
Und wie viele brave Schützen
Nicht mehr schießen, nicht mehr lachen –
Gott allein mag uns beschützen."

Friedrich von Schiller
(1759–1805)

Der Ring des Polykrates

Er stand auf seines Daches Zinnen,
Er schaute mit vergnügten Sinnen
Auf das beherrschte Samos hin.
„Dies alles ist mir untertänig",
Begann er zu Ägyptens König,
„Gestehe, daß ich glücklich bin."

„Du hast der Götter Gunst erfahren!
Die vormals deinesgleichen waren,
Sie zwingt jetzt deines Zepters Macht.
Doch einer lebt noch, sie zu rächen;
Dich kann mein Mund nicht glücklich sprechen,
Solang des Feindes Auge wacht."

Und eh' der König noch geendet,
Da stellt sich, von Milet gesendet,
Ein Bote dem Tyrannen dar:
„Laß, Herr, des Opfers Düfte steigen
Und mit des Lorbeers muntern Zweigen
Bekränze dir dein festlich Haar!

Getroffen sank dein Feind vom Speere;
Mich sendet mit der frohen Märe
Dein treuer Feldherr Polydor –"
Und nimmt aus einem schwarzen Becken,
Noch blutig, zu der beiden Schrecken,
Ein wohlbekanntes Haupt hervor.

Der König tritt zurück mit Grauen:
„Doch warn' ich dich, dem Glück zu trauen",
Versetzt er mit besorgtem Blick.
„Bedenk, auf ungetreuen Wellen –
Wie leicht kann sie der Sturm zerschellen! –
Schwimmt deiner Flotte zweifelnd Glück."

Und eh' er noch das Wort gesprochen,
Hat ihn der Jubel unterbrochen,
Der von der Reede jauchzend schallt.
Mit fremden Schätzen reich beladen,
Kehrt zu den heimischen Gestaden
Der Schiffe mastenreicher Wald.

Der königliche Gast erstaunet:
„Dein Glück ist heute gut gelaunet,
Doch fürchte seinen Unbestand,
Der Kreter waffenkund'ge Scharen
Bedräuen dich mit Kriegsgefahren;
Schon nahe sind sie diesem Strand."

Und eh' ihm noch das Wort entfallen
Da sieht man's von den Schiffen wallen,
Und tausend Stimmen rufen: „Sieg!
Von Feindesnot sind wir befreiet,
Die Kreter hat der Sturm zerstreuet,
Vorbei, geendet ist der Krieg!"

Das hört der Gastfreund mit Entsetzen:
„Fürwahr, ich muß dich glücklich schätzen!
Doch", spricht er, „zittr' ich für dein Heil.
Mir grauet vor der Götter Neide;
Des Lebens ungemischte Freude
Ward keinem Irdischen zuteil.

Auch mir ist alles wohl geraten;
Bei allen meinen Herrschertaten
Begleitet' mich des Himmels Huld;
Doch hatt' ich einen teuren Erben,
Den nahm mir Gott, ich sah ihn sterben,
Dem Glück bezahlt' ich meine Schuld.

Drum, willst du dich vor Leid bewahren,
So flehe zu den Unsichtbaren,
Daß sie zum Glück den Schmerz verleihn.
Noch keinen sah ich fröhlich enden,
Auf den mit immer vollen Händen
Die Götter ihre Gaben streun.

Und wenn's die Götter nicht gewähren,
So acht auf eines Freundes Lehren
Und rufe selbst das Unglück her,
Und was von allen deinen Schätzen
Dein Herz am höchsten mag ergötzen,
Das nimm und wirf's in dieses Meer."

Und jener spricht, von Furcht beweget:
„Von allem, was die Insel heget,
Ist dieser Ring mein höchstes Gut.
Ihn will ich den Erinnen weihen,
Ob sie mein Glück mir dann verzeihen –"
Und wirft das Kleinod in die Flut.

Und bei des nächsten Morgens Lichte,
Da tritt mit fröhlichem Gesichte
Ein Fischer vor den Fürsten hin:
„Herr, diesen Fisch hab ich gefangen,
Wie keiner noch ins Netz gegangen;
Dir zum Geschenke bring' ich ihn."

Und als der Koch den Fisch zerteilet,
Kommt er bestürzt herbeigeeilet
Und ruft mit hocherstauntem Blick:
„Sieh, Herr, den Ring, den du getragen,
Ihn fand ich in des Fisches Magen;
Oh, ohne Grenzen ist dein Glück!"

Hier wendet sich der Gast mit Grausen:
„So kann ich hier nicht ferner hausen,
Mein Freund kannst du nicht weiter sein.
Die Götter wollen dein Verderben –
Fort eil ich, nicht mit dir zu sterben."
Und sprach's und schiffte schnell sich ein.

Das Lied von der Glocke

Vivos voco. Mortuos plango. Fulgura frango.

Fest gemauert in der Erden
Steht die Form, aus Lehm gebrannt.
Heute muß die Glocke werden!
Frisch, Gesellen, seid zur Hand!
Von der Stirne heiß
Rinnen muß der Schweiß,
Soll das Werk den Meister loben;
Doch der Segen kommt von oben.

Zum Werke, das wir ernst bereiten,
Geziemt sich wohl ein ernstes Wort;
Wenn gute Reden sie begleiten,
Dann fließt die Arbeit munter fort.
So laßt uns jetzt mit Fleiß betrachten,
Was durch die schwache Kraft entspringt;
Den schlechten Mann muß man verachten,
Der nie bedacht, was er vollbringt.
Das ists ja, was den Menschen zieret,
Und dazu ward ihm der Verstand,
Daß er im innern Herzen spüret,
Was er erschafft mit seiner Hand.

Nehmet Holz vom Fichtenstamme,
Doch recht trocken laßt es sein,
Daß die eingepreßte Flamme
Schlage zu dem Schwalch hinein!
Kocht des Kupfers Brei,
Schnell das Zinn herbei,
Daß die zähe Glockenspeise
Fließe nach der rechten Weise!

Was in des Dammes tiefer Grube
Die Hand mit Feuers Hilfe baut,
Hoch auf des Turmes Glockenstube,
Da wird es von uns zeugen laut.
Noch dauern wirds in späten Tagen
Und rühren vieler Menschen Ohr
Und wird mit dem Betrübten klagen

Vivos voco
Mortuos plango
Fulgura frango
Doch der Segen kommt von Oben!

Und stimmen zu der Andacht Chor.
Was unten tief dem Erdensohne
Das wechselnde Verhängnis bringt,
Das schlägt an die metallne Krone,
Die es erbaulich weiterklingt.

Weiße Blasen seh ich springen,
Wohl! Die Massen sind im Fluß.
Laßts mit Aschensalz durchdringen,
Das befördert schnell den Guß.
Auch vom Schaume rein
Muß die Mischung sein,
Daß vom reinlichen Metalle
Rein und voll die Stimme schalle.

Denn mit der Freude Feierklange
Begrüßt sie das geliebte Kind
Auf seines Lebens erstem Gange,
Den es in Schlafes Arm beginnt.
Ihm ruhen noch im Zeitenschoße
Die schwarzen und die heitern Lose;
Der Mutterliebe zarte Sorgen
Bewachen seinen goldnen Morgen. –
Die Jahre fliehen pfeilgeschwind.
Vom Mädchen reißt sich stolz der Knabe,
Er stürmt ins Leben wild hinaus,
Durchmißt die Welt am Wanderstabe.
Fremd kehrt er heim ins Vaterhaus,
Und herrlich, in der Jugend Prangen,
Wie ein Gebild aus Himmelshöhn,
Mit züchtigen, verschämten Wangen
Sieht er die Jungfrau vor sich stehn.
Da faßt ein namenloses Sehnen
Des Jünglings Herz, er irrt allein,
Aus seinen Augen brechen Tränen,
Er flieht der Brüder wilden Reihn.
Errötend folgt er ihren Spuren
Und ist von ihrem Gruß beglückt,
Das Schönste sucht er auf den Fluren,
Womit er seine Liebe schmückt.
O zarte Sehnsucht, süßes Hoffen,
Der ersten Liebe goldne Zeit!
Das Auge sieht den Himmel offen,
Es schwelgt das Herz in Seligkeit –

O daß sie ewig grünen bliebe,
Die schöne Zeit der jungen Liebe!

Wie sich schon die Pfeifen bräunen!
Dieses Stäbchen tauch ich ein:
Sehn wirs überglast erscheinen,
Wirds zum Gusse zeitig sein.
Jetzt, Gesellen, frisch!
Prüft mir das Gemisch,
Ob das Spröde mit dem Weichen
Sich vereint zum guten Zeichen.

Denn wo das Strenge mit dem Zarten,
Wo Starkes sich und Mildes paarten,
Da gibt es einen guten Klang.
Drum prüfe, wer sich ewig bindet,
Ob sich das Herz zum Herzen findet!
Der Wahn ist kurz, die Reu ist lang. –
Lieblich in der Bräute Locken
Spielt der jungfräuliche Kranz,
Wenn die hellen Kirchenglocken
Laden zu des Festes Glanz.
Ach! Des Lebens schönste Feier
Endigt auch den Lebensmai,
Mit dem Gürtel, mit dem Schleier
Reißt der schöne Wahn entzwei.
Die Leidenschaft flieht,
Die Liebe muß bleiben,
Die Blume verblüht,
Die Frucht muß treiben.
Der Mann muß hinaus
Ins feindliche Leben,
Muß wirken und streben
Und pflanzen und schaffen,
Erlisten, erraffen,
Muß wetten und wagen,
Das Glück zu erjagen.
Da strömet herbei die unendliche Gabe,
Es füllt sich der Speicher mit köstlicher Habe,
Die Räume wachsen, es dehnt sich das Haus.

Und drinnen waltet
Die züchtige Hausfrau,
Die Mutter der Kinder,

Und herrschet weise
Im häuslichen Kreise,
Und lehret die Mädchen
Und wehret den Knaben
Und reget ohn Ende
Die fleißigen Hände
Und mehrt den Gewinn
Mit ordnendem Sinn,
Und füllet mit Schätzen die duftenden Laden
Und dreht um die schnurrende Spindel den Faden,
Und sammelt im reinlich geglätteten Schrein
Die schimmernde Wolle, den schneeigten Lein,
Und füget zum Guten den Glanz und den Schimmer,
Und ruhet nimmer.

Und der Vater mit frohem Blick
Von des Hauses weitschauendem Giebel
Überzählet sein blühend Glück,
Siehet der Pfosten ragende Bäume
Und der Scheunen gefüllte Räume
Und die Speicher, vom Segen gebogen,
Und des Kornes bewegte Wogen,
Rühmt sich mit stolzem Mund:
„Fest, wie der Erde Grund,
Gegen des Unglücks Macht
Steht mir des Hauses Pracht!" –
Doch mit des Geschickes Mächten
Ist kein ew'ger Bund zu flechten,
Und das Unglück schreitet schnell.

Wohl! Nun kann der Guß beginnen,
Schön gezacket ist der Bruch.
Doch, bevor wirs lassen rinnen,
Betet einen frommen Spruch!
Stoßt den Zapfen aus!
Gott bewahr das Haus!
Rauchend in des Henkels Bogen
Schießts mit feuerbraunen Wogen.

Wohltätig ist des Feuers Macht,
Wenn sie der Mensch bezähmt, bewacht,
Und was er bildet, was er schafft,
Das dankt er dieser Himmelskraft;
Doch furchtbar wird die Himmelskraft,
Wenn sie der Fessel sich entrafft,
Einhertritt auf der eigenen Spur
Die freie Tochter der Natur.
Wehe, wenn sie losgelassen,
Wachsend ohne Widerstand
Durch die volkbelebten Gassen
Wälzt den ungeheuren Brand!
Denn die Elemente hassen
Das Gebild der Menschenhand.
Aus der Wolke
Quillt der Segen,
Strömt der Regen,
Aus der Wolke, ohne Wahl,
Zuckt der Strahl!
Hört ihrs wimmern hoch vom Turm?
Das ist Sturm!
Rot wie Blut
Ist der Himmel,
Das ist nicht des Tages Glut!
Welch Getümmel
Straßen auf!
Dampf wallt auf!
Flackernd steigt die Feuersäule,
Durch der Straße lange Zeile
Wächst es fort mit Windeseile,
Kochend, wie aus Ofens Rachen,
Glühn die Lüfte, Balken krachen,
Pfosten stürzen, Fenster klirren,

Kinder jammern, Mütter irren,
Tiere wimmern
Unter Trümmern.
Alles rennet, rettet, flüchtet,
Taghell ist die Nacht gelichtet.
Durch der Hände lange Kette
Um die Wette
Fliegt der Eimer, hoch im Bogen
Spritzen Quellen, Wasserwogen.
Heulend kommt der Sturm geflogen,
Der die Flamme brausend sucht.
Prasselnd in die dürre Frucht
Fällt sie, in des Speichers Räume,
In der Sparren dürre Bäume,
Und als wollte sie im Wehen
Mit sich fort der Erde Wucht
Reißen in gewaltger Flucht,
Wächst sie in des Himmels Höhen
Riesengroß. –
Hoffnungslos
Weicht der Mensch der Götterstärke,
Müßig sieht er seine Werke
Und bewundernd untergehen.

Leergebrannt
Ist die Stätte,
Wilder Stürme rauhes Bette.
In den öden Fensterhöhlen
Wohnt das Grauen,
Und des Himmels Wolken schauen
Hoch hinein.

Einen Blick
Nach dem Grabe
Seiner Habe
Sendet noch der Mensch zurück –
Greift fröhlich dann zum Wanderstabe.
Was Feuers Wut ihm auch geraubt,
Ein süßer Trost ist ihm geblieben:
Er zählt die Häupter seiner Lieben,
Und sieh! Ihm fehlt kein teures Haupt.

In die Erd ists aufgenommen,
Glücklich ist die Form gefüllt;

Wirds auch schön zutage kommen,
Daß es Fleiß und Kunst vergilt?
Wenn der Guß mißlang?
Wenn die Form zersprang?
Ach, vielleicht, indem wir hoffen,
Hat uns Unheil schon getroffen.

Dem dunkeln Schoß der heil'gen Erde
Vertrauen wir der Hände Tat,
Vertraut der Sämann seine Saat
Und hofft, daß sie entkeimen werde
Zum Segen, nach des Himmels Rat.
Noch köstlicheren Samen bergen
Wir trauernd in der Erde Schoß
Und hoffen, daß er aus den Särgen
Erblühen soll zu schönerm Los..

Von dem Dome
Schwer und bang
Tönt die Glocke
Grabgesang.
Ernst begleiten ihre Trauerschläge
Einen Wandrer auf dem letzten Wege.

Ach! Die Gattin ists, die teure,
Ach! Es ist die treue Mutter,
Die der schwarze Fürst der Schatten
Wegführt aus dem Arm des Gatten,
Aus der zarten Kinder Schar,
Die sie blühend ihm gebar,
Die sie an der treuen Brust
Wachsen sah mit Mutterlust –
Ach! Des Hauses zarte Bande
Sind gelöst auf immerdar;
Denn sie wohnt im Schattenlande,
Die des Hauses Mutter war;
Denn es fehlt ihr treues Walten,
Ihre Sorge wacht nicht mehr;
An verwaister Stätte schalten
Wird die Fremde, liebeleer.

Bis die Glocke sich verkühlet,
Laßt die strenge Arbeit ruhn.
Wie im Laub der Vogel spielet,

Mag sich jeder gütlich tun.
Winkt der Sterne Licht,
Ledig aller Pflicht
Hört der Bursch die Vesper schlagen,
Meister muß sich immer plagen.

Munter fördert seine Schritte
Fern im wilden Forst der Wandrer
Nach der lieben Heimathütte.
Blökend ziehen heim die Schafe,
Und der Rinder
Breitgestirnte, glatte Scharen
Kommen brüllend,
Die gewohnten Ställe füllend.
Schwer herein
Schwankt der Wagen,
Kornbeladen;
Bunt von Farben
Auf den Garben
Liegt der Kranz,
Und das junge Volk der Schnitter
Fliegt zum Tanz.
Markt und Straße werden stiller,
Um des Lichts gesell'ge Flamme
Sammeln sich die Hausbewohner,
Und das Stadttor schließt sich knarrend.
Schwarz bedecket
Sich die Erde;
Doch den sichern Bürger schrecket
Nicht die Nacht,
Die den Bösen gräßlich wecket;
Denn das Auge des Gesetzes wacht.

Heil'ge Ordnung, segenreiche
Himmelstochter, die das Gleiche
Frei und leicht und freudig bindet,
Die der Städte Bau gegründet,
Die herein von den Gefilden
Rief den ungesellgen Wilden,
Eintrat in der Menschen Hütten,
Sie gewöhnt zu sanften Sitten
Und das teuerste der Bande
Wob, den Trieb zum Vaterlande!

Tausend fleiß'ge Hände regen,
Helfen sich in munterm Bund,
Und in feurigem Bewegen
Werden alle Kräfte kund.
Meister rührt sich und Geselle
In der Freiheit heil'gem Schutz;
Jeder freut sich seiner Stelle,
Bietet dem Verächter Trutz.
Arbeit ist des Bürgers Zierde,
Segen ist der Mühe Preis;
Ehrt den König seine Würde,
Ehret uns der Hände Fleiß.

Holder Friede,
Süße Eintracht,
Weilet, weilet
Freundlich über dieser Stadt!
Möge nie der Tag erscheinen,
Wo des rauhen Krieges Horden
Dieses stille Tal durchtoben,
Wo der Himmel,
Den des Abends sanfte Röte
Lieblich malt,
Von der Dörfer, von der Städte
Wildem Brande schrecklich strahlt!

Nun zerbrecht mir das Gebäude,
Seine Absicht hats erfüllt,
Daß sich Herz und Auge weide
An dem wohlgelungnen Bild.
Schwingt den Hammer, schwingt,
Bis der Mantel springt!
Wenn die Glock' soll auferstehen,
Muß die Form in Stücken gehen.

Der Meister kann die Form zerbrechen
Mit weiser Hand, zur rechten Zeit;
Doch wehe, wenn in Flammenbächen
Das glühnde Erz sich selbst befreit!
Blindwütend, mit des Donners Krachen
Zersprengt es das geborstne Haus,
Und wie aus offnem Höllenrachen
Speit es Verderben zündend aus.
Wo rohe Kräfte sinnlos walten,
Da kann sich kein Gebild gestalten;

Wenn sich die Völker selbst befrein,
Da kann die Wohlfahrt nicht gedeihn.

Weh, wenn sich in dem Schoß der Städte
Der Feuerzunder still gehäuft,
Das Volk, zerreißend seine Kette,
Zur Eigenhilfe schrecklich greift!
Da zerret an der Glocke Strängen
Der Aufruhr, daß sie heulend schallt
Und, nur geweiht zu Friedensklängen,
Die Losung anstimmt zur Gewalt.

„Freiheit und Gleichheit!" Hört man schallen,
Der ruh'ge Bürger greift zur Wehr,
Die Straßen füllen sich, die Hallen,
Und Würgerbanden ziehn umher.
Da werden Weiber zu Hyänen
Und treiben mit Entsetzen Scherz;
Noch zuckend, mit des Panthers Zähnen,
Zerreißen sie des Feindes Herz.
Nichts Heiliges ist mehr, es lösen
Sich alle Bande frommer Scheu;
Der Gute räumt den Platz dem Bösen,
Und alle Laster walten frei.

Gefährlich ists, den Leu zu wecken,
Verderblich ist des Tigers Zahn;
Jedoch der schrecklichste der Schrecken,
Das ist der Mensch in seinem Wahn.
Weh denen, die dem Ewigblinden
Des Lichtes Himmelsfackel leihn!
Sie strahlt ihm nicht, sie kann nur zünden
Und äschert Städt und Länder ein.

Freude hat mir Gott gegeben!
Sehet! Wie ein goldner Stern
Aus der Hülse, blank und eben,
Schält sich der metallne Kern.
Von dem Helm zum Kranz
Spielts wie Sonnenglanz,
Auch des Wappens nette Schilder
Loben den erfahrnen Bilder.

Herein! Herein!
Gesellen alle, schließt den Reihen,

Daß wir die Glocke taufend weihen!
„Concordia“ soll ihr Name sein.
Zur Eintracht, zu herzinnigem Vereine
Versammle sie die liebende Gemeine.

Und dies sei fortan ihr Beruf,
Wozu der Meister sie erschuf:
Hoch überm niedern Erdenleben
Soll sie in blauem Himmelszelt,
Die Nachbarin des Donners, schweben
Und grenzen an die Sternenwelt,
Soll eine Stimme sein von oben,
Wie der Gestirne helle Schar,
Die ihren Schöpfer wandelnd loben
Und führen das bekränzte Jahr.
Nur ewigen und ernsten Dingen
Sei ihr metallner Mund geweiht,
Und stündlich mit den schnellen Schwingen
Berühr im Fluge sie die Zeit.
Dem Schicksal leihe sie die Zunge;
Selbst herzlos, ohne Mitgefühl,
Begleite sie mit ihrem Schwunge
Des Lebens wechselvolles Spiel.
Und wie der Klang im Ohr vergehet,
Der mächtig tönend ihr entschallt,
So lehre sie, daß nichts bestehet,
Daß alles Irdische verhallt.

Jetzo mit der Kraft des Stranges
Wiegt die Glock' mir aus der Gruft,
Daß sie in das Reich des Klanges
Steige, in die Himmelsluft.
Ziehet, ziehet, hebt!
Sie bewegt sich, schwebt.
Freude dieser Stadt bedeute,
Friede sei ihr erst Geläute.

Der Alpenjäger

Willst du nicht das Lämmlein hüten?
Lämmlein ist so fromm und sanft,
Nährt sich von des Grases Blüten,
Spielend an des Baches Ranft."
„Mutter, Mutter, laß mich gehen,
Jagen nach des Berges Höhen!"

„Willst du nicht die Herde locken
Mit des Hornes munterm Klang?
Lieblich tönt der Schall der Glocken
In des Waldes Lustgesang."
„Mutter, Mutter, laß mich gehen,
Schweifen auf den wilden Höhen!"

„Willst du nicht der Blümlein warten,
Die im Beete freundlich stehn?
Draußen ladet dich kein Garten,
Wild ist's auf den wilden Höhn!"
„Laß die Blümlein, laß sie blühen!
Mutter, Mutter, laß mich ziehen!"

Und der Knabe ging zu jagen,
Und es treibt und reißt ihn fort,
Rastlos fort mit blindem Wagen
An des Berges finstern Ort;
Vor ihm her mit Windesschnelle
Flieht die zitternde Gazelle.

Auf der Felsen nackte Rippen
Klettert sie mit leichtem Schwung,
Durch den Riß geborstner Klippen
Trägt sie der gewagte Sprung;
Aber hinter ihr verwogen
Folgt er mit dem Todesbogen.

Jetzo auf dem schroffen Zinken
Hängt sie, auf dem höchsten Grat,
Wo die Felsen jäh versinken
Und verschwunden ist der Pfad –
Unter sich die steile Höhe,
Hinter sich des Feindes Nähe.

Mit des Jammers stummen Blicken
Fleht sie zu dem harten Mann,
Fleht umsonst, denn loszudrücken
Legt er schon den Bogen an.
Plötzlich aus der Felsenspalte
Tritt der Geist, der Bergesalte.

Und mit seinen Götterhänden
Schützt er das gequälte Tier.
„Mußt du Tod und Jammer senden“,
Ruft er, „bis herauf zu mir?
Raum für alle hat die Erde:
Was verfolgst du meine Herde?“

Die Kraniche des Ibykus

Zum Kampf der Wagen und Gesänge,
Der auf Korinthus' Landesenge
Der Griechen Stämme froh vereint,
Zog Ibykus, der Götterfreund.
Ihm schenkte des Gesanges Gabe,
Der Lieder süßen Mund Apoll;
So wandert er, an leichtem Stabe,
Aus Rhegium, des Gottes voll.

Schon winkt auf hohem Bergesrücken
Akrokorinth des Wandrers Blicken,
Und in Poseidons Fichtenhain
Tritt er mit frommem Schauder ein.
Nichts regt sich um ihn her, nur Schwärme
Von Kranichen begleiten ihn,
Die fernhin nach des Südens Wärme
In graulichtem Geschwader ziehn.

„Seid mir gegrüßt, befreund'te Scharen,
Die mir zur See Begleiter waren!
Zum guten Zeichen nehm ich euch,
Mein Los, es ist dem euren gleich:
Von fernher kommen wir gezogen
Und flehen um ein wirtlich Dach;
Sei uns der Gastliche gewogen,
Der von dem Fremdling wehrt die Schmach!"

Und munter fördert er die Schritte
Und sieht sich in des Waldes Mitte;
Da sperren, auf gedrangem Steg,
Zwei Mörder plötzlich seinen Weg.
Zum Kampfe muß er sich bereiten,
Doch bald ermattet sinkt die Hand;
Sie hat der Leier zarte Saiten,
Doch nie des Bogens Kraft gespannt.

Er ruft die Menschen an, die Götter,
Sein Flehen dringt zu keinem Retter,
Wie weit er auch die Stimme schickt,
Nichts Lebendes wird hier erblickt.
„So muß ich hier verlassen sterben,
Auf fremdem Boden, unbeweint,
Durch böser Buben Hand verderben,
Wo auch kein Rächer mir erscheint!"

Und schwer getroffen sinkt er nieder;
Da rauscht der Kraniche Gefieder.
Er hört, schon kann er nicht mehr sehn,
Die nahen Stimmen furchtbar krähn.
„Von euch, ihr Kraniche dort oben,
Wenn keine andre Stimme spricht,
Sei meines Mordes Klag' erhoben!"
Er ruft es, und sein Auge bricht.

Der nackte Leichnam wird gefunden,
Und bald, obgleich entstellt von Wunden,
Erkennt der Gastfreund in Korinth
Die Züge, die ihm teuer sind.
„Und muß ich so dich wiederfinden,
Und hoffte mit der Fichte Kranz
Des Sängers Schläfe zu umwinden,
Bestrahlt von seines Ruhmes Glanz!"

Und jammernd hören's alle Gäste,
Versammelt bei Poseidons Feste,
Ganz Griechenland ergreift der Schmerz;
Verloren hat ihn jedes Herz.
Und stürmend drängt sich zum Prytanen
Das Volk, es fordert seine Wut,
Zu rächen des Erschlag'nen Manen,
Zu sühnen mit des Mörders Blut.

Doch wo die Spur, die aus der Menge,
Der Völker flutendem Gedränge,
Gelocket von der Spiele Pracht,
Den schwarzen Täter kenntlich macht?
Sind's Räuber, die ihn feig erschlagen?
Tat's neidisch ein verborgner Feind?
Nur Helios vermag's zu sagen,
Der alles Irdische bescheint.

Er geht vielleicht mit frechem Schritte
Jetzt eben durch der Griechen Mitte,
Und während ihn die Rache sucht,
Genießt er seines Frevels Frucht.
Auf ihres eignen Tempels Schwelle
Trotzt er vielleicht den Göttern, mengt
Sich dreist in jene Menschenwelle,
Die dort sich zum Theater drängt.

Denn Bank an Bank gedränget sitzen –
Es brechen fast der Bühne Stützen –
Herbeigeströmt von fern und nah,
Der Griechen Völker wartend da,
Dumpfbrausend wie des Meeres Wogen,
Von Menschen wimmelnd, wächst der Bau
In weiter stets geschweiftem Bogen
Hinauf bis in des Himmels Blau.

Wer zählt die Völker, nennt die Namen,
Die gastlich hier zusammenkamen?
Von Theseus' Stadt, von Aulis' Strand,
Von Phokis, vom Spartanerland,
Von Asiens entlegner Küste,
Von allen Inseln kamen sie
Und horchen von dem Schaugerüste
Des Chores grauser Melodie,

Der, streng und ernst, nach alter Sitte,
Mit langsam abgemeßnem Schritte
Hervortritt aus dem Hintergrund,
Umwandelnd des Theaters Rund.
So schreiten keine ird'schen Weiber,
Die zeugete kein sterblich Haus!
Es steigt das Riesenmaß der Leiber
Hoch über menschliches hinaus.

Ein schwarzer Mantel schlägt die Lenden,
Sie schwingen in entfleischten Händen
Der Fackel düsterrote Glut,
In ihren Wangen fließt kein Blut.
Und wo die Haare lieblich flattern,
Um Menschenstirnen freundlich wehn,
Da sieht man Schlangen hier und Nattern
Die giftgeschwollnen Bäuche blähn.

Und schauerlich gedreht im Kreise
Beginnen sie des Hymnus' Weise,
Der durch das Herz zerreißend dringt,
Die Bande um den Sünder schlingt.
Besinnungsraubend, herzbetörend
Schallt der Erinnyen Gesang,
Erschallt, des Hörers Mark verzehrend,
Und duldet nicht der Leier Klang:

„Wohl dem, der frei von Schuld und Fehle
Bewahrt die kindlich reine Seele!
Ihm dürfen wir nicht rächend nahn,
Er wandelt frei des Lebens Bahn.
Doch wehe, wehe, wer verstohlen
Des Mordes schwere Tat vollbracht!
Wir heften uns an seine Sohlen,
Das furchtbare Geschlecht der Nacht!

Und glaubt er fliehend zu entspringen,
Geflügelt sind wir da, die Schlingen
Ihm werfend um den flücht'gen Fuß,
Daß er zu Boden fallen muß.
So jagen wir ihn, ohn' Ermatten,
Versöhnen kann uns keine Reu',
Ihn fort und fort bis zu den Schatten
Und geben ihn auch dort nicht frei."

So singend tanzen sie den Reigen,
Und Stille, wie des Todes Schweigen,
Liegt überm ganzen Hause schwer,
Als ob die Gottheit nahe wär'.
Und feierlich, nach alter Sitte,
Umwandelnd des Theaters Rund,
Mit langsam abgemeßnem Schritte,
Verschwinden sie im Hintergrund.

Und zwischen Trug und Wahrheit schwebet
Noch zweifelnd jede Brust und bebet
Und huldiget der furchtbarn Macht,
Die richtend im Verborgnen wacht,
Die unerforschlich, unergründet,
Des Schicksals dunklen Knäuel flicht,
Dem tiefen Herzen sich verkündet,
Doch fliehet vor dem Sonnenlicht.

Da hört man auf den höchsten Stufen
Auf einmal eine Stimme rufen:
„Sieh da! Sieh da, Timotheus,
Die Kraniche des Ibykus!" –
Und finster plötzlich wird der Himmel,
Und über dem Theater hin
Sieht man, in schwärzlichtem Gewimmel,
Ein Kranichheer vorüberziehn.

„Des Ibykus!" – Der teure Name
Rührte jede Brust mit neuem Grame,
Und wie im Meere Well' auf Well',
So läuft's von Mund zu Munde schnell:
„Des Ibykus, den wir beweinen,
Den eine Mörderhand erschlug?
Was ist's mit dem? Was kann er meinen?
Was ist's mit diesem Kranichzug?" –

Und lauter immer wird die Frage,
Und ahnend fliegt's mit Blitzesschlage
Durch alle Herzen: „Gebet acht,
Das ist der Eumeniden Macht!
Der fromme Dichter wird gerochen,
Der Mörder bietet selbst sich dar!
Ergreift ihn, der das Wort gesprochen,
Und ihn, an den's gerichtet war!"

Doch dem war kaum das Wort entfahren,
Möcht er's im Busen gern bewahren;
Umsonst! Der schreckensbleiche Mund
Macht schnell die Schuldbewußten kund.
Man reißt und schleppt sie vor den Richter,
Die Szene wird zum Tribunal,
Und es gestehn die Bösewichter,
Getroffen von der Rache Strahl.

Der Handschuh

Vor seinem Löwengarten,
Das Kampfspiel zu erwarten,
Saß König Franz,
Und um ihn die Großen der Krone,
Und rings auf hohem Balkone,
Die Damen in schönem Kranz.

Und wie er winkt mit dem Finger,
Auf tut sich der weite Zwinger,
Und hinein mit bedächtigem Schritt
Ein Löwe tritt
Und sieht sich stumm
Rings um,
Mit langem Gähnen
Und schüttelt die Mähnen
Und streckt die Glieder
Und legt sich nieder.

Und der König winkt wieder,
Da öffnet sich behend
Ein zweites Tor,
Daraus rennt
Mit wildem Sprunge
Ein Tiger hervor.
Wie der den Löwen erschaut,
Brüllt er laut,
Schlägt mit dem Schweif
Einen furchtbaren Reif
Und recket die Zunge,
Und im Kreise scheu
Umgeht er den Leu
Grimmig schnurrend;
Drauf streckt er sich murrend
Zur Seite nieder.

Und der König winkt wieder,
Da speit das doppelt geöffnete Haus
Zwei Leoparden auf einmal aus.
Die stürzen mit mutiger Kampfbegier
Auf das Tigertier;
Das packt sie mit seinen grimmigen Tatzen,
Und der Leu mit Gebrüll
Richtet sich auf – da wird's still;
Und herum im Kreis,
Von Mordsucht heiß,
Lagern sich die greulichen Katzen.

Da fällt von des Altans Rand
Ein Handschuh von schöner Hand
Zwischen den Tiger und den Leun
Mitten hinein.

Und zu Ritter Delorges spottenderweis
Wendet sich Fräulein Kunigund:
„Herr Ritter, ist Eure Liebe so heiß,
Wie ihr mir's schwört zu jeder Stund,
Ei so hebt mir den Handschuh auf!"

Und der Ritter in schnellem Lauf
Steigt hinab in den furchtbarn Zwinger
Mit festem Schritte,
Und aus der Ungeheuer Mitte
Nimmt er den Handschuh mit keckem Finger.

Und mit Erstaunen und mit Grauen
Sehens die Ritter und Edelfrauen,
Und gelassen bringt er den Handschuh zurück.

Da schallt ihm sein Lob aus jedem Munde,
Aber mit zärtlichem Liebesblick –
Er verheißt ihm sein nahes Glück –
Empfängt ihn Fräulein Kunigunde.
Und er wirft ihr den Handschuh ins Gesicht:
„Den Dank, Dame, begehr ich nicht!"
Und verläßt sie zur selben Stunde.

Hero und Leander

Seht ihr dort die altergrauen
Schlösser sich entgegenschauen,
Leuchtend in der Sonne Gold,
Wo der Hellespont die Wellen
Brausend durch der Dardanellen
Hohe Felsenpforte rollt?
Hört ihr jene Brandung stürmen,
Die sich an dem Felsen bricht?
Asien riß sie von Europen;
Doch die Liebe schreckt sie nicht.

Heros und Leanders Herzen
Rührte mit dem Pfeil der Schmerzen
Amors heil'ge Götternacht.
Hero, schön wie Hebe blühend,
Er, durch die Gebirge ziehend,
Rüstig, im Geräusch der Jagd.
Doch der Väter feindlich Zürnen
Trennte das verbundne Paar,
Und die süße Frucht der Liebe
Hing am Abgrund der Gefahr.

Dort auf Sestos' Felsenturme,
Den mit ew'gem Wogensturme
Schäumend schlägt der Hellespont,
Saß die Jungfrau, einsam grauend,
Nach Abydos' Küste schauend,
Wo der Heißgeliebte wohnt.
Ach, zu dem entfernten Strande
Baut sich keiner Brücke Steg,
Und kein Fahrzeug stößt vom Ufer,
Doch die Liebe fand den Weg.

Aus des Labyrinthes Pfaden
Leitet sie mit sichrem Faden;
Auch den Blöden macht sie klug,
Beugt ins Joch die wilden Tiere,
Spannt die feuersprühnden Stiere
An den diamantnen Pflug.
Selbst der Styx, der neunfach fließet,
Schließt die wagende nicht aus;
Mächtig raubt sie das Geliebte
Aus des Pluto finsterm Haus.

Auch durch des Gewässers Fluten
Mit der Sehnsucht feur'gen Gluten
Stachelt sie Leanders Mut.
Wenn des Tages heller Schimmer
Bleichet, stürzt der kühne Schwimmer
In des Pontus' finstre Flut,
Teilt mit starkem Arm die Woge,
Strebend nach dem teuren Strand,
Wo auf hohem Söller leuchtend
Winkt der Fackel heller Brand.

Und in weichen Liebesarmen
Darf der Glückliche erwarmen
Von der schwer bestandnen Fahrt,
Und den Götterlohn empfangen,
Den in seligem Umfangen
Ihm die Liebe aufgespart;
Bis den Säumenden Aurora
Aus der Wonne Träumen weckt
Und ins kalte Bett des Meeres
Aus dem Schoß der Liebe schreckt.

Und so flohen dreißig Sonnen,
Schnell, im Raub verstohlner Wonnen,
Dem beglückten Paar dahin,
Wie der Brautnacht süße Freuden,
Die die Götter selbst beneiden,
Ewig jung und ewig grün.
Der hat nie das Glück gekostet,
Der die Frucht des Himmels nicht
Raubend an des Höllenflusses
Schauervollem Rande bricht.

Lustige Delphinenscharen
Scherzten in dem silberklaren,
Reinen Element umher,
Und in schwärzlich grauen Zügen,
Aus dem Meergrund aufgestiegen,
Kam der Thetis buntes Heer.
Sie, die einzigen, bezeugten
Den verstohlnen Liebesbund;
Aber ihnen schloß auf ewig
Hekate den stummen Mund.

Hesper und Aurora zogen
Wechselnd auf am Himmelsbogen;
Doch die Glücklichen, sie sahn
Nicht den Schmuck der Blätter fallen,
Nicht aus Nords beeisten Hallen
Den ergrimmten Winter nahn.
Freudig sahen sie des Tages
Immer kürzern, kürzern Kreis;
Für das längre Glück der Nächte
Dankten sie betört dem Zeus.

Und sie freute sich des schönen
Meeres, und mit Schmeicheltönen
Sprach sie zu dem Element:
„Schöner Gott! Du solltest trügen?
Nein, den Frevler straf' ich Lügen,
Der dich falsch und treulos nennt.
Falsch ist das Geschlecht der Menschen,
Grausam ist des Vaters Herz!
Aber du bist hold und gütig,
Und dich rührt der Liebe Schmerz.

Und es gleichte schon die Waage
An dem Himmel Nächt' und Tage;
Und die holde Jungfrau stand
Harrend auf dem Felsenschlosse,
Sah hinab die Sonnenrosse
Fliehen an des Himmels Rand.
Und das Meer lag still und eben,
Einem reinen Spiegel gleich;
Keines Windes leises Weben
Regte das kristallne Reich.

In den öden Felsenmauern
Müßt' ich freudlos einsam trauern
Und verblühn in ew'gem Harm;
Doch du trägst auf deinem Rücken
Ohne Nachen, ohne Brücken,
Mir den Freund in meinen Arm.
Grauenvoll ist deine Tiefe,
Furchtbar deiner Wogen Flut;
Aber dich erfleht die Liebe,
Dich bezwingt der Heldenmut.

Denn auch dich, den Gott der Wogen,
Rührte Eros' mächt'ger Bogen,
Als des goldnen Widders Flug
Helle, mit dem Bruder fliehend,
Schön in Jugendfülle blühend,
Über deine Tiefe trug.
Schnell, von ihrem Reiz besieget,
Griffst du aus dem finstern Schlund,
Zogst sie von des Widders Rücken
Nieder in den Meeresgrund.

Eine Göttin mit dem Gotte,
In der tiefen Wassergrotte
Lebt sie jetzt unsterblich fort;
Hilfreich der verfolgten Liebe
Zähmt sie deine wilden Triebe,
Führt den Schiffer in den Port.
Schöne Helle, holde Göttin!
Selige, dich fleh' ich an:
Bring' auch heute den Geliebten
Mir auf der gewohnten Bahn!"

Und schon dunkelten die Fluten,
Und sie ließ der Fackel Gluten
Von dem hohen Söller wehn.
Leitend in den öden Reichen
Sollte das vertraute Zeichen
Der geliebte Wandrer sehn.
Und es saust und dröhnt von ferne,
Finster kräuselt sich das Meer,
Und es löscht das Licht der Sterne,
Und es naht gewitterschwer.

Auf des Pontus' weite Fläche
Legt sich Nacht, und Wetterbäche
Stürzen aus der Wolken Schoß;
Blitze zucken in den Lüften,
Und aus ihren Felsengrüften
Werden alle Stürme los,
Wühlen ungeheure Schlünde
In den weiten Wasserschlund.
Gähnend, wie ein Höllenrachen,
Öffnet sich des Meeres Grund.

„Wehe! Weh mir!" ruft die Arme
Jammernd. „Großer Zeus, erbarme!
Ach! Was wagt' ich zu erflehn!
Wenn die Götter mich erhören,
Wenn er sich den falschen Meeren
Preisgab in des Sturmes Wehn!
Alle meergewohnten Vögel
Ziehen heim in eil'ger Flucht;
Alle sturmerprobten Schiffe
Bergen sich in sichrer Bucht.

Ach gewiß, der Unverzagte
Unternahm das oft Gewagte,
Denn ihn trieb ein mächt'ger Gott.
Er gelobte mir's beim Scheiden
Mit der Liebe heil'gen Eiden;
Ihn entbindet nur der Tod.
Ach, in diesem Augenblicke
Ringt er mit des Sturmes Wut,
Und hinab in ihre Schlünde
Reißt ihn die empörte Flut!

Falscher Pontus, deine Stille
War nur des Verrates Hülle;
Einem Spiegel warst du gleich.
Tückisch ruhten deine Wogen,
Bis du ihn herausbetrogen
In dein falsches Lügenreich.
Jetzt, in deines Stromes Mitte,
Da die Rückkehr sich verschloß,
Lassest du auf den Verratnen
Alle deine Schrecken los!"

Und es wächst des Sturmes Toben;
Hoch zu Bergen aufgehoben
Schwillt das Meer, die Brandung bricht
Schäumend sich am Fuß der Klippen;
Selbst das Schiff mit Eichenrippen
Nahte unzerschmettert nicht.
Und im Wind erlischt die Fackel,
Die des Pfades Leuchte war;
Schrecken bietet das Gewässer,
Schrecken auch die Landung dar.

Und sie fleht zu Aphrodite,
Daß sie dem Orkan gebiete,
Sänftige der Wellen Zorn;
Und gelobt, den strengen Winden
Reiche Opfer anzuzünden,
Einen Stier mit goldnem Horn.
Alle Göttinnen der Tiefe,
Alle Götter in der Höh'
Fleht sie, lindernd Öl zu gießen
In die sturmbewegte See.

„Höre meinen Ruf erschallen,
Steig aus deinen grünen Hallen,
Selige Leucothea,
Die der Schiffer in dem öden
Wellenreich, in Sturmesnöten,
Rettend oft erscheinen sah.
Reich ihm deinen heil'gen Schleier,
Der, geheimnisvoll gewebt,
Die ihn tragen, unverletzlich
Aus dem Grab der Fluten hebt!"

Und die wilden Winde schweigen,
Hell an Himmels Rande steigen
Eos' Pferde in die Höh'.
Friedlich in dem alten Bette
Fließt das Meer in Spiegelglätte,
Heiter lächeln Luft und See.
Sanfter brechen sich die Wellen
An des Ufers Felsenwand,
Und sie schwemmen, ruhig spielend,
Einen Leichnam an den Strand.

Ja, er ist's, der auch entseelet
Seinem heil'gen Schwur nicht fehlet!
Schnellen Blicks erkennt sie ihn.
Keine Klage läßt sie schallen,
Keine Träne sieht man fallen,
Kalt, verzweifelnd starrt sie hin.
Trostlos in die öde Tiefe
Blickt sie, in des Äthers Licht,
Und ein edles Feuer rötet
Das erbleichte Angesicht.

„Ich erkenn' euch, ernste Mächte!
Strenge treibt ihr eure Rechte,
Furchtbar, unerbittlich ein.
Früh schon ist mein Lauf beschlossen;
Doch das Glück hab ich genossen,
Und das schönste Los war mein.
Lebend hab ich deinem Tempel
Mich geweiht als Priesterin;
Dir ein freudig Opfer, sterb' ich,
Venus, große Königin!"

Und mit fliegendem Gewande
Schwingt sie von des Turmes Rande
In die Meerflut sich hinab.
Hoch in seinen Flutenreichen
Wälzt der Gott die heil'gen Leichen,
Und er selber ist ihr Grab.
Und mit seinem Raub zufrieden,
Zieht er freudig fort und gießt
Aus der unerschöpften Urne
Seinen Strom, der ewig fließt.

Der Taucher

„Wer wagt es, Rittersmann oder Knapp',
Zu tauchen in diesen Schlund?
Einen goldnen Becher werf ich hinab,
Verschlungen schon hat ihn der schwarze Mund.
Wer mir den Becher kann wieder zeigen,
Er mag ihn behalten, er ist sein eigen."

Der König spricht es und wirft von der Höh'
Der Klippe, die schroff und steil
Hinaushängt in die unendliche See,
Den Becher in der Charybde Geheul.
„Wer ist der Beherzte, ich frage wieder,
Zu tauchen in diese Tiefe nieder?"

Und die Ritter, die Knappen um ihn her
Vernehmen's und schweigen still,
Sehen hinab in das wilde Meer,
Und keiner den Becher gewinnen will.
Und der König zum drittenmal wieder fraget:
„Ist keiner, der sich hinunter waget?"

Doch alles noch stumm bleibt wie zuvor;
Und ein Edelknecht, sanft und keck,
Tritt aus der Knappen zagendem Chor,
Und den Gürtel wirft er, den Mantel weg,
Und alle die Männer umher und Frauen
Auf den herrlichen Jüngling verwundert schauen.

Und wie er tritt an des Felsen Hang
Und blickt in den Schlund hinab,
Die Wasser, die sie hinunterschlang,
Die Charybde jetzt brüllend wiedergab,
Und wie mit des fernen Donners Getose
Entstürzen sie schäumend dem finstern Schoße.

Und es wallet und siedet und brauset und zischt,
Wie wenn Wasser mit Feuer sich mengt,
Bis zum Himmel spritzet der dampfende Gischt,
Und Flut auf Flut sich ohn' Ende drängt,
Und will sich nimmer erschöpfen und leeren,
Als wollte das Meer noch ein Meer gebären.

Doch endlich, da legt sich die wilde Gewalt,
Und schwarz aus dem weißen Schaum
Klafft hinunter ein gähnender Spalt,
Grundlos, als ging's in den Höllenraum,
Und reißend sieht man die brandenden Wogen
Hinab in den strudelnden Trichter gezogen.

Jetzt schnell, eh' die Brandung wiederkehrt,
Der Jüngling sich Gott befiehlt,
Und – ein Schrei des Entsetzens wird rings gehört,
Und schon hat ihn der Wirbel hinweggespült,
Und geheimnisvoll über dem kühnen Schwimmer
Schließt sich der Rachen, er zeigt sich nimmer.

Und stille wird's über dem Wasserschlund,
In der Tiefe nur brauset es hohl,
Und bebend hört man von Mund zu Mund:
„Hochherziger Jüngling, fahre wohl!"
Und hohler und hohler hört man's heulen,
Und es harrt noch mit bangem, mit schrecklichem Weilen.

„Und würfst du die Krone selber hinein
Und sprächst: ‚Wer mir bringet die Kron',
Er soll sie tragen und König sein!' –
Mich gelüstete nicht nach dem teuren Lohn.
Was die heulende Tiefe da unten verhehle,
Das erzählt keine lebende glückliche Seele.

Wohl manches Fahrzeug, vom Strudel gefaßt,
Schoß gäh in die Tiefe hinab;
Doch zerschmettert nur rangen sich Kiel und Mast
Hervor aus dem alles verschlingenden Grab.“ –
Und heller und heller, wie Sturmes Sausen,
Hört man's näher und immer näher brausen.

Und es wallet und siedet und brauset und zischt,
Wie wenn Wasser mit Feuer sich mengt,
Bis zum Himmel spritzet der dampfende Gischt,
Und Well' auf Well' sich ohn' Ende drängt,
Und wie mit des fernen Donners Getose
Entstürzt es brüllend dem finstern Schoße.

Und sieh! Aus dem finster flutenden Schoß,
Da hebet sich's schwanenweiß,
Und ein Arm und ein glänzender Nacken wird bloß,
Und es rudert mit Kraft und mit emsigem Fleiß,
Und er ist's, und hoch in seiner Linken
Schwingt er den Becher mit freudigem Winken.

Und atmete lang und atmete tief
Und begrüßte das himmlische Licht.
Mit Frohlocken es einer dem andern rief:
„Er lebt! Er ist da! Es behielt ihn nicht!
Aus dem Grab, aus der strudelnden Wasserhöhle
Hat der Brave gerettet die lebende Seele!“

Und er kommt, es umringt ihn die jubelnde Schar,
Zu des Königs Füßen er sinkt,
Den Becher reicht er ihm kniend dar;
Und der König der lieblichen Tochter winkt,
Die füllt ihn mit funkelndem Wein bis zum Rande;
Und der Jüngling sich also zum König wandte:

„Lang lebe der König! Es freue sich,
Wer da atmet im rosigen Licht!
Da unten aber ist's fürchterlich,
Und der Mensch versuche die Götter nicht
Und begehre nimmer und nimmer zu schauen,
Was sie gnädig bedecken mit Nacht und Grauen.

Es riß mich hinunter blitzesschnell,
Da stürzt' mir aus felsigem Schacht
Wildflutend entgegen ein reißender Quell;
Mich packte des Doppelstroms wütende Macht,
Und wie einen Kreisel mit schwindelndem Drehen
Trieb mich's um, ich konnte nicht widerstehen.

Da zeigte mir Gott, zu dem ich rief
In der höchsten schrecklichen Not,
Aus der Tiefe ragend ein Felsenriff,
Das erfaßt' ich behend und entrann dem Tod –
Und da hing auch der Becher an spitzen Korallen,
Sonst wär' er ins Bodenlose gefallen.

Denn unter mir lag's noch bergetief
In purpurner Finsternis da,
Und ob's hier dem Ohre gleich ewig schlief,
Das Auge mit Schaudern hinuntersah,
Wie's von Salamandern und Molchen und Drachen
Sich regt' in dem furchtbaren Höllenrachen.

Schwarz wimmelten da, in grausem Gemisch,
Zu scheußlichen Klumpen geballt,
Der stachlichte Roche, der Klippenfisch,
Des Hammers greuliche Ungestalt,
Und dräuend wies mir die grimmigen Zähne
Der entsetzliche Hai, des Meeres Hyäne.

Und da hing ich und war's mir mit Grausen bewußt,
Von der menschlichen Hilfe so weit,
Unter Larven die einzige fühlende Brust,
Allein in der gräßlichen Einsamkeit,
Tief unter dem Schall der menschlichen Rede
Bei den Ungeheuern der traurigen Öde.

Und schaudernd dacht' ich's, da kroch's heran,
Regte hundert Gelenke zugleich,
Will schnappen nach mir – in des Schreckens Wahn
Laß ich los der Koralle umklammerten Zweig,
Gleich faßt mich der Strudel mit rasendem Toben;
Doch es war mir zum Heil, er riß mich nach oben. –“

Der König darob sich verwundert schier
Und spricht: „Der Becher ist dein,
Und diesen Ring noch bestimm ich dir,
Geschmückt mit dem köstlichsten Edelgestein,
Versuchst du's noch einmal und bringst mir Kunde,
Was du sahst auf des Meeres tiefunterstem Grunde."

Das hörte die Tochter mit weichem Gefühl,
Und mit schmeichelndem Munde sie fleht:
„Laßt, Vater, genug sein das grausame Spiel!
Er hat Euch bestanden, was keiner besteht,
Und könnt Ihr des Herzens Gelüste nicht zähmen,
So mögen die Ritter den Knappen beschämen."

Drauf der König greift nach dem Becher schnell,
In den Strudel ihn schleudert hinein:
„Und schaffst du den Becher mir wieder zur Stell',
So sollst du der trefflichste Ritter mir sein
Und sollst sie als Ehgemahl heut' noch umarmen,
Die jetzt für dich bittet mit zartem Erbarmen."

Da ergreift's ihm die Seele mit Himmelsgewalt,
Und es blitzt aus den Augen ihm kühn,
Und er siehet erröten die schöne Gestalt,
Und sieht sie erbleichen und sinken hin –
Da treibt's ihn, den köstlichen Preis zu erwerben,
Und stürzt hinunter auf Leben und Sterben.

Wohl hört man die Brandung, wohl kehrt sie zurück,
Sie verkündigt der donnernde Schall;
Da bückt sich's hinunter mit liebendem Blick –
Es kommen, es kommen die Wasser all,
Sie rauschen herauf, sie rauschen nieder,
Den Jüngling bringt keines wieder.

Der Kampf mit dem Drachen

Was rennt das Volk, was wälzt sich dort
Die langen Gassen brausend fort?
Stürzt Rhodus unter Feuersflammen?
Es rottet sich im Sturm zusammen,
Und einen Ritter, hoch zu Roß,
Gewahr' ich aus dem Menschentroß,
Und hinter ihm, welch' Abenteuer!
Bringt man geschleppt ein Ungeheuer;
Ein Drache scheint es von Gestalt,
Mit weitem Krokodilesrachen,
Und alles blickt verwundert bald
Den Ritter an und bald den Drachen.

Und tausend Stimmen werden laut:
„Das ist der Lindwurm, kommt und schaut,
Der Hirt und Herden uns verschlungen!
Das ist der Held, der ihn bezwungen!
Viel andre zogen vor ihm aus,
Zu wagen den gewalt'gen Strauß,
Doch keinen sah man wiederkehren;
Den kühnen Ritter soll man ehren!"
Und nach dem Kloster geht der Zug,
Wo Sankt Johanns des Täufers Orden;
Die Ritter des Spitals, im Flug
Zu Rate sind versammelt worden.

Und vor den edeln Meister tritt
Der Jüngling mit bescheidnem Schritt;
Nachdrängt das Volk, mit wildem Rufen
Erfüllend des Geländers Stufen,
Und jener nimmt das Wort und spricht:
„Ich hab erfüllt die Ritterpflicht.
Der Drache, der das Land verödet,
Er liegt von meiner Hand getötet;
Frei ist dem Wanderer der Weg,
Der Hirte treibe ins Gefilde,
Froh walle auf dem Felsensteg
Der Pilger zu dem Gnadenbilde."

Doch strenge blickt der Fürst ihn an
Und spricht: „Du hast als Held getan;
Der Mut ist's, der den Ritter ehret,
Du hast den kühnen Geist bewähret;
Doch sprich! Was ist die erste Pflicht
Des Ritters, der für Christum ficht,
Sich schmücket mit des Kreuzes Zeichen?"
Und alle ringsherum erbleichen.
Doch er, mit edlem Anstand, spricht,
Indem er sich errötend neiget:
„Gehorsam ist die erste Pflicht,
Die ihn des Schmuckes würdig zeiget."

„Und diese Pflicht, mein Sohn", versetzt
Der Meister, „hast du frech verletzt.
Den Kampf, den das Gesetz versaget,
Hast du mir frevlem Mut gewaget!" –
„Herr, richte, wenn du alles weißt",
Spricht jener mit gesetztem Geist,
„Denn des Gesetzes Sinn und Willen
Vermeint' ich treulich zu erfüllen.
Nicht unbedachtsam zog ich hin,
Das Ungeheuer zu bekriegen;
Durch List und kluggewandten Sinn
Versucht ich's, in dem Kampf zu siegen.

Fünf unsers Ordens waren schon,
Die Zierden der Religion,
Des kühnen Mutes Opfer worden:
Da wehrtest du den Kampf dem Orden.
Doch an dem Herzen nagten mir
Der Unmut und die Streitbegier,

Ja, selbst im Traum der stillen Nächte
Fand ich mich keuchend im Gefechte,
Und wenn der Morgen dämmernd kam
Und Kunde gab von neuen Plagen,
Da faßte mich ein wilder Gram,
Und ich beschloß, es frisch zu wagen.

Und zu mir selber sprach ich dann:
Was schmückt den Jüngling, ehrt den Mann?
Was leisteten die tapfern Helden,
Von denen uns die Lieder melden,
Die zu der Götter Glanz und Ruhm
Erhob das blinde Heidentum?
Sie reinigten von Ungeheuern
Die Welt in kühnen Abenteuern,
Begegneten im Kampf dem Leun
Und rangen mit dem Minotauren,
Die armen Opfer zu befrein,
Und ließen sich das Blut nicht dauren.

Ist nur der Sarazen' es wert,
Daß ihn bekämpft des Christen Schwert?
Bekriegt er nur die falschen Götter?
Gesandt ist er der Welt zum Retter,
Von jeder Not und jedem Harm
Befreien muß sein starker Arm;
Doch seinen Mut muß Weisheit leiten,
Und List muß mit der Stärke streiten.
So sprach ich oft und zog allein,
Des Raubtiers Fährte zu erkunden;
Da flößte mir der Geist es ein,
Froh rief ich aus: ‚Ich hab's gefunden!'

Und trat zu dir und sprach dies Wort:
‚Mich zieht es nach der Heimat fort.'
Du, Herr, willfahrtest meinen Bitten,
Und glücklich war das Meer durchschnitten.
Kaum stieg ich aus am heim'schen Strand,
Gleich ließ ich durch des Künstlers Hand,
Getreu den wohlbemerkten Zügen,
Ein Drachenbild zusammenfügen.
Auf kurzen Füßen wird die Last
Des langen Leibes aufgetürmet;
Ein schuppicht Panzerhemd umfaßt
Den Rücken, den es furchtbar schirmet.

Lang strecket sich der Hals hervor,
Und gräßlich wie ein Höllentor,
Als schnappt' es gierig nach der Beute,
Eröffnet sich des Rachens Weite,
Und aus dem schwarzen Schlunde dräun
Der Zähne stachelichte Reihn;
Die Zunge gleicht des Schwertes Spitze,
Die kleinen Augen sprühen Blitze;
In eine Schlange endigt sich
Des Rückens ungeheure Länge,
Rollt um sich selber fürchterlich,
Daß es um Mann und Roß sich schlänge.

Und alles bild' ich nach genau
Und kleid' es in ein scheußlich Grau;
Halb Wurm erschien's, halb Molch und Drache,
Gezeuget in der gift'gen Lache.
Und als das Bild vollendet war,
Erwähl' ich mir ein Doggenpaar,
Gewaltig, schnell von flinken Läufen,
Gewohnt, den wilden Ur zu greifen;
Die hetz' ich auf den Lindwurm an,
Erhitze sie zu wildem Grimme,
Zu fassen ihn mit scharfem Zahn,
Und lenke sie mit meiner Stimme.

Und wo des Bauches weiches Vlies
Den scharfen Bissen Blöße ließ,
Da reiz' ich sie, den Wurm zu packen,
Die spitzen Zähne einzuhacken.
Ich selbst, bewaffnet mit Geschoß,
Besteige mein arabisch Roß,
Von adelicher Zucht entstammet,
Und als ich seinen Zorn entflammet,
Rasch auf den Drachen spreng' ich's los
Und stachl' es mit den scharfen Sporen
Und werfe zielend mein Geschoß,
Als wollt' ich die Gestalt durchbohren.

Ob auch das Roß sich grauend bäumt
Und knirscht und in den Zügel schäumt
Und meine Doggen ängstlich stöhnen,
Nicht rast' ich, bis sie sich gewöhnen.
So üb' ich's aus mit Emsigkeit,
Bis dreimal sich der Mond erneut,
Und als sie jedes recht begriffen,
Führ' ich sie her auf schnellen Schiffen.
Der dritte Morgen ist es nun,
Daß mir's gelungen, hier zu landen;
Den Gliedern gönnt' ich kaum zu ruhn,
Bis ich das große Werk bestanden.

Denn heiß erregte mir das Herz
Des Landes frisch erneuter Schmerz:
Zerrissen fand man jüngst die Hirten,
Die nach dem Sumpfe sich verirrten;
Und ich beschließe rasch die Tat,
Nur von dem Herzen nehm' ich Rat.
Flugs unterricht' ich meine Knappen,
Besteige den versuchten Rappen,
Und von dem edeln Doggenpaar
Begleitet, auf geheimen Wegen,
Wo meiner Tat kein Zeuge war,
Reit' ich dem Feinde frisch entgegen.

Das Kirchlein kennst du, Herr, das hoch
Auf eines Felsenberges Joch,
Der weit die Insel überschauet,
Des Meisters kühner Geist erbauet.
Verächtlich scheint es, arm und klein,
Doch ein Mirakel schließt es ein:
Die Mutter mit dem Jesusknaben,
Den die drei Könige begaben.
Auf dreimal dreißig Stufen steigt
Der Pilgrim nach der steilen Höhe;
Doch hat er schwindelnd sie erreicht,
Erquickt ihn seines Heilands Nähe.

Tief in den Fels, auf dem es hängt,
Ist eine Grotte eingesprengt,
Vom Tau des nahen Moors befeuchtet,
Wohin des Himmels Strahl nicht leuchtet.
Hier hausete der Wurm und lag,
Den Raub erspähend, Nacht und Tag.
So hielt er, wie der Höllendrache,
Am Fuß des Gotteshauses Wache,
Und kam der Pilgrim hergewallt
Und lenkte in die Unglücksstraße,
Hervor brach aus dem Hinterhalt
Der Feind und trug ihn fort zum Fraße.

Den Felsen stieg ich jetzt hinan,
Eh' ich den schweren Strauß begann;
Hin kniet' ich vor dem Christuskinde
Und reinigte mein Herz von Sünde.
Drauf gürt' ich mir im Heiligtum
Den blanken Schmuck der Waffen um,
Bewehre mit dem Spieß die Rechte,
Und nieder steig' ich zum Gefechte.
Zurücke bleibt der Knappen Troß;
Ich gebe scheidend die Befehle,
Und schwinge mich behend aufs Roß,
Und Gott empfehl' ich meine Seele.

Kaum seh' ich mich im ebnen Plan,
Flugs schlagen meine Doggen an,
Und bang beginnt das Roß zu keuchen
Und bäumet sich und will nicht weichen;
Denn nahe liegt, zum Knäul geballt,
Des Feindes scheußliche Gestalt
Und sonnet sich auf warmem Grunde.
Auf jagen ihn die flinken Hunde;
Doch wenden sie sich pfeilgeschwind,
Als es den Rachen gähnend teilet
Und von sich haucht den gift'gen Wind
Und winselnd wie der Schakal heulet.

Doch schnell erfrisch' ich ihren Mut,
Sie fassen ihren Feind mit Wut,
Indem ich nach des Tieres Lende
Aus starker Faust den Speer versende;
Doch machtlos, wie ein dünner Stab,
Prallt er vom Schuppenpanzer ab,

Und eh' ich meinen Wurf erneuet,
Da bäumet sich mein Roß und scheuet
An seinem Basiliskenblick
Und seines Atems gift'gem Wehen,
Und mit Entsetzen springt's zurück,
Und jetzo war's um mich geschehen. –

Da schwing' ich mich behend vom Roß,
Schnell ist des Schwertes Schneide bloß,
Doch alle Streiche sind verloren,
Den Felsenharnisch zu durchbohren,
Und wütend mit des Schweifes Kraft
Hat es zur Erde mich gerafft;
Schon seh' ich seinen Rachen gähnen,
Es haut nach mir mit grimmen Zähnen,
Als meine Hunde, wutentbrannt,
An seinen Bauch mit grimm'gen Bissen
Sich warfen, daß es heulend stand,
Von ungeheurem Schmerz zerrissen.

Und eh' es ihren Bissen sich
Entwindet, rasch erheb' ich mich,
Erspähe mir des Feindes Blöße
Und stoße tief ihm ins Gekröse,
Nachbohrend bis ans Heft den Stahl;
Schwarzquellend springt des Blutes Strahl.
Hin sinkt es und begräbt im Falle
Mich mit des Leibes Riesenballe,
Daß schnell die Sinne mir vergehn.
Und als ich neugestärkt erwache,
Seh' ich die Knappen um mich stehn,
Und tot im Blute liegt der Drache."

Des Beifalls lang gehemmte Lust
Befreit jetzt aller Hörer Brust,
Sowie der Ritter dies gesprochen;
Und zehnfach am Gewölb' gebrochen
Wälzt der vermischten Stimmen Schall
Sich brausend fort im Widerhall.
Laut fordern selbst des Ordens Söhne,
Daß man die Heldenstirne kröne,
Und dankbar im Triumphgepräng'
Will ihn das Volk dem Volke zeigen.
Da faltet seine Stirne streng
Der Meister und gebietet Schweigen.

Und spricht: „Den Drachen, der dies Land
Verheert, schlugst du mit tapfrer Hand;
Ein Gott bist du dem Volke worden,
Ein Feind kommst du zurück dem Orden,
Und einen schlimmern Wurm gebar
Dein Herz, als dieser Drache war.
Die Schlange, die das Herz vergiftet,
Die Zwietracht und Verderben stiftet,
Das ist der wiederspenst'ge Geist,
Der gegen Zucht sich frech empöret,
Der Ordnung heilig Band zerreißt,
Denn er ist's, der die Welt zerstöret.

Mut zeiget auch der Mameluck.
Gehorsam ist des Christen Schmuck;
Denn wo der Herr in seiner Größe
Gewandelt hat in Knechtesblöße,
Da stifteten, auf heil'gem Grund,
Die Väter dieses Ordens Bund,
Der Pflichten schwerste zu erfüllen,
Zu bändigen den eignen Willen!
Dich hat der eitle Ruhm bewegt;
Drum wende dich aus meinen Blicken!
Denn wer des Herren Joch nicht trägt,
Darf sich mit seinem Kreuz nicht schmücken."

Da bricht die Menge tobend aus,
Gewalt'ger Sturm bewegt das Haus,
Um Gnade flehen alle Brüder;
Doch schweigend blickt der Jüngling nieder.
Still legt er von sich das Gewand
Und küßt des Meisters strenge Hand
Und geht. Der folgt ihm mit dem Blicke,
Dann ruft er liebend ihn zurücke
Und spricht: „Umarme mich, mein Sohn!
Dir ist der härt're Kampf gelungen;
Nimm dieses Kreuz. Es ist der Lohn
Der Demut, die sich selbst bezwungen."

Die Bürgschaft

Zu Dionys, dem Tyrannen, schlich
Damon, den Dolch im Gewande;
Ihn schlugen die Häscher in Bande.
„Was wolltest du mit dem Dolche, sprich!“
Entgegnet ihm finster der Wüterich. –
„Die Stadt vom Tyrannen befreien!“ –
„Das sollst du am Kreuze bereuen.“

„Ich bin“, spricht jener, „zum Sterben bereit
Und bitte nicht um mein Leben;
Doch willst du Gnade mir geben,
Ich flehe dich um drei Tage Zeit,
Bis ich die Schwester dem Gatten gefreit;
Ich lasse den Freund dir als Bürgen,
Ihn magst du, entrinn' ich, erwürgen.“

Da lächelt der König mit arger List
Und spricht nach kurzem Bedenken:
„Drei Tage will ich dir schenken;
Doch wisse: Wenn sie verstrichen, die Frist,
Eh' du zurück mir gegeben bist,
So muß er statt deiner erblassen,
Doch dir ist die Strafe erlassen.“

Und er kommt zum Freunde: „Der König gebeut,
Daß ich am Kreuz mit dem Leben
Bezahle das frevelnde Streben;
Doch will er mir gönnen drei Tage Zeit,
Bis ich die Schwester dem Gatten gefreit.

So bleib du dem König zum Pfande,
Bis ich komme, zu lösen die Bande."

Und schweigend umarmt ihn der treue Freund
Und liefert sich aus dem Tyrannen,
Der andere ziehet von dannen.
Und ehe das dritte Morgenrot scheint,
Hat er schnell mit dem Gatten die Schwester vereint,
Eilt heim mit sorgender Seele,
Damit er die Frist nicht verfehle.

Da gießt unendlicher Regen herab,
Von den Bergen stürzen die Quellen,
Und die Bäche, die Ströme schwellen.
Und er kommt ans Ufer mit wanderndem Stab,
Da reißet die Brücke der Strudel hinab,
Und donnernd sprengen die Wogen
Des Gewölbes krachenden Bogen.

Und trostlos irrt er an Ufers Rand;
Wie weit er auch spähet und blicket
Und die Stimme, die rufende, schicket,
Da stößet kein Nachen vom sichern Strand,
Der ihn setze an das gewünschte Land,
Kein Schiffer lenket die Fähre,
Und der wilde Strom wird zum Meere.

Da sinkt er ans Ufer und weint und fleht,
Die Hände zum Zeus erhoben:
„O hemme des Stromes Toben!
Es eilen die Stunden, im Mittag steht
Die Sonne, und wenn sie niedergeht,
Und ich kann die Stadt nicht erreichen,
So muß der Freund mir erbleichen."

Doch wachsend erneut sich des Stromes Wut,
Und Welle auf Welle zerrinnet,
Und Stunde an Stunde entrinnet.
Da treibt ihn die Angst, da faßt er sich Mut
Und wirft sich hinein in die brausende Flut
Und teilt mit gewaltigen Armen
Den Strom, und ein Gott hat Erbarmen.

Und gewinnt das Ufer und eilet fort
Und danket dem rettenden Gotte;
Da stürzet die raubende Rotte
Hervor aus des Waldes nächtlichem Ort,

Den Pfad ihm sperrend, und schnaubet Mord
Und hemmet des Wanderers Eile
Mit drohend geschwungener Keule.

„Was wollt ihr?“ ruft er vor Schrecken bleich,
„Ich habe nichts als mein Leben,
Das muß ich dem Könige geben!“
Und entreißt die Keule dem nächsten gleich:
„Um des Freundes willen erbarmet euch!“
Und drei, mit gewaltigen Streichen,
Erlegt er, die andern entweichen.

Und die Sonne versendet glühenden Brand,
Und von der unendlichen Mühe
Ermattet sinken die Knie:
„O hast du mich gnädig aus Räubershand,
Aus dem Strom mich gerettet ans heilige Land,
Und soll hier verschmachtend verderben,
Und der Freund mir, der liebende, sterben?“

Und horch! Da sprudelt es silberhell
Ganz nahe wie rieselndes Rauschen,
Und stille hält er, zu lauschen;
Und sieh, aus dem Felsen, geschwätzig, schnell,
Springt murmelnd hervor ein lebendiger Quell,
Und freudig bückt er sich nieder
Und erfrischet die brennenden Glieder.

Und die Sonne blickt durch der Zweige Grün
Und malt auf den glänzenden Matten
Der Bäume gigantische Schatten;
Und zwei Wanderer sieht er die Straße ziehn,
Will eilenden Laufes vorüberfliehn,
Da hört er die Worte sie sagen:
„Jetzt wird er ans Kreuz geschlagen.“

Und die Angst beflügelt den eilenden Fuß,
Ihn jagen der Sorge Qualen;
Da schimmern in Abendrots Strahlen
Von ferne die Zinnen von Syrakus,
Und entgegen kommt ihm Philostratus,
Des Hauses redlicher Hüter,
Der erkennet entsetzt den Gebieter:

„Zurück! Du rettest den Freund nicht mehr,
So rette das eigene Leben!
Den Tod erleidet er eben.
Von Stunde zu Stunde gewartet' er
Mit hoffender Seele der Wiederkehr;
Ihm konnte den mutigen Glauben
Der Hohn des Tyrannen nicht rauben."

„Und ist es zu spät, und kann ich ihm nicht,
Ein Retter, willkommen erscheinen,
So soll mich der Tod ihm vereinen.
Des rühme der blut'ge Tyrann sich nicht,
Daß der Freund dem Freunde gebrochen die Pflicht,
Er schlachte der Opfer zweie
Und glaube an Liebe und Treue!"

Und die Sonne geht unter, da steht er am Tor
Und sieht das Kreuz schon erhöhet,
Das die Menge gaffend umstehet.
An dem Seile schon zieht man den Freund empor;
Da zertrennt er gewaltig den dichten Chor:
„Mich, Henker", ruft er, „erwürget!
Da bin ich, für den er gebürget!"

Und Erstaunen ergreift das Volk umher,
In den Armen liegen sich beide,
Und weinen vor Schmerzen und Freude.
Da sieht man kein Auge tränenleer,
Und zum Könige bringt man die Wundermär;
Der fühlt ein menschliches Rühren,
Läßt schnell vor den Thron sie führen.

Und blicket sie lange verwundert an.
Drauf spricht er: „Es ist euch gelungen,
Ihr habt das Herz mir bezwungen.
Und die Treue, sie ist doch kein leerer Wahn –
So nehmet auch mich zum Genossen an.
Ich sei, gewährt mir die Bitte,
In eurem Bunde der dritte."

Der Graf von Habsburg

Zu Aachen in seiner Kaiserpracht,
Im altertümlichen Saale,
Saß König Rudolphs heilige Macht
Beim festlichen Krönungsmahle.
Die Speisen trug der Pfalzgraf des Rheins,
Es schenkte der Böhme des perlenden Weins,
Und alle die Wähler, die sieben,
Wie der Sterne Chor um die Sonne sich stellt,
Umstanden geschäftig den Herrscher der Welt,
Die Würde des Amtes zu üben.

Und rings erfüllte den hohen Balkon
Das Volk in freud'gem Gedränge;
Laut mischte sich in der Posaunen Ton
Das jauchzende Rufen der Menge.
Denn geendigt nach langem verderblichem Streit
War die kaiserlose, die schreckliche Zeit,
Und ein Richter war wieder auf Erden.
Nicht blind mehr waltet der eiserne Speer,
Nicht fürchtet der Schwache, der Friedliche mehr,
Des Mächtigen Beute zu werden.

Und der Kaiser ergreift den goldnen Pokal
Und spricht mit zufriedenen Blicken:
„Wohl glänzet das Fest, wohl pranget das Mahl,
Mein königlich Herz zu entzücken;
Doch den Sänger vermiß ich, den Bringer der Lust,
Der mit süßem Klang mir bewege die Brust
Und mit göttlich erhabenen Lehren.
So hab ich's gehalten von Jugend an,
Und was ich als Ritter gepflegt und getan,
Nicht will ich's als Kaiser entbehren."

Und sieh! In der Fürsten umgebenden Kreis
Trat der Sänger im langen Talare.
Ihm glänzte die Locke silberweiß,
Gebleicht von der Fülle der Jahre.
„Süßer Wohllaut schläft in der Saiten Gold;
Der Sänger singt von der Minne Sold,
Er preiset das Höchste, das Beste,
Was das Herz sich wünscht, was der Sinn begehrt;
Doch sage, was ist des Kaisers wert
An seinem herrlichsten Feste?"

„Nicht gebieten werd ich dem Sänger", spricht
Der Herrscher mit lächelndem Munde,
„Er steht in des größeren Herren Pflicht,
Er gehorcht der gebietenden Stunde.
Wie in den Lüften der Sturmwind saust,
Man weiß nicht, von wannen er kommt und braust,
Wie der Quell aus verborgenen Tiefen,
So des Sängers Lied aus dem Innern schallt
Und wecket der dunkeln Gefühle Gewalt,
Die im Herzen wunderbar schliefen."

Und der Sänger rasch in die Saiten fällt
Und beginnt sie mächtig zu schlagen:
„Aufs Waidwerk hinaus ritt ein edler Held,
Den flüchtigen Gemsbock zu jagen.
Ihm folgte der Knapp mit dem Jägergeschoß;
Und als er auf seinem stattlichen Roß
In eine Au kommt geritten,
Ein Glöcklein hört er erklingen fern,
Ein Priester war's mit dem Leib des Herrn;
Voran kam der Mesner geschritten.

Und der Graf zur Erde sich neiget hin,
Das Haupt mit Demut entblößet,
Zu verehren mit gläubigem Christensinn,
was alle Menschen erlöset.
Ein Bächlein aber rauschte durchs Feld,
Von des Gießbachs reißenden Fluten geschwellt,
Das hemmte der Wanderer Tritte;
Und beiseit' legt jener das Sakrament,
Von den Füßen zieht er die Schuhe behend,
Damit er das Bächlein durchschritte.

‚Was schaffst du?' redet der Graf ihn an,
Der ihn verwundert betrachtet.
‚Herr, ich walle zu einem sterbenden Mann,
Der nach der Himmelskost schmachtet.
Und da ich mich nahe des Baches Steg,
Da hat ihn der strömende Gießbach hinweg
Im Strudel der Wellen gerissen.
Drum daß dem Lechzenden werde sein Heil,
So will ich das Wässerlein jetzt in Eil'
Durchwaten mit nackenden Füßen.'

Da setzt ihn der Graf auf sein ritterlich Pferd
Und reicht ihm die prächtigen Zäume,
Daß er labe den Kranken, der sein begehrt,
Und die heilige Pflicht nicht versäume.
Und er selber auf seines Knappen Tier
Vergnüget noch weiter des Jagens Begier;
Der andre die Reise vollführet.
Und am nächsten Morgen mit dankendem Blick,
Da bringt er dem Grafen sein Roß zurück,
Bescheiden am Zügel geführet.

‚Nicht wolle das Gott', rief mit Demutsinn
Der Graf, ‚daß zum Streiten und Jagen
Das Roß ich beschritte fürderhin,
Das meinen Schöpfer getragen!
Und magst du's nicht haben zu eignem Gewinst,
So bleib es gewidmet dem göttlichen Dienst,
Denn ich hab es dem ja gegeben,
Von dem ich Ehre und irdisches Gut
Zu Lehen trage und Leib und Blut
Und Seele und Atem und Leben.'

‚So mög' auch Gott, der allmächtige Hort,
Der das Flehen der Schwachen erhöret,
Zu Ehren Euch bringen hier und dort,
So wie Ihr jetzt ihn geehret.
Ihr seid ein mächtiger Graf, bekannt
Durch ritterlich Walten im Schweizerland;
Euch blühn sechs liebliche Töchter.
So mögen sie', rief er begeistert aus,
‚Sechs Kronen euch bringen in euer Haus
Und glänzen die spätsten Geschlechter!'" –

Und mit sinnendem Haupt saß der Kaiser da,
Als dächt' er vergangener Zeiten.
Jetzt, da er dem Sänger ins Auge sah,
Da ergreift ihn der Worte Bedeuten.
Die Züge des Priesters erkennt er schnell
Und verbirgt der Tränen stürzenden Quell
In des Mantels pupurnen Falten.
Uns alles blickte den Kaiser an
Und erkannte den Grafen, der das getan,
Und verehrte das göttliche Walten.

August Wilhelm von Schlegel
(1767–1845)

Arion

Arion war der Töne Meister,
Die Zither lebt' in seiner Hand;
Damit ergötzt' er alle Geister,
Und gern empfing ihn jedes Land.
Er schiffte goldbeladen
Jetzt von Tarents Gestaden,
Zum schönen Hellas heimgewandt.

Zum Freunde zieht ihn sein Verlangen,
Ihn liebt der Herrscher von Korinth.
Eh in die Fremd' er ausgegangen,
Bat er ihn, brüderlich gesinnt:
„Laß dir's in meinen Hallen
Doch ruhig wohlgefallen!
Viel kann verlieren, wer gewinnt."

Arion sprach: „Ein wandernd Leben
Gefällt der freien Dichterbrust.
Die Kunst, die mir ein Gott gegeben,
Sie sei auch vieler Tausend' Lust.
An wohlerworbnen Gaben
Wie werd' ich einst mich laben,
Des weiten Ruhmes froh bewußt!"

Er steht im Schiff am zweiten Morgen,
Die Lüfte wehen lind und warm:
„O Periander, eitle Sorgen!
Vergiß sie nun in meinem Arm!
Wir wollen mit Geschenken
Die Götter reich bedenken
Und jubeln in der Gäste Schwarm."

Es bleiben Wind und See gewogen;
Auch nicht ein fernes Wölkchen graut,
Er hat nicht allzuviel den Wogen,
Den Menschen allzuviel vertraut.
Er hört die Schiffer flüstern,
Nach seinen Schätzen lüstern;
Doch bald umringen sie ihn laut.

„Du darfst, Arion, nicht mehr leben –
Begehrst du auf dem Land ein Grab,
So mußt du hier den Tod dir geben;
Sonst wirf dich in das Meer hinab." –
„So wollt ihr mich verderben?
Ihr mögt mein Gold erwerben,
Ich kaufe gern mein Blut euch ab." –

„Nein, nein, wir lassen dich nicht wandern,
Du wärst ein zu gefährlich Haupt.
Wo blieben wir vor Periandern,
Verrietst du, daß wir dich beraubt?
Uns kann dein Gold nicht frommen,
Wenn wieder heimzukommen
Uns nimmermehr die Furcht erlaubt." –

„Gewährt mir dann noch eine Bitte,
Gilt, mich zu retten, kein Vertrag;
Daß ich nach Zitherspielersitte,

Wie ich gelebet, sterben mag.
Wann ich mein Lied gesungen,
Die Saiten ausgeklungen,
Dann fahre hin des Lebens Tag."

Die Bitte kann sie nicht beschämen,
Sie denken nur an den Gewinn,
Doch solchen Sänger zu vernehmen,
Das reizet ihren wilden Sinn.
„Und wollt ihr ruhig lauschen,
Laßt mich die Kleider tauschen:
Im Schmuck nur reißt Apoll mich hin." –

Der Jüngling hüllt die schönen Glieder
In Gold und Purpur wunderbar.
Bis auf die Sohlen wallt hernieder
Ein leichter, faltiger Talar;
Die Arme zieren Spangen,
Um Hals und Stirn und Wangen
Fliegt duftend das bekränzte Haar.

Die Zither ruht in seiner Linken,
Die Rechte hält das Elfenbein.
Er scheint erquickt die Luft zu trinken,
Er strahlt im Morgensonnenschein,
Es staunt der Schiffer Bande;
Er schreitet vor zum Rande
Und sieht ins blaue Meer hinein.

Er sang: „Gefährtin meiner Stimme!
Komm, folge mir ins Schattenreich!
Ob auch der Höllenhund ergrimme,
Die Macht der Töne zähmt ihn gleich.
Elysiums Heroen,
Dem dunkeln Strom entflohen,
Ihr friedlichen, schon grüß ich euch!

Doch könnt ihr mich des Grams entbinden?
Ich lasse meinen Freund zurück.
Du gingst, Eurydike zu finden;
Der Hades barg dein süßes Glück.
Da wie ein Traum zerronnen,
Was dir dein Lied gewonnen,
Verfluchtest du der Sonne Blick.

Ich muß hinab, ich will nicht zagen!
Die Götter schauen aus der Höh'.
Die ihr mich wehrlos habt erschlagen,
Erblasset, wenn ich untergeh'!
Den Gast, zu euch gebettet,
Ihr Nereiden, rettet!" –
So sprang er in die tiefe See.

Ihn decken alsobald die Wogen,
Die sichern Schiffer segeln fort.
Delphine waren nachgezogen,
Als lockte sie ein Zauberwort. –
Eh' Fluten ihn ersticken,
Beut einer ihm den Rücken
Und trägt ihn sorgsam hin zum Port.

Des Meers verworrenes Gebrause
Ward stummen Fischen nur verliehn;
Doch lockt Musik aus salz'gem Hause
Zu frohen Sprüngen den Delphin.
Sie konnt' ihn oft bestricken,
Mit sehnsuchtsvollen Blicken
Dem falschen Jäger nachzuziehn.

So trägt den Sänger mit Entzücken
Das menschenliebend sinn'ge Tier.
Er schwebt auf dem gewölbten Rücken,
Hält im Triumph der Leier Zier,
Und kleine Wellen springen
Wie nach der Saiten Klingen
Rings in dem blaulichen Revier.

Wo der Delphin sich sein entladen,
Der ihn gerettet uferwärts,
Da wird dereinst an Felsgestaden
Das Wunder aufgestellt in Erz.
Jetzt, da sich jedes trennte
Zu seinem Elemente,
Grüßt ihn Arions volles Herz.

„Leb wohl, und könnt' ich dich belohnen,
Du treuer, freundlicher Delphin!
Du kannst nur hier, ich dort nur wohnen –
Gemeinschaft ist uns nicht verliehn.
Dich wird auf feuchten Spiegeln
Noch Galatea zügeln,
Du wirst sie stolz und heilig ziehn." –

Arion eilt nun leicht von hinnen,
Wie einst er in die Fremde fuhr;
Schon glänzen ihm Korinthus' Zinnen,
Er wandelt sinnend durch die Flur.
Mit Lieb' und Lust geboren,
Vergißt er, was verloren,
Bleibt ihm der Freund, die Zither nur.

Er tritt hinein: „Vom Wanderleben
Nun ruh' ich, Freund, an deiner Brust.
Die Kunst, die mir ein Gott gegeben,
Sie wurde vieler Tausend' Lust.
Zwar falsche Räuber haben
Die wohlerworbnen Gaben;
Doch bin ich mir des Ruhms bewußt."

Dann spricht er von den Wunderdingen,
Daß Periander staunend horcht:
„Soll jenen solch ein Raub gelingen?
Ich hätt' umsonst die Macht geborgt.

Die Täter zu entdecken
Mußt du dich hier verstecken,
So nahn sie wohl sich unbesorgt." –

Und als im Hafen Schiffer kommen,
Bescheidet er sie zu sich her.
„Habt vom Arion ihr vernommen?
Mich kümmert seine Wiederkehr." –
„Wir ließen recht im Glücke
Ihn zu Tarent zurücke." –
Da, siehe! Tritt Arion her.

Gehüllt sind seine schönen Glieder
In Gold und Purpur wunderbar,
Bis auf die Sohlen wallt hernieder
Ein leichter, faltiger Talar;
Die Arme zieren Spangen,
Um Hals und Stirn und Wangen
Fliegt duftend das bekränzte Haar.

Die Zither ruht in seiner Linken,
Die Rechte hält das Elfenbein;
Sie müssen ihm zu Füßen sinken,
Es trifft sie wie des Blitzes Schein.
„Ihn wollten wir ermorden;
Er ist zum Gotte worden,
O schläng' uns nur die Erd' hinein!" –

„Er lebet noch, der Töne Meister,
Der Sänger steht in heil'ger Hut.
Ich rufe nicht der Rache Geister,
Arion will nicht euer Blut.
Fern mögt ihr zu Barbaren,
Des Geizes-Knechte, fahren;
Nie labe Schönes euren Mut!"

Fortunat

Tauig in des Mondscheins Mantel
Liegt die stille Sommernacht,
Und ein Ritter reitet singend
Wiesenplan und Wald entlang.

„Munter zu, mein gutes Pferdchen!"
Sagt er, klatscht ihm sanft den Hals;
„Weißt du nicht, daß wartend Lila
An dem offnen Fenster wacht?

Bist ja kein Turnier- und Streitroß,
Wie sein Reiter steif und starr,
Das, den Stachel an der Stirne,
Nur so blindlings rennen mag.

Nein, du trägst auf seinen Zügen
Den behenden Fortunat,
Schmiegst mit ihm dich still im Dunkel
Über Stege, glatt und schmal.

Bald zu dieser, bald zu jener
Ging die heimlich nächt'ge Bahn;
Abends hin mit raschem Sehnen,
Früh zurück mit trägem Gram.

Wann ich oft von deinem Rücken
Mich zur hohen Kammer schwang,
Standst du still, bis mich empfangen
Der Geliebten zarter Arm.

Ja, ich weiß, wenn eine Spröde
Herz und Tür verschlösse gar,
Würdest du mit leisem Hufe
Klopfen, bis sie aufgetan."

Wie er noch die Worte redet,
Öffnet sich ein heimlich Tal.
„Bin ich", sprach er, „irr' geritten?
Ist mir's doch so unbekannt."

Wunderlich durch Sträuch' und Bäume
Schleicht des Mondes blasser Strahl,
Und ein Busch mit blühnden Rosen
Winkt von drüben voll und schlank.

„Busch, ich grüß' in dir mein Bildnis,
Rosen trägst du ohne Zahl;
Und mir blüht im regen Herzen
So der Liebe süße Wahl.

Manche reif, und Knospen andre,
Alle doch verblühn sie bald,
Und der Saft, der jene füllte,
Wird den jüngern zugewandt.

Denn den Kelch, der sich entblättert,
Schließet keines Willens Kraft.
Lila, Lila! Diese Knospen
Drohn dir meinen Unbestand.

Aber daß du ihn nicht ahndest,
Komm' ich mit dem Kranz im Haar,
Biet' ein schön errötend Sträußchen
Deinem weißen Busen dar.

Rosen, Rosen! Laßt euch pflücken,
So zu sterben ist kein Harm.
Oh, wie will ich euch zerdrücken
Zwischen Brust und Brust so warm!"

Und er lenkt das Roß entgegen,
Doch es scheut sich, wie es naht,
Und er kann von keiner Seite
Dicht zur Rosenlaub' hinan.

„So gewohnt, bei Nacht zu wandern,
Töricht Roß, wie kommt dir das?
Fürchtest du die Licht' und Schatten,
Wankend auf dem feuchten Gras?"

Doch es tritt zurück und bäumt sich,
Wie er spornt und wie er mahnt;
Drauf mit seinen Vorderfüßen
Stampfet es den Grund und scharrt.

Wühlet weg den lockern Boden,
Tief und tiefer sich hinab.
„Schätze, glaub' ich, willst du graben;
Eben ist's ja Mitternacht."

Unter seinem Huf nun dröhnt es,
Das sind Bretter, ist ein Sarg,
Und es traf ein Schlag gewaltig,
Daß der schwarze Deckel sprang.

Schwingen will er sich vom Sattel,
Doch er fühlt sich dran gebannt;
Und der Gaul steht jetzo ruhig
Vor dem Sarg, im Boden halb.

Uns es hebt sich wie vom Schlummer
Eine weibliche Gestalt,
Deren Züge blasser Kummer,
Aber sanfte Lieb' umwallt.

„Kommst du, hier mich zu besuchen,
Deine Clara, Fortunat?
Diese Linden, diese Buchen
Waren Zeugen unsrer Tat.

Wie du Treue mir geschworen,
Wie dein Mund so flehend bat,
Meine Ros' ich dann verloren,
Und die Scham danieder trat.

Doch die Sünde ward mir teuer,
Mahnte nun mich früh und spat;
Für des Angedenkens Feuer
Wußt' ich keinen andern Rat.

Als mich hier so kühl zu betten,
Wie du siehst daß ich getan.
Ach! Ich hofft', in Liebesketten
Dich noch einmal hier zu fahn.

Von des stillen Tales Schoße
Wird geschirmt die bange Scham;
Lieb' erzog hier manche Rose
Für die eine, die sie nahm.

Sieh dies Lager, traut und enge,
Wie ich sorgsam anbefahl,
Daß es uns zusammendränge
Zu der süßen Wollust Qual.

Durch des Vorhangs grünen Schleier
Bricht kein unwillkommner Strahl,
Und uns weckt aus ew'ger Feier
Keiner Mond' und Sonnen Zahl.

In den kühlen Arm zu sinken,
Beut die heiße Brust mir dar.
Deine Seel' im Kusse trinken
Will ich nun und immerdar."

Leise zieht sie ihn hernieder:
„Schöner Jüngling, so erstarrt?"
Kaum gebrochne Augen hebend,
Sinkt er zu ihr in den Sarg.

„Lila, Lila!“ wollt’ er lispeln,
Doch es ward ein sterbend „Ach!“,
Weil alsbald des Grabes Schauer
Seinen Lebenshauch verschlang.

Mit Getöse taumeln wieder
Fest die Bretter auf den Sarg,
Und ein Sturm verwühlt die Erde,
Die der Gaul hat aufgescharrt.

Heftig bricht er alle Rosen,
Säuselnd blättern sie sich ab,
Streun sich zu des Brautbetts Weihe
Purpurn auf das grüne Gras.

Weit ist schon das Roß entsprungen,
Flüchtig durch Gebirg und Wald,
Kommt erst mit des Tages Anbruch
Vor der Hütte Lilas an.

Bleibt da stehn, gezäumt, gesattelt,
Ledig, mit gesenktem Hals,
Bis die arme Schlummerlose
Seine Botschaft wohl verstand.

Und dann floh es in die Wildnis,
Wo kein Aug’ es wieder sah,
Wollte keinem Ritter dienen
Nach dem schlanken Fortunat.

Georg Philipp Schmidt (von Lübeck) (1766–1849)

Paul Gerhard

Zu Brandenburg einst waltet
Der Kurfürst weit und breit;
Doch neue Lehre spaltet
Des Glaubens Einigkeit.
Es steuern wohl Gesetze
Verbotenem Geschwätze,
Wie das Edikt es nennt;
Doch wird es ihm gelingen,
Den freien Geist zu zwingen
Des Sängers, der die Furcht nicht kennt?

Er stand an heil'ger Stätte,
Der Kirche heller Stern,
Durch Lehren und Gebete
Verkündigend den Herrn:
„Und laß dir nimmer grauen,
Mußt droben dem vertrauen,
Dess' Name Zebaoth.
Und ob des Himmels Schranken,
Und alle Festen wanken,
Ein' feste Burg ist unser Gott!"

Der Kurfürst aber sandte,
Da kam der fromme Mann;
Des Fürsten Auge brannte,
Und zürnend hub er an:
„Wer nur den eignen Grillen,
Nicht des Gesetzes Willen
Zu folgen weise fand,
Der hat – es sei gesprochen! –
Hat Ehr' und Amt verbrochen
Und meidet fortan Stadt und Land."

Der Greis versetzt bescheiden:
„Mir ziemt's, das strenge Recht,
Gebieter, zu erleiden;
Mir, dem geringen Knecht!
Wie mag ich anders lehren,
Das Reich des Herrn zu mehren,
Als wie geschrieben steht?
Es bleibt gerecht sein Wille,
Ich will ihm halten stille." –
Und drauf verneigt er sich und geht.

Und wehrt daheim dem Jammer,
Und alles legt er ab
Und nimmt aus seiner Kammer
Die Bibel und den Stab.
Die Mutter, blaß vor Harme,
Das jüngste Kind im Arme,
Das zweite bei der Hand –
So tritt er an die Schwelle
Und blickt hinauf ins Helle
Und meidet fröhlich Stadt und Land.

Wer geht im fernen Tale
Den müden Pilgergang
Im heißen Sonnenstrahle
Die flache Heid' entlang? –
Sie wallen froh im Glauben,
Als blühten ihnen Lauben
Der fremden Erde zu.
Und als der Tag verflossen,
So beut, im Wald verschlossen,
Ein gastlich Dach dem Häuflein Ruh'.

O schau den süßen Schlummer
Der Kleinen auf der Bank!
Ins Mutterherz der Kummer,
So viel es kämpfte, sank:
„Wer wird sich doch der Armen
Im fremden Land erbarmen
Und ihr Vorbitter sein?
Wer wird das Herz erweichen?
Die harten Menschen reichen
Den Hungrigen für Brot den Stein."

Der fromme Dichter lächelt:
„Sie stehn in Gottes Hut!"
Des Glaubens Palme fächelt
Ihm Freudigkeit und Mut;
Und wo sich solche Blüte
Entfaltet im Gemüte,
Ist nimmer fern das Glück.
Er geht hinaus in Eile
Und bringt nach kleiner Weile
Des Trostes goldnes Lied zurück.

„Befiehl du deine Wege,
Und was das Herze kränkt,
Der allertreusten Pflege
Des, der den Himmel lenkt."
Da deucht es ihren Sinnen,
Als ob die Furcht von hinnen
Und alle Sorge flöh';
Denn kaum das Lied vernommen,
Ist über sie gekommen
Der Friede Gottes aus der Höh'.

Sie schwören still, und schauen
Hinaus in Wald und Nacht,
Und über dunkeln Auen
Der Sterne goldne Pracht;
Sie schwören, ob die Wellen
Bis an die Seele schwellen,
Zu trauen für und für;
Und als der Schwur vollzogen
Und himmelan geflogen,
Da steht die Hilfe vor der Tür.

Denn draußen scharrt im Sande
Bereits des Rosses Fuß;
Es bringt aus Sachsenlande
Der Bote diesen Gruß:
„Dem Sänger Heil und Frieden!
Ich bin hieher beschieden
Durch Kurfürst Friederich.
Er will den Dulder ehren,
Der, treu im Tun und Lehren,
Von Gottes Wegen nimmer wich.

Er hat dich auserkoren
Zu weiden eine Herd',
Und was du dort verloren,
Sei dreifach dir gewährt!
Wohlauf! es graut der Morgen,
Dahinten laß die Sorgen
Und reiche mir die Hand!
Es winken uns die Grenzen;
Eh' wieder Sterne glänzen,
Umfängt dich Freund und Vaterland."

August Schnezler
(1809–1853)

Mummelsees Rache

Glatt ist der See, stumm liegt die Flut,
So still, als ob sie schliefe,
Der Abend ruht wie dunkles Blut
Rings auf der finstern Tiefe;
Die Binsen im Kreise nur leise
Flüstern verstohlenerweise:

„Wer schleicht dort aus dem Tannenwald mit scheuem Tritte her?
Was schleppt er in dem Sacke nach, so mühsam und so schwer?"
– Das ist der rote Dieter, der Wilderer genannt,
Dem Förster eine Kugel hat er durchs Herz gebrannt.
Jetzt kommt er, in die Wogen den Leichnam zu versenken,
Doch unser alter Mummler läßt sich so etwas nicht schenken.

Der Alte hat gar leisen Schlaf, ihn stört sogar ein Stein,
Den man vielleicht aus Unbedacht ins Wasser wirft hinein.
Dann kocht es in der Tiefe, Gewitter steigen auf,
Und flieht nicht gleich der Wandrer mit blitzgeschwindem Lauf,
So muß er in den Fluten als Opfer untergehen,
Kein Auge wird ihn jemals auf Erden wiedersehen.

Da steht der Frevler an dem See, wirft seine Bürde ab
Und stößt hinab mit einem Fluch den Sack ins nasse Grab:
„Da jage du nun Fische da drunten in dem See!
Jetzt kann ich ruhig jagen im Forste Hirsch und Reh,
Kann mich nun ruhig wärmen an deines Holzes Gluten,
Du brauchst ja doch kein Feuer da drunten in den Fluten."

Er spricht's und will zurück, doch hält ein Dorngestrüpp ihn an,
Und immer fester zerrt es ihn mit tausendfachem Zahn.
Da kocht es in der Tiefe, Gewitter steigen auf,
Dumpf rollt ob dem Gebirge der Donner seinen Lauf.
Der See steigt übers Ufer, es glühn des Himmels Flammen,
Und hoch schlägt über dem Mörder die schwarze Flut zusammen.

Stumm liegt der See, als ob die Glut
Der Rache wieder schliefe:
Glatt ist die Flut; im Monde ruht
Die unermeß'ne Tiefe –
Die Binsen im Kreise nur leise
Flüstern verstohlenerweise.

Gustav Schwab
(1792–1850)

Ida von Toggenburg
Schweizerische Sage

I

Lebt wo mit Lust und Einigkeit
Ein fromm und fröhlich Paar,
Das ist dem bösen Feinde leid
Und seiner höll'schen Schar.

Sie schleichen um das heitre Haus,
Sie suchen sich einen Ort
Und streuen ihren Samen aus,
Hier Sünd', und Jammer dort.

Des Toggenburgers Schloß steht hoch
Auf einem Felsen steil –
Was will der schwarze Rabe doch?
Er bringt dem Haus kein Heil.

Er kreist und krächzet in der Luft;
Da wandelt aus dem Tor,
Zu atmen kühlen Morgenduft,
Des Schlosses Frau hervor.

Es ist des Grafen Ehegemahl,
Frau Ida, fromm und rein;
Sie folgt der Sonne frühstem Strahl
Zum Brünnlein im Gestein.

Das Haar, das ihr die Stirn umflicht,
Ist golden wie das Korn,
Ihr Antlitz Schnee, ihr Auge Licht,
So tritt sie zu dem Born.

Sie löst des Haares Flechten auf
Und badet sie im Quell;
Der schwarze Vogel hemmt den Lauf
Und schaut herunter hell.

Den Trauring sie vom Finger zog,
Sie wusch die zarte Hand;
Der Rabe sacht herniederflog,
Er stahl das heil'ge Pfand.

Und schnell er in den Lüften war,
Eh' sie ihn noch geschaut.
Sie bindet auf das gelbe Haar
Und sucht ihr Ringlein traut.

Im hohen Fels, im Moose dicht,
Sie sucht's im grünen Gras.
Sie tröstet sich: „Ich trug es nicht!
Wo ich es wohl vergaß?"

Der Rabe flog auf dunkler Schwing'
Hinein ins tiefe Holz;
Er saß, im Schnabel den goldnen Ring,
Auf einer Tanne stolz.

So späht der Dieb den Weg entlang;
Da schlendert durch den Wald
Mit jungem, hellem Jagdgesang
Des Grafen Jäger bald.

Der Knab' ist so ein frisches Blut,
Ihm ist der Herr so hold;
Jetzt deucht's dem schwarzen Vogel gut,
Jetzt läßt er fallen das Gold.

Da sprüht es vor des Jägers Fuß,
Ein Funke Sonnenlicht;
Er hascht's, er hört des Krächzers Gruß
Vom hohen Wipfel nicht.

O Ringlein süß, o Glanz von Huld!
Es deucht ihm so bekannt;
Doch darf er's tragen ohne Schuld,
Er steckt es an die Hand.

Das wird im Schloß ein Flüstern sein!
Er fröhlich bei sich denkt,
Der Jäger trägt einen Ring so fein,
Wer hat ihm den geschenkt?

Der eitle Knabe kehret um,
Betört vom goldnen Fund,
Da regt sich bei den Knappen stumm
Der Neid im Herzensgrund.

Und einer sinnt und einer späht,
Bis er zum Grafen spricht:
„Den Ring, den er am Finger dreht,
O Herr, seht Ihr ihn nicht?

Wenn nicht der Eur' am Finger blitzt,
Ich meint', es wäre der!
Doch wahrlich, unsrer Herrin sitzt
Kein Ring am Finger mehr!"

Vor seines Schlosses Tor der Graf
Trat wild hinaus im Zorn;
Bald er den jungen Jäger traf,
Der saß am kühlen Born.

Mit seinem Ring er träumend lag,
Wo sonst die Herrin saß,
Dort, wo der Rab' am frühen Tag
Ihn stahl im grünen Gras.

Der Graf rief auf den Jäger bald:
„Wie kamst zum Ringe du?"
Der sprach mit Schrecken: „Herr, im Wald
Warf ihn ein Rab' mir zu!"

„Wie dumm du leugst, du arger Knecht!
Vom Raben, sagst du mir!
Die Raben sollen dir tun dein Recht,
Sie sollen zehren von dir!"

Drauf sendet einen von dem Troß
Er auf den Anger aus:
„Ein junges, ungezähmtes Roß,
Das führet mir vors Haus!"

Mit einem rabenschwarzen Pferd
Der Knappe kam heran,
Sein dunkler Schweif wallt bis zur Erd',
Er band den Jäger dran.

Nicht Flehen hört noch Schwur sein Zorn,
Er jagt das Roß hinab,
Das riß durch Felsenstein und Dorn
Den Knaben ins tiefe Grab.

Die Gräfin bleich am Fenster stand,
Schaut alles an entsetzt;
An des geschleiften Dieners Hand
Den Ring erblickt sie jetzt.

Auf schrie sie laut; da stand der Graf
Vor ihr, im Auge Mord:
„Geh“, rief er, „schlafe den ew’gen Schlaf
Bei deinem Buhlen dort!

Und treibst du mit der Treu’ nicht Spott
Und gabst ihm nicht den Ring:
Laß sehen, ob dich schützet Gott! –
Das Pfand mir wiederbring!“

Er nahm sie um den Leib mit Macht,
Sein Blick so finster war,
Nicht sah er durch die dunkle Nacht
Ihr Aug’ unschuldig klar.

Und wo im Zinken vor dem Schloß
Sich türmt’ das Felsgestein,
Wo in den Abgrund fuhr das Roß
Dort stürzt’ er sie hinein.

II

Und vor dem Grafen zitternd wich
Der bleichen Diener Schar,
Es ließ kein Diener blicken sich;
Einöde ringsum war.

Da starrt’ er nieder in die Gruft,
Wo Weib und Diener schlief,
Da schaut’ er wild empor zur Luft,
Wo heiser ein Rabe rief.

„Hinab, Gesell’!“ der Ritter spricht,
„Fort, halte deinen Schmaus!“
Hoch schwebt der Vogel und weichet nicht
Von seinem Haupt und Haus.

„Hinaus zur Jagd, zum Zeitvertreib“,
So murret er bei sich;
„Den Buhlen und das falsche Weib
Verträum’ ich sicherlich! –

Auf, Jäger, sattle mir mein Roß –
O weh, du Jäger mein!
Du kannst nicht kommen herauf ins Schloß,
Du liegst ja im Gestein!“

Er sucht sich selbst ein Roß im Stall;
Was stört da seinen Mut?
Sie dünken rabenschwarz ihm all’,
An jedem Schweif klebt Blut.

Jetzt weicht der Zorn von seiner Stirn,
Sein Auge senkt sich scheu,
Die Zweifel steigen auf im Hirn,
Im Herzen nagt ihn Reu’.

Er trat hinaus zum Felsenstein,
Wo hell das Brünnlein floß,
Wo sanft die Frau ihr Antlitz rein
Taucht' in des Wassers Schoß.

Er warf sich vor dem Becken aufs Knie,
Er schaute sehnlich hinein,
Als müßte im klaren Spiegel sie
Voll Huld zu schauen sein.

Wohl sah er den Himmel tief und mild,
Blau wie ihr Augenlicht,
Doch drüber nur sein eigen Bild,
Sein gramvoll Angesicht.

Und weh, was sieht er Schwarzes fern,
Im Wasser tief, im Blau'n?
Der Rabe läßt, ein dunkler Stern,
Ob seinem Haupt sich schaun!

Er wächst und breitet über ihn
Die schwarzen Flügel aus;
Umsonst im Born die Sonne schien,
Aus löschet sie der Graus.

Da warf zu Boden ihn der Harm
Und deckt ihn lang mit Nacht,
Bis er in seiner Diener Arm
Beweint, gepflegt, erwacht.

Denn als sie so ihn liegen sahn,
Und zehren an ihm die Qual,
Da kam das Mitleid erst sie an,
Sie trugen ihn in den Saal.

Und wie er auf die Augen schlug,
Deucht milder ihm sein Schmerz;
Vergessen ist des Raben Flug,
Zu hoffen wagt sein Herz.

Er hat geträumt von Waldeslust,
Vom Felstal dicht umlaubt;
Als fänd' er, ist's ihm in der Brust,
Was er sich selbst geraubt.

Er rafft sich auf, genesen schier,
Ein Roß verlangt sein Mut;
Wohl ihm, daß schneeweiß ist das Tier,
Das Zeichen deucht ihm gut!

Er reitet aus im Morgenlicht,
Schaut bang zum Himmel empor;
Sein Auge sieht den Raben nicht,
Kein Krächzen hört sein Ohr.

Im dichten Walde hüpfet nur
Das lust'ge Wild um ihn;
Doch ist der Graf auf andrer Spur,
Läßt Hirsch und Eber fliehn.

Wo keine Wohnung weit und breit,
Wo wandelt sonst kein Schritt,
Gedrückt in diese Einsamkeit
Ist doch ein Menschentritt.

Von zartem Frauenfuß gedrückt
In Blumen und grünes Kraut –
Die Hunde spüren ihm nach gebückt,
Sie schnuppern, sie bellen laut.

Und enger wird der Berge Schlund,
Und dichter wird der Wald;
In einen tiefen Felsengrund
Verirren sie sich bald.

Das Reh durchkreuzt mit schnellem Lauf
Den Weg mit seinem Kind,
Es flattern scheue Vögel auf,
Die Quellen stürzen geschwind.

Und tiefer steigen sie hinab;
Es denkt der Graf mit Schmerz:
Fürwahr, hier wär' ein friedlich Grab
Für ein gequältes Herz!

Doch drunten in der schmalen Kluft
Aus schwarzem Felsentor,
Umhaucht von feuchter Blumen Duft,
Was leuchtet dort hervor?

Es ist ein fromm, ein kniend Weib,
Sankt Magdalenen gleich;
Doch ohne Sünde strahlt ihr Leib
Wie Engel im Himmelreich.

Sie weiß nicht, daß ein Mensch es hört,
Sie fleht zu Gottes Sohn:
„Bring, Herr, den Kelch, er ist geleert,
Vor deines Vaters Thron!

Dein Arm, er trug mich durchs Gestein,
Führt hierher mich voll Huld;
Du sprachst: Hier lerne dem Feind verzeihn
Und leiden ohne Schuld!

Ich schwieg und litt; von bösem Groll
Hat nie mein Herz gewußt;
Ich bin der ewigen Liebe voll,
Leg' mich an deine Brust!"

Sie kniet, im Blick das ew'ge Heil,
Da stürzt der Graf in die Kluft;
So fällt, durchbohrt von des Jägers Pfeil,
Ein Aar aus hoher Luft.

Er liegt vor ihr; sein heilig Weib,
Nicht rühret er sie an,
Er fleht nur leis' und zitternd: „Bleib!
O fleug nicht himmelan!

Zeuch wieder ein ins hohe Schloß!
Und bin ich dir nicht zu schlecht,
So laß mich dienen in deinem Troß,
Mach mich zu deinem Knecht!"

Da flossen ihre Tränen mild,
Da strahlt ihr Blick so warm;
Sie schwieg, und um das Engelsbild
Der Graf schlang seinen Arm:

„Und könntest du mich lieben noch,
Und wenn dein Herz vergaß –“,
Da krächzt' es in den Lüften hoch,
Da fiel ein Ring ins Gras.

Auf seiner Stirn lag ihre Hand,
Der Graf den Ring ergriff,
Will schmücken sie mit dem Liebespfand,
Da sprach sie und seufzte tief:

„O wehe, siehst du in der Luft
Den bösen Geber nicht?
Er kreist und späht, er krächzt und ruft,
Er will mich scheiden vom Licht!

Von meinem Herrn und Bräutigam,
Dem ich bin angetraut,
Weg will er locken in Sünd' und Gram
Die reine Himmelsbraut.“

Erschrocken stand sie auf und trat
In ihre Kluft mit Eil',
Und fern sie stand und sehnlich bat:
„O störe nicht mein Heil!“

Bald auch der Graf erhebet sich,
Und ferne bleibt er stehn:
„Was soll ich tun, o Herrin, sprich!
Dein Wille soll geschehn!

Nur – kann's bestehn mit deinem Glück –
Auf ewig nicht, nicht ganz
Verbanne mich aus deinem Blick,
Aus deinem reinen Glanz.“

Sie lächelt selig; ja, sie will;
Es spricht ihr süßer Mund:
„Bau mir ein Kloster klein und still
Im kühlen Wiesengrund.

Das schaue mit dem Fensterlein
Nach deinem Schloß empor,
Dort knie ich bei der Kerze Schein,
Mein Lied dringt in dein Ohr.

Dort bet' ich für den armen Knecht,
Der ohne Schuld verdarb,
Dort fleh' ich, bis ich Gnad' um Recht
Auch dir bei Gott erwarb!

Und wenn ich nicht mehr bet' und sing',
So steige zu mir herab,
Steck' an den Finger mir den Ring
Und lege mich ins Grab!“

Der Reiter und der Bodensee

Der Reiter reitet durchs helle Tal,
Auf Schneefeld schimmert der Sonne Strahl.

Er trabet im Schweiß durch den kalten Schnee,
Er will noch heut an den Bodensee,

Noch heut mit dem Pferd in den sichern Kahn,
Will drüben landen vor Nacht noch an.

Auf schlimmem Weg, über Dorn und Stein,
Er braust auf rüstigem Roß feldein.

Aus den Bergen heraus, ins ebene Land,
Da sieht er den Schnee sich dehnen, wie Sand.

Weit hinter ihm schwinden Dorf und Stadt,
Der Weg wird eben, die Bahn wird glatt.

In weiter Fläche kein Bühl, kein Haus,
Die Bäume gingen, die Felsen aus.

So flieget er hin eine Meil, und zwei,
Er hört in den Lüften der Schneegans Schrei;

Es flattert das Wasserhuhn empor,
Nicht anderen Laut vernimmt sein Ohr.

Keinen Wandersmann sein Auge schaut,
Der ihm den rechten Pfad vertraut.

Fort gehts, wie auf Samt, auf dem weichen Schnee,
Wann rauscht das Wasser? Wann glänzt der See?

Es hebt aus dem Nebel sich Baum an Baum,
Und Hügel schließen den weiten Raum.

Da bricht der Abend, der frühe, herein:
Von Lichtern blinket ein ferner Schein.

Er spürt auf dem Boden Stein und Dorn,
Dem Rosse gibt er den scharfen Sporn

Und Hunde bellen empor am Pferd,
Und es winkt im Dorf ihm der warme Herd.

„Willkommen am Fenster, Mägdelein,
An den See, an den See, wie weit mags sein?“

Die Maid, sie staunet den Reiter an:
„Der See liegt hinter dir und der Kahn.

Und deckt’ ihn die Rinde von Eis nicht zu,
Ich spräch, aus dem Nachen stiegest du.“

Der Fremde schaudert, er atmet schwer:
„Dort hinten die Ebne, die ritt ich her!“

Da recket die Magd die Arm in die Höh:
„Herr Gott! So rittest du über den See!

An den Schlund, an die Tiefe bodenlos
Hat gepocht des rasenden Hufes Stoß!

Und unter dir zürnten die Wasser nicht?
Nicht krachte hinunter die Rinde dicht?

Und du wardst nicht die Speise der stummen Brut,
Der hungrigen Hecht’ in der kalten Flut?“

Sie rufet das Dorf herbei zu der Mär,
Es stellen die Knaben sich um ihn her.

Die Mütter, die Greise, sie sammeln sich:
„Glückseliger Mann, ja segne du dich!

Herein zum Ofen, zum dampfenden Tisch!
Brich mit uns das Brot und iß vom Fisch!“

Der Reiter erstarret auf seinem Pferd,
Er hat nur das erste Wort gehört.

Es stocket sein Herz, es sträubt sich sein Haar,
Dicht hinter ihm grinst noch die grause Gefahr.

Es siehet sein Blick nur den gräßlichen Schlund,
Sein Geist versinkt in den schwarzen Grund.

Im Ohr ihm donnerts wie krachend Eis,
Wie die Well umrieselt ihn kalter Schweiß.

Da seufzt er, da sinkt er vom Roß herab,
Da ward ihm am Ufer ein trocken Grab.

Das Mahl zu Heidelberg

Von Württemberg und Baden
Die Herren zogen aus,
Von Metz des Bischofs Gnaden
Vergaß das Gotteshaus;
Sie zogen aus zu kriegen
Wohl in die Pfalz am Rhein,
Sie sahen da sie liegen
Im Sommersonnenschein.

Umsonst die Rebenblüte
Sie tränkt mit mildem Duft,
Umsonst des Himmels Güte
Aus Ährenfeldern ruft;
Sie brannten Hof und Scheuer,
Daß heulte groß und klein;
Da leuchtete vom Feuer
Der Neckar und der Rhein.

Mit Gram von seinem Schlosse
Sieht es der Pfälzer Fritz,
Heißt springen auf die Rosse
Zween Mann auf einen Sitz.
Mit enggedrängtem Volke
Sprengt er durch Feld und Wald,
Doch ward die kleine Wolke
Zum Wetterhimmel bald.

Sie wollen seiner spotten,
Da sind sie schon umringt,
Und über ihren Rotten
Sein Schwert der Sieger schwingt.
Vom Hügel sieht man prangen
Das Heidelberger Schloß,
Dorthin führt man gefangen
Die Fürsten samt dem Troß.

Zuhinterst an der Mauer,
Da ragt ein Turm so fest,
Das ist ein Sitz der Trauer,
Der Schlang' und Eule Nest.
Dort sollen sie ihm büßen
Im Kerker trüb und kalt,
Es gähnt zu ihren Füßen
Ein Schlund und finstrer Wald.

Hier lernt vom Grimme rasten
Der Württemberger Utz,
Der Bischof hält ein Fasten,
Der Markgraf läßt vom Trutz.
Sie mochten schon in Sorgen
Um Leib und Leben sein,
Da trat am andern Morgen
Der stolze Pfälzer ein.

„Herauf, ihr Herrn, gestiegen
In meinen hellen Saal!
Ihr sollt nicht fürder liegen
In Finsternis und Qual.
Ein Mahl ist euch gerüstet,
Die Tafel ist gedeckt,
Drum, wenn es euch gelüstet,
Versucht, ob es euch schmeckt!"

Sie lauschen mit Gefallen,
Wie er so lächelnd spricht,
Sie wandeln durch die Hallen
Ans goldne Tageslicht.
Und in dem Saale winket
Ein herrliches Gelag,
Es dampfet und es blinket,
Was nur das Land vermag.

Es setzten sich die Fürsten;
Da mocht es seltsam sein:
Sie hungern und sie dürsten
Beim Braten und beim Wein.
„Nun, will's euch nicht behagen?
Es fehlt doch, deucht mir, nichts?
Worüber ist zu klagen?
An was, ihr Herrn, gebricht's?

Es schickt zu meinem Tische
Der Odenwald das Schwein,
Der Neckar seine Fische,
Den frommen Trank der Rhein.
Ihr habt ja sonst erfahren,
Was meine Pfalz beschert!
Was wollt ihr heute sparen,
Wo keiner es euch wehrt?“

Die Fürsten sahn verlegen
Den andern jeder an,
Am Ende doch verwegen
Der Ulrich da begann:
„Herr, fürstlich ist dein Bissen,
Doch eines tut ihm not,
Das mag kein Knecht vermissen!
Wo ließest du das Brot?“ –

„Wo ich das Brot gelassen?“
Sprach da der Pfälzer Fritz,
Er traf, die bei ihm saßen,
Mit seiner Augen Blitz;
Er tat die Fensterpforten
Weit auf im hohen Saal,
Da sah man allerorten
Ins offne Neckartal.

Sie sprangen von den Stühlen
Und blickten in das Land,
Da rauchten alle Mühlen
Rings von des Krieges Brand;
Kein Hof ist da zu schauen,
Wo nicht die Scheune dampft,
Von Rosses Huf und Klauen
Ist alles Feld zerstampft.

„Nun sprecht: Von wessen Schulden
Ist so mein Mahl bestellt?
Ihr müßt euch wohl gedulden,
Bis ihr besät mein Feld,
Bis in des Sommers Schwüle
Mir reifet eure Saat
Und bis mir in der Mühle
Sich wieder dreht ein Rad.

Ihr seht, der Westwind fächelt
In Stoppeln und Gesträuch;
Ihr seht, die Sonne lächelt,
Sie wartet nur auf euch!
Drum sendet flugs die Schlüssel
Und öffnet euern Schatz,
So findet bei der Schüssel
Das Brot den rechten Platz!“

Johannes Kant

Den kategorischen Imperativus fand,
Das weiß ein jedes Kind, Immanuel Kant.
Dem kategorischen Imperativus treu,
Zwang durch ihn wilde Seelen zu frommer Scheu
Lang vor Immanuel Herr Johannes Kant,
Und wenige wissen's, wie die Sache bewandt.

Derselb ein Doctor Theologiae war,
In schwarzer Kutte, mit langem Bart und Haar.
So saß er in Krakau auf dem Lehrersitz,
So ging er einher gegürtet in Kält und Hitz,
Ein rein Gemüt, ein immergleicher Sinn,
Dem Unrecht dulden, nicht tun, stets deuchte Gewinn.
Im grauen Alter zog ein Sehnen den Kant
Gen Schlesien, in sein altes Vaterland.
Er schloß die Bücher in'n Schrein, bestellt sein Haus,
Den Seckel nahm er und zog in die Fern hinaus.
Gemächlich ritt in der schweren, schwarzen Tracht,
Der Doktor durch der polnischen Wälder Nacht.
Doch in der Seele, da wohnt ihm lichter Schein,
Die goldnen Sprüche zogen aus und ein,
Ins Herz schoß Strahlen ihm das göttliche Wort,
Voll innern Sonnenlichtes, so ritt er fort.
Auch merkt er nicht, wie das Tier in finstrer Schlucht
Den Weg durch Abenddunkel und Dickicht sucht,
Er hört nicht vor und hinter sich Tritt und Trott,
Er ist noch immer allein mit seinem Gott.

Da wimmelt's plötzlich um ihn zu Roß, zu Fuß,
Da flucht ins Ohr ihm der Wegelagerer Gruß;
Es stürmen auf den heiligen Mann sie ein,
Es blinken Messer und Schwert im Mondenschein.
Er weiß nicht, wie ihm geschieht, er steigt vom Roß,
Und eh sie's fordern, teilt er sein Gut dem Troß.
Den vollen Reisebeutel streckt er dar,
Darin beim Groschen manch blanker Taler war,
Vom Halse löst er ab die güldne Kett',
Er reißt die schmucken Borten vom Barett
Den Ring vom Finger und aus der Tasche zieht
Das Meßbuch er mit Silberbeschläg und Niet;
Daß sie das Pferd abführen mit Sattel und Zaum,
Der arm' erschrockne Mann, er sieht es kaum;
Erst wie er alles Schmuckes und Gutes bar,
Da flehet er um sein Leben zu der Schar.
Der bärtige Hauptmann faßt ihn an der Brust
Und schüttelt sie mit derber Räuberlust.
„Gabst du auch alles?" brüllt's um ihn und murrt,
„Trägst nichts versteckt in Stiefel oder Gurt?"
Die Todesangst schwört aus dem Doktor: „Nein!"
Und aber „Nein!" Es zittert ihm Fleisch und Bein.
Da stoßen sie ihn fort in den schwarzen Wald;
Er eilt, als wär er zu Roß noch ohne Halt;
Doch fährt die Hand im Gehen wie im Traum
Hinab an der langen Kutte vorm Saum,
Mit Angst fühlt sie herum an allem Wulst,
Und endlich findet sie da die rechte Schwulst,
Wo eingenäht, geborgen und unentdeckt
Der güldene Sparpfennig sich versteckt.
Nun will dem Mann es werden recht sanft und leicht,
Mit all dem Gold er die Heimat wohl erreicht,
Er mag mit Gottes Hilfe vom Schrecken ruhn,
Mit Freunden und Vettern sich recht gütlich tun.
Da stand er plötzlich still, denn in ihm rief
Mit lauter Stimme der heilige Imp'rativ:
„Leug nicht! Leug nicht! Du hast gelogen, Kant!"
Das einzige Wort ihm auf der Seele brannt,
Vergessen war der Heimat fröhliche Lust,
Er war allein der Lüge sich bewußt.
Und schneller, als ihn getrieben der Freiheit Glück,
Trieb ihn der Sünde Pein nun zurück, zurück.
Schon winkt von ferne der unglücksel'ge Platz,
Die Räuber teilten dort noch immer den Schatz,

Um Mondlicht prüfen sie sich das Allerlei,
Die Pferde weiden zwischen den Büschen frei.
Und wie sie lagern im Gras und tauschen, tritt
In ihre Mitte der Kant mit heftigem Schritt.
Er stellt demütig sich vor die Räuber hin,
Er sprach: „O wisset, daß ich ein Lügner bin!
Doch log der Schrecken aus mir, darum verzeiht!"
Mit diesen Worten riß er den Saum vom Kleid,
In hohler Hand beut er ein Häuflein Gold,
Darüber des Mondscheins blinkende Welle rollt;
Weil keiner zugreift, bittet er ganz beschämt:
„Das hab ich böslich vor euch verleugnet, nehmt!"
Den Räubern aber wird's wunderlich im Kopf,
Sie möchten lachen und spotten ob dem Tropf;
Und ihre Lippe findet doch keinen Laut,
Und ihr vertrocknetes, starres Auge taut.
Und in dem bleiernen Schlummer, den er schlief,
Regt sich in ihnen plötzlich der Imp'rativ,
Der wunderbare, das heil'ge Gebot: „Du sollst –
Du sollst nicht stehlen!" Und vor der Hand voll Gold
Aufspringen sie, dann werfen sich all aufs Knie.
Ein tiefes Schweigen waltet; denn Gott ist hie.

Jetzt aber regt sich emsig die ganze Schar:
Der reicht den Beutel und der die Kette dar,
Ein Dritter bringt das Pferd gesattelt, gerüst't,
Das Meßbuch reicht der Hauptmann – er hat's geküßt,
Dann helfen sie ihm zu Roß mit willigem Dienst,
Nichts bleibt zurück vom neuen Räubergewinst;
Ja, mußte Herr Kant nur sein auf seiner Hut,
Daß sie ihm nicht auch schenkten gestohlen Gut.

Er scheidet, er teilt den Segen aus vom Pferd,
Wünscht ihnen gründliche Reu, die sie bekehrt.
Nur dacht er traurig, als um die Eck er bog:
„Ihr armen Schelmen, ihr stehlet – und ich log!"
Doch als er kam zum finstern Wald hinaus,
Da war verschwunden der Sünde ganzer Graus,
Da stand der Morgenhimmel in roter Glut,
Da ward dem frommen Wanderer froh zu Mut.
„Dein Wille gescheh im Himmel und auf der Erd!"
So betet der Kant und gibt die Sporen dem Pferd.

Eberhard der Gütige

„Ach, Graf, Ihr seid so bleich und krank,
Euch kann der kühle Felsentrank
Aus unserm Quell nicht heilen!
Nehmt Abschied Euch von Berg und Flur,
Und denkt an Eure Seele nur,
Sie will von hinnen eilen!“

Der Arzt mit traurigem Gesicht
Zum güt’gen Eberhard es spricht;
Mit Lächeln es der höret:
„Dich lob ich, daß du ehrlich bist;
Doch hat mich noch zu dieser Frist
Die Warnung nicht verstöret.“

„O schmäht nicht, Herr, die treue Kunst!“ –
„Nicht schmäh ich, doch des Himmels Gunst
Gab mir ein besser Zeichen.
Wohl fertig bin ich längst zu gehn,
Doch eh zwei Dinge sind geschehn,
Darf ich noch nicht erbleichen!

Du siehst mich an und glaubst mir nicht?
So höre, was des Herrn Gesicht
Im Traume mir verheißen!
Mir soll, eh läßt das blüh’nde Weib,
Die Nachbarin, den jungen Leib,
Das Lebensband nicht reißen.“

Der Arzt blickt aus dem Fenster bang,
Es ruht die Straße breit und lang
In öder Mittagsstunde;
Nur aus dem stillen Nachbarhaus
Ein grauer Priester wankt heraus
Und fleht mit leisem Munde.

Der Graf ermannet sich und spricht:
„Verbergt mir, frommer Vater, nicht,
Wem habt ihr zugesprochen?“
Da ruft ihm zu der ernste Greis:
„Es hat ein jung und blühend Reis
Der Gärtner abgebrochen.“

Und mit dem heil'gen Sakrament,
Und mit dem Docht, der zagend brennt,
Wankt so der Alte weiter:
Doch ob der Arzt auch seufzt und schweigt
Und sein betrübtes Antlitz zeigt,
Des Grafen Blick ist heiter.

„Ja, zarte Blumen welken bald!
Die Bäume stehn und werden alt,
Drum bleib ich ungestorben!
Mein zweiter Traum mir treu verspricht,
Daß meiner Hütte Bau nicht bricht,
Eh daß ein Baum verdorben!

Siehst du dort in des Hofes Raum
Den schlanken, mächt'gen Eichenbaum?
Er grünt vom Fuß zum Gipfel.
Das ist der zweite sich're Spruch:
Ihr legt mich nicht ins Leichentuch,
Eh denn verdorrt sein Wipfel.“

Und sieh, der Sonne Schein vergeht,
Und sieh, die schwüle Windsbraut weht,
Am Himmel zürnt das Wetter;
Der erste Strahl, der niederfährt,
Der hat den Eichenbaum versehrt,
Versengt ihm alle Blätter.

Der Graf hebt sich von seinem Sitz;
Er glaubt dem Donner und dem Blitz;
Er hört des Herren Stimme.
„Ich komme bald, ich bin bereit,
Laß nur zur Beichte, Herr, mir Zeit,
Nicht fordre mich im Grimme!“

Hin wankt er, wo der Quell sich rührt,
Vom Priester und vom Arzt geführt,
Zu beichten und zu lauschen.
Er schlummert ein beim Sprudel hell,
Erwachend hört er dann den Quell
Des ew'gen Lebens rauschen.

Das Gewitter

Urahne, Großmutter, Mutter und Kind
In dumpfer Stube beisammen sind;
Es spielet das Kind, die Mutter sich schmückt,
Großmutter spinnet, Urahne gebückt
Sitzt hinter dem Ofen im Pfühl –
Wie wehen die Lüfte so schwül!

Das Kind spricht: „Morgen ists Feiertag,
Wie will ich spielen im grünen Hag,
Wie will ich springen durch Tal und Höhn,
Wie will ich pflücken viel Blumen schön;
Dem Anger, dem bin ich hold!" –
Hört ihrs, wie der Donner grollt?

Die Mutter spricht: „Morgen ists Feiertag,
Da halten wir alle fröhlich Gelag,
Ich selber, ich rüste mein Feierkleid;
Das Leben, es hat auch Lust nach Leid,
Dann scheint die Sonne wie Gold!" –
Hört ihrs, wie der Donner grollt?

Großmutter spricht: „Morgen ists Feiertag,
Großmutter hat keinen Feiertag,
Sie kochet das Mahl, sie spinnet das Kleid,
Das Leben ist Sorg und viel Arbeit;
Wohl dem, der tat, was er sollt!" –
Hört ihrs, wie der Donner grollt?

Urahne spricht: „Morgen ists Feiertag,
Am liebsten morgen ich sterben mag:
Ich kann nicht singen und scherzen mehr,
Ich kann nicht sorgen und schaffen schwer,
Was tu ich noch auf der Welt?" –
Seht ihr, wie der Blitz dort fällt?

Sie hörens nicht, sie sehens nicht,
Es flammet die Stube wie lauter Licht:
Urahne, Großmutter, Mutter und Kind
Vom Strahl miteinander getroffen sind,
Vier Leben endet ein Schlag –
Und morgen ists Feiertag.

Heinrich Seidel
(1842–1906)

Die Gaben

Es war ein Pastor, wer weiß wo?
Der predigte nur leeres Stroh,
Und manche Klage war geschehn.
Ihn selbst zu hören und zu sehn,
Beschloß der Superintendent.
Und als die Predigt war zu End,
Da mußte er bedauernd sagen:
Die Leute haben recht, zu klagen.
Wie bring ich ihm das glimpflich bei,
Daß ihm das nicht zu schimpflich sei?
Und darum fing der gute Mann
Ganz heimlich und verloren an:
„Ich hörte Sie und war ganz Ohr.
Doch, wie bereiten Sie sich vor,
Mein lieber Bruder, möcht' ich wissen?"
Und jener drauf: „Das kann ich missen!
So mancher druckt und sinnt und schreibt –
Ich rede, wie der Geist mich treibt!"
„Ei, ei, was sind mir das für Sachen!
So könnt ich das fürwahr nicht machen!"
Sprach nun der Superintendent:
„Das wäre nicht mein Element.
Am Donnerstag schon fang ich an
Und überlege mir den Plan.
Am Freitag wird er dann entfaltet
Und durchgeführt und ausgestaltet
Dann schreib ich alles sorglich auf
Und lern es in des Samstags Lauf

Und bin dann sicher meiner Sachen –
So, denk ich, müßt es jeder machen!"
Der Pastor aber schmunzelt sehr,
Als ob ihm stark geschmeichelt wär.
„Ja, ja, das glaub ich. Sicherlich
Kann das nicht jedermann wie ich –
Das muß der Mensch so in sich haben,
Mein lieber Bruder – das sind Gaben!"

Johann Gabriel Seidl
(1804–1875)

Hans Euler

„Horch, Marthe, draußen pocht es; geh, laß den Mann herein,
Es wird ein armer Pilger, der sich verirrte, sein! –
Grüß Gott, du schmucker Krieger! Nimm Platz an unsrem Tisch,
Das Brot ist weiß und locker, der Trank ist hell und frisch!“

„Es ist nicht Trank, nicht Speise, wonach es not mir tut,
Doch, so Ihr seid Hans Euler, so will ich Euer Blut!
Wißt Ihr, vor Monden hab ich Euch noch als Feind bedroht:
Dort hatt ich einen Bruder, den Bruder schlugt Ihr tot.

Und als er rang am Boden, da schwor ich es ihm gleich,
Daß ich ihn wolle rächen, früh oder spät, an Euch!“ –
„Und hab ich ihn erschlagen, so war's im rechten Streit,
Und kommt Ihr, ihn zu rächen, – wohlan, ich bin bereit!

Doch nicht im Hause kämpf ich, nicht zwischen Tür und Wand:
Im Angesichte dessen, wofür ich stritt und stand! –
Den Säbel, – Marthe, weißt du, womit ich ihn erschlug;
Und sollt ich nimmer kommen: – Tirol ist groß genug!“ –

Sie gehen miteinander den nahen Fels hinan;
Sein gülden Tor hat eben der Morgen aufgetan!
Der Hans voran, der Fremde recht rüstig hinterdrein,
Und höher stets mit beiden der liebe Sonnenschein.

Nun stehn sie an der Spitze, – da liegt die Alpenwelt,
Die wunderbare, große, vor ihnen aufgehellt:
Gesunkne Nebel zeigen der Täler reiche Lust,
Mit Hütten in den Armen, mit Herden an der Brust.

Dazwischen Riesenbäche, darunter Kluft an Kluft,
Daneben Wälderkronen, darüber freie Luft;
Und sichtbar nicht, doch fühlbar, von Gottes Ruh umkreist,
In Hütten und in Herzen der alten Treue Geist.

Das sehn die beiden droben, – dem Fremden sinkt die Hand,
Hans aber zeigt hinunter aufs liebe Vaterland:
„Für das hab ich gefochten, dein Bruder hat's bedroht,
Für das hab ich gestritten, für das schlug ich ihn tot.“

Der Fremde sieht hinunter, sieht Hansen ins Gesicht,
Er will den Arm erheben, den Arm erhebt er nicht:
„Und hast du ihn erschlagen, so war's im rechten Streit,
Und willst du mir verzeihen, komm, Hans, ich bin bereit!“

Johann Gottfried Seume
(1763–1810)

Der Wilde

Ein Kanadier, der noch Europens
Übertünchte Höflichkeit nicht kannte,
Und ein Herz, wie Gott es ihm gegeben,
Von Kultur noch frei, im Busen fühlte,
Brachte, was er mit des Bogens Sehne
Fern in Quebecs übereisten Wäldern
Auf der Jagd erbeutet, zum Verkaufe.
Aber ferne noch von seiner Hütte
Überfiel ihn unter freiem Himmel
Schnell der schrecklichste der Donnerstürme.
Aus dem langen rabenschwarzen Haare
Troff der Guß herab auf seinen Gürtel.
Und das grobe Haartuch seines Kleides
Klebte rund an seinem hagern Leibe.
Schaurig zitternd unter kaltem Regen
Eilete der gute, wackre Wilde
In ein Haus, das er von fern erblickte.
„Herr, ach laßt mich, bis der Sturm sich leget“,
Bat er mit der herzlichsten Gebärde
Den gesittet feinen Eigentümer,
„Obdach hier in euerm Hause finden!“ –
„Willst du, mißgestaltes Ungeheuer“,
Schrie ergrimmt der Pflanzer ihm entgegen,
„Willst du Diebsgesicht mir aus dem Hause!“
Und ergriff den schweren Stock im Winkel.

Traurig schritt der ehrliche Hurone
Fort von dieser unwirtbaren Schwelle,
Bis durch Sturm und Guß der späte Abend
Ihn in seine friedliche Behausung
Und zu seiner braunen Gattin brachte.
Kurze Zeit darauf hatt' unser Pflanzer
Auf der Jagd im Walde sich verirret.
Über Stock und Stein, durch Tal und Bäche,
Stieg er schwer auf manchen jähen Felsen,
Doch sein Spähn und Rufen war vergebens:
Ängstlich ging er bis zur zwölften Stunde,
Wo er an dem Fuß des nächsten Berges
Noch ein kleines schwaches Licht erblickte.
Furcht und Freude schlug in seinem Herzen,
Und er faßte Mut und nahte leise.
„Wer ist draußen?", brach mit Schreckentone
Eine Stimme tief her aus der Höhle.
Und ein Mann trat aus der kleinen Wohnung.
„Freund, im Walde hab ich mich verirret",
Sprach der Europäer furchtsam schmeichelnd;
„Gönnet mir, die Nacht hier zuzubringen,
Und zeigt morgen früh, ich werd euch danken,
Nach der Stadt mir die gewissen Wege."
„Kommt herein", versetzt der Unbekannte,
„Wärmt euch; noch ist Feuer in der Hütte!"
Und er führt ihn auf das Binsenlager,
Schreitet finster trotzig in den Winkel,
Holt den Rest von seinem Abendmahle,
Hummer, Lachs und frischen Bärenschinken,
Um den späten Fremdling zu bewirten.
Mit dem Hunger eines Weidmanns speiste,
Festlich wie bei einem Klosterschmause,
Neben seinem Wirt der Europäer.
Fest und ernsthaft schaute der Hurone
Seinem Gaste spähend auf die Stirne,
Der mit tiefem Schnitt den Schinken trennte,
Und mit Wollust trank vom Honigtranke.
Eine Bärenhaut auf weichem Moose
War des Pflanzers gute Lagerstätte,
Und er schlief bis in die hohe Sonne.
Wie der wilden Zone wildster Krieger,
Schrecklich stand mit Köcher, Pfeil und Bogen
Der Hurone jetzt vor seinem Gaste
Und erweckte ihn; der Europäer

Griff bestürzt nach seinem Jagdgewehre.
Als er lächelnd seinen Gast gelabet,
Bracht er ihn durch manche lange Windung,
Über Stock und Stein durch Tal und Bäche,
Durch das Dickicht auf die rechte Straße.
Höflich dankte fein der Europäer;
Finster blickend blieb der Wilde stehen,
Sahe starr dem Pflanzer in die Augen,
Sprach mit voller, fester, ernster Stimme:
„Haben wir vielleicht uns schon gesehen?“
Wie vom Blitz getroffen stand der Jäger,
Und erkannte nun in seinem Wirte
Jenen Mann, den er vor wenig Wochen
In den Sturmwind aus dem Hause jagte,
Stammelte verwirrt Entschuldigungen.
Ruhig lächelnd sagte der Hurone:
„Seht, ihr fremden, klugen, weißen Leute,
Seht, wir Wilden sind doch bessre Menschen!“
Und er schlug sich seitwärts in die Büsche.

Karl Simrock
(1802–1876)

Drusus' Tod

Drusus ließ in Deutschlands Forsten
Goldne Römeradler horsten;
An den heil'gen Göttereichen
Klang die Axt mit freveln Streichen.

Siegend fuhr er durch die Lande,
Stand schon an der Weser Strande,
Wollt hinüber jetzt verwegen,
Als ein Weib ihm trat entgegen.

Übermenschlich von Gebärde,
Drohte sie dem Sohn der Erde:
„Kühner, den der Ehrgeiz blendet,
Schnell zur Flucht den Fuß gewendet!

Jene Marken unsrer Gauen
Sind dir nicht vergönnt zu schauen,
Stehst am Markstein deines Lebens,
Deine Siege sind vergebens.

Säumt der Deutsche gerne lange,
Nimmer beugt er sich dem Zwange;
Schlummernd mag er wohl sich strecken,
Schläft er, wird ein Gott ihn wecken."

Drusus, da sie so gesprochen,
Eilends ist er aufgebrochen,
Aus den Schauern deutscher Haine
Führt er schnell das Heer zum Rheine.

Vor den Augen sieht er's flirren,
Deutsche Waffen hört er klirren,
Sausen hört er die Geschosse,
Stürzt zu Boden mit dem Rosse.

Hat den Schenkel arg zerschlagen,
Starb den Tod nach dreißig Tagen.
Also wird Gott alle fällen,
Die nach Deutschlands Freiheit stellen.

Richard Löwenherz

Der Wächter an der Zinne:

„Diese Weis' und immer diese
Tag und Nacht
Singt der König im Verliese,
Bis der Morgen lacht.
Sieh, schon durch des Schwarzwalds Forchen
Blickt sein Strahl,
Seinem Winke zu gehorchen
Eilen Berg und Tal.
Möcht' er dem die Freiheit bringen,
Der mit schwindem Schwertesschwang
Weiß die Heiden zu bezwingen
Und die Herzen mit Gesang."

Blondel:

„Löwenherz, von dir erfundnen
Liedeston
Sang ich nun am vielgewundnen
Rheine lange schon.
Dich mit Liedern auszuforschen
Nicht gelang,
Nie erwidern mir die morschen
Türme den Gesang.
Horch doch, ist es nicht die Weise,
Die von jener Zinne dringt?
Fiel sie hier so tief im Preise,
Daß sie schon der Wächter singt?"

Wächter:

„Der da unten mit der Zither
Schleicht einher,
Mehr ein Sänger als ein Ritter,
Was ist sein Begehr?
Horch, die Töne sind es wieder,
Täuscht mich's nicht,
Die so gern in seine Lieder
Der Gefangne flicht.
Einverstanden mit dem Helden
Mag der schlaue Fremdling sein:
Soll ich ihn mit Blasen melden?
Pflicht wohl wär's, doch herbe Pein."

Richard:

„Singen lehrt ich Wand und Spache
Dieses Lied,
Seit des Österreichers Rache
Mich von Menschen schied.
Nach von unten, nach von oben
Klingt es hold,
Wie zum Wettgesang erhoben
Um den Ehrensold.
Dort der Wächter! – Wär's mein treuer
Blondel, der mir unten sang,
Kläng' es wohl mit anderm Feuer:
Freiheit ist der schönste Klang."

Blondel:

„Bist du's, Richard, Herz des Leuen?
Heil dir, Held!
England ließ sich nicht gereuen
Schweres Lösegeld,
Immer konnte man dich milde,
Gütig schau'n,
Männer boten Helm und Schilde,
Ring und Schmuck die Frau'n.
Sieh, des Reiches Brief und Siegel
Gab mir Kaiser Heinrichs Macht.
Ungewiß, wo Österreichs Riegel
Dich verborgen hielt in Nacht."

Richard:

„Blondel, Bruder! Reich und Krone
Dank ich dir,
Aller Frauen Schönste lohne,
Was du tust an mir."

Blondel:

„Deines Volkes Lieb und Treue
Dankst du sie,
Deiner Milde, die ihr neue
Kraft und Fülle lieh."

Wächter:

„Und mich dünkt, des Lobs gebührte
Auch der Weise wohl ein Korn,
Die euch hier zusammenführte:
Fröhlich stoß ich nun ins Horn!"

Max Solitaire (Woldemar Nürnberger) (1818–1869)

Der Musikant von Scheveningen

Wohl ist das Fest verklungen, nun geht der Musikant,
Der Mann mit grauem Haare, nach heim, entlang am Strand;
Nicht achtet er des Sturmes, der in den Lüften saust,
Nicht hört er, wie die Woge zu seinen Füßen braust.
Sein Auge leuchtet helle, versenkt in einen Traum,
Ach – einen schmerzlich fernen, wankt er am Meeressaum.

Wohl hat er gegeiget zum Tanze die herbstlich wilde Nacht,
Wohl hat er manch purpurnes Gläslein an seine Lippen gebracht;
Wohl hat er den Tusch auch geblasen mit schmetternder, geller Trompete,
Wenn wacker den Reigen gestampfet mit ihrem Hänslein die Grete.
– Sein Auge leuchtet helle, versenkt in einen Traum,
Ach – einen schmerzlich fernen, wankt er am Meeressaum.
Denn die Maid mit dem Golddiademe, die heute wurde getraut,
Sie gleichet auf ein Härlein wohl seiner vergessenen Braut.
Und wie er nun hinwandelt auf glattem Ebbesand,
Und wie ein Mondgesichte schaut ob der Wolken Rand,
Und wie nun näher brauset und näher nun die Flut,
Da wird ihm gar so seltsam, so wunderbar zumut.
Ihm ist, als ob die Wogen, die an dem Fuß ihm schwelln,
Sich wandeln in viel tausend befremdliche Geselln.
Ihm ist, als ob sie näher und näher ihn umstehn
Und tief ihm in das Antlitz und in das Aug ihm sehn.
Ihm ist, als ob sie weinen, ihm ist, als ob sie lachen,
Sie blicken so lieb wie die Engel und schauen so bös wie die Drachen.
„Heida!“ so hört er sie reden, „steh stille, du Musikant,
Wir wissen, du führest den Bogen mit zaubertöniger Hand,

Wir wissen, dir wandeln am Griffbrett die Finger, gelenkige Schlangen,
Es rauschet aus deinem Gesaite ein wunderallmächtig Verlangen;
Was du spielest, ist himmlisch süße verlockende Poesie,
O laß, o laß sie uns hören, die tönende Phantasie;
Wir auch, wir kennen die Sehnsucht, wir auch, wir wissen zu fühlen,
Uns auch, du Grauer, du Alter, uns auch sollst du einmal spielen,
Wir haben Herzen im Busen, in der Seele verlangende Glut,
Auf, auf, Musikante, nun geige, und zeige dich wacker und gut,
Auf, auf, Musikante, nun geige, und besser lohnen wir dir
Als auf der erbärmlichen Hochzeit der Bauer, das geizige Tier.
Auf, auf, Musikante, nun geige, und zeige dich wacker und gut,
Heut tanzen die stürmischen Wogen, die Söhne der springenden Flut,
Heut reigen die nächtigen Schäume, die Töchter des Vaters Orkan,
Auf, auf, Musikante, nun geige, und halte so bald noch nicht an!" –
Wohl beginnt er zu geigen, und geigt nun, der graue Musikant,
Die Wogen umwallen ihn dichter, hoch hält er die Geig in der Hand,
Die Wogen umringeln ihn enger, jetzt steht er schon mitten im Meer,
Und immer neu und gewaltig erbrausen die Fluten daher!
Er aber geigt ein Lied, wie er's noch nimmer gespielt,
Er hat seine ganze Seele in die triefenden Saiten gewühlt.
Und wie versunken das Mondlicht am dunklen Wolkenrand,
Da ist er versunken auf ewig, der graue Musikant.

Carl Spitteler
(1845–1924)

Die Blütenfee

Maien auf den Bäumen, Sträußchen in dem Hag.
Nach der Schmiede reitet Janko früh am Tag.
Blütenschneegestöber segnet seine Fahrt,
Lilien trägt des Rößleins Mähne, Schweif und Bart.
Lacht der muntre Knabe: „Sag mir, Rößlein traut:
Bist bekränzt zur Hochzeit, doch wo bleibt die Braut?"

Horch, ein Pferdchen trippelt hinter ihm geschwind,
Auf dem Pferdchen schaukelt ein holdselig Kind.
Solche kleine Fante nimmt man auf den Schoß,
Auf die Schulter wirft er's spielend: Ei! Wie groß!
Zappelnd schreit die Kleine: „Böser Bube du!
Weh! Ich hab verloren meinen Lilienschuh."

Rückwärts sprengt er suchend ein geraumes Stück.
Wie er mit dem Schuhe eilends kam zurück,
An des Kindes Stelle saß die schönste Maid.
Da geschah dem Jungen süßes Herzeleid.

Flüsterte die Schöne: „Liebster Janko mein,
Hab ein kostbar Ringlein, strahlt wie Sonnenschein,
Bin dir hold gewogen, schenk es dir zum Pfand.
Weh! Ich hab's vergessen, badend an dem Strand."

Wie er mit dem Ringlein wiederkehrte – schau!
Hing gebückt im Sattel eine welke Frau.
Ihre Zunge stöhnte: „Janko, du mein Sohn,
Weh! Ein Tröpfchen Wasser! Schnell, um Gotteslohn!"

Wie er mit dem Wasser kam zum selben Ort,
War zu Staub und Asche Weib und Pferd verdorrt.

Theodor Storm
(1817–1888)

Abschied

Kein Wort, auch nicht das kleinste, kann ich sagen,
Wozu das Herz den vollen Schlag verwehrt;
Die Stunde drängt, gerüstet steht der Wagen,
Es ist die Fahrt der Heimat abgekehrt.

Geht immerhin – denn eure Tat ist euer –
Und widerruft, was einst das Herz gebot;
Und kauft, wenn dieser Preis euch nicht zu teuer,
Dafür euch in der Heimat euer Brot!

Ich aber kann des Landes nicht, des eignen,
In Schmerz verstummte Klagen mißverstehn;
Ich kann die stillen Gräber nicht verleugnen,
Wie tief sie jetzt in Unkraut auch vergehn. –

Du, deren zarte Augen mich befragen, –
Der dich mir gab, gesegnet sei der Tag!
Laß nur dein Herz an meinem Herzen schlagen
Und zage nicht! Es ist derselbe Schlag!

Es strömt die Luft – die Knaben stehn und lauschen,
Vom Strand herüber dringt ein Möwenschrei;
Das ist die Flut! Das ist des Meeres Rauschen;
Ihr kennt es wohl; wir waren oft dabei.

Von meinem Arm in dieser letzten Stunde
Blickt einmal noch ins weite Land hinaus,
Und merkt es wohl, es steht auf diesem Grunde,
Wo wir auch weilen, unser Vaterhaus.

Wir scheiden jetzt, bis dieser Zeit Beschwerde
Ein andrer Tag, ein besserer, gesühnt;
Denn Raum ist auf der heimatlichen Erde
Für Fremde nur und was den Fremden dient.

Doch ist's das flehendste von den Gebeten,
Ihr mögt dereinst, wenn mir es nicht vergönnt,
Mit festem Fuß auf diese Scholle treten,
Von der sich jetzt mein heißes Auge trennt! –

Und du, mein Kind, mein jüngstes, dessen Wiege
Auch noch auf diesem teuren Boden stand,
Hör mich! – Denn alles andere ist Lüge –
Kein Mann gedeihet ohne Vaterland!

Kannst du den Sinn, den diese Worte führen,
Mit deiner Kinderseele nicht verstehn,
So soll es wie ein Schauer dich berühren
Und wie ein Pulsschlag in dein Leben gehn!

In Bulemanns Haus

Es klippt auf den Gassen im Mondenschein;
Das ist die zierliche Kleine,
Die geht auf ihren Pantöffelein
Behend und mutterseelenallein
Durch die Gassen im Mondenscheine.

Sie geht in ein alt verfallenes Haus;
Im Flur ist die Tafel gedecket,
Da tanzt vor dem Monde die Maus mit der Maus,
Da setzt sich das Kind mit den Mäusen zu Schmaus,
Die Tellerlein werden gelecket.

Und leer sind die Schüsseln; die Mäuslein im Nu
Verrascheln in Mauern und Holze;
Nun läßt es dem Mägdlein auch länger nicht Ruh,
Sie schüttelt ihr Kleidchen, sie schnürt sich die Schuh,
Dann tritt sie einher mit Stolze.

Es leuchtet ein Spiegel aus goldnem Gestell,
Da schaut sie hinein mit Lachen;
Gleich schaut auch heraus ein Mägdlein hell,
Das ist ihr einziger Spielgesell;
Nun wolln sie sich lustig machen.

Sie nickt voll Huld, ihr gehört ja das Reich;
Da neigt sich das Spiegelkindlein,
Da neigt sich das Kind vor dem Spiegel zugleich,
Da neigen sich beide gar anmutreich,
Da lächeln die rosigen Mündlein.

Und wie sie lächeln, so hebt sich der Fuß,
Es rauschen die seidenen Röcklein,
Die Händchen werfen sich Kuß um Kuß,
Das Kind mit dem Kinde nun tanzen muß,
Es tanzen im Nacken die Löcklein.

Der Mond scheint voller und voller herein,
Auf dem Estrich gaukeln die Flimmer.
Im Takte schweben die Mägdelein,
Bald tauchen sie tief in den Schatten hinein,
Bald stehn sie in bläulichem Schimmer.

Nun sinken die Glieder, nun halten sie an
Und atmen aus Herzens Grunde;
Sie nahen sich schüchtern, und beugen sich dann
Und knien vor einander, und rühren sich an
Mit dem zarten unschuldigen Munde.

Doch müde werden die beiden allein
Von all der heimlichen Wonne;
Sehnsüchtig flüstert das Mägdelein:
„Ich mag nicht mehr tanzen im Mondenschein,
Ach, käme doch endlich die Sonne!“

Sie klettert hinunter ein Trepplein schief
Und schleicht hinab in den Garten.
Die Sonne schlief, und die Grille schlief:
„Hier will ich sitzen im Grase tief,
Und der Sonne will ich warten.“

Und als nun morgens um Busch und Gestein
Verhuschet das Dämmergemunkel,
Da werden dem Kinde die Äuglein klein;
Sie tanzte zu lange bei Mondenschein,
Nun schläft sie bei Sonnengefunkel.

Nun liegt sie zwischen den Blumen dicht
Auf grünem, blitzendem Rasen;
Und es schauen ihr in das süße Gesicht
Die Nachtigall und das Sonnenlicht
Und die kleinen neugierigen Hasen.

Moritz Graf von Strachwitz (1822–1847)

Ein Faustschlag

König Helge war ein alter Held,
Der hatte sein Schwert zur Ruh gestellt.

Den Panzer er in die Halle hing,
Der Spinne Geweb den Helm umfing.

Sein schwarzes Schiff die Bucht umschloß,
Auf der Weide trabte sein weißes Roß.

Er waltete gut und herrschte gerecht,
Wog strenges Maß für Fürst und Knecht.

Das frommte Landen und Leuten baß,
Auf Norwegs Felsen wuchs Korn und Gras.

Den Pflug hinschleppte des Stieres Mut,
Der Kaufmann pflügte die blaue Flut.

Aufstiegen Städte aus wüstem Moor,
Und Freya herrschte für Aukathor.

Der Bauer, der lebte frei und froh,
Das wollten die trotzigen Jarls nicht so.

Sie ritten zuhauf, wohl dreißig und mehr,
In des Königs Halle, da traten sie her;

Da traten sie her in Erz und Stahl,
Vom Sporenklange dröhnte der Saal.

Jarl Irold vor den König schritt,
Hoch war sein Helmbusch und keck sein Tritt.

Sein Schwert an den Boden er rasselnd stieß,
Sein Wort er zornig erschallen ließ:

„Wir wollen nicht sitzen und Spindeln drehn,
Mit dem Normannenschwert nicht Hafer mähn.

Wir wollen furchen, wie Harald tat,
Mit dem schwarzen Segler den feuchten Pfad.

Wir wollen tragen, wie Rollo trug,
Auf Südlands Acker den Nordlandspflug.

Wir sind des Königs müd und satt,
Der immer das Schwert in der Scheide hat,

Wir sind des Königs satt und müd,
Der Unkraut jätet und Rüben zieht.

Und wer will zähmen des Normanns Blut,
Der halte das Schwert und halt es gut!“

Jarl Irold sprach's; der König schwieg,
Auf der Stirn ihm grimmig die Ader stieg;

Aus den Augen fuhr's ihm wie Blitz und Flamm,
Die Brust ward voll, die Faust ward stramm.

Aus dem Sessel sprang er, der krachend brach;
Wie dumpfer Donner er also sprach:

„Mein Aug ist trüb, mein Haupt ist kahl,
Am Nagel rostet mein guter Stahl.

Und tragt nach dem Schwert ihr so heißen Trieb,
So nehmt für heut mit der Faust vorlieb!“

Der König sprach es und macht es kurz:
Er hieb den Jarl auf den Helmessturz.

Er hieb einen Streich, einen Heldenstreich,
Daß Helm und Schädel zerbarst sogleich.

Einkrachte vom Hiebe Schläf und Stirn,
Aufspritzte vom Hiebe Blut und Hirn.

Auf den hallenden Boden der Jarl sank hin;
Da brach den andern der trotzige Sinn.

Sie werfen aufs Knie sich Mann an Mann,
Wollt keiner proben die Faust fortan.

Hie Welf

Fürwahr ihr Langobarden, das war ein schwerer Tritt,
Den Friedrich Barbarossa durch Mailands Bresche ritt;
Licht war das Roß des Kaisers, ein Schimmel von Geburt,
Das war mit welschem Blut gescheckt bis über den Sattelgurt.

Es saß der Hohenstaufe in Stahl von Fuß zu Kopf,
Er stemmte wider die Hüfte den schweren Schwertesknopf,
Das Haupt zurückgeworfen, die Lippe kniff sich schlimm,
Sein Bart stob all zu Berge und jedes Haar war Grimm.

Wie lagest du, o Mailand, du sonst so hoch und frei,
Zertreten im blutigen Staube, du Perle der Lombardei!
Der Schutt im Winde wirbelte, wo Säulen geragt unlängst,
Und über den Marmor stampfte der schwerhufige Friesenhengst.

Und Stille über den Trümmern und Stille in dem Troß,
Da zügelte der Rächer sein kaiserliches Roß
Und tiefer ward die Stille, denn alles stand zur Stell;
Quer auf des Siegers Wege lag ein sterbender Rebell.

Der bäumte sich gewaltig mit halbem Leib hochauf
Und sah mit unauslöschlichem, tödlichem Grimm herauf;
Er wimmerte nicht: „Erbarmen!" Er winselte nicht: „Gott helf!"
Er knirschte unter dem Helme vor sein trotziges: „Hie Welf!"

Das packte den Vertilger, wie fest er sich geglaubt;
Ihm schlug ein schwarzer Gedanke die schweren Flügel ums Haupt:
Er sah am südlichen Meere ein dunkelrot Schafott,
Drauf kniete der letzte Staufe das letzte Mal vor Gott.

Das Elfenroß

Es hatt' eine Dam' einen Renner flink,
Ein rasches, rotes Roß;
Zum Boden herab die Mähne hing,
Blitzfunken die Nüster schoß.

Dem Renner, dem war sie treu und hold,
Mit Silber war er gezäumt,
Beschlagen der Huf mit rotem Gold,
Mit Perlen der Gurt gesäumt.

Und eh die Sonne am Himmel schwamm,
In dem Stalle die Dame war,
Sie kämmte dem Tier mit goldigem Kamm
Sein goldiges Mähnenhaar.

Und Seide sie flocht und Perlenband
Mit dem Lilienfinger hinein,
Es trank der Renner aus ihrer Hand
Den roten Burgunderwein.

Den vollen Arm, den weißen Arm
Um des Tieres Nacken sie schlug.
Es rann von der Wange die Träne warm
Auf des Renners glänzenden Bug:

„Mein stolzes Roß, mein treues Roß,
Dir klag ich all mein Leid."
Aufriß das Roß, aufdehnte das Roß
Die schnaubende Nüster weit.

„Sie wollen mir trauen als Bettgenoß
Den falschen verhaßten Mann."
Da sprengte das Roß, da riß das Roß
Der goldenen Halfter Bann.

„Mein rotes Roß, mein rasches Roß,
Heut rette mich, oder nie!“
Tief senkte das Roß, tief bog das Roß
Vor der Herrin das schlanke Knie.

Und sah sie an gar bang und lang,
Gar traulich und flehentlich,
Die Dame sich auf den Renner schwang,
Der Renner von hinnen strich.

Die Schwalbe, die unten im Sturme glitt,
Sie holt ihn nimmer ein,
Der Sturm, der oben auf Wolken ritt,
Keucht ächzend hinterdrein.

Es steht ein Schloß im Elfenwald,
Ein diamantenes Schloß,
Da stockt es im Laufe, da macht es halt,
Da stand es, das schnelle Roß.

Und als sie ihm dankend den Hals umfing,
Es koste mit Mund und Hand,
Statt des Renners der Dame im Arme hing
Der König von Elfenland:

„Du schöne Frau, du minnige Frau,
Nun sollst du mein eigen sein.
Das Elfenschloß und der Elfengau
Ist alles, alles dein!

Und wie du vordem in Hof und Stall
Kredenzt mir den roten Wein,
So kredenze fortan mir in Schloß und Hall
Die roten Lippen dein.“

Herrn Winfreds Meerfahrt

Herr Winfred fuhr auf schwarzem Schiff,
Er wollte fahren nach Islands Riff,
Er wollte holen die Braut zur See,
Das bracht ihm gräßliches Todesweh;
Hoch schlagen die Wogen am Borde.

Herr Winfred hoch am Maste stand,
Er trug ein funkelndes Stahlgewand,
Das blitzte hinunter und strahlt und glimmt;
Die Nixe auf brausender Welle schwimmt;
Hoch schlagen die Wogen am Borde.

„Herr Winfred, komm in mein Schlößlein blau!
Ich will dich letzen mit Perlentau;
Du hast einen Helm von Golde klar,
Viel goldner flutet dein Lockenhaar." –
Hoch schlagen die Wogen am Borde.

Herr Winfred sprach: „Du falsches Bild!
Ich mag nicht tauchen ins Meergefild,
Du hast einen Leib, halb Maid, halb Fisch,
Und wohnst im kochenden Strudelgezisch." –
Hoch schlagen die Wogen am Borde.

Da wurde die Fei zur Wog in Hast
Und leckte hinauf am schwarzen Mast,
Wollt lecken hinab den Ritter gut;
Der stand und lachte im trotzigen Mut –
Hoch schlagen die Wogen am Borde.

Da wurde die Fei ein grimmiger Nord,
Schlug brüllend an Bug und Steuerbord,
Sie schlug den Mast in Stücke drei,
Herr Winfred stand und lachte dabei –
Hoch schlagen die Wogen am Borde.

Da wurde zum Fische die schöne Fei
Und schwamm an dem Schiffe und war ein Hai,
Sie sah wohl hinauf mit dem Aug voll Wut,
Herrn Winfred gerann sein Herzensblut –
Hoch schlagen die Wogen am Borde.

Und er schwang den Speer um das Haupt im Flug,
Und er schoß ihn im Zorn durch des Tieres Bug.
Und als es zuckt in Todesqual,
Da sah es hinauf zum letzten Mal –
Hoch schlagen die Wogen am Borde.

Und als ihn der Blick der Fei fund,
Da ward Herr Winfred ein Stein von Stund,
Und als sie erfaßte des Auges Bann,
Da ward zu Steine so Maus als Mann –
Hoch schlagen die Wogen am Borde.

Da ward zum Steine so Mast als Kiel
Und stand als Felsen im Wellenspiel.
Noch steht Herr Winfred und schaut vom Bord,
Und ewig funkelt das Auge dort;
Hoch schlagen die Wogen am Borde.

Lulu von Strauß und Torney (1873–1956)

Tambour Leroi

„Korporal, was gibts? Was Neues geschehn?“
„Melde gehorsamst, Herr Kapitän,
Der Tambour Leroi von der Leibkompagnie
– Er soll durch die Ruten Schlag acht Uhr früh –
Der liegt im Fieber, seit gestern her,
Und nimmt nicht Trunk und nicht Bissen mehr.“
„Fieber? Was da! Der Kerl ist schlau!
Wir kennen die Finte, und das genau!
Es hilft ihm doch nichts, er kriegt seine Zahl.
Die Schlüssel her. Komm Er mit, Korporal.“

Kasemattengänge. Laternenlicht.
Eine Pritsche und Stroh. Ein junges Gesicht,
Geschlossen die Lider, die Wangen schmal,
Die Brauen gefurcht in dumpfer Qual.
Jetzt trifft das Licht ihn, das zuckt und flirrt,
Steil fährt er hoch, noch vom Schlaf verwirrt,
Taumelt, greift an den feuchten Stein, –
Doch mit schlotternden Knien knickt er ein.

„Er ist Tambour Leroi? Franzos? Emigrant?
Halt, bleib Er liegen! Sein wahrer Stand?“
Der auf der Pritsche wird rot und blaß,
Er wischt die Stirne. Die perlt ihm naß.
„Mein Stand? Der Herr Kapitän erlaubt, –
Ich weiß ja doch, daß mir keiner glaubt,
Wenn ich sage, daß ich als Wappenbild
Die Lilien führe im blauen Schild,
Und daß Frankreichs Krone und Frankreichs Thron –“
„Halt Er den Mund! Das kennen wir schon.
Glaubt Er, wir werden vor Ehrfurcht vergehn?
Wir haben drei Dauphins in Wien gesehn!

Sie saßen im Temple alle drei,
Sie wurden bloß durch ein Wunder frei –
Jetzt sitzen sie alle drei im Loch,
Zwei waren Schneider, der dritte Koch,
Nun will ein Tambour der vierte sein!"
Der Junge lächelt nur stolz und fein:
„Gut, Tambour Leroi, und weiter nichts!"
Und dann beiseite, verbißnen Gesichts:
„Wen scherts auch, was Namen der Hundsfott trägt,
Den man morgen infam durch die Gasse schlägt!"

Hart klirrt ein Säbel auf hartem Stein:
„Wer hat das schuld, Kerl, als Er allein?
Weiß der Teufel, was hat Er gedacht?
Schamade schlagen in offner Schlacht,
Wenn die Order heißt: Zur Attacke vor!
Feigling, wer so seinen Kopf verlor!"

Dunkel schießts in das junge Gesicht:
„Mein Kapitän! Ein Feigling nicht!"
Und auf einmal fiebernd, entflammt, verstört,
Sitzt er aufrecht: „Herr, hört mich! Hört!
Als ich damals flüchtig aus Frankreich ging,
Weil das Beil mir nah überm Nacken hing,
Ich blieb an dem grauen Grenzstein stehn
Und habe nach Frankreich zurück gesehn.
Und der Himmel brannte in trüber Glut,
Und mir war, als sah ich in lauter Blut,
Und ich hörte im Ohr den dumpfen Schlag,
Als des Vaters Haupt unterm Fallbeil lag,
Und sah des blutigen Karrens Spur,
Der die schöne Mutter zum Tode fuhr!
Und ich warf mich nieder und griff ins Gras,
Blind von Tränen, brennend von Haß,
Und hob mich wieder und lag auf Knien
Und habe es laut übers Land geschrien:
'Verflucht deine Erde in Ewigkeit,
Von der heiliges Blut zum Himmel schreit,
Verflucht der Mann, der dich Heimat nennt,
Das Feuer, das auf dem Herde brennt,
Verflucht das Weib, das sein Kindlein wiegt,
Verflucht, was jung in der Wiege liegt –
Verflucht ich selbst, wenn mein Haß vergißt
Des Blutes, dessen du schuldig bist!'"

Den Jungen schüttelts wie Frost im Blut,
Seine Augen brennen in trockner Glut,
Und er stockt und schauert und stiert ins Licht,
Und sein Atem geht hart, wie er weiterspricht:
„Ich wandte mich um und lief feldein,
In den Regen, die Nacht, ins Elend hinein,
Weiß Gott, wie lange, weiß Gott, wohin, –
Bis ich schwach zu Tode getaumelt bin.
Und im Krug an der Straße – wo war es gleich?
Tranken die Werber von Österreich."

Knurrt in den Kragen der Korporal:
„Bei Passau war es. Im Donautal.
Ein elend Bürschchen, marode und lahm,
Das da vom Kaiser das Handgeld nahm.
Just war der Tambour uns desertiert,
Sonst hätts uns nicht so mit dem pressiert."

Heiser lachts von der Pritsche her.
„Schlegel und Kalbfell, was wollte ich mehr?
In des Kaisers Montur, bei Nacht, bei Tag,
Bei jedem Wirbel und Trommelschlag,
Am Biwakfeuer, in Schritt und Tritt,
Mein Haß war dabei, mein Haß ging mit,
Und mir wars, als ob dran mein Leben hing,
Daß bald der Marsch gegen Frankreich ging!
Gewartet hab ich drei Jahr und vier,
Mein Haß war geduldig, er wuchs mit mir,
Und als die Order zum Abmarsch kam,
Da riß michs, daß ich die Schlegel nahm
Und schlug einen Wirbel so laut und lang,
Daß das Kalbfell zersprang! –

Märsche, Märsche, durch Schlacker und Wind,
Feuer, drein nachts der Regen rinnt, –
Zwischen flachen Ufern in mattem Schein,
Schollenklirrend der breite Rhein,
Und der Feuerkranz, der talüber scheint:
Frankreich! Frankreich! Die Schlacht! Der Feind!
Misericorde! Die Nacht, die Nacht!
Gebetet hab ich, geflucht, gewacht,
Ich fiel in Schlaf und fuhr schreiend hoch
Und sah meine tote Mutter noch, –
Ich sprang auf die Füße, der Himmel war rot,
Und ich schlug die Reveille: Zum Tod! Zum Tod!

Mein Kapitän – Sie waren dabei –"
Er wirft sich heiß auf zerwühlter Spreu,
Die Stimme keuchend, wie angstgehetzt:
„Ich seh das immer. Ich sehe es jetzt:
Hier die Hecke, – wir stehen im Glied, –
Die Straße da, die am Berg sich zieht, –
Den Acker, die magere Wintersaat, –
Ich sehe den Halm, den ich niedertrat!
Aus gelbem Gequalme schwelt der Tag,
Kanonen zur Linken, Blitz und Schlag
Von den Höhen zur Rechten, tief und schwer,
Brüllt es ins knatternde Kleingewehr,
Es prasselt im Dorf, es blitzt im Wald, –
Meine Kehle trocken, die Hände kalt, –
Da horch, straßunter ein polternder Huf: –
Gewehr zur Attacke: Kommandoruf!
Marsch, marsch, hurra, brichts hinter mir los,
Es reißt mich vorwärts im Sturm und Stoß,
Über Äcker und Graben, im Sprung, im Lauf,
Und ich schlage die Trommel: Drauf, drauf, drauf, –

Mein Kapitän! Da kommt es! Da!
Aus dem Qualm heraus, uns entgegen, nah,
Gleißende Reihen, blank von Stahl,
Einer hellen Trompete lustig Signal, –
Und auf einmal horch ich in graue Luft, –
Ich kenne den Ton, das ruft! Das ruft!
Und – marche, en avant! – Ich höre es noch!
Frankreichs Sprache! Mein Herz springt hoch!
Ins Auge schießt es mir glühend naß, –
Was weiß ich von Rache, von Fluch, von Haß?
Mein Haß ist Liebe, die brennt, die brennt,
Wie wenn ein Kind seine Mutter erkennt!
Jeder Herzschlag sagt mir, wes Bluts ich bin,
Wie mit Stricken reißts mich da drüben hin,
Und ich stürze feldein – da packts mich, halt!
Ich sehe mich um, mein Blut rinnt kalt, –
Musketen der Unsern, Rohr an Rohr,
Aus jedem lauert der Tod hervor –
Und mit klingendem Spiel und Fahnen voran
Rücken die Brüder von Frankreich an!
Vor den Augen tanzt es mir flackerrot:
‚Brüder!' schrei ich, ‚zurück! Der Tod!'

Und ich weiß nicht, Herr, was ich will und tu,
Ich fasse die Schlegel, ich schlage zu,
Und ich weiß nichts mehr als das eine Stück,
Ich schlage Schamade: Zurück! Zurück!"
„Wider die Order! Ist das erhört!
Kehrt vor dem Feinde! Im Feuer Kehrt!
Feiger Verrat! Felonie, Er Hund!
Kein Wort mehr, Bursche! Halt Er den Mund!
Eine Kugel verdient Er, und damit gut!"
Des Jungen Gesicht ist leer von Blut,
Seine Augen flackern in dumpfer Not –
„Eine Kugel – ah – ein Soldatentod!"
Und er wühlt die Stirn in die schmutzige Streu:
„Courage! Morgen. Dann ist es vorbei . . ."

Stumm zuckt die Schulter der Kapitän.
Der Schlüssel klirrt. „Korporal, wir gehn.
Angst oder Fieber. Das gibt sich wohl."
Die Tür schlägt zu. Das verdonnert hohl. –

Zwei Tage darauf. Im Lazarett
Ein Toter gestreckt auf schmalem Bett,
Ein Knabengesicht noch, stolz und fremd.
Einer hält ihm das Todenhemd;
Und ders ihm über die Schultern streift,
Darüber dunkel ein Striemen läuft,
Der Graukopf brummt in den Bart hinein:
„Uns Schweizern damals, just fällt mirs ein,
Uns saß im Vorsaal der Tuilerien
Monsieur, der Dauphin, gern auf den Knien,
Und der hatte unter den Haaren her
Eine zackige Narbe, fast wie der,
Der stille Bursch da. Der hat nun Ruh."

Und er nahm das Leintuch und deckte ihn zu. . .

Karl Streckfuß
(1778–1844)

Der Herulerkönig und der Sklav'

„Auf, Sklav', geschwind! – Dort wird die Schlacht geschlagen!
Zu jener Buche Wipfel steig empor
Und zög're nicht, den Sieg mir anzusagen.

Scharf lug aufs Schlachtfeld hin – doch sieh dich vor:
Flugs fällt dein Haupt, verletzt mit einem Worte
Von Niederlag' und Flucht dein Mund mein Ohr."

Der König herrscht's und sinkt am kühlen Orte
Behaglich auf den weichen Rasen hin
Und schließt dem eig'nen Schau'n des Auges Pforte.

Auf klimmt der Sklav' und denkt in seinem Sinn:
Schlaf ruhig, Herr! Hier wird mein Haupt nicht fallen!
Sei du so sicher als ich sicher bin!

Klar sieht er hier und dort die Banner wallen
Von Freund und Feind – sieht deutlich Schar an Schar
Und hört von fern des Krieges Brausen schallen,

Nimmt jegliche Bewegung sorglich wahr,
Und schwer gedrängt, schon nahe dem Erliegen
Stellt sich des Königs Kriegesheer ihm dar.

Und wie heran des Feindes Reiter fliegen,
Da weicht's. Der König ruft: „Wie steht die Schlacht?"
Laut brüllt der Sklav' vom Gipfel her: „Sie siegen!"

„Wer siegt?" so fragt der Herr – doch wohl bedacht
Schreit nur der Sklav': „Sie siegen, siegen" wieder,
Je mehr befragt, mit desto stärk'rer Macht.

Indessen sind gelöst des Heeres Glieder,
Der Widerstand ist nur noch Todeskrampf,
Schon sinkt in Staub das letzte Banner nieder.

Schon naht der Feind dem König ohne Kampf,
Und nah und näher an sein Ohr getragen
Ertönen Siegsgeschrei und Roßgestampf.

„Mein Feldherr schickt, den Sieg mir anzusagen!"
Er ruft's, springt auf, eilt vor und sieht den Feind
Und schreit entsetzt, erblaßt: „Wir sind geschlagen!" –

„Ihr sagt's, nicht ich!" so jauchzt der Sklav' und scheint
Des Lebens froh und sonder Gram und Klagen,
Indem er sich im besten Rechte meint.

Der König, von ohnmächt'ger Wut befangen,
Blickt noch zur Buch' empor mit eitlem Droh'n
Und geht voran vom Feind geführt, gefangen.

„Fällt fürder auch mein Haupt", so ruft mit Hohn
Der Sklav' ihm nach, „wenn ich euch wahr berichte?"
Und schon gestürzt sind schmählich Reich und Thron. –

Wißt, wahr und alt und neu ist die Geschichte.

Georg Trakl
(1887–1914)

Die junge Magd
Ludwig von Ficker zugeeignet

Oft am Brunnen, wenn es dämmert,
Sieht man sie verzaubert stehen
Wasser schöpfen, wenn es dämmert.
Eimer auf und nieder gehen.

In den Buchen Dohlen flattern
Und sie gleichet einem Schatten.
Ihre gelben Haare flattern
Und im Hofe schrein die Ratten.

Und umschmeichelt von Verfalle
Senkt sie die entzundenen Lider.
Dürres Gras neigt im Verfalle
Sich zu ihren Füßen nieder.

Stille schafft sie in der Kammer
Und der Hof liegt längst verödet.
Im Holunder vor der Kammer
Kläglich eine Amsel flötet.

Silbern schaut ihr Bild im Spiegel
Fremd sie an im Zwielichtscheine
Und verdämmert fahl im Spiegel
Und ihr graut vor seiner Reine.

Traumhaft singt ein Knecht im Dunkel
Und sie starrt von Schmerz geschüttelt.
Röte träufelt durch das Dunkel.
Jäh am Tor der Südwind rüttelt.

Nächtens übern kahlen Anger
Gaukelt sie in Fieberträumen.
Mürrisch greint der Wind im Anger
Und der Mond lauscht aus den Bäumen.

Balde rings die Sterne bleichen
Und ermattet von Beschwerde
Wächsern ihre Wangen bleichen.
Fäulnis wittert aus der Erde.

Traurig rauscht das Rohr im Tümpel
Und sie friert in sich gekauert.
Fern ein Hahn kräht. Übern Tümpel
Hart und grau der Morgen schauert.

In der Schmiede dröhnt der Hammer
Und sie huscht am Tor vorüber.
Glührot schwingt der Knecht den Hammer
Und sie schaut wie tot hinüber.

Wie im Traum trifft sie ein Lachen;
Und sie taumelt in die Schmiede,
Scheu geduckt vor seinem Lachen,
Wie der Hammer hart und rüde.

Hell versprühn im Raum die Funken
Und mit hilfloser Gebärde
Hascht sie nach den wilden Funken
Und sie stürzt betäubt zur Erde.

Schmächtig hingestreckt im Bette
Wacht sie auf voll süßem Bangen
Und sie sieht ihr schmutzig Bette
Ganz von goldnem Licht verhangen,

Die Reseden dort am Fenster
Und den bläulich hellen Himmel.
Manchmal trägt der Wind ans Fenster
Einer Glocke zag Gebimmel.

Schatten gleiten übers Kissen,
Langsam schlägt die Mittagstunde
Und sie atmet schwer im Kissen
Und ihr Mund gleicht einer Wunde.

Abends schweben blutige Linnen,
Wolken über stummen Wäldern,
Die gehüllt in schwarze Linnen.
Spatzen lärmen auf den Feldern.

Und sie liegt ganz weiß im Dunkel.
Unterm Dach verhaucht ein Girren.
Wie ein Aas in Busch und Dunkel
Fliegen ihren Mund umschwirren.

Traumhaft klingt im braunen Weiler
Nach ein Klang von Tanz und Geigen,
Schwebt ihr Antlitz durch den Weiler,
Weht ihr Haar in kahlen Zweigen.

Karl Bernhard Trinius (1778–1844)

Die Teichnixe

Im Nachttau, am sternigen Teich,
Da starrte mit ringendem Herzen
Anselmo, der Sohn der Schmerzen,
Hinab in das magische Reich.
Es ruhten in samtener Nacht
Der tiefhin prangenden Ferne
Der Mond und die silbernen Sterne
Versammelt in himmlischer Pracht.

Schön ruhte das liebliche Grab.
Es glitt der buhlende Sylphe
Vom leis erschauernden Schilfe
Zur Najas, der trauten, hinab.
Es rann durch hangendes Moos
Von Wimpern der sehnenden Erle
Hinab die blinkende Perle,
Hinab in den heimlichen Schoß.

Und drüben, mit wirtlicher Kluft,
Umwölbten, beschattet von Sträuchen,
Die Felsen in heiligem Schweigen
Die Ruhe der kühligen Gruft.
Still bückte, mit schwimmendem Haar,
Dem seligen Ruhegefilde
Voll winkender Schwestergebilde
Die hangende Weide sich dar.

Es spielte mit magischem Schein
Auf leis entringelnden Wogen
Die Nixe mit hüpfenden Bogen
Am hochbemoosten Gestein.
Und ihm aus der Tiefe der Kluft
Ward lind, wie Echo von Klagen,
Dies Wort herübergetragen
Auf weichem Flügel der Luft:

„Hier unten, im Arme der Ruh',
Umstrickt von der weißen Ranunkel,
Schließt friedlich ein purpurnes Dunkel
Hoch über dem Schläfer sich zu.
Ob schäumend die Welle sich bricht,
Es fährt auf zerrissenem Spiegel
Der Stürme sausender Flügel
Und wecket hier unten uns nicht."

Ihm klopfte die schwellende Brust.
Er horcht' in die schweigende Tiefe
Hinunter, ob's abermal riefe,
Hinab mit unendlicher Lust.
Da faßt' ihn ein üppiger Mut,
Da zerrt ihn am tauchenden Kleide
Die Nix' – und über sie beide
Verschloß sich die schäumende Flut.

Des Bergmanns Leiche

Wißt ihr von des Bergmanns Leiche
Aus dem Schachte zu Falun,
Dem einst Gott im Schattenreiche
Unverletzt vergönnt zu ruhn?
Nicht der Nachwelt Tränen weckte
Dieser Jüngling grauer Zeit;
Doch den Treugeliebten deckte
Erde, nicht Vergessenheit.

Bei des Grubenlämpchens Schimmern
Mußte sich das junge Herz
Selber seine Ruhstatt zimmern,
Einen Sarg aus blankem Erz.
Bis nach mehr denn sechzig Jahren
Viele hundert Klafter tief
Man hinab zur Stell' gefahren,
Wo der arme Bergmann schlief.

Doch wie rein und aufgehoben
Ruht im Erdenschoß das Gold,
Das befleckt im Licht hier oben
Durch der Menschen Hände rollt.
So im Schoß metallner Klüfte
Schloß das ewige Gestein
In ambrosisch reine Düfte
Unversehrt den Schläfer ein.

Wie er nun ans Licht gezogen,
Blühend wie ein Maientag,
Dem der Sonne Glanz entflogen,
Vor des Volkes Augen lag,
Fragen staunend alle Blicke,
Wer der Wunderjüngling sei?
Und es zittert an der Krücke
Auch ein Mütterchen herbei.

Flehend drängt die Tiefbetrübte
Durch die Menge sich und schaut –
Ja, er ist's, der Heißgeliebte!
Und sie ist des Jünglings Braut!
„Nur der Tod kann dich mir geben,
Aber ich war ewig dein!"
Sprach's, und schlief zum bessern Leben
An des Jünglings Busen ein.

Ludwig Uhland
(1787–1862)

Des Sängers Fluch

Es stand in alten Zeiten ein Schloß, so hoch und hehr,
Weit glänzt' es über die Lande bis an das blaue Meer,
Und rings von duft'gen Gärten ein blütenreicher Kranz,
Drin sprangen frische Brunnen im Regenbogenglanz.

Dort saß ein stolzer König, an Land und Siegen reich,
Er saß auf seinem Throne so finster und so bleich;
Denn was er sinnt, ist Schrecken, und was er blickt, ist Wut,
Und was er spricht, ist Geißel, und was er schreibt, ist Blut.

Einst zog nach diesem Schlosse ein edles Sängerpaar,
Der ein' in goldnen Locken, der andre grau von Haar;
Der Alte mit der Harfe, er saß auf schmuckem Roß,
Es schritt ihm frisch zur Seite der blühende Genoß.

Der Alte sprach zum Jungen: „Nun sei bereit, mein Sohn!
Denk unsrer tiefsten Lieder, stimm an den vollsten Ton,
Nimm alle Kraft zusammen, die Lust und auch den Schmerz!
Es gilt uns heut, zu rühren des Königs steinern Herz."

Schon stehn die beiden Sänger im hohen Säulensaal,
Und auf dem Throne sitzen der König und sein Gemahl;
Der König furchtbar prächtig, wie blut'ger Nordlichtschein,
Die Königin, süß und milde, als blickte Vollmond drein.

Da schlug der Greis die Saiten, er schlug sie wundervoll,
Daß reicher, immer reicher der Klang zum Ohre schwoll.
Dann strömte himmlisch helle des Jünglings Stimme vor,
Des Alten Sang dazwischen wie dumpfer Geisterchor.

Sie singen von Lenz und Liebe,
von sel'ger goldner Zeit,
Von Freiheit, Männerwürde,
von Treu' und Heiligkeit.
Sie singen von allem Süßen,
was Menschenbrust durchbebt,
Sie singen von allem Hohen,
was Menschenherz erhebt.

Die Höflingsschar im Kreise verlernet jeden Spott,
Des Königs trotz'ge Krieger, sie beugen sich vor Gott.
Die Königin, zerflossen in Wehmut und in Lust,
Sie wirft den Sängern nieder die Rose von ihrer Brust.

„Ihr habt mein Volk verführet, verlockt ihr nun mein Weib?"
Der König schreit es wütend, er bebt am ganzen Leib;
Er wirft sein Schwert, das blitzend des Jünglings Brust durchdringt,
Draus, statt der goldnen Lieder, ein Blutstrahl hochauf springt.

Und wie vom Sturm zerstoben ist all der Hörer Schwarm,
Der Jüngling hat verröchelt in seines Meisters Arm.
Der schlägt um ihn den Mantel und setzt ihn auf das Roß,
Er bind't ihn aufrecht feste, verläßt mit ihm das Schloß.

Doch vor dem hohen Tore, da hält der Sängergreis,
Da faßt er seine Harfe, sie, aller Harfen Preis –
An einer Marmorsäule, da hat er sie zerschellt,
Dann ruft er, daß es schaurig durch Schloß und Garten gellt:

„Weh euch, ihr stolzen Hallen! Nie töne süßer Klang
Durch eure Räume wieder, nie Saite noch Gesang,
Nein! Seufzer nur und Stöhnen und scheuer Sklavenschritt,
Bis euch zu Schutt und Moder der Rachegeist zertritt!

Weh euch, ihr duft'gen Gärten im holden Maienlicht!
Euch zeig' ich dieses Toten entstelltes Angesicht,
Daß ihr darob verdorret, daß jeder Quell versiegt,
Daß ihr in künft'gen Tagen versteint, verödet liegt.

Weh dir, verruchter Mörder! Du Fluch des Sängertums!
Umsonst sei all dein Ringen nach Kränzen blut'gen Ruhms,
Dein Name sei vergessen, in ew'ge Nacht getaucht,
Sei wie ein letztes Röcheln in leere Luft verhaucht!"

Der Alte hat's gerufen, der Himmel hat's gehört. –
Die Mauern liegen nieder, die Hallen sind zerstört.
Noch eine hohe Säule zeugt von verschwundner Pracht;
Auch diese, schon geborsten, kann stürzen über Nacht.

Und rings, statt duft'ger Gärten, ein ödes Heideland,
Kein Baum streuet Schatten, kein Quell durchdringt den Sand.
Des Königs Namen meldet kein Lied, kein Heldenbuch;
Versunken und vergessen! Das ist des Sängers Fluch.

Frau Berta saß in der Felsenkluft,
Sie klagt' ihr bittres Los.
Klein Roland spielt' in freier Luft,
Des Klage war nicht groß.

„O König Karl, mein Bruder hehr!
Oh, daß ich floh von dir!
Um Liebe ließ ich Pracht und Ehr',
Nun zürnst du schrecklich mir.

O Milon, mein Gemahl so süß!
Die Flut verschlang mir dich.
Die ich um Liebe alles ließ,
Nun läßt die Liebe mich.

Klein Roland, du mein teures Kind!
Nun Ehr' und Liebe mir!
Klein Roland, komm herein geschwind!
Mein Trost kommt all von dir.

Klein Roland, geh zur Stadt hinab,
Zu bitten um Speis' und Trank,
Und wer dir gibt eine kleine Gab',
Dem wünsche Gottes Dank!"

Der König Karl zur Tafel saß
Im goldnen Rittersaal.
Die Diener liefen ohn' Unterlaß
Mit Schüssel und Pokal.

Von Flöten, Saitenspiel, Gesang
Ward jedes Herz erfreut,
Doch reichte nicht der helle Klang
Zu Bertas Einsamkeit.

Und draußen in des Hofes Kreis,
Da saßen der Bettler viel,
Die labten sich an Trank und Speis'
Mehr als am Saitenspiel.

Der König schaut' in ihr Gedräng'
Wohl durch die offne Tür,
Da drückt sich durch die dichte Meng'
Ein feiner Knab' herfür.

Des Knaben Kleid ist wunderbar,
Vierfarb zusammengestückt;
Doch weilt er nicht bei der Bettelschar,
Herauf zum Saal er blickt.

Herein zum Saal klein Roland tritt,
Als wär's sein eigen Haus,
Er hebt eine Schüssel von Tisches Mitt'
Und trägt sie stumm hinaus.

Der König denkt: „Was muß ich sehn?
Das ist ein sondrer Brauch."
Doch weil er's ruhig läßt geschehn,
So lassen's die andern auch.

Es stand nun an eine kleine Weil',
Klein Roland kehrt in den Saal.
Er tritt zum König hin mit Eil'
Und faßt seinen Goldpokal.

„Heida! Halt an, du kecker Wicht!"
Der König ruft es laut.
Klein Roland läßt den Becher nicht,
Zum König auf er schaut.

Der König erst gar finster sah,
Doch lachen mußt' er bald.
„Du trittst in die goldne Halle da
Wie in den grünen Wald.

Du nimmst die Schüssel von Königs Tisch,
Wie man Äpfel bricht vom Baum;
Du holst wie aus dem Brunnen frisch
Meines roten Weines Schaum." –

„Die Bäu'rin schöpft aus dem Brunnen frisch,
Die bricht die Äpfel vom Baum;
Meiner Mutter ziemet Wildbret und Fisch,
Ihr roten Weines Schaum." –

„Ist deine Mutter so edle Dam',
Wie du berühmst, mein Kind?
So hat sie wohl ein Schloß lustsam
Und stattlich Hofgesind'?

Sag an, wer ist denn ihr Truchseß?
Sag an, wer ist ihr Schenk?" –
„Meine rechte Hand ist ihr Truchseß,
Meine linke, die ist ihr Schenk."

„Sag an, wer ist ihr Wächter treu?" –
„Mein' Augen blau allstund." –
„Sag an, wer ist ihr Sänger frei?" –
„Der ist mein roter Mund."

„Die Dam' hat wackre Diener, traun!
Doch liebt sie sondre Livrei,
Wie Regenbogen anzuschaun,
Mit Farben mancherlei."

„Ich hab bezwungen der Knaben acht
Von jedem Viertel der Stadt,
Die haben mir als Zins gebracht
Vierfältig Tuch zur Wat."

„Die Dame hat, nach meinem Sinn,
Den besten Diener der Welt.
Sie ist wohl Bettlerkönigin,
Die offne Tafel hält.

So edle Dame darf nicht fern
Von meinem Hofe sein.
Wohl auf, drei Damen! Auf, drei Herrn!
Führt sie zu mir herein!"

Klein Roland trägt den Becher flink
Hinaus zum Prunkgemach;
Drei Damen, auf des Königs Wink,
Drei Ritter folgen nach.

Es stund nur an eine kleine Weil',
Der König schaut in die Fern',
Da kehren schon zurück mit Eil'
Die Damen und die Herrn.

Der König ruft mit einemmal:
„Hilf, Himmel! Seh' ich recht?
Ich hab verspottet im offnen Saal
Mein eigenes Geschlecht!

Hilf, Himmel! Schwester Berta, bleich,
Im grauen Pilgergewand!
Hilf, Himmel! In meinem Prunksaal reich,
Den Bettelstab in der Hand!"

Frau Berta fällt zu Füßen ihm,
Das bleiche Frauenbild.
Da regt sich plötzlich der alte Grimm,
Er blickt sie an so wild.

Frau Berta senkt die Augen schnell,
Kein Wort zu reden sich traut.
Klein Roland hebt die Augen hell,
Den Öhm begrüßt er laut.

Da spricht der König mit mildem Ton:
„Steh auf, du Schwester mein!
Um diesen deinen lieben Sohn
Soll dir verziehen sein."

Frau Berta hebt sich freudevoll:
„Lieb Bruder mein, wohlan!
Klein Roland dir vergelten soll,
Was du mir Gut's getan.

Soll werden seinem König gleich,
Ein hohes Heldenbild;
Soll führen die Farb' von manchem Reich
In seinem Banner und Schild.

Soll greifen in manches Königs Tisch
Mit seiner freien Hand;
Soll bringen zu Heil und Ehre frisch
Sein seufzend Mutterland."

Roland Schildträger

Der König Karl saß einst zu Tisch
Zu Aachen mit den Fürsten;
Man stellte Wildbret auf und Fisch
Und ließ auch keinen dürsten.
Viel Goldgeschirr von klarem Schein,
Manch roten, grünen Edelstein
Sah man im Saale leuchten.

Da sprach Herr Karl, der starke Held:
„Was soll der eitle Schimmer?
Das beste Kleinod dieser Welt,
Das fehlet uns noch immer.
Dies Kleinod, hell wie Sonnenschein,
Ein Riese trägt's im Schilde sein
Tief im Ardennerwalde."

Graf Richard, Erzbischof Turpin,
Herr Haimon, Naim von Bayern,
Milon von Anglant, Graf Garin,
Die wollten da nicht feiern;
Sie haben Stahlgewand begehrt
Und hießen satteln ihre Pferd,
Zu reiten nach dem Riesen.

Jung Roland, Sohn des Milon, sprach:
„Lieb Vater, hört, ich bitte:
Vermeint Ihr mich zu jung und schwach,
Daß ich mit Riesen stritte,
Doch bin ich nicht zu winzig mehr,
Euch nachzutragen Euern Speer
Samt Eurem guten Schilde."

Die sechs Genossen ritten bald
Vereint nach den Ardennen;
Doch als sie kamen in den Wald,
Da täten sie sich trennen.
Roland ritt hinterm Vater her;
Wie wohl ihm war, des Helden Speer,
Des Helden Schild zu tragen!

Bei Sonnenschein und Mondenlicht
Streiften die kühnen Degen,
Doch fanden sie den Riesen nicht
In Felsen und Gehegen.
Zur Mittagsstund am vierten Tag
Der Herzog Milon schlafen lag
In einer Eiche Schatten.

Roland sah in der Ferne bald
Ein Blitzen und ein Leuchten,
Davon die Strahlen in dem Wald
Die Hirsch und Reh aufscheuchten;
Er sah, es kam von einem Schild,
Den trug ein Riese, groß und wild,
Vom Berge niedersteigend.

Roland gedacht im Herzen sein:
Was ist das für ein Schrecken!
Soll ich den lieben Vater mein
Im besten Schlaf erwecken?
Es wachet ja sein gutes Pferd,
Es wacht sein Speer, sein Schild und Schwert,
Es wacht Roland der junge.

Roland das Schwert zur Seite band,
Herrn Milons starkes Waffen;
Die Lanze nahm er in die Hand
Und tät den Schild aufraffen;
Herrn Milons Roß bestieg er dann
Und ritt erst sachte durch den Tann,
Den Vater nicht zu wecken.

Und als er kam zur Felsenwand,
Da sprach der Ries' mit Lachen:
„Was will doch dieser kleine Fant
Auf solchem Rosse machen?
Sein Schwert ist zwier so lang als er,
Vom Rosse zieht ihn schier der Speer,
Der Schild will ihn erdrücken."

Jung Roland rief: „Wohlauf, zum Streit!
Dich reuet noch dein Necken.
Hab ich die Tartsche lang und breit,
Kann sie mich besser decken;
Ein kleiner Mann, ein großes Pferd,
Ein kurzer Arm, ein langes Schwert
Muß eins dem andern helfen."

Der Riese mit der Stange schlug,
Auslangend in die Weite;
Jung Roland schwenkte schnell genug
Sein Roß noch auf die Seite.
Die Lanz er auf den Riesen schwang,
Doch von dem Wunderschilde sprang
Auf Roland sie zurücke.

Jung Roland nahm in großer Hast
Das Schwert in beide Hände;
Der Riese nach dem seinen faßt,
Er war zu unbehende;
Mit flinkem Hiebe schlug Roland
Ihm unterm Schild die linke Hand,
Daß Hand und Schild entrollten.

Dem Riesen schwand der Mut dahin,
Wie ihm der Schild entrissen;
Das Kleinod, das ihm Kraft verliehn,
Mußt er mit Schmerzen missen.
Zwar lief er gleich dem Schilde nach,
Doch Roland in das Knie ihn stach,
Daß er zu Boden stürzte.

Roland ihn bei den Haaren griff,
Hieb ihm das Haupt herunter,
Ein großer Strom von Blute lief
Ins tiefe Tal hinunter;
Und aus des Toten Schild hernach
Roland das lichte Kleinod brach
Und freute sich am Glanze.

Dann barg er's unterm Kleide gut
Und ging zu einem Quelle,
Da wusch er sich von Staub und Blut
Gewand und Waffen helle.
Zurücke ritt der jung Roland
Dahin, wo er den Vater fand
Noch schlafend bei der Eiche.

Er legt sich an des Vaters Seit,
Vom Schlafe selbst bezwungen,
Bis in der kühlen Abendzeit
Herr Milon aufgesprungen:
„Wach auf, wach auf, mein Sohn Roland!
Nimm Schild und Lanze schnell zur Hand,
Daß wir den Riesen suchen."

Sie stiegen auf und eilten sehr,
Zu schweifen in der Wilde.
Roland ritt hinterm Vater her
Mit dessen Speer und Schilde.
Sie kamen bald zu jener Stätt,
Wo Roland jüngst gestritten hätt;
Der Riese lag im Blute.

Roland kaum seinen Augen glaubt,
Als nicht mehr war zu schauen
Die linke Hand, dazu das Haupt,
So er ihm abgehauen,
Nicht mehr des Riesen Schwert und Speer,
Auch nicht sein Schild und Harnisch mehr,
Nur Rumpf und blutge Glieder.

Milon besah den großen Rumpf:
„Was ist das für 'ne Leiche?
Man sieht noch am zerhaunen Stumpf,
Wie mächtig war die Eiche.
Das ist der Riese! Frag ich mehr?
Verschlafen hab ich Sieg und Ehr,
Drum muß ich ewig trauern."

Zu Aachen vor dem Schlosse stund
Der König Karl gar bange:
„Sind meine Helden wohl gesund?
Sie weilen allzulange.
Doch, seh ich recht, auf Königswort!
So reitet Herzog Haimon dort,
Des Riesen Haupt am Speere."

Herr Haimon ritt in trübem Mut,
Und mit gesenktem Spieße
Legt er das Haupt, besprengt mit Blut,
Dem König vor die Füße:
„Ich fand den Kopf im wilden Hag,
Und fünfzig Schritte weiter lag
Des Riesen Rumpf am Boden."

Bald auch der Erzbischof Turpin
Den Riesenhandschuh brachte,
Die ungefüge Hand noch drin;
Er zog sie aus und lachte:
„Das ist ein schön' Reliquienstück!
Ich bring es aus dem Wald zurück,
Fand es schon zugehauen."

Der Herzog Naim von Bayerland
Kam mit des Riesen Stange:
„Schaut an, was ich im Walde fand!
Ein Waffen stark und lange.
Wohl schwitz ich von dem schweren Druck;
Hei! Bayrisch Bier, ein guter Schluck,
Sollt mir gar köstlich munden!"

Graf Richard kam zu Fuß daher,
Ging neben seinem Pferde;
Das trug des Riesen schwere Wehr,
Den Harnisch samt dem Schwerte:
„Wer suchen will im wilden Tann,
Manch Waffenstück noch finden kann,
Ist mir zuviel gewesen."

Der Graf Garin tät ferne schon
Den Schild des Riesen schwingen.
„Der hat den Schild, des ist die Kron,
Der wird das Kleinod bringen!" –
„Den Schild hab ich, ihr lieben Herrn!
Das Kleinod hätt ich gar zu gern,
Doch das ist ausgebrochen."

Zuletzt tät man Herrn Milon sehn,
Der nach dem Schlosse lenkte;
Er ließ das Rößlein langsam gehn,
Das Haupt er traurig senkte.
Roland ritt hinterm Vater her
Und trug ihm seinen starken Speer
Zusamt dem festen Schilde.

Doch wie sie kamen vor das Schloß
Und zu den Herrn geritten,
Macht' er von Vaters Schilde los
Den Zierat in der Mitten;
Das Riesenkleinod setzt er ein
Das gab so wunderklaren Schein
Als wie die liebe Sonne.

Und als nun diese helle Glut
Im Schilde Milons brannte,
Da rief der König wohlgemut:
„Heil Milon von Anglante!
Der hat den Riesen übermannt,
Ihm abgeschlagen Haupt und Hand,
Das Kleinod ihm entrissen."

Herr Milon hatte sich gewandt,
Sah staunend all die Helle:
„Roland, sag an, du junger Fant,
Wer gab dir das, Geselle?" –
„Um Gott, Herr Vater, zürnt mir nicht,
Daß ich erschlug den groben Wicht,
Derweil Ihr eben schliefet!"

Das Glück von Edenhall

Von Edenhall der junge Lord
Läßt schmettern Festdrommetenschall;
Er hebt sich an des Tisches Bord
Und ruft in trunkner Gäste Schwall:
„Nun her mit dem Glücke von Edenhall!"

Der Schenk vernimmt ungern den Spruch,
Des Hauses ältester Vasall,
Nimmt zögernd aus dem seidnen Tuch
Das hohe Trinkglas von Kristall,
Sie nennen's *Das Glück von Edenhall.*

Darauf der Lord: „Dem Glas zum Preis
Schenk Roten ein aus Portugal!"
Mit Händezittern gießt der Greis,
Und purpurn Licht wird überall;
Es strahlt aus dem Glücke von Edenhall!

Da spricht der Lord und schwingt's dabei:
„Dies Glas von leuchtendem Kristall
Gab meinem Ahn am Quell die Fei;
Drein schrieb sie: ‚Kommt dies Glas zu Fall,
Fahr wohl dann, o Glück von Edenhall!'

Ein Kelchglas ward zum Los mit Flug
Dem freud'gen Stamm von Edenhall;
Wir schlürfen gern in vollem Zug,
Wir läuten gern mit lautem Schall.
Stoßt an mit dem Glücke von Edenhall!"

Erst klingt es milde, tief und voll,
Gleich dem Gesang der Nachtigall,
Dann wie des Waldstroms laut Geroll;
Zuletzt erdröhnt wie Donnerhall
Das herrliche Glück von Edenhall.

„Zum Horte nimmt ein kühn Geschlecht
Sich den zerbrechlichen Kristall;
Er dauert länger schon als recht;
Stoßt an! Mit diesem kräft'gen Prall
Versuch' ich das Glück von Edenhall."

Und als das Trinkglas gellend springt,
Springt das Gewölb mit jähem Knall,
Und aus dem Riß die Flamme dringt;
Die Gäste sind zerstoben all
Mit dem brechenden Glücke von Edenhall.

Einstürmt der Feind mit Brand und Mord,
Der in der Nacht erstieg den Wall;
Vom Schwerte fällt der junge Lord,
Hält in der Hand noch den Kristall,
Das zersprungene Glück von Edenhall.

Am Morgen irrt der Schenk allein,
Der Greis, in der zerstörten Hall',
Er sucht des Herrn verbrannt Gebein,
Er sucht im grausen Trümmerfall
Die Scherben des Glücks von Edenhall.

„Die Steinwand", spricht er, „springt zu Stück,
Die hohe Säule muß zu Fall,
Glas ist der Erde Stolz und Glück,
In Splitter fällt der Erdenball
Einst gleich dem Glücke von Edenhall."

Die Rache

Der Knecht hat erstochen den edeln Herrn,
Der Knecht wär selber ein Ritter gern.

Er hat ihn erstochen im dunklen Hain
Und den Leib versenket im tiefen Rhein.

Hat angelegt die Rüstung blank,
Auf des Herren Roß sich geschwungen frank.

Und als er sprengen will über die Brück,
Da stutzet das Roß und bäumt sich zurück.

Und als er die güldnen Sporen ihm gab,
Da schleudert's ihn wild in den Strom hinab.

Mit Arm, mit Fuß er rudert und ringt,
Der schwere Panzer ihn niederzwingt.

Das Schloß am Meere

„Hast du das Schloß gesehen,
Das hohe Schloß am Meer?
Golden und rosig wehen
Die Wolken drüber her.

Es möchte sich niederneigen
In die spiegelklare Flut,
Es möchte streben und steigen
In der Abendwolken Glut.“

„Wohl hab ich es gesehen,
Das hohe Schloß am Meer,
Und den Mond darüber stehen
Und Nebel weit umher.“

„Der Wind und des Meeres Wallen,
Gaben sie frischen Klang?
Vernahmst du aus den Hallen
Saiten und Festgesang?“

„Die Winde, die Wogen alle
Lagen in tiefer Ruh;
Einem Klaglied aus der Halle
Hört' ich mit Tränen zu."

„Sahest du oben gehen
Den König und sein Gemahl?
Den roten Mantel wehen,
Der goldnen Kronen Strahl?

Führten sie nicht mit Wonne
Eine schöne Jungfrau dar,
Herrlich wie eine Sonne,
Strahlend im goldnen Haar?"

„Wohl sah ich die Eltern beide,
Ohne der Kronen Licht,
Im schwarzen Trauerkleide –
Die Jungfrau sah ich nicht."

Das Singental

Der Herzog tief im Walde
Am Fuß der Eiche saß,
Als singend an der Halde
Ein Mägdlein Beeren las.
Erdbeeren, kühl und duftig,
Bot sie dem greisen Mann,
Doch ihn umschwebte luftig
Noch stets der Töne Bann.

„Mit deinem hellen Liede",
So sprach er, „feine Magd,
Kam über mich der Friede
Nach mancher stürm'schen Jagd.
Die Beeren, die du bringest,
Erfrischen wohl den Gaum,
Doch singe mehr, du singest
Die Seel in heitern Traum.

Ertönt an dieser Eiche
Mein Horn von Elfenbein,
In seines Schalls Bereiche
Ist all das Waldtal mein;
So weit von jener Birke
Dein Lied erklingt rundum,
Geb ich im Talbezirke
Dir Erb und Eigentum."

Noch einmal blies der Alte
Sein Horn ins Tal hinaus;
In ferner Felsenspalte
Verklang's wie Sturmgebraus:
Dann sang vom Birkenhügel
Des Mägdleins süßer Mund,
Als rauschten Engelflügel
Ob all dem stillen Grund.

Er legt in ihre Hände
Den Siegelring zum Pfand:
„Mein Weidwerk hat ein Ende,
Vergabt ist dir das Land."
Da nickt ihm Dank die Holde
Und eilet froh waldaus,
Sie trägt im Ring von Golde
Den frischen Erdbeerstrauß.

Als noch des Hornes Brausen
Gebot mit finstrer Macht,
Da sah man Eber hausen
In tiefer Waldesnacht;
Laut bellte dort die Meute,
Vor der die Hindin floh,
Und fiel die blut'ge Beute,
Erscholl ein wild Hallo.

Doch seit des Mägdleins Singen
Ist ringsum Wiesengrün,
Die muntern Lämmer springen,
Die Kirschenhaine blühn;
Festreigen wird geschlungen
Im goldnen Frühlingsstrahl;
Und weil das Tal ersungen,
So heißt es Singental.

Pfingsten war, das Fest der Freude,
Das da feiern Wald und Heide.
Hub der König an zu sprechen:
„Auch aus den Hallen
Der alten Hofburg allen
Soll ein reicher Frühling brechen!"

Trommeln und Trompeten schallen,
Rote Fahnen festlich wallen.
Sah der König vom Balkone:
In Lanzenspielen
Die Ritter alle fielen
Vor des Königs starkem Sohne.

Aber vor des Kampfes Gitter
Ritt zuletzt ein schwarzer Ritter.
„Herr, wie ist eu'r Nam' und Zeichen?" –
„Würd' ich es sagen,
Ihr möchtet zittern und zagen:
Bin ein Fürst von großen Reichen."

Als er in die Bahn gezogen,
Dunkel ward des Himmels Bogen,
Und das Schloß begann zu beben.
Beim ersten Stoße
Der Jüngling sank vom Rosse,
Konnte kaum sich wieder heben.

Pfeif' und Geige ruft zu Tänzen,
Fackeln durch die Säle glänzen.
Wankt ein großer Schatten drinnen;
Er tät mit Sitten
Des Königs Tochter bitten,
Tät den Tanz mit ihr beginnen.

Tanzt im schwarzen Kleid von Eisen,
Tanzet schauerliche Weisen,
Schlingt sich kalt um ihre Glieder.
Von Brust und Haaren
Entfallen ihr die klaren
Blümlein welk zur Erde nieder.

Und zur reichen Tafel kamen
Alle Ritter, alle Damen.
Zwischen Sohn und Tochter innen
Mit bangem Mute
Der alte König ruhte,
Sah sie an mit stillem Sinnen.

Bleich die Kinder beide schienen,
Bot der Gast den Becher ihnen:
„Goldner Wein macht euch genesen."
Die Kinder tranken,
Sie täten höflich danken:
„Kühl ist dieser Trank gewesen."

An des Vaters Brust sich schlangen
Sohn und Tochter; ihre Wangen
Täten völlig sich entfärben.
Wohin der graue,
Erschrockne Vater schaue,
Sieht er eins der Kinder sterben.

„Weh! Die holden Kinder beide
Nahmst du hin in Jugendfreude –
Nimm auch mich, den Freudelosen!"
Da sprach der Grimme
Mit hohler, dumpfer Stimme:
„Greis! Im Frühling brech' ich Rosen."

Harald

Vor seinem Heergefolge ritt
Der kühne Held Harald;
Sie zogen in des Mondes Schein
Durch einen wilden Wald.

Sie tragen manch erkämpfte Fahn,
Die hoch im Winde wallt,
Sie singen manches Siegeslied,
Das durch die Berge hallt.

Was rauschet, lauschet im Gebüsch?
Was wiegt sich auf dem Baum?
Was senket aus den Wolken sich
Und taucht aus Stromes Schaum?

Was wirft mit Blumen um und um?
Was singt so wonniglich?
Was tanzet durch der Krieger Reih'n,
Schwingt auf die Rosse sich?

Was kost so sanft und küßt so süß
Und hält so lind umfaßt?
Und nimmt das Schwert, und zieht vom Roß
Und läßt nicht Ruh noch Rast?

Es ist der Elfen leichte Schar;
Hier hilft kein Widerstand.
Schon sind die Krieger all dahin,
Sind all im Feenland:

Nur er, der Beste, blieb zurück,
Der kühne Held Harald.
Er ist vom Wirbel bis zur Sohl
In harten Stahl geschnallt.

All seine Krieger sind entrückt,
Da liegen Schwert und Schild,
Die Rosse, ledig ihrer Herrn,
Sie gehn im Walde wild.

In großer Trauer ritt von dann
Der stolze Held Harald,
Er ritt allein im Mondenschein
Wohl durch den weiten Wald.

Vom Felsen rauscht es frisch und klar,
Er springt vom Rosse schnell,
Er schnallt vom Haupte sich den Helm
Und trinkt vom kühlen Quell.

Doch wie er kaum den Durst gestillt,
Versagt ihm Arm und Bein;
Er muß sich setzen auf den Fels,
Er nickt und schlummert ein.

Er schlummert auf demselben Stein
Schon manche hundert Jahr,
Das Haupt gesenket auf die Brust,
Mit grauem Bart und Haar.

Wann Blitze zucken, Donner rollt,
Wann Sturm erbraust im Wald,
Dann greift er träumend nach dem Schwert,
Der alte Held Harald.

Siegfrieds Schwert

Jung Siegfried war ein stolzer Knab',
Ging von des Vaters Burg herab.

Wollt' rasten nicht in Vaters Haus,
Wollt' wandern in alle Welt hinaus.

Begegnet' ihm manch Ritter wert
Mit festem Schild und breitem Schwert.

Siegfried nur einen Stecken trug,
Das war ihm bitter und leid genug.

Und als er ging im finstern Wald,
Kam er zu einer Schmiede bald.

Da sah er Eisen und Stahl genug,
Ein lustig Feuer Flammen schlug.

„O Meister, liebster Meister mein!
Laß du mich deinen Gesellen sein!

Und lehr du mich mit Fleiß und Acht,
Wie man die guten Schwerter macht!"

Siegfried den Hammer wohl schwingen kunnt,
Er schlug den Amboß in den Grund.

Er schlug, daß weit der Wald erklang,
Und alles Eisen in Stücke sprang.

Und von der letzten Eisenstang'
Macht' er ein Schwert, so breit und lang.

„Nun hab ich geschmiedet ein gutes Schwert,
Nun bin ich wie andre Ritter wert.

Nun schlag' ich wie ein andrer Held
Die Riesen und Drachen in Wald und Feld."

Der Schenk von Limburg

Zu Limburg auf der Feste,
Da wohnt' ein edler Graf,
Den keiner seiner Gäste
Jemals zu Hause traf.
Er trieb sich allerwegen
Gebirg und Wald entlang,
Kein Sturm und auch kein Regen
Verleidet' ihm den Gang.

Er trug ein Wams von Leder
Und einen Jägerhut
Mit mancher wilden Feder,
Das steht den Jägern gut;
Es hing ihm an der Seiten
Ein Trinkgefäß von Buchs;
Gewaltig konnt er schreiten
Und war von hohem Wuchs.

Wohl hatt' er Knecht und Mannen
Und hatt' ein tüchtig Roß,
Ging doch zu Fuß von dannen
Und ließ daheim den Troß.
Es war sein ganz Geleite
Ein Jagdspieß stark und lang,
An dem er über breite
Waldströme kühn sich schwang.

Nun hielt auf Hohenstaufen
Der deutsche Kaiser Haus.
Der zog mit hellen Haufen
Einsmals zu jagen aus.
Er rennt auf eine Hinde
So heiß und hastig vor,
Daß ihn sein Jagdgesinde
Im wilden Forst verlor.

Bei einer kühlen Quelle,
Da macht er endlich halt;
Gezieret war die Stelle
Mit Blumen mannigfalt.
Hier dacht' er sich zu legen
Zu einem Mittagsschlaf,
Da rauscht' es in den Hägen,
Und stand vor ihm der Graf.

Da hub er an zu schelten:
„Treff' ich den Nachbar hie?
Zu Hause weilt er selten,
Zu Hofe kommt er nie.
Man muß im Walde streifen,
Wenn man ihn fahen will,
Man muß ihn tapfer greifen,
Sonst hält er nirgend still."

Als nun ohn' alle Fährde
Der Graf sich niederließ
Und neben in die Erde
Die Jägerstange stieß,
Da griff mit beiden Händen
Der Kaiser nach dem Schaft:
„Den Spieß muß ich mir pfänden,
Ich nehm ihn mir zu Haft.

Der Spieß ist mir verfangen
Des ich so lang begehrt!
Du sollst dafür empfangen
Hier dies mein bestes Pferd.
Nicht schweifen im Gewälde
Darf mir ein solcher Mann,
Der mir zu Hof und Felde
Viel besser dienen kann."

„Herr Kaiser, wollt vergeben!
Ihr macht das Herz mir schwer.
Laßt mir mein freies Leben
Und laßt mir meinen Speer!
Ein Pferd hab ich schon eigen,
Für Eures sag ich Dank;
Zu Rosse will ich steigen,
Bin ich mal alt und krank."

„Mit dir ist nicht zu streiten,
Du bist mir adelstolz!
Doch führst du an der Seiten
Ein Trinkgefäß von Holz.
Nun macht die Jagd mich dürsten,
Drum tu mir das, Gesell!
Und gib mir eins zu bürsten
Aus diesem Wasserquell!"

Der Graf hat sich erhoben,
Er schwenkt den Becher klar,
Er füllt ihn an bis oben,
Hält ihn dem Kaiser dar.
Der schlürft mit vollen Zügen
Den kühlen Trank hinein
Und zeigt ein solch Vergnügen
Als wär's der beste Wein.

Dann faßt der schlaue Zecher
Den Grafen bei der Hand:
„Du schwenktest mir den Becher
Und fülltest ihn zum Rand,
Du hieltest mir zum Munde
Das labende Getränk:
Du bist von dieser Stunde
Des deutschen Reiches Schenk."

Junker Rechberger

Rechberger war ein Junker keck,
Der Kaufleut' und der Wandrer Schreck;
In einer Kirche, verlassen,
Da tät er die Nacht verpassen.

Und als es war nach Mitternacht,
Da hat er sich auf den Fang gemacht,
Ein Kaufzug, hat er vernommen,
Wird frühe vorüberkommen.

Sie waren geritten ein kleines Stück,
Da sprach er: „Reitknecht, reite zurück!
Die Handschuh' hab' ich vergessen
Auf der Bahre, da ich gesessen."

Der Reitknecht kam zurück so bleich:
„Die Handschuh hole der Teufel Euch!
Es sitzt ein Geist auf der Bahre;
Es starren mir noch die Haare.

Er hat die Handschuh' angetan
Und schaut sie mit feurigen Augen an,
Er streicht sie wohl auf und nieder;
Es beben mir noch die Glieder."

Da ritt der Junker zurück im Flug,
Er mit dem Geiste sich tapfer schlug;
Er hat den Geist bezwungen,
Seine Handschuh' wiedererrungen.

Da sprach der Geist mit wilder Gier:
„Und läßt du sie nicht zu eigen mir,
So leihe mir auf ein Jährlein
Das schmucke, schmeidige Pärlein."

„Ein Jährlein ich sie dir gerne leih',
So kann ich erproben des Teufels Treu.
Sie werden wohl nicht zerplatzen
An deinen dürren Tatzen."

Rechberger sprengte von dannen stolz,
Er streifte mit seinem Knecht im Holz.
Der Hahn hat ferne gerufen,
Da hören sie Pferdehufen.

Dem Junker hoch das Herze schlug,
Des Weges kam ein schwarzer Zug
Vermummter Rittersleute;
Der Junker wich auf die Seite.

Und hinten trabt noch einer daher,
Ein ledig Räpplein führet er,
Mit Sattel und Zeug staffieret,
Mit schwarzer Decke gezieret.

Rechberger ritt heran und frug:
„Sag an! Wer sind die Herren vom Zug?
Sag an, traut lieber Knappe!
Wem gehört der ledige Rappe?"

„Dem treuesten Diener meines Herrn,
Rechberger nennt man ihn nah und fern.
Ein Jährlein, so ist er erschlagen,
Dann wird das Räpplein ihn tragen."

Der Schwarze ritt den andern nach,
Der Junker zu seinem Knechte sprach:
„Weh mir, vom Roß ich steige,
Es geht mit mir zur Neige.

Ist dir mein Rößlein nicht zu wild,
Und nicht zu schwer mein Degen und Schild,
Nimm's hin dir zum Gewinste
Und brauch' es in Gottes Dienste!"

Rechberger in ein Kloster ging:
„Herr Abt, ich bin zum Mönche zu 'ring,
Doch möcht' ich in tiefer Reue
Dem Kloster dienen als Laie."

„Du bist gewesen ein Reitersmann,
Ich seh' es dir an den Sporen an,
So magst du der Pferde walten,
Die im Klosterstalle wir halten."

Am Tag, da selbiges Jahr sich schloß,
Da kaufte der Abt ein schwarz', wild' Roß;
Rechberger sollt' es zäumen,
Doch es tät sich stellen und bäumen.

Es schlug den Junker mitten aufs Herz,
Daß er sank in bitterem Todesschmerz.
Es ist im Walde verschwunden,
Man hat's nicht wiedergefunden.

Um Mitternacht, an Junkers Grab,
Da stieg ein schwarzer Reitknecht ab,
Einem Rappen hält er die Stangen,
Reithandschuh' am Sattel hangen.

Rechberger stieg aus dem Grab herauf,
Er nahm die Handschuh' vom Sattelknauf,
Er schwang sich in Sattels Mitte,
Der Grabstein diente zum Tritte.

Dies Lied ist Junkern zur Lehr' gemacht:
Daß sie geben auf ihre Handschuh' acht,
Und daß sie fein bleibenlassen,
In der Nacht am Wege zu passen.

Graf Eberstein

Zu Speyer im Saale, da hebt sich ein Klingen,
Mit Fackeln und Kerzen ein Tanzen und Springen.
Graf Eberstein
Führet den Reih'n
Mit des Kaisers holdseligem Töchterlein.

Und als er sie schwingt nun im lustigen Reigen,
Da flüstert sie leise, sie kann's nicht verschweigen:
„Graf Eberstein,
Hüte dich fein!
Heut nacht wird dein Schlößlein gefährdet sein."

Ei, denket der Graf, Euer kaiserlich Gnaden,
So habt ihr mich darum zum Tanze geladen!
Er sucht sein Roß,
Läßt seinen Troß
Und jagt nach seinem gefährdeten Schloß.

Um Ebersteins Feste, da wimmelt's von Streitern,
Sie schleichen im Nebel mit Haken und Leitern.
Graf Eberstein
Grüßet sie fein,
Er wirft sie vom Wall in die Gräben hinein.

Als nun der Herr Kaiser am Morgen gekommen,
Da meint er, es seie die Burg schon genommen.
Doch auf dem Wall,
Da tanzen mit Schall
Der Graf und seine Gewappneten all.

„Herr Kaiser! Beschleicht Ihr ein andermal Schlösser,
Tut's not, Ihr verstehet aufs Tanzen Euch besser.
Euer Töchterlein
Tanzet so fein,
Dem soll meine Feste geöffnet sein."

Im Schlosse des Grafen, da hebt sich ein Klingen,
Mit Fackeln und Kerzen ein Tanzen und Springen.
Graf Eberstein
Führet den Reih'n
Mit des Kaisers holdseligem Töchterlein.

Und als er sie schwingt nun im bräutlichen Reigen,
Da flüstert er leise, nicht kann er's verschweigen:
„Schön Jungfräulein,
Hüte dich fein,
Heut nacht wird ein Schlößlein gefährdet sein."

Schwäbische Kunde

Als Kaiser Rotbart lobesam
Zum Heil'gen Land gezogen kam.
Da mußt' er mit dem frommen Heer
Durch ein Gebirge, wüst und leer.
Daselbst erhub sich große Not,
Viel Steine gab's und wenig Brot,
Und mancher deutsche Reitersmann
Hat dort den Trunk sich abgetan;
Den Pferden war's so schwach im Magen,
Fast mußt' der Reiter die Mähre tragen.

Nun war ein Herr aus Schwabenland
Von hohem Wuchs und starker Hand,
Des Rößlein war so krank und schwach,
Er zog es nur am Zaume nach;
Er hätt' es nimmer aufgegeben
Und kostet's ihm das eig'ne Leben.
So blieb er bald ein gutes Stück
Hinter dem Heereszug zurück.
Da sprengten plötzlich in die Quer'
Fünfzig türkische Reiter daher.
Die huben an, auf ihn zu schießen,
Nach ihm zu werfen mit den Spießen.
Der wack're Schwabe forcht sich nicht,
Ging seines Weges Schritt vor Schritt,
Ließ sich den Schild mit Pfeilen spicken
Und tät nur spöttisch um sich blicken,
Bis einer, dem die Zeit zu lang,
Auf ihn den krummen Säbel schwang.
Da wallt dem Deutschen auch sein Blut,
Er trifft des Türken Pferd so gut;
Er haut ihm ab mit einem Streich
Die beiden Vorderfüß' zugleich.
Als er das Tier zu Fall gebracht,
Da faßt er erst sein Schwert mit Macht:

Er schwingt es auf des Reiters Kopf,
Haut durch bis auf den Sattelknopf,
Haut auch den Sattel noch zu Stücken
Und tief noch in des Pferdes Rücken.
Zur Rechten sieht man, wie zur Linken,
Einen halben Türken heruntersinken.
Da packt die ander'n kalter Graus,
Sie fliehen in alle Welt hinaus,
Und jedem ist's, als würd' ihm mitten
Durch Kopf und Leib hindurchgeschnitten.
D'rauf kam des Wegs 'ne Christenschar,
Die auch zurückgeblieben war,
Die sahen nun mit gutem Bedacht,
Was Arbeit unser Held gemacht.
Von denen hat's der Kaiser vernommen.
Der ließ den Schwaben vor sich kommen.
Und sprach: „Sag' an, mein Ritter wert!
Wer hat Dich solche Streich' gelehrt?"
Der Held bedacht' sich nicht zu lang:
„Die Streiche sind bei uns im Schwang;
Sie sind bekannt im ganzen Reiche, –
Man nennt sie halt nur Schwabenstreiche."

Merlin der Wilde

„Du sendest, Freund, mir Lieder
Voll frischer Waldeslust,
Du regtest gerne wieder
Auch mir die Dichterbrust.
Du zeigst in schatt'ger Halde
Mir den beschilften See,
Du lockest aus dem Walde
Zum Bad ein scheues Reh.

Ob einem alten Buche
Bring ich die Stunden hin,
Doch fürchte nicht, ich suche
Mir trockne Blüten drin!
Durch seine Zeilen windet
Ein grüner Pfad sich weit
Ins Feld hinaus und schwindet
In Waldeseinsamkeit."

Da sitzt Merlin der Wilde
Am See auf moos'gem Stein
Und starrt nach seinem Bilde
Im dunkeln Widerschein.

Er sieht, wie er gealtet
Im trüben Weltgewühl;
Hier in der Wildnis waltet
Ihm neuer Kraft Gefühl.

Vom Grün, das um ihn tauet,
Ist ihm der Blick gestärkt,
Daß er Vergangnes schauet
Und Künftiges ermerkt.
Der Wald in nächt'ger Stunde
Hat um sein Ohr gerauscht,
Daß es in seinem Grunde
Den Geist der Welt erlauscht.

Das Wild, das um ihn weilet,
Dem stillen Gaste zahm,
Es schrickt empor, enteilet,
Weil es ein Horn vernahm. –
Vom raschen Jägertrosse
Wird er hinweggeführt,
Fern zu des Königs Schlosse,
Der längst nach ihm gespürt.

„Gesegnet sei der Morgen,
Der dich ins Haus mir bringt,
Den Mann, der, uns verborgen,
Den Tieren Weisheit singt!
Wohl möchten wir erfahren,
Was jene Sprüche wert,
Die dich seit manchen Jahren
Der Waldesschatten lehrt.

Nicht um den Lauf der Sterne
Heb ich zu fragen an,
Am Kleinen prüf’ ich gerne,
Wie es um dich getan.
Du kommst in dieser Frühe
Mir ein Gerufner her,
Du lösest ohne Mühe,
Wovon das Haupt mir schwer.

Dort, wo die Linden düstern,
Vernahm ich diese Nacht
Ein Plaudern und ein Flüstern,
Wie wenn die Liebe wacht.
Die Stimmen zu erkunden,
Lauscht’ ich herab vom Wall,
Doch wähnt’ ich sie gefunden,
So schlug die Nachtigall.

Nun frag ich dich, o Meister,
Wer bei den Linden war?
Dir machen ja die Geister
Geheimes offenbar,
Dir singt’s der Vögel Kehle,
Die Blätter säuseln’s dir;
Sprich ohne Scheu, verhehle
Nichts, was du schauest, mir.“

Der König steht umgeben
Von seinem Hofgesind,
Zu Morgen grüßt ihn eben
Sein rosenblühend’ Kind.
Merlin, der unerschrocken
Den Kreis gemustert hat,
Nimmt aus der Jungfrau Locken
Ein zartes Lindenblatt.

„Laß mich dies Blatt dir reichen,
Lies, Herr, was es dir sagt!
Wem nicht an solchem Zeichen
Genug, der sei befragt,
Ob er in Königshallen
Je Blätter regnen sah?
Wo Lindenblätter fallen,
Da ist die Linde nah.

Du hast, o Herr, am Kleinen
Mein Wissen heut erprobt,
Mög’ es dir so erscheinen,
Daß man es billig lobt!
Löst’ ich aus *einem* Laube
Dein Rätsel dir so bald,
Viel größre löst, das glaube!
Der dichtbelaubte Wald.“

Der König steht und schweiget,
Die Tochter glüht vor Scham.
Der stolze Seher steiget
Hinab, von wo er kam.
Ein Hirsch, den wohl er kennet,
Harrt vor der Brücke sein,
Und nimmt ihn auf und rennet
Durch Feld und Strom waldein.

Versunken lag im Moose
Merlin; doch tönte lang
Aus einer Waldkluft Schoße
Noch seiner Stimme Klang.
Auch dort ist längst nun Friede;
Ich aber zweifle nicht,
Daß, Freund, aus deinem Liede
Merlin der Wilde spricht.

Der junge König und die Schäferin

I

In dieser Maienwonne,
Hier auf dem grünen Plan,
Hier unter der goldnen Sonne,
Was heb ich zu singen an?

Wohl blaue Wellen gleiten,
Wohl goldne Wolken ziehn,
Wohl schmucke Reiter reiten
Das Wiesental dahin.

Wohl lichte Bäume wehen,
Wohl klare Blumen blühn,
Wohl Schäferinnen stehen
Umher im Talesgrün.

Herr Goldmar ritt mit Freuden
Vor seinem stolzen Zug,
Einen roten Mantel seiden,
Eine goldne Kron' er trug.

Da sprang vom Roß geschwinde
Der König wohlgetan,
Er band es an eine Linde,
Ließ ziehn die Schar voran.

Es war ein frischer Bronne
Dort in den Büschen kühl;
Da sangen die Vöglein mit Wonne,
Der Blümlein glänzten viel.

Warum sie sangen so helle?
Warum sie glänzten so baß?
Weil an dem kühlen Quelle
Die schönste Schäferin saß.

Herr Goldmar geht durch Hecken,
Er rauschet durch das Grün;
Die Lämmer drob erschrecken,
Zur Schäferin sie fliehn.

„Willkommen, Gottwillkommen,
Du wunderschöne Maid!
Wärst du zu Schrecken gekommen,
Mir wär' es herzlich leid."

„Bin wahrlich nicht erblichen,
Als ich dir schwören mag;
Ich meint', es hab durchstrichen
Ein loser Vogel den Hag."

„Ach, wolltest du mich erquicken
Aus deiner Flasche hier,
Ich würd' es ins Herz mir drücken
Als die größte Huld von dir."

„Meine Flasche magst du haben,
Noch keinem macht' ich's schwer,
Will jeden daraus laben,
Und wenn es ein König wär'."

Zu schöpfen sie sich bücket,
Aus der Flasch' ihn trinken läßt;
Gar zärtlich er sie anblicket,
Doch hält sie die Flasche fest.

Er spricht, von Lieb' bezwungen:
„Wie bist du so holder Art!
Als wärst du erst entsprungen
Mit den andern Blumen zart.

Und bist doch mit Würd' umfangen,
Und strahlest doch Adel aus,
Als wärest hervorgegangen,
Aus eines Königs Haus."

„Frag meinen Vater, den Schäfer:
Ob er ein König was,
Frag meine Mutter, die Schäfrin:
Ob sie auf dem Throne saß.“

Seinen Mantel legt er der Holden
Um ihren Nacken klar,
Er setzet die Krone golden
In ihr nußbraunes Haar.

„Die Kron' ich dir vertraue,
Ein herzlich Liebespfand,
Bis ich dich wiederschaue
Nach manchem harten Stand.

Ein König liegt gebunden
Schon sechzehn lange Jahr',
Sein Land ist überwunden
Von böser Feinde Schar.

Gar stolz die Schäferin blicket,
Sie ruft mit hohem Schall:
„Ihr Blumen und Bäume, bücket,
Ihr Lämmer neigt euch all!“

Und als den Schmuck sie wieder
Ihm beut mit lachendem Mund,
Da wirft er die Krone nieder
In des Bronnens klaren Grund.

Ich will sein Land erretten
Mit meinen Rittern traut,
Ich will ihm brechen die Ketten,
Daß er den Frühling schaut.

Ich ziehe zum ersten Kriege,
Mir werden die Tage schwül.
Sprich – labst du mich nach dem Siege
Hier aus dem Bronnen kühl?“

„Ich will dir schöpfen und langen,
Soviel der Bronnen vermag.
Auch sollst du die Kron' empfangen
So blank wie an diesem Tag."

Der erste Sang ist gesungen,
So folget gleich der letzt';
Ein Vogel hat sich geschwungen,
Laßt sehen, wo er sich setzt!

II

Nun soll ich sagen und singen
Von Drommeten und Schwerterklang,
Und hör' doch Schalmeien klingen
Und höre der Lerchen Gesang.

Nun soll ich singen und sagen
Von Leichen und von Tod,
Und seh' doch die Bäum' ausschlagen
Und sprießen die Blümlein rot.

Nur von Goldmar will ich melden,
Ihr hättet es nicht gedacht:
Er war der erste der Helden,
Wie bei Frauen, so in der Schlacht.

Er gewann die Burg im Sturme,
Steckt auf sein Siegspanier;
Da stieg aus tiefem Turme
Der alte König herfür.

„O Sonn'! O ihr Berge drüben!
O Feld und o grüner Wald!
Wie seid ihr so jung geblieben,
Und ich bin worden so alt!"

Mit reichem Glanz und Schalle
Das Siegesfest begann;
Doch wer nicht saß in der Halle,
Das nicht beschreiben kann.

Und wär' ich auch gesessen
Dort in der Gäste Reih'n,
Doch hätt' ich das andre vergessen
Ob all dem edeln Wein.

Da tät zu Goldmar sprechen
Der königliche Greis:
„Ich geb' ein Lanzenbrechen,
Was setz' ich euch zum Preis?"

„Herr König hochgeboren,
So setzet uns zum Preis
Statt goldner Helm' und Sporen
Einen Stab und ein Lämmlein weiß!

Um was sonst Schäfer laufen
In die Wett' im Blumengefild,
Drum sah man die Ritterhaufen
Sich tummeln mit Lanz' und Schild.

Da warf die Ritter alle
Herr Goldmar in den Kreis;
Er empfing bei Drommetenschalle
Einen Stab und ein Lämmlein weiß.

Und wieder begann zu sprechen
Der königliche Greis:
„Ich geb' ein neues Stechen
Und setz' einen höhern Preis.

Wohl setz' ich euch zum Lohne
Nicht eitel Spiel und Tand,
Ich setz' euch meine Krone
Aus der schönsten Königin Hand."

Wie glühten da die Gäste
Beim hohen Drommetenschall,
Wollt' jeder tun das Beste –
Herr Goldmar warf sie all'.

Der König stand im Gaden
Mit Frauen und mit Herrn,
Er ließ Herrn Goldmar laden,
Der Ritter Blum' und Stern!

Da kam der Held im Streite,
Den Schäferstab in der Hand,
Das Lämmlein weiß zur Seite
An rosenrotem Band.

Der König sprach: „Ich lohne
Dir nicht mit Spiel und Tand,
Ich gebe dir meine Krone
Aus der schönsten Königin Hand."

Er sprach's und schlug zurücke
Den Schleier der Königin.
Herr Goldmar mit keinem Blicke
Wollt' sehen nach ihr hin.

„Keine Königin soll mich gewinnen
Und keiner Krone Strahl,
Ich trachte mit allen Sinnen
Nach der Schäferin im Tal.

Ich will zum Gruß ihr bieten
Das Lämmlein und den Stab.
So mög' Euch Gott behüten!
Ich zieh' ins Tal hinab."

Da rief eine Stimme so helle,
Und ihm ward mit einemmal,
Als sängen die Vögel am Quelle,
Als glänzten die Blumen im Tal.

Die Augen tät er heben,
Die Schäferin vor ihm stand,
Mit reichem Geschmeid' umgeben,
Die blanke Kron' in der Hand.

„Willkommen, du viel Schlimmer,
In meines Vaters Haus!
Sprich! Willst du ziehn noch immer
Ins grüne Tal hinaus?

So nimm doch zuvor die Krone,
Die du mir ließest zum Pfand!
Mit Wucher ich dir lohne,
Sie herrscht nun über zwei Land'."

Nicht länger blieben sie stehen
Der eine vom andern fern.
Was weiter nun geschehen,
Das wüßtet ihr wohl gern?

Und wollt' es ein Mädchen wissen,
Dem tät' ich's plötzlich kund,
Dürft' ich sie umfahn und küssen
Auf den rosenroten Mund.

Abschied

Was klinget und singet die Straß' herauf?
Ihr Jungfern, machet die Fenster auf!
Es ziehet der Bursch' in die Weite,
Sie geben ihm das Geleite.

Wohl jauchzen die andern und schwingen die Hüt',
Viel Bänder darauf und viel edle Blüt',
Doch dem Burschen gefällt nicht die Sitte,
Geht still und bleich in der Mitte.

Wohl klingen die Kannen, wohl funkelt der Wein:
„Trink aus und trink wieder, lieb Bruder mein!" –
„Mit dem Abschiedsweine nur fliehet,
Der da innen mir brennet und glühet!"

Und draußen am allerletzten Haus,
Da gucket ein Mägdlein zum Fenster heraus,
Sie möcht' ihre Tränen verdecken
Mit Gelbveiglein und Rosenstöcken.

Und draußen am allerletzten Haus,
Da schlägt der Bursche die Augen auf
Und schlägt sie nieder mit Schmerze
Und leget die Hand aufs Herze.

„Herr Bruder! Und hast du noch keinen Strauß,
Dort winken und wanken viel Blumen heraus.
Wohlauf, du Schönste von allen,
Laß ein Sträußlein herunterfallen!"

„Ihr Brüder, was sollte das Sträußlein mir?
Ich hab ja kein liebes Liebchen wie ihr.
An der Sonne würd' es vergehen,
Der Wind, der würd' es verwehen."

Und weiter, ja weiter mit Sang und Klang;
Und das Mägdlein lauschet und horchet noch lang.
„O weh! Er ziehet, der Knabe,
Den ich stille geliebet habe.

Da steh' ich, ach! Mit der Liebe mein,
Mit Rosen und mit Gelbveigelein!
Dem ich alles gäbe so gerne,
Der ist nun in der Ferne."

Der weiße Hirsch

Es gingen drei Jäger wohl auf die Pirsch,
Sie wollten erjagen den weißen Hirsch.

Sie legten sich unter den Tannenbaum;
Da hatten die drei einen seltsamen Traum.

„Mir hat geträumt, ich klopf auf den Busch,
Da rauschte der Hirsch heraus, husch husch!"

„Und als er sprang mit der Hunde Geklaff,
Da brannt ich ihn auf das Fell, piff paff!"

„Und als ich den Hirsch an der Erde sah,
Da stieß ich lustig ins Horn, trara!"

So lagen sie da und sprachen, die drei,
Da rannte der weiße Hirsch vorbei.

Und eh die drei Jäger ihn recht gesehn,
So war er davon über Tiefen und Höhn.

Husch, husch! Piff, paff! Trara!

Der gute Kamerad

Ich hatt einen Kameraden,
Einen bessern findst du nit.
Die Trommel schlug zum Streite,
Er ging an meiner Seite
In gleichem Schritt und Tritt.

Eine Kugel kam geflogen,
Gilt's mir oder gilt es dir?
Ihn hat es weggerissen,
Er liegt mir vor den Füßen,
Als wär's ein Stück von mir.

Will mir die Hand noch reichen,
Derweil ich eben lad.
Kann dir die Hand nicht geben,
Bleib du im ew'gen Leben
Mein guter Kamerad!

Des Goldschmieds Töchterlein

Ein Goldschmied in der Bude stand,
Bei Perl und Edelstein:
„Das beste Kleinod, das ich fand,
Das bist doch du, Helene,
Mein teures Töchterlein!“

Ein schmucker Ritter trat herein:
„Willkommen, Mägdlein traut!
Willkommen, lieber Goldschmied mein!
Mach mir ein köstlich Kränzchen
Für meine süße Braut!“

Und als das Kränzlein war bereit
Und spielt in reichem Glanz,
Da hängt' Helen' in Traurigkeit,
Wohl als sie war alleine,
An ihren Arm den Kranz:

„Ach, wunderselig ist die Braut,
Die's Krönlein tragen soll.
Ach, schenkte mir der Ritter traut
Ein Kränzlein nur von Rosen,
Wie wär ich freudenvoll!“

Nicht lang, der Ritter trat herein,
Das Kränzlein wohl beschaut':
„O fasse, lieber Goldschmied mein,
Ein Ringlein mit Demanten
Für meine süße Braut!“

Und als das Ringlein war bereit
Mit teurem Demantstein,
Da steckt' Helen' in Traurigkeit,
Wohl als sie war alleine,
Es halb ans Fingerlein:

„Ach, wunderselig ist die Braut,
Die ’s Ringlein tragen soll.
Ach, schenkte mir der Ritter traut
Nur seines Haars ein Löcklein,
Wie wär ich freudenvoll!“

Nicht lang, der Ritter trat herein,
Das Ringlein wohl beschaut’:
„Du hast, o lieber Goldschmied mein,
Gar fein gemacht die Gaben
Für meine süße Braut.

Doch, daß ich wisse, wie ihrs steh,
Tritt, schöne Maid, herzu,
Daß ich an dir zur Probe seh
Den Brautschmuck meiner Liebsten!
Sie ist so schön wie du.“

Es war an einem Sonntag früh;
Drum hatt die feine Maid
Heut angetan mit sondrer Müh,
Zur Kirche hinzugehen,
Ihr allerbestes Kleid.

Von holder Scham erglühend ganz
Sie vor dem Ritter stand;
Er setzt’ ihr auf den goldnen Kranz,
Er steckt’ ihr an das Ringlein,
Dann faßt’ er ihre Hand:

„Helene süß, Helene traut!
Der Scherz ein Ende nimmt.
Du bist die allerschönste Braut,
Für die ich’s goldne Kränzlein,
Für die den Ring bestimmt.

Bei Gold und Perl und Edelstein
Bist du erwachsen hier;
Das sollte dir ein Zeichen sein,
Daß du zu hohen Ehren
Eingehen wirst mit mir.“

Taillefer

Normannenherzog Wilhelm sprach einmal:
„Wer singet in meinem Hof und in meinem Saal?
Wer singet vom Morgen bis in die spate Nacht
So lieblich, daß mir das Herz im Leibe lacht?“ –

„Das ist der Taillefer, der so gerne singt
Im Hofe, wann er das Rad am Brunnen schwingt,
Im Saale, wann er das Feuer schüret und facht,
Wann er abends sich legt und wann er morgens erwacht.“

Der Herzog sprach: „Ich hab einen guten Knecht,
Den Taillefer; der dienet mir fromm und recht,
Er treibt mein Rad und schüret mein Feuer gut
Und singet so hell; das höhet mir den Mut.“

Da sprach der Taillefer: „Und wär ich frei,
Viel besser wollt ich dienen und singen dabei.
Wie wollt ich dienen dem Herzog hoch zu Pferd!
Wie wollt ich singen und klingen mit Schild und mit Schwert!“

Nicht lange, so ritt der Taillefer ins Gefild
Auf einem hohen Pferde mit Schwert und mit Schild.
Des Herzogs Schwester schaute vom Turm ins Feld;
Sie sprach: „Dort reitet, bei Gott, ein stattlicher Held.“

Und als er ritt vorbei an Fräuleins Turm,
Da sang er bald wie ein Lüftlein, bald wie ein Sturm.
Sie sprach: „Der singet, das ist eine herrliche Lust;
Es zittert der Turm, und es zittert mein Herz in der Brust.“

Der Herzog Wilhelm fuhr wohl über das Meer,
Er fuhr nach Engelland mit gewaltigem Heer.
Er sprang vom Schiffe, da fiel er auf die Hand:
„Hei“, rief er, „ich faß und ergreife dich, Engelland!“

Als nun das Normannenheer zum Sturme schritt,
Der edle Taillefer vor den Herzog ritt:
„Manch Jährlein hab ich gesungen und Feuer geschürt,
Manch Jährlein gesungen und Schwert und Lanze gerührt.

Und hab ich euch gedient und gesungen zu Dank,
Zuerst als ein Knecht und dann als ein Ritter frank,
So laßt mich das entgelten am heutigen Tag,
Vergönnet mir auf die Feinde den ersten Schlag!“

Der Taillefer ritt vor allem Normannenheer
Auf einem hohen Pferde mit Schwert und mit Speer;
Er sang so herrlich, das klang über Hastingsfeld;
Von Roland sang er und manchem frommen Held.

Und als das Rolandslied wie ein Sturm erscholl,
Da wallete manch Panier, manch Herze schwoll,
Da brannten Ritter und Mannen von hohem Mut;
Der Taillefer sang und schürte das Feuer gut.

Dann sprengt' er hinein und führte den ersten Stoß,
Davon ein englischer Ritter zur Erde schoß;
Dann schwang er das Schwert und führte den ersten Schlag,
Davon ein englischer Ritter am Boden lag.

Normannen sahens, die harrten nicht allzu lang,
Sie brachen herein mit Geschrei und mit Schilderklang.
Hei, sausende Pfeile, klirrender Schwerterschlag!
Bis Harald fiel und sein trotziges Heer erlag.

Herr Wilhelm steckte sein Banner aufs blutige Feld;
Inmitten der Toten spannt' er sein Gezelt;
Da saß er am Mahle, den goldnen Pokal in der Hand,
Auf dem Haupte die Königskrone von Engelland:

„Mein tapfrer Taillefer, komm! Trink mir Bescheid!
Du hat mir viel gesungen in Lieb und in Leid;
Doch heut im Hastingsfelde dein Sang und dein Klang,
Der tönet mir in den Ohren mein Leben lang."

Johann Martin Usteri
(1763–1827)

Struth Winkelried

Es lebte ein Ritter am gräflichen Hof,
Geachtet von Großen und Kleinen –
Ein Blitz in den Schlachten, ein schützender Turm,
Ein rettender Fels im verschlingenden Sturm,
Doch gern auch ein Bote des Friedens.

Und wenn in der Halle, beim festlichen Mahl,
Die rosigen Frauen kredenzten,
Und Becher erklangen die Tafel entlang,
Und Harfen ertönten, und Minnegesang,
Blieb immer sein Auge so düster.

Und sank an dem westlichen Himmel das Licht
Des Tages, bestieg er die Warte;
Und wenn dann des Hochgebirgs silberner Kranz
So golden verglimmte im scheidenden Glanz,
Dann netzten ihm Tränen die Wimper.

„Dort drüben, dort lieget mein heimatlich Land,
Dort drüben, da wohnen die Meinen!
Gerechtigkeit hat mich von ihnen gebannt;
Ich stieß, von der Hitze des Zorns übermannt,
Das Schwert in die Brust eines Freien.

Jetzt hab ich so lange, so bitter gebüßt,
Und Kummer verzehrt meine Kräfte!
Ich spende an Kirchen und Arme mein Gut –
Erkauft mir denn nimmer die Reue, das Blut,
Ein Grab in dem Land meiner Väter?“

Und, horch! Eine Märe durchkreiset das Land:
„Nidwalden verheeret ein Drache;
Es drohet dem Ländchen ein gräßliches Los,
Schon decken das einsame, traurige Moos
Die Knochen von Menschen und Tieren!

Hoch über die Berge zieht alles, und flieht
Im Tale verödete Weiler;
Es wallen die Büßer mit Kreuzen, es wehn
Die Fahnen, es hallen die Glocken, es flehn
Die Priester: ‚Herr, send uns den Retter!‘“

Da griff zu der Rüstung der trauernde Held:
„Auf, Knappe! Besteige den Renner!
Durchfliege das Land und durchstürme die Flut
Und sag meinen Herren, es wünsche der *Struth*
Dem Lande sein Leben zu weihen.“

Und eh’ noch der Renner die Ebne erreicht,
So sattelt er selber den Rappen,
Enteilet voll Kampflust dem gräflichen Schloß
Und spornet und treibet das schäumende Roß
Der jammernden Heimat entgegen.

Es flog durch das Land, es durchstürmte die Flut
Der Knapp' und verkündet die Märe.
Und alles ruft freudig: „Den binde kein Bann,
Der zürnend erschlug einen einzelnen Mann
Und tausend vom Tode nun rettet!"

Schon harrte der Ritter am Seegestad',
Blickt' bänglich zur Heimat hinüber.
Und siehe! Ein Nachen durcheilet die Flut;
Er ist es, der Knappe! Er schwenket den Hut!
O Wonne! Er bringet die Sühne.

Der Ritter springt froh in den landenden Kahn
Und drückt an die Brust den Getreuen;
Greift hastig zum Ruder und steu'rt wieder fort,
Und Tränen der Freude benetzen den Ort
Der Heimat, an dem er nun landet.

Und dankend umringt ihn die Menge, und führt
Nach *Stans* ihn im Jubelgepränge;
Ihm jauchzet der Jugend beweglicher Schwarm,
Es weinen die Mütter, die Kinder im Arm,
Und zeigen den Kleinen den Retter.

Und eh' noch die Sonne zu sinken begann,
Enteilt er den Armen der Freunde;
Steigt mutig hinan zu dem moosigen Land,
In Eisen gepanzert; die Lanze umwand
Ein Büschel der scharfesten Dornen.

Er ruft zu der Höhle am Felsen empor,
Und grimmig erscheinet der Drache;
Stürzt wütend herab auf die Beute und bäumt
Sich hoch in die Höhe und zischet und schäumt,
Wild rollend die sprühenden Augen.

Doch tapfer tritt Struth ihm entgegen und stößt,
Da fletschend die Zähne er öffnet,
Den Speer in den Schlund ihm mit männlicher Kraft,
Und treibet den dornenumwundenen Schaft
Ihm tief in den rauchenden Rachen.

Es windet, es wälzt sich das grimmige Tier
Vergebens! Gepfählt an der Lanze,
Zerfleischt es der Ritter mit Hieb und mit Stoß;
Den tiefen, weit gähnenden Wunden entfloß
Das schäumende Blut auf den Anger.

Und als es in krampfigen Ringen sich wand,
Verendend das fliehende Leben,
Da schwinget der Ritter sein Schwert durch die Luft,
Hochpreisend den Geber der Stärke, und ruft:
„Heil! Heil uns! Der Sieg ist errungen!"

Und Jubel erschallt von den Höhen; es strömt
Herbei die gerettete Menge,
Dem Ritter zu lohnen die männliche Tat.
Doch – Jammer! – dem ersten, der gegen ihn trat,
Sinkt sterbend der Held in die Arme!

Es war von dem Schwert ihm das schäumende Blut
Herunter geflossen zum Leibe;
Und schnell, wie das Feuer die Saaten verzehrt,
War jedes belebende Wirken zerstört
Vom fressenden Gift des Gewürmes.

Laut scholl jetzt die Klage am traurigen Moos,
Doch freudig veratmet der Ritter,
Und ruft, da der Tod schon sein Auge verhüllt:
„Ich preise den Herrn! Mein Wunsch ist erfüllt!
Ich finde ein Grab bei den Meinen!"

Und dankbar verkündet die Drachenkapell'
Die Tat noch den spätesten Zeiten.
Ein herrliches Los hat der Ritter erreicht:
Wem dankend die Krone das Vaterland reicht,
Den zieret die schönste der Kronen!

Johann Nepomuk Vogl (1802–1866)

Das Erkennen

Ein Wanderbursch, mit dem Stab in der Hand,
Kommt wieder heim aus dem fremden Land.

Sein Haar ist bestäubt, sein Antlitz verbrannt;
Von wem wird der Bursch wohl zuerst erkannt?

So tritt er ins Städtchen durchs alte Tor,
Am Schlagbaum lehnt just der Zöllner davor.

Der Zöllner, der war ihm ein lieber Freund,
Oft hatte der Becher die beiden vereint.

Doch sieh, Freund Zollmann erkennt ihn nicht,
Zu sehr hat die Sonn' ihm verbrannt das Gesicht.

Und weiter wandert nach kurzem Gruß
Der Bursch und schüttelt den Staub vom Fuß.

Da schaut aus dem Fenster sein Schätzel fromm:
„Du blühende Jungfrau, viel schönen Willkomm!"

Doch sieh, auch das Mägdlein erkennt ihn nicht,
Die Sonn' hat zu sehr ihm verbrannt das Gesicht.

Und weiter geht er die Straß' entlang,
Ein Tränlein ihm hängt an der braunen Wang.

Da wankt von dem Kirchsteig sein Mütterchen her.
„Gott grüß euch!“ so spricht er und sonst nichts mehr.

Doch sieh, das Mütterchen schluchzet voll Lust:
„Mein Sohn!“ und sinkt an des Burschen Brust.

Wie sehr auch die Sonne sein Antlitz verbrannt,
Das Mutteraug’ hat ihn doch gleich erkannt.

Heinrich der Vogler

Herr Heinrich sitzt am Vogelherd
Recht froh und wohlgemut;
Aus tausend Perlen blinkt und blitzt
Der Morgensonne Glut.

In Wies und Feld und Wald und Au,
Horch, welch ein süßer Schall!
Der Lerche Sang, der Wachtel Schlag,
Die süße Nachtigall!

Herr Heinrich schaut so fröhlich drein:
„Wie schön ist heut die Welt!
Was gilt’s? Heut gibt’s ’nen guten Fang!“
Er lugt zum Himmelszelt.

Er lauscht und streicht sich von der Stirn
Das blondgelockte Haar:
„Ei doch! Was sprengt denn dort herauf
Für eine Reiterschar?“

Der Staub wallt auf, der Hufschlag dröhnt,
Es naht der Waffen Klang.
„Daß Gott, die Herrn verderben mir
Den ganzen Vogelfang!

Ei nun! – Was gibt's?“ – Es hält der Troß
Vor'm Herzog plötzlich an.
Herr Heinrich tritt hervor und spricht:
„Wen sucht ihr Herrn? Sagt an!“

Da schwenken sie die Fähnlein bunt
Und jauchzen: „Unsern Herrn! –
Hoch lebe Kaiser Heinrich! Hoch
Des Sachsenlandes Stern!“

Dies rufend knien sie vor ihn hin
Und huldigen ihm still,
Und rufen, als er staunend fragt:
„'s ist Deutschen Reiches Will'!“

Da blickt Herr Heinrich tiefbewegt
Hinauf zum Himmelszelt:
„Du gabst mir einen guten Fang!
Herr Gott, wie dir's gefällt.“

Wilhelm Wackernagel
(1806–1869)

Jarl Iron und Isolde

Herr Iron sprach: „Isolde,
Lang hab' ich nicht gejagt;
Zu Walde will ich reiten
Bei Zeiten,
Sowie der Morgen tagt."

„O störe doch den Auern
Im Walde nicht die Mast,
Und laß bei ihren Trebern
Den Ebern
Doch endlich einmal Rast!

Ists billig, daß du draußen
Im kalten Walde jagst,
Wenn du in meinen Armen
Erwarmen,
Wenn du mich küssen magst?"

„Nichts freut mich mehr, als rüstig
Zu ziehn durchs Waldrevier,
Weit über Busch und Dornen
Zu hornen,
Zu fällen manches Tier.

Ja, morgen will ich reiten,
Zwei Wochen bleib ich aus;
Dann bring ich dir von Auern
Und Hauern
Manch schönes Stück nach Haus."

Er sprachs und war entschlafen.
Ihr tat die Rede weh;
Sie schlich mit leisen Tritten,
Bis mitten
Sie draußen stand im Schnee.

Am Tor bei einer Linde
Warf sie die Kleider ab
Und legte nackt sich nieder
Daß wieder
Der Schnee ihr Bildnis gab.

Dann schlüpfte sie zurücke
In Hemd und Rock und Schuh
Und schlich ins Bett und streckte
Und deckte
Sich leis und heimlich zu.

Wies nun im Osten graute,
Auf sprang Herr Iron schnell:
Die Sterne ziehn hinunter,
Nun munter,
Nun munter mein Gesell!

Er ging von Bett zu Bette
Und weckte Mann für Mann.
Isolde sprach: „O bleibe
Beim Weibe!
Und reite nicht von dann!“

„Warum sollt ich nicht reiten?
Warum nicht in den Wald?
Ja, wenn die Eber kämen
Und nähmen
Im Schloß den Aufenthalt!

So aber muß ich suchen
Und reiten weit zu Roß.
Es laufen Hirsch und Kälber
Von selber
Nicht zu mir her ins Schloß.“

Isolde sprach: „Wohl weiß ich
Ganz nah das schönste Tier;
Du magst die Welt durchstreichen.
Seinsgleichen
Begegnet nimmer dir.

Es stand vor unserm Hause,
Soeben sah ichs nur;
Komm folge mir zur Linden,
Da finden
Wir sicher noch die Spur.“

Sie ging und wies ihm draußen
Das wunderschöne Bild:
„Will dich der Schuß verdrießen,
So schießen
Sich andre dieses Wild!“

Herr Iron sprach und lachte:
„Das Tier ist mein allein,
Drum will ich auch, du holde
Isolde,
Allein der Jäger sein.

Führt Roß und Hund zu Stalle,
Gesellen, bleibet hier!
Ich hab in diesen Stunden
Gefunden
Das allerschönste Tier.“

Joseph Christian Freiherr von Zedlitz (1790–1862)

Die nächtliche Heerschau

Nachts um die zwölfte Stunde
Verläßt der Tambour sein Grab,
Macht mit der Trommel die Runde,
Geht emsig auf und ab.

Mit seinen entfleischten Armen
Rührt er die Schlegel zugleich,
Schlägt manchen guten Wirbel,
Reveille und Zapfenstreich.

Die Trommel klinget seltsam,
Hat gar einen starken Ton;
Die alten toten Soldaten
Erwachen im Grab davon.

Und die im tiefen Norden
Erstarrt in Schnee und Eis,
Und die in Welschland liegen,
Wo ihnen die Erde zu heiß,

Und die der Nilschlamm decket
Und der arabische Sand,
Sie steigen aus ihren Gräbern
Und nehmen's Gewehr zur Hand.

Und um die zwölfte Stunde
Verläßt der Trompeter sein Grab
Und schmettert in die Trompete
Und reitet auf und ab.

Da kommen auf luftigen Pferden
Die toten Reiter herbei,
Die blutigen alten Schwadronen
In Waffen mancherlei.

Es grinsen die weißen Schädel
Wohl unter dem Helm hervor,
Es halten die Knochenhände
Die langen Schwerter empor.

Und um die zwölfte Stunde
Verläßt der Feldherr sein Grab,
Kommt langsam hergeritten,
Umgeben von seinem Stab.

Er trägt ein kleines Hütchen,
Er trägt ein einfach Kleid,
Und einen kleinen Degen
Trägt er an seiner Seit'.

Der Mond mit gelbem Lichte
Erhellt den weiten Plan;
Der Mann im kleinen Hütchen
Sieht sich die Truppen an.

Die Reihen präsentieren
Und schultern das Gewehr,
Dann zieht mit klingendem Spiele
Vorüber das ganze Heer.

Die Marschäll' und Generale
Schließen um ihn einen Kreis;
Der Feldherr sagt dem Nächsten
Ins Ohr ein Wörtchen leis.

Das Wort geht in die Runde,
Klingt wieder fern und nah –
„Frankreich" ist die Parole,
Die Losung: „Sankt Helena!"

Dies ist die große Parade
Im elysäischen Feld,
Die um die zwölfte Stunde
Der tote Cäsar hält.

Quellenverzeichnis

Franz Karl Ginzkey, Abraham a Sancta Clara: aus „Altwiener Balladen"; Österreichischer Bundesverlag, Wien.

Börries von Münchhausen, Die Glocke von Hadamar sowie Jektarinas Bestechung: aus „Die Balladen und ritterlichen Lieder von Börries von Münchhausen"; Deutsche Verlags-Anstalt, Stuttgart.

Rainer Maria Rilke, Aus dem Dreißigjährigen Kriege: aus „Larenopfer"; Insel Verlag, Frankfurt.

Ricarda Huch, Saul: aus „Gedichte"; Insel Verlag, Frankfurt.

Max Mell, Die Schönwetterhexe: aus „Gedichte"; Insel Verlag, Frankfurt.

Bertolt Brecht, Ballade von den Seeräubern: aus „Gesammelte Werke"; Suhrkamp Verlag, Frankfurt.

Agnes Miegel, Die Nibelungen; Eugen Diederichs Verlag, Köln.

Lulu von Strauß und Tornay, Tambour Leroi; Eugen Diederichs Verlag, Köln.

Wir danken den Verlagen für ihre freundlichen Abdruckgenehmigungen.

Anmerkung des Verlags

Die hier zusammengetragenen Balladen entstammen nicht nur den verschiedensten Quellen, sondern auch verschiedenen Jahrhunderten. Darauf sind – wenngleich wir nicht nur altertümliche Schreibweisen, sondern auch diesbezügliche Unterschiedlichkeiten zu bereinigen bemüht waren – gewisse Unterschiede in der Anwendung des Apostrophs (*gibt's* neben *gibts, hätt'* neben *hätt*) zurückzuführen. Schon in diesen Kleinigkeiten (oder darin, daß eben der eine „O!" setzt, der andere „Oh!") zeigt sich viel dichterische Freiheit, um so mehr in abweichender Rechtschreibung, ungewöhnlicher Verwendung bestimmter Wörter, ungebräuchlichen Formulierungen und eben alles in allem der Unterordnung von Grammatik und Orthographie unter Rhythmus und Versmaß. Geringfügige Verschiedenheiten auch im Text gegenüber der Wiedergabe bestimmter Gedichte in anderen Ausgaben sind auf Korrekturen – meist der Autoren selbst – zurückzuführen, die noch nach der Veröffentlichung in jenem Werk erfolgten, auf das wir zurückgriffen.